XVIIIe siècle — XIXe siècle

eloppement et apogée du commerce transatlantique

uropéennes (XVIe-XIXe siècle)

(1776-1783) **Guerre d'indépendance américaine**

Première abolition de l'esclavage e

1750 — 1765 — 1800

1748 *l'Esprit des lois* (Montesquieu)

Publication de l'*Encyclopédie*

Affaire Calas

1776 Révolution américaine

5 mai-9 juillet 1789 **Réunion des états généraux**

1800

9 novembre 1799 Coup d'État du général Bonaparte

2 août 1802 Bonaparte élu Consul à vie

2 décembre 1804 Sacre de Napoléon Ier empereur

22 juin 1815 Abdication de Napoléon Ier

1815 Congrès de Vienne

1850 — 1880 — 1900 — 1914

industrielle

Deuxième révolution industrielle

1848-1849 **« Le printemps de peuples » en Europe**

17 vention la comotive vapeur

1848 Manifeste du parti communiste (Marx et Engels)

1864 Droit de grève en France

1884 Autorisation des syndicats (France)

1907 Loi sur l'obligation d'un repos hebdomadaire (France)

1900 — 1914

1858 Inde britannique

1882 Égypte britannique

1884-1885 **Conférence de Berlin**

1887 Conquête de l'Indochine par la France

1895 Création de l'Afrique-Occidentale française

1910 Création de l'Afrique-Équatoriale française

1848 — 1852 — 1870

IIe République — Second empire

hilippe Ier

re payant

1848 Suffrage universel masculin (tous les hommes de 21 ans et plus)

2 déc. 1851 Coup d'État de Louis-Napoléon Bonaparte Rétablissement du suffrage universel masculin

1850-1851 Restriction du suffrage universel masculin

1900 — 1914

IIIe République — 1940

1894-1906 **Affaire Dreyfus**

1905 Séparation des Églises et de l'État

1910 Loi sur les retraites ouvrières et paysannes

1900 — 1914

1870 Garrett, femme nédecin

1884 Droit au divorce

1892 Interdiction du travail de nuit des femmes

1900 Le métier d'avocat s'ouvre aux femmes

1903 Marie Curie obtient le prix Nobel de physique

1909 Création du congé maternité

EMC HISTOIRE GÉOGRAPHIE 4e

CYCLE 4

DIRECTRICE D'OUVRAGE

Nathalie PLAZA,
collège Le-Haut-Gesvres, Treillières (44)

DIRECTEUR SCIENTIFIQUE

Stéphane VAUTIER,
académie de Créteil

AUTEURS

Cyril Alavoine,
collège Lucie-Aubrac,
Tourcoing (59)

Aurélien Cador,
collège des Collines, Chirens (38)

Thomas Deguffroy,
lycée Guy-Mollet, Arras (62)

Laurence Fouache,
collège Franklin, Lille (59)

Stéphane Guerre,
lycée Carnot, Paris (75)

Sonia Laloyaux-Lucotte,
collège Jules-Verne,
Neuville-en-Ferrain (59)

Séverin Ledru-Milon,
collège Iqbal-Masih,
Saint-Denis (93)

Blandine Legoff,
college-lycée français
Jean-Giono, Turin (Italie)

Fanny Maillo-Viel,
cité scolaire Jacques-Decour,
Paris (75)

Philippe Nken Ndjeng,
collège Pierre-Mendès-France,
Paris (75)

Vianney Orjebin,
collège Jean-Macé,
Fontenay-sous-Bois (94)

Emmanuelle Ruiz,
collège-lycée français
Jean-Renoir,
Munich (Allemagne)

Christèle Thiriet,
Collège Gabriel-Seailles,
Vic-Fezensac (32)

Michaël Tierce,
collège Évariste-Galois,
Meyzieu (69)

Ludovic Vandoolaeghe,
lycée Robespierre, Arras (62)

hachette
ÉDUCATION

Nous remercions tous les enseignants qui ont bien voulu contribuer à la conception de cet ouvrage et, en particulier, Wilfried Charrier (collège Condorcet, Puy-Guillaume, Puy-de-Dôme), Thierry Labarthe (collège Berthelot, Bègles, Gironde) et Odile Vimpère (collège Sainte-Marie, Meaux, Seine-et-Marne) pour leur précieux conseils et suggestions.

Nathalie Plaza et l'équipe éditoriale remercient Fanny Maillo-Viel pour sa relecture scientifique et ses précieux conseils en géographie.

Contributeur numérique en Histoire : Jean-Pierre Costille, lycée Jules-Haag, Besançon, Doubs

Contributeur numérique en Géographie : Vianney Orjebin, collège Jean-Macé, Fontenay-sous-Bois, Val-de-Marne

Cartographie : Romuald Belzacq (Légendes Cartographie), AFDEC

Édition : Pascale Beauvois, Céline Bénard, Doriane Giuili

Iconographie : Laurence Blawblomme (Histoire), Katia Davidoff (Géographie et EMC)

Maquette : Anne-Danielle Naname

Mise en pages : Anne-Danielle Naname, Adeline Calame, Coclico

Préparation de copie : Sarah Rivoal

Relecture typographique : Véronique Gauthier

Stagiaire : Laetita Manesse

www.hachette-education.com

ISBN (à utiliser pour toute commande de l'ouvrage) :
978-2-01-706680-4

PAPIER À BASE DE FIBRES CERTIFIÉES

hachette s'engage pour l'environnement en réduisant l'empreinte carbone de ses livres. Celle de cet exemplaire est de :
1800 g éq. CO_2
Rendez-vous sur www.hachette-durable.fr

LES RESSOURCES NUMÉRIQUES
de votre manuel papier en accès direct

Pour apprendre et s'entraîner efficacement, en classe comme à la maison !

Accédez rapidement et facilement aux ressources numériques de votre manuel grâce aux mini-liens et aux QR-codes, ou en vous rendant directement sur le site de la collection.

Retrouvez également ces ressources dans le manuel numérique !

Quelles ressources numériques se trouvent dans mon manuel ?

- Des vidéos et des audios
- Les leçons en podcasts
- Des exercices interactifs
- Des cartes interactives
- Des lectures d'images
- Des croquis bilan, des fonds de carte et des exercices à compléter

Pour y accéder, c'est très simple

1 Recopier le mini-lien

Dans votre navigateur, saisissez le mini-lien hachette-clic. Vous accédez directement à la ressource !

Carte interactive
hachette-clic.fr/21hg4111

2 Flasher le QR-code

Avec l'appareil photo de votre smartphone ou votre tablette, flashez le QR-code présent près de la ressource. Vous y accéderez immédiatement !

3 Se rendre sur le site de la collection

Dans votre navigateur, saisissez l'adresse du site de la collection pour accéder à toutes les ressources numériques du manuel.

college.hachette-education.com/hgemcplaza/4e

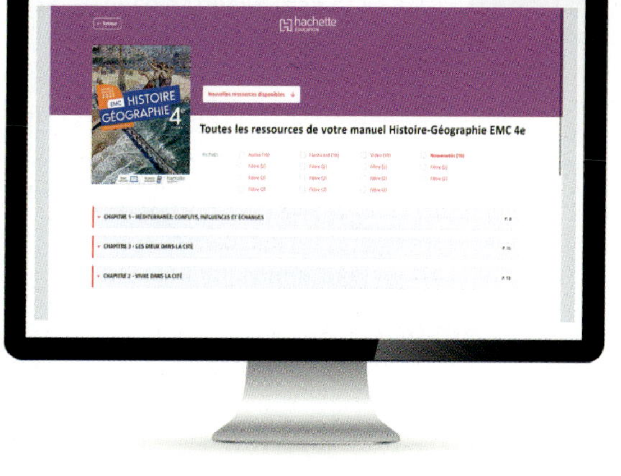

SOMMAIRE

HISTOIRE

Thème 1

Le XVIIIe siècle. Expansions, Lumières et révolutions

Thème 2
L'Europe et le monde au XIXe siècle

CHAPITRE 4

L'Europe de la « révolution industrielle » 80

CHAPITRE 5

Conquêtes et sociétés coloniales 106

Thème 3
Société, culture et politique dans la France du XIXe siècle

CHAPITRE 6

Une difficile conquête : voter de 1815 à 1870 126

SOMMAIRE HISTOIRE

CHAPITRE 7

CHAPITRE 8

SOMMAIRE GÉOGRAPHIE

Thème 1 L'urbanisation du monde

CHAPITRE 9

CHAPITRE 10

Des villes inégalement connectées aux réseaux de la mondialisation 206

Thème 2 Les mobilités humaines transnationales

CHAPITRE 11

Un monde de migrants 230

CHAPITRE 12

Le tourisme et ses espaces 250

SOMMAIRE
GÉOGRAPHIE

Thème 3 Des espaces transformés par la mondialisation

CHAPITRE 13

CHAPITRE 14

CHAPITRE 15

SOMMAIRE

ENSEIGNEMENT MORAL ET CIVIQUE

Les batteurs de pieux, quai de la Seine à Billancourt, Maximilien Luce (1858-1941), 1903, huile sur toile, dimensions 153 x 195 cm, musée d'Orsay, Paris.

HISTOIRE

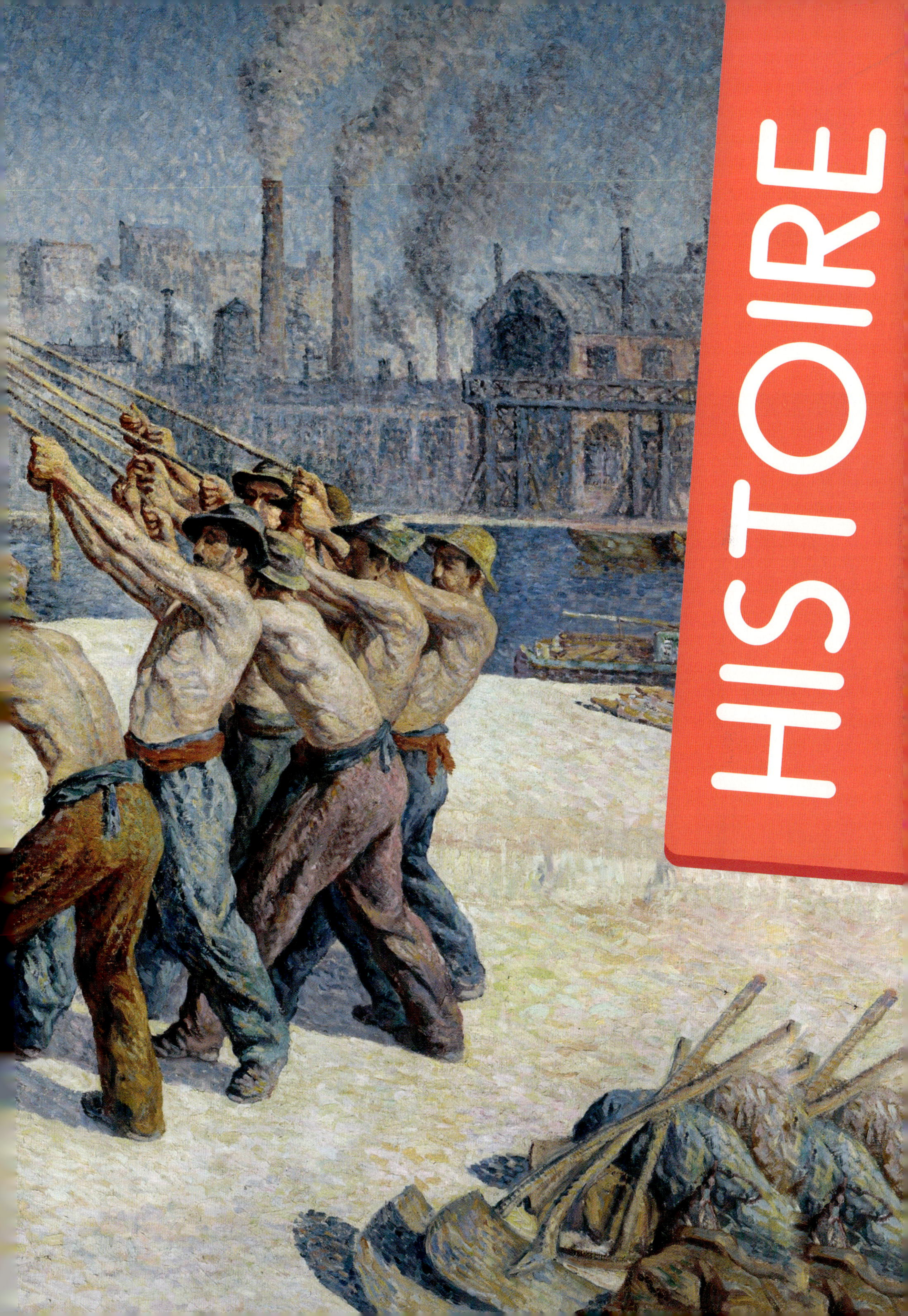

CHAPITRE 1

Bourgeoisies marchandes, négoces et traites négrières

Comment le commerce colonial enrichit-il les bourgeoisies marchandes européennes et participe-t-il à l'essor de l'esclavage ?

1 Le port de La Rochelle : un port ouvert sur l'Atlantique et le Nouveau Monde
J. Vernet, *Vue du port de La Rochelle, prise de la petite rive*, 1762, musée de la Marine, Paris.

Je me repère dans le temps

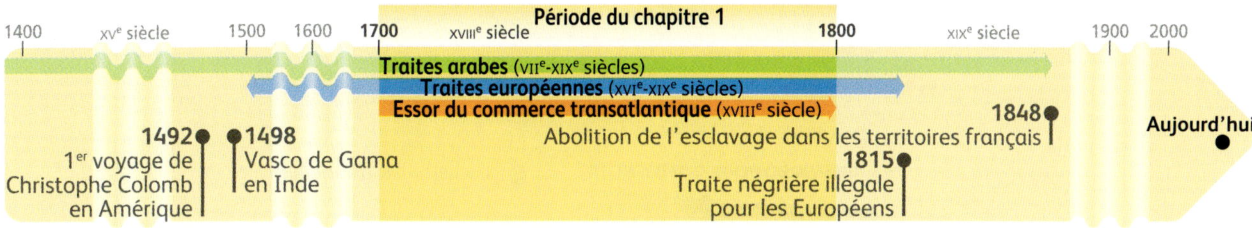

2 **Scène de vie coloniale pour vaisselle bourgeoise, La Rochelle, fin XVIIIe siècle**

« Pierre Breban, de Montreuil-Bellay. Vive le Beau Travalle des Illes de l'Amérique 1785 ».

Saladier aux esclaves de 1785, faïence de Nevers, musée du Nouveau Monde, La Rochelle.

QUESTIONS

1. **Doc. 1** Relevez les éléments qui montrent le dynamisme commercial du port de La Rochelle.
2. **Doc. 2** Décrivez les dessins qui décorent ce saladier d'une famille bourgeoise de La Rochelle.
3. **Doc. 1** et **2** Selon vous, quel lien existe-t-il entre la bourgeoisie marchande de La Rochelle et les colonies américaines ?

VOCABULAIRE

- **Bourgeoisie :** terme qui désigne au XVIIIe siècle les marchands, armateurs, entrepreneurs, financiers et hommes de loi.
- **Colonie :** territoire conquis et administré par une puissance étrangère.
- **Traite négrière :** commerce d'esclaves noirs d'Afrique.

Se repérer

L'Europe et le monde au XVIIIe siècle

UNE VIDÉO POUR COMMENCER hachette-clic.fr/21hg4001

Reportage de France 3 Aquitaine, 2018
À la Rochelle, le musée du Nouveau Monde relate l'histoire négrière de la ville.

- Espace connu par les Européens
- Empire espagnol
- Empire portugais
- Principales routes maritimes européennes

1 L'Europe et le monde au XVIe siècle

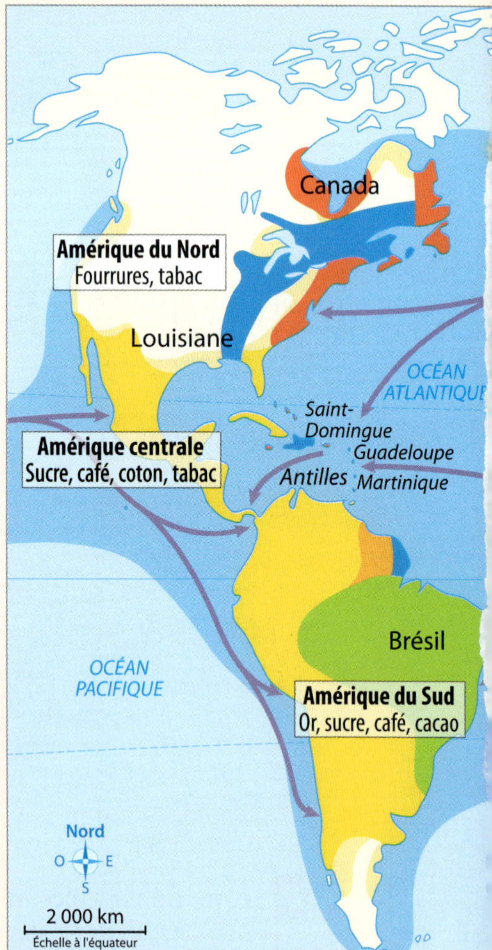

1. Un monde de plus en plus connu et exploré

- Espace terrestre
- Espace maritime

2 L'Europe et le monde au XVIIIe siècle

VOCABULAIRE

- **Comptoir :** établissement commercial en territoire étranger.
- **Flux :** ensemble de déplacements (de marchandises ou de personnes).

Je me souviens

Se repérer dans le temps et dans l'espace

1. Rappelez le nom des explorateurs européens qui ont :
a. traversé l'Atlantique et atteint l'Amérique en 1492.
b. parcouru l'océan Indien et débarqué à Calcutta en 1498.
c. mené une expédition qui a fait le premier tour du monde entre 1519 et 1522.

2. Rappelez le nom des deux puissances européennes qui se partagent le « Nouveau Monde » en 1494.

1700 — 1750 — 1800

Essor du commerce transatlantique (1700-1793)

Commerce

- **1717** Commerce négrier libre pour Nantes, Bordeaux, La Rochelle
- **1756-1763** Guerre de Sept Ans, ralentissement du commerce atlantique
- **1793** Guerre anglo-française, coup d'arrêt du commerce atlantique

Mouvement abolitionniste

Traite et esclavage

- **1685** Code noir
- **1791** Révolte des esclaves, Saint-Domingue
- **1794** 1re abolition de l'esclavage en France
- **1802** Rétablissement de l'esclavage dans les colonies françaises

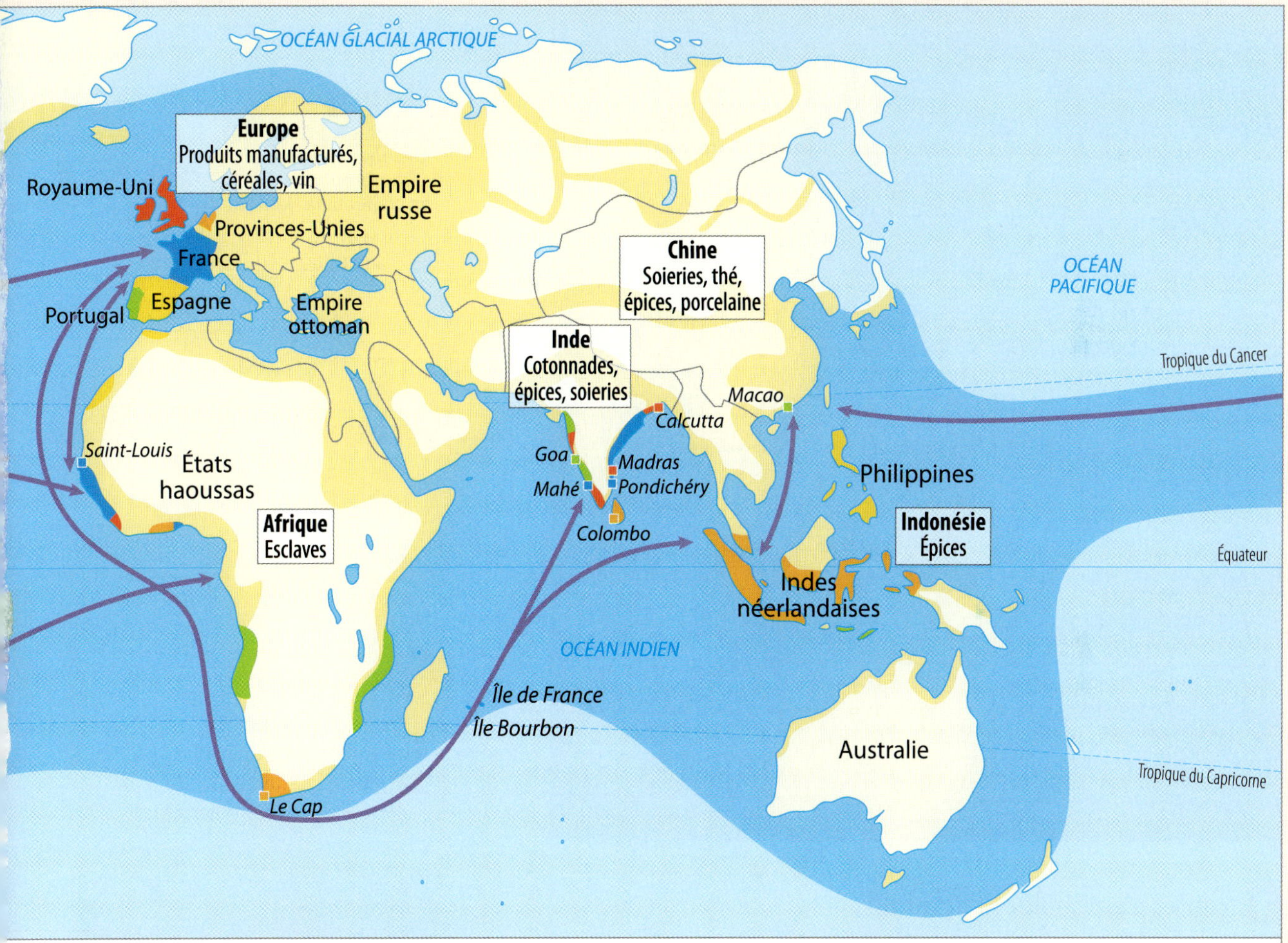

2. Colonies et comptoirs européens

- français
- britanniques
- portugais
- espagnols
- hollandais

3. Flux commerciaux

- Épices : Principales marchandises produites et échangées
- Principales routes maritimes commerciales

Je découvre

3. Localisez les puissances européennes et leurs possessions coloniales.

4. Indiquez les principaux espaces du monde mis en relation par les flux commerciaux au XVIIIe siècle.

5. Relevez la particularité des « marchandises » produites en Afrique.

Étude

À Nantes, des bourgeoisies marchandes s'enrichissent

Comment l'enrichissement de la bourgeoisie marchande transforme-t-il Nantes ?

1 Dominique-René Deurbroucq, armateur et négociant nantais, à sa table de travail

Pierre-Bernard Morlot, *Portrait de Dominique-René Deurbroucq*, 1753, huile sur toile, château des ducs de Bretagne, musée d'Histoire, Nantes.

hachette-clic.fr/21hg4002
Découvrez le portrait de Deurbroucq sur le site du château de Nantes.

VOCABULAIRE

- **Armateur :** propriétaire ou exploitant d'un navire.
- **Négociant :** celui qui fait du négoce (grand commerce).

2 Nantes s'embellit et s'agrandit

Le quartier de La Fosse est sans contredit l'endroit le plus agréable, le plus riche et le plus actif de Nantes. Il commence à la place de la Bourse et s'étend sur une longueur de cinq cents toises[1]. Ce qui ajoute à l'agrément de ce quartier, c'est l'admirable vue sur la Loire, couverte de navires et de bateaux. Les maisons que l'on voit le long de ces quais répondent à l'opulence de ceux qui les habitent. Elles sont toutes bâties en pierre avec ferrades et balcons.

Nous devons rendre justice au zèle de M. le Maire : car c'est par ses soins que la ville a pris une nouvelle face et s'est accrue d'un quart. Les maisons nouvelles qu'on bâtit tous les jours sont à moitié faites que le rez-de-chaussée est déjà occupé.

Encore vingt ans de paix et d'un commerce actif, Nantes égalera, si elle ne les surpasse par la magnificence et l'étendue, les plus belles villes de l'Europe.

D'après J. Ogée, *Dictionnaire historique et géographique de la province de Bretagne*, 1778.

1. Une toise valait 1,949 mètre.

Qui est-il ? Jean Ogée (1728-1789)

Ingénieur géographe en poste à Nantes à partir de 1748.

3 L'hôtel particulier des Deurbroucq

Cet hôtel particulier construit entre 1763 et 1769 par l'architecte J.-B. Ceineray se situe en face du quai de la Fosse.

4 Le port de Nantes au XVIIIe siècle, un des premiers ports français

N. Ozanne, gravure coloriée, 1776, Archives municipales de Nantes.

Qui est-il ? ▸ Nicolas Ozanne (1728-1811)

Dessinateur de la Marine.

ACTIVITÉS

Parcours 1

Comprendre le sens global d'un document

1. **Doc. 2** Présentez le document.
2. **Doc. 2** et **3** Quelle image l'auteur du texte et l'hôtel particulier donnent-ils de la ville de Nantes au XVIIIe siècle ?
3. **Doc. 1** et **2** Quelle activité semble être à l'origine de la richesse de Nantes ?
4. **Doc. 1** et **2** Quels métiers profitent de cet enrichissement ?
5. **Doc. 4** Quelles sont les activités mises en valeur dans cette représentation du port de Nantes ?

OU

Parcours 2

Raisonner

En groupe, émettez des hypothèses pour répondre à la question suivante : quelles raisons peuvent expliquer la prospérité de Nantes au XVIIIe siècle ?

- **Doc. 1** Vous pouvez identifier des objets, des personnages… et consulter le site Internet du musée de Nantes.
- **Doc. 4** Vous pouvez vous interroger sur la provenance des différents navires, ce qu'ils transportaient… mais aussi utiliser des connaissances personnelles.

Pour conclure ▸ **Comment l'enrichissement de la bourgeoisie marchande transforme-t-il Nantes ?**

Étude

La *Marie-Séraphique*, navire de traite

Que nous apprend la *Marie-Séraphique* sur le grand commerce au XVIIIe siècle ?

1 **La *Marie-Séraphique*, navire négrier nantais, au large du Cap (île de Saint-Domingue)**

Vue du Cap-Français et du navire la *Marie-Séraphique*, peinture, 1772-1773, château des ducs de Bretagne, musée d'Histoire, Nantes.

VOCABULAIRE

- **Commerce en droiture :** commerce effectué directement entre l'Europe et les colonies.
- **Négrier :** qui concerne le transport des esclaves noirs originaires d'Afrique.
- **Pacotille :** marchandises fabriquées en Europe pour la clientèle africaine.
- **Traite :** action de vendre et d'acheter, commerce.

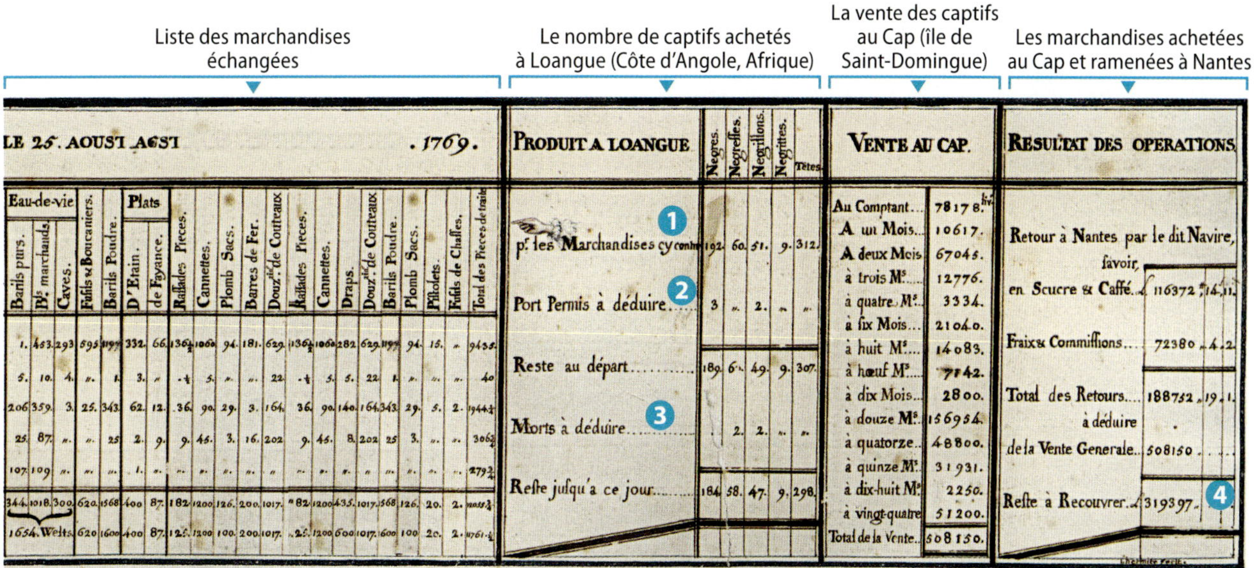

LE 25. AOUST AEST .1769.

Eau-de-vie Barils purs.	Bls. marchands.	Caves.	Fusils & Boucaniers.	Barils Poudre.	Plats D'Etain.	de Fayance.	Rassades Pieces.	Cannettes.	Plomb Sacs.	Barres de Fer.	Douz.ne de Couteaux	Rassades Pieces.	Cannettes.	Draps.	Douz.ne de Couteaux	Barils Poudre.	Plomb Sacs.	Pistolets.	Fusils de Chasses.	Total des Pieces de traite
1.	453.	293	595	1197	332.	66.	136½	1060	94.	181.	629.	136½	1060	282	629.	1197	94.	15.	"	9435.
5.	10.	4.	"	1.	3.	"	-¼	5.	"	"	22.	-¼	5.	5.	22.	1.	"	"	"	40
206	359.	3.	25.	343.	62.	12.	36.	90.	29.	3.	164.	36.	90.	140.	164.	343.	29.	5.	2.	1944½
25.	87.	"	"	25	2.	9.	9.	45.	3.	16.	202	9.	45.	8.	202	25	3.	"	"	3062¾
107.	109	"	"	"	1.	"	"	"	"	"	"	"	"	"	"	"	"	"	"	279¾
344.	1018.	300.	620.	1568	400	87.	182	1200.	126.	200.	1017.	82	1200	435.	1017.	1568	126.	20.	2.	[illegible]
1654. Welts.			620	1600	400	87.	125.	1200	100.	200.	1017.	25.	1200	600	1017.	1600	100	20.	2.	11761½

PRODUIT A LOANGUE	Negres.	Negresses.	Negrillons.	Negrittes.	Têtes
pr. les Marchandises cy contre (1)	192.	60.	51.	9.	312.
Port Permis à déduire (2)	3	"	2.	"	"
Reste au départ	189.	60.	49.	9.	307.
Morts à déduire (3)	.	2.	2.	"	"
Reste jusqu'à ce jour	184.	58.	47.	9.	298.

VENTE AU CAP.	
Au Comptant	78178. liv.
A un Mois	10617.
A deux Mois	67045.
à trois Ms.	12776.
à quatre Ms.	3334.
à six Mois	21040.
à huit Ms.	14083.
à neuf Ms.	7742.
à dix Mois	2800.
à douze Ms.	156954.
à quatorze	48800.
à quinze Ms.	31931.
à dix-huit Ms.	2250.
à vingt-quatre	51200.
Total de la Vente	508150.

RESULTAT DES OPERATIONS	
Retour à Nantes par le dit Navire, savoir, en Sucre & Caffé	116372. 14. 11.
Fraix & Commissions	72380. 4. 2.
Total des Retours	188752. 19. 1.
à déduire de la Vente Generale	508150.
Reste à Recouvrer (4)	319397.

2 Le bilan d'une campagne de traite de la *Marie-Séraphique*, 1769

(1) « Pour les marchandises ci-contre » : la liste des marchandises échangées contre ces Africains se trouve à gauche dans le tableau (barils de poudre, sacs de plomb, pistolets…). (2) « Port permis à déduire » : captifs dont l'armateur se réserve la vente. (3) « Morts à déduire » : captifs décédés pendant la traversée. (4) « Reste à recouvrer » : somme à payer et bilan final des opérations (à la vente au Cap sont déduits les achats en sucre et café, les frais et commissions).

« Plan, profil et distribution du navire la Marie-Séraphique à Loangue, 1770 », château des ducs de Bretagne, musée d'Histoire, Nantes.

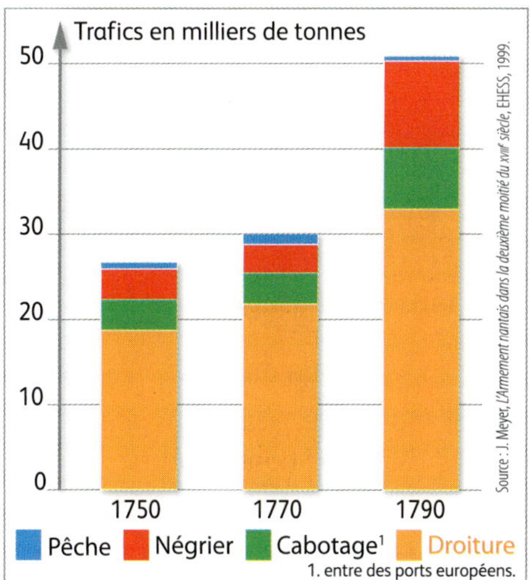

3 Le transport maritime au départ du port de Nantes (1750-1790)

a. Fusil de traite et sabre

b. Perles et manilles

4 La pacotille, marchandises de traite

Productions des fabriques nantaises, château des ducs de Bretagne, musée d'Histoire, Nantes.

ACTIVITÉS

Parcours 1

Extraire des informations pertinentes

1. **Doc. 1** et **2** Retracez le parcours du navire sur ces deux campagnes de traite.
2. **Doc. 2** Identifiez les marchandises pour la vie de l'équipage.
3. **Doc. 1**, **2** et **4** Repérez les marchandises transportées pour chaque étape du trajet.
4. **Doc. 3** Identifiez la principale activité commerciale des navires.

OU Parcours 2

Réaliser une production cartographique

1. Recopiez le schéma géographique suivant.

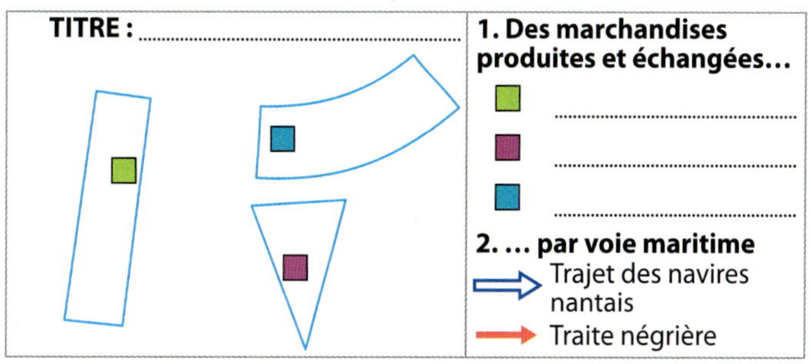

2. Localisez les trois continents abordés par la *Marie-Séraphique*. (**Doc. 1** et **3**)
3. Nommez les ports et villes évoqués. (**Doc. 1** et **3**)
4. Identifiez les marchandises produites dans chaque espace en complétant la légende. (**Doc. 2** et **4**)
5. Placez sur le schéma les trajets des navires nantais en respectant les figurés de la légende.

Histoire des ARTS

La mode des boissons exotiques au XVIIIe siècle

Pourquoi se faire représenter en consommant du café ou du chocolat ?

1 Portrait de Marguerite-Urbane Deurbroucq (1715-1784) avec son esclave

Pierre-Bernard Morlot, *Portrait de Marguerite-Urbane Deurbroucq née Sengstack*, 1753, huile sur toile, château des ducs de Bretagne, musée d'Histoire, Nantes.

Point ARTS

Le portrait : c'est à la fin du Moyen Âge que les premiers portraits apparaissent. Ils sont consacrés à des souverains. Rapidement, le genre se répand dans toute la haute société qui y voit le moyen de montrer son importance. Tous les détails sont pensés pour mettre en valeur la personne représentée.

2 Chanson à l'usage du café

Éloge du café

Si vous voulez vivre sans peine,
Vivre en bonne santé,
Sept jours de la semaine,
Prenez du bon café :
Il vous préservera de toute maladie,
Sa verture chassera, la, la
Migraine et fluxion, don, don
Rhume et mélancolie.

Sa force est sans égale
Contre les maux de cœur ;
La glande pinéale
Y trouve sa vigueur ;
Quand on y met du lait il guérit
la poitrine,
Au sang il donnera, la, la
Sa circulation, don, don
Dans toute la machine.

D'après *Recueil de chansons sur l'usage du café, du chocolat et du ratafiat*, XVIIIe siècle.

3 Nécessaire à thé, chocolat et café de la reine

1 La chocolatière sur son réchaud en argent doré
2 La boîte à épices pour le chocolat
3 Le moussoir en ébène

Ensemble en porcelaine, argent, doré et bois précieux offert par Louis XV à la reine Marie Leczinska, XVIIIe siècle, Paris et Japon, musée du Louvre, Paris.

4 Dictionnaire pour le bon usage domestique

Chocolat. Manière de préparer la boisson. Faites bouillir l'eau, lorsqu'elle sera bouillante, prenez une once de Chocolat que vous aurez bien râpé pour chaque tasse d'eau ; mettez votre chocolat dans une chocolatière, & y versez votre eau bouillante dessus, laissez bouillir un peu et éloignez du feu, pour le laisser mitonner pendant un quart d'heure en le remuant avec votre moulinet pour achever de le dissoudre et le faire mousser. Si vous trouvez que votre chocolat n'est pas assez sucré, vous pourrez y en mettre jusqu'à ce qu'il soit à votre goût.
Tasse. On appelle tasse un vase dans quoi on prend le café, le chocolat & le thé. Elles sont ordinairement de porcelaine, mais celles à chocolat sont plus grandes et plus hautes.

D'après Joseph Gilliers, *Le Cannaméliste français ou Nouvelle instruction à l'usage de ceux qui désirent d'apprendre l'Office*, Leclerc, Nancy, 1765.

POINT MÉTHODE Identifier et analyser des œuvres d'art

Étape 1 Présenter

1 **Doc. 1** Présentez l'œuvre (nature, auteur, date, lieu de conservation).

Étape 2 Décrire et comprendre

2 **Doc. 1** Décrivez chacun des deux personnages (position, posture, habits…).

3 **Doc. 1** et **3** Décrivez la scène représentée. Soyez attentifs à ce que fait Mme Deurbroucq, aux aliments présents et à la vaisselle.

4 **Doc. 1** et **2** Relevez les éléments qui révèlent le goût pour les objets et aliments exotiques au XVIIIe siècle.

5 **Doc. 3** Montrez que ce nécessaire à collation est un objet de luxe.

Étape 3 Conclure

6 Que cherche à montrer la famille Deurbroucq en faisant représenter Madame ainsi ?

Étude

Dans les colonies, une économie de plantation

Tâche complexe

À la fin du XVIIe siècle apparaissent en Europe de nouvelles habitudes alimentaires qui bouleversent profondément les colonies.
Au petit déjeuner, le thé, le cacao et le café deviennent les boissons privilégiées.

Votre mission **Expliquez comment les sociétés et les territoires des colonies se transforment.**

1 Maison du maître installée en hauteur.
2 Cases à nègres où sont logés les esclaves.
3 Champs de canne à sucre.
4 Moulin où est écrasée la canne à sucre.
5 Sucrerie où est recueilli le jus de la canne pour être cuit et obtenir le pain de sucre.
6 Étuve pour faire sécher les pains de sucre.

1 Une habitation « modèle »
Cette vue d'artiste sert d'illustration à l'article consacré à la « sucrerie » coloniale, dans l'*Encyclopédie* de Diderot et d'Alembert, 1762.

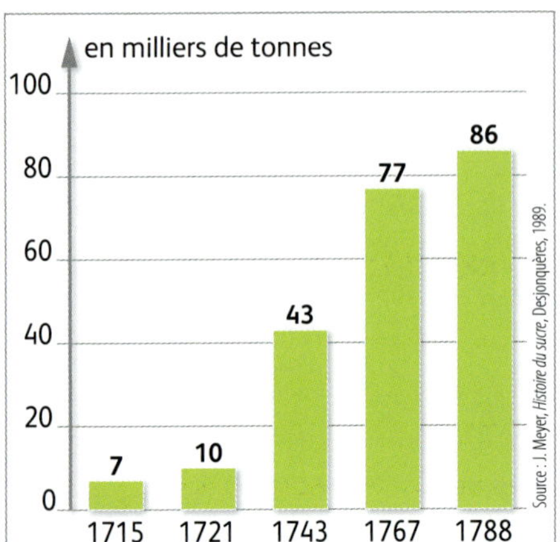

2 La production de sucre à Saint-Domingue

3 Le dur travail des esclaves à jardin[1]

Il n'est pas de plus rude travail que celui de la sucrerie. Les ouvriers travaillent 18 heures par jour et, sur les heures qu'ils ont pour dormir, il faut qu'ils en ôtent le temps de leur soupe.
Pendant le travail, il arrive souvent des accidents funestes à ceux qui desservent les moulins à sucre, surtout quand c'est un moulin à eau, dont le mouvement est si rapide, qu'il est physiquement impossible de l'arrêter assez tôt pour sauver la vie au nègre ou à la négresse dont les doigts se trouvent pris entre les rouleaux du moulin entre lesquels on introduit les cannes. En pareil cas, le plus court remède est de couper promptement le bras d'un coup de serpe, pour ne pas voir passer la personne entre les rouleaux.

D'après Jean-Baptiste Labat, *Nouveau Voyage aux Isles d'Amérique*, 1742.

1. Nom donné aux esclaves travaillant dans les champs; ceux qui servent comme domestiques sont des « esclaves à maison ».

Qui est-il ? ▸ Jean-Baptiste Labat (1663-1738)
Missionnaire dominicain, il séjourne aux Antilles de 1693 à 1706.

Nom de l'esclave	Origine	Ans	Prix (en livres)
Joseph	Mozambique	40	720
Marguerite	Créole	10	200
Elizabeth	Malgache	30	540
Sylvestre	Cafre[1]	30	720
Louis	Indien	35	540

4 La valeur des esclaves

Inventaire des esclaves de l'habitation de Jacques Auber, île Bourbon 1745.

1. Cafre : esclave venant de l'Afrique de l'Est

D'après R. Bousquet, *Les Esclaves et leurs maîtres à Bourbon, 1665-1767*, Puteaux, 2011.

VOCABULAIRE

- **Créole :** esclave de seconde ou troisième génération, né dans l'île.
- **Mulâtre :** personne née d'un père colon blanc et d'une mère esclave noire.
- **Plantation (ou habitation) :** exploitation agricole spécialisée dans une production (canne à sucre, café, tabac…) et où la main-d'œuvre est composée d'esclaves.

5 Une plantation de café à l'île Bourbon

La culture du café à l'île de Bourbon, aquarelle attribuée à Patu de Rosemont, début du XIXe siècle, musée du Quai Branly, Paris.

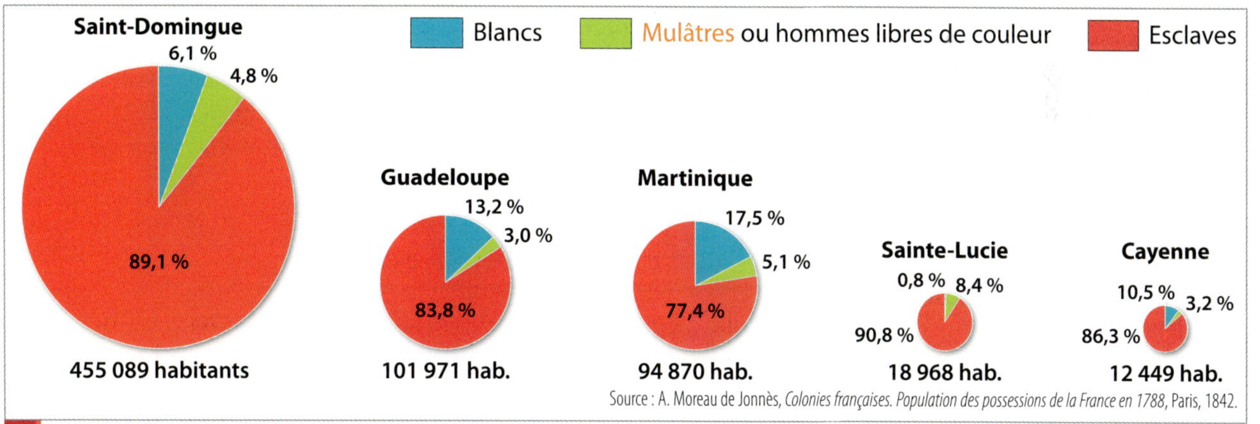

Source : A. Moreau de Jonnès, *Colonies françaises. Population des possessions de la France en 1788*, Paris, 1842.

6 La population de la Caraïbe française, 1788

Un peu d'aide ?

Décrivez les transformations des territoires (**Doc. 1**, **2** et **5**) et des sociétés (**Doc. 3**, **4** et **6**).

Un peu + d'aide ?

Relevez dans les documents les traces de transformations concernant :

- **Les territoires**
  - Défrichements (**Doc. 1** et **5**)
  - Nouvelles cultures (**Doc. 1**, **2**, **5**)
  - Constructions (**Doc. 1** et **5**)
- **Les sociétés**
  - Une main-d'œuvre servile et nombreuse (**Doc. 3**, **4** et **6**)
  - Des conditions de vie et de travail difficiles (**Doc. 3** et **5**)

L'atelier de l'historien

Dénoncer la traite et l'esclavage

Vous disposez de différentes sources opposées à la traite négrière et l'esclavage. Vous cherchez à comprendre quelles actions mènent leurs auteurs.

Source 1 Une gravure sur la traite négrière en Afrique

Légende de la gravure :
« Traite des Nègres. Quel contrat infâme, l'un Marchande ce qui n'appartient à personne. L'autre vend la Propriété de la nature. Côte de Guinée. »

Gravure aquarellée d'après une peinture de George Morland (1763-1804), vers 1794, musée de l'Aquitaine, Bordeaux.

hachette-clic.fr/21hg4003
Décryptage de la gravure par la conservatrice du musée du Nouveau Monde de La Rochelle, 23 novembre 2020.

Source 2 Les plans d'un navire négrier

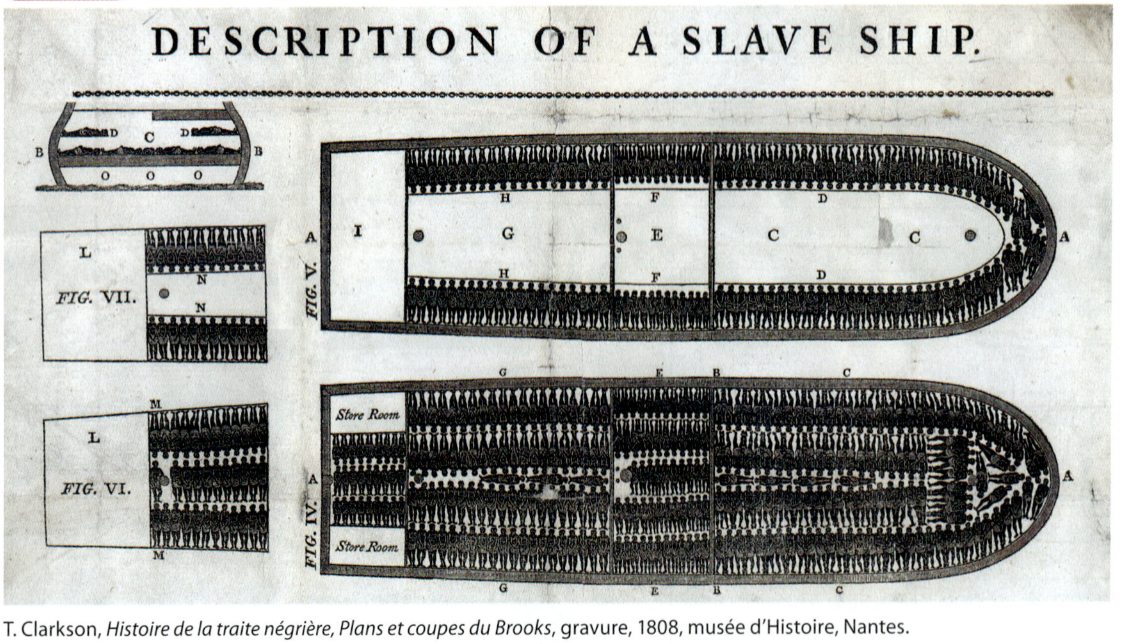

T. Clarkson, *Histoire de la traite négrière, Plans et coupes du Brooks*, gravure, 1808, musée d'Histoire, Nantes.

Qui est-il ? ▸ Thomas Clarkson (1760-1846)
Membre actif d'une association abolitionniste britannique.

Source 3 La traite dans l'*Encyclopédie*

C'est l'achat des nègres que font les Européens sur les côtes d'Afrique, pour employer ces malheureux dans leurs colonies en qualité d'esclaves. Cet achat de nègres, pour les réduire en esclavage, est un négoce qui viole la religion, la morale, les lois naturelles, et tous les droits de la nature humaine. Les hommes et leur liberté ne sont point un objet de commerce ; ils ne peuvent être ni vendus, ni achetés, ni payés à aucun prix.

D'après Chevalier Louis de Jaucourt, « Traite négrière (commerce d'Afrique) », *Encyclopédie*, 1751-1766.

Source 4 Une gravure sur le sort des esclaves en Amérique

Après avoir été marqués au fer rouge 2, les esclaves travaillent fers aux pieds, poids à la taille, carcan sur la tête 1. En cas de faute ou d'indiscipline, ils sont fouettés par le **commandeur** sous l'œil du maître 3 et 4.

Vignettes extraites d'une gravure colorisée, « Bref aperçu du traitement qu'on inflige aux esclaves aux Indes occidentales », 1790, coll. Chatillon, musée de l'Aquitaine, Bordeaux.

VOCABULAIRE

- **Abolitionniste :** qui est favorable à l'interdiction de la traite négrière et de l'esclavage.
- **Commandeur :** esclave chargé de surveiller et d'encadrer le travail des autres esclaves.

Source 5 Un témoignage : Ottobah Cugoano

J'ai souvent tremblé et versé des larmes. J'ai vu souvent des Nègres rendus stupides par la bastonnade et les coups de fouet, ou harassés par un travail pénible et épuisés par la faim, manger des cannes à sucre ou commettre des fautes semblables ; je les ai vus punis par le fouet, ou frappés sur la face jusqu'à ce que leurs dents fussent fracassées. On leur cassait les dents pour qu'ils servissent d'exemple et pour qu'ils ne mangeassent plus de cannes à sucre. J'ai vu l'indignité, la brutalité, la barbarie.

D'après *Réflexions sur la traite et l'esclavage des Nègres, traduites de l'Anglais, d'Ottobah Cugoano, afriquain, esclave à la Grenade et libre en Angleterre*, Londres, Paris, 1788.

Qui est-il ? ▸ Ottobah Cugoano (vers 1757-1803)
Esclave africain de la Caraïbe anglaise, il est le premier noir à écrire contre l'esclavage.

POINT MÉTHODE La démarche de l'historien

Étape 1 Identifier les documents sources

1. Identifiez la source qui émane d'un ancien esclave.
2. Identifiez les sources qui proviennent du mouvement abolitionniste.

Étape 2 Confronter et comprendre les documents sources

3. **Sources 1** et **3** Relevez les arguments communs utilisés pour dénoncer la traite.
4. **Sources 4** et **5** Décrivez le traitement réservé aux esclaves en Amérique.
5. **Sources 1, 2** et **4** Identifiez les sentiments que les images cherchent à faire naître.

Étape 3 Conclure

6. Selon vous, ces sources ont-elles toutes la même intention ? Pourquoi ont-elles été produites ?

Leçon

Bourgeoisies marchandes, négoces et traites négrières

Comment le commerce colonial enrichit-il les bourgeoisies marchandes européennes et participe-t-il à l'essor de l'esclavage ?

Podcast de la leçon
hachette-clic.fr/21hg4004

1 L'Europe, au cœur d'un commerce international

› Depuis les grands voyages européens du XVe siècle et les premières installations de colons en Amérique et dans l'océan Indien, **les échanges commerciaux n'ont cessé de croître entre l'Europe et ses colonies**. Au XVIIIe siècle, des ports comme Bordeaux, Nantes ou Liverpool s'agrandissent et servent de relais entre colonies et métropoles.

› **Les Européens exportent de l'Europe vers les colonies tous les produits nécessaires au quotidien des colons** (produits manufacturés, céréales, laine, vin…), ce qui crée une activité importante dans les campagnes entourant ces ports européens. En retour, **les navires rapportent des produits tropicaux** (sucre, café, cacao…) qui sont ensuite revendus très cher partout en Europe.

2 La traite et l'esclavage

› Dans les colonies, les plantations produisent de la canne à sucre, du café, du cacao ou d'autres produits tropicaux. Pour cela, **les colons emploient des esclaves originaires du continent africain**. Ceux-ci sont achetés et deviennent la propriété des colons qui les font travailler dans les champs ou dans la maison du maître.

› **Les navires négriers accostent les côtes africaines chargés de marchandises de traite, la pacotille**. Ils achètent à des intermédiaires africains des hommes, des femmes et des enfants préalablement capturés. Après un voyage éprouvant, les captifs africains sont vendus et deviennent esclaves. **On appelle ce commerce la traite négrière**.

3 Les colonies, une source de richesses et de rivalités pour l'Europe

› Le commerce international profite aux marchands des ports européens qui s'enrichissent et se font construire d'imposantes demeures. **Les bourgeoisies marchandes deviennent alors des catégories sociales dominantes des villes**.

› Pour limiter les risques liés aux pertes des navires (tempêtes, pirates), les armateurs s'associent. Ils confient leurs navires à des marins professionnels qui se chargent du commerce en droiture et du commerce triangulaire.

› **L'essor du négoce entraîne des rivalités entre puissances coloniales**. C'est le cas de la guerre de Sept Ans qui voit la France perdre une grande partie de ses colonies au profit du Royaume-Uni.

VOCABULAIRE

- **Bourgeoisie :** terme qui désigne au XVIIIe siècle les marchands, armateurs, entrepreneurs, financiers et hommes de loi.
- **Colonie :** territoire conquis et administré par une puissance étrangère.
- **Commerce en droiture :** commerce effectué directement entre l'Europe et les colonies.
- **Commerce triangulaire :** commerce qui part d'Europe à destination de l'Afrique pour acheter des Africains revendus comme esclaves dans les colonies d'Amérique.
- **Navire négrier :** navire spécialisé dans le transport d'esclaves.
- **Plantation (ou habitation) :** exploitation agricole spécialisée dans une production (canne à sucre, café, tabac…) et où la main-d'œuvre est composée d'esclaves.
- **Traite négrière :** commerce d'esclaves noirs d'Afrique.

Schéma de la leçon

Bourgeoisies marchandes, négoces et traites négrières

1 L'Europe, au cœur d'un commerce international

Une mise en valeur des colonies

- Production de produits coloniaux : thé, café, cacao, sucre, tabac, indigo…

Une croissance des échanges maritimes

- Flux transatlantiques

L'enrichissement de la façade atlantique de l'Europe

- Construction navale
- Production industrielle
- Production agricole

2 La traite et l'esclavage

Développement du système esclavagiste dans les colonies

- Esclaves
- Habitations (ou plantations)

Essor de la traite négrière européenne

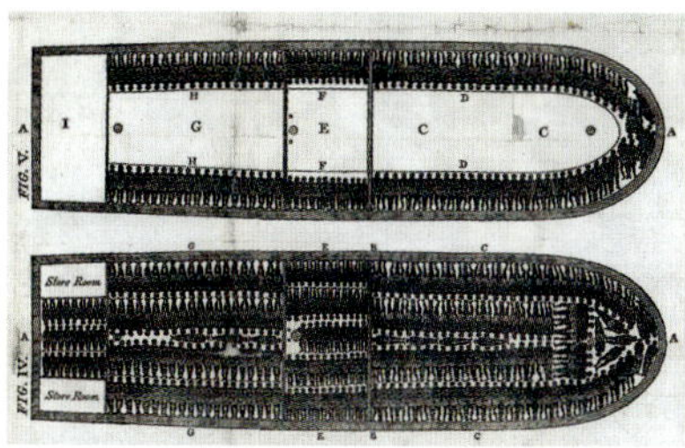

- En Atlantique surtout
- Dans l'océan Indien aussi

3 Les colonies, une source de richesses et de rivalités pour l'Europe

Essor des bourgeoisies marchandes

- Négociants
- Armateurs

Extension des rivalités européennes hors d'Europe

- La guerre de Sept Ans, une première guerre à l'échelle du monde

Dates clés

XVIIIe siècle Essor du commerce transatlantique et apogée de la traite négrière (6,5 millions d'Africains déportés)

1685 Code noir dans les colonies françaises (les esclaves y représentent plus de 80 % de la population à la fin du XVIIIe siècle)

1791 Révolte de Saint-Domingue

J'apprends & je construis mes compétences

Exercices interactifs
hachette-clic.fr/21hg4005

1 Je fais ma fiche de révision

Utilisez les rubriques suivantes pour réaliser votre fiche de révision sur le support de votre choix.

Le vocabulaire

Je connais la définition des mots suivants :

- Négoce
- Bourgeoisie
- Colonie
- Plantation
- Traite négrière
- Commerce triangulaire
- Pacotille

Les repères historiques et géographiques

- **Je connais et date :** le siècle de l'essor du commerce transatlantique et de l'apogée de la traite négrière.
- **Je connais et je localise :** les pôles du commerce au XVIIIe siècle • les principales puissances coloniales et les territoires qu'elles dominent.

Les données chiffrées

Je connais :

- le nombre d'Africains déportés par la traite négrière atlantique
- la part de la population esclave dans les colonies françaises (en %).

2 Je teste mes connaissances

Exercices à compléter
hachette-clic.fr/21hg4006

Exercice 1 À l'écrit ou à l'oral

1. Complétez la légende de la carte.

2. Nommez les océans 1 et 2. Lequel est le plus emprunté par le commerce européen ?

3. Nommez les continents A, B et C. Sur lequel trouve-t-on des colonies européennes ? des comptoirs européens ?

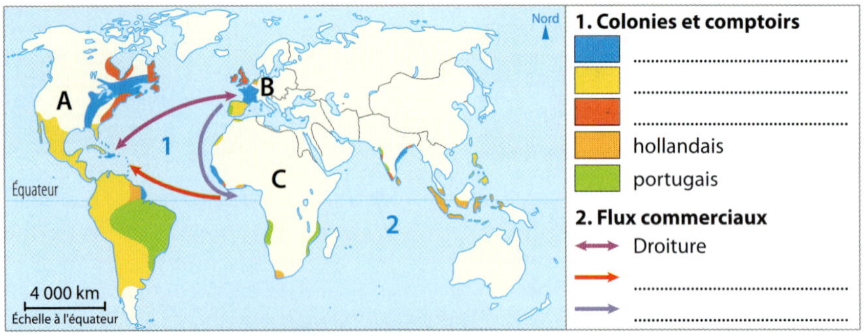

L'Europe et le monde vers 1750

Exercice 2

À l'écrit ou à l'oral, associez chaque image aux mots de la boîte à outils qui correspondent.

Boîte à outils

Plantation • Bourgeoisie marchande • Europe • Amérique • Esclave • Armateur • Case • Canne à sucre • Sucre • Hôtel particulier • Colonie.

1

2

Je m'auto-évalue

J'ai réussi l'exercice sans regarder ma fiche de révision ou le manuel.	J'ai réussi l'exercice en allant chercher quelques informations dans ma fiche de révision ou le manuel.	J'ai réussi l'exercice en allant chercher les informations dans ma fiche de révision ou le manuel.	J'ai fait l'exercice mais n'ai pas réussi à trouver les informations nécessaires.
Très bonne maîtrise	Maîtrise satisfaisante	Maîtrise fragile	Maîtrise insuffisante

3 J'analyse et je comprends deux documents : une carte et un graphique

➜ Étudiez ces documents en répondant aux questions.

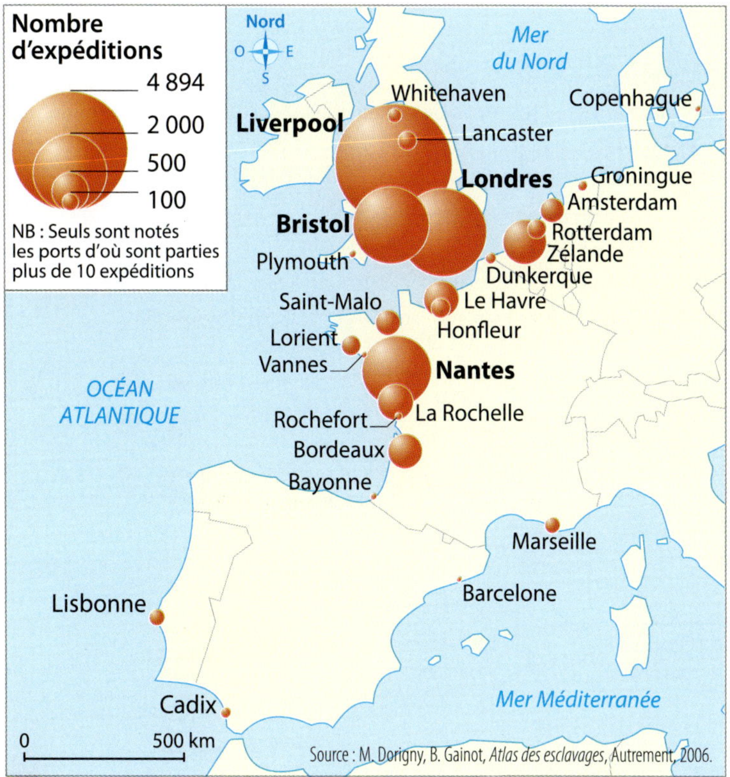

1 Les ports négriers européens (XVIe-XIXe siècles)

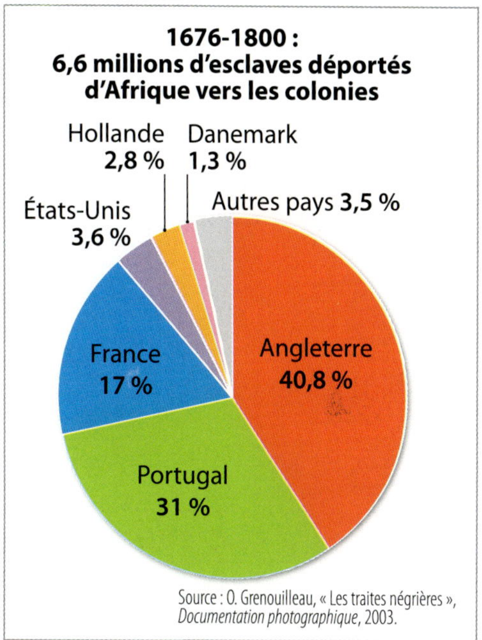

2 Les principales nations négrières d'Europe au XVIIIe siècle

QUESTIONS

A. Identifier les documents

1. Présentez chaque document.

2. Rappelez ce qu'est un port négrier et une nation négrière.

B. Comprendre le sens général des documents

3. Décrivez le parcours suivi par les navires qui quittent les ports négriers.

4. Indiquez quels sont les deux principaux ports négriers entre le XVIe et le XIXe siècle.

5. Indiquez quels sont les deux principaux pays négriers au XVIIIe siècle.

C. Confronter les documents à ses connaissances

6. À l'aide de vos connaissances, expliquez la différence observée.

POINT MÉTHODE — Analyser et comprendre un document

Pour identifier un document et son point de vue

› Préciser sa nature, le sujet traité, la période concernée et sa source.
Aide *Les informations utiles se trouvent dans la légende et dans la source de chaque document.*

Pour comprendre le sens général d'un document

› Observer attentivement chaque document à l'aide de sa légende.
Aide *Répondez à l'aide des données chiffrées précises extraites des documents.*

Pour confronter le document à ses connaissances

› Utiliser ce que l'on connaît du contexte et du sujet (voir leçon p. 26).
Aide *Rappelez quelles sont les principales puissances coloniales au XVIe siècle et précisez celles qui dominent au XVIIIe siècle.*

4 Je pratique différents langages : s'exprimer à l'oral

Sujet : Le système colonial au XVIIIe siècle

Vous réaliserez en binôme une présentation orale de cinq minutes pour expliquer le fonctionnement du système colonial au XVIIIe siècle. Vous illustrerez vos propos par un diaporama.

Étape 1 Je réfléchis au brouillon en binôme

1. Reproduisez la carte mentale. Mobilisez vos connaissances et les mots clés, puis utilisez-les pour compléter votre carte mentale.

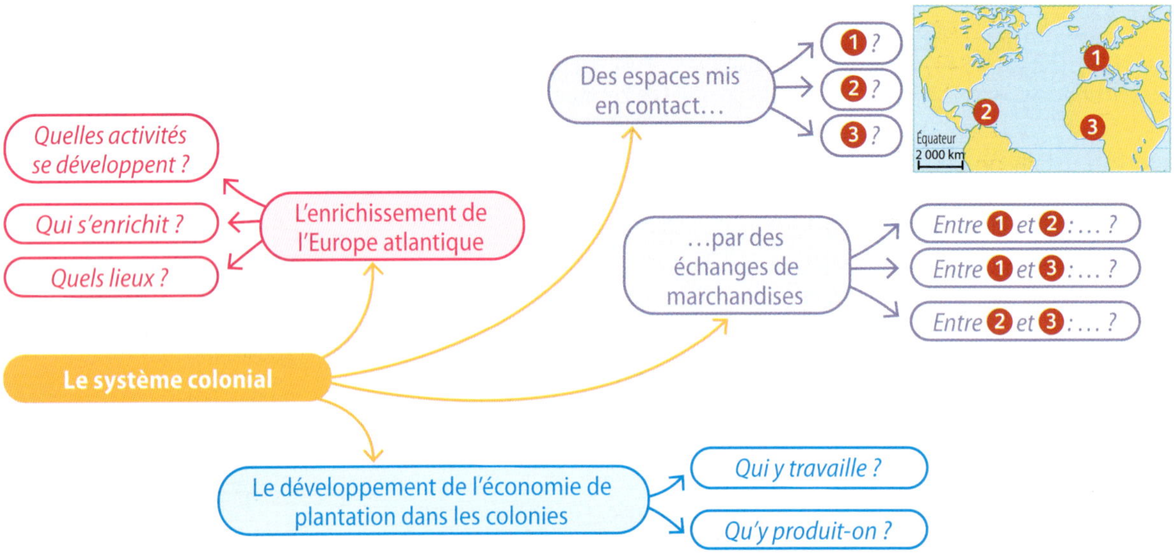

Étape 2 Avec mon binôme, je prépare le plan de mon oral et les diapositives

2. Organisez vos mots clés en trois parties précédées d'une introduction.
3. Préparez deux diapositives, une pour chaque partie, sur lesquelles vous écrivez le titre de la partie et que vous illustrez de quelques images.

Un peu d'aide ?

Les parties et diapositives attendues correspondent aux branches de la carte mentale réalisée au brouillon.

+ Un peu d'aide ?

Reprenez les informations de la carte mentale.

1re diapositive : Les espaces du système colonial (branches violettes)

2e diapositive : Le développement de l'économie de plantation (branche bleue)

3e diapositive : L'enrichissement de l'Europe atlantique (branche rose)

4. Répartissez-vous les différentes idées et entraînez-vous à les expliquer aux autres à l'aide des mots-clés et des images du diaporama.

Je m'auto-évalue

Pratiquer différents langages : s'exprimer à l'oral

Je vérifie les objectifs que j'ai atteints :

- ☐ Notre présentation est organisée en trois parties reprenant les informations de la carte mentale.
- ☐ Elle respecte la durée de 5 min proposée.
- ☐ J'adopte une posture adaptée et dynamique lors de ma présentation orale.
- ☐ Mon propos est clair et j'ai utilisé un vocabulaire adapté et précis.

Je m'entraîne

Sujet guidé

Exercice 1 Analyser et comprendre deux documents

1 Résister par la fuite

Le nombre des esclaves s'accroissait considérablement à la Martinique, celui des marrons suivait la même proportion. Francis Fabulé était parvenu à réunir autour de lui, dans les bois, environ trois ou quatre cents de ces fugitifs qu'il commandait et conduisait, la nuit, au pillage des cases un peu écartées…

Le Gouverneur résolut de faire la guerre et d'employer tous les moyens pour parvenir à l'arrestation du chef. L'exécution d'un semblable projet n'était pas des plus faciles. Ces nègres marrons tenaient toujours les bois. Ils vivaient sur des mornes[1] presqu'inaccessibles, au milieu de rochers et de précipices, et fuyaient toujours à l'approche de ceux qui les venaient attaquer. On pouvait, à la rigueur, les empêcher d'attaquer les habitations, mais il était difficile de les atteindre dans leurs retraites.

D'après S. Daney de Marcillac, *Histoire de la Martinique depuis la colonisation jusqu'en 1815*, Fort-Royal, 1846.

1. Collines.

2 Résister par la révolte
Révolte des esclaves de Saint-Domingue, 1791.

QUESTIONS

1. Présentez le document 1.
2. Relevez le mot qui permet de comprendre qui sont les « marrons » ou « nègres marrons » évoqués dans le texte.
3. Où vivent-ils ?
4. Pourquoi le gouverneur veut-il intervenir ?
5. Comment comprenez-vous la phrase soulignée ?
6. Comment la gravure (document 2) illustre-t-elle la force de la révolte des esclaves ?

Un peu d'aide ?

- **Pour la question 1**
  Précisez l'auteur, la date et la nature du document ainsi que le sujet traité.
- **Pour les questions 2 à 4**
  Repérez les passages qui permettent de répondre. Reformulez et citez le texte entre guillemets.
- **Pour la question 5**
  Utilisez ce que vous savez de la vie des esclaves dans une plantation.

Exercice 2 Pratiquer différents langages

À l'aide de vos connaissances, rédigez un développement construit d'une quinzaine de lignes qui explique ce qu'est le commerce triangulaire au XVIIIe siècle.

Pense pas bête

- Quelle est la période concernée ?
- Quels sont les espaces concernés ?
- Quelles sont les conséquences de ces échanges ?
- Quelles sont les marchandises échangées ?
- Comment et par qui sont-elles échangées ?
- Pour quelles raisons sont-elles échangées ?

CHAPITRE 2

L'Europe des Lumières

Comment les idées nouvelles bouleversent-elles l'Europe au XVIIIe siècle ?

1 Le salon, lieu de rencontres et d'échanges des Lumières

Les femmes qui tiennent salon :
1 Mme Geoffrin 2 Mlle Lespinasse

Les philosophes et scientifiques des Lumières :
3 Montesquieu 4 Diderot 5 Buste de Voltaire
6 Rousseau 7 D'Alembert 8 Buffon

Quelques aristocrates éclairés :
9 Le prince de Conti 10 Le comte de Caylus

A. C. Gabriel Lemonnier, *Lecture de la tragédie de* L'Orphelin de la Chine *de Voltaire dans le salon de Madame Geoffrin*, 196 x 129 cm, 1812, musée du château de Malmaison, Rueil-Malmaison.

Faites une recherche pour construire une biographie d'un des personnages des Lumières représentés sur le tableau. Ils sont repérés par des numéros bleus.

VOCABULAIRE

- **Lumières :** mouvement intellectuel du XVIIIe siècle qui considère que la raison, l'accès aux connaissances et la liberté sont indispensables au bonheur des hommes.
- **Philosophes :** au XVIIIe siècle, écrivains exerçant une pensée critique dans tous les domaines, y compris religieux.
- **Raison :** pour les Lumières, faculté qu'ont les hommes à penser par eux-mêmes sans préjugés.

Je me repère dans le temps

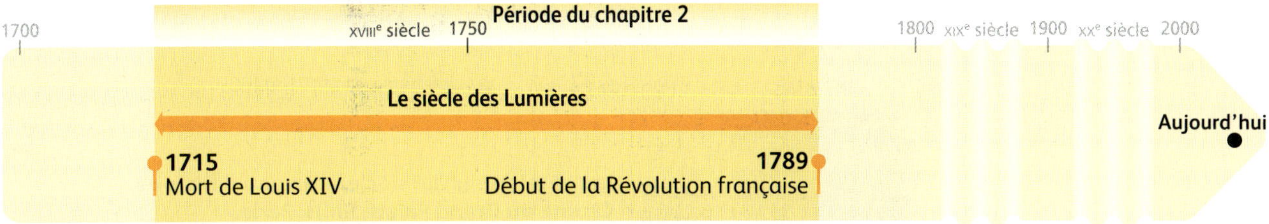

2 Mme de Pompadour, une femme de pouvoir gouvernée par la raison

1. *La Henriade*, pièce de théâtre de Voltaire.
2. *L'Esprit des lois*, traité politique de Montesquieu.
3. Tome IV de l'*Encyclopédie*.

M. Quentin de La Tour, *Portrait en pied de Jeanne-Antoinette Poisson, marquise de Pompadour*, portrait au pastel, 128 x 175 cm, vers 1752-1755, musée du Louvre, Paris.

Qui est-elle ?

▸ Mme de Pompadour (1721-1764)

Maîtresse du roi Louis XV, elle encourage et protège les philosophes des Lumières.

QUESTIONS

1. **Doc. 1** À quelles catégories sociales appartiennent les participants à ce salon ?
2. **Doc. 2** Montrez que Mme de Pompadour est une femme de savoir et une protectrice des arts.
3. **Doc. 1** et **2** Selon vous, qui sont les premiers destinataires des idées des Lumières en France ?

L'Europe au XVIIIe siècle

UNE VIDÉO POUR COMMENCER ? hachette-clic.fr/21hg4009

Les Lumières (XVIIIe siècle) – Un peu d'histoire. Chaîne du Grand Palais, RMN, Paris.

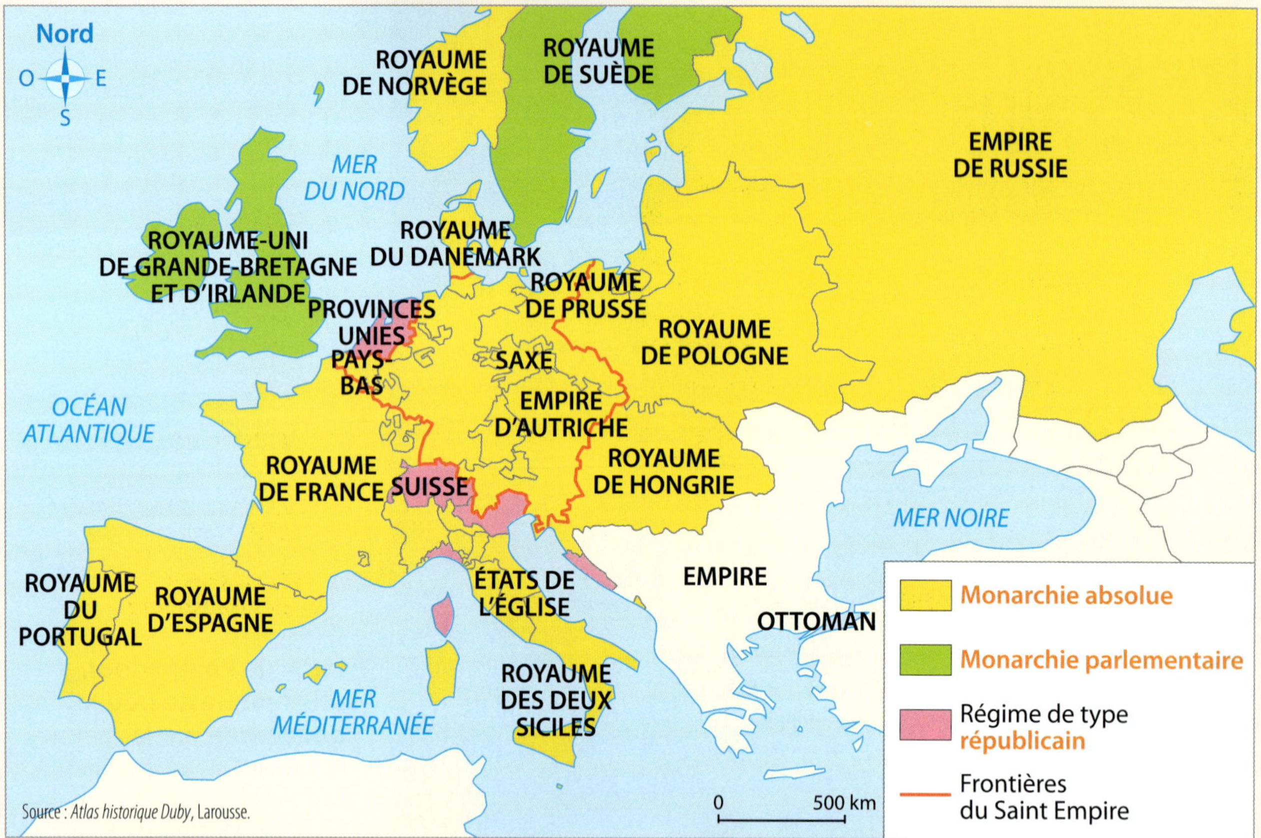

1 Les régimes politiques en Europe au XVIIIe siècle

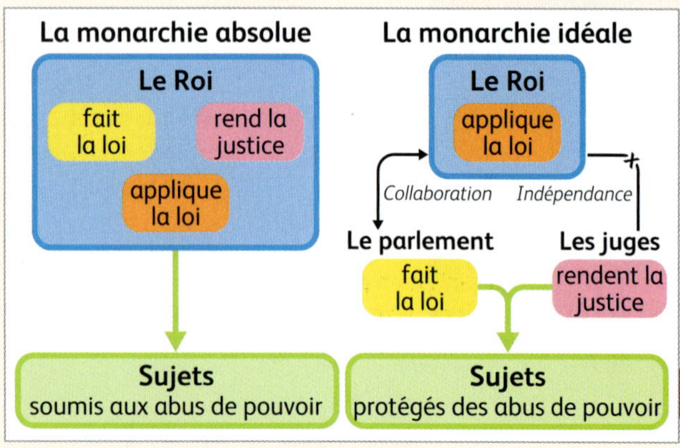

2 L'émergence de nouvelles idées : l'exemple de Montesquieu

Je me souviens

Se repérer dans le temps et dans l'espace

→ Classe de 5e et chapitre 1

1. Quel type de régime politique domine l'Europe et la France à l'époque moderne ?
2. Quelle catégorie sociale s'enrichit au XVIIIe siècle ?

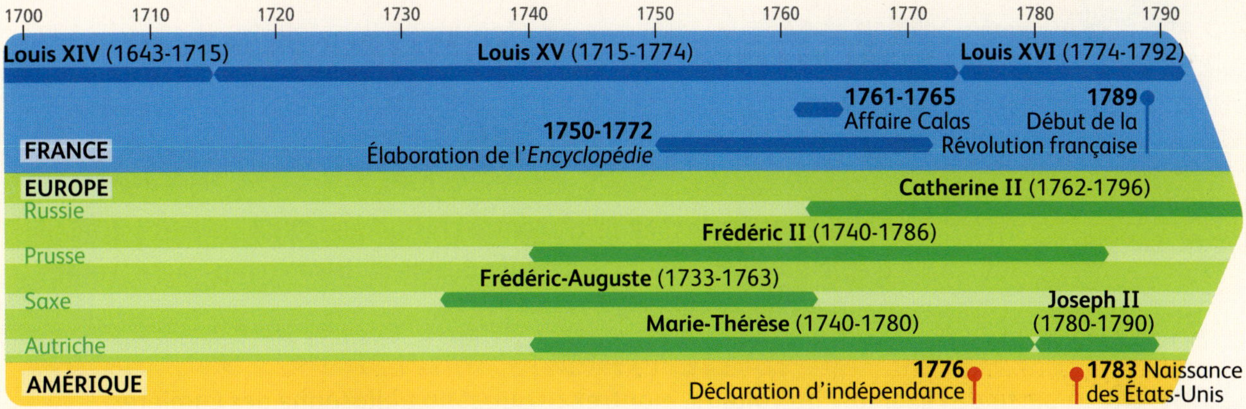

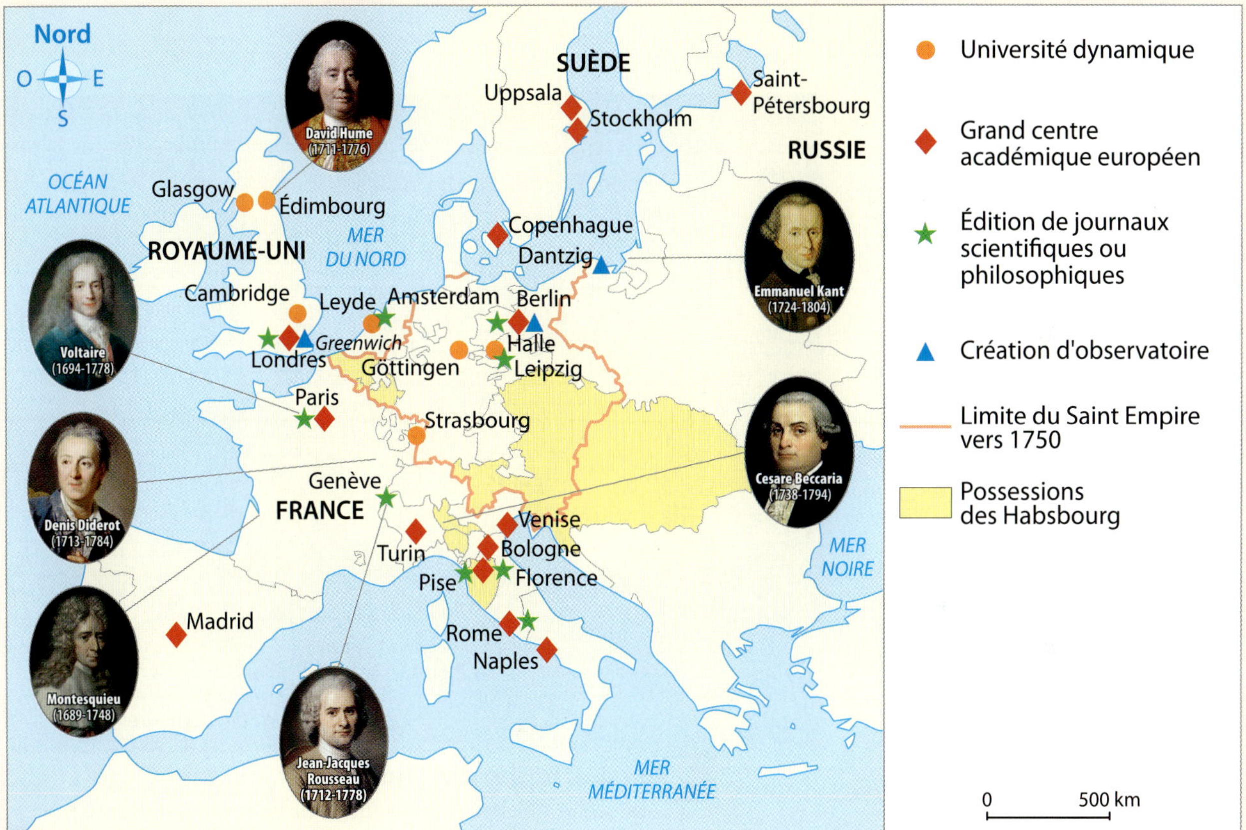

3 Une Europe des savoirs

VOCABULAIRE

- **Monarchie absolue :** régime politique où, en théorie, le roi a tous les pouvoirs et n'est contrôlé par aucune institution.
- **Monarchie parlementaire :** monarchie dans laquelle le gouvernement rend des comptes à des assemblées dont l'une au moins est élue.
- **République :** organisation politique d'un État dans lequel le pouvoir est exercé par les représentants de la population (généralement élus).

Je découvre

3. Comment fonctionne le gouvernement idéal selon Montesquieu ?

4. Pourquoi parle-t-on au sujet des Lumières de mouvement européen ?

Étude

DATES CLÉS

1734 Publication des *Lettres philosophiques*

1759 Publication de *Candide*

1763 Publication du *Traité sur la tolérance*

Voltaire, un philosophe des Lumières

Tâche complexe

Voltaire, auteur de théâtre, d'ouvrages historiques et de poèmes est aussi célèbre pour ses combats contre les injustices de son temps ou ses contes et essais philosophiques.

Votre mission **À partir de l'exemple de Voltaire, montrez ce qu'est un philosophe des Lumières. Vous préparerez une affiche que vous pourrez présenter oralement à la classe.**

Biographie

François-Marie Arouet, dit Voltaire (1694-1778)

Philosophe des Lumières, Voltaire est l'auteur de contes philosophiques, comme *Candide ou l'Optimisme* (1759), dans lesquels il attaque avec ironie les **fanatiques**. Premier écrivain engagé, il interpelle aussi l'**opinion publique** pour dénoncer les injustices de son temps. Ses écrits lui valent deux brefs séjours en prison ainsi que plusieurs exils volontaires hors de France.

1 Voltaire, figure des Lumières

Cette scène imaginaire réunit autour de Voltaire 1, Diderot 2, Condorcet 3 et d'Alembert 4 dans son château de Ferney.

Jean Huber, *Un dîner de philosophes à Ferney*, huile sur toile, 58 x 79 cm, 1772 ou 1773, Voltaire Foundation, Oxford.

2 Un homme qui parcourt l'Europe

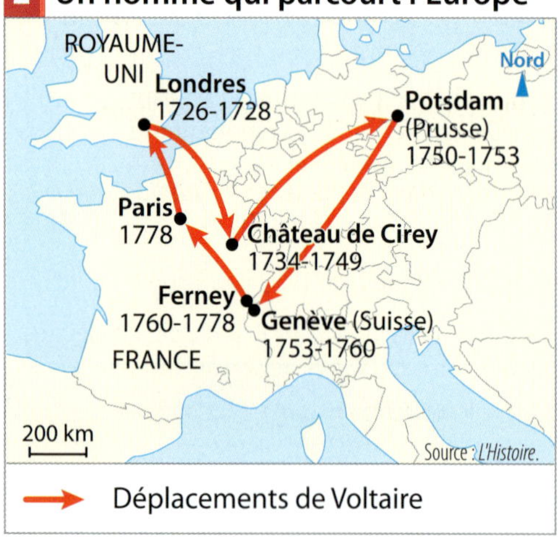

Déplacements de Voltaire

3 Voltaire et l'affaire Calas (1762-1765)

UNE VIDEO À REGARDER hachette-clic.fr/21hg4010

Un extrait du feuilleton *Ce diable d'homme*, réalisation M. Camus, TF1, 1978

En 1761, Jean Calas, un protestant, est accusé d'avoir tué son fils pour l'empêcher de se convertir au catholicisme et condamné à mort. Y voyant un exemple de fanatisme, Voltaire combat pour réhabiliter Calas et rédige un traité sur la tolérance.

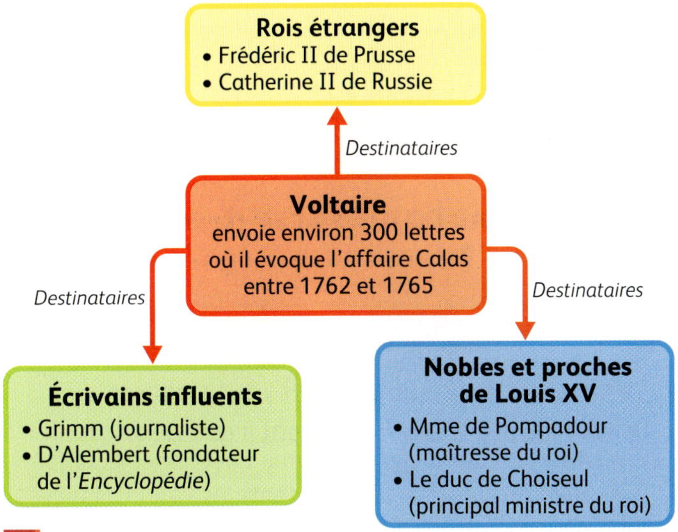

4 **L'appel de Voltaire à son réseau de connaissances**

6 **Voltaire enfermé à la Bastille après une critique contre le gouvernement (1717)**

Voltaire rédigeant sa pièce de théâtre *La Henriade*, inspiré par le génie poétique.

Voltaire à la Bastille, gravure du comte de Caylus, XVIIIe siècle, eau-forte, 7,5 x 16,5 cm, BNF, Paris.

5 Le conte philosophique, ruse littéraire pour critiquer le roi de guerre

Candide est rédigé en 1758. Voltaire y décrit un affrontement entre le roi des Abares et celui des Bulgares. Il s'agit en réalité d'une bataille opposant la France (Abares) et la Prusse (Bulgares).

Rien n'était si beau, si leste, si brillant, si bien ordonné que les deux armées. Les canons renversèrent d'abord à peu près six mille hommes de chaque côté; ensuite la mousqueterie ôta du meilleur des mondes environ neuf à dix mille coquins qui en infectaient la surface. La baïonnette fut aussi la raison suffisante de la mort de quelques milliers d'hommes. Le tout pouvait bien se monter à une trentaine de mille âmes. Candide, qui tremblait comme un philosophe, se cacha du mieux qu'il put pendant cette boucherie héroïque. Enfin, tandis que les deux rois faisaient chanter des Te Deum[1] chacun dans son camp, il prit le parti d'aller raisonner ailleurs.

D'après Voltaire, *Candide ou l'Optimisme*, éd. Cramer, Genève, Suisse, 1759.

1. Chants religieux pour remercier Dieu.

VOCABULAIRE

- **Conte philosophique :** court récit de fiction qui critique la société et le pouvoir pour promouvoir les valeurs des Lumières.
- **Fanatisme :** croyance religieuse aveugle qui mène à l'intolérance.
- **Opinion publique :** ensemble des convictions, valeurs et préjugés partagés par une population.

Un peu d'aide ?

Organisez votre présentation autour de trois grandes idées :

1. Les combats menés par Voltaire tout au long de sa vie (**Doc. 3**, **5** et **6**) ;
2. Les obstacles rencontrés par Voltaire (**Doc. 2** et **6**) ;
3. Les moyens utilisés par Voltaire pour faire triompher ses idées (**Doc. 2**, **3**, **4** et **5**).

+ Un peu d'aide ?

Classez les informations sélectionnées à l'aide du tableau suivant :

Les combats	**1. Doc. 3** Pour quelles raisons Voltaire s'engage-t-il dans l'affaire Calas ? **2. Doc. 5** Que critique-t-il dans ce passage de *Candide* ?
Les obstacles	**3. Doc. 5** Où *Candide* est-il publié ? Pourquoi ? **4. Doc. 2** et **6** Pourquoi Voltaire a-t-il autant voyagé ?
Les moyens	**5. Doc. 4** Quelle position Voltaire occupe-t-il au sein des lettrés de son temps qui lui permet d'accroître son audience ? **6. Doc. 3** et **4** Comment Voltaire s'engage-t-il dans l'affaire Calas ? **7. Doc. 5** Pourquoi ce texte est-il ironique ?

Étude

DATES CLÉS

- **1750** Début de la **souscription**
- **1750-1772** Parution de l'*Encyclopédie*
- **1753** **Censure** par le conseil du roi
- **1759** Condamnation par le pape
- **1765-1772** Impression secrète

L'*Encyclopédie*, une aventure éditoriale

Pourquoi l'*Encyclopédie* bouleverse-t-elle la pensée européenne ?

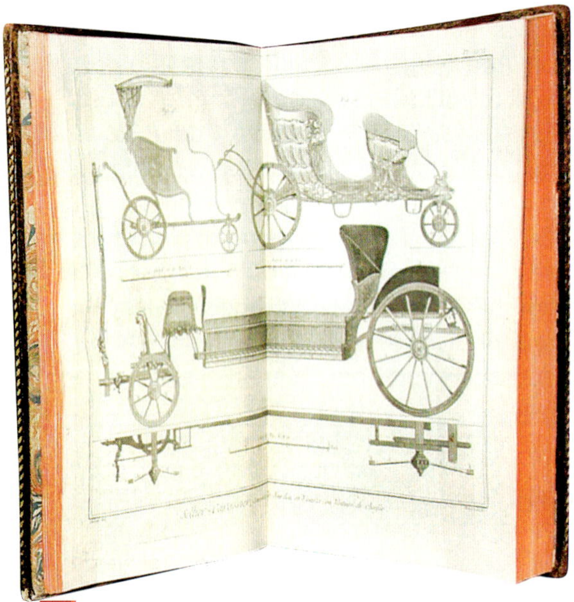

1 Une œuvre monumentale

Rédigée par plus de 160 auteurs, l'*Encyclopédie* comprend 17 volumes de texte avec 71 818 articles et 11 volumes de planches, édités entre 1751 et 1772.

2 Le projet encyclopédique

D'après d'Alembert :

L'ouvrage a deux objets : comme *Encyclopédie*, il doit exposer l'ordre et l'enchaînement des connaissances humaines ; comme *Dictionnaire raisonné des sciences, des* ***arts*** *et des métiers*, il doit contenir sur chaque science et sur chaque art des principes généraux, et les détails les plus essentiels.

D'après d'Alembert, *Discours préliminaires* contenus dans le premier tome publié, 1751.

D'après Diderot :

Ce qui caractérise le philosophe, c'est qu'il n'admet rien sans preuve, et qu'il pose exactement les limites du certain, du probable et du douteux. Cet ouvrage produira sûrement avec le temps une révolution dans les esprits, et j'espère que les tyrans, les oppresseurs, les fanatiques et les intolérants n'y gagneront pas.

Lettre privée de Diderot à Sophie Volland, 26 septembre 1762.

Qui sont-ils ? ▸ **Jean Le Rond d'Alembert (1717-1783) et Denis Diderot (1713-1784)**

Le premier est mathématicien, le second écrivain. Les deux s'associent pour diriger la rédaction de l'*Encyclopédie*.

3 Un hommage inédit au travail manuel

Planche « Étapes du travail dans un atelier d'un fabricant de coffres », gravure, 1763, BNF, Paris.

VOCABULAIRE

- **Arts :** ensemble des connaissances et savoir-faire dans un domaine.
- **Censure :** interdiction d'une publication.
- **Souscription:** somme versée par des particuliers pour financer un projet commun.

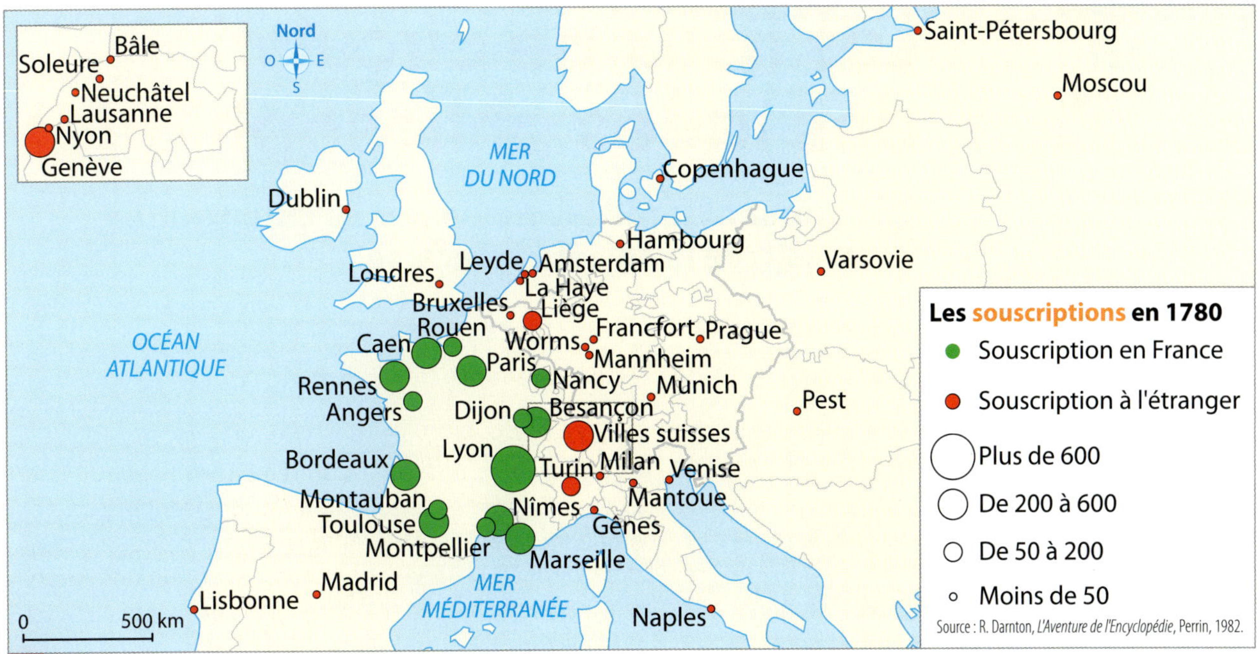

4 Des idées qui se diffusent

5 Un projet qui menace l'ordre établi

a. Les encyclopédistes écrivent…

Aucun homme n'a reçu de la nature le droit de commander aux autres. La liberté est un présent du Ciel, et chaque individu de la même espèce a le droit d'en jouir. Le roi tient son autorité de ses sujets. Le roi ne peut donc pas disposer de son pouvoir et de ses sujets sans le consentement du peuple.

D'après l'article « Autorité politique » de Diderot, 1751.

Profitant de l'imbécilité superstitieuse des peuples, les papes les ont armés contre leurs souverains naturels, et ont couvert l'Europe de carnage et d'horreurs pour élever leur puissance.

D'après l'article « Théocratie » du baron d'Holbach, 1765.

Qui est-il ? ▸ Paul Henri Dietrich, baron d'Holbach (1723-1789)
Savant et philosophe allemand vivant en France.

b. … Louis XV censure

Le roi a reconnu que dans deux volumes imprimés [de l'*Encyclopédie*] on a inséré plusieurs maximes tenant à détruire l'autorité royale et à élever les fondements de l'irréligion[1]. Sa Majesté ordonne que ces deux volumes soient supprimés. Fait très exprès défense à tout imprimeur de les réimprimer.

D'après l'arrêt du conseil d'État, 7 février 1752.

1. Absence de croyance en la religion.

ACTIVITÉS

Parcours 1

Extraire des informations pertinentes pour répondre à des questions

1. **Doc. 1** et **2** Présentez l'*Encyclopédie*.
2. **Doc. 4** Précisez comment elle a été financée.
3. **Doc. 2** et **3** Expliquez quels sont les objectifs poursuivis.
4. **Doc. 2** et **5** Précisez qui les encyclopédistes critiquent.
5. **Doc. 2** et **5** Indiquez quelles valeurs défendent les encyclopédistes.
6. **Doc. 4** et **5** Montrez que l'*Encyclopédie* est un succès européen malgré des obstacles.

OU

Parcours 2

Réaliser une production graphique

Prélevez dans les documents des arguments pour compléter le schéma suivant sur votre cahier :

L'Encyclopédie
- **1.** Un projet éditorial novateur (**Doc. 1**, **2** et **3**) *Arguments…*
- **2.** Un succès malgré des obstacles (**Doc. 4** et **5**) *Arguments…*

Pour conclure ▸ **Préparez une intervention orale pour répondre à la question : Pourquoi l'*Encyclopédie* bouleverse-t-elle la pensée européenne ?**

Étude

DATES CLÉS

1686 Ouverture du café Procope à Paris

1784 32 villes de province possèdent une académie

Les lieux de circulation des idées philosophiques

Comment les idées nouvelles circulent-elles au sein de la société française ?

1 Le salon des Quatre-Glaces, palais du Temple, Paris

Le jeune Mozart (1) jouant du clavecin chez le prince de Conti, cousin du roi, devant des scientifiques et des gens de la noblesse.

Michel Barthélemy Ollivier, *Le Thé à l'anglaise servi dans le salon des Quatre-Glaces au palais du Temple à Paris en 1764*, détail, huile sur toile, 53 x 68 cm, 1764, Musée national du château de Versailles.

2 Le salon, lieu de rencontre des élites

Les maisons que je fréquente sont celles-ci : baron d'Holbach, Mademoiselle Lespinasse chez qui je rencontre toujours d'Alembert, Mme Necker, la comtesse de Boufflers, l'ambassadeur du Portugal. On est parfaitement bien partout. On mange divinement. On parle beaucoup : on raisonne comme on peut, mais le ton est toujours courtois. Quant à d'Alembert, il me semble le plus grand et le meilleur de tous les philosophes : c'est un ange dans la conversation.

D'après une lettre d'Alessandro Beccaria à Pietro Verri, 27 octobre 1766.

3 Les jardins parisiens, lieux de lecture publique des journaux

Lecture du journal par les politiques de la Petite Provence au jardin des Tuileries, dessin aquarellé anonyme, fin du XVIIIe siècle, BNF, Paris.

4 Les cafés, nouveaux lieux d'échanges des idées

Le café Procope, à Paris. Créé en 1686, il est un lieu de rencontre des philosophes.

Gravure, vers 1779, BNF, Paris.

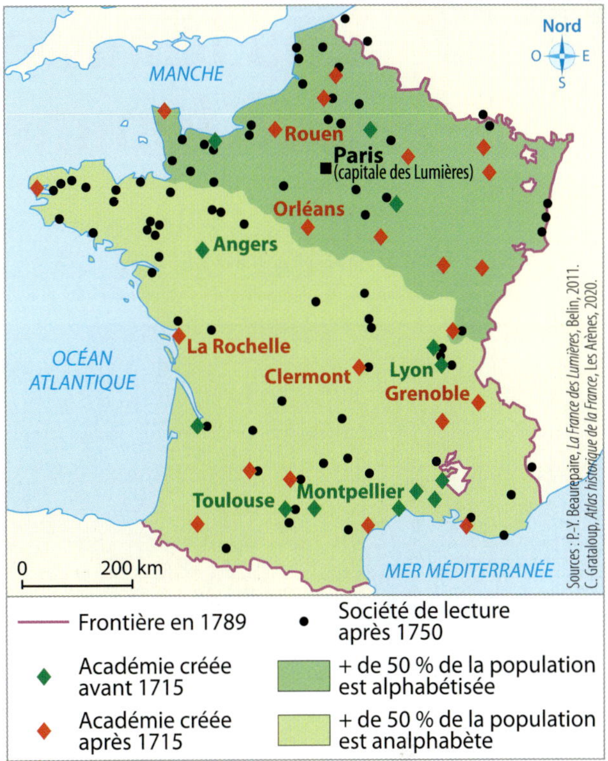

5 Académies et sociétés de lecture en France au XVIIIe siècle

VOCABULAIRE

- **Académie :** société savante exclusivement masculine.
- **Élite :** ceux qui dominent une société.
- **Salon :** réunion régulière de la « bonne société » (nobles, bourgeois) où se développent des divertissements centrés sur les lettres, les arts et les sciences.
- **Société de lecture :** établissement où le public peut lire journaux et livres.

ACTIVITÉS

Parcours 1

Extraire des informations pertinentes

1. **Doc. 1** et **2** À quelles catégories sociales appartiennent les participants à ces réunions ?
2. **Doc. 1** et **2** Comment le pouvoir royal entre-t-il en contact avec les idées nouvelles ?
3. **Doc. 1** et **2** À quelles activités se livre-t-on dans ces salons ?
4. **Doc. 3**, **4** et **5** Existe-t-il d'autres lieux à Paris et en France propres aux échanges intellectuels ? Lesquels ?
5. **Doc. 3** et **5** Quelles sont les nouvelles pratiques de lecture ? Que lit-on ?
6. **Doc. 1**, **3** et **4** Pourquoi peut-on dire que le fait de débattre concerne l'ensemble de la société urbaine ?

OU Parcours 2

Réaliser une production graphique

Construisez une carte mentale présentant la circulation des idées au sein de la société française.
Vous pourrez construire une branche pour les lieux et une autre pour les pratiques et activités.

Pour conclure › **Comment les idées nouvelles circulent-elles au sein de la société française ?**

Étude

Les femmes des Lumières, des femmes de savoirs

Quel rôle ont pu jouer les femmes de savoirs dans les progrès scientifiques ?

1 Le couple Lavoisier

➊ Marie-Anne Pierrette Paulze, épouse de Lavoisier, a commandé le portrait ➋ Antoine Laurent de Lavoisier, le plus grand chimiste de son temps ➌ Baromètre et gazomètre ➍ Carton à dessin de Mme Lavoisier

J.-L. David, *Le Couple Lavoisier*, huile sur toile, 259,7 x 194,6 cm, 1788, Metropolitan Museum of art de New York.

2 Correspondance scientifique de Mme Lavoisier

Lettre de Saussure[1] à Mme Lavoisier, le 7 novembre 1788

Vous triomphez de mes doutes, Madame, sur cette théorie de la combustion, principal objet de l'intéressant ouvrage dont vous m'avez fait l'honneur de m'envoyer un exemplaire. C'est avec grâce et précision que vous l'avez traduit. [...] Je vous dois même, Madame, des remerciements personnels de la note que vous avez mise à la p. 27 sur la quantité d'eau que l'air peut dissoudre.

Lettre de Mme Lavoisier à Saussure, le 2 janvier 1789

Je suis très flattée, Monsieur, que vous m'ayez choisie pour recevoir votre profession de foi, moi indigne qui n'ai d'autre mérite que la traduction. Les choses aimables que vous me dites à ce sujet seraient bien faites pour me donner de l'amour propre si je n'avais toujours à mes côtés plus habiles que moi et auprès de qui je suis bien petite fille. La science chimique fait des progrès qu'il est bien difficile de suivre, et c'est [aux expériences de mon mari] qu'on les doit.

1. Horace Bénédict de Saussure (1740-1799) : physicien, géologue et naturaliste genevois.

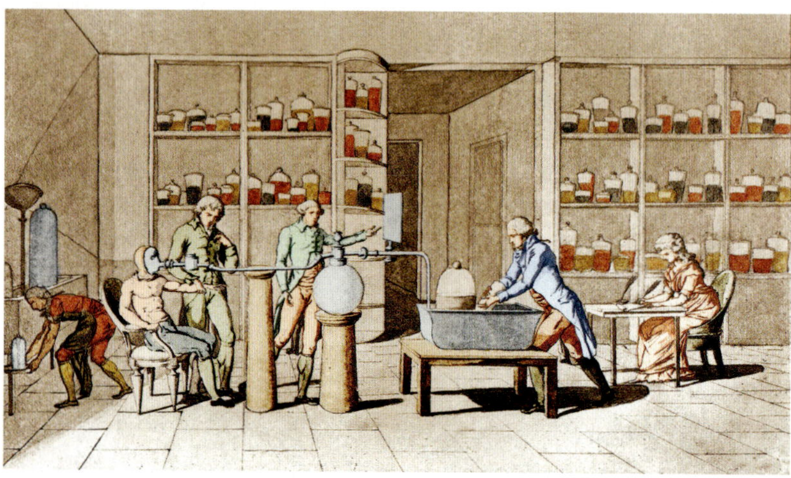

3 Expérimenter pour comprendre la nature

Aquarelle de Mme Lavoisier sur une expérience sur la respiration humaine, XVIIIe siècle (colorisation postérieure).

hachette-clic.fr/21hg4011
Une vidéo à regarder pour faire le lien avec les sciences – Les expériences de Lavoisier

4 Émilie du Châtelet, une femme de science

❶ Compas ❷ Instrument d'astronomie ❸ Livres et cahier de dessins géométriques

Gabrielle Émilie de Breteuil, marquise du Chastelet, Lorraine, copie d'un portrait attribué à Maurice Quentin de la Tour, 1740, collection privée.

Qui est-elle ? ▸ Gabrielle Émilie Le Tonnelier de Breteuil, marquise du Châtelet (1706-1749)

Femme de lettres, mathématicienne et physicienne française. Elle traduit les œuvres du physicien anglais Isaac Newton.

5 La physique expliquée par Mme du Châtelet à son fils

L'étude de la physique paraît faite pour l'homme : elle concerne des choses qui nous environnent sans cesse et sont causes de nos plaisirs et nos besoins.

Je tâcherai, dans cet ouvrage, de mettre cette science à votre portée et de la dégager de cet art admirable mais abstrait qu'on nomme algèbre.

Ne cessez jamais, mon fils, de cultiver cette science que vous avez apprise dès votre plus tendre jeunesse. On ne peut sans son secours faire de grands progrès dans l'étude de la nature. Elle est la clef de toutes les découvertes ; et s'il y a encore plusieurs choses inexplicables en physique, c'est qu'on n'a pas su les expliquer par la géométrie, et qu'on n'a peut-être pas encore été assez loin dans cette science.

D'après Émilie du Châtelet, *Institutions de physique*, Paris, Prault fils, 1740.

ACTIVITÉS en groupe

Coopérer et mutualiser

Étape 1 **Formez des groupes de 4 ou 5. Au sein de chaque groupe, partagez-vous en deux équipes. Chaque équipe répond aux questions qui lui correspondent.**

Équipe 1

Mme Lavoisier

1. **Doc. 1** et **3** Relevez les indices qui montrent le rôle majeur de Mme Lavoisier auprès de son mari.
2. **Doc. 2** Relevez au moins un élément qui montre qu'elle est une femme de science.
3. **Doc. 2** Montrez qu'elle minimise son rôle et son importance.
4. **Doc. 2** et **3** Relevez les indices des progrès de la science chimique au XVIIIe siècle. À qui sont-ils dus d'après Mme Lavoisier ?

Équipe 2

Mme du Châtelet

1. **Doc. 4** Relevez les indices qui montrent que Mme du Châtelet est une femme de science.
2. **Doc. 4** Relevez ceux qui montrent que Mme du Châtelet est une femme issue des catégories sociales favorisées.
3. **Doc. 4** et **5** Quels sont les domaines scientifiques maîtrisés par Mme du Châtelet ?
4. **Doc. 4** et **5** Par quels moyens veut-elle développer l'esprit critique ?

Étape 2 **Présentez votre travail à l'autre équipe et construisez ensemble un tableau présentant les points communs et différences entre ces deux femmes de science.**

Aide *Vous pouvez comparer comment elles sont représentées et leur rôle en tant que femmes et scientifiques.*

L'atelier de l'historien

Des despotes éclairés par les Lumières ?

Au XVIIIe siècle, des souverains tentent de réformer et moderniser leurs États. Vous cherchez à savoir quelle est l'influence réelle des philosophes des Lumières sur ces « despotes éclairés ».

Source 1 La correspondance entre Voltaire et le futur Frédéric II de Prusse

Lettre de Frédéric de Prusse à Voltaire, le 8 août 1736

Monsieur, quoique je n'aie pas la satisfaction de vous connaître personnellement, vous ne m'en êtes pas moins connu par vos ouvrages. Ce sont des trésors d'esprit [...]. Je sais que les avantages de la naissance ne servent qu'à peu de chose ou, pour mieux dire, à rien. De combien les talents de l'esprit ne sont-ils pas préférables ! Que ne doit-on pas aux gens que la nature a distingués par ce qu'elle les a fait naître ! Elle se plaît à donner à certains la capacité nécessaire pour faire des progrès dans les arts et dans les sciences ; et c'est aux princes à les récompenser.

Réponse de Voltaire, le 26 août 1736

Souffrez que je vous dise qu'il n'y a point d'hommes sur la terre qui ne soient heureux du soin que vous prenez de cultiver, par la saine philosophie, une âme née pour commander. Croyez qu'il n'y a eu de véritables bons rois que ceux qui ont commencé comme vous par s'instruire pour connaître les hommes, par aimer le vrai, par détester la persécution et la superstition[1]. Pourquoi si peu de rois recherchent-ils cet avantage ? Vous le sentez, monseigneur ; c'est que presque tous songent plus à la royauté qu'à l'humanité ; vous faites précisément le contraire.

D'après Voltaire, *Œuvres complètes*, Paris, Garnier, 1877.

1. Croyance religieuse irrationnelle.

Source 2 Une image officielle de l'empereur d'Autriche, Joseph II

L'empereur *Joseph II à la charrue*, anonyme, 1765, huile sur toile, 60,5 x 126,5 cm, musée historique de Vienne.

Source 3 Les lois d'un « despote éclairé »

Quoique l'Empereur soit dans la ferme intention de protéger et de soutenir invariablement notre Sainte Religion catholique, Sa Majesté a jugé néanmoins qu'il était de sa charité d'étendre à l'égard des personnes appelées protestants les effets de la **tolérance civile**. Laissant de côté la croyance, ils permettent de considérer l'homme uniquement en tant que citoyen. Sa Majesté étend cette tolérance dans tous les royaumes, provinces et terres de son obéissance.

D'après l'édit de tolérance promulgué le 12 novembre 1781 par l'empereur Joseph II.

Attendu que l'abolition du servage[1] et l'introduction d'un régime plus souple ont exercé la plus grande influence sur l'amélioration de l'agriculture, et que la raison et la charité parlent en faveur de ce changement, nous avons décidé d'abolir dorénavant totalement le servage.

D'après une décision du Conseil d'État sous Joseph II, novembre 1781.

1. Statut qui contraignait le paysan à vivre et à travailler sur une terre appartenant à un seigneur.

Source 4

La persistance d'une réputation : Catherine II de Russie (1729-1796)

Ivan Féodorov, *L'Impératrice Catherine II de Russie visitant le chimiste et physicien Mickaël Lomonossov*, huile sur toile, 111 x 93 cm, 1884, collection privée.

Source 5 Le despotisme éclairé, mythe plutôt que réalité

Le regard de l'historien

Le despotisme éclairé, mouvement politique, qui s'étend de 1740 à 1790, établit le pouvoir royal sur les bases de la raison. Il appartient à des princes éduqués et éclairés de conduire leur peuple vers le progrès et de réformer l'État en profondeur.

Or la réalité des réformes faites apparente davantage le despotisme éclairé à l'absolutisme qu'à une application des théories des Lumières. Mais face à une opinion publique qui se renforce, les princes doivent fonder leur pouvoir autrement que par l'hérédité et le droit divin[1], et justifier leur action en lui assignant un but collectif : le bonheur du peuple.

D'après Anne Conchon, Frédérique Leferme-Falguières, *Le XVIIIe siècle – 1715-1815*, Hachette, 2007.

1. Le roi prétend détenir son pouvoir de Dieu.

VOCABULAIRE

- **Despote éclairé :** souverain qui prétend s'inspirer des idées des Lumières pour transformer son pays et la société.
- **Tolérance civile :** autorisation de pratiquer sur le territoire d'un État une religion autre que la religion officielle.

POINT MÉTHODE La démarche de l'historien

Étape 1 Identifier les sources et leur point de vue

1. Identifiez parmi les sources celles qui ne sont pas des documents contemporains du siècle des Lumières.
2. Identifiez parmi les sources celle qui porte un regard critique sur le despotisme éclairé. Pourquoi les autres ne le font-elles pas ?

Étape 2 Comprendre un document source

3. **Source 1** Décrivez le rôle que doit avoir un souverain à l'égard des Lumières selon Frédéric II.
4. **Source 1** Relevez ce qui définit le « bon souverain » pour Voltaire.

Étape 3 Le confronter à d'autres sources

5. **Sources 2** et **3** Relevez les indices permettant de qualifier Joseph II de despote éclairé.
6. **Sources 1, 2** et **4** Relevez les indices montrant qu'une image positive des souverains est donnée.

Étape 4 Conclure

7. **Source 5** Pourquoi les historiens critiquent-ils la notion de despote éclairé ?

Enquêter

Des Lumières en Amérique ?

Estampe en couleurs, XVIIIe siècle, BNF, Paris.

Voici votre énigme

Une estampe en couleurs datant du XVIIIe siècle vous interpelle. Elle présente trois hommes réunis sous un slogan « LE FLAMBEAU DE L'UNIVERS ». Leurs noms, dates de naissance et de décès sont inscrits autour de l'estampe. À vous de les identifier et de comprendre pourquoi ils sont réunis !

Personnage 1

Tout ce que je vois jette les semences d'une révolution qui arrivera immanquablement et dont je n'aurai pas le plaisir d'être témoin. Les Français arrivent tard à tout, mais enfin, ils arrivent. Les jeunes gens sont bienheureux ; ils verront de belles choses.

Voltaire, lettre au marquis de Chauvelin, 2 avril 1764.

Personnage 2

Renoncer à sa liberté, c'est renoncer à sa qualité d'homme, aux droits de l'humanité, même à ses devoirs.
La volonté générale peut seule diriger les forces de l'État. Le peuple, soumis aux lois, en doit être l'auteur. La puissance législative appartient au peuple et ne peut appartenir qu'à lui.
Toute loi que le peuple en personne n'a pas ratifiée est nulle ; ce n'est point une loi.

Jean-Jacques Rousseau, *Du contrat social*, extraits, 1762.

Personnage 3

Ceux qui abandonnent une liberté essentielle pour une sécurité minime et temporaire ne méritent ni la liberté ni la sécurité.

Benjamin Franklin, lettre au gouverneur de Pennsylvanie, 11 novembre 1755.

Personnages 1 et 3

[Avril 1778] Le philosophe américain lui présenta son petit-fils. *God and Liberty*[1], dit Voltaire, voilà la seule bénédiction qui convienne au petit-fils de M. Franklin. Ils se revirent à une séance publique de l'Académie des sciences ; le public contemplait avec attendrissement, placés à côté l'un de l'autre, ces deux hommes nés dans des mondes différents, respectables par leur vieillesse, par leur gloire, par l'emploi de leur vie, et jouissant tous deux de l'influence qu'ils avaient exercée sur leur siècle.

Condorcet, *Vie de Voltaire*, 1791.

1. Dieu et liberté.

POINT MÉTHODE — Pour résoudre l'énigme

Étape 1 Formuler des hypothèses

À votre avis, pour quelles raisons ces trois hommes sont-ils réunis ?

Étape 2 Vérifier les hypothèses

Menez l'enquête à partir des indices p. 47.

Étape 3 Conclure

Quel est le résultat de votre enquête ?
Préparez une présentation orale pour confronter votre avis à celui des autres.
Pour quelles raisons ces trois hommes sont-ils réunis ?
Quelles relations et influences réciproques pouvaient exister entre les hommes des Lumières français et les « pères fondateurs » des États-Unis d'Amérique ?

Indice n° 1

La déclaration d'Indépendance des treize colonies anglaises d'Amérique, 1776

Tous les hommes sont créés égaux ; le Créateur les a dotés de certains droits inaliénables[1] parmi lesquels se trouvent la vie, la liberté et la recherche du bonheur. Pour garantir ces droits, les hommes instituent des gouvernements qui tirent leur juste pouvoir du consentement des gouvernés. Chaque fois qu'un gouvernement menace ces droits, c'est le droit du peuple de l'abolir et d'en instituer un autre.

Déclaration rédigée par Benjamin Franklin ①, John Adams ② et Thomas Jefferson ③, proclamée le 4 juillet 1776 à Philadelphie.

1. Qui ne peuvent être retirés à une personne.

Indice n° 3

Lafayette, enrôlé volontaire aux côtés des insurgés américains, 1777

Washington et Lafayette (à gauche), Philadelphie, 3 août 1777. Lithographie, 35 x 22 cm, 1826, Metropolitan Museum of Art, New York.

Indice n° 2

Benjamin Franklin reçu en France, 1776

Franklin présenté à Louis XVI et Marie-Antoinette à la cour de France, gravure sur bois, 45 x 29 cm.

Bientôt on vit arriver à Paris des députés américains, dont le célèbre Benjamin Franklin. Il serait difficile d'exprimer avec quel empressement furent accueillis en France, au sein d'une vieille monarchie, ces envoyés d'un peuple en insurrection contre son monarque. Les philosophes attribuaient à leurs propres écrits et à leur influence le succès de l'insurrection américaine, et leur désir secret était de se voir un jour faire la loi en Europe, comme leurs amis américains.

D'après les *Mémoires* du comte de Ségur, Paris, 1824.

Indice n° 4

Le projet d'une déclaration des droits de l'homme

La nature a fait les hommes libres et égaux […]. Tout homme naît avec des droits inaliénables et imprescriptibles[1] […]. Nul homme ne peut-être soumis qu'à des lois consenties par lui ou ses représentants. Le principe de toute souveraineté réside dans la nation.

D'après la motion lue devant l'Assemblée nationale par M. le marquis de Lafayette, séance du 11 juillet 1789, Versailles.

1. Qui ne peuvent être supprimés au cours du temps.

Indice n° 5

Éloge funèbre de Benjamin Franklin, 1790

Franklin est mort… (*il se fait un profond silence*) Il est retourné au sein de la Divinité, le génie qui affranchit l'Amérique et versa sur l'Europe des torrents de lumières ! Ne serait-il pas digne de vous, Messieurs, de vous unir et participer à cet hommage rendu aux droits de l'homme et au philosophe qui a le plus contribué à en propager la conquête sur toute la Terre ?

D'après Mirabeau, discours prononcé devant l'Assemblée nationale, Paris, le 11 juin 1790.

Leçon

L'Europe des Lumières

Comment les idées nouvelles bouleversent-elles l'Europe au XVIIIe siècle ?

Podcast de la leçon
hachette-clic.fr/21hg4012

1 Les idées nouvelles des Lumières européennes

› **Au XVIIIe siècle, un nouveau courant de pensée s'impose en Europe : les Lumières.** Ce mouvement conteste la tradition religieuse et intellectuelle classique. Les philosophes entendent libérer l'homme des préjugés par la connaissance et par l'usage de la raison et de la critique.

› Bien qu'agissant dans des contextes nationaux différents, **ces penseurs défendent des valeurs communes** : unité du genre humain malgré les différences de civilisations, recherche du bonheur terrestre, dénonciation de l'absolutisme, lutte pour la tolérance religieuse et la liberté d'expression, lutte contre les inégalités sociales fondées sur la naissance.

› **Les Lumières ont également foi dans le progrès des sciences et des techniques** à une époque où celles-ci connaissent un essor considérable et un intérêt grandissant de la part du public. Ainsi, la traduction de l'œuvre d'Isaac Newton par Émilie du Châtelet participe de cette volonté d'expliquer les phénomènes naturels par l'analyse scientifique. De même, l'*Encyclopédie* est une tentative de vulgariser les dernières avancées scientifiques et de valoriser les savoirs techniques.

› S'il est cosmopolite, ce mouvement n'a pas la même intensité selon les pays, **la France se détache en raison de l'activité de savants et de philosophes de premier plan** comme Lavoisier, Montesquieu, Voltaire, Rousseau, ou du projet novateur que constitue l'*Encyclopédie* de Diderot et d'Alembert.

Biographie

Isaac Newton (1642-1727)

Mathématicien et physicien, il publie en 1687 *Principes mathématiques de la philosophie naturelle* où il développe la théorie de la gravitation.

2 La circulation des idées des Lumières

› **Les Lumières voient l'émergence de « l'opinion publique » dont elles se font les porte-parole pour justifier leur combat.** Les lieux où se forme cette opinion publique se situent dans les villes : salons qui mettent en présence élites et hommes de lettres, sociétés savantes et académies qui permettent la circulation rapide des théories et des avancées scientifiques…

› **La forte progression de la production de livres et l'essor de la presse facilitent la circulation des nouvelles idées.** De nouveaux lieux de lecture se développent dans les cafés, les cabinets de lecture ou les jardins publics. La lecture collective des nouvelles permet l'émergence d'une culture de la discussion et diffuse les idées des Lumières dans la population.

› **Les œuvres des Lumières sont néanmoins souvent interdites par les autorités** et leurs auteurs poursuivis, d'où l'importance de contourner la censure ou de bénéficier de puissants protecteurs.

› **Certains princes, les despotes éclairés, prétendent cependant gouverner par la raison** pour assurer le bonheur de leurs sujets. En réalité, c'est souvent pour renforcer leur pouvoir qu'ils modernisent l'État. Ils mettent ainsi les idées des Lumières au service de leur absolutisme.

VOCABULAIRE

- **Despote éclairé :** souverain qui prétend s'inspirer des idées des Lumières pour transformer son pays et la société.
- **Lumières :** mouvement intellectuel du XVIIIe siècle qui considère que la raison, l'accès aux connaissances et la liberté sont indispensables au bonheur des hommes.
- **Opinion publique :** ensemble des convictions, valeurs et préjugés partagés par une population.
- **Philosophe :** au XVIIIe siècle, écrivain exerçant une pensée critique dans tous les domaines, y compris religieux.
- **Raison :** pour les Lumières, faculté qu'ont les hommes à penser par eux-mêmes sans préjugés.

Schéma de la leçon

L'Europe des Lumières

1 Les idées nouvelles des Lumières européennes

Lutter pour la tolérance et la liberté d'expression

- Affaire Calas
- Dénoncer la superstition

Croire en la raison et au progrès

- Foi dans le progrès des sciences et des techniques
- Preuve scientifique par l'expérience
- Rôle des femmes

Remettre en cause l'absolutisme

- Séparation des pouvoirs
- Promotion des libertés publiques
- Idée du consentement des sujets

2 La circulation des idées des Lumières

Le développement de l'imprimé

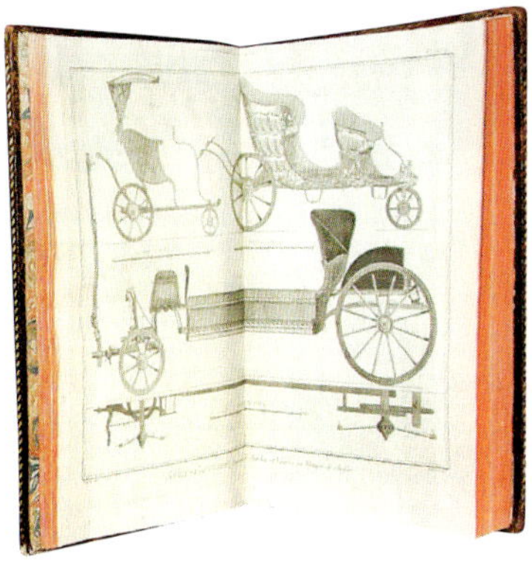

- Encyclopédie, contes philosophiques
- Essor de la presse et des livres

L'apparition de l'opinion publique

- Nouveaux lieux de lecture
- Nouveaux lieux de discussion

L'intérêt des despotes éclairés

- Moderniser leurs États
- Accroître leur pouvoir

Dates clés

1750-1772 Le projet de l'*Encyclopédie*

1762-1765 L'affaire Calas

1776 Révolution américaine

1781 Édit de tolérance religieuse de Joseph II, empereur du Saint Empire

J'apprends & je construis mes compétences

Exercices interactifs
hachette-clic.fr/21hg4013

1 Je fais ma fiche de révision

Utilisez les rubriques suivantes pour réaliser votre fiche de révision sur le support de votre choix.

Le vocabulaire

Je connais la définition des mots suivants :

- Lumières
- *Encyclopédie*
- Raison
- Despote éclairé
- Censure

Les repères historiques et géographiques

- **Je connais les périodes suivantes :**
  Le siècle des Lumières • L'affaire Calas • La parution de l'*Encyclopédie*.
- **Je connais la carte politique de l'Europe** (voir p. 34).

Les acteurs

- **Je connais les principaux philosophes et hommes de science des Lumières.**
- **Je connais les despotes éclairés et protecteurs des Lumières.**

2 Je teste mes connaissances

Exercices à compléter
hachette-clic.fr/21hg4014

Exercice 1 **Classez les personnalités des Lumières suivantes selon qu'elles sont des philosophes, des scientifiques ou des protecteurs des Lumières.**

Rousseau (1712-1778)

Mme de Pompadour (1721-1764)

Diderot (1713-1784)

Mme du Châtelet (1706-1749)

Lavoisier (1743-1794)

Frédéric II de Prusse (1712-1786)

Exercice 2 **Sur votre cahier ou à l'oral, complétez le tableau à l'aide de la boîte à outils.**

Les idées des Lumières dans les domaines	Ce que les Lumières critiquent	Ce que les Lumières revendiquent
Politique		
Religieux		
Social		
Scientifique		
Éditorial		

Boîte à outils

La monarchie absolue • Une seule religion autorisée • Inégalités fondées sur la naissance • Égalité de nature entre les hommes • L'expérimentation et l'observation • Censure • Liberté d'écrire et de publier • Tolérance • Séparation des pouvoirs • Des savoirs incertains

Je m'auto-évalue

J'ai réussi l'exercice sans regarder ma fiche de révision ou le manuel.	J'ai réussi l'exercice en allant chercher quelques informations dans ma fiche de révision ou le manuel.	J'ai réussi l'exercice en allant chercher les informations dans ma fiche de révision ou le manuel.	J'ai fait l'exercice mais n'ai pas réussi à trouver les informations nécessaires.
Très bonne maîtrise	Maîtrise satisfaisante	Maîtrise fragile	Maîtrise insuffisante

3 Je pratique différents langages : écrire pour construire son savoir

Sujet : Les voyages pour connaître le monde au temps des Lumières

Rédigez un compte rendu de recherche numérique sur les voyages scientifiques.

Étape 1 Je m'informe dans le monde numérique et prends des notes au brouillon

Rendez-vous sur le site de la BNF pour trouver la fiche de cette image, en tapant dans un moteur de recherche les mots clés « Bougainville BNF Lumières ».

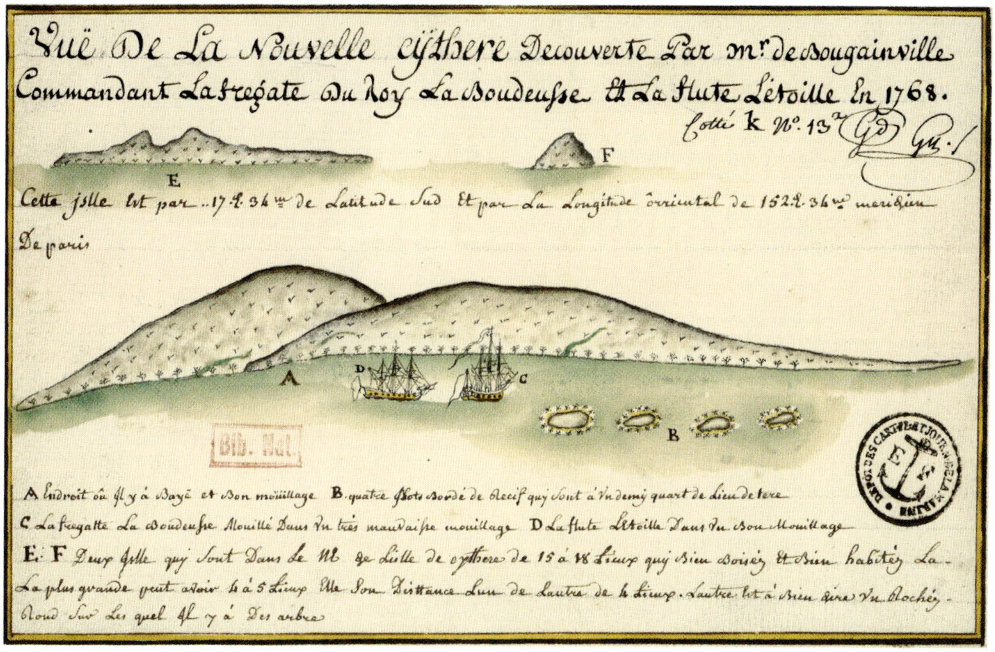

L.-A. de Bougainville, *Vue de la Nouvelle Cythère…*, dessin à la plume aquarellé, 1768, BNF, Paris.

Vous noterez les réponses aux questions suivantes, sans forcément faire de phrase.

1. Relevez les dates et le but du voyage de Bougainville.
2. Quelles personnes l'accompagnent ? Pour quelles raisons ?
3. Quelle île est représentée sur cette aquarelle ?
4. Recherchez le nom de l'explorateur britannique qui a découvert les îles d'Hawaï.
5. Pourquoi les voyages modifient-ils la vision que les Européens ont de l'humanité ?
6. Comment les connaissances rapportées de ce voyage ont-elles pu être diffusées en Europe ?

hachette-clic.fr/21hg4015
Retrouvez l'exposition
Cliquez sur l'onglet « l'exposition », puis « l'universalité ».

Étape 2 Je rédige mon compte rendu

- **Construisez et organisez votre compte rendu en plusieurs parties avec des titres.**
- **Pour chaque partie, rédigez un paragraphe que vous pouvez illustrer.**

Un peu d'aide ?

Vous pouvez faire :

1. Une partie qui présente le voyage ;
2. Une autre qui montre l'impact de ce voyage en Europe.

Un peu + d'aide ?

1. Pour la première partie : utilisez vos réponses aux **questions 1**, **2**, **3** et **4**.
2. Pour la deuxième partie : utilisez vos réponses aux **questions 5** et **6**.

4 J'analyse et je comprends un document : un texte

→ Étudiez le texte en répondant aux questions.

1 Le bon gouvernement selon Rousseau

Toute action est guidée par deux éléments : la volonté qui la détermine et la force qui l'exécute. Quand je marche vers un objet, il faut premièrement que j'y veuille aller ; en second lieu, que mes pieds m'y portent.
Le corps politique fonctionne de la même manière : on y distingue la force et la volonté, c'est-à-dire la puissance exécutive et la puissance législative. La puissance législative appartient au peuple qui est souverain[1], et ne peut appartenir qu'à lui.
La puissance exécutive appartient au gouvernement, chargé de l'exécution des lois et du maintien de la liberté, qui ne peut subsister sans l'égalité.

D'après J.-J. Rousseau, *Du contrat social ou Principes du droit politique*, Marc-Michel Rey, Amsterdam, 1762.

1. Qui est à l'origine du pouvoir, qui détient le pouvoir.

Qui est-il ? ▸ Jean-Jacques Rousseau (1712-1778)
Philosophe et écrivain suisse.
Dans le *Contrat social*, il présente ses idées politiques.

QUESTIONS

A. Identifier le document

1. Présentez le document (sa nature, son auteur, sa date et le sujet traité).

B. Extraire des informations pertinentes

2. Relevez dans le 1er paragraphe les deux éléments qui guident chaque action de l'homme.
3. Relevez l'expression qui désigne :
   - Le pouvoir de faire la loi, de voter les lois.
   - Le pouvoir d'exécuter les lois, de gouverner.
4. D'après Rousseau, à qui appartient :
   - Le pouvoir de faire la loi ?
   - Le pouvoir d'exécuter les lois ?

C. Utiliser ses connaissances pour expliciter

5. À l'aide de vos connaissances, montrez que Rousseau se rapproche ici de Montesquieu.
6. Rousseau est-il un partisan de la monarchie absolue ? Justifiez votre réponse.

POINT MÉTHODE Analyser et comprendre un document

Pour identifier un document

> Utiliser les informations de la source.
Aide *Elles sont surlignées en jaune.*

Pour extraire des informations pertinentes

> Repérer dans le texte les groupes de mots.
Aide *Utilisez les parties du texte surlignées.*
– *En bleu pour la question 2.*
– *En vert pour la question 3.*
– *En gris pour la question 4.*

Utiliser ses connaissances pour expliciter

> Utiliser ce que l'on a appris.
Aide *Reportez-vous au schéma qui présente la monarchie absolue et la monarchie parlementaire* *(voir p. 34).*

Je m'entraîne

Sujet guidé

Exercice 1 Analyser et comprendre un document

1 Le nègre de Surinam

En approchant de la ville, ils rencontrèrent un nègre étendu par terre, n'ayant plus que la moitié de son habit, c'est-à-dire d'un caleçon de toile bleue ; il manquait à ce pauvre homme la jambe gauche et la main droite. « Eh, mon Dieu ! lui dit Candide en hollandais, que fais-tu là, mon ami, dans l'état horrible où je te vois ? — J'attends mon maître, M. Vanderdendur, le fameux négociant, répondit le nègre. — Est-ce M. Vanderdendur, dit Candide, qui t'a traité ainsi ? — Oui, monsieur, dit le nègre, c'est l'usage. On nous donne un caleçon de toile pour tout vêtement deux fois l'année. Quand nous travaillons aux sucreries, et que la meule nous attrape le doigt, on nous coupe la main ; quand nous voulons nous enfuir, on nous coupe la jambe : je me suis trouvé dans les deux cas. C'est à ce prix que vous mangez du sucre en Europe. [...]

Les chiens, les singes et les perroquets sont mille fois moins malheureux que nous. Les fétiches[1] hollandais qui m'ont converti me disent tous les dimanches que nous sommes tous enfants d'Adam, blancs et noirs. Je ne suis pas généalogiste ; mais si ces prêcheurs disent vrai, nous sommes tous cousins issus de germains. Or vous m'avouerez qu'on ne peut pas en user avec ses parents d'une manière plus horrible. »

Voltaire, *Candide ou l'Optimisme*, éd. Cramer, Genève, 1759.

1. En Afrique, personnes aux pouvoirs magiques.

QUESTIONS

1. Identifiez le document.
2. Indiquez ce que Voltaire dénonce dans le premier paragraphe (l. 1 à 8).
3. Montrez comment il le dénonce.
4. Précisez qui sont les « fétiches hollandais » (l. 21). Justifiez votre réponse.
5. Montrez que Voltaire critique leur attitude.
6. Expliquez pourquoi Voltaire situe son récit en territoire hollandais et non en France.

Un peu d'aide ?

- **Pour la question 1**
  Précisez la nature du document, le sujet évoqué, la période concernée et son auteur.
- **Pour les questions 2 et 3**
  Faites le lien avec le chapitre 1 et la vie dans les plantations des colonies (voir p. 22-23).
- **Pour les questions 4 et 5**
  Rappelez la religion dominante en Europe et ses croyances sur les origines de l'homme.
- **Pour la question 6**
  Faites appel aux connaissances que vous avez sur la publication des ouvrages des Lumières et le pouvoir politique.

Exercice 2 Pratiquer différents langages

Sous la forme d'un développement construit d'une quinzaine de lignes, montrez quelles sont les idées des Lumières et comment elles circulent.

- **Les Lumières**
  - **Les Lumières : qui sont-elles ?**
    1. Quels noms ?
    2. Quelles professions ?
    3. S'appuient sur quoi ?
  - **Les idées des Lumières**
    1. Pour la société ?
    2. Pour le pouvoir ?
    3. Pour la religion ?
  - **La circulation des idées**
    1. Quels lieux ?
    2. Quels écrits ?

CHAPITRE 3

La Révolution française et l'Empire

Quels sont les apports politiques et sociaux de la Révolution et de l'Empire en France et en Europe ?

1 Juin 1789, les représentants du peuple français contestent la monarchie absolue
Jacques-Louis David, *Le Serment du Jeu de Paume*, le 20 juin 1789, huile sur toile, 65 x 88,7 cm, musée Carnavalet, Paris.

Lecture d'image
hachette-clic.fr/21hg4016

VOCABULAIRE

- **Régime politique :** forme que prend le gouvernement d'un pays (monarchie, république…).
- **Révolution :** changement brusque de régime politique à la suite de la révolte d'une partie de la population.

Je me repère dans le temps

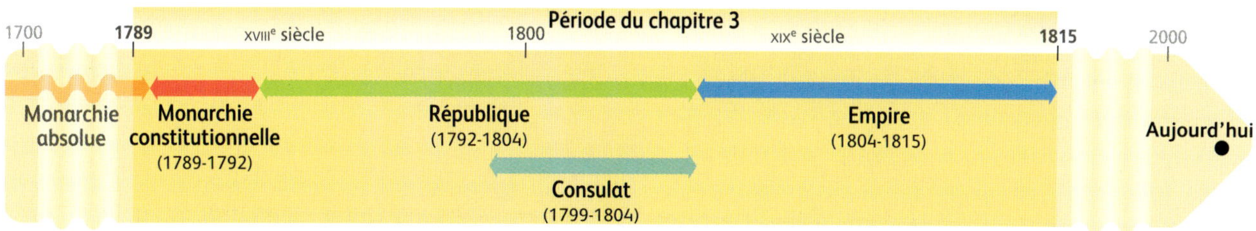

2 Décembre 1804, Napoléon Bonaparte devient empereur des Français
Jacques-Louis David, *Serment de l'armée fait à l'empereur après la distribution des Aigles au champ de Mars*, 5 décembre 1804, huile sur toile, 1808-1810, 610 x 931 cm, château de Versailles.

QUESTIONS

1. **Doc. 1** Quel **régime politique** disparaît en 1789 ?
2. **Doc. 2** Comment le tableau montre-t-il qu'un nouveau monarque règne sur la France à partir de 1804 ?
3. **Doc. 1** et **2** Comment les deux tableaux mettent-ils en scène l'adhésion de la nation aux événements représentés ?

Se repérer

Les temps forts de la Révolution et de l'Empire (1789-1815)

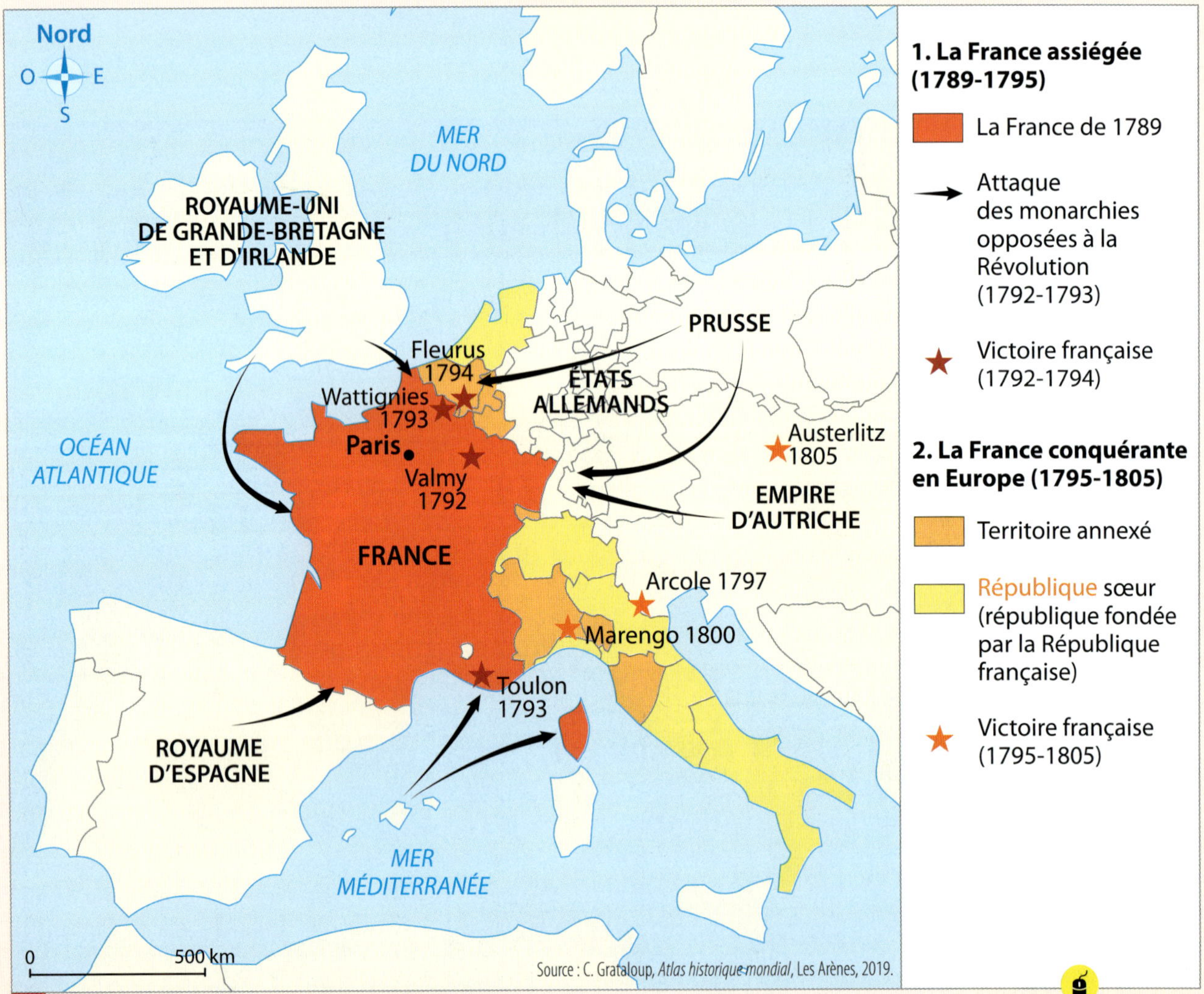

1 La France et l'Europe (1789-1805)

Carte interactive
hachette-clic.fr/21hg4017

VOCABULAIRE

- **Monarchie constitutionnelle :** régime politique dans lequel le pouvoir d'un monarque est encadré par une constitution.
- **République :** organisation politique d'un État dans lequel le pouvoir est exercé par les représentants de la population (généralement élus).

Je me souviens

Se repérer dans le temps et dans l'espace

→ Voir les chapitres 1 et 2

1. Rappelez ce qu'est une monarchie absolue.
2. Quel courant de pensée critique ce régime au XVIIIe siècle ?
3. Rappelez quelle catégorie de la population s'enrichit avec le grand commerce au XVIIIe siècle.

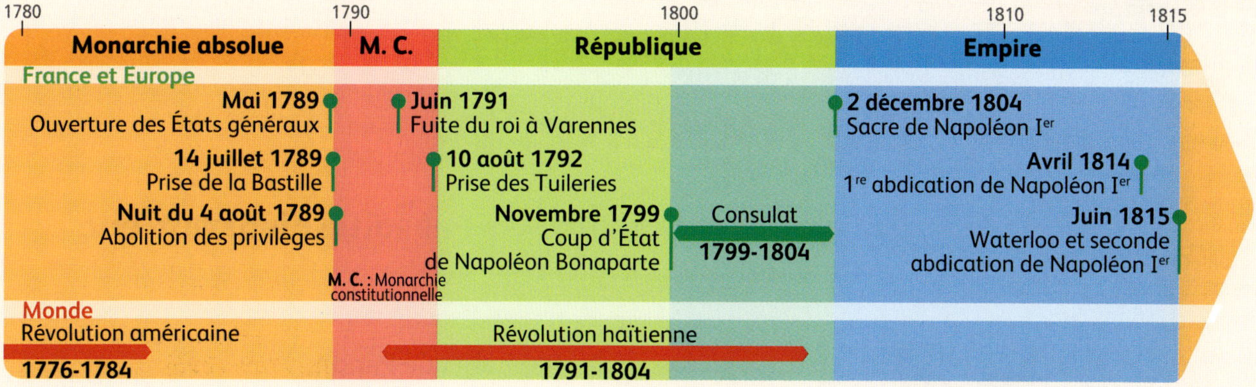

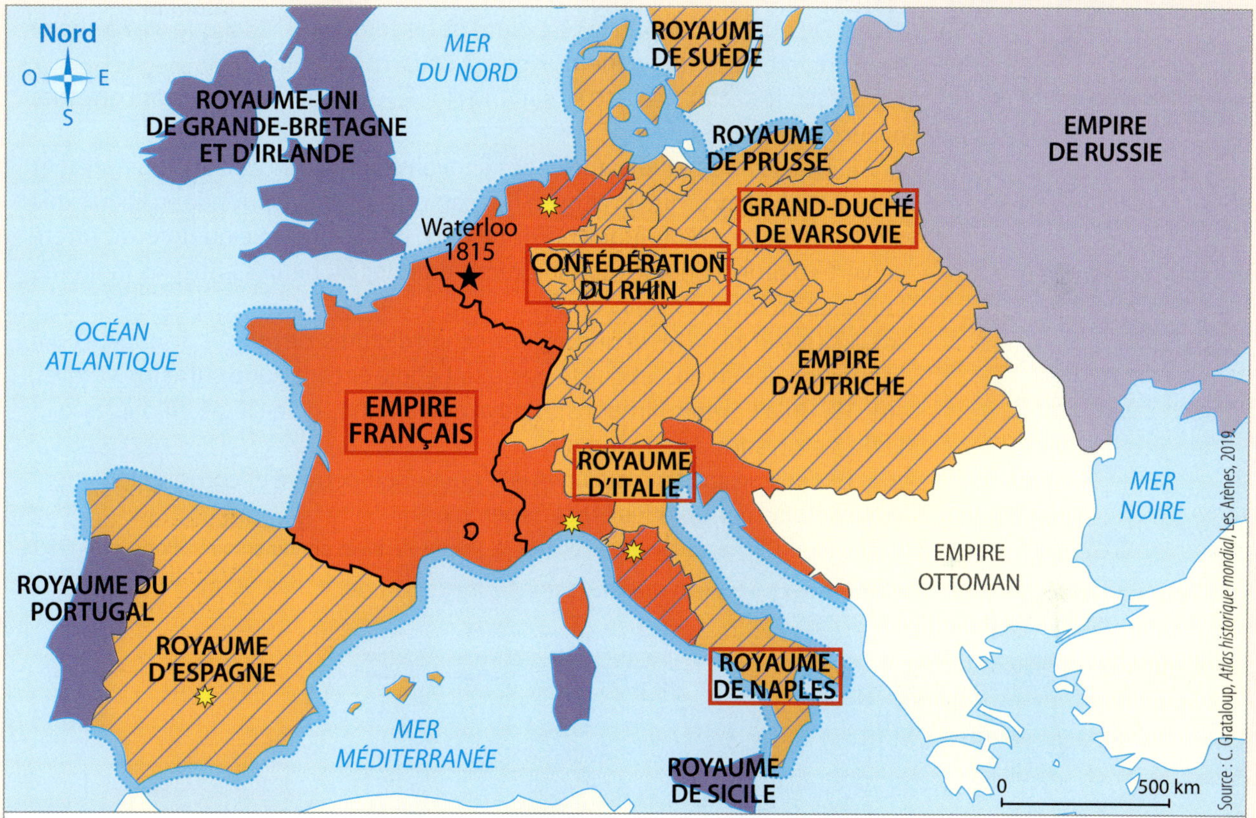

1. L'Europe napoléonienne (1811-1812)

- Empire français (130 départements)
- État vassal ou État allié
- Pays où le Code civil s'applique
- Blocus continental

2. L'Europe hostile (1812-1814)

- État en guerre contre la France
- Empire russe
- Soulèvement anti-français
- Pays allié puis adversaire de la France

- Défaite française
- La France en 1815, le retour aux frontières de 1789

2 La France et l'Europe (1811-1815)

Carte interactive
hachette-clic.fr/21hg4018

Je découvre

4. Relevez les régimes politiques qui se succèdent de 1789 à 1815.

5. Montrez comment les idées révolutionnaires ont pu se diffuser en Europe entre 1789 et 1815.

6. Comparez le territoire français en 1789 et en 1815. Comment a-t-il évolué ?

Étude

DATES CLÉS

5 mai Ouverture des **États généraux**

20 juin Serment du Jeu de paume

14 juillet Prise de la Bastille

1789, une année de ruptures politiques

Comment la monarchie absolue disparaît-elle en quelques mois ?

Biographie

Louis XVI (1754-1793)

Roi depuis 1774, il fait face en 1788 à une situation financière critique. Les dépenses liées à la guerre d'Indépendance américaine ont été importantes et les récoltes sont mauvaises. Pour résoudre la crise, le roi convoque les États généraux en mai 1789. Chaque ordre rédige des cahiers de doléances.

1 Cahier de doléances des habitants de Pantin

Art 1er. Que les États généraux s'occupent avant tout d'établir une **constitution** permanente.
Art. 4. Qu'aucun acte public ne pourra et ne sera nommé loi que s'il n'émane de la volonté des États généraux ou est consenti par eux.
Art. 7. Que le secret des lettres soit inviolable, et qu'elles ne soient ni arrêtées ni décachetées à la poste.
Art. 8. Que la liberté individuelle des citoyens de tous les états soit assurée, et qu'en conséquence, aucun citoyen français ne puisse être privé de sa liberté que par l'ordonnance d'un juge conformément aux lois. Si quelqu'un était arrêté en vertu d'ordres du Roi, qu'il soit remis dans les 24 heures entre les mains de la justice ordinaire[1].
Art. 13. Que la loi ne fasse aucune distinction d'ordres, de rang et de qualité pour la punition des crimes, et que la peine soit égale et commune entre les 3 ordres.
Art. 18. Qu'à l'avenir, l'impôt soit payé également par le clergé, la noblesse et le tiers état, sans distinction d'**ordre**.
Art. 19. Qu'il ne soit levé aucun impôt qui ne soit octroyé et consenti librement et volontairement par les États généraux.

D'après *Cahier de doléances de Pantin*, Archives parlementaires, Paris, avril 1789.

1. Justice rendue par les tribunaux. Elle s'oppose à la justice **arbitraire** du roi.

2 L'ouverture des États généraux par le roi

C. Monnet (dessinateur), I. Helman (graveur), *Convocation des États généraux, le 5 mai 1789*, gravure à l'eau-forte coloriée, BnF, Paris.

1 le roi 2 les députés du tiers état 3 les députés du clergé 4 les députés de la noblesse

VOCABULAIRE

- **Arbitraire :** qui dépend de la seule volonté d'une personne.
- **Cahier de doléances :** cahier dans lequel les membres de chaque ordre exposent leurs plaintes et leurs revendications.
- **Constitution :** texte de loi qui fixe l'organisation de l'État et le partage du pouvoir.
- **États généraux :** assemblée extraordinaire convoquée par le roi constituée des représentants des trois ordres.
- **Ordre :** partie de la société (clergé, noblesse, tiers état).

3 Le serment du Jeu de paume

Le 17 juin, les députés du tiers état, rejoints par quelques députés du clergé et de la noblesse, se déclarent Assemblée nationale, c'est-à-dire représentants du peuple français dans son ensemble. Leur salle de réunion étant fermée, le 20 juin, ils se réunissent dans une salle où l'on pratiquait le jeu de paume.

L'Assemblée nationale [...] arrête que tous ses membres prêteront le serment solennel de ne jamais se séparer et de se rassembler partout où les circonstances l'exigeront, jusqu'à ce que la constitution soit établie sur des fondements solides ; et ledit serment étant prêté, tous les membres, et chacun d'entre eux en particulier, confirmeront par leur signature cette résolution inébranlable.

D'après le *Serment du Jeu de paume*, prononcé par le président Bailly, 20 juin 1789.

UN REPORTAGE À REGARDER

hachette-clic.fr/21hg4019

Analyse proposée par L'Histoire par l'image

4 La prise de la Bastille : l'intervention du peuple

Le roi n'accepte pas la Révolution. Début juillet, un mouvement de troupes fait craindre le pire au peuple de Paris.

Anonyme, *Prise de la Bastille*, château de Versailles.

hachette-clic.fr/21hg4020
Analyse proposée par L'Histoire par l'image

5 Le 6 octobre 1789, la famille royale ramenée à Paris

Isaac Cruikshank, *Au retour de Louis XVI et de la famille royale à Paris, le 6 octobre 1789*, gravure, 1789, château de Versailles.

ACTIVITÉS

Parcours 1

Construire des repères

1. Reproduisez ce tableau.

	Quel événement ?	Quelle date ?	Quels acteurs ?
Doc. 1			
Doc. 2			
Doc. 3			
Doc. 4			
Doc. 5			

2. Quel événement marque la fin véritable de la monarchie absolue ? Justifiez votre réponse.

OU

Parcours 2

Extraire des informations pertinentes

1. **Doc. 1** et **2** Comment s'organise l'assemblée des États généraux ?
2. **Doc. 1** et **3** À quel article du cahier de doléances le serment du Jeu de paume répond-il ?
3. **Doc. 1** et **4** Quel article du cahier de doléances critique la justice arbitraire du roi ?
4. **Doc. 2** et **5** Comment l'image du roi a-t-elle évolué entre mai et octobre 1789 ?
5. **Doc. 1** Montrez que les doléances concernent également l'organisation de la société.

Pour conclure Comment la monarchie absolue disparaît-elle en quelques mois ?

Étude

La Déclaration des droits de l'homme et du citoyen

Comment la Déclaration des droits de l'homme et du citoyen contribue-t-elle à fonder une nouvelle société ?

1 Le 26 août 1789, la Déclaration des droits de l'homme et du citoyen

J.-J.-F. Le Barbier, *La Déclaration des droits de l'homme et du citoyen*, huile sur bois, 56 x 71 cm, vers 1789, musée Carnavalet, Paris.

Les symboles de la Déclaration des droits de l'homme et du citoyen :

1. La France brise ses chaînes.
2. L'œil de la Raison et le triangle de l'Égalité chassent les nuages.
3. L'ange de la Liberté tient le sceptre du pouvoir.
4. La pique et les faisceaux incarnent l'unité du peuple en arme. Le bonnet phrygien symbolise la liberté.

VOCABULAIRE

- **Ancien Régime :** désigne, à partir de 1789, la société d'ordres qui existait avant la Révolution.
- **Privilèges :** avantages dont bénéficient uniquement la noblesse et le clergé (justice particulière, exemption d'une partie des impôts, emplois réservés).

2 L'abolition des privilèges

Versailles, 7 août 1789.

Monsieur, la séance du mardi au soir, 4 août, est la séance la plus mémorable qui se soit tenue jamais chez aucune nation.

M. le Vicomte de Noailles fit une motion, et demanda que les droits nobles[1] qui pèsent sur le peuple, puissent être rachetés. Plusieurs membres de la haute Noblesse se joignirent à lui. Les ducs d'Aiguillon, du Châtelet, proposèrent que, dès le moment, la Noblesse et le Clergé prononçassent le sacrifice de leurs privilèges.

Les circonstances malheureuses où se trouve la Noblesse, l'insurrection générale élevée de toutes parts contre elle ; plus de cent cinquante châteaux incendiés ; l'impossibilité de s'opposer au torrent de la Révolution, tout nous prescrivait la conduite que nous devions tenir ; il n'y eut qu'un mouvement général. Le clergé, la Noblesse se levèrent et adoptèrent toutes les motions proposées.

Je n'essaierai point de vous peindre les transports, la joie ; une foule immense de spectateurs la partageait ; des cris, des « Vive le roi ! », des battements de mains !

D'après le marquis de Ferrières, député de la noblesse de Saumur, *Correspondance inédite*, Paris, Armand Colin, 1932.

1. Droit nobles : taxes seigneuriales.

a. Relevez le lieu et la date de l'événement.

b. À quoi les députés de la noblesse et du clergé renoncent-ils ?

c. Relevez les éléments qui permettent de comprendre le contexte de cette décision.

d. Relevez les termes montrant l'enthousiasme qui entoure ce moment.

A

B

3 La fin de la société d'Ancien Régime

A Avant le 4 août 1789, le tiers état écrasé par les impôts.
Anonyme, *Le temps passé les plus utiles étoient foulés aux pieds*, gravure coloriée, 1789, musée Carnavalet, Paris.

B Après le 4 août 1789, chacun supporte le grand fardeau fiscal.
Anonyme, *Le temps présent veut que chacun supporte le grand fardeau*, gravure coloriée, 1789, musée Carnavalet, Paris.

ACTIVITÉS

Parcours 1 — Extraire des informations pertinentes

1. Rappelez comment est organisée la société d'Ancien Régime.
2. **Doc. 1** Relevez les deux droits fondamentaux reconnus par l'article 1.
3. **Doc. 3** Décrivez les deux gravures et expliquez-en le message.
4. **Doc. 1, 2 et 3** Comment la nuit du 4 août et la Déclaration du 26 août mettent-elles fin à la société d'Ancien Régime ?

OU

Parcours 2 — S'initier aux techniques de l'argumentation

En groupe, cherchez les arguments pour répondre à la question suivante et présentez-les à l'oral : Comment la Déclaration des droits de l'homme et du citoyen contribue-t-elle à fonder une nouvelle société ?

Aide *Vous pouvez rappeler les caractéristiques de la société d'Ancien Régime et montrer comment les valeurs de la Déclaration des droits de l'homme et du citoyen les remettent en cause.*

Pour conclure **Comment la Déclaration des droits de l'homme et du citoyen contribue-t-elle à fonder une nouvelle société ?**

Étude

DATES CLÉS

Avril 1792 Déclaration de guerre à l'Autriche

10 août 1792 Prise des Tuileries

Septembre 1792 Abolition de la monarchie

21 janvier 1793 Exécution du roi

1792, la naissance de la République

Pourquoi la monarchie constitutionnelle se solde-t-elle par un échec ?

A Comprendre le problème historique

1 Septembre 1791, une constitution pour la France

Allégorie de Louis XVI signant la Constitution le 14 septembre 1791, estampe anonyme, fin du XVIIIe siècle, 32,5 x 50 cm, musée Carnavalet, Paris.

L'allégorie de la France (1) présente la Constitution au roi Louis XVI (2) qui la signe.

2 Septembre 1792, l'abolition de la monarchie

Le député Henri Grégoire : Personne de nous ne proposera jamais de conserver en France la race[1] funeste des rois ; nous savons trop bien que toutes les dynasties n'ont jamais été que des races dévorantes qui ne vivaient que du sang du peuple ; mais il faut pleinement rassurer les amis de la liberté ; il faut détruire ce mot de roi. Je demande donc que, par une loi solennelle, vous consacriez l'abolition de la monarchie.

Le président : Je mets aux voix la proposition de l'abbé Grégoire : « la Convention décrète que la royauté est abolie en France ».

L'assemblée décrète cette proposition à l'unanimité. Des acclamations de joie, des cris de « Vive la nation ! » répétés par tous les spectateurs se prolongent pendant plusieurs instants.

D'après le procès-verbal de la proclamation de l'abolition de la royauté. Convention nationale, 21 septembre 1792.

1. Longue suite de roi de la même lignée.

Qui est-il ? ▸ Henri Grégoire dit l'abbé Grégoire (1750-1831)

Évêque et homme politique. Il s'engagea contre la tyrannie et pour l'abolition de l'esclavage.

UN REPORTAGE À REGARDER

hachette-clic.fr/21hg4021

La condamnation et l'exécution de Louis XVI

B En comprendre les raisons

3 Après Varennes, le « roi cochon »

Dans la nuit du 20 juin 1791, la famille royale fuit Paris et la France pour rejoindre les défenseurs de la monarchie absolue à l'étranger. Ils sont arrêtés à Varennes.

Anonyme, *La Famille des cochons ramenée dans l'étable*, 1791, gravure, 15 x 23 cm, BnF, Paris.

hachette-clic.fr/21hg4022
Analyse proposée par L'histoire par l'image

4 Une menace étrangère

Moi, soussigné général commandant en chef déclare :
Que la ville de Paris et tous ses habitants sans distinction seront tenus de se soumettre sur le champ et sans délai au roi Louis XVI, de mettre ce prince en pleine et entière liberté.
Que si le château des Tuileries est forcé ou insulté, que s'il est fait la moindre violence, le moindre outrage à Leurs Majestés, le roi, la reine et la famille royale, s'il n'est pas pourvu immédiatement à leur sûreté, à leur conservation et à leur liberté, Leurs majesté, l'Empereur d'Autriche et le roi de Prusse en tireront une vengeance exemplaire et à jamais mémorable en livrant la ville de Paris à une exécution militaire et les révoltés coupables aux supplices qu'ils auront mérités.
Coblence, le 25 juillet 1792

D'après le « Manifeste de Brunswick », publié dans *Le Moniteur*, le 3 août 1792.

Qui est-il ? ▸ Duc de Brunswick (1735-1806)
Chef de l'armée prussienne en guerre contre la France.

5 Le 10 août 1792, le peuple demande la déchéance du roi

Le peuple insurgé qui vient de prendre le palais des Tuileries fait irruption à l'Assemblée législative où s'est réfugié le roi.

Baron François Gérard, le 10 août 1792.

ACTIVITÉS

Parcours 1

Raisonner

1. **Doc. 1** La relation ente le roi et la Révolution semble-t-elle apaisée ou non ? Justifiez votre réponse avec des éléments de la gravure.
2. **Doc. 2** Relevez les mots utilisés par l'abbé Grégoire pour désigner le roi et la royauté.
3. **Doc. 1** et **2** Pourquoi peut-on parler d'un « divorce » entre le roi et la nation ?
4. **Doc. 3**, **4** et **5** Relevez les informations permettant d'expliquer ce « divorce ».

OU Parcours 2

Réaliser une production graphique

À l'aide des documents et des vignettes suivantes, construisez un schéma permettant d'expliquer le « divorce » entre le Roi et la nation.

Guerre et menaces étrangères	Insurrection et prise des Tuileries	Fuite de la famille royale à Varennes	Méfiance à l'égard du « roi cochon »

Pour conclure ▸ **Quelle nouvelle rupture l'année 1792 marque-t-elle ?**

DATES CLÉS

Septembre 1792 Abolition de la monarchie

Avril 1793 Comité de salut public

Juillet 1794 Exécution de Robespierre

La République en danger

Comment la République, malgré les obstacles, met-elle en œuvre les principes de 1789 ?

Biographie

Robespierre (1758-1794)

Avocat, député du tiers état en 1789 et premier élu de Paris à la Convention en 1792, il est l'un des principaux inspirateurs de la politique du Comité de salut public.

1 Les revendications des Sans-culottes

Nous vous déclarons que vous n'avez pas tout fait pour le bonheur du peuple.
La liberté n'est qu'un fantôme quand une classe d'hommes peut affamer l'autre impunément[1]. L'égalité n'est qu'un fantôme quand le riche par le monopole[2] exerce le droit de vie et de mort sur son semblable. La République n'est qu'un fantôme quand la contre-révolution s'opère, de jour en jour, par le prix des denrées, auquel les trois quarts des citoyens ne peuvent atteindre, sans verser des larmes.
Eh quoi ! Parce que des hommes d'État ont appelé sur notre malheureuse patrie la guerre étrangère, faut-il que les veuves de ceux qui sont morts pour la cause de la liberté paient au prix de l'or, jusques au coton dont elles ont besoin pour essuyer leurs larmes ? Faut-il qu'elles paient au prix de l'or, le lait et le miel qui servent de nourriture à leurs enfants ?
Députés, non, non, vous ne laisserez pas votre ouvrage imparfait ; vous fonderez les bases de la prospérité publique[3].

D'après la déclaration faite par Jacques Roux devant la Convention, le 25 juin 1793.

1. Sans être puni. 2. Contrôle de l'ensemble d'un secteur économique, par exemple le blé ou le pain. 3. Richesse et abondance pour tous les citoyens.

Qui est-il ? ▸ Jacques Roux (1752-1794)
Officier municipal de Paris, il est un membre actif du club des Cordeliers

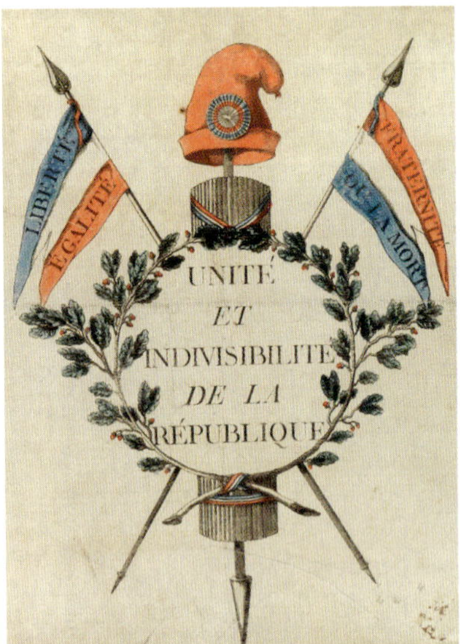

2 La devise républicaine de 1792

Gravure sur bois, 39 x 26 cm, 1792, BnF.

3 La levée en masse pour défendre la patrie

Jean-Baptiste Lesueur, *Départ pour les frontières d'un citoyen volontaire*, gouache, 36 x 53,5 cm, fin du XVIIIe siècle, Paris, musée Carnavalet.

VOCABULAIRE

- **Club :** association dont les adhérents débattent de sujets politiques.
- **Comité de salut public :** gouvernement d'exception mis en place par la Convention.
- **Convention :** assemblée élue au suffrage universel masculin qui gouverne de septembre 1792 à 1795.
- **Levée en masse :** appel de tous les hommes en âge de partir à la guerre.
- **Sans-culottes :** artisans, petits commerçants des villes. Principal acteur de la prise des Tuileries le 10 août 1792 à Paris.

4 L'œuvre législative de la Convention et du Comité de salut public

Décret du 17 septembre 1793, appelé « loi des suspects »

Art. 1. Tous les gens suspects qui se trouvent dans le territoire de la République, et qui sont encore en liberté, seront mis en état d'arrestation.

Art. 2. Sont réputés gens suspects :

– ceux qui, soit par leur conduite, soit par leurs relations, soit par leurs propos ou leurs écrits, se sont montrés partisans de la tyrannie, et ennemis de la liberté ;

– ceux [...] qui n'ont pas constamment manifesté leur attachement à la Révolution.

Loi du maximum général, votée le 29 septembre 1793

Les objets que la Convention a jugés de première nécessité sont : le pain, la viande, le vin, les grains, farines, légumes, fruits, le beurre, le vinaigre, le cidre, l'eau-de-vie, le charbon, les cuirs, le fer et l'acier. Le maximum du prix de ces marchandises sera le prix que chacune d'elles avait en 1790.

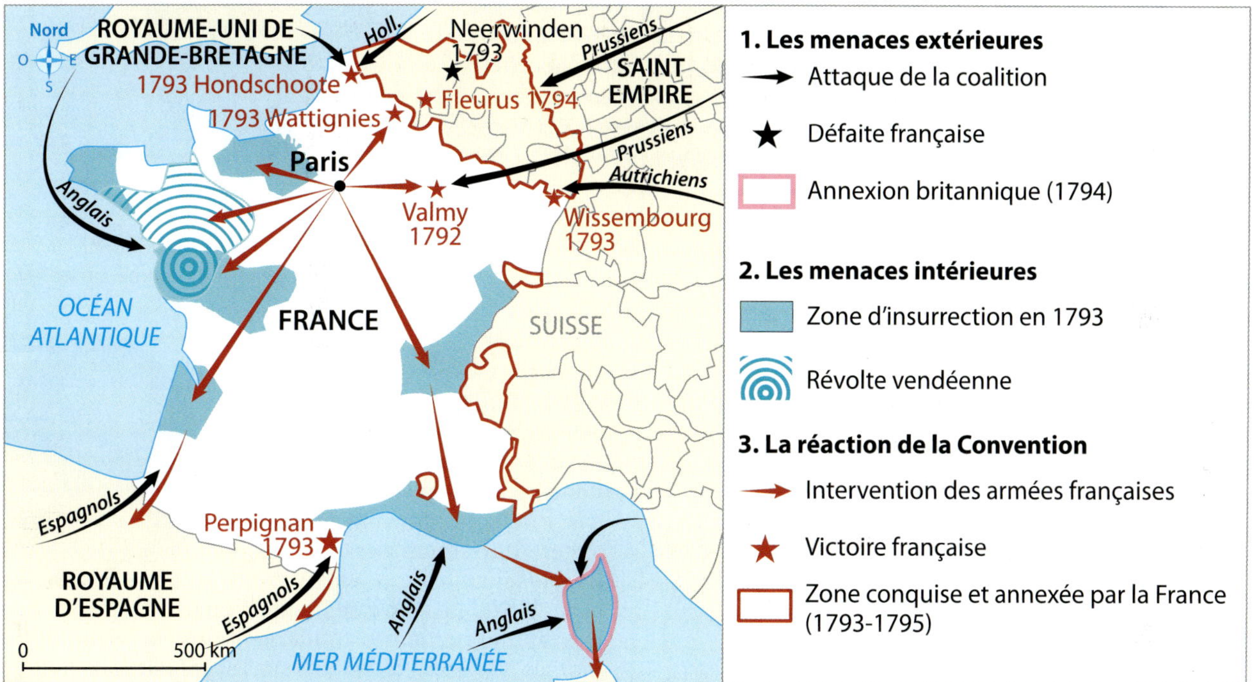

5 La République en guerre face aux forces contre-révolutionnaires

ACTIVITÉS

Parcours 1

Extraire des informations pertinentes

1. **Doc. 2** Montrez que la République s'affirme comme le régime qui défend des droits de l'homme.
2. **Doc. 1** Relevez ce que dénonce Jacques Roux devant la Convention.
3. **Doc. 1** et **4** Montrez comment les lois de la République tentent d'y répondre.
4. **Doc. 5** Identifiez les menaces qui pèsent sur la République.
5. **Doc. 3**, **4** et **5** Montrez comment République tente d'y répondre.

OU Parcours 2

Construire des repères historiques

1. Sélectionnez dans les documents les informations permettant de présenter la période étudiée :

La jeune République doit faire face à des menaces : Doc. 1 : ... Doc. 5 : ...	Elle y répond par un régime d'exception : le Comité de salut public, dirigé par Robespierre	Qui prend des mesures : Doc. 3 : ... Doc. 4 : ...

2. Vérifiez que vous avez daté les faits.

Enquêter

Une égalité pour tous ?

Voici votre énigme

1789 marque la naissance d'une société nouvelle, fondée sur les droits de l'homme. Mais ces droits sont-ils appliqués à tous ? Et pour quelles raisons ne le seraient-ils pas ?

Un témoignage de 1792

Citoyennes, pourquoi n'entrerions-nous pas en concurrence avec les hommes ? Prétendent-ils eux seuls avoir des droits à la gloire ? Nous aussi, nous voulons briguer une couronne civique et briguer l'honneur de mourir pour une liberté qui nous est peut-être plus chère qu'à eux.

Théroigne de Méricourt, *discours prononcé à la Société fraternelle des minimes*, le 25 mars 1792, Paris.

Un médaillon de 1789

« Ne suis-je pas un homme, un frère ? »

Un texte de 1794

La Convention nationale déclare que l'esclavage des Nègres dans toutes les colonies est aboli ; en conséquence, elle décrète que tous les hommes, sans distinction de couleur, domiciliés dans les colonies, sont citoyens français, et jouiront de tous les droits assurés par la Constitution.

Décret n° 2262, du 16 pluviôse, an II.

Un texte de 1791

Art. 1 La femme naît libre et demeure égale à l'homme en droits.
Art. 6 Toutes les citoyennes et tous les citoyens, étant égaux aux yeux de la loi, doivent également être admissibles aux dignités et emplois publics.
Art. 10 Nul ne doit être inquiété pour ses opinions mêmes fondamentales, la femme a le droit de monter sur l'échafaud ; elle doit avoir également celui de monter à la Tribune [...].

D'après Olympe de Gouges, *Déclaration des droits de la femme et de la citoyenne*, 1791.

Un texte de 1791

L'Assemblée nationale, occupée de tous les moyens d'assurer la prospérité dans les Colonies, de consolider la fortune des planteurs, de leur donner les marques d'affection qui dépendent d'elle, décrète, comme article constitutionnel, qu'aucune loi sur l'état des personnes non libres ne pourra être faite pour les colonies que sur la demande formelle et spontanée des assemblées coloniales.

Décret du 13 mai 1791.

POINT MÉTHODE

Pour résoudre votre énigme

Étape 1 Formuler des hypothèses

Identifiez les groupes de personnes qui pourraient ne pas avoir été concernés par la reconnaissance des droits de l'homme. À votre avis, quelles peuvent être les raisons de cette exclusion ?

Étape 2 Vérifier les hypothèses

Menez l'enquête à l'aide des indices de la page 67.

Étape 3 Conclure

Préparez une présentation orale pour confronter votre avis à celui des autres : en 1789, les droits de l'homme sont-ils appliqués à tous ? Et pour quelles raisons ne le seraient-ils pas ?

Indice n° 1 L'avis de Condorcet, philosophe

Les philosophes et législateurs n'ont-ils pas violé le principe de l'égalité des droits en privant tranquillement la moitié du genre humain de celui de concourir à la formation des lois, en excluant les femmes du droit de cité ?
Il serait difficile de prouver que les femmes sont incapables d'exercer les droits de cité. Pourquoi des êtres exposés à des grossesses et à des indispositions passagères ne pourraient-ils exercer des droits dont on n'a jamais imaginé de priver les gens qui ont la goutte tous les hivers et qui s'enrhument aisément ?

Condorcet, « Sur l'admission des femmes au droit de cité », *Journal de la société*, le 3 juillet 1790.

Indice n° 2 La déclaration d'un leader de la révolte de Saint-Domingue

J'ai entrepris la vengeance de ma race[1]. Je veux que la liberté et l'égalité règnent à Saint-Domingue. Unissez-vous, frères, et combattez avec moi pour la même cause. Déracinez avec moi l'arbre de l'esclavage.

D'après Toussaint Louverture, le 29 août 1793.

1. terme fréquemment employé au XVIIIe siècle pour désigner un groupe d'une même origine.

Indice n° 3 Le rôle politique des femmes caricaturé

Chérieux, *Club des femmes patriotes dans une église*, encre de Chine et aquarelle, 1793, BnF, Paris.

hachette-clic.fr/21hg4023
Pour en savoir plus sur cette image

Indice n° 4 La loi du 20 mai 1802

UN REPORTAGE À REGARDER
hachette-clic.fr/21hg4024

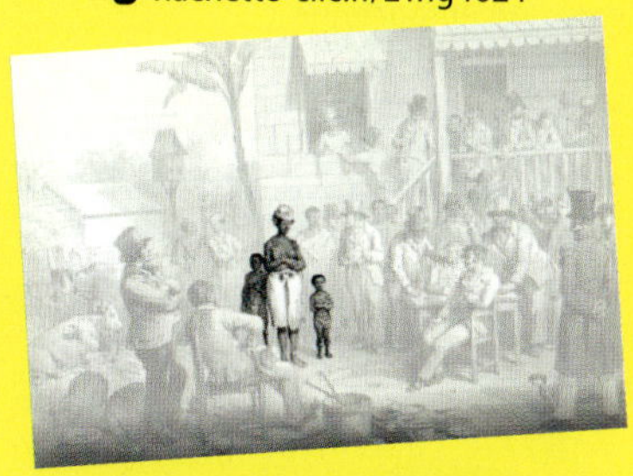

Le rétablissement de l'esclavage en Guyane par Bonaparte, loi du 30 floréal an X (20 mai 1802).
En 1794, l'esclavage a été supprimé en Guyane. Mais la loi de 1802 replonge, après huit ans de liberté, une grande partie de la population (86 %) dans la condition d'esclave.

Indice n° 5 Le Code civil (1804)

Pour les femmes :
- interdiction d'accéder aux lycées et aux universités ;
- interdiction de signer un contrat, de gérer ses biens ;
- interdiction de travailler sans l'autorisation du mari ;
- interdiction de toucher elle-même son salaire ;
- interdiction de voyager à l'étranger sans autorisation ;
- exclusion totale des droits politiques ;
- contrôle du mari sur la correspondance et les relations.

Indice n° 6 La population des Caraïbes

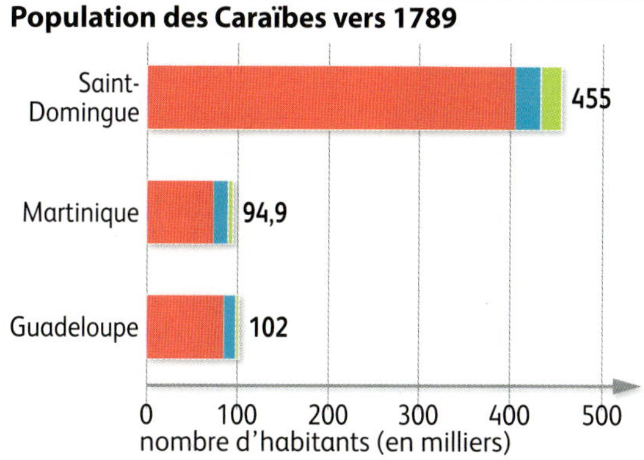

Source : A. Moreau de Jonnès, *Colonies françaises. Population des possessions de la France en 1788*, Paris, 1842.

Étude

DATES CLÉS

1799-1804 Consulat

1804-1815 Empire

Bonaparte réorganise la France

Tâche complexe

Après dix ans de Révolution, le général Bonaparte profite des crises que traverse le pays pour mieux asseoir son pouvoir par un coup d'État le 9 novembre 1799. Il s'attelle alors à stabiliser la France.

Votre mission **Vous rédigerez un article présentant les réformes menées. Vous expliquerez dans quelle mesure Napoléon poursuit ou non l'œuvre révolutionnaire.**

Biographie

Napoléon Bonaparte (1769-1821)

Corse, il remporte des victoires à la tête des armées de la Révolution. Après un coup d'État en 1799, il devient Premier consul de la République. Sacré empereur en 1804, Napoléon se lance à la conquête de l'Europe. Battu en 1815 par une coalition européenne à Waterloo, il abdique et part en exil.

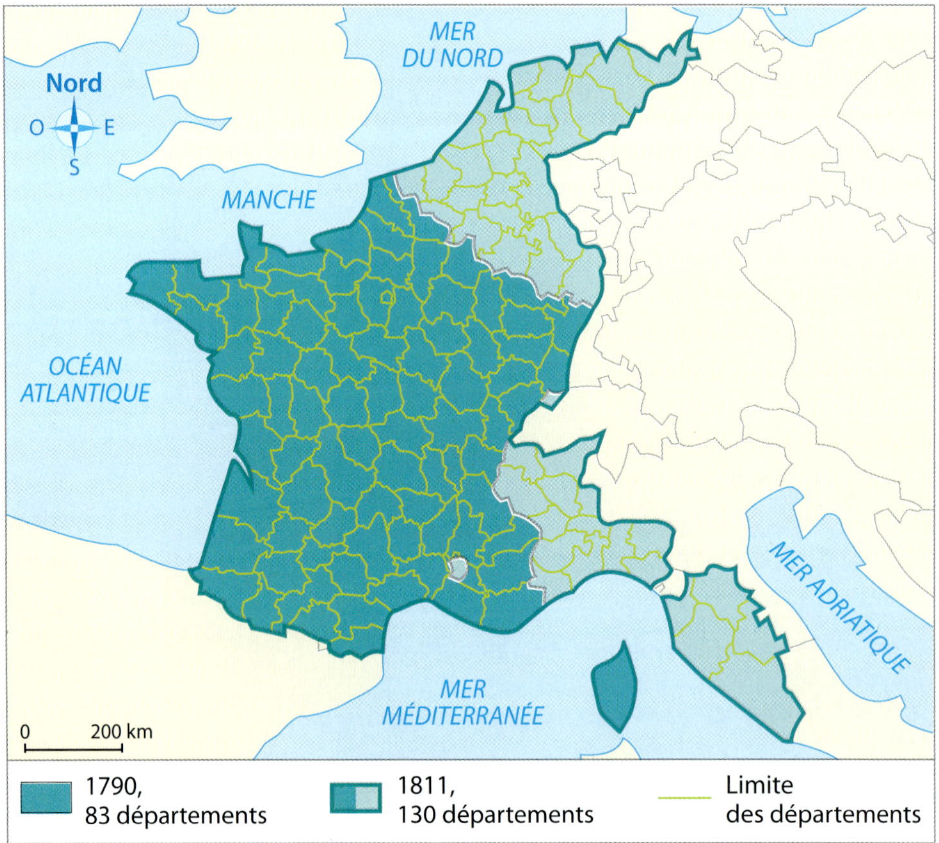

1 **Un découpage administratif reposant sur l'unité**

2 **Des préfets à la tête des départements (1800)**

Vous êtes appelés à seconder le gouvernement dans le noble dessein de restituer la France à son antique splendeur et d'asseoir enfin ce magnifique édifice sur les bases de la liberté et de l'égalité. Dans votre département, faites que les passions haineuses cessent, que les ressentiments s'éloignent. Je me borne à vous recommander de vous occuper sans délai de la levée de la conscription, de la prompte rentrée des contributions. Aimez, honorez les agriculteurs, protégez le commerce. Visitez les manufactures et distinguez par des témoignages d'une haute estime les citoyens qui leur donnent de l'activité. Occupez-vous de la génération qui commence : donnez des soins à l'éducation publique. Formez des hommes, des citoyens, des Français.

D'après Lucien Bonaparte, ministre de l'Intérieur, lettres aux préfets des 12 mars et 26 avril 1800.

A. Chataigner, *Costume des préfets*, gravure, musée Carnavalet, Paris.

3 Le Concordat garantit la liberté religieuse (1801)

❶ Bonaparte ❷ Un rabbin juif ❸ Le pape catholique ❹ Un pasteur protestant
❺ Le triangle de l'égalité entre les hommes

Anonyme, *Liberté des cultes maintenue par le Gouvernement*, gravure coloriée, 1801, musée Carnavalet, Paris.

4 Une nouvelle monnaie stable, le franc germinal

Par la loi du 17 germinal an XI, le Premier consul crée une monnaie unique pour tout le territoire.
Elle obéit au système décimal (se divise en décimes, centimes et millimes).

5 Le Code civil ou Code Napoléon (1804)

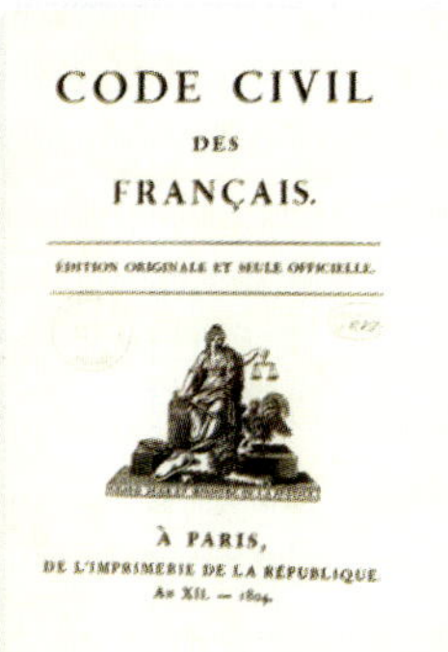

CODE CIVIL
DES
FRANÇAIS.

ÉDITION ORIGINALE ET SEULE OFFICIELLE.

À PARIS,
DE L'IMPRIMERIE DE LA RÉPUBLIQUE
An XII. — 1804.

Les lois qui y figurent gèrent les relations entre les individus.

Art. 213 Le mari doit protection à sa femme, la femme obéissance à son mari.

Art. 214 La femme est obligée de suivre son mari partout où il juge à propos de résider ; le mari est obligé de la recevoir et de lui fournir tout le nécessaire pour les besoins de la vie.

Art. 371 L'enfant à tout âge doit honneur et respect à ses père et mère.

Art. 372 L'enfant reste sous l'autorité de ses parents jusqu'à sa majorité

Art. 373 Le père seul exerce [l'autorité parentale] durant le mariage.

Art. 1781 Le maître[1] est cru sur son affirmation pour le paiement du salaire.

Extraits du Code civil de 1804.

1. Patron.

Un peu d'aide ?

Listez les réformes effectuées et rattachez-les à un domaine (économique, politique, social).
Confrontez-les aux grands principes de la Révolution (unité, liberté, égalité).

+ Un peu d'aide ?

Relevez les décisions prises pour :
- administrer le pays (**Doc. 1** et **2**) ;
- redresser l'économie (**Doc. 2** et **4**) ;
- organiser la société (**Doc. 3** et **5**).

Précisez comment chacune de ces décisions suit les principes de la Révolution : Unité, Liberté, Égalité.

L'atelier de l'historien

L'Empire, le retour à un régime autoritaire ?

Vous disposez de plusieurs sources évoquant le régime mis en place par Napoléon. Vous cherchez à comprendre ce qui en fait un régime personnel et autoritaire.

Source 1 **Serment prononcé par Napoléon Ier lors du sacre, le 2 décembre 1804**

Je jure de maintenir l'intégrité du territoire de la République ; de respecter et de faire respecter les lois du Concordat et la liberté des cultes ; de respecter et faire respecter l'égalité des droits, la liberté politique et civile […] de ne lever aucun impôt, de n'établir aucune taxe qu'en vertu de la loi ; de maintenir l'institution de la légion d'honneur ; de gouverner dans la seule vue de l'intérêt, du bonheur et de la gloire du peuple français.

D'après le Comte L.-P. de Ségur, procès-verbal du sacre, 1805.

Source 2 **La cérémonie du sacre, vision officielle (détail)**

J.-L. David, *Le Sacre de Napoléon Ier*, huile sur toile, 979 x 621 cm, 1806, musée du Louvre, Paris.

1. Le couple impérial.
2. Le pape et les dignitaires de l'Église.
3. L'armée et la haute administration portant les **regalia** de l'Empire (le sceptre, la main de justice, le globe impérial).
4. Les familles de Napoléon et de Joséphine.
5. La mère de Napoléon, Letizia, peinte alors qu'elle était absente le jour du sacre.

hachette-clic.fr/21hg4025
Pour découvrir cette esquisse

Point ARTS

David et le sacre : peintre officiel de Napoléon, David choisit de représenter ce dernier couronnant son épouse. À l'origine, il avait choisi le moment où l'empereur se couronne lui-même.

Source 3 La cérémonie du sacre, vue par un caricaturiste anglais (détail)

Couronnement de Napoléon Bonaparte par lui-même empereur de France à Notre Dame, 1804, gravure sur cuivre coloriée.

VOCABULAIRE

- **Regalia :** objets symboles du pouvoir d'un roi ou d'un empereur.
- **Régime personnel et autoritaire :** régime politique où une seule personne concentre les pouvoirs et n'admet aucune opposition ou critique.

Source 4 L'instauration d'un livret ouvrier

Art. 1 À compter de la publication du présent arrêté, tout ouvrier travaillant en qualité de compagnon ou garçon devra se pourvoir d'un livret.

Art. 3 L'ouvrier sera tenu de faire viser son dernier congé par le maire ou son adjoint, et de faire indiquer le lieu où il se propose de se rendre. Tout ouvrier qui voyagerait sans être muni d'un livret ainsi visé sera réputé vagabond, et pourra être arrêté et puni comme tel.

Extraits de l'arrêté du 9 frimaire an XII (1er décembre 1803).

Source 5 Lettre de Napoléon sur la presse

Mon intention est que désormais le *Journal des débats* ne paraisse pas qu'il n'ait été soumis la veille à une censure. Vous nommerez un censeur qui soit un homme sûr, attaché et ayant du tact, auquel les propriétaires du journal donneront douze mille francs d'appointement. C'est à cette seule condition que je permettrai que ce journal continue de paraître. La censure, toutefois, ne doit pas s'étendre sur le feuilleton ni sur les articles littéraires, mais seulement sur la politique et sur la partie littéraire qui pourrait être faite dans un mauvais esprit politique.

D'après la lettre de Napoléon Ier à Fouché, ministre de la Police, le 20 mai 1805.

POINT MÉTHODE La démarche de l'historien

Étape 1 Identifier les documents sources

1. Identifiez parmi les sources celles qui sont des documents : de gouvernement, de propagande ou de critique du régime.

Étape 2 Comprendre et confronter les sources

2. **Source 1** Relevez les valeurs de 1789 que Napoléon jure de faire respecter.
3. **Source 2** Identifiez les symboles que Napoléon reprend de la monarchie.
4. **Sources 2** et **3** Montrez comment les deux représentations du sacre mettent en valeur le pouvoir personnel de l'empereur. Leur intention est-elle la même ? Justifiez votre réponse.
5. **Sources 4** et **5** Relevez les éléments qui montrent que le régime est autoritaire.

Étape 3 Conclure

6. Quelle est la source qui, selon vous, montre le mieux que le régime est personnel et autoritaire ? Justifiez votre point de vue.

Histoire des ARTS

Francisco Goya, un peintre engagé

Comment Goya peint-il la naissance du sentiment national en Espagne ?

Biographie

Francisco Goya (1746-1828)
En 1808, Goya est le peintre officiel de la cour d'Espagne. Bouleversé par l'occupation française, il immortalise l'insurrection après le départ des soldats français.

L'entrée en guerre de la France en 1792 provoque en Europe un enthousiasme vis-à-vis du modèle politique révolutionnaire. L'occupation française favorise aussi l'éveil du sentiment national chez les peuples dominés. Lorsque Napoléon envahit l'Espagne en 1808, il oblige le roi Charles IV à abdiquer au profit de son frère.

1 ***El tres de mayo*, la répression française**

Le 3 mai, les troupes d'occupation française fusillent plus de 400 habitants de Madrid.

1 La position du personnage reprend celle du Christ sur la croix. La main gauche présente des stigmates (cicatrices des clous ayant transpercé les mains de Jésus-Christ). Le personnage incarne le courage, la bonté et l'innocence du peuple espagnol. 2 Les soldats français.

F. Goya, *El tres de mayo*, huile sur toile, 345 x 266 cm, 1814, musée du Prado, Madrid.

2 ***El dos de mayo*****, l'insurrection espagnole**

Le 2 mai, les Madrilènes s'en prennent aux troupes d'occupation de leur pays, constituées de soldats français et de mamelouks (corps de cavalerie composé d'Égyptiens).

F. Goya, *El dos de mayo*, huile sur toile, 345 x 266 cm, 1814, musée du Prado, Madrid.

Point ARTS

- Le **romantisme** est un courant artistique de la première moitié du XIXe siècle. D'abord littéraire et musical, ce courant cherche à exprimer les sentiments intérieurs, les passions, ainsi qu'une vision personnelle du monde. Les artistes romantiques se sont souvent engagés pour les libertés, comme le peintre français Eugène Delacroix (voir *La Liberté guidant le peuple*, p. 126). Les peintres romantiques s'opposent à la peinture académique en n'hésitant pas à déformer les corps, à mettre en évidence les sentiments de souffrance.

VOCABULAIRE

- **Sentiment national :** sentiment d'appartenir à une même nation, c'est-à-dire à un groupe de personnes qui se distinguent des autres par leur histoire, leur culture et leur désir de vivre ensemble.

POINT MÉTHODE Identifier et analyser des œuvres d'art

Étape 1 Présenter

1. **Doc. 1** et **2** Présenter ces deux œuvres (nature, auteur, date, lieu de conservation) en expliquant les liens qui les unissent.

Étape 2 Décrire et comprendre

2. **Doc. 1** et **2** Comment Goya montre-t-il l'évolution de la situation entre les deux tableaux ?
3. **Doc. 1** Comment les Espagnols sont-ils mis en valeur ?
   Aide *Soyez attentifs à leur place dans le tableau, leur position, les couleurs, la lumière…*
4. **Doc. 1** et **2** Expliquez quels sentiments différents animent les Espagnols dans chaque tableau. Justifiez vos réponses par des éléments précis.
   Aide *Relevez les actions des personnages, leur position, les expressions du visage…*

Étape 3 Conclure

5. Quelle est la prise de position de Goya dans ces deux œuvres ? Justifiez votre réponse.
6. Lequel de ces deux tableaux permet de mieux comprendre ce qu'est le sentiment national ?

Leçon

La Révolution française et l'Empire

Quels sont les apports politiques et sociaux de la Révolution et de l'Empire ?

Podcast de la leçon
hachette-clic.fr/21hg4026

1 1789-1799 : la France rompt avec l'Ancien Régime

› En mai 1789, lors des États généraux réunis à Versailles, les députés du tiers état réclament l'égalité politique avec les deux ordres privilégiés, la noblesse et le clergé. Après s'être déclarés Assemblée nationale, ils prêtent serment le 20 juin 1789, dans la salle du Jeu de paume, de donner une constitution à la France.

› Les Parisiens défendent la Révolution menacée par le roi **en s'emparant de la Bastille le 14 juillet 1789**, tandis qu'en août 1789, les députés votent l'abolition des privilèges et la **Déclaration des droits de l'homme et du citoyen**.

› La tentative de fuite de Louis XVI en juin 1791 et la déclaration de guerre aux monarchies européennes **fragilisent la nouvelle monarchie constitutionnelle. Le 10 août 1792, une insurrection parisienne renverse la monarchie et la République la remplace en septembre**. Le roi est guillotiné pour trahison le 21 janvier 1793. La guerre et le soulèvement dans certaines provinces conduisent la Convention à mettre en place un régime d'exception (la Terreur) dont l'un des acteurs principaux est Robespierre.

2 1799-1815 : le Consulat et l'Empire

› Napoléon Bonaparte, alors jeune général victorieux, prend le pouvoir par un coup d'État le 18 brumaire de l'an VIII (le 9 novembre 1799).

› Il revient sur certains acquis de la Révolution. Il met fin au régime démocratique en se faisant nommer **consul à vie par plébiscite, puis sacrer empereur**, le 2 décembre 1804. Il instaure une noblesse d'Empire et censure progressivement la presse.

› Il réforme en profondeur le pays, créant les préfets, le franc germinal, les lycées, le Code civil et la légion d'honneur. Il pacifie aussi la société grâce au Concordat.

3 1789-1815 : la France révolutionne l'Europe

› Les **bouleversements français trouvent un écho important auprès des peuples européens**. Les monarchies essaient de lutter contre la France car elles redoutent le développement de revendications dans leurs propres pays. Les victoires de la Révolution puis de l'Empire permettent à certains peuples comme les Polonais de **retrouver leur indépendance et de découvrir les idées démocratiques**.

› Ailleurs, la domination française est perçue comme une occupation insupportable et donne naissance à un sentiment national, comme en Espagne. Les guerres révolutionnaires puis napoléoniennes se transforment en guerres de conquête.

› Après la défaite de Napoléon à Waterloo en 1815, les monarchies restaurent l'ordre ancien lors du congrès de Vienne.

VOCABULAIRE

- **Code civil :** recueil des textes de loi et des règlements qui organisent la vie en société et qui s'imposent à tous.
- **Constitution :** texte de loi qui fixe l'organisation de l'État et le partage du pouvoir.
- **États généraux :** assemblée extraordinaire convoquée par le roi, constituée des représentants des trois ordres.
- **Plébiscite :** vote lors duquel les électeurs répondent à une question par oui ou non.
- **Privilèges :** avantages dont bénéficient uniquement la noblesse et le clergé (justice particulière, exemption d'une partie des impôts, emplois réservés).
- **Tiers état :** groupe qui réunit toutes les personnes non nobles et n'appartenant pas au clergé.

Schéma de la leçon

La Révolution française et l'Empire

1 1789-1799 : la France rompt avec l'Ancien Régime

Rupture avec l'absolutisme

- Assemblée nationale
- Serment du Jeu de paume
- Naissance de la citoyenneté

Rupture avec la société d'ordres

- Abolition des privilèges
- Déclaration des droits de l'homme et du citoyen

Rupture avec la monarchie

- Abolition de la monarchie
- Exécution du roi
- Expérience républicaine et démocratique

2 1799-1815 : le Consulat et l'Empire

Napoléon poursuit l'œuvre révolutionnaire

CODE CIVIL
DES
FRANÇAIS.
EDITION ORIGINALE ET SEULE OFFICIELLE.
À PARIS,
DE L'IMPRIMERIE DE LA RÉPUBLIQUE
An XII. — 1804.

- Au nom de l'unité et de l'égalité
- Code civil
- Franc germinal
- Préfet dans les départements

Napoléon instaure un régime personnel et autoritaire

- Napoléon Ier sacré empereur en 1804
- Restriction des libertés

3 1789-1815 : la France révolutionne l'Europe

Diffusion des idées révolutionnaires

- Républiques sœurs
- Diffusion du Code civil

Éveil d'un sentiment national

- Insurrection espagnole de 1808
- Guerres et conquêtes françaises

Restauration de l'ordre ancien en 1815

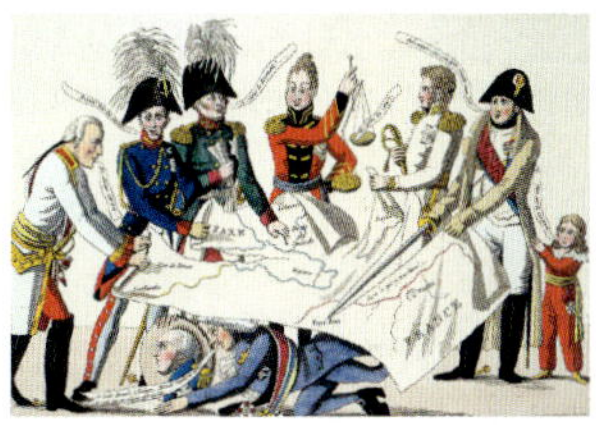

- L'Europe du congrès de Vienne

Dates clés

20 juin 1789 Serment du Jeu de paume
4 août 1789 Abolition des privilèges
26 août 1789 Déclaration des droits de l'homme et du citoyen
Septembre 1792 Abolition de la monarchie et naissance de la Ire République
Novembre 1799 Coup d'État de Bonaparte
2 décembre 1804 Sacre de Napoléon Ier

J'apprends & je construis mes compétences

Exercices interactifs
hachette-clic.fr/21hg4027

1 Je fais ma fiche de révision

Utilisez les rubriques suivantes pour réaliser votre fiche de révision sur le support de votre choix.

Le vocabulaire

Je connais la définition des mots suivants :
- États généraux
- Tiers état
- Code civil
- Sentiment national
- Privilèges
- Constitution
- Nation

Les acteurs

Je connais le nom et le rôle des personnages. Je les classe dans l'ordre chronologique.

1

2

3

Les repères historiques et géographiques

- **Je connais et date les périodes :** Monarchie constitutionnelle • Ire République • Consulat • Empire.
- **Je connais et date les événements (mois et année) :** serment du Jeu de paume • prise de la Bastille • Abolition des privilèges • Déclaration des droits de l'homme et du citoyen • Abolition de la monarchie • Code civil • Sacre de Napoléon Ier.

2 Je teste mes connaissances

Exercices à compléter
hachette-clic.fr/21hg4028

Exercice 1 a. **Associez les numéros sur la frise avec les faits. Pour chaque fait, vous préciserez la date (ou les dates) qui lui correspond(ent) :** sacre de Napoléon, serment du Jeu de paume, abolition des privilèges, abolition de la monarchie.

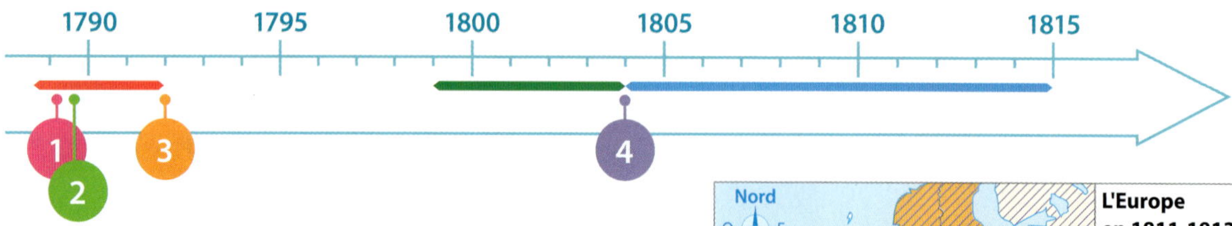

b. **Complétez la légende de cette carte :**

Exercice 2

À l'écrit ou à l'oral :

a. **Complétez la légende de la carte.**

b. **Indiquez le nom des États numérotés de 1 à 5.**

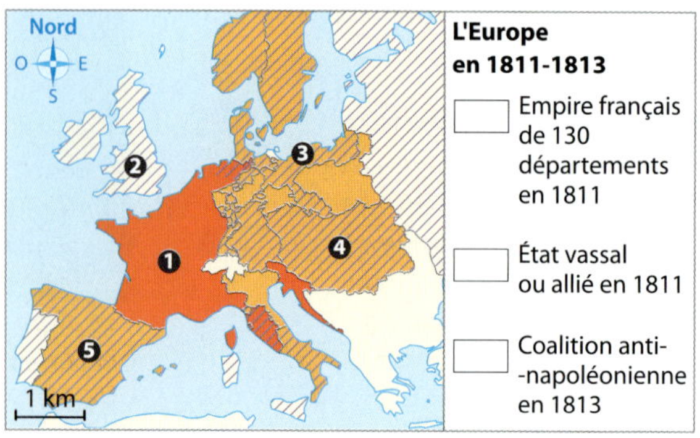

Je m'auto-évalue

J'ai réussi l'exercice sans regarder ma fiche de révision ou le manuel.	J'ai réussi l'exercice en allant chercher quelques informations dans ma fiche de révision ou le manuel.	J'ai réussi l'exercice en allant chercher les informations dans ma fiche de révision ou le manuel.	J'ai fait l'exercice mais n'ai pas réussi à trouver les informations nécessaires.
Très bonne maîtrise	Maîtrise satisfaisante	Maîtrise fragile	Maîtrise insuffisante

3 Je pratique différents langages : écrire pour argumenter

Sujet : Napoléon et la Révolution

Rédigez un texte montrant que Napoléon est à la fois celui qui poursuit l'œuvre révolutionnaire mais aussi celui qui y met un terme.

Étape 1 Je réfléchis au brouillon

1. Comprenez le sujet : **Napoléon** et **la Révolution**

- Napoléon → Qui est-il ? Quel rôle joue-t-il ? Sur quelle période ?
- la Révolution → Il s'agit de réfléchir aux liens entre Napoléon et la Révolution, s'il en est l'héritier ou le fossoyeur (celui qui l'enterre).

2. Reproduisez la carte mentale ci-dessous. Mobilisez vos connaissances pour compléter votre carte mentale. Vous pouvez utiliser les mots clés de la boîte à outils et ajouter des branches.

Napoléon et la Révolution

- **Qui est Napoléon ?**
  - **1.** Comment est-il arrivé au pouvoir ?
  - **2.** Quand est-il au pouvoir en France ?
  - **3.** Quels régimes politiques ?
- **Des mesures qui poursuivent l'œuvre de la Révolution**
  - **1.** La devise et les valeurs de la Ire République ?
  - **2.** Les grandes mesures du consulat ?
- **Des mesures qui reviennent sur les acquis de la Révolution**
  - **1.** Le retour à une monarchie ?
  - **2.** les restrictions des libertés ?

Boîte à outils

Consulat • Empire • code civil • sacre • surveillance • franc germinal • concordat • censure • monarchie • noblesse d'empire • préfet • département • liberté • égalité • unité • indivisibilité

Étape 2 Je rédige une partie du développement construit

3. Rédigez l'introduction et un paragraphe du développement construit en vérifiant que vous commencez votre paragraphe par un alinéa.

Un peu d'aide ?

Deux paragraphes seraient attendus à la suite de l'introduction. Chacun de ces éléments correspond à une branche de la carte mentale réalisée au brouillon.

+ Un peu d'aide ?

Reprenez les informations de la carte mentale.

- L'introduction reprend les réponses de la branche rouge de la carte mentale.
- **Le 1er paragraphe :** les mesures de Napoléon qui poursuivent l'œuvre de la Révolution (branche rose de la carte mentale)
- **Le 2e paragraphe :** les mesures qui reviennent sur les acquis de la Révolution (branche violette de la carte mentale)

Je m'auto-évalue

Pratiquer différents langages : écrire

Je vérifie que j'ai atteint les objectifs :

- ☐ Ma rédaction comporte l'introduction et un paragraphe qui commence par un alinéa.
- ☐ Mon paragraphe reprend et organise les informations d'une des branches (rose ou violette) de la carte mentale.
- ☐ J'ai rédigé des phrases complètes.

4 J'analyse et je comprends deux documents : une carte et une gravure

→ Étudiez ces documents en répondant aux questions.

1 La France et l'Europe en 1794

Dupuis, *La Chute en masse : ainsi l'étincelle électrique de la liberté renversera tous les trônes des brigands couronnés*, estampe, 24,8 x 36,6 cm, 1794, BnF.

2 L'Europe en 1815

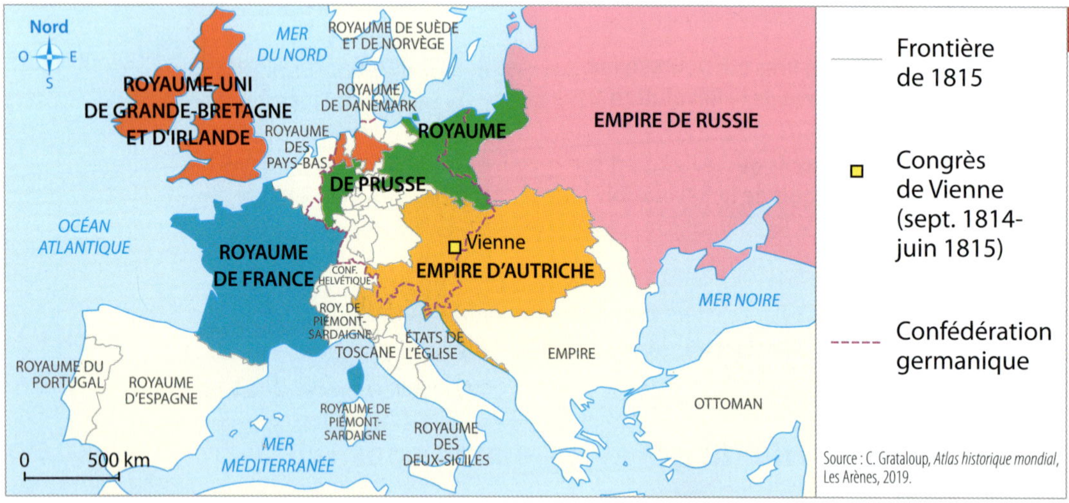

Source : C. Grataloup, *Atlas historique mondial*, Les Arènes, 2019.

QUESTIONS

A. Identifier un document et son point de vue

1. Présentez chaque document.

B. Comprendre le sens général d'un document

2. Doc. 1 Identifiez ce que représente le personnage (a) et le groupe (b).

3. Doc. 1 Identifiez la transformation politique que suggère la gravure.

4. Doc. 2 Identifiez le régime politique qui domine l'Europe en 1815.

C. Confronter les documents à ses connaissances

5. À l'aide de vos connaissances, expliquez la différence observée.

POINT MÉTHODE Analyser et comprendre un document

Pour identifier un document et son point de vue

> Préciser sa nature, le sujet traité, la période concernée et sa source.
Aide *Soyez attentifs à distinguer le document source du document réalisé par les historiens.*

Pour comprendre le sens général d'un document

> Observer attentivement la gravure pour la comprendre.
Aide *Identifiez les couleurs et objets du personnage (a), les symboles et mots employés pour le groupe (b).*

Pour confronter le document à ses connaissances

> Utiliser ce que l'on connaît du contexte (voir leçon p. 74).
Aide *Rappelez comment les idées révolutionnaires se sont répandues en Europe et quelle a été la réaction des monarchies.*

Je m'entraîne
Sujet guidé

Exercice 1

Analyser et comprendre un document

Point ARTS

▸ **Girodet** reçut commande en février 1812 d'une représentation de l'empereur en 36 exemplaires, destinés à chacune des 36 cours d'appel de l'Empire à son apogée. Cette image officielle du souverain le présente debout en « grand habillement ».

Atelier de A.-L. Girodet, *Napoléon en tenue de sacre*, huile sur toile, 261 x 184 cm, 1812-1814, château de Fontainebleau.

QUESTIONS

1. Présentez le document.
2. Relevez les regalia qui font de Napoléon un monarque.
3. Relevez l'objet qui symbolise l'empire chrétien.
4. Relevez les insignes que l'empereur reprend de la Rome antique.
5. Identifiez le livre vers lequel Napoléon lève le bras et précisez quelle est sa fonction.
6. À votre avis, dans quel but Napoléon commande-t-il ces images officielles de lui ?

Un peu d'aide ?

- **Pour la question 1**
  Précisez l'auteur, la date et la nature du document ainsi que le sujet traité.
- **Pour les questions 2 à 4**
  Observez avec attention le tableau. Vous pouvez le mettre en relation avec le tableau du sacre étudié p. 70.
- **Pour les questions 5 et 6**
  Utilisez ce que vous savez de l'œuvre et du règne de Napoléon (voir leçon p. 74)

Exercice 2 Pratiquer différents langages

Sous la forme d'un développement construit de 10 à 15 lignes, expliquez pourquoi on peut dire de 1789 qu'elle est une année de ruptures.

Pense pas bête

1. Je comprends et délimite le sujet
Quoi ? Où ? Quand ?

2. Je mobilise les connaissances associées
Abolition des privilèges • États généraux • Serment du Jeu de paume • Assemblée nationale • Constitution…

3. J'organise mon développement en deux parties
I- Rupture politique
II- Rupture sociale

CHAPITRE 4

L'Europe de la « révolution industrielle »

Comment la « révolution industrielle » transforme-t-elle la société et l'environnement au XIXe siècle ?

1 Le développement de l'urbanisation et des transports
M. Fallies, *Gare et usines à Saint-Denis*, début du XXe siècle, musée de l'Île-de-France, Sceaux.

VOCABULAIRE

- **« Révolution industrielle » :** période historique de transformation économique avec le passage d'une économie agricole et rurale à une économie industrielle et urbaine.
- **Urbanisation :** processus de croissance de la population et d'extension de l'espace des villes.

Je me repère dans le temps

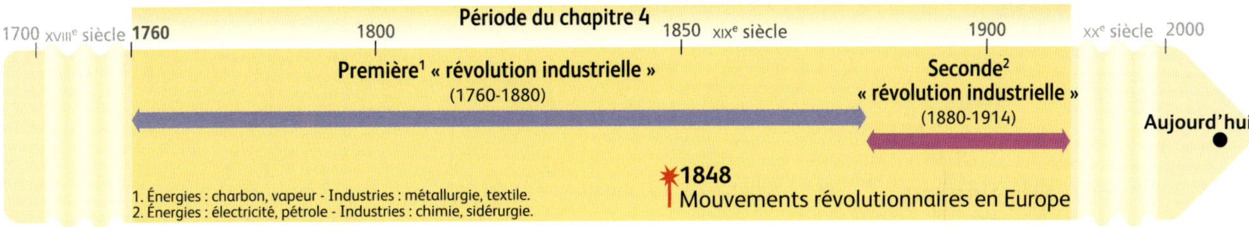

2 Le palais de l'électricité à l'Exposition universelle de 1900, à Paris

Les expositions universelles sont des expositions internationales organisées régulièrement depuis le milieu du XIXe siècle pour mettre en valeur les progrès technologiques et industriels.

Lithographie, 1900.

QUESTIONS

1. **Doc. 1** Quelle énergie est ici utilisée ? Comment le paysage est-il transformé ?
2. **Doc. 2** Quelle énergie est mise en valeur lors de l'Exposition universelle de 1900 ?
3. **Doc. 1** et **2** Selon vous, comment la « révolution industrielle » transforme-t-elle les paysages ?

Se repérer

L'Europe de la révolution industrielle

UNE VIDÉO POUR COMMENCER

hachette-clic.fr/21hg4029

Le développement de la sidérurgie en Allemagne. L'Histoire par l'image

Analyse du tableau d'A. von Menzel, *La Forge (Cyclopes modernes)*, 1872-1875, Alte Nationalgalerie, Berlin.

VOCABULAIRE

- **Industrie :** activité économique qui transforme des matières premières en produits afin de les vendre.

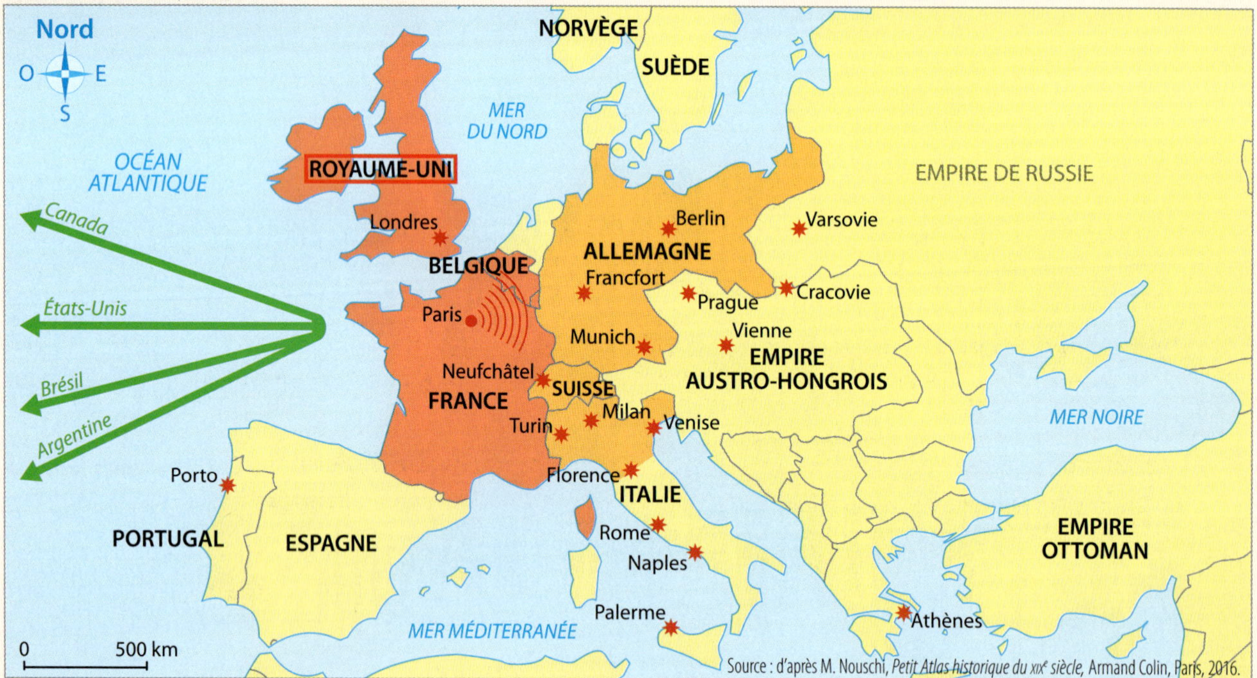

1. Le développement de l'industrie
- Berceau de la révolution industrielle
- Première moitié du XIXe siècle
- Seconde moitié du XIXe siècle
- Pays peu industrialisé à la fin du XIXe siècle

2. Les migrations des populations européennes hors d'Europe
- Vague migratoire

3. Les mouvements révolutionnaires
- Épicentre français (1848)
- Centre d'insurrection

1 Révolution industrielle, migrations et mouvements révolutionnaires en Europe au XIXe siècle
D'après M. Nouschi, *Petit Atlas historique du XIXe siècle*, Armand Colin, Paris, 2016.

Carte interactive
hachette-clic.fr/21hg4030

Je me souviens

Se repérer dans le temps et dans l'espace
→ Voir les chapitres 1, 2 et 3

1. Quelles marchandises l'Europe a-t-elle exportées et importées au XVIIIe siècle ?
2. Quelles populations ont été massivement déportées vers l'Amérique au XVIIIe siècle ?
3. Vers quel continent les Européens ont-ils essentiellement migré du XVIe au XVIIIe siècle ?

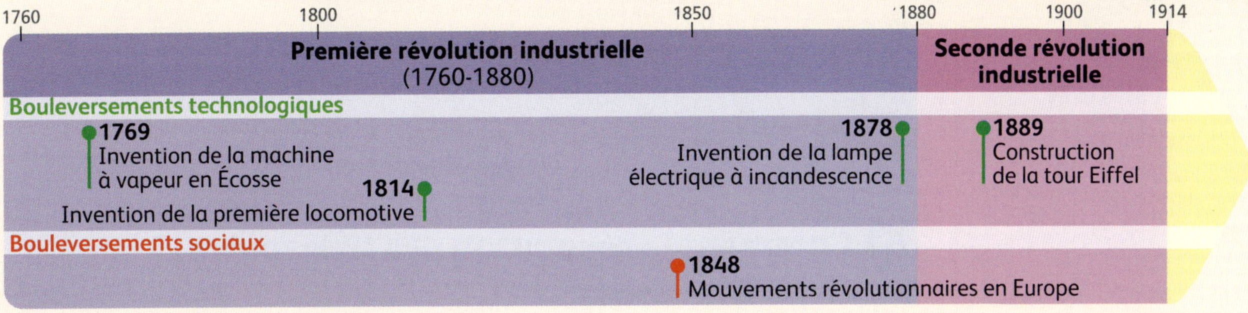

2 La hausse de la production

a. La production de charbon

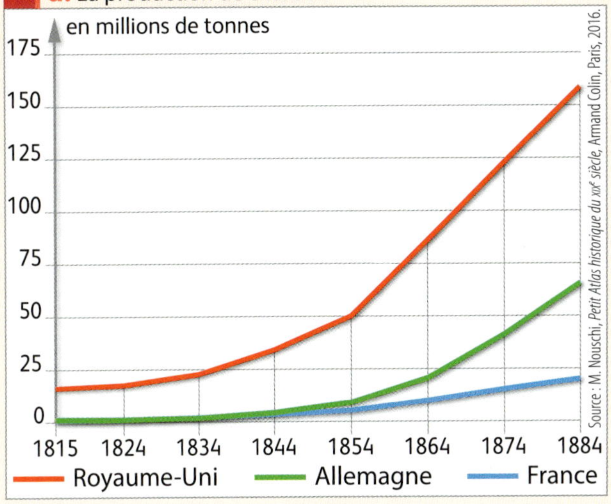

Source : M. Nouschi, *Petit Atlas historique du XIXe siècle*, Armand Colin, Paris, 2016.

b. La production de fonte

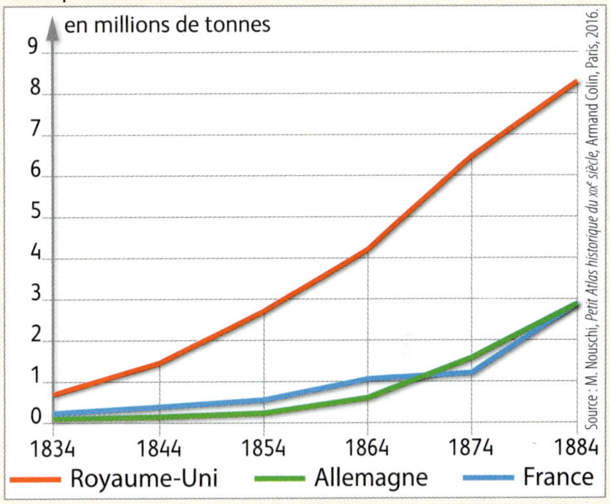

Source : M. Nouschi, *Petit Atlas historique du XIXe siècle*, Armand Colin, Paris, 2016.

3 L'urbanisation du monde

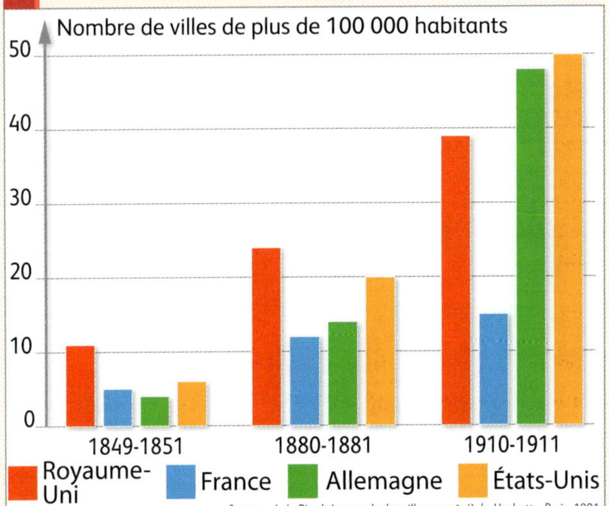

Source : J.-L. Pinol, *Le monde des villes au XIXe siècle*, Hachette, Paris, 1991.

4 La machine à vapeur

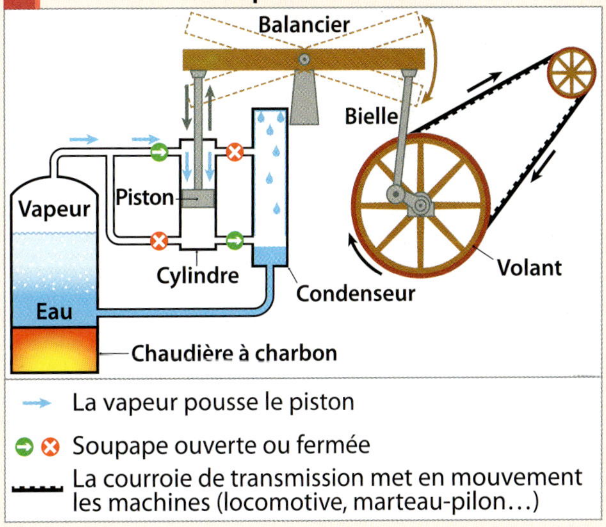

Je découvre

4. Identifiez le pays qui connaît le premier la révolution industrielle.

5. Identifiez les pays européens dans lesquels l'industrialisation se diffuse dès 1850.

6. Localisez les mouvements révolutionnaires de 1848.

7. Montrez que l'industrialisation et l'urbanisation progressent de façon parallèle.

Étude

DATES CLÉS

- **1791** Invention du télégraphe
- **1803** Invention du bateau à vapeur
- **1814** Invention de la locomotive à vapeur
- **1860** Invention du moteur à explosion

La révolution des transports

Comment la révolution des transports contribue-t-elle à la mondialisation au XIXe siècle ?

2 Une affiche touristique

Affiche d'Hugo d'Alesi, *Compagnie du chemin de fer de Paris à Orléans*, 1896.

1 L'utilité du chemin de fer

La question des chemins de fer a été étudiée par les hommes politiques et les scientifiques. La politique y a vu un gage de plus d'entente et de paix entre les nations ; le commerce, l'industrie, une voie plus sûre et plus rapide[1], ouverte au transport des produits, à l'échange des marchandises ; l'économie politique, un moyen de verser d'un pays à l'autre le trop-plein des productions, et d'élever à un niveau commun le bien-être de tous les peuples ; la philosophie, un véhicule puissant et rapide pour la diffusion des Lumières et la propagation des idées civilisatrices.

D'après Mgr Giraud, archevêque de Cambrai, discours prononcé pour l'inauguration de la ligne Lille-Paris le 14 juin 1846.

1. La ligne permet de relier Paris et Lille en 3 h 50 alors qu'il fallait jusque-là 22 heures en diligence.

3 La toile du chemin de fer en Europe au XIXe siècle

D'après M. Nouschi, *Petit Atlas historique du XIXe siècle*, Armand Colin, Paris, 2016.

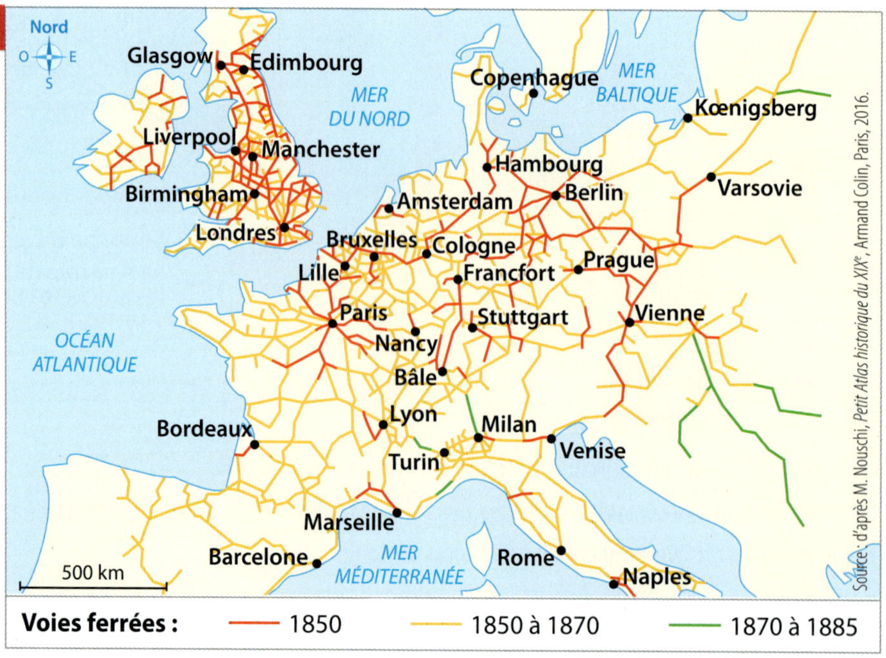

VOCABULAIRE

- **Mondialisation :** mise en relation des espaces mondiaux qui se traduit par des échanges de marchandises, de capitaux et de populations.

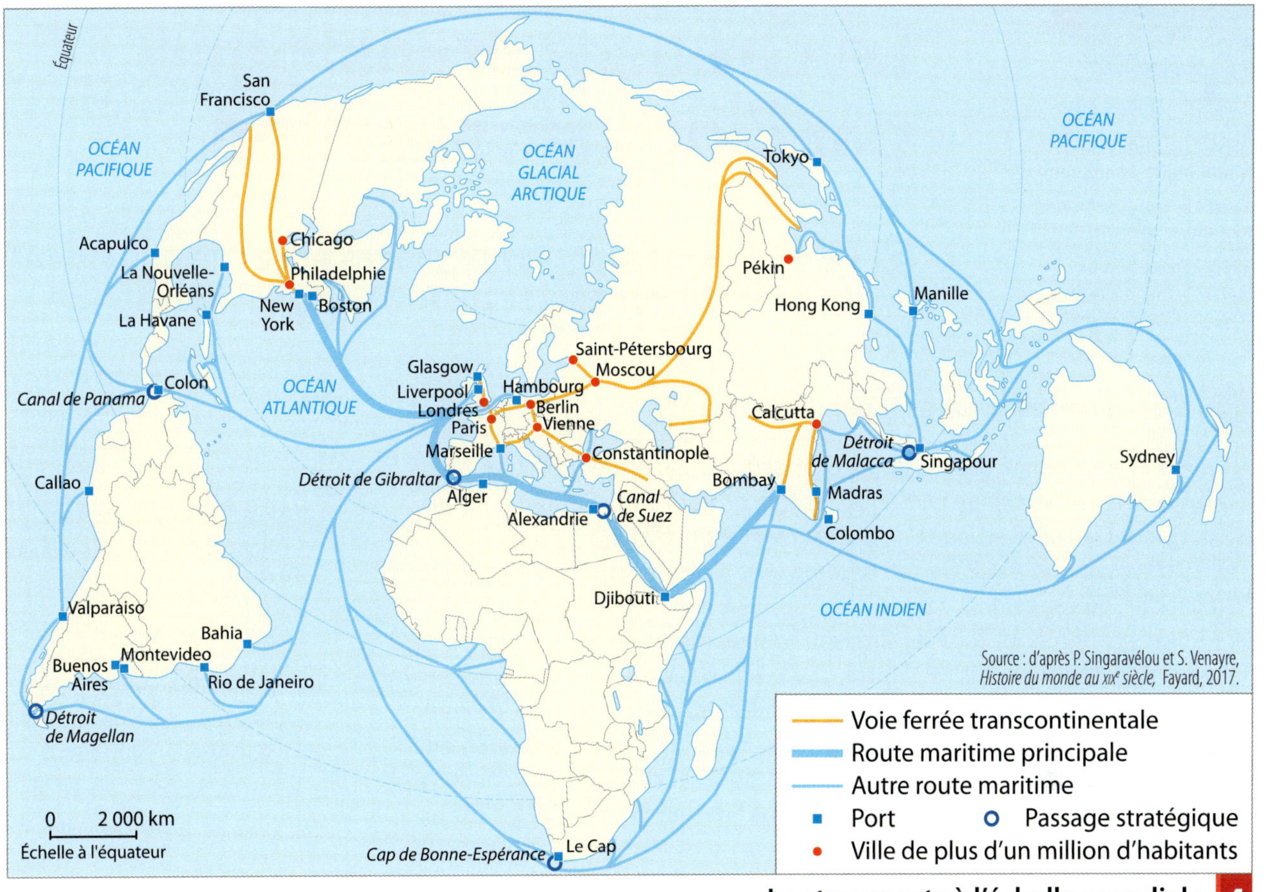

Source : d'après P. Singaravélou et S. Venayre, *Histoire du monde au XIXe siècle*, Fayard, 2017.

4 Les transports à l'échelle mondiale au XIXe siècle

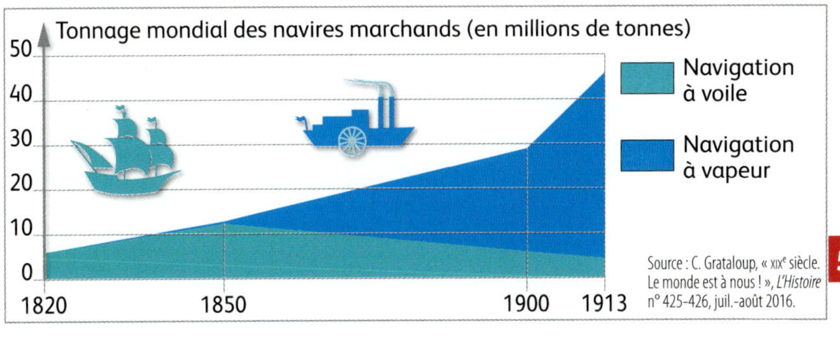

Source : C. Grataloup, « XIXe siècle. Le monde est à nous ! », *L'Histoire* n° 425-426, juil.-août 2016.

5 Le règne de la navigation à vapeur

ACTIVITÉS

Parcours 1

Extraire des informations pertinentes

1. **Doc. 2, 3** et **5** Relevez les différents moyens de transport apparus au XIXe siècle.
2. **Doc. 2** et **5** Montrez que les déplacements de personnes et de marchandises sont de plus en plus rapides.
3. **Doc. 1** Pour quelles raisons le train est-il facteur de progrès, selon l'auteur ?
4. **Doc. 4** Pourquoi peut-on parler de mondialisation au XIXe siècle ?

OU Parcours 2

Extraire des informations pour les classer

Reproduisez et complétez le tableau en relevant les informations pertinentes :

1. Les nouveaux moyens de transport (**Doc. 1**, **3** et **5**).	2. Leur rôle dans la mondialisation (**Doc. 2**, **3**, **4** et **5**).
…	…

Pour conclure **Comment la révolution des transports contribue-t-elle à la mondialisation ?**

Étude

DATES CLÉS

1784 Création d'une fonderie royale au Creusot

1836 Les frères Schneider rachètent la fonderie

1838 Fabrication de la première locomotive

Le Creusot, transformé par l'industrialisation

De quelle manière les paysages et l'environnement du Creusot sont-ils transformés par l'industrie ?

1 La découverte du Creusot par deux enfants

Julien et André sont deux enfants orphelins qui effectuent un tour de la France à la recherche de leur oncle. Ils rencontrent sur la route un forain, monsieur Gertal, avec lequel ils poursuivent leur voyage.

— Oh ! voyez, monsieur Gertal ; regarde, André ; là-bas, on dirait un grand incendie ; qu'est-ce qu'il y a ?

— Nous sommes en face du Creusot, la plus grande usine de France et peut-être d'Europe, dit M. Gertal. Il y a ici plus de seize mille ouvriers qui travaillent nuit et jour pour donner à la France une partie de l'acier qu'elle emploie. Il y a trois grandes usines distinctes dans l'établissement du Creusot : fonderie, ateliers de construction et mines ; mais chacune des parties de l'usine est reliée à l'autre par des chemins de fer ; c'est un va-et-vient perpétuel. […]

— À quoi servent ces hautes tours de quinze à vingt mètres ?

— Dans la fonderie, il y a une quinzaine de hauts-fourneaux. C'est pour fondre le minerai de fer. Les hauts-fourneaux du Creusot produisent ainsi chaque jour plus de 500 000 kilogrammes d'acier[1].

Quand on eut bien admiré la fonderie, on passa dans les grandes forges. Saisissant de longues tenailles, les ouvriers retiraient des fours les masses de fer rouge ; puis, ils les amenaient en face d'énormes enclumes pour être frappées par le marteau-pilon à vapeur, fabriqué et employé pour la première fois dans l'usine du Creusot.

On parcourut ensuite les ateliers de construction où se font chaque année plus de cent locomotives, des quantités considérables de rails, des coques de bateaux à vapeur, des ponts en fer, des engins de toute sorte pour les frégates et les vaisseaux de ligne.

— Voyons maintenant les mines de houille[2], dit M. Gertal.

— Des mines ? dit Julien. Il y a des mines aussi !

— Oui, mon enfant. C'est là que les mineurs arrachent à coups de pic et de pioche ce charbon qui alimentera les grands fourneaux que tu as vus. Puis quand, à l'aide de ce charbon, on aura fabriqué toutes les choses que tu as vues, on les expédiera par le canal du Centre sur tous les points de la France.

D'après G. Bruno, *Le Tour de la France par deux enfants*, Belin, 1877 [1re édition].

1. Alliage métallique composé de fer et de carbone.
2. Charbon.

Qui est-il ? *Le Tour de la France par deux enfants*
Manuel scolaire de cours moyen destiné à l'apprentissage de la lecture et à la formation historique, géographique, scientifique et civique des jeunes Français.

a. Identifiez le document et l'objectif de l'auteur dans cet extrait.

b. Quelles données chiffrées montrent que l'industrie du Creusot est importante ?

c. Que produit-on dans la fonderie ?

d. Quels outils ou machines permettent de forger l'acier ?

e. Que fabrique-t-on avec les plaques d'acier ?

f. Quelle source d'énergie alimente les usines du Creusot ?

VOCABULAIRE

- **Métallurgie :** industrie qui permet de produire et de travailler les métaux.
- **Sidérurgie :** industrie qui permet de fabriquer et de mettre en forme l'acier à partir du minerai de fer.
- **Usine :** lieu de production industrielle.

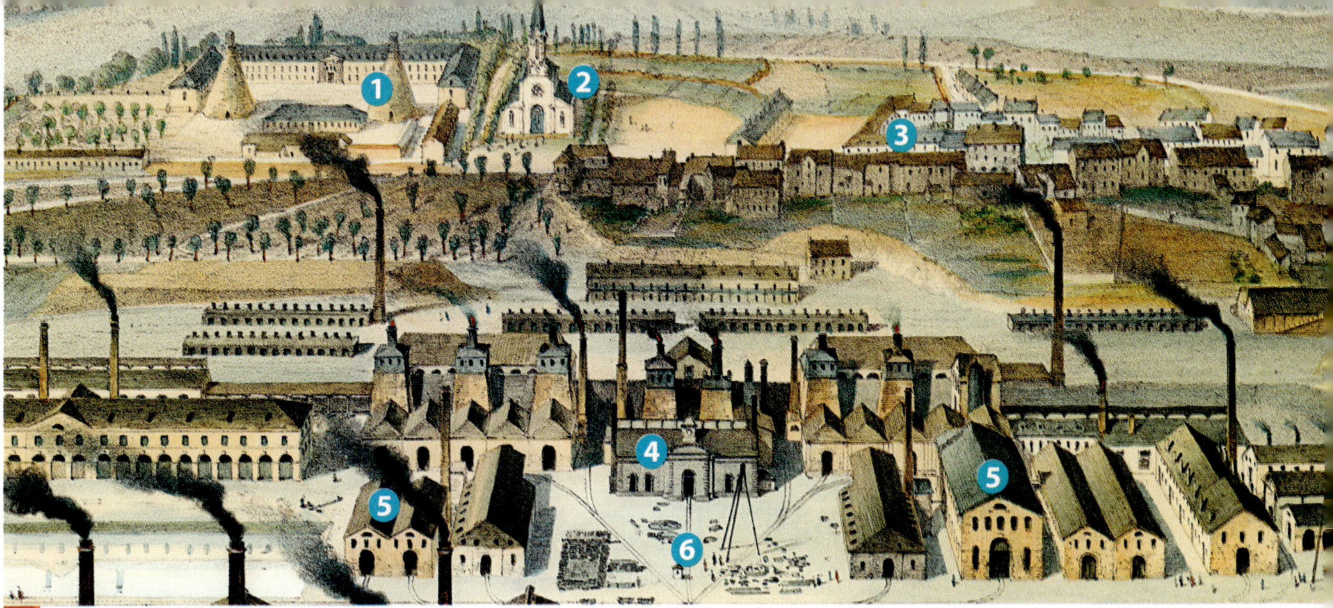

2 **La ville-usine du Creusot en 1847**

1 Château de la Verrerie 2 Église 3 Maison des ouvriers 4 Ancienne fonderie royale 5 **Usine**
6 Voies ferrées pour acheminer la houille et le fer

P. Trémaux, *Forge et fonderie au Creusot*, lithographie, 1847, écomusée du Creusot-Montceau.

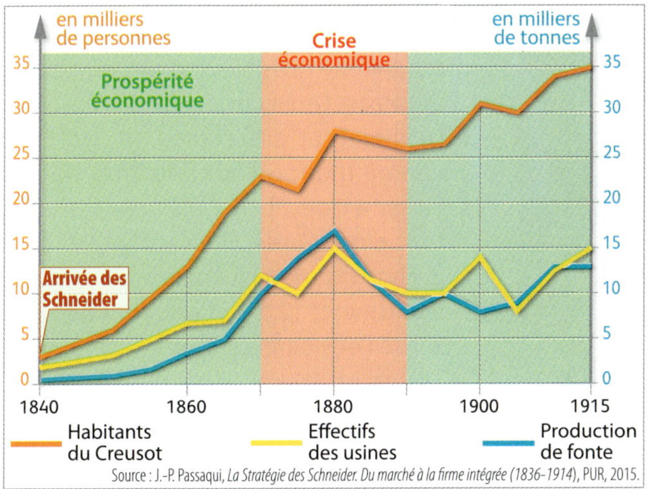

Source : J.-P. Passaqui, *La Stratégie des Schneider. Du marché à la firme intégrée (1836-1914)*, PUR, 2015.

3 **Population et production de fonte au Creusot**

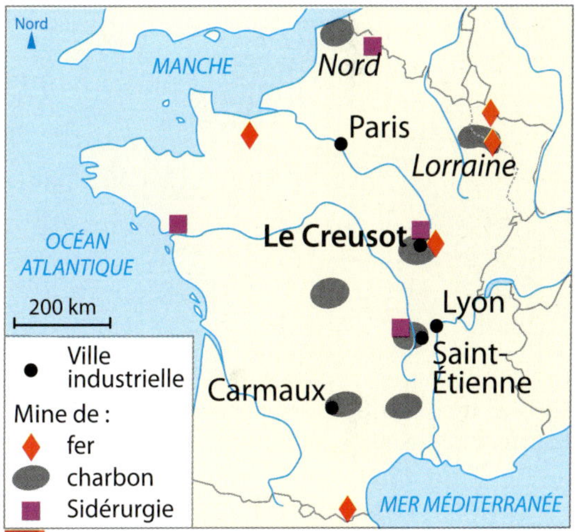

4 **Un centre de la sidérurgie**

ACTIVITÉS

Parcours 1

Extraire des informations pertinentes

1. **Doc. 1** et **4** Pourquoi Le Creusot a-t-il été choisi comme site sidérurgique ?
2. **Doc. 1** et **2** Comment l'industrie a-t-elle transformé les paysages ?
3. **Doc. 3** Comment la production de fonte au Creusot a-t-elle évolué ?
4. **Doc. 1** et **3** Comment cela se traduit-il dans les emplois ?

OU Parcours 2

Réaliser une production graphique

Construisez une carte mentale sur l'industrialisation au Creusot. Vous montrerez comment elle a transformé les paysages et l'environnement.

1. Notez au centre l'idée principale : L'industrialisation au Creusot au XIXe siècle.
2. Construisez ensuite des branches pour présenter : Qui ? Où et pourquoi là ? Quoi ? Comment ? Quelles conséquences sur la population ? Quelles conséquences sur les paysages ? Quelles conséquences pour l'environnement ?

L'atelier de l'historien

Les Schneider, des « patrons paternalistes »

Vous disposez de plusieurs sources évoquant le rôle de la famille Schneider dans la vie des ouvriers et de la ville. Expliquez pourquoi les Schneider peuvent être qualifiés de « patrons paternalistes ».

Source 1 La cité de la Villedieu (1865)

La cité de la Villedieu est construite par les usines Schneider pour les ouvriers. Elle se compose de 80 maisons individuelles qui comportent deux pièces.
Écomusée, Le Creusot.

Source 3 La maison de retraite du Creusot

Inaugurée le 4 janvier 1887, elle est fondée et dotée par Mme Eugène Schneider et par M. et Mme Henri Schneider.
Écomusée, Le Creusot.

Source 2 Devenir ouvrier à 12 ans

Un ouvrier se souvient L'administration des Usines du Creusot recrutait tous les apprentis de ses ateliers dans les écoles communales[1] appelées « les écoles de M. Schneider ». Les futurs mineurs étaient recrutés autant que possible dans les familles de ceux qui exerçaient cette profession. Le directeur des écoles, M. Nolet, venait d'abord dans la première classe et disait aux élèves « Il faut tant d'apprentis. Qui veut y aller ? » Et chacun de lever la main pourvu qu'il ait au moins 12 ans et cela sans aucun conseil des parents.

D'après J.-B. Dumay, *Mémoires d'un militant ouvrier (1841-1905)*, Presses universitaires de Grenoble, 1976.

1. Les écoles communales sont les écoles de la commune. Au Creusot, elles ont été construites par les Schneider après la loi Guizot de 1833.

VOCABULAIRE

- **Paternalisme :** attitude du chef d'entreprise qui accorde à son personnel des avantages sociaux dans le but de renforcer son autorité.
- **Syndicat :** organisation qui défend les intérêts d'un groupe professionnel (ouvriers, patronat…).

Source 4 La grève au Creusot

Les salariés du Creusot se mettent en grève pour obtenir le droit de créer un **syndicat**.
J. Adler, *La Grève ouvrière aux usines Schneider du Creusot*, 302 x 231 cm, 1899, Écomusée, Le Creusot.

hachette-clic.fr/21hg4031
Analyse de l'œuvre proposée par L'Histoire par l'image

Source 5 Frédéric Le Play, le théoricien du **paternalisme**

Le patron se croit toujours tenu de pourvoir, conformément à la tradition locale, aux besoins matériels et moraux de ses subordonnés.
Aux ressources attribuées aux familles, sous forme de salaires, il s'efforce de joindre celles qui résultent des revenus de petites propriétés et l'exercice de nombreux services.
Les patrons les plus intelligents s'appliquent, en outre, assidûment à propager chez leurs ouvriers la connaissance de l'ordre moral et le respect des lois de la famille [...]. Les patrons secondés par le prêtre, l'instituteur et diverses personnes s'appliquent à habituer les âmes au respect de la religion.

D'après Frédéric Le Play, *La Réforme sociale en France*, 1864.

Qui est-il ? ▸ Frédéric Le Play (1806-1882)
Ingénieur, anthropologue et économiste aux fortes convictions chrétiennes, il se penche sur la condition ouvrière et demande une réforme sociale.

POINT MÉTHODE La démarche de l'historien

Étape 1 Identifier les sources et leur point de vue

1. Identifiez la source qui offre une analyse de la situation. Semble-t-elle plutôt favorable ou défavorable à la situation présentée ?

Étape 2 Comprendre et confronter les sources

2. **Sources 1, 2** et **3** Identifiez ce que les Schneider offrent à leurs salariés.
3. **Source 5** Relevez les éléments du texte qui montrent que cela est une obligation pour les Schneider.
4. **Sources 2** et **5** Identifiez les objectifs poursuivis avec la construction de l'école.
5. **Sources 4** et **5** Identifiez ce que certains ouvriers reprochent à l'attitude des Schneider.

Étape 3 Interpréter

6. Montrez que les Schneider sont des « patrons paternalistes » et expliquez les limites de ce paternalisme.

Histoire des ARTS

Germinal, un regard sur la société industrielle

Quel portrait Émile Zola fait-il de la société industrielle du XIXe siècle ?

1 Le réveil chez les Maheu

Chez les Maheu[1], au numéro 16, rien ne bougeait. Des ténèbres épaisses noyaient l'unique chambre du premier étage. Quatre heures sonnèrent, rien encore ne remua. Et, brusquement, ce fut Catherine qui se leva. Les jambes jetées hors des couvertures, elle frotta une allumette et alluma la chandelle.
Maintenant, la chandelle éclairait la chambre, carrée, à deux fenêtres, que trois lits emplissaient. Il y avait une armoire, une table, deux chaises. Et rien d'autre, des hardes[2] pendues à des clous, une cruche posée sur le carreau, près d'une terrine rouge servant de cuvette. Dans le lit de gauche, Zacharie, l'aîné, était couché avec son frère Jeanlin; dans celui de droite, deux mioches, Lénore et Henri, dormaient aux bras l'un de l'autre; tandis que Catherine partageait le troisième lit avec sa sœur Alzire. La porte vitrée était ouverte, on apercevait le couloir du palier, l'espèce de boyau où le père et la mère occupaient un quatrième lit, contre lequel ils avaient dû installer le berceau de la dernière venue, âgée de trois mois à peine.
Depuis un instant des bruits s'entendaient derrière le mur, dans la maison voisine. Ces constructions de briques, installées par la Compagnie[3], étaient si minces que les moindres souffles les traversaient.

D'après Émile Zola, *Germinal*, 1885.

1. Les Maheu sont une famille de mineurs de la mine de Montsou.
2. Vieux vêtements.
3. Entreprise qui possède la mine de Montsou et le coron (où vivent les mineurs).

2 Petit déjeuner chez les Grégoire

Les Grégoire sont des bourgeois, actionnaires de la mine de Montsou, où se déroule l'action de *Germinal*.

Illustration de Jules Férat, extraite de la première édition de *Germinal*, Paris, 1885.

Point ARTS

Paru en 1885, *Germinal* est le treizième roman d'une série écrite par le journaliste et écrivain Émile Zola. Elle raconte la vie d'une famille, les Rougon-Macquart, entre 1851 et 1874. L'histoire de *Germinal* se déroule dans des mines de charbon du Nord de la France.

L. Choubrac, affiche annonçant la parution de *Germinal* de Zola dans le magazine *Gil Blas*, 25 novembre 1884.

3 Germinal, un roman naturaliste

Pour mon compte, ma méthode n'a jamais varié depuis le premier roman que j'ai écrit. J'admets trois sources d'informations : les livres, qui me donnent le passé ; les témoins, qui me fournissent, soit par des œuvres écrites, soit par la conversation, des documents sur ce qu'ils ont vu ou sur ce qu'ils savent ; et enfin l'observation personnelle, directe, ce qu'on va voir, entendre ou sentir sur place. À chaque nouveau roman, je m'entoure de toute une bibliothèque sur la matière traitée, je fais causer toutes les personnes compétentes que je puis approcher, je voyage, je vais voir les horizons, les gens et les mœurs[1].

Émile Zola, article extrait du *Figaro*, 6 juin 1896.

1. Avant d'écrire *Germinal*, Zola a passé huit jours dans les mines d'Anzin dans le Nord-Pas-de-Calais.

4 *Germinal* de Claude Berri, une adaptation cinématographique

UNE VIDÉO À REGARDER hachette-clic.fr/21hg4032

Journal télévisé de France 3, 18 janvier 1992

Claude Berri sur le tournage du film sorti en 1993. *Germinal* se veut une adaptation fidèle du roman de Zola. Tourné dans le Nord, dans un ancien site minier, avec de nombreux figurants locaux et d'anciens mineurs, il remporte en 1994 le César de la meilleure photographie et des meilleurs costumes.

5 Les Maheu et les Grégoire, dans le film de Claude Berri

Chez les Maheu : de 6'14 à 8'45 hachette-clic.fr/21hg4033 Chez les Grégoire : de 19'33 à 23'05. hachette-clic.fr/21hg4034

POINT MÉTHODE Identifier et analyser des œuvres d'art

Étape 1 Présenter

1 **Doc. 1** et **2** Identifiez les deux œuvres (auteur, nature, date et source).

Étape 2 Décrire une œuvre

2 **Doc. 1, 2** et **5** Complétez le tableau ci-dessous après l'avoir recopié pour montrer que tout oppose les deux familles.

	Une famille ouvrière : les Maheu	Une famille bourgeoise : les Grégoire
Le nombre de personnes	…	…
Les éléments montrant la richesse ou la pauvreté (la maison, les meubles, la nourriture…)	…	…

Étape 3 Exercer son regard critique

3 **Doc. 1, 2** et **3** Expliquez pourquoi *Germinal* est un roman naturaliste.

4 **Doc. 1** et **5** L'adaptation cinématographique est-elle fidèle au texte de Zola dans ces extraits ? Justifiez votre réponse.

5 **Doc. 3** et **4** Montrez que le réalisateur Claude Berri utilise la même méthode de travail que Zola pour adapter *Germinal*.

Étude

DATES CLÉS

1864 Droit de grève

1884 Droit de se syndiquer

1900 Journée de travail limitée à 10 heures

1906 Instauration d'une journée de repos hebdomadaire

Le prolétariat s'organise

Comment les ouvriers s'organisent-ils pour obtenir de meilleures conditions de travail en France ?

1 De nouvelles idéologies

L'histoire de toute société jusqu'à nos jours n'a été que l'histoire de luttes de classes. La société bourgeoise moderne, élevée sur les ruines de la société féodale, compte de nouvelles conditions d'oppression. Aujourd'hui, la société se divise en deux classes opposées et ennemies : la bourgeoisie et le **prolétariat**. La lutte est engagée par des ouvriers contre le bourgeois qui les exploite directement. Le prolétariat de chaque pays doit en finir, avant tout, avec sa propre bourgeoisie.

D'après K. Marx et F. Engels, *Le Manifeste du Parti communiste*, 1848.

Qui sont-ils ? ▸ Karl Marx (1818-1883) et Friedrich Engels (1820-1895)
Intellectuels socialistes allemands.

2 « Pour une union des prolétaires du monde entier »
Affiche de W. Crane, *Prolétaires du monde entier, unissez-vous !*, 1889.

VOCABULAIRE

- **Prolétariat :** classe sociale composée d'ouvriers qui n'ont que leur force de travail pour vivre.
- **Syndicat :** organisation qui défend les intérêts d'un groupe professionnel (ouvriers, patronat…).

3 La lutte des classes selon Marx et Engels

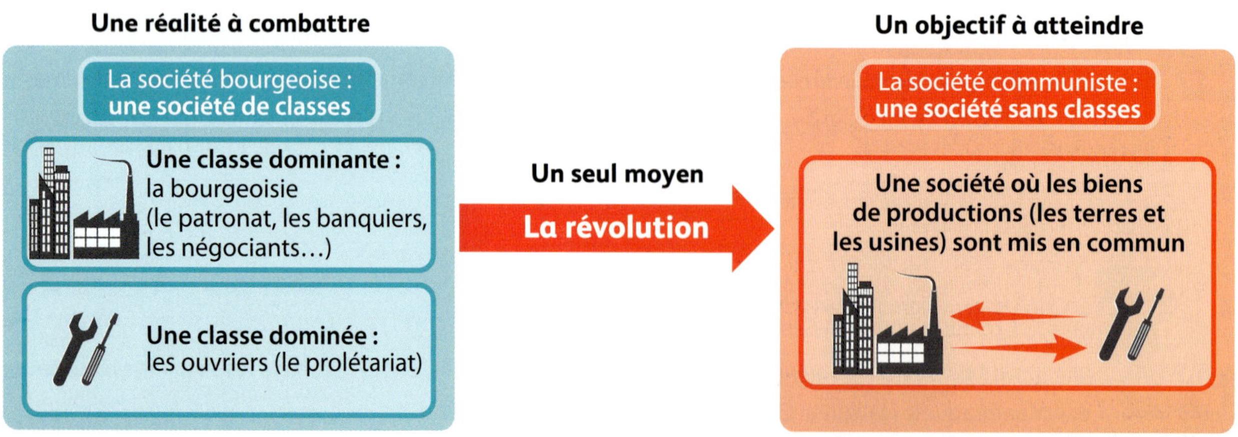

4 L'organisation de syndicats ouvriers

Dans l'œuvre revendicative quotidienne, le syndicat poursuit la coordination des efforts ouvriers, l'accroissement du mieux-être des travailleurs par la réalisation d'améliorations immédiates, telles que la diminution des heures de travail, l'augmentation des salaires, etc.
Mais cette besogne n'est qu'un côté de l'œuvre du syndicalisme : il prépare l'émancipation intégrale qui ne peut se réaliser que par l'expropriation capitaliste[1] ; il préconise comme moyen d'action la grève générale et il considère que le syndicat, aujourd'hui groupement de résistance, sera, dans l'avenir, le groupement de production et de répartition, base de réorganisation sociale.

Extrait de la charte d'Amiens de la CGT, 1906.

1. Fait d'ôter le droit de la propriété des usines au patronat.

Qui est-elle ? ▸ Confédération générale du travail (CGT)
Syndicat ouvrier fondé en 1895.

5 Les revendications des syndicats ouvriers

Affiche de la CGT, 1908.

a. Présentez le document (nature, date, commanditaire, destinataire)

d. Quelle revendication est ici exprimée ?

b. Décrivez ce dessin et les personnages (taille, vêtements, objets, attitude).

c. Relevez la légende en dessous.

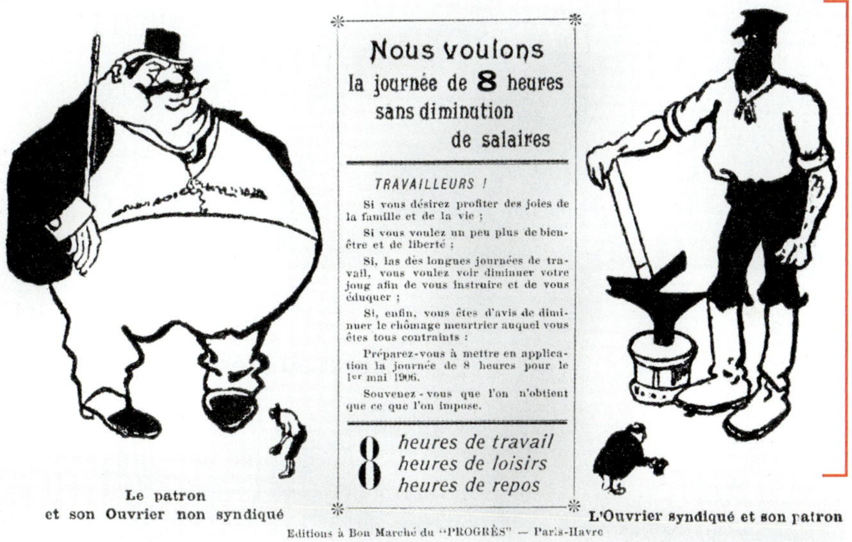

e. Décrivez ce dessin et les personnages (taille, vêtements, objets, attitude).

f. Relevez la légende en dessous.

g. Concluez : quel message la CGT veut-elle faire passer avec cette affiche ?

ACTIVITÉS

Parcours 1

Construire des repères

1. **Doc. 1** et **3** Quelle nouvelle idéologie se développe dans le monde ouvrier ?
2. **Doc. 1** et **3** Quelles sont les deux classes qui s'opposent ? Pour quelles raisons ?
3. **Doc. 1** et **5** Comment l'affiche montre-t-elle cette opposition ?
4. **Doc. 2** et **3** Que doivent faire les ouvriers pour faire naître une nouvelle société ?
5. **Doc. 4** et **5** Quels sont les revendications et les modes d'action de la CGT ?

OU

Parcours 2

Réaliser une production graphique

Prélevez dans les documents des arguments pour compléter le schéma suivant sur votre cahier :

Au XIXe siècle, les ouvriers s'organisent
- **1.** Un constat : une société inégale (**Doc. 1**, **3** et **5**) *Arguments…*
- **2.** Des objectifs : (**Doc. 2**, **3**, **4** et **5**) *Arguments…*
- **3.** Des modes d'action : (**Doc. 2**, **3**, **4** et **5**) *Arguments…*

Étude

DATES CLÉS

1846-1851 Grande famine en Irlande

L'Europe, un espace d'émigration

Pour quelles raisons les Européens émigrent-ils au XIXe siècle ?

1 Le port de Livourne en Toscane, Italie
R. Gambogi, *Émigrants*, 1894, Museo Civico Fattori, Livourne.

2 Immigrants construisant une voie ferrée, vers 1900, en Pennsylvanie, États-Unis

3 Émigrer au Brésil en 1885

Un Italien témoigne

L'**immigration** au Brésil était considérée comme une grande aventure, parce que c'était une terre inconnue. Tous s'inquiétaient de pouvoir travailler là-bas. Ma famille a obtenu de pouvoir cultiver des terres dans la colonie Dona Isabel, grâce à mon oncle, qui y était depuis un an. Il nous a écrit, nous sommes partis. Nous avons tout vendu pour assurer la première étape de notre nouvelle vie. Le jour du départ, tout le monde était triste. J'ai rêvé souvent de retourner dans ma belle Italie…

Personne ne savait à quoi ressemblait le Brésil. Nous étions venus pour avoir une vie meilleure. Notre voyage a duré 40 jours. Beaucoup s'imaginaient l'Eldorado, mais la vérité se révéla bien différente. Par manque de moyens, ma famille et moi avons fait le trajet à pied du port de Porto Alegre à Dona Isabel, comme bien d'autres, nous taillant un chemin à coup de serpe dans la forêt. Quand nous arrivâmes, on découvrit qu'on nous avait réservé un terrain montagneux et difficile à cultiver.

D'après Rovilio Costa et *al.*, *Imigração italiana no Rio Grande do Sul. Vida, costumes e tradiçoes, Est/Sulina, Porto Alegre*, 1974.

4 L'Europe, une terre d'émigration

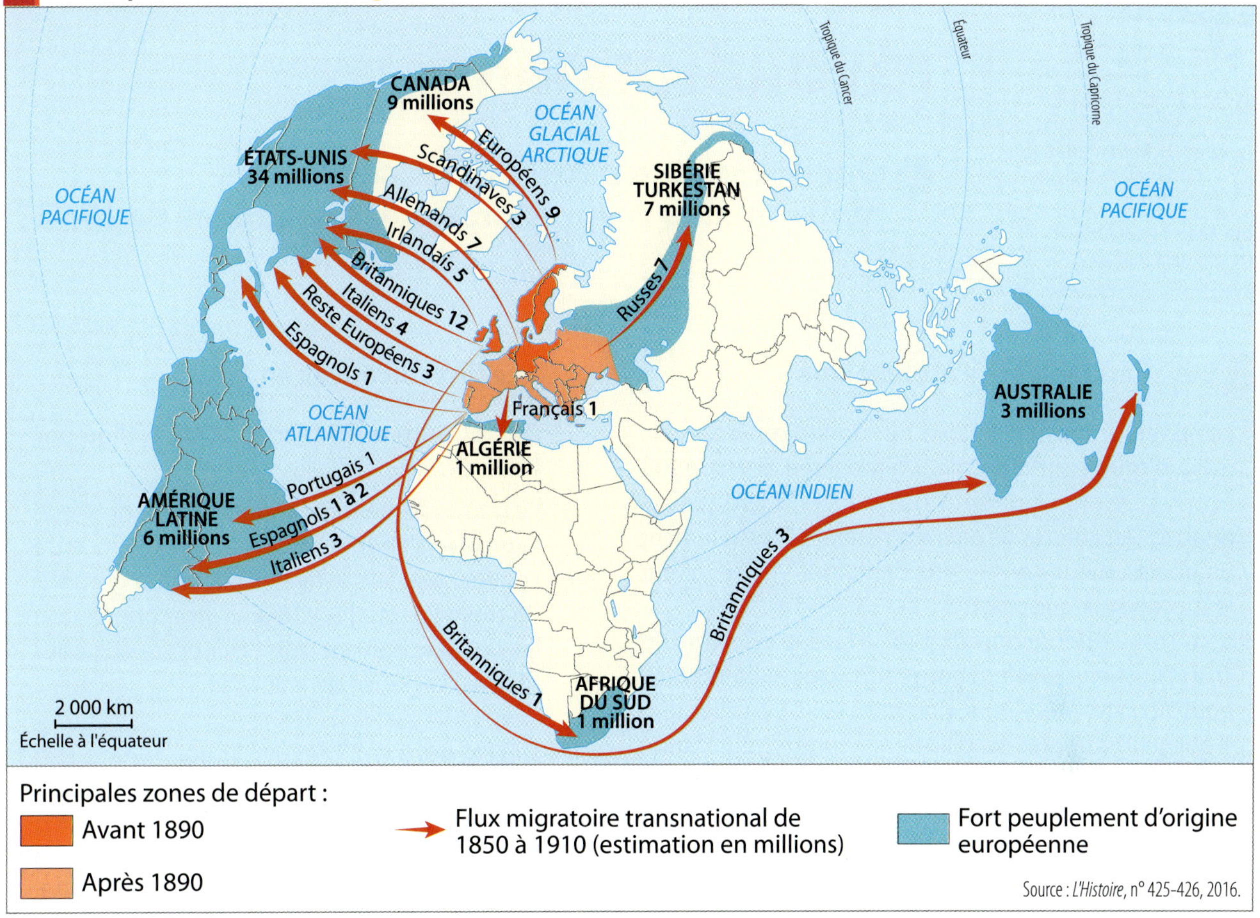

Source : *L'Histoire*, n° 425-426, 2016.

5 Évolution de la population européenne au XIXe siècle

	1800	1860	1914
En millions d'habitants	185	300	450

Source : Jean-Claude Caron, Michel Vernus, *L'Europe au XIXe siècle*, Armand Colin, 2019.

VOCABULAIRE

- **Émigration :** action de quitter son pays pour s'installer dans un autre momentanément ou définitivement.
- **Immigration :** action de s'installer dans un nouveau pays en venant d'un autre pays.

ACTIVITÉS

Parcours 1

Extraire des informations pertinentes

1. **Doc. 2** et **3** Identifiez les causes des migrations italiennes vers les Amériques.
2. **Doc. 1** et **2** Montrez que les conditions du voyage et de vie des migrants italiens sont difficiles.
3. **Doc. 4** Identifiez les autres pays de départ des migrants au XIXe siècle et les espaces d'accueil.
4. **Doc. 5** Décrivez l'évolution de la population européenne au XIXe siècle.

OU

Parcours 2

Réaliser une production graphique

Les migrations européennes au XIXe siècle

1. Les espaces d'émigration (**Doc. 1** et **4**)
2. Les espaces d'immigration (**Doc. 2**, **3** et **4**)
3. L'évolution de la population européenne (**Doc. 5**)
4. Les principales raisons (**Doc. 1**, **2** et **3**)

Pour conclure Pourquoi les Européens migrent-ils au XIXe siècle ?

Étude

DATES CLÉS

1846-1847 Crise économique

Du 22 au 25 février 1848 Révolution mettant en place la IIe République

Juin 1848 Insurrection des ouvriers parisiens

1848, une année révolutionnaire

Quelles sont la nature et les causes des mouvements révolutionnaires européens de 1848 ?

1 Les effets de la crise économique

Les populations ont besoin de main-d'œuvre, et de main-d'œuvre suffisamment rémunérée. Il y a un fait économique qu'il ne faut pas oublier, c'est que les disettes[1], les chertés de grains amènent nécessairement un abaissement dans le prix de la main-d'œuvre par le mécanisme que voici :

Il se trouve beaucoup de bras inoccupés. Avant la crise, l'ouvrier pouvait débattre son salaire librement. Il pouvait rester deux jours, trois jours sans travailler, afin d'obliger l'entrepreneur à lui donner une rémunération convenable. Dans un moment où toutes les ressources sont épuisées, où le pain de chaque jour absorbe tout le fruit de son travail, l'ouvrier ne peut pas perdre un jour, ne peut pas perdre une heure et doit accepter ce qu'on lui offre, obligé de subir la loi qui lui est dictée.

D'après L. Muret de Bort, « Débats du 2 juillet à la Chambre des députés », *Le Moniteur universel*, 3 juillet 1847.

1. Manque de nourriture.

2 Le droit au travail en 1848

Décret paru le 25 février 1848, rédigé par Louis Blanc.

Le gouvernement provisoire de la République française s'engage à garantir l'existence de l'ouvrier par le travail. Il s'engage à garantir du travail à tous les citoyens. Il reconnaît que les ouvriers doivent s'associer entre eux pour jouir du bénéfice de leur travail.

Décret paru le 29 février 1848.

Le gouvernement provisoire de la République décrète l'établissement immédiat d'**ateliers nationaux**.

Qui est-il ? ▸ Louis Blanc (1811-1882)

Journaliste et historien, socialiste, membre du gouvernement provisoire en 1848, puis député de la IIIe République.

3 Les journées de juin 1848

Les ouvriers parisiens s'insurgent quand le gouvernement veut fermer les ateliers nationaux.

H. Vernet, *Combats dans la rue Soufflot à Paris le 25 juin 1848*, 1849, Deutsches Historisches Museum, Berlin.

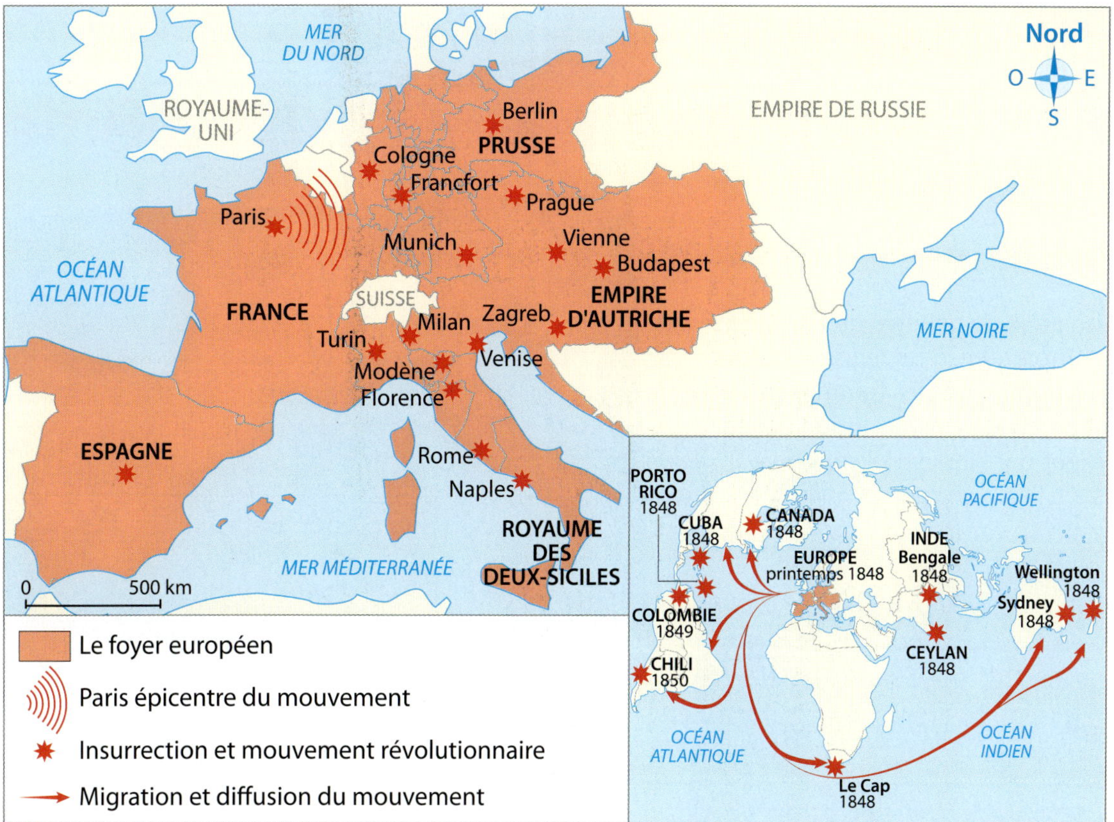

4 **Un « printemps des peuples » mondial**

5 L'analyse d'un contemporain en 1850

Vingt révolutions ont eu lieu. La France a brisé la dernière formule de la monarchie, la monarchie bourgeoise. L'Allemagne, la calme et studieuse Allemagne, a vu dix foyers d'insurrection ouverts à la fois sur son sol. Vienne a rugi des colères du peuple, l'empereur a fui, le pape a fui. De Milan à Budapest, de Venise à Berlin, de Rome à Poznań, la lave révolutionnaire a coulé. Le drapeau qui porte écrit « Droit, Liberté, Indépendance » a flotté.

D'après Giuseppe Mazzini, *Foi et avenir*, 1850.

Qui est-il ? ▸ Giuseppe Mazzini (1805-1872)
Révolutionnaire et patriote italien. Il œuvre à l'unité italienne.

VOCABULAIRE

▸ **Ateliers nationaux :** chantiers organisés par l'État pour employer les ouvriers au chômage.

ACTIVITÉS

Parcours 1

Extraire des informations pertinentes

1. **Doc. 1** Quelle est la situation économique de la France en 1847 ? Quelles difficultés cette situation provoque-t-elle pour les ouvriers ?
2. **Doc. 2** Quel nouveau droit les ouvriers acquièrent-ils en février 1848 ? Comment est-il mis en œuvre ?
3. **Doc. 3** et **5** Expliquez les causes de l'insurrection de juin 1848.
4. **Doc. 4** Comment l'insurrection française est-elle appelée sur la carte ? Pourquoi selon vous ?

OU

Parcours 2

S'exprimer à l'oral

Préparez une présentation orale qui explique le déroulement des mouvements révolutionnaires de 1848 et leurs causes. Vous devrez évoquer ces trois points :

1. Le déroulement de la révolution de 1848 en France (**Doc. 1**, **2** et **3**) ;
2. Les causes des insurrections de juin 1848 (**Doc. 3** et **5**) ;
3. La diffusion des idées révolutionnaires en Europe et les répercussions dans le monde (**Doc. 4** et **5**).

Enquêter

Des débats sur l'environnement au XIXe siècle

Votre énigme :

Voici des tableaux de peintres du XIXe siècle. À vous de comprendre, à travers leur regard, comment les hommes et les femmes de cette époque ont perçu la transformation de leur environnement par l'industrialisation !

Tableau n° 2

P.-J. de Loutherbourg, *Coalbrookdale la nuit*, 1801, Science Museum, Londres.

Tableau n° 1

C. Monet, *Pont de l'Europe, gare Saint-Lazare*, 1877, musée Marmottan, Paris.

Tableau n° 3

C. Pissarro, *Le Pont Boïeldieu à Rouen, soleil couchant temps brumeux*, 1896, musée des Beaux-Arts, Rouen.

Tableau n° 4

H. Heijenbrock, *La Puissance des hauts-fourneaux de Thyssen Krupp AG à Düsseldorf*, 1908, collection privée.

POINT MÉTHODE

Pour résoudre l'énigme

Étape 1 Formuler des hypothèses

Quelles pollutions les peintres du XIXe siècle évoquent-ils dans leurs tableaux ?

Étape 2 Vérifier les hypothèses

Vérifiez les hypothèses à l'aide des indices de la page 99 et montrez comment les autorités répondent aux pollutions environnementales.

Étape 3 Conclure

Quel est le résultat de votre enquête ? Préparez une présentation orale pour confronter votre avis à celui des autres. Quels débats sur l'environnement l'industrialisation de l'Europe au XIXe siècle provoque-t-elle ? Comment l'État français y a-t-il répondu ?

Indice n° 1 Les émissions de carbone

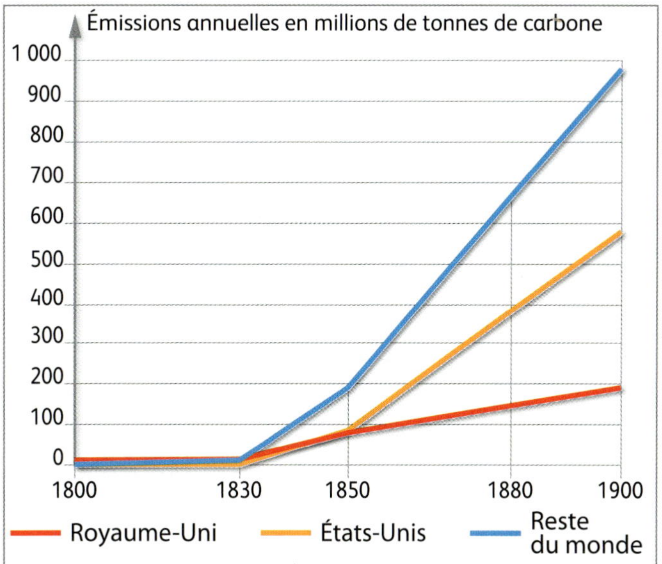

Source : Christophe Bonneuil et Jean-Baptiste Fressoz, *L'Événement anthropocène. La Terre, l'histoire et nous*, Paris, Le Seuil, 2013.

Indice n° 2 L'état des cours d'eau en 1889

Tous les cours d'eau, les ruisseaux et les rivières ressemblent plus ou moins à des égouts et les nappes phréatiques des villes manufacturières de Lille, Roubaix, Tourcoing sont absolument inutilisables pour la boisson. [...] À quelques kilomètres en dessous de Lille, la Deûle[1] est atteinte depuis longtemps, et paraît-il pour de très longues années polluée par la soude provenant de la fabrique de produits chimiques Kuhlmann. Le conseil d'hygiène du Nord a fabriqué bien des prescriptions protectrices, mais en vain.

D'après un rapport du professeur J. Arnould, **hygiéniste** à la faculté de médecine de Lille, 1889.

1. Rivière du Nord de la France, affluent de l'Escaut.

Indice n° 3
Un scientifique s'inquiète pour l'industrie **manufacturière**

Il s'agit de décider si le voisinage de certaines fabriques peut être nuisible à la santé.
La situation est d'autant plus urgente que certains établissements repoussés loin des approvisionnements, de la main-d'œuvre ou de la consommation continuent à lutter avec désavantage contre les obstacles sans nombre qu'on oppose à leur développement. C'est ainsi que nous avons vu successivement les fabriques d'acides, de sel ammoniac, de bleu de Prusse, de bière et les préparations de cuir reléguées hors l'enceinte des villes. Comment a-t-on pu espérer que l'industrie manufacturière s'établît sur des bases aussi fragiles ?

D'après un rapport sur les manufactures qui produisent de mauvaises odeurs, Paris 1804 (retranscription commentée), Jean-Antoine Chaptal, Louis-Bernard Guyton-Morveau.

Qui est-il ? ▸ Jean-Antoine Chaptal (1756-1832)
Scientifique et homme d'État français.

Indice n° 4 Le décret de 1810

Article Premier.
À compter de la publication du présent décret, les manufactures et ateliers qui répandent une odeur insalubre ou incommode ne pourront être formés sans une permission de l'autorité administrative ; ces établissements seront divisés en trois classes :
1. Ceux qui doivent être éloignés des habitations particulières ;
2. Les manufactures et ateliers dont l'éloignement des habitations n'est pas rigoureusement nécessaire, mais dont il importe néanmoins de ne permettre la formation qu'après avoir acquis la certitude que les opérations sont exécutées de manière à ne pas incommoder les propriétaires du voisinage, ni à leur causer des dommages ;
3. Dans la troisième classe seront placés les établissements qui peuvent rester sans inconvénient auprès des habitations, mais doivent rester soumis à la surveillance de la Police.

D'après le « Décret impérial relatif aux établissements et ateliers qui répandent une odeur insalubre ou incommode », le 15 octobre 1810.

VOCABULAIRE

- **Hygiéniste :** scientifique qui veut préserver la santé publique en influençant l'État pour que soient prises des mesures politiques, sociales et urbanistiques.
- **Manufacturier :** relatif aux ateliers réunissant une main-d'œuvre nombreuse.

Leçon

L'Europe de la révolution industrielle

Comment la révolution industrielle transforme-t-elle la société et l'environnement au XIXe siècle ?

1 Une industrialisation rapide

› La révolution industrielle débute vers 1760 en Angleterre, puis s'étend progressivement à l'Europe occidentale et à l'Amérique du Nord. **Elle s'appuie sur le développement de nouvelles techniques et de nouvelles énergies :**

- **la première révolution industrielle (1760-1880)** repose sur le charbon et la vapeur, permettant de développer les industries **métallurgiques** et textiles ;
- **la seconde révolution industrielle (1880-1914)** repose sur l'électricité et le pétrole, permettant de développer la **sidérurgie** et la chimie.

Podcast de la leçon
hachette-clic.fr/21hg4035

2 Une société transformée

› **L'industrialisation change les rapports des hommes entre eux.** Elle affermit le poids économique et politique de la bourgeoisie et des patrons. Le patronat catholique s'appuie sur le **paternalisme** pour s'attacher les ouvriers et les encadrer.

› **Le nombre d'ouvriers qui travaillent dans les usines et les mines augmente sensiblement. Leurs conditions de travail sont très médiocres :** horaires importants, travail pénible et répétitif, salaires bas. Le **prolétariat** s'organise progressivement pour faire valoir ses droits en créant des **syndicats**, en adhérant à des partis politiques ouvriers et en organisant des grèves. Les ouvriers prennent part à certaines insurrections, participant à un climat révolutionnaire au XIXe siècle.

› L'**émigration**, surtout vers l'Amérique (États-Unis, Canada, Argentine, Brésil), **apparaît comme une solution pour certains afin de fuir la pauvreté.**

3 Une transformation profonde des paysages et de l'environnement

› L'**urbanisation** **est de plus en plus importante**, favorisée par l'**exode rural** et le doublement de la population européenne au XIXe siècle, mais aussi par le regroupement de la main-d'œuvre autour des usines.

› **Les nouveaux moyens de transport, trains et bateaux à vapeur, relient les villes entre elles** et réduisent les temps de déplacement des hommes et des femmes comme des marchandises.

› **Parallèlement, le rapport des êtres humains à la nature change.** La nature et les ressources sont exploitées par les industries. Les pollutions industrielles sont de plus en plus nombreuses et diversifiées : pollutions de l'air, des sols, des cours d'eau, nuisances sonores et olfactives. Elles sont dénoncées par certains contemporains, mais peu de mesures sont prises par les États pour préserver la santé des ouvriers et l'environnement.

VOCABULAIRE

- **Émigration :** action de quitter son pays pour s'installer dans un autre momentanément ou définitivement.
- **Exode rural :** départ de la campagne pour aller habiter et travailler en ville.
- **Métallurgie :** industrie qui permet de produire et de travailler les métaux.
- **Paternalisme :** attitude du chef d'entreprise qui accorde à son personnel des avantages sociaux dans le but de renforcer son autorité.
- **Prolétariat :** classe sociale composée d'ouvriers qui n'ont que leur force de travail pour vivre.
- **Sidérurgie :** industrie qui permet de fabriquer et de mettre en forme l'acier à partir du minerai de fer.
- **Syndicat :** organisation qui défend les intérêts d'un groupe professionnel (ouvriers, patronat…).
- **Urbanisation :** processus de croissance de la population et d'extension de l'espace des villes.

Schéma de la leçon

L'Europe de la révolution industrielle

1 Une industrialisation rapide

Première révolution industrielle

- Entre 1760-1880
- Machine à vapeur, sidérurgie, textile

Seconde révolution industrielle

- Entre 1880-1914
- Électricité, pétrole, chimie, sidérurgie

2 Une société transformée

La bourgeoisie

- Poids politique et économique

Le prolétariat

- Conditions de vie et de travail difficiles

De nouveaux moyens de mobilisation

- Grèves et syndicats
- Partis politiques ouvriers

L'émigration européenne

- Vers l'Amérique du Nord et du Sud

3 Une transformation profonde des paysages et de l'environnement

Urbanisation rapide

- Exode rural
- Villes industrielles

Développement des transports

- Chemin de fer, bateau à vapeur
- Apparition de l'automobile

Pollutions de l'environnement

- Surexploitation des ressources
- Pollution de l'air, des sols, de l'eau

J'apprends & je construis mes compétences

Exercices interactifs
hachette-clic.fr/21hg4036

1 Je fais ma fiche de révision

Construisez votre fiche de révision en utilisant les rubriques suivantes, sur le support de votre choix.

Le vocabulaire

Je connais la définition des mots suivants :

- Émigration
- Prolétariat
- Urbanisation
- Exode rural
- Syndicat
- Bourgeoisie

Les repères historiques

- **Je connais les dates suivantes :**
La première et la seconde révolution industrielle • Le printemps des peuples.

Les acteurs

Je connais le nom de chaque groupe social et sa fonction.

a.

b.

c.

Exercices à compléter
hachette-clic.fr/21hg4037

2 Je teste mes connaissances

Exercice 1 **À l'écrit ou à l'oral, associez la notion avec sa définition :**

- La première révolution industrielle •
- La seconde révolution industrielle •
- La bourgeoisie •
- Le prolétariat •
- Les syndicats •

- • créés pour défendre les droits des ouvriers au travail. Ils sont d'abord interdits, puis se développent. Ils sont autorisés en 1884 en France.
- • se déroule entre 1880 et 1914. Elle se fonde sur l'électricité, le pétrole, les industries sidérurgique et chimique.
- • n'ont que leur force de travail. Leur travail est pénible et mal payé.
- • classe sociale dominante au niveau de vie confortable.
- • se déroule entre 1760 et 1880. Elle se fonde sur le charbon, la vapeur, les industries métallurgiques et textiles.

Exercice 2

Décrivez et identifiez les faits étudiés

1

2

3

Je m'auto-évalue

J'ai réussi l'exercice sans regarder ma fiche de révision ou le manuel.	J'ai réussi l'exercice en allant chercher quelques informations dans ma fiche de révision ou le manuel.	J'ai réussi l'exercice en allant chercher les informations dans ma fiche de révision ou le manuel.	J'ai fait l'exercice mais n'ai pas réussi à trouver les informations nécessaires.
Très bonne maîtrise	Maîtrise satisfaisante	Maîtrise fragile	Maîtrise insuffisante

3 J'analyse et je comprends un document : un texte

→ Étudiez ce texte en répondant aux questions.

Manchester, le 2 juillet 1835

La grande ville manufacturière des tissus, fils, cotons.... Circonstance favorable : à 50 kilomètres du plus grand port de l'Angleterre, Liverpool, lequel est le port de l'Europe le mieux placé pour recevoir sûrement et en peu de temps les matières premières d'Amérique. À côté, les plus grandes mines de charbon de la Terre pour faire marcher à bas prix ses machines. Trois canaux et un chemin de fer pour transporter rapidement dans toute l'Angleterre et sur tous les points du globe ses produits.

Parmi les ouvriers, des hommes qui arrivent d'Irlande et qui travaillent à très bas prix. Comment s'étonner que Manchester qui a déjà 300 000 âmes s'accroisse sans cesse avec une rapidité prodigieuse ? Trente ou quarante manufactures s'élèvent au sommet des collines ; Autour d'elles ont été semées comme au gré des volontés les petites demeures du pauvre. Entre elles s'étendent des terrains vagues, qui n'ont plus les charmes de la nature champêtre. Des tas d'ordures, des débris d'édifices, des flaques d'eau dormantes et croupies[1] se montrent çà et là le long de la demeure des habitants. Levez la tête, et tout autour de cette place, vous verrez s'élever les immenses palais de l'industrie. Vous entendrez le bruit des fourneaux, les sifflements de la vapeur. Ces vastes demeures empêchent l'air et la lumière de pénétrer dans les demeures humaines qu'elles dominent ; elles les enveloppent d'un perpétuel brouillard ; ici est l'esclave, là est le maître ; là, les richesses de quelques-uns ; ici, la misère du plus grand nombre. Une épaisse et noire fumée couvre la cité. »

D'après Alexis de Tocqueville, « Voyages en Angleterre, Irlande, Suisse et Algérie », *Œuvres complètes*, 1864.

1. Eau en décomposition.

Biographie

Alexis de Tocqueville (1805-1859)

Philosophe et homme politique français. En 1835, voyage en Angleterre et visite la ville industrielle de Manchester qu'il décrit dans ses carnets.

QUESTIONS

A. Identifier le document

1. Présentez le document

B. Comprendre le sens général du document

2. Identifiez l'activité principale de Manchester.
3. Expliquez les avantages de la situation géographique de la ville.
4. Montrez les conséquences de l'industrialisation sur l'environnement.
5. Décrivez les conditions de vie et de travail des ouvriers de Manchester.

C. Confronter le document à ses connaissances

6. Expliquez ce qui fait de Manchester au XIXe siècle une ville dynamique insérée dans la mondialisation.

POINT MÉTHODE

Pour identifier un document et son point de vue

› Utiliser les informations de la source et la biographie.

Aide *Les informations utiles sont surlignées en jaune.*

Pour comprendre le sens général d'un document

› Lire attentivement le texte pour sélectionner les informations.

› Les reformuler et citer le texte entre guillemets

Aide 1 *Le 1er paragraphe présente Manchester et sa situation géographique.*

Aide 2 *Le 2e paragraphe décrit la ville : surlignées en vert, les informations concernant l'environnement et en rose, celles sur la vie des habitants.*

Pour confronter le document à ses connaissances

› Utiliser ce que l'on connaît du contexte et du sujet (voir leçon p. 100).

Aide *Rappelez la définition de « mondialisation », appuyez-vous sur les informations surlignées en bleu, évoquez les migrations, la révolution des transports…*

4 Je pratique différents langages : écrire pour argumenter

Sujet : La révolution industrielle en Europe au XIXe siècle

Vous rédigerez un développement construit pour expliquer les transformations de la société européenne du XIXe siècle sous l'effet de la révolution industrielle.

Étape 1 Je réfléchis au brouillon

1. Comprenez le sujet :

Définition ?

De quelle manière ? ← **Comment** la révolution industrielle **transforme-t-elle** la société → Qui ?

en Europe au XIXe siècle **?**

Où ? Quand ?

2. Recopiez ce tableau et classez vos idées en trois catégories en utilisant la boîte à outils :

Les transformations de l'économie	Les transformations sociales	Les transformations des paysages et de l'environnement
…	…	…

Boîte à outils

Première révolution industrielle • Industries métallurgique et textile • Vapeur • Seconde révolution industrielle • Électricité et pétrole • Industries sidérurgique et chimique • Prolétariat • Bourgeoisie • Patrons • Ouvriers • Bas salaires • Conditions de travail pénibles • Urbanisation • Pollutions de l'air • Pollutions des eaux • Pollutions des sols • Pollutions sonores…

Étape 2 Je rédige le développement construit

Rédigez votre texte en vérifiant que :

- Vous organisez vos idées en paragraphes.
- Vous commencez par une phrase d'introduction. (Datez la période et précisez le sujet du paragraphe.)

Un peu d'aide ?

Rédigez trois paragraphes en reprenant pour chaque paragraphe les éléments du tableau réalisé au brouillon.

Un peu + d'aide ?

Reprenez les informations classées dans le tableau.

1er paragraphe : Les transformations de l'économie (1re colonne du tableau)

2e paragraphe : Les transformations sociales (2e colonne du tableau)

3e paragraphe : Les transformations du paysage et de l'environnement (3e colonne du tableau)

Je m'auto-évalue

Pratiquer différents langages : écrire

Je vérifie les objectifs que j'ai atteints :

- ☐ Mon développement est construit en trois paragraphes qui commencent par un alinéa.
- ☐ Chaque paragraphe reprend et organise les informations du tableau.
- ☐ J'ai rédigé des phrases complètes.

Je m'entraîne
Sujet guidé

Exercice 1 Analyser et comprendre un document

QUESTIONS

1. Présentez le document.
2. À quoi un tel document sert-il ?
3. Comment montre-t-il que la révolution industrielle touche aussi les campagnes ?
4. Selon vous, quelles pourraient être les conséquences de l'utilisation d'engrais ?

Un peu d'aide ?

- **Pour la question 1**
Relevez le nom de l'auteur, la nature et la date de création du document
- **Pour la question 2**
Prélevez des informations précises (personnage et son action, description des différents plans de l'image).
- **Pour les questions 3 et 4**
Rappelez-vous sur quels types d'industries s'appuie la seconde révolution industrielle. Montrez que l'utilisation d'engrais a des conséquences sur la production et sur l'environnement des campagnes.

Exercice 2 Pratiquer différents langages

Sous la forme d'un développement construit d'une vingtaine de lignes, expliquez comment la révolution des transports contribue à la mondialisation en Europe au XIXe siècle.

Pense pas bête

1. Je définis le sujet
Qu'est-ce que la mondialisation ?

2. Je liste les différents moyens de transport apparus au XIXe siècle.

3. Je mobilise le vocabulaire spécifique
Échanges • migrations • vapeur • train.

4. J'écris un développement en deux parties
I. De nouveaux moyens de transports…
II. … qui facilitent les échanges commerciaux et les migrations

CHAPITRE 5

Conquêtes et sociétés coloniales

Comment les Européens dominent-ils le monde au XIXe siècle et comment transforment-ils les sociétés coloniales ?

1 La conquête du Dahomey (actuel Bénin) par les Français en 1893
Illustration de L. Moulignié, *La Conquête du Dahomey*, 1893, BnF, Paris.

Je me repère dans le temps

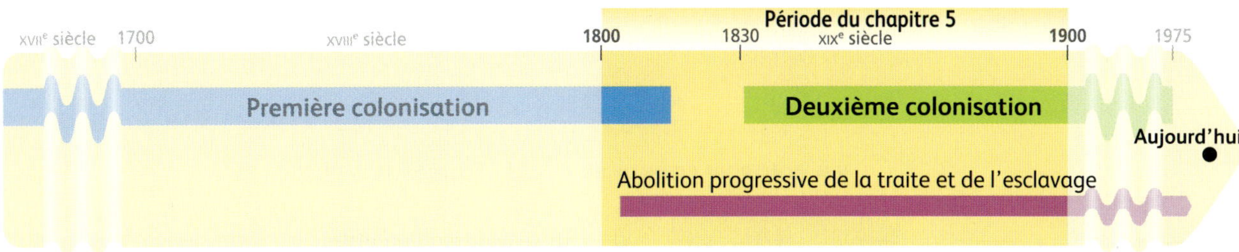

2 Séchage du café, Nouvelle-Calédonie, colonie française, vers 1890
Propriété Laurie, Canala, photographie noir et blanc, fin XIXe siècle.

VOCABULAIRE

- **Colonie :** territoire conquis et administré par un pays étranger (la métropole).

QUESTIONS

1. **Doc. 1** Comment la France colonise-t-elle le Dahomey ?
2. **Doc. 2** Comment la présence coloniale se traduit-elle en Nouvelle-Calédonie ?
3. **Doc. 1** et **2** Selon vous, quel groupe domine la société coloniale ? Justifiez votre réponse.

Se repérer

Conquêtes et sociétés coloniales

UNE VIDÉO POUR COMMENCER hachette-clic.fr/21hg4038

Une vidéo sur l'abolition de l'esclavage en 1848.
Portée et mémoire de l'abolition de 1848,
RFO-France Ô, 2010.

1 Les Européens et le monde en 1815

Source : *Atlas historique mondial*, C. Grataloup, L'Histoire-Les Arènes, 2019.

Les puissances européennes et leurs colonies

- France
- Royaume-Uni
- Espagne
- Portugal
- Danemark
- Provinces-Unies (1815), Pays-Bas (1914)
- Belgique
- Allemagne
- Italie
- Russie

2 Les Européens et le monde en 1914

Je me souviens

Se repérer dans le temps et dans l'espace

→ Voir les chapitres 1 et 3

1. Quelles sont les principales puissances coloniales au XVIIIe siècle ?
2. Sur quel continent les principales colonies se situent-elles au XVIIIe siècle ?
3. Quelle colonie a obtenu son indépendance en 1776 ?
4. Quand l'esclavage a-t-il été aboli pour la première fois en France ?

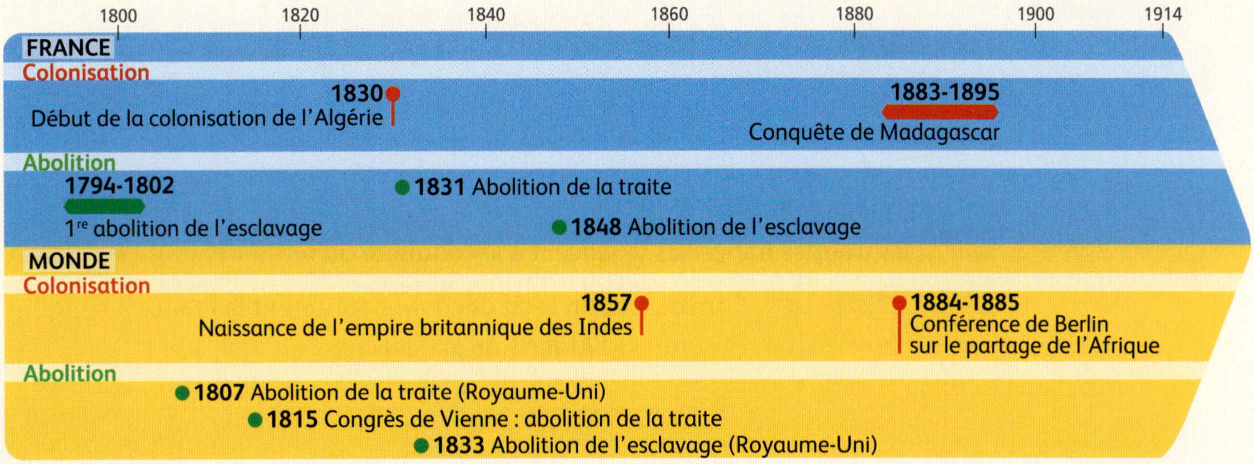

Source : *Atlas historique mondial*, C. Grataloup, L'Histoire-Les Arènes, 2019.

Je découvre

5. Quelles puissances européennes colonisent le monde au XIXe siècle ?

6. Quels sont les continents concernés par la colonisation ?

7. Quel est le siècle de l'abolition de l'esclavage ?

DATES CLÉS

1830 Prise d'Alger

1831-1847 Révolte d'Abd el-Kader

1848 Création de trois départements en Algérie

La conquête de l'Algérie

Tâche complexe

En 1830, Charles X lance une expédition militaire sur Alger. Cette action est présentée comme une opération visant à éliminer la piraterie au large des côtes algériennes. Or, dès 1831, les troupes françaises se lancent à la conquête du territoire.

Votre mission **Construisez un récit décrivant comment la France a conquis et colonisé l'Algérie au XIXe siècle.**

1 La France à la conquête de l'Algérie

1 Soldats algériens menés par Abd el-Kader
2 Expédition française du général Clauzel
3 Soldats algériens alliés aux Français

H. Vernet, *Combat de l'Habrah* (3 décembre 1835), huile sur toile, 713 x 512 cm, 1840, musée du château de Versailles.

2 La résistance armée à la conquête

Nous nous battrons quand nous le jugerons convenable, tu sais que nous ne sommes pas des lâches. Nous opposer à toutes les forces que tu promènes derrière toi, ce serait folie, mais nous les fatiguerons, nous les harcèlerons, nous les détruirons en détail ; le climat fera le reste. Vois-tu la vague se soulever quand l'oiseau l'effleure de son aile ? C'est l'image de ton passage en Afrique.

D'après Abd el-Kader, lettre au général Bugeaud, gouverneur de l'Algérie, juin 1841.

Biographie

Abd el-Kader (1808-1883)

Émir de l'Ouest algérien, il s'oppose à la conquête française de 1831 à 1847. Lors du traité de la Tafna (1837), il obtient que des territoires restent sous son autorité. Vaincu, il part en exil au Maroc puis en Syrie.

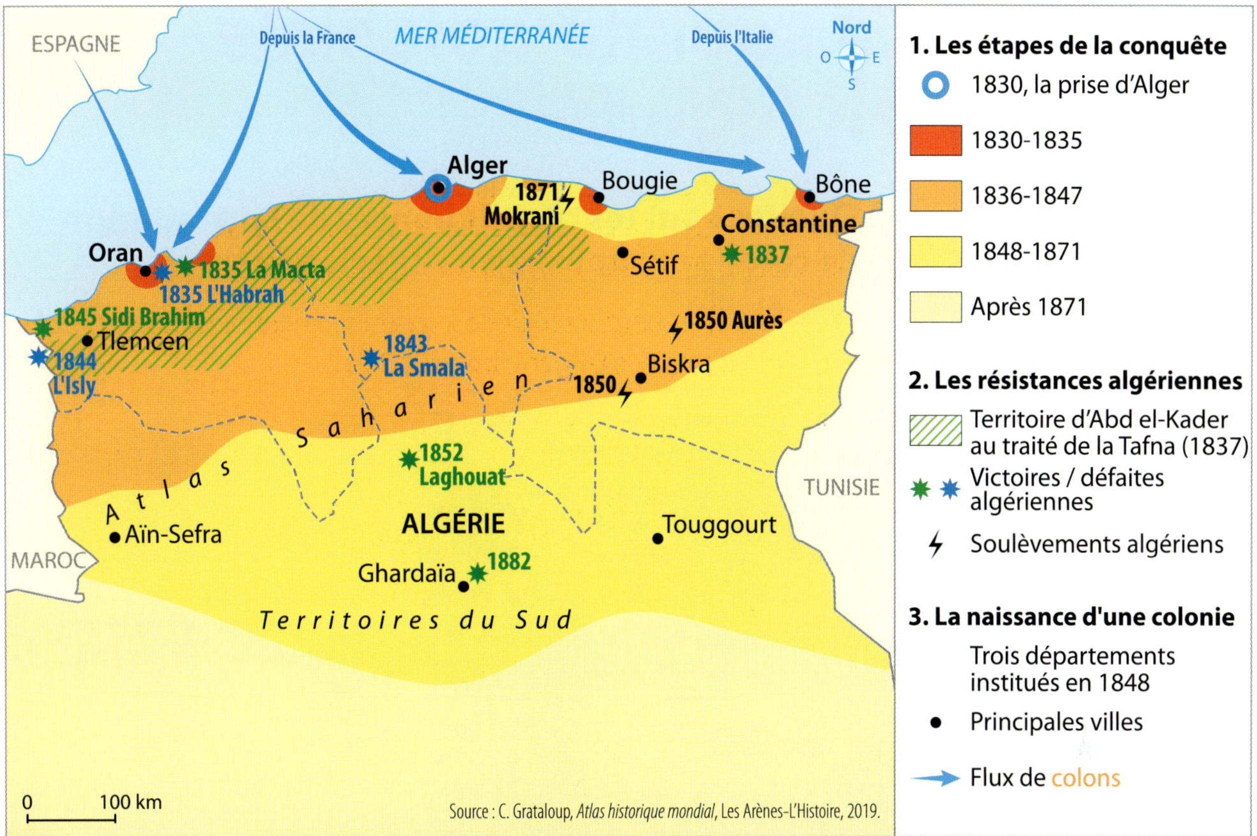

3 Conquête et colonisation françaises de l'Algérie

VOCABULAIRE

- **Colon :** personne venue s'installer dans une colonie.
- **Indigène :** dans le langage colonial, personne originaire d'un territoire colonisé.

Un peu d'aide ?

Organisez votre récit autour de deux idées :

1. **Doc. 1, 2** et **3** Une conquête longue et difficile.
2. **Doc. 3** et **4** Les conséquences de la conquête.

4 Le sort réservé aux Algériens

Les villes **indigènes** ont été envahies, bouleversées, saccagées par notre administration plus encore que par nos armes. Dans les environs même d'Alger, des terres très fertiles ont été arrachées des mains des Arabes et données à des Européens qui, ne pouvant ou ne voulant les cultiver eux-mêmes, les ont louées à ces mêmes indigènes qui sont ainsi devenus les fermiers du domaine qui appartenait à leurs pères. Ailleurs, des tribus ou des fractions de tribus qui ne nous avaient pas été hostiles, bien plus, qui avaient combattu avec nous, ont été poussées hors de leur territoire. [...] On a promis des indemnités qu'on n'a pas payées.

D'après Alexis de Tocqueville, *Rapport sur le projet de loi relatif aux crédits extraordinaires demandés pour l'Algérie*, 1847.

Qui est-il ? ▸ Alexis de Tocqueville (1805-1859)
Penseur français. Partisan de l'expansion coloniale, il dénonce toutefois les injustices commises, notamment l'esclavage.

Un peu + d'aide ?

Recherchez et organisez les informations suivantes :

Idée n° 1 : Une conquête longue et difficile	**Idée n° 2 :** Les conséquences de la conquête
1. **Doc. 1** et **2** Qui attaque ? Quels camps s'opposent ?	4. **Doc. 3** Comment est organisé le territoire à partir de 1848 ?
2. **Doc. 1** et **3** Quelles sont les étapes et la durée de la conquête ?	5. **Doc. 3** Qui arrive dans la colonie ?
3. **Doc. 2** et **3** Comment les Algériens résistent-ils ?	6. **Doc. 4** Qui est peu à peu dépossédé de la terre ?

Étude

DATES CLÉS

1830 Début de la colonisation

1848 Création des trois départements

1881 Code de l'Indigénat

La société coloniale en Algérie

Quelles sont les conséquences de l'installation de colons européens en Algérie à la fin du XIXe siècle ?

a. Présentez le document. Quel indice montre que *Le Petit Colon* est un journal ?

b. Nommez les symboles ❶ et ❷. Que représentent-ils ?

c. Quelle partie de l'image montre le monde urbain ? Et le monde rural ?

e. Relevez les indices montrant :
- la mise en valeur agricole du territoire algérien.
- la modernité apportée par les Français.

f. Décrivez et identifiez chacun des deux personnages en utilisant le vocabulaire de la leçon, p. 120.

g. Pourquoi peut-on dire que cet almanach donne une vision idéalisée de la colonisation française de l'Algérie ?

1 L'idéal du « colon-paysan »
Couverture de l'*Almanach du Petit Colon algérien*, Alphonse Birck, 1893.

2 Des habitants aux statuts différents

Fin XIXe siècle	Population musulmane (« indigènes »)	Européens et population juive d'Algérie
Statut civique	Sujets[1]	Citoyens français
Statut juridique	**Code de l'indigénat**	Codes civil et pénal français

1. Ont la nationalité française mais pas de droits civiques.

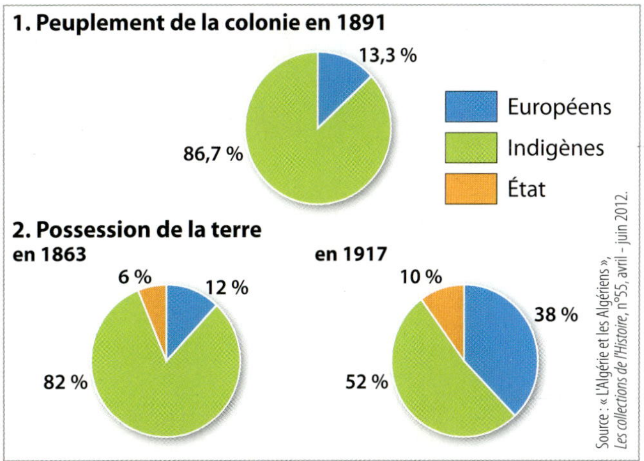

3 Des inégalités sociales

4 Les revendications d'un Algérien

Le programme de la République, qui est le régime en France et en Algérie, ne comprend-il pas : le droit de vote à tous, le service militaire pour tous, l'instruction gratuite et obligatoire des enfants des deux sexes ? Eh bien ! Pourquoi nous traiter en parias ? Nous sommes sujets français et ne pouvons tarder à devenir citoyens français. Nous ne cesserons de solliciter le droit de voter, comme de verser notre sang pour la patrie. Nous demandons qu'une partie des impôts que nous payons soit prélevée pour apprendre à nos fils à parler le français, à aimer la France, à cultiver leurs champs.

D'après M. Et. Zittari, « L'instruction aux Arabes », *El Hack* (« La Vérité »), journal franco-algérien, 11 février 1894.

5 Alger, ville coloniale, vers 1895

La mosquée Djemaa el-Djedid et la statue du duc d'Orléans.

Anonyme, photographie colorisée, fin XIXe siècle.

VOCABULAIRE

- **Code de l'indigénat :** ensemble des règles et sanctions réservées aux colonisés.

ACTIVITÉS

Parcours 1

Extraire et classer des informations

Prélevez dans les documents des arguments pour compléter le schéma suivant sur votre cahier :

La société coloniale en Algérie, c'est :
1. Plusieurs groupes sociaux qui se côtoient. Arguments…
2. Des inégalités fortes entre les groupes sociaux. Arguments…
3. Des tensions sociales entre les groupes sociaux. Arguments…

OU

Parcours 2

Extraire des informations pertinentes

1. **Doc. 1** Nommez les deux catégories de personnes représentées.
2. **Doc. 2** et **3** Montrez que la colonisation a créé des inégalités.
3. **Doc. 4** Relevez les trois revendications de l'auteur.
4. **Doc. 5** Relevez ce qui fait d'Alger : **a.** Une ville européenne ; **b.** Une ville « indigène ».

Pour conclure À l'aide de vos réponses, expliquez les conséquences de l'installation d'Européens pour la société qui vit en Algérie.

Étude

DATE CLÉ

1884-1885 Conférence de Berlin sur le partage de l'Afrique

La colonisation européenne du monde

Pourquoi et comment les Européens ont-ils colonisé le monde au XIXe siècle ?

1 Justifier la colonisation

Introduction

Messieurs, il y a, je crois, quelque intérêt à résumer [les arguments], qui justifient la politique d'expansion coloniale.

Argument n° 1

Sur le terrain économique, il [est un] besoin de plus en plus impérieusement senti par les populations industrielles de l'Europe, et particulièrement par notre riche et laborieux pays de France, le besoin de débouchés. [...]

Oui, ce qui manque à notre grande industrie, ce qui lui manque de plus en plus, ce sont les débouchés. Pourquoi ? Parce que les grands marchés que sont l'Allemagne ou les États-Unis deviennent de plus en plus difficiles à atteindre par nos produits industriels, parce que ces grands États commencent à verser sur nos marchés leurs propres produits.

Argument n° 2

Messieurs, il y a un second point que je dois également aborder : c'est le côté humanitaire et civilisateur de la question.

Il faut parler plus haut et plus vrai ! Il faut dire ouvertement que les races supérieures ont un droit vis-à-vis des races inférieures... *(Rumeurs sur plusieurs bancs à l'extrême gauche.)* [...]

Je répète, les races supérieures ont un droit, parce qu'elles ont un devoir, le devoir de civiliser les races inférieures... *(Marques d'approbation sur les bancs républicains. Nouvelles interruptions à l'extrême gauche et à droite.)* [...]

Argument n° 3

Il est un troisième point, plus délicat, plus grave. C'est le côté politique de la question.

Messieurs, rayonner sans se mêler aux affaires du monde, en regardant comme un piège ou une aventure toute expansion vers l'Afrique ou vers l'Orient, vivre de cette sorte, pour une grande nation, croyez-le bien, c'est abdiquer. Et dans un temps plus court que vous ne pouvez le croire, c'est descendre du premier rang au troisième ou au quatrième. *(Nouvelles interruptions sur les bancs de l'extrême gauche et de la droite. « Très bien ! très bien ! » au centre.)*

Je ne puis pas, Messieurs, et personne ne peut envisager une pareille destinée pour notre pays.

Extrait du discours de Jules Ferry à la chambre des députés. Séance parlementaire du 28 juillet 1885 consacrée à la discussion du financement d'une expédition à Madagascar.

Qui est-il ? ▸ Jules Ferry (1832-1893)
Homme politique français. En juillet 1885, il est député des Vosges.

a. Repérez : l'auteur, la nature et la date du document.

b. Quel est le sujet du discours ?

c. Quel problème l'auteur met-il en avant ?

d. Quelles en sont les causes ?

e. Qui l'auteur désigne-t-il par « races supérieures » et « races inférieures » ?

f. Quelle est la mission de la France, selon l'auteur ?

g. Que risque la France en n'investissant pas dans les colonies, d'après l'auteur ?

h. Les députés partagent-ils les idées de l'auteur ? Justifiez.

Fiche Analyse du texte
hachette-clic.fr/21hg4042

2 Leçon d'alphabétisation par un missionnaire au Congo français, vers 1905-1910
Photographie noir et blanc, début XXe siècle.

J. Marseille, « Les relations commerciales entre la France et son empire colonial de 1880 à 1913 », *Revue d'histoire moderne et contemporaine*, 1984.

3 Le commerce entre la France et son empire (1913)

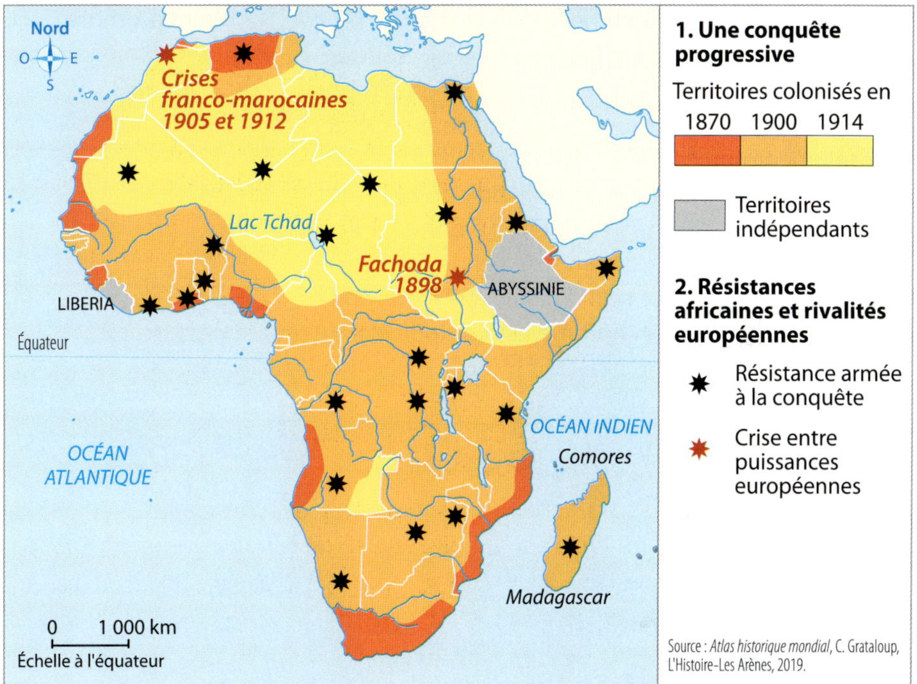

Source : *Atlas historique mondial*, C. Grataloup, L'Histoire-Les Arènes, 2019.

La conquête de l'Afrique 4

ACTIVITÉS en groupe

Coopérer et mutualiser

Étape 1 **Organisez-vous en groupes de 4 ou 5. Au sein de chaque groupe, partagez-vous en deux équipes :**

Équipe 1

Les raisons de la colonisation

1. **Doc. 1** et **4** Quand l'expansion coloniale européenne s'accélère-t-elle ?
2. **Doc. 1** Relevez les trois raisons données à l'expansion coloniale par Jules Ferry.
3. **Doc. 3** Montrez que les empires sont devenus des partenaires commerciaux importants pour les puissances coloniales.
4. **Doc. 2** Quelle est la « mission » accomplie par les Européens ?

Équipe 2

Les formes de la colonisation

1. **Doc. 1** et **4** Quelle forme l'expansion coloniale prend-elle ?
2. **Doc. 3** Comment les puissances coloniales exploitent-elles leurs colonies ?
3. **Doc. 2** Comment la domination européenne est-elle mise en scène ?

Étape 2 **Présentez votre travail à l'autre équipe afin de construire une carte mentale sur la colonisation européenne du monde.**
Vous construirez les quatre branches pour répondre aux questions : Qui ? Où ? Pourquoi ? Comment ? Vous pouvez en ajouter d'autres !

Je réalise une carte mentale page 394

Étude

Abolir l'esclavage, un long processus

Comment les anti-esclavagistes ont-ils agi pour abolir l'esclavage ?

1 Les abolitionnistes dénoncent l'esclavage

Celui qui prétend avoir le droit de garder des hommes en servitude, parce qu'on ne trouverait pas de bras libres pour planter des cannes, et celui qui soutiendrait qu'on a le droit de voler parce qu'on n'a pas d'argent, sont à nos yeux deux fous ou deux scélérats absolument pareils.
Que l'esclavage soit ou ne soit pas utile, il faut le détruire ; une chose criminelle ne doit pas être nécessaire. La violence commise envers le membre le plus infime de l'espèce humaine affecte l'humanité entière. La liberté d'un homme est une parcelle de la liberté universelle, vous ne pouvez toucher à l'une sans compromettre tout à la fois.
Pas de colonies si elles ne peuvent exister qu'avec l'esclavage.

Victor Schoelcher (1804-1893), *Des colonies françaises : abolition immédiate de l'esclavage*, 1842.

Qui est-il ? ▸ Victor Schoelcher (1804-1893)
Sous-secrétaire d'État à la Marine et aux Colonies sous la IIe République. Il est l'initiateur du décret du 27 avril 1848 qui abolit définitivement l'esclavage en France.

2 Le 20 octobre 1848, déclaration publique de l'abolition de l'esclavage à la Réunion

A. Garreau, *L'Émancipation à la Réunion*, 1849, huile sur toile, 127 x 107 cm, musée du Quai Branly-Jacques Chirac, Paris.

1. Joseph Sarda-Garriga, gouverneur de la Réunion, tenant le décret.
2. La population de la Réunion.
3. Les outils utilisés par les esclaves dans les plantations.
4. L'usine de canne à sucre.
5. Les symboles de la République : Marianne (liberté) et la balance de la justice (égalité).

3 1831, les esclaves se révoltent en Virginie (États-Unis)

Entre 1750 et 1850, de nombreuses révoltes d'esclaves éclatent. Plus de 75 % d'entre elles ont lieu des années 1790 aux années 1840.

Gravure sur bois publiée dans plusieurs journaux du Sud esclavagiste, le 5 novembre 1831.

4 Révoltes d'esclaves au Brésil

On peut voir les nègres se rassembler la nuit dans les rues : ils discutent dans leurs dialectes de leurs espérances et ils utilisent continuellement des sifflets et d'autres mots de passe. Ils parlent même ouvertement dans notre langue de leurs révoltes et commentent les événements d'Haïti[1] qu'ils connaissent. Ils tiennent des discours révolutionnaires au point de dire qu'à l'époque de la saint Jean, il n'y aurait pas un seul blanc ou mulâtre vivant.

Extrait d'une pétition des propriétaires d'esclaves au gouverneur, Bahia, Brésil, 1814.

1. Saint-Domingue (1791 : révolte des esclaves ; 1804 : indépendance).

5 Les abolitions de l'esclavage en Amérique

VOCABULAIRE

Abolitionniste : personne qui s'oppose à l'esclavage et qui agit pour obtenir sa suppression.

ACTIVITÉS

Parcours 1

Extraire des informations pertinentes

1. **Doc. 2** Quand l'esclavage est-il définitivement aboli en France?
2. **Doc. 2** Quelles conséquences cette décision a-t-elle dans les sociétés coloniales ?
3. **Doc. 1, 3** et **4** Quelles sont les deux catégories de personnes qui combattent l'esclavage ?
4. **Doc. 1, 3** et **4** Quels sont les modes d'action employés ?
5. **Doc. 5** L'abolition de l'esclavage est-elle liée à l'indépendance des États ? Justifiez.

OU

Parcours 2

Construire des repères

1. Reproduisez la frise chronologique suivante :

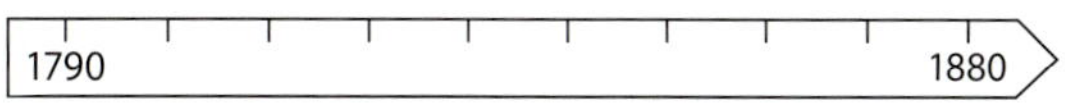

2. **Doc. 1** à **5** Relevez puis placez sur votre frise les périodes et événements suivants :
   - *deux révoltes d'esclaves / la période des abolitions précoces / la période des abolitions tardives ;*
   - *la date de l'abolition de l'esclavage dans les territoires britanniques / la date de l'abolition de l'esclavage dans les territoires français.*

Pour conclure Comment les anti-esclavagistes ont-ils agi pour abolir l'esclavage ?

L'atelier de l'historien

1848, la liberté, et après ?

Le décret du 27 avril 1848 abolit l'esclavage dans les territoires français. Vous cherchez à comprendre comment la vie dans les sociétés coloniales françaises a évolué à la suite de cette abolition.

Source 1 1848, la France abolit l'esclavage

Le 27 avril, Schoelcher fait promulguer le décret d'abolition

Le Gouvernement provisoire,

Considérant que l'esclavage est un attentat contre la dignité humaine ;

Qu'il est une violation flagrante du dogme républicain : Liberté, Égalité, Fraternité ;

Décrète :

Art. 1 – L'esclavage sera entièrement aboli dans toutes les colonies et possessions françaises. Tout châtiment corporel, toute vente de personnes non libres, seront absolument interdits. […]

Art. 4 – Sont amnistiés les anciens esclaves condamnés à des peines pour des faits qui, imputés à des hommes libres, n'auraient point entraîné ce châtiment.

Art. 5 – L'Assemblée nationale réglera l'indemnité qui devra être accordée aux colons.

Fait à Paris, en conseil du Gouvernement, le 27 avril 1848.

Texte intégral hachette-clic.fr/21hg4043

VOCABULAIRE

- **Corvée :** journée de travail gratuit et obligatoire.
- **Travailleurs forcés :** main-d'œuvre réquisitionnée de force.

Source 2 Travailler aux Antilles, transport du coton, fin XIXe siècle

Lithographie coloriée, avec mention manuscrite de l'imprimeur, Paris, musée d'Aquitaine, Bordeaux.

Source 3

De nouvelles relations difficiles à établir, l'exemple de la Martinique

Voici un fait qui prouvera combien les colons sont encore aveuglés par les traditions du passé, et tout ce qui leur reste de chemin à faire dans la véritable voie de la civilisation.
Le citoyen Desvouves, propriétaire, a formé, avec plusieurs noirs, une association, en vertu de laquelle il leur doit, entre autres choses, à chacun une case pour se loger.
L'un des associés, le citoyen Laurencin, est marié, il amène sa femme dans la case qu'il paye de son travail, et dont, par conséquent, la libre, pleine et entière disposition lui appartient. S'il est une chose naturelle au monde, c'est celle-là. Eh bien ! les colons ne sont pas de cet avis ; ils ont encore si peu l'esprit de la position nouvelle qui est faite indistinctement à tous les citoyens français des Antilles, ils croient si peu que les noirs aient des droits égaux aux leurs, ils respectent si peu la famille noire, qu'ils ne veulent pas permettre qu'une femme loge chez son mari sans leur autorisation.

D'après Victor Schoelcher, *La Vérité aux ouvriers et aux cultivateurs de la Martinique*, 1849.

Source 4

Des travailleurs forcés en Côte d'Ivoire

Installation d'une ligne télégraphique, vers 1905.
Photographie noir et blanc, début XXe siècle.

Source 5

Une loi spécifique pour les colonisés : le code de l'indigénat

Instauré en Algérie en 1881, ce régime juridique d'exception est ensuite généralisé à toutes les colonies françaises.

On a reconnu que pour être respectée et obéie des indigènes, l'administration avait besoin de pouvoirs disciplinaires. Ces règlements ont créé pour les indigènes un régime spécial quant aux obligations et aux délits. Par exemple, l'obligation de payer les courriers, de donner l'hospitalité aux agents du gouvernement et le délit disciplinaire du refus de la corvée, du refus de payer les contributions[1], et de répandre de mauvais bruits contre l'autorité française, etc.
Le pouvoir disciplinaire permet de réprimer immédiatement, et sans les lenteurs de la justice, les infractions à ce qu'on appelle le code de l'indigénat.

D'après le journal *Le Temps*, le 19 juin 1881, Paris.

1 Somme que toute personne doit payer à l'État pour participer à ses dépenses.

POINT MÉTHODE La démarche de l'historien

Étape 1 Identifier les sources et leur point de vue

1 Identifiez les sources qui évoquent les terres déjà colonisées au XVIIIe siècle et celles colonisées au XIXe siècle.

2 Identifiez la source juridique. Sur quels territoires s'applique-t-elle ?

Étape 2 Comprendre et confronter les sources

3 Sources 2 et 3 Expliquez l'organisation du travail à la Martinique après le décret de 1848.

4 Sources 2 et 3 Montrez que la relation entre anciens esclaves et leur ancien maître évolue difficilement.

5 Sources 1, 4 et 5 Expliquez pourquoi le statut d'indigène a été créé dans les nouvelles colonies.

Étape 3 Interpréter

6 Comment l'exploitation des populations des colonies françaises s'est-elle poursuivie après 1848 ?

Leçon

Conquêtes et sociétés coloniales

Comment les Européens dominent-ils le monde au XIXe siècle et comment transforment-ils les sociétés coloniales ?

1 Les Européens à la conquête du monde

Podcast de la leçon
hachette-clic.fr/21hg4044

› Au début du XIXe siècle, **les Européens explorent l'intérieur des terres mal connues de l'Afrique et de l'Asie**. Très vite, **les puissances européennes se lancent dans une nouvelle course aux** colonies. Elles se partagent l'Afrique lors de la conférence de Berlin (1885) et entrent parfois en conflit, comme le Royaume-Uni et la France à Fachoda en 1898.

› **La colonisation est alors justifiée par trois arguments : politique, culturel et économique**. En effet, la colonisation permet aux Européens d'accroître leur puissance dans le monde et d'étendre la « civilisation » européenne. Par ailleurs, les empires coloniaux deviennent des partenaires commerciaux privilégiés pour les métropoles.

› **Cependant, les conquêtes sont longues et difficiles, car les armées européennes rencontrent des résistances,** comme celle d'Abd el-Kader en Algérie. La colonisation des terres permet ensuite d'établir la domination de la métropole sur le territoire pour en faire des colonies de peuplement (Algérie) ou d'exploitation (Afrique-Occidentale).

2 La naissance de sociétés coloniales

› **L'installation de colons donne naissance à des sociétés coloniales**. Les colons y pratiquent essentiellement des activités agricoles, commerciales ou minières. Ils dominent la société en accaparant les terres.

› **Les** indigènes **sont considérés comme des hommes de second rang qu'il faut éduquer : c'est la «** mission civilisatrice **»** des puissances coloniales. L'instruction et la diffusion du christianisme par les missionnaires bouleversent ainsi les sociétés d'origine.

› **Des colonisés se révoltent**, comme à Madagascar (1895-1898), **pour dénoncer ces changements ainsi que les inégalités économiques, sociales et politiques** auxquelles ils sont soumis. Les élites indigènes en Algérie réclament davantage d'égalité avec les colons et dénoncent le code de l'indigénat.

3 La fin de l'esclavage dans les colonies

› Nés au XVIIIe siècle dans l'Europe des Lumières, **les mouvements** abolitionnistes **prônent l'abolition de la traite négrière et de l'esclavage**.

› Dans les colonies, des révoltes d'esclaves se multiplient pour dénoncer les conditions de vie et de travail, notamment à Saint-Domingue (1791-1804). **La multiplication de ces révoltes et la pression des abolitionnistes**, comme Thomas Clarkson ou Victor Schoelcher, **poussent les gouvernements européens à abolir progressivement la traite puis l'esclavage**.

› En France, la traite est abolie en 1831 et l'esclavage en 1848. Cependant, **d'autres formes d'exploitation se mettent en place dans les colonies, comme le travail forcé ou les corvées.**

VOCABULAIRE

- **Abolitionniste :** personne qui s'oppose à l'esclavage et qui agit pour obtenir sa suppression.
- **Colonie :** territoire conquis et administré par un pays étranger (la métropole).
- **Colonie d'exploitation :** colonie où un État exploite essentiellement les ressources.
- **Colonie de peuplement :** colonie vers laquelle un État envoie des colons pour la peupler.
- **Indigène :** dans le langage colonial, personne originaire d'un territoire colonisé.
- **Mission civilisatrice :** discours et politiques (éducatifs, sanitaires, linguistiques) ayant pour but de diffuser dans les colonies les valeurs européennes, considérées comme universelles.

Schéma de la leçon

Conquêtes et sociétés coloniales

1 Les Européens à la conquête du monde

Des conquêtes longues et difficiles

- Des résistances indigènes
- Des tensions entre puissances

Domination européenne du monde

- Conférence de Berlin (1885)
- Colonies de peuplement et colonies d'exploitation

2 La naissance de sociétés coloniales

Des sociétés nouvelles dans les colonies

- Installation de colons européens
- Colonisation des terres
- Mission civilisatrice

Des sociétés inégalitaires

- Code de l'indigénat
- Des résistances indigènes

3 La fin de l'esclavage dans les colonies

Des oppositions à l'esclavage

- Révoltes d'esclaves
- Mouvements abolitionnistes

Une abolition progressive

- De la traite : 1831 en France
- De l'esclavage : 1848 en France

Mais toujours des inégalités

- Dans les nouvelles colonies : des sujets soumis aux corvées et au travail forcé

Dates clés

1815 Congrès de Vienne (abolition de la traite)

1830 Début de la colonisation de l'Algérie par la France

1831 Abolition de la traite en France

1848 Abolition de l'esclavage en France

1881 Code de l'indigénat

J'apprends & je construis mes compétences

Exercices interactifs
hachette-clic.fr/21hg4045

1 Je fais ma fiche de révision

Utilisez les rubriques suivantes pour réaliser votre fiche de révision sur le support de votre choix.

Le vocabulaire

Je connais la définition des mots suivants :

- Colonie
- Indigène
- Code de l'indigénat
- Colon
- Société coloniale
- Abolitionniste

Les repères historiques et géographiques

- **Je connais les dates suivantes :**
  Début de la conquête de l'Algérie • Abolition de la traite négrière par les puissances européennes • Abolition de l'esclavage en France • Conférence de Berlin
- **Je connais et localise les principales puissances coloniales européennes et les continents où elles font des conquêtes.**

Les acteurs

Je connais chacun des deux acteurs, je connais son nom et précise un fait marquant :

1

2

2 Je teste mes connaissances

Exercices à compléter
hachette-clic.fr/21hg4046

Exercice 1

À l'oral ou à l'écrit

- **Nommez les colonies A et B.**
- **Complétez la légende.**

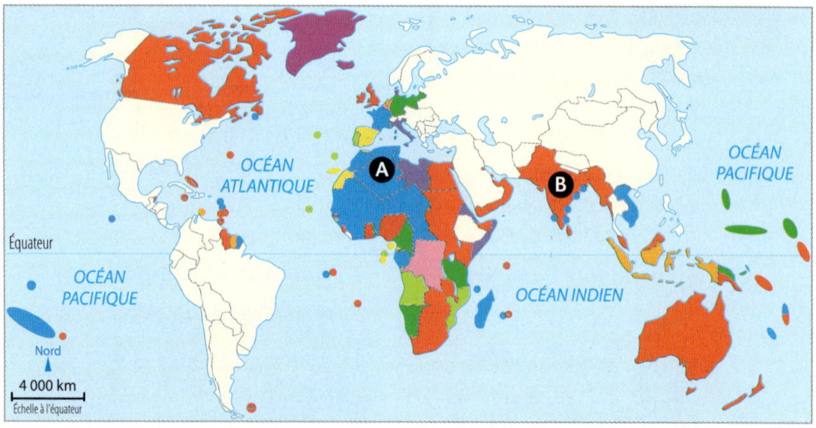

Exercice 2

- **Recopiez et complétez le tableau sur votre cahier.**
- **Ensuite, à l'oral, utilisez les informations d'une ligne du tableau pour faire une ou deux phrases.**

	Qui ?	Quand ?	Où ?	Comment ?	Conséquences ?
1. Présentez l'action d'un abolitionniste.					
2. Décrivez une conquête coloniale.					

Je m'auto-évalue

J'ai réussi l'exercice sans regarder ma fiche de révision ou le manuel.	J'ai réussi l'exercice en allant chercher quelques informations dans ma fiche de révision ou le manuel.	J'ai réussi l'exercice en allant chercher les informations dans ma fiche de révision ou le manuel.	J'ai fait l'exercice mais n'ai pas réussi à trouver les informations nécessaires.
Très bonne maîtrise	Maîtrise satisfaisante	Maîtrise fragile	Maîtrise insuffisante

3 Je pratique différents langages : s'exprimer à l'oral

Sujet : La société coloniale aux Indes britanniques au XIXe siècle

À l'aide de cette gravure, construisez une présentation orale pour décrire la société coloniale aux Indes britanniques au XIXe siècle.

1 Une famille aux Indes
J. E. Killingworth, *Noël aux Indes britanniques*, 1881.

Étape 1 Je réfléchis au brouillon

1. Comprenez le sujet : **Décrire** la **société coloniale** aux **Indes britanniques.**

- Décrire → Préciser ce que l'on voit et l'interpréter.
- société coloniale → Définition ? Quelle relation entre ses membres ?
- Indes britanniques → Localiser et préciser le statut de ce territoire.

2. Observez l'image et mobilisez vos connaissances autour de trois points sous la forme de votre choix (carte mentale, schéma, croque-notes, tableau, plan, etc.) :
- Identifiez les deux groupes 1 et 2 à l'aide du vocabulaire que vous avez appris.
- Précisez ce que font les personnages, comment ils sont habillés, etc.
- Identifiez quel groupe domine la société.

Étape 2 Je communique à l'oral ma description

3. Construisez une communication orale en étant attentif à :
- Parlez en articulant et en adaptant le volume de votre voix ;
- Regardez votre auditoire.

Un peu d'aide ?

Organisez votre propos en reprenant les trois points réfléchis au brouillon.
Décrivez les différents personnages, les objets évoqués, en les montrant à votre auditoire.

+ Un peu d'aide ?

Dans un premier temps, décrivez les personnages des deux puces numérotées.
Dans un second temps, expliquez comment l'auteur a montré la domination d'un groupe social sur l'autre.

Je m'auto-évalue

Pratiquer différents langages : s'exprimer à l'oral

Je vérifie les objectifs que j'ai atteints :

- ☐ Mon propos oral a répondu à la consigne.
- ☐ Il était clair et organisé.
- ☐ J'ai adopté une posture adaptée et dynamique.
- ☐ J'ai illustré mon propos avec des éléments précis de l'image.

4 J'analyse et je comprends un document : une image

→ **Étudiez l'image en répondant aux questions.**

La couverture d'un manuel scolaire français en 1900. Illustration de G. Dascher, collection privée.

QUESTIONS

A. Identifier l'image

1. À quel public cette image est-elle destinée ?

B. Comprendre le sens de l'image

2. Identifiez les différents groupes de personnages.

3. Par quels moyens la France aurait-elle fait ses conquêtes coloniales ?

4. Comment la France semble-t-elle accueillie ? Qu'apporte-t-elle ?

C. Interpréter et confronter l'image à ses connaissances

5. Quel message l'auteur a-t-il voulu faire passer à travers cette représentation ?

6. Cette représentation témoigne-t-elle de la réalité des conquêtes et de la colonisation ?

POINT MÉTHODE Analyser et comprendre un document

Pour identifier un document

> Regardez les informations de la source.

Pour comprendre le sens général d'un document

> Les personnages numérotés symbolisent différents groupes représentant la conquête et la colonisation.

> Observez comment l'auteur représente la France et les indigènes.

Pour confronter l'image à ses connaissances

> Montrez que l'image évoque la mission civilisatrice que la France pense avoir.

> Montrez que les conquêtes et les colonisations n'ont pas toujours été pacifiques.

Je m'entraîne
Sujet guidé

Exercice 1 Analyser et comprendre des documents

1 Un abolitionniste européen

Tous les ans, soixante à cent mille hommes sont arrachés à leur patrie, à leur famille, à leurs amis, sans espoir de retour, dans des contrées lointaines, condamnés, eux et leur postérité, à travailler éternellement au profit des tyrans qui les oppriment. Si ces malheureux Africains sont des hommes comme nous, s'ils pensent et sentent comme nous, ils ont droit à notre compassion. [...] Tous les témoins interrogés par le parlement britannique s'accordent à dire que, dès qu'ils sont à bord, une noire mélancolie et un sombre abattement les saisissent. Les hommes sont enchaînés deux à deux. Les femmes et les enfants ne sont pas enchaînés, mais on les place dans un endroit séparé des hommes.

T. Clarkson, *Cri des Africains contre les Européens, leurs oppresseurs*, Paris, 1822.

2 Révolte des esclaves à Saint-Domingue (Haïti), 1791
Massacre des Blancs par les Noirs lors de l'incendie de la Plaine du Cap, 23 août 1791.
Gravure, bibliothèque des Arts décoratifs, Paris.

QUESTIONS

1. Présentez le document 1 et précisez ce qu'est un abolitionniste.
2. Relevez les informations qui évoquent la traite négrière.
3. Relevez les informations qui évoquent la réduction en esclavage.
4. Identifiez les moyens de lutte contre ces pratiques évoqués par chaque document.
5. À l'aide de vos connaissances, montrez que l'abolition de la traite et de l'esclavage a été l'aboutissement du combat de plusieurs acteurs.

Un peu d'aide ?

- **Pour la question 1**
  Identifiez la nature, la date, l'auteur, le destinataire et le lieu.
  Référez-vous à la définition d'abolitionniste dans le cours.
- **Pour les questions 2 à 4**
  Prélevez des informations précises dans le texte en les citant entre guillemets.
  Prélevez des informations précises dans l'image évoquées dans le texte en les décrivant.
- **Pour la question 5**
  Rappelez ce que vous savez de l'action des anti-esclavagistes au XIXe siècle.

Exercice 2 Pratiquer différents langages

Sous la forme d'un développement construit d'une quinzaine de lignes, décrivez la conquête et la colonisation de l'Algérie par la France au XIXe siècle.

Pense pas bête

1. Je repère et je définis les mots clés
Conquête • colonisation

2. Je délimite le sujet
Quoi ? Où ? Quand ?

3. Je mobilise le vocabulaire spécifique
Indigène • guerre • Abd el-Kader • Bugeaud • colon • inégalités

4. Je rédige deux paragraphes
I. Une longue conquête
II. Une nouvelle société

CHAPITRE

6

Une difficile conquête : voter de 1815 à 1870

Comment le droit de vote et son apprentissage évoluent-ils en France entre 1815 et 1870 ?

1 Juillet 1830, Paris se couvre de barricades

La population parisienne se soulève contre une tentative de restriction du suffrage censitaire masculin : le roi Charles X est renversé lors de cette révolution.

Eugène Delacroix, *La Liberté guidant le peuple*, 1830, 260 x 325 cm, musée du Louvre, Paris.

hachette-clic.fr/21hg4047
Analyse de l'œuvre proposée par L'Histoire par l'image

Je me repère dans le temps

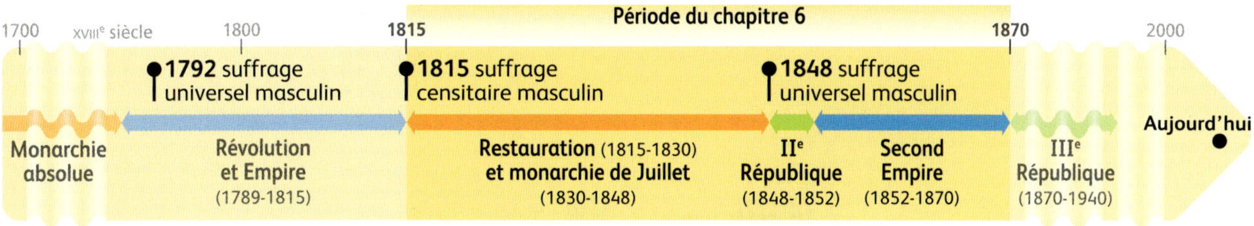

2 La IIe République et le suffrage universel pacifient la vie politique

« Ça, c'est pour l'ennemi du dehors ; pour le dedans, voici comme l'on combat loyalement les adversaires. »

Gravure de Bosredon, 1848, Bibliothèque nationale.

VOCABULAIRE

- **République :** organisation politique d'un État dans lequel le pouvoir est exercé par les représentants de la population (généralement élus).
- **Suffrage :** acte par lequel un citoyen déclare son opinion, donne son avis.

QUESTIONS

1. **Doc. 1** Identifiez les catégories sociales qui protestent contre la limitation du droit de vote.
2. **Doc. 2** Expliquez pourquoi le suffrage universel pacifie la vie politique.
3. **Doc. 1** et **2** Selon vous, comment les Français ont-ils obtenu un élargissement du droit de vote ?

Se repérer

1815-1870, de la monarchie à l'Empire

Insurrection des royalistes (1832)

Soulèvement des bonapartistes (partisans de l'ancien empereur Napoléon Ier)

Les « Trois Glorieuses » (révolution de 1830) :

Insurrection républicaine

Banquet républicain[1]

1. Réunions organisées entre 1847 et 1848 par les opposants au régime monarchique pour contourner l'interdiction de réunions politiques.

1 Les contestations politiques sous la période monarchique (1815-1848)

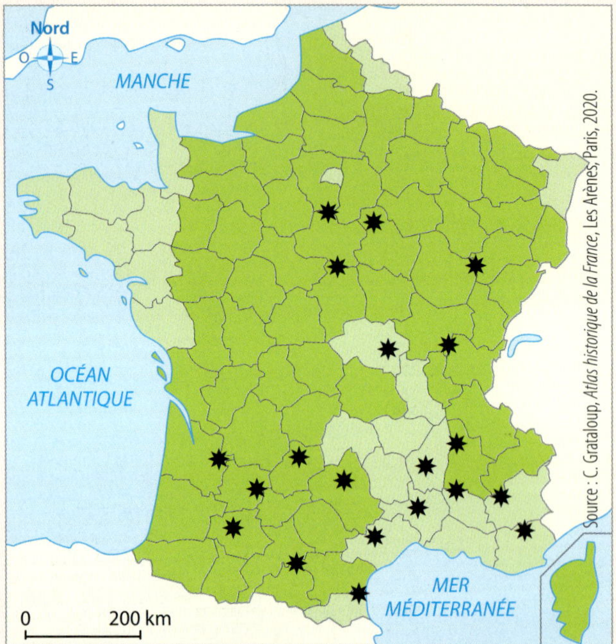

1. L'élection présidentielle du 10 décembre 1848

50 % des voix et plus pour L.-N. Bonaparte

Moins de 50 % des voix pour L.-N. Bonaparte

2. Les résistances au coup d'État du 2 décembre 1851

Zone insurgée

2 La conquête du pouvoir par Louis-Napoléon Bonaparte (1848-1852)

VOCABULAIRE

- **Plébiscite :** vote lors duquel les électeurs répondent à une question par oui ou non afin de rendre légitime une décision.
- **Souveraineté nationale :** fait que le peuple détienne le pouvoir.
- **Suffrage censitaire masculin :** droit de vote accordé aux hommes majeurs en capacité de payer un impôt, le cens.
- **Suffrage universel masculin :** droit de vote accordé à tous les hommes majeurs sans condition de revenu.

Je me souviens

Se repérer dans le temps et dans l'espace

→ Voir les chapitres 2 et 3

1. Quel régime politique la France connaissait-elle avant 1789 ?
2. Quand la Ire République a-t-elle été proclamée ?
3. Qui a dirigé la France de 1799 à 1815 ?

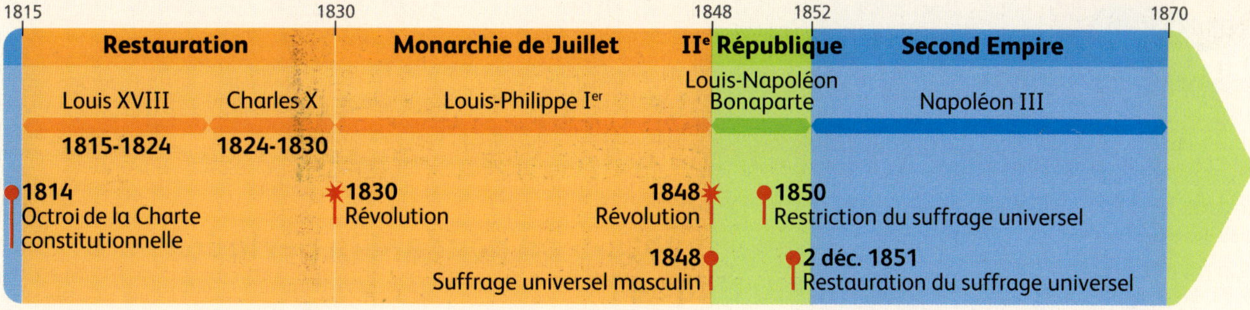

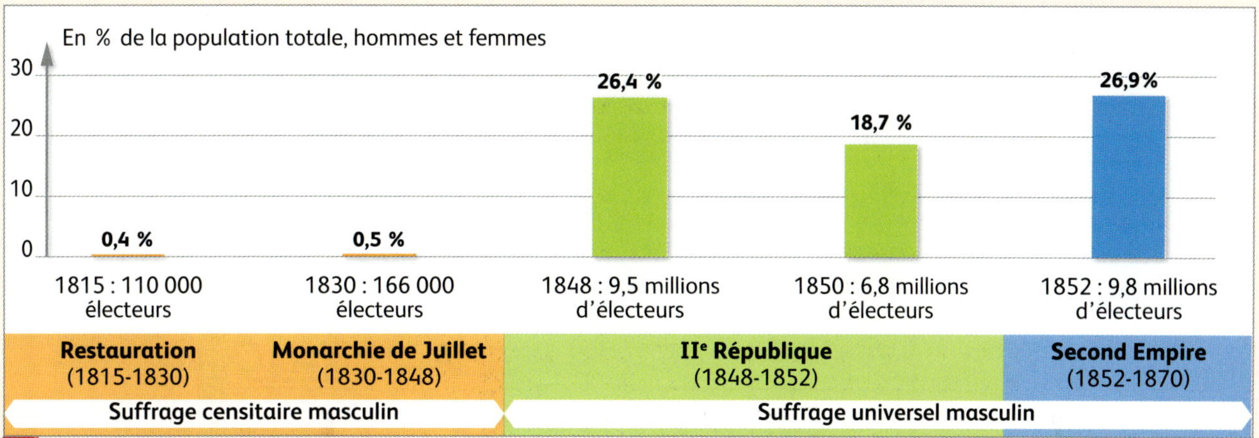

3 L'élargissement du suffrage

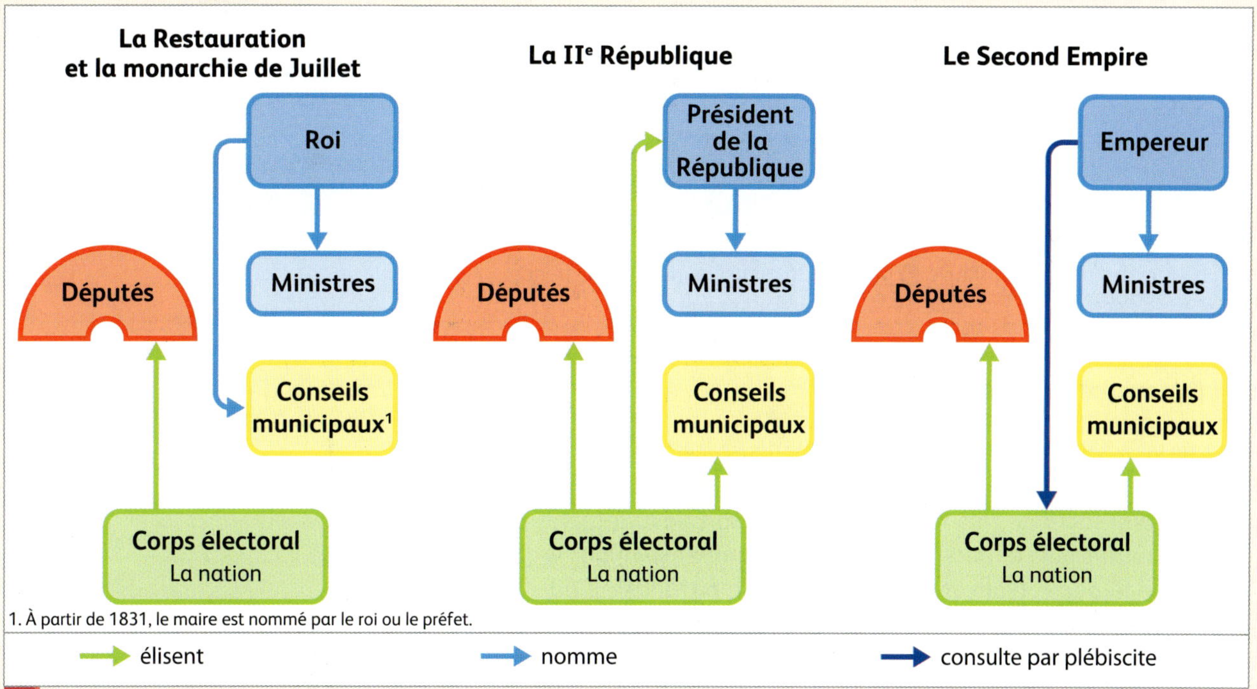

1. À partir de 1831, le maire est nommé par le roi ou le préfet.

4 La répartition des pouvoirs

Je découvre

4. Quels régimes politiques se succèdent en France entre 1815 et 1870 ?

5. Comment la **souveraineté nationale** s'exprime-t-elle entre 1815 et 1870 ?

6. Comment le nombre d'électeurs évolue-t-il entre 1815 et 1870 ?

Étude

DATES CLÉS

1814 Louis XVIII, roi de France

1824 Charles X, roi de France

1830 Trois Glorieuses

1830 Louis-Philippe Ier, roi des Français

Voter au temps des rois (1815-1848)

Comment vote-t-on pendant la période monarchique ?

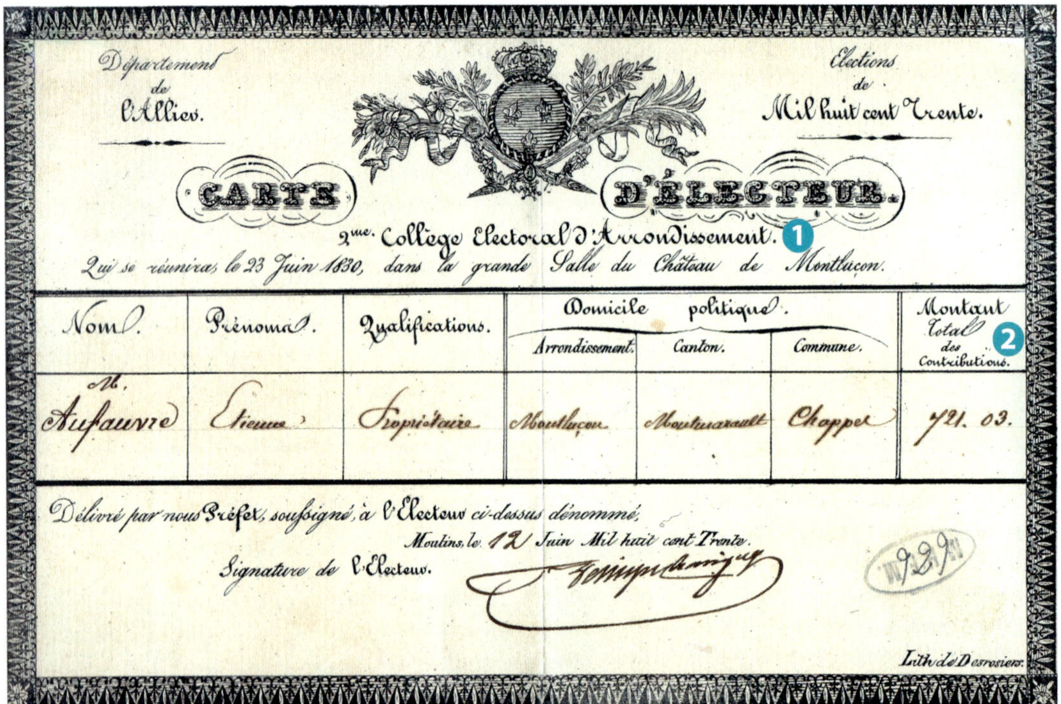

Département de l'Allier.

Élections de Mil huit cent Trente.

CARTE D'ÉLECTEUR.

2me. Collège Électoral d'Arrondissement. (1)

Qui se réunira, le 23 Juin 1830, dans la grande Salle du Château de Montluçon.

Nom.	Prénoms.	Qualifications.	Domicile politique. Arrondissement.	Canton.	Commune.	Montant total des Contributions. (2)
M. Aufauvre	Étienne	Propriétaire	Montluçon	Montmarault	Chappes	721. 03.

Délivré par nous Préfet, soussigné, à l'Électeur ci-dessus dénommé,

Moulins, le 12 Juin Mil huit cent Trente.

Signature de l'Électeur.

Lith. de Desrosiers.

1 Carte électorale sous Charles X

(1) Circonscription législative (2) Montant total de l'impôt : 721,03 francs

Carte d'électeur, 1830, musée de l'Histoire vivante, Montreuil.

2 Défense du suffrage censitaire

Je ne veux faire aucun tort à la classe laborieuse, cette classe n'a pas moins de patriotisme[1] que les autres classes. Elle est souvent prête aux sacrifices les plus héroïques et son dévouement est d'autant plus admirable qu'il n'est récompensé ni par la fortune ni par la gloire. Mais, je le pense, le patriotisme qui donne le courage de mourir pour son pays est autre que celui qui rend capable de bien connaître ses intérêts. Il faut donc une condition de plus que la naissance et l'âge prescrit par la loi. Cette condition, c'est le temps dégagé à l'acquisition des lumières, à la rectitude du jugement. La propriété seule rend les humains capables de l'exercice des droits politiques.

D'après Benjamin Constant, *Principes de politique applicables à tous les gouvernements représentatifs et particulièrement à la constitution actuelle de la France*, 1815.

1. Attachement profond à sa patrie, à son pays.

Qui est-il ? ▸ Benjamin Constant (1767-1830)
Écrivain et homme politique français.

3 L'évolution des conditions de vote de 1814 à 1848

Années	Cens (en francs)	Corps électoral	
		Âge	Nombre d'électeurs
1814	300	30	110 000
1827			89 000[2]
1831	200[1]	25	166 000
1847			248 000[3]

1. Salaire moyen d'un ouvrier de province en 1831 : 450 francs/an.
2 et 3. Évolution due à l'appauvrissement ou à l'enrichissement de la population.

D'après P. Bourdin, *Citoyenneté, démocratie, république, 1789-1799*, Belin, 2014.

4 Un candidat en campagne en 1844

Un noble local ① en campagne lors des élections municipales : « Mon cher ami, ne croyez pas que je vienne vous demander votre voix, je respecte trop l'indépendance des opinions ; c'est madame la baronne qui m'a dit : Allez voir ce pauvre Galouzot ② ; dites à sa petite femme ③ qu'elle me néglige ; que je lui en veux, informez-vous de leurs délicieux enfants ④ et dites que je veux absolument les avoir à dîner. »

H. Daumier, « La carotte de l'élection », lithographie parue dans *Le Charivari*, 21 mars 1844.

5 L'avis d'un républicain sur le suffrage

La souveraineté du peuple, tel est, en effet, le grand principe qu'il y a près de cinquante années, nos pères ont proclamé. Mais cette souveraineté, qu'est-elle devenue ? Aujourd'hui, le peuple, c'est un troupeau conduit par quelques privilégiés comme vous, comme moi, messieurs, qu'on nomme électeurs, puis par quelques autres, plus privilégiés encore, qu'on salue du titre de député. Et si ce peuple, qui n'est point représenté, se lève pour revendiquer ses droits, on le jette dans les cachots. Messieurs, la réforme électorale est le premier pas à faire. Cette réforme, il la faut radicale. Que tout citoyen soit électeur, que le député soit l'homme de la nation, non de la fortune ; qu'il soit désigné pour sa vertu.

D'après A. Ledru-Rollin, « Discours aux électeurs de la Sarthe », 23 juillet 1841.

Qui est-il ? ▸ Alexandre-Auguste Ledru-Rollin (1807-1874)

Avocat et homme politique français, il est député républicain de la Sarthe en 1841.

VOCABULAIRE

- **Cens :** impôt dont un électeur doit s'acquitter pour pouvoir voter.
- **Républicain :** homme politique en faveur de la République, pour l'élargissement du suffrage.
- **Souveraineté :** fait de détenir le pouvoir.

ACTIVITÉS

Parcours 1

Extraire des informations pertinentes

1. **Doc. 1** Identifiez le nom de l'électeur, son domicile, le montant de ses impôts, la date de l'élection et la fonction de celui qui délivre la carte d'électeur.
2. **Doc. 2** Relevez les arguments avancés par Benjamin Constant pour défendre le suffrage censitaire.
3. **Doc. 3** Décrivez et expliquez l'évolution du nombre d'électeurs entre 1815 et 1848.
4. **Doc. 4** Montrez comment Daumier dénonce la manipulation des électeurs dans les campagnes.
5. **Doc. 5** Relevez les arguments utilisés par Ledru-Rollin pour critiquer le suffrage censitaire.

OU

Parcours 2

Réaliser une production graphique

Reproduisez et complétez le schéma.

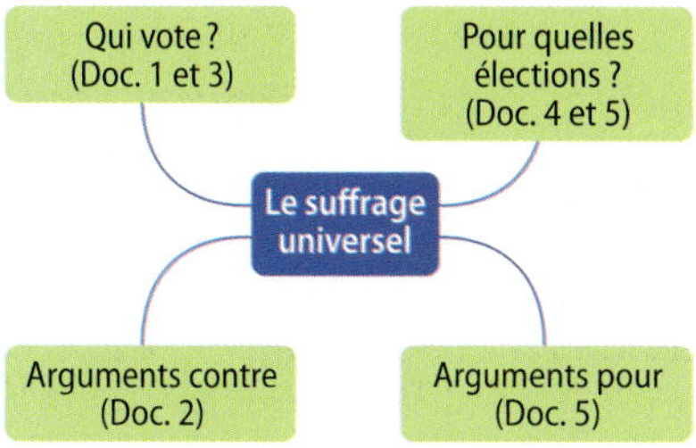

Pour conclure ▸ **Comment vote-t-on pendant la période monarchique ?**

Étude

DATES CLÉS

5 mars 1848 Suffrage universel masculin

10 décembre 1848 Louis-Napoléon Bonaparte élu président

21 décembre 1851 **Plébiscite** reconnaissant le coup d'État de Louis-Napoléon Bonaparte

1848-1870, le difficile apprentissage du suffrage universel masculin

Que signifie voter sous la République et sous l'Empire ?

1 La IIe République et le suffrage universel

« Avec lui, la liberté. Sans lui, l'esclavage. »

F. Sorrieu, *Le Suffrage universel dédié à Ledru-Rollin*, lithographie, 1850, musée Carnavalet, Paris.

a. Identifiez le symbole républicain au-dessus de Ledru-Rollin ❶, initiateur du suffrage universel.

b. Relevez les symboles de la modernité du pays.

c. Identifiez les différentes forces réactionnaires groupées derrière Adolphe Thiers ❷.

f. Qui compose la foule représentant le peuple se dirigeant vers l'urne ?

d. Décrivez la République et ses attributs. Relevez parmi eux les symboles de la liberté.

e. Montrez que le suffrage universel est présenté comme la condition de la prospérité pour le pays.

hachette-clic.fr/21hg4048

Pour comprendre la lithographie, vous pouvez lire les paragraphes 35 et 36 de cet article de R. Rütten, 2018.

2 Une critique de la restriction du suffrage universel après le vote de la loi, mai 1850

❶ Adolphe Thiers, responsable de la limitation du suffrage universel sous la IIe République en mai 1850.

❷ L'urne du suffrage universel.

C. Vernier, *Convoi, service et enterrement de feu le suffrage universel*, lithographie coloriée, 29 cm x 18 cm, 1850.

3 Proudhon, un partisan déçu du suffrage universel

1er mars 1852 – C'est le suffrage universel et direct qui a tué la République, c'est la multitude qui, après avoir abandonné, trahi ses représentants, s'est donné un maître. [...] Il est prouvé que le peuple est d'inclination favorable au despotisme, hostile à la liberté : aussi, toutes les tyrannies se comportent de même, et n'ont qu'une politique : détruire les classes moyennes, dites bourgeoises, et ne laisser qu'une classe ignorante, avec une aristocratie et un clergé pour contrepoids.

D'après les carnets de P.-J. Proudhon, dans « Les anarchistes : Honte au suffrage universel ! », *Le Monde diplomatique*, janvier 2009.

Qui est-il ? ▸ Pierre-Joseph Proudhon (1809-1865)
Journaliste, penseur politique de gauche, il est élu député en 1848.

4 Le suffrage universel lors du coup d'État du 2 décembre 1851

Louis-Napoléon Bonaparte ❶.
Un ouvrier ❷ et un bourgeois ❸ lors du plébiscite légitimant son coup d'État.

Louis-Napoléon Bonaparte rétablissant le suffrage universel, le 2 décembre 1851, estampe anonyme, BNF.

5 Plébiscite dans un village alsacien, le 8 mai 1870

J'étais maire ; j'avais reçu l'ordre de M. le sous-préfet de faire des publications pour le plébiscite, et d'engager tous les honnêtes gens à voter oui, s'ils voulaient conserver la paix [...]. C'est aussi ce que je fis, engageant tout le monde à venir sans faute, et envoyant le garde champêtre porter les billets de la préfecture, jusque dans les dernières baraques de la montagne. [...] Tous ensemble allèrent voter [...].
M. le curé Daniel, les voyant sortir, arriva de la cure se mettre à leur tête ; il avait prêché le matin pour le plébiscite, et on ne trouva pas un seul non dans la boîte. M. le sous-préfet devait être content de nous. Il faut dire aussi que nous avions besoin d'un chemin pour aller à Hangeviller ; qu'on nous avait promis deux cloches pour l'église ; et que nous savions que tous les villages qui votaient mal n'obtenaient jamais rien.

Émile Erckmann et Alexandre Chatrian, *Histoire du plébiscite racontée par un des 7 500 000 oui*, Paris, Hetzel et Cie, 1872, p. 4-8 *in* Gallica.

VOCABULAIRE

▸ **Plébiscite :** vote lors duquel les électeurs répondent à une question par oui ou non afin de rendre légitime une décision.

ACTIVITÉS en groupe

Coopérer et mutualiser

Étape 1 Organisez-vous en groupes de 4 ou 5. Au sein de chaque groupe, partagez-vous en deux équipes :

Équipe 1

Le suffrage universel masculin sous la IIe République

1. **Doc. 1** Montrez que le suffrage universel est masculin.
2. **Doc. 1** Identifiez qui l'accorde aux citoyens.
3. **Doc. 2** Montrez que la loi de mai 1850 est considérée comme la mort du suffrage universel masculin.
4. **Doc. 3** et **4** Expliquez pourquoi Proudhon accuse le suffrage universel d'avoir tué la République.

Équipe 2

Le suffrage universel sous le Second Empire

1. **Doc. 1** et **4** Relevez les points communs dans ces deux représentations du suffrage universel.
2. **Doc. 1** et **4** Relevez les différences.
3. **Doc. 3** et **4** Montrez comment le suffrage universel a permis l'instauration du Second Empire.
4. **Doc. 5** Identifiez ceux qui influencent le vote.

Étape 2 Présentez votre travail à l'autre équipe afin de construire une réponse commune et organisée à la question : Que signifie voter sous la République et sous l'Empire ?

L'atelier de l'historien

1848, la démocratie sans les femmes

Vous disposez de plusieurs sources évoquant les femmes et le droit de vote du milieu du XIXe siècle. Vous cherchez à comprendre pourquoi elles ont été exclues du suffrage universel.

Source 1 L'élaboration de la loi de 1848 sur le suffrage universel

a. Le décret du 5 mars 1848

Art. 5 : Le suffrage sera direct et universel.

Art. 6 : Sont électeurs tous les Français âgés de 21 ans résidant dans la commune depuis six mois et non judiciairement privés ou suspendus de l'exercice des droits civiques.

Art. 8 : Le scrutin sera secret.

b. La Constitution du 4 novembre 1848

Art. 1 : La souveraineté réside dans l'universalité des citoyens français : Elle est inaliénable et imprescriptible.

Art. 20 : Le peuple français délègue le pouvoir législatif à une Assemblée unique.

Art. 24 : Le suffrage est direct et universel. Le scrutin est secret.

Art. 25 : Sont électeurs, sans condition de cens, tous les Français âgés de vingt et un ans, et jouissant de leurs droits civils et politiques.

Art. 26 : Sont éligibles, sans condition de domicile, tous les électeurs âgés de vingt-cinq ans.

Source 2

Les clubs féminins vus par la presse

En mars 1848, des clubs féminins se constituent, mais dès le 26 juillet 1848, les clubs leur sont interdits.

Lithographie en couleurs, 24,2 x 21,4 cm, Aubert, Paris, 1848, BnF.

Source 3

Extrait de l'affiche électorale de Jeanne Deroin, candidate aux élections législatives de 1849

Compte rendu du résultat de notre appel aux électeurs

Inspirée et dirigée par le sentiment du droit et de la justice, nous avons accompli un devoir en réclamant le droit de prendre part aux travaux de l'Assemblée législative.

Ce n'est pas seulement au nom des femmes, mais dans l'intérêt de la société tout entière, et au nom d'un principe qui renferme en lui l'extinction radicale de tous les privilèges que nous vous avons demandé l'abolition du privilège de sexe.

Nous n'avons pas consulté nos forces, mais seulement notre conscience et notre dévouement, et c'est avec une conviction profonde que, dans toutes les réunions électorales où l'on nous a accordé la parole, nous avons proclamé ce grand principe de l'égalité civique et politique des deux sexes.

Qui est-elle ? ▸ Jeanne Deroin (1805-1894)
Journaliste et socialiste, elle réclame l'égalité politique et un suffrage vraiment universel.

Source 4

L'avis d'une femme engagée, George Sand

Les femmes doivent-elles participer à la vie politique ? Oui, un jour…, mais ce jour est-il proche ? Non, je ne le crois pas, et pour que la condition des femmes soit ainsi transformée, il faut que la société soit transformée radicalement.
Quelques femmes ont soulevé cette question : pour que la société soit transformée, ne faut-il pas que la femme intervienne politiquement dès aujourd'hui dans les affaires publiques ? J'ose répondre qu'il ne le faut pas, parce que les conditions sociales sont telles que les femmes ne pourraient pas remplir honorablement et loyalement un mandat politique. La femme étant sous la tutelle et dans la dépendance[1] de l'homme par le mariage, il est absolument impossible qu'elle présente des garanties d'indépendance politique, à moins de briser individuellement, et au mépris des lois et des mœurs, cette tutelle que les mœurs et les lois consacrent. Il me paraît donc insensé de commencer par où l'on doit finir.

George Sand, *Lettre aux membres du comité central*, avril 1848.

1. Elle dépend financièrement de son mari.

Qui est-elle ?
▸ George Sand (1804-1876)
Femme de lettres française, engagée dans la vie politique. Divorcée, elle refusa de se remarier.

Source 5

La presse traditionnelle pour les femmes

Deux jeunes femmes dans un jardin, illustration parue dans le *Journal des demoiselles*, Paris, 1848.

Qui est-il ? ▸ Journal des demoiselles
Titre de presse féminine qui paraît entre 1833 et 1922.

VOCABULAIRE

▸ **Club :** association dont les membres débattent de questions politiques.

POINT MÉTHODE — La démarche de l'historien

Étape 1 Identifier les documents sources

1. Classez les sources : sont-elles favorables, défavorables ou indifférentes à la question du suffrage féminin ?

Étape 2 Comprendre et confronter les sources

2. **Source 1** Montrez que les femmes ont été exclues du suffrage dès les débuts de la IIe République.
3. **Sources 1, 2 et 3** Montrez comment les femmes se sont investies dans le débat politique malgré leur exclusion du suffrage.
4. **Source 3** Relevez les arguments de Jeanne Deroin pour se présenter aux élections législatives.
5. **Source 4** Précisez quel doit être le combat prioritaire selon George Sand ?
6. **Sources 2 et 5** Relevez les points communs entre les deux images. Le regard porté sur la femme est-il le même ? Justifiez votre réponse.

Étape 3 Interpréter

7. Montrez que les partisans du suffrage féminin étaient rares en 1848.

Histoire des ARTS

Le vote et la caricature

Quel regard les caricatures de Daumier portent-elles sur la vie politique au XIXe siècle ?

Biographie

Honoré Daumier (1808-1879)

Peintre, sculpteur, graveur, Honoré Daumier est surtout un caricaturiste français. Il a réalisé plus de 500 œuvres sur la vie politique et sociale du XIXe siècle.

Point ARTS

La caricature : représentation grotesque obtenue par l'exagération et la déformation des traits d'un personnage dans le but de s'en moquer et de dénoncer une situation. Louis-Philippe est systématiquement représenté en forme de poire par Daumier.

1 Voter sous la monarchie de Juillet

1 Le roi Louis-Philippe distribue des croix d'honneur 2 aux électeurs 3 qui ont bien voté.

Aux élections législatives du 21 juin 1834, c'est le parti des conservateurs (opposés aux républicains) qui sort largement majoritaire.

H. Daumier, « Récompense honnête aux électeurs obéissants », **lithographie**, 22,7 x 28,7 cm, *La Caricature*, 17 juillet 1834, BNF.

2 Le suffrage restreint sous la IIe République

La loi du 31 mai 1850, en portant l'obligation d'habiter dans le même endroit depuis trois années, prive un tiers des électeurs de leur droit de suffrage.

1 Adolphe Thiers, chef du gouvernement.

H. Daumier, « Une panique des Lilliputiens qui ont essayé de garrotter le Suffrage universel », lithographie, *Le Charivari*, le 28 juin 1851, musée Carnavalet, Paris.

Qui sont-ils ? ▸ Les Lilliputiens

Personnages de très petite taille inventés par Jonathan Swift dans son roman *Les Voyages de Gulliver* (1726).

3 Voter sous le Second Empire

Le dessin paraît pendant la campagne électorale des élections législatives de 1869, qui voient une poussée de l'opposition (républicains et royalistes).

H. Daumier, « Adoremus ! », lithographie, *Le Charivari*, le 5 mai 1869, maison de Victor Hugo, Hauteville House.

4 Le plébiscite sous le Second Empire

Le dessin paraît avant le plébiscite du 8 mai 1870 qui vise à approuver les réformes accordant plus de libertés à la suite de la poussée de l'opposition aux législatives de 1869.

H. Daumier, *Le Plébiscite*, lithographie, 21 cm x 23 cm, 4 avril 1870, BNF, Paris.

VOCABULAIRE

- **Lithographie :** dessin à l'encre grasse reproduit à l'aide d'une presse.

POINT MÉTHODE Identifier et analyser des œuvres d'art

Étape 1 Présenter

1. **Doc. 1, 2, 3** et **4** Identifiez ce qui fait de ces quatre lithographies des caricatures.

Étape 2 Décrire et comprendre

2. **Doc. 1** Montrez que Daumier porte un regard critique sur le vote pendant la monarchie de Juillet.
3. **Doc. 2** Expliquez l'opinion de Daumier sur la restriction du suffrage universel.
4. **Doc. 3** Expliquez le regard que porte Daumier sur les élections pendant l'Empire.
5. **Doc. 4** Montrez comment Daumier dénonce l'usage du plébiscite.

Étape 3 Conclure

6. Comment les caricatures de Daumier permettent-elles de comprendre le combat pour le droit de vote et les limites de celui-ci ?

Leçon

Une difficile conquête : voter de 1815 à 1870

Comment le droit de vote et son apprentissage évoluent-ils en France entre 1815 et 1870 ?

Podcast de la leçon
hachette-clic.fr/21hg4049

1 Voter sous la monarchie (1815-1848)

› En 1815, Louis XVIII, frère de Louis XVI, restaure la monarchie. Il met en place un suffrage censitaire masculin, mais restreint : seuls les hommes âgés de plus de 30 ans et payant le cens peuvent voter, soit moins de 0,5 % de la population.

› Charles X succède à son frère en 1824. Il souhaite affirmer son pouvoir en revenant sur certains symboles de la Révolution. Il tente d'augmenter le cens et de censurer la presse. Il est renversé par un soulèvement populaire lors des Trois Glorieuses des 27, 28 et 29 juillet 1830.

› En 1830, le roi Louis-Philippe lui succède. Il abaisse le cens et il diminue l'âge de la majorité à 25 ans ; le nombre d'électeurs double. Le camp des républicains est favorable à un abaissement du cens plus important qui permettrait l'accès au vote des plus pauvres. En 1848, Louis-Philippe fait interdire les réunions des républicains : une nouvelle révolution éclate qui chasse le roi.

2 Voter en République (1848-1852)

› En mars 1848, la IIe République met en place le suffrage universel masculin. Malgré les revendications de certaines d'entre elles comme Jeanne Deroin, les femmes en demeurent exclues. **Près de dix millions d'électeurs** sont appelés aux urnes. **En décembre 1848, ils élisent massivement Louis-Napoléon Bonaparte** à la présidence de la République. Ce neveu de Napoléon Ier incarne l'ordre et l'autorité que réclame une majorité de la population.

› En mai 1850, **les conservateurs qui dirigent le pays restreignent le droit de vote**. Parce qu'il faut désormais trois ans de résidence en un même lieu, un tiers des électeurs ne peuvent plus voter.

› En décembre 1851, **Louis-Napoléon Bonaparte organise un coup d'État pour rester au pouvoir et restaure le suffrage universel. Il fait valider ces décisions par un plébiscite**. Lors des élections législatives de 1852, les procédures électorales sont modifiées : liste officielle de candidats, consignes données aux maires et aux préfets afin d'orienter le vote des électeurs en faveur du régime.

3 Voter sous le Second Empire (1852-1870)

› En novembre 1852, **les Français valident par un plébiscite le retour à l'Empire**. Le 2 décembre 1852, Louis-Napoléon Bonaparte devient l'empereur Napoléon III.

› Pendant le Second Empire, **le suffrage universel masculin est maintenu, mais sa réalité est restreinte** : les candidats aux élections sont nommés par l'État et les députés n'ont d'autres pouvoirs que d'entériner les décisions de l'empereur. Ce dernier fait régulièrement valider sa politique au moyen de plébiscites.

VOCABULAIRE

- **Cens :** impôt dont un électeur doit s'acquitter pour pouvoir voter.
- **Plébiscite :** vote lors duquel les électeurs répondent à une question par oui ou non afin de rendre légitime une décision.
- **Républicain :** homme politique en faveur de la République, pour l'élargissement du suffrage.
- **Suffrage censitaire masculin :** droit de vote accordé aux hommes majeurs en capacité de payer un impôt, le cens.
- **Suffrage universel masculin :** droit de vote accordé à tous les hommes majeurs, sans condition de revenu.

Schéma de la leçon

Une difficile conquête : voter de 1815 à 1870

1 Voter sous la monarchie (1815-1848)

Sous le règne de Louis XVIII (1815-1824)

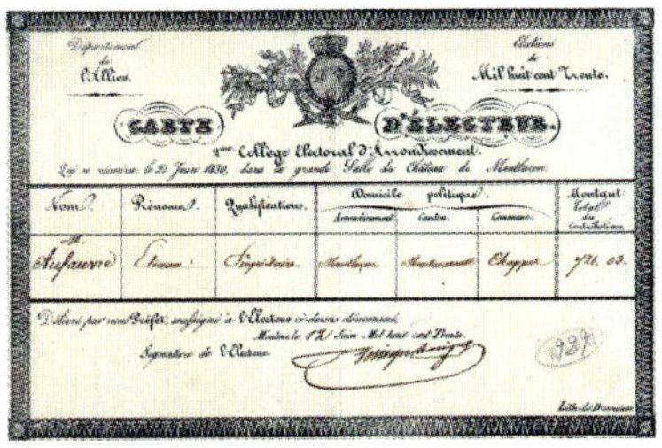

- Charte constitutionnelle (1814)
- Suffrage censitaire masculin

Sous le règne de Charles X (1824-1830)

- Suffrage censitaire masculin
- Les Trois Glorieuses (juillet 1830)

Sous le règne de Louis-Philippe Ier (1830-1848)

- Suffrage censitaire masculin
- Révolution de février 1848

2 Voter en République (1848-1852)

Instauration du suffrage universel masculin (1848)

- Hommes de plus de 21 ans
- Femmes exclues du droit de vote

Restriction du suffrage universel masculin (1850)

- Un tiers d'électeurs (les plus pauvres) en moins

Les limites du suffrage universel (1851)

- Restauration du suffrage universel
- Coup d'État de Louis-Napoléon Bonaparte

3 Voter sous le Second Empire (1852-1870)

Napoléon III impose le Second Empire

- Par plébiscite
- En s'appuyant sur le suffrage universel restauré

Un régime autoritaire régulièrement légitimé par le suffrage universel

- Candidats désignés par le régime élu
- Plébiscites réguliers

Dates clés

1792 Instauration du suffrage universel masculin

1815-1848 Suffrage censitaire masculin (Restauration – monarchie de Juillet)

1848-1870 Suffrage universel masculin (IIe République – Second Empire)

J'apprends & je construis mes compétences

Exercices interactifs
hachette-clic.fr/21hg4050

1 Je fais ma fiche de révision

Utilisez les rubriques suivantes pour réaliser votre fiche de révision sur le support de votre choix.

Le vocabulaire

Je connais la définition des mots suivants :
- Suffrage
- Suffrage universel masculin
- Cens
- Suffrage censitaire masculin
- Plébiscite

Les repères historiques et géographiques

- **Je connais les régimes politiques qui se sont succédé entre 1815 et 1870.**
- **Je connais les dates suivantes :** Les Trois Glorieuses • L'instauration du suffrage universel masculin • Le coup d'État de Louis-Napoléon Bonaparte

Les acteurs

Je connais chaque personnage ou événement suivant, je rédige une phrase le présentant :

2

1

3

2 Je teste mes connaissances

Exercices à compléter
hachette-clic.fr/21hg4051

Exercice 1 **Choisissez la ou les bonnes propositions :**

1. Sous la monarchie de Juillet, peuvent voter :
   A Les Français payant le cens.
   B Les Français de plus de 25 ans.
   C Les Français de plus de 25 ans payant le cens.
2. Le suffrage universel instauré en 1848 porte le nombre d'électeurs à :
   A 6,8 millions.
   B 2,4 millions.
   C 9,5 millions.
3. Les électeurs de la IIe République et du Second Empire sont :
   A Les citoyens et citoyennes français de plus de 21 ans.
   B Les citoyens français de plus de 25 ans.
   C Les citoyens français de plus de 21 ans.
4. Qui fait usage du premier plébiscite entre 1815 et 1870 ?
   A Napoléon III.
   B Louis-Napoléon Bonaparte.
   C Louis-Philippe.

Exercice 2 **À l'écrit ou à l'oral, complétez le tableau à l'aide des idées clés proposées :**

Type de suffrage : suffrage censitaire masculin • suffrage universel masculin
Pratiques électorales / événement marquant : révolutions • plébiscite • candidats officiels

Régime politique	Chef(s) d'État	Type de suffrage	Pratiques électorales/événement marquant
1815-1848			
1848-1852			
1852-1870			

Je m'auto-évalue

J'ai réussi l'exercice sans regarder ma fiche de révision ou le manuel.	J'ai réussi l'exercice en allant chercher quelques informations dans ma fiche de révision ou le manuel.	J'ai réussi l'exercice en allant chercher les informations dans ma fiche de révision ou le manuel.	J'ai fait l'exercice mais n'ai pas réussi à trouver les informations nécessaires.
Très bonne maîtrise	Maîtrise satisfaisante	Maîtrise fragile	Maîtrise insuffisante

3 J'analyse et je comprends un document : un discours

→ Étudiez ce discours en répondant aux questions.

1 Discours parlementaire de Victor Hugo

Le merveilleux côté du suffrage universel, ce fut d'aller chercher dans les régions douloureuses de la société l'être courbé, l'être froissé qui, jusqu'alors, n'avait eu d'autre espoir que la révolte, et de lui dire : Vote ! ne te bats plus. Ce fut de rendre sa part de souveraineté à celui qui jusque-là n'avait eu que sa part de souffrance ! [...]

Voyez, Messieurs, le suffrage universel, en donnant un bulletin à ceux qui souffrent, leur ôte le fusil. En leur donnant la puissance, il leur donne le calme. [...] Regardez l'ouvrier qui va au scrutin. Il y entre, avec le front triste du prolétaire accablé, il en sort avec le regard d'un souverain. (*Acclamations à gauche. Murmures à droite.*)

Eh bien ! vous, représentants de ce grand peuple, vous, hommes de sagesse et de raison, savez-vous ce que vient faire aujourd'hui cette loi fatale, cette loi aveugle qu'on ose si imprudemment vous présenter ? Elle vient, je le dis avec un frémissement d'angoisse, elle vient proposer à l'Assemblée l'abolition du droit de suffrage pour les classes souffrantes, et, par conséquent, je ne sais quel rétablissement abominable du droit d'insurrection.

D'après V. Hugo, discours parlementaire du 21 mai 1850 devant l'Assemblée nationale.

Biographie

Victor Hugo (1802-1885)

Écrivain, poète, romancier et dramaturge, il est élu député parisien en 1848 et siège auprès des conservateurs. En 1850, il prend ses distances et défend le suffrage universel face au projet de loi qui veut le restreindre.

QUESTIONS

A. Identifier le discours et son point de vue particulier

1. Présentez le document.

B. Comprendre le sens global du discours

2. Expliquez ce qu'a permis le suffrage universel d'après l'auteur.
3. Expliquez ce qui menace le suffrage universel d'après lui.

C. Confronter le discours à ses connaissances

4. Rappelez quand le suffrage universel a été instauré. Quel est alors le nombre d'électeurs ?
5. Quelle catégorie sociale l'auteur semble-t-il oublier ?
6. Dans quel contexte particulier ce discours est-il prononcé ?
7. Sera-t-il entendu ? Justifiez votre réponse.

POINT MÉTHODE — Analyser et comprendre un document

Pour identifier un document et son point de vue

> Utiliser les informations de la source et ce que l'on connaît de l'auteur.

Aide *Les informations utiles sont surlignées en vert ou se trouvent dans la biographie de l'auteur.*

Pour comprendre le sens général d'un document

> Lire attentivement le texte dans son ensemble pour identifier les idées de chaque paragraphe.

Aide *Utilisez et reformulez les informations des deux premiers paragraphes, puis celles du dernier paragraphe.*

Pour confronter le document à ses connaissances

> Utiliser ce que l'on connaît du contexte et du sujet (voir leçon p. 138).

Aide *Rappelez que le suffrage accordé en 1848 est le suffrage universel masculin (voir Atelier p. 134-135), et évoquez la loi du 31 mai 1850 et ses conséquences (voir Se repérer p. 129 et Étude p. 132-133).*

4 Je pratique différents langages : écrire pour argumenter

Sujet : Le droit de vote au XIXe siècle

En groupe, vous rédigerez un développement construit qui explique comment la pratique du droit de vote évolue au cours du XIXe siècle.

Étape 1 Je réfléchis au brouillon avec mon groupe

1. Comprenez le sujet :

Quelles transformations ?

Comment la pratique du droit de vote **évolue-t-elle** au cours du XIXe siècle ?

Quels mots de vocabulaire utiliser ?

Quelles limites chronologiques ?

2. Mobilisez vos connaissances pour répondre à la question en construisant une carte mentale. Vous pouvez suivre ce modèle :

Évolution du vote au XIXe siècle

- Sous la Restauration et la monarchie de Juillet — *Pour construire cette branche, vous pouvez distinguer les deux régimes et préciser :* dates – suffrage – type d'élection – rôle du vote – évolution du suffrage
- Sous la IIe République — *Pour construire cette branche, vous pouvez préciser :* dates – suffrage – premières élections – type d'élection – rôle du vote – évolution du suffrage
- Sous le Second Empire — *Pour construire cette branche, vous pouvez préciser :* dates – suffrage – type d'élection – plébiscite – candidats officiels – rôle du vote

Étape 2 Je rédige les paragraphes du développement construit

Rédigez le texte attendu en trois paragraphes en vérifiant que :
vous commencez chaque paragraphe par un alinéa.

Un peu d'aide ?

Les **paragraphes attendus** correspondent aux branches de la carte mentale réalisée au brouillon.

Chaque membre du groupe peut rédiger un paragraphe ou une partie de paragraphe.

+ Un peu d'aide ?

Reprenez les informations de la carte mentale :

1er paragraphe : Voter sous la Restauration et la monarchie de Juillet (branches violettes)

2e paragraphe : Voter sous la IIe République (branches orangées)

3e paragraphe : Voter sous le Second Empire (branches roses)

Je m'auto-évalue

Pratiquer différents langages : écrire

Je vérifie les objectifs que j'ai atteints :

- ☐ Mon développement est construit en trois paragraphes qui commencent par un alinéa.
- ☐ Chaque paragraphe reprend et organise les informations de la carte mentale.
- ☐ Nous avons rédigé des phrases complètes.

Je m'entraîne
Sujet guidé

Exercice 1 Analyser et comprendre un document

1 Un bureau de vote en Bretagne sous le règne de Napoléon III
Gabriel Gostiaux, lithographie, fin du XIXᵉ siècle, musée municipal d'Avranches.

QUESTIONS

1. Présentez le document.
2. Montrez que les électeurs appartiennent à des catégories sociales différentes.
3. Décrivez la scène A.
4. Relevez les éléments qui montrent que le vote est contrôlé.
5. Rappelez quelle catégorie de la population est exclue du vote. Pour quelles raisons ?

Un peu d'aide ?

- **Pour la question 1**
  Précisez la nature du document, le sujet évoqué, la période concernée et son auteur.
- **Pour les questions 2 à 4**
  Soyez attentif aux détails (vêtements, attitudes, gestes des personnes présentes, mais aussi objets).
- **Pour la question 5**
  Utilisez les connaissances construites dans l'Atelier de l'historien p. 134.

Exercice 2 Pratiquer différents langages

À l'aide de vos connaissances, rédigez un développement construit d'une quinzaine de lignes qui explique les différences entre « Voter sous la monarchie de Juillet » et « Voter sous la IIᵉ République ».

Un peu d'aide ?

Vous pouvez vous appuyer sur les deux organigrammes et sur les mots de la boîte à outils.

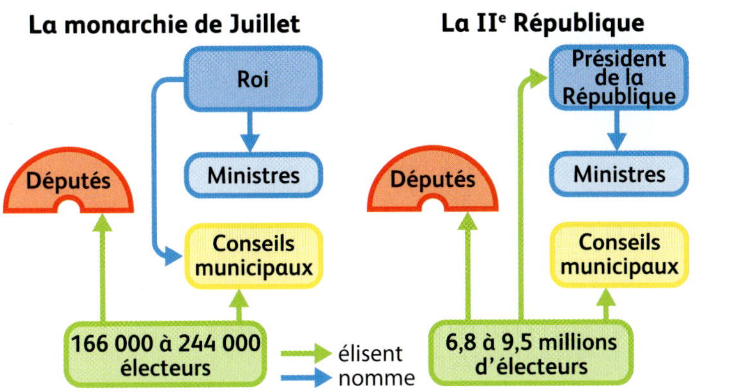

Boîte à outils

- Suffrage censitaire masculin
- Suffrage universel masculin
- Hommes de plus de 25 ans
- Hommes de plus de 21 ans
- Cens
- Loi du 31 mai 1850
- 1830-1848
- 1848-1852

CHAPITRE 7

La IIIe République de 1870 à 1914

Comment, malgré les contestations, la IIIe République s'impose-t-elle en France après 1870 ?

1 Marianne, une représentation féminine de la République

Cette œuvre représente la République A qui surplombe le génie de la Liberté 1 (symbole de l'esprit des Lumières) ainsi qu'une représentation du travail 2, de la justice 3, de l'école 4.

A.-J. Dalou, *Le Triomphe de la République*, groupe **allégorique** en bronze, 12 m de haut, 22 m de long, 12 m de large, inauguré en 1899, place de la Nation, Paris.

Je me repère dans le temps

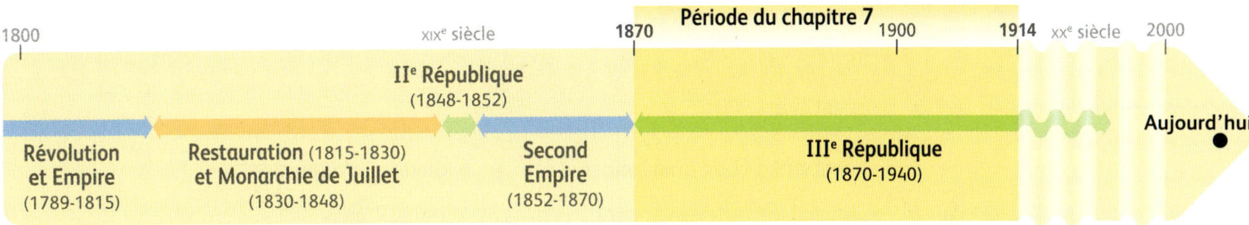

2 Le 14 juillet 1880, la fête nationale à Paris

1 Colonne de la Bastille surmontée du génie de la Liberté.

J. Béraud, *La Marseillaise*, 1880, huile sur toile, 37,5 x 55,8 cm, collection privée.

QUESTIONS

1. **Doc. 1** Comment la République est-elle représentée ? Sur quelles valeurs s'appuie-t-elle ?
2. **Doc. 2** Quels symboles républicains apparaissent sur ce tableau d'une rue parisienne le 14 juillet 1880 ?
3. **Doc. 1** et **2** À quelle période historique ces symboles et valeurs de la IIIe République font-ils référence ?

VOCABULAIRE

- **Allégorie :** représentation, sous forme humaine et/ou animale, d'une valeur ou d'un principe.
- **République :** organisation politique d'un État dans lequel le pouvoir est exercé par les représentants de la population (généralement élus).

Se repérer

Le lent enracinement de la IIIe République (1870-1914)

UNE VIDÉO POUR COMMENCER

hachette-clic.fr/21hg4052

La guerre franco-allemande (1870-1871)

Présentation de l'exposition *France-Allemagne(s) 1870-1871. La guerre, la Commune, les mémoires*, musée de l'Armée, Paris, 2017.

1. Une République fragilisée par des débuts difficiles

Un régime né d'une défaite

- Défaite de Sedan (1er sept. 1870) et abdication de Napoléon III (sept. 1870)
- Siège de Paris (janvier 1870-janvier 1871)
- Territoires annexés par l'Empire allemand (1871)

Un régime contesté

- Commune de Paris (mars-mai 1871)

2. Une République acceptée qui s'enracine à partir des années 1880

- Département à majorité républicaine
- Département à majorité non républicaine

Source : P. McPhee, *A Social History of France, 1780-1880*, Routledge, 1992.

1 Une France qui devient républicaine

Je me souviens

Se repérer dans le temps et dans l'espace

→ Voir les chapitres 3 et 6

1. Quand les deux premières Républiques ont-elles été proclamées ?
2. Quels sont les régimes politiques qui ont dominé le XIXe siècle jusqu'en 1870 ?

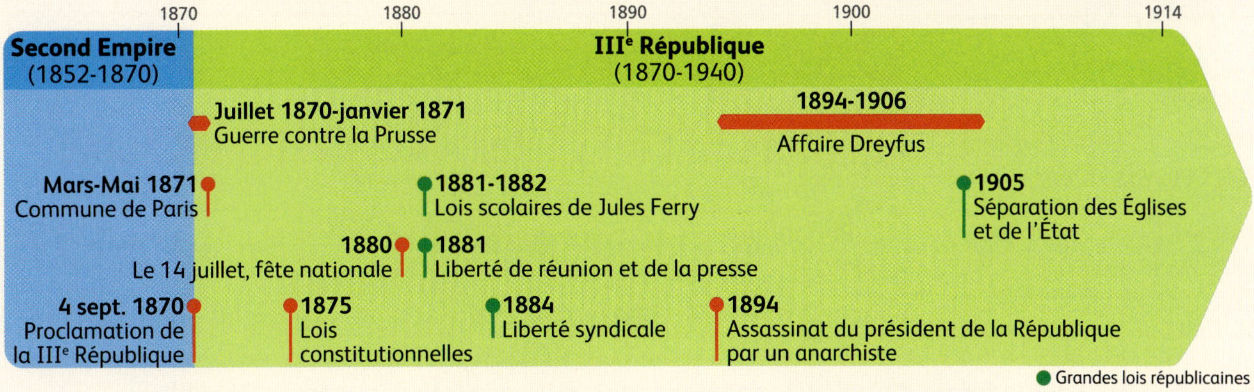

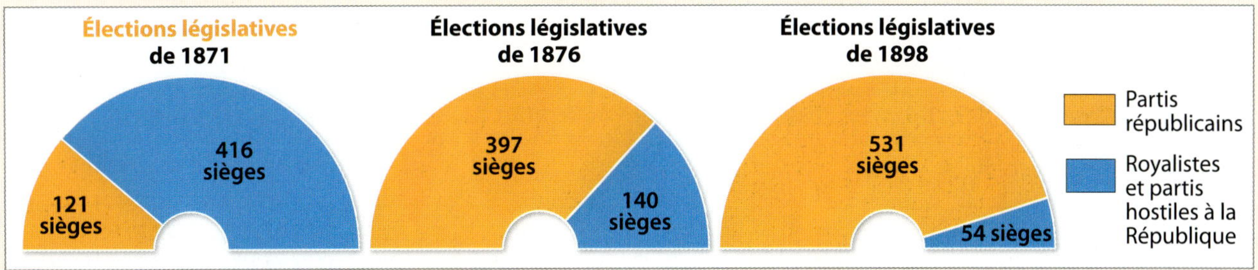

2 **Un enracinement républicain progressif à l'Assemblée nationale**

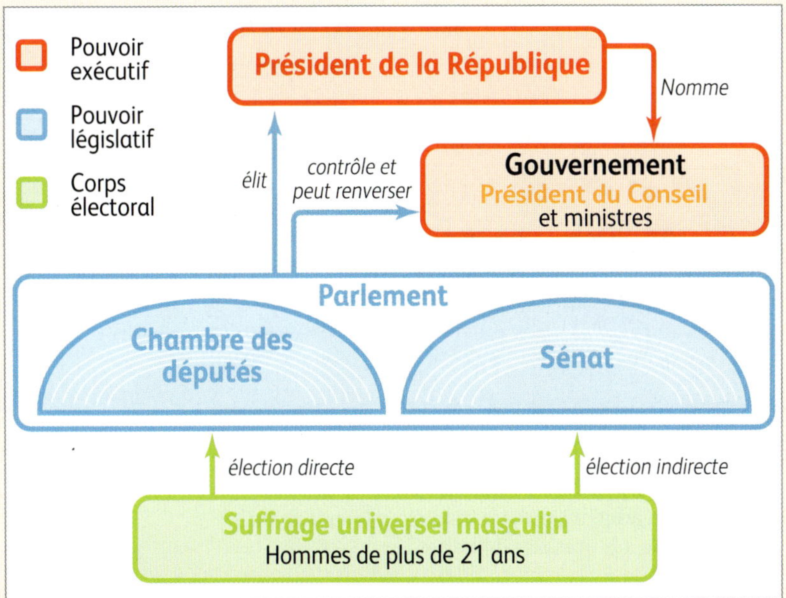

3 **La Constitution de la IIIe République**

Votées en 1875, des lois constitutionnelles organisent la IIIe République, régime démocratique et parlementaire.

VOCABULAIRE

- **Commune de Paris :** gouvernement révolutionnaire parisien qui s'oppose au gouvernement légal.
- **Constitution :** loi fondamentale qui fixe l'organisation d'un État.
- **Démocratie :** système politique où le peuple détient le pouvoir (il est souverain).
- **Élections législatives :** élection des députés.
- **Président du Conseil :** chef du gouvernement sous la IIIe République.
- **Régime parlementaire :** régime politique dans lequel le Parlement contrôle le gouvernement et partage le pouvoir avec lui.

Je découvre

3. Dans quel contexte la République est-elle proclamée le 4 septembre 1870 ?

4. Pourquoi peut-on dire que la République est progressivement acceptée par les Français ?

5. La IIIe République est un régime démocratique et parlementaire. Justifiez cette affirmation.
– Montrez comment les pouvoirs exécutif et législatif s'organisent.
– Précisez qui détient le pouvoir.

Étude

DATES CLÉS

1872 Service militaire obligatoire

1879 *La Marseillaise*, hymne national

1880 Le 14 Juillet, fête nationale

1884 Loi municipale

Des pratiques qui enracinent la République

Tâche complexe

Si la République est instaurée en 1870, ses débuts sont difficiles. Les républicains, majoritaires à l'Assemblée nationale dès 1876, cherchent à la faire accepter par le plus grand nombre.

Votre mission **Sous la forme d'un développement construit, montrez comment la République s'enracine peu à peu dans la vie des Français.**

1 Marianne, allégorie de la République.

1 Défilé des bataillons scolaires, 14 juillet 1883, place de la République (Paris)

Le bataillon scolaire est une institution organisée dans le cadre de l'école publique en France à partir de 1882. Elle a pour but d'initier les élèves dès le jeune âge à la pratique militaire.

Lithographie, 1883, musée Carnavalet, Paris.

2 Fêter le 14 Juillet au village

Le 14 juillet, une grande cérémonie républicaine était célébrée dans la joie. Des jeux – au milieu desquels s'élevait un mât de cocagne – étaient installés sur la place publique. Des compétitions, dont [...] le concours de grimaces ou la course au sac, étaient organisées et faisaient l'objet de prix. Presque tous les enfants du bourg, de nombreux enfants de la campagne, prenaient part aux jeux et aux courses. Et, le soir, un banquet par souscription ne réunissait pas moins de cent convives, dans la grande salle de la mairie [...]. Un discours était prononcé où l'on parlait invariablement de la Bastille ; tout le monde applaudissait de confiance. Une retraite aux flambeaux, un immense feu de joie auprès duquel, spontanément, on chantait *La Marseillaise*, un bal public, terminaient la fête.

Roger Thabault, *Mon village, ses routes, son école*, éditions Delagrave, 1944.

3 Voter, un geste qui s'installe dans la vie des citoyens

A.-H. Bramtot, *Esquisse pour la mairie des Lilas : le suffrage universel*, 1889, huile sur toile, 34,5 x 52 cm, musée des Beaux-Arts de la ville de Paris, Petit Palais.

4 L'école primaire, un passage obligé pour tous

Dans les campagnes, mairie et école, sans mixité, étaient souvent réunies dans un même bâtiment.

Photographie en noir et blanc, Dammarie-les-Lys, début XXe siècle.

5 Le service militaire pour tous

En 1872, le service militaire devient obligatoire pour tous les Français âgés de 19 ans. Chaque conscrit tire au sort la durée de son service (1 à 5 ans). De 1889 à 1905, la durée est fixée à 3 ans pour tous (et 1 an pour les diplômés et les ecclésiastiques).

« Le repas au réfectoire », *Album de photographies de l'infanterie, 1892-1895*, photographie colorisée, musée de l'Armée, Paris.

Un peu d'aide ?

Vous pouvez organiser votre réflexion autour de trois idées :

1. L'instauration par la République d'une fête nationale (**Doc. 1** et **2**).
2. Les moments et lieux qui rythment la vie des citoyens (**Doc. 3**, **4** et **5**).
3. Les symboles républicains qui accompagnent la vie des citoyens (**Doc. 1**, **2**, **3** et **5**).

+ Un peu d'aide ?

Pour chaque document, répondez aux questions du « Pense pas bête ».

PENSE PAS BÊTE

- Quel moment ?
- Quel lieu ?
- Quels symboles républicains ?
- Quel objectif ?

L'atelier de l'historien

L'école diffuse les valeurs de la République

Vous disposez de plusieurs sources concernant l'école. Vous cherchez à comprendre comment l'école a participé à enraciner la République.

Source 1 Les lois scolaires

Art. 1 : Il ne sera plus perçu de rétribution scolaire dans les écoles primaires publiques.

Extrait de la loi Ferry du 16 juin 1881.

Art. 1 : L'enseignement primaire comprend : l'instruction morale et civique; la lecture et l'écriture; l'histoire et la géographie, particulièrement celles de la France; les éléments des sciences naturelles, physiques et mathématiques; leurs applications à l'agriculture, à l'hygiène, aux arts industriels, travaux manuels et usage des outils des principaux métiers; la gymnastique; pour les garçons, les exercices militaires; pour les filles, les travaux à l'aiguille.
Art. 4 : L'instruction primaire est obligatoire pour les enfants des deux sexes âgés de 6 à 13 ans; elle peut être donnée soit dans les établissements publics et privés, soit dans les familles par le père de famille lui-même ou par toute personne qu'il aura choisie.

Extraits de la loi Ferry du 28 mars 1882.

Art. 11 : Toute commune doit être pourvue au moins d'une école primaire publique.
Art. 17 : Dans les écoles publiques de tout ordre, l'enseignement est exclusivement confié à un personnel laïque.

Extraits de la loi Goblet du 30 octobre 1886.

Biographie

Jules Ferry (1832-1893)

Ministre de l'Instruction publique, il est à l'origine des lois scolaires définissant l'école obligatoire et laïque (1881-1882).

VOCABULAIRE

- **Patriotisme :** attachement profond et dévouement à sa patrie, à son pays.

Source 2

Une salle de classe, école primaire à Orbigny (Indre-et-Loire) en 1909

1 Leçon de morale notée au tableau.

2 Carte de France amputée des départements alsaciens et de la Moselle, annexés par l'Allemagne en 1871.

Source 3 Les instituteurs

De jeunes maîtres venaient nous faire la classe. […] Ils étaient toujours prêts à crier « Vive la République ». Nos jeunes maîtres étaient beaux comme des hussards[1] noirs, sveltes, sévères, sanglés, sérieux et un peu tremblants de leur précoce, de leur soudaine toute-puissance. […] Ces instituteurs étaient sortis du peuple, fils d'ouvriers mais surtout de paysans et de petits propriétaires.

Charles Péguy, *L'Argent*, Gallimard, 1913.

1. Soldat de la cavalerie légère.

Source 4

La République dans les manuels scolaires

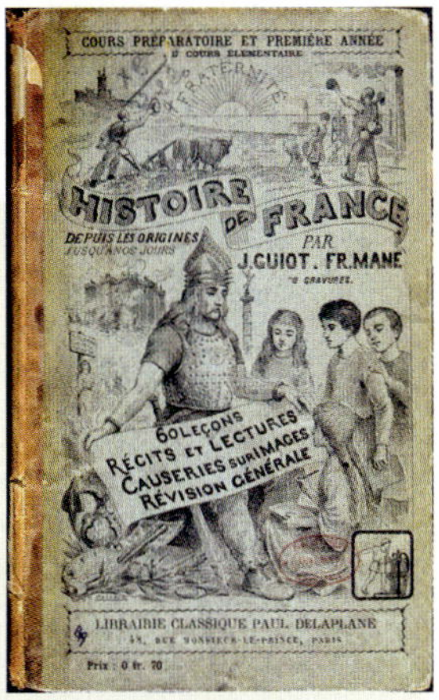

Depuis 1870, la République est le gouvernement légal et définitif de la France. Il n'y a plus eu de révolutions : au contraire, dans chacun des votes, le peuple affirme son entière sympathie pour ce régime qui est pour lui l'idéal. Pourquoi ? Parce que la République continue les traditions de la Révolution, parce que les citoyens français, proclamés égaux, participent tous à la vie publique. […] La République de 1870 assurera définitivement le triomphe des grandes idées de la Révolution.

J. Guiot et F. Mane, *Histoire de France. Cours moyen*, Delaplane, 1911.

Source 5

Un récit national et patriotique enseigné aux enfants

6 LES GAULOIS, LES ROMAINS ET LES FRANCS

Vercingétorix ne voulut pas les laisser mourir de faim. Il aima mieux se rendre à César. Il s'en alla vers le camp des Romains, tout seul.

Vous le voyez au moment où il vient d'arriver devant César, qui est assis sur un siège élevé.

Vercingétorix a jeté son casque et sa lance. A présent, il jette son épée. Cela voulait dire qu'il se reconnaissait vaincu.

VERCINGÉTORIX JETTE SES ARMES DEVANT CÉSAR.

César croyait que Vercingétorix allait le prier de ne pas le faire mourir. Mais Vercingétorix était trop fier pour prier César. Il le regarda bien en face et ne dit pas un mot.

Vercingétorix fut conduit à *Rome*. On l'enferma dans une prison ; c'était une cave presque sans air et sans lumière. Il y resta plusieurs années. Souvent il pensait au temps où il marchait par les chemins de la Gaule, suivi de ses soldats. Et il était bien triste. A la fin, César le fit mourir.

Ernest Lavisse, *Histoire de France. Cours élémentaire*, Armand Colin, 1913.

POINT MÉTHODE La démarche de l'historien

Étape 1 Identifier les documents sources

1. Identifiez les textes de loi, les extraits de manuels scolaires et les témoignages.

Étape 2 Comprendre et confronter les sources

2. **Source 1** Quel article de la loi rend l'école gratuite ? Lequel rend l'instruction obligatoire ?
3. **Sources 1** et **2** Quels articles de la loi la photographie illustre-t-elle ?
4. **Sources 2** et **3** Quelle image est donnée du maître dans ces deux témoignages ?
5. **Sources 1** et **5** Comment l'école de la IIIe République entretient-elle le patriotisme chez les écoliers ?
6. **Source 4** Comment la République est-elle dépeinte aux écoliers ?

Étape 3 Interpréter

7. Montrez comment l'école cherche à susciter l'attachement à la République chez les élèves.

Étude

DATES CLÉS

1894 Dreyfus reconnu coupable d'espionnage pour l'Allemagne

1898 Zola publie « J'accuse », où il demande la révision du procès

1906 Réhabilitation de Dreyfus, qui reçoit la Légion d'honneur

L'affaire Dreyfus, la République menacée ?

Pourquoi l'affaire Dreyfus illustre-t-elle les fragilités de la République ?

Biographie

Alfred Dreyfus (1859-1935)

Français d'origine alsacienne et de confession juive, A. Dreyfus est un officier de l'armée. Il est victime d'une erreur judiciaire qui divise fortement la société française.

1 1894-1906, l'affaire Dreyfus

UN REPORTAGE À ÉCOUTER hachette-clic.fr/21hg4054

2006, un hommage national rendu à Alfred Dreyfus

« Alfred Dreyfus est innocent et pourtant condamné par un tribunal militaire à la déportation au bagne de l'île du Diable. L'affaire devient un combat passionnel pour la justice et pour l'armée, elle divise la France dans une ambiance d'**antisémitisme**. Malgré l'arrestation du vrai coupable, Dreyfus reste emprisonné 4 ans. [...] Ainsi, il a contribué, malgré lui, à restaurer les valeurs de la République et de la justice contre le nationalisme et la raison d'État. »

2e Année. — N° 70 | Paris et Départements, le Numéro CINQ Centimes | Samedi 10 Novembre 1894

LA LIBRE PAROLE
ILLUSTRÉE
La France aux Français!

RÉDACTION 14, Boulevard Montmartre | Directeur : ÉDOUARD DRUMONT | ADMINISTRATION 14, Boulevard Montmartre

A propos de Judas Dreyfus

2 La presse antidreyfusarde

1 Dreyfus représenté comme un animal, le crâne transformé en casque à pointe prussien et le front marqué par l'infamie, prêt à être jeté à l'égout par Drumont 2, directeur du journal.

« À propos de Judas Dreyfus », dessin de Chanteclair, *La Libre Parole illustrée*, 10 novembre 1894.

3 Une opinion publique divisée par l'Affaire

Caran d'Ache, *Un dîner en famille* : « Surtout, ne parlons pas de Dreyfus », « Ils en ont parlé », dessin paru dans *Le Figaro* du 14 février 1898.

Qui est-il ? ▸ Caran d'Ache (1858-1909)
Caricaturiste français antidreyfusard.

4 Émile Zola s'engage dans le camp dreyfusard

Cinq Centimes
ERNEST VAUGHAN
L'AURORE
Littéraire, Artistique, Sociale
ERNEST VAUGHAN
J'Accuse...!
LETTRE AU PRÉSIDENT DE LA RÉPUBLIQUE
Par ÉMILE ZOLA

Monsieur le Président,
La vérité, je la dirai, car j'ai promis de la dire, si la justice, régulièrement saisie, ne le faisait pas. Mon devoir est de parler. Mes nuits seraient hantées par le spectre de l'innocent puni pour un crime qu'il n'a pas commis.
La vérité est en marche et rien ne l'arrêtera. Quand on enferme une vérité sous terre, elle y prend une force telle d'explosion que, le jour où elle éclate, elle fait tout sauter avec elle.
J'accuse le général Mercier[1] de s'être rendu complice d'une des plus grandes injustices du siècle.
J'accuse le général Billot[2] d'avoir eu entre les mains les preuves certaines de l'innocence de Dreyfus et de les avoir étouffées, dans un but politique.
J'accuse les trois experts en écriture d'avoir fait des rapports mensongers et frauduleux.
J'accuse les bureaux de la guerre d'avoir mené dans la presse une campagne pour égarer l'opinion.
J'accuse enfin le premier conseil de guerre d'avoir violé le droit, en condamnant un accusé sur une pièce restée secrète, et j'accuse le second conseil de guerre d'avoir couvert cette illégalité en commettant à son tour le crime juridique d'acquitter volontairement un coupable.

D'après É. Zola, « J'accuse », *L'Aurore*, 13 janvier 1898.

1. Ministre de la Guerre entre 1893 et 1895.
2. Ministre de la Guerre entre 1896 et 1898.

a. Identifier la nature du document et son auteur.

b. À quel personnage important l'auteur s'adresse-t-il ?

c. Pour quelle raison s'adresse-t-il à lui ?

d. Au nom de quelles valeurs prend-il la parole ?

e. Quelle technique utilise-t-il pour marteler ses accusations ?

f. Qui sont les vrais coupables, selon Émile Zola ?

g. Pourquoi ont-ils menti ?

VOCABULAIRE

- **Antidreyfusard :** personne convaincue de la culpabilité de Dreyfus.
- **Antisémitisme :** haine envers les Juifs.
- **Dreyfusard :** partisan de Dreyfus, convaincu de son innocence.

ACTIVITÉS

Parcours 1

Réaliser des productions graphiques

Reproduisez et complétez la carte mentale en poursuivant chacune des trois branches proposées.

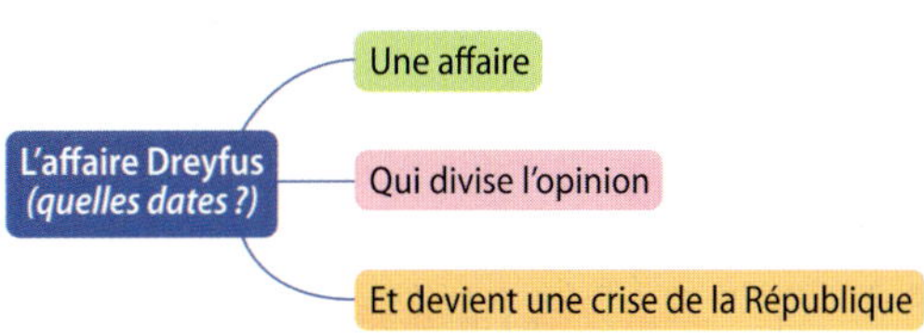

OU

Parcours 2

Extraire des informations pertinentes

1. **Doc. 2** Montrez que la presse antidreyfusarde est antisémite.
2. **Doc. 3** Montrez que l'affaire Dreyfus divise l'opinion et déchaîne les passions.
3. **Doc. 4** Montrez que Zola défend les droits d'un individu face à l'État et l'armée.
4. **Doc. 1, 2** et **3** Quelles sont les fragilités de la République révélées par l'affaire Dreyfus ?

Pour conclure **Pourquoi l'affaire Dreyfus illustre-t-elle les fragilités de la République ?**

Étude

DATES CLÉS

1882 Loi sur la laïcité à l'école

1905 Loi de séparation des Églises et de l'État

EMC
La laïcité pour garantir la liberté de conscience
▶ p. 370

1905, la République devient laïque

Comment la laïcité, malgré des résistances, est-elle mise en place en France ?

a. Sur quel document fondateur des valeurs françaises avez-vous déjà vu le triangle de la raison ?

b. Quel philosophe des Lumières inspire la loi de séparation à Émile Combes ?

c. Qui est représenté de cette manière sur les images chrétiennes ?

d. Qui représente la République ? À quoi la reconnaît-on ?

e. Pourquoi peut-on dire que cette représentation de l'Église est critique ?

f. Comment la séparation est-elle représentée ?

g. À quoi voit-on que cette représentation est anticléricale ?

1 Une vision anticléricale de la loi de séparation de 1905

Anonyme, 1904-1905, lithographie, 37 x 53 cm, musée Jean-Jaurès, Castres.

Qui est-il ? ▶ Émile Combes (1835-1921)

Homme politique français, artisan de la loi de séparation des Églises et de l'État, il est président du Conseil en 1905.

VOCABULAIRE

- **Anticlérical :** qui est opposé à l'influence du clergé dans les affaires publiques.
- **Laïcité :** neutralité à l'égard de toute croyance.

2 La loi de 1905

La loi de séparation des Églises[1] et de l'État est adoptée le 9 décembre 1905.

Art. 1 : La République assure la liberté de conscience. Elle garantit le libre exercice des cultes.

Art. 2 : La République ne reconnaît, ne salarie ni ne subventionne aucun culte. [...]

Art. 12 : Les édifices qui servent à l'exercice public des cultes (cathédrales, églises, chapelles, temples, synagogues, etc.) sont et demeurent propriétés de l'État, des départements, des communes. [...]

Art. 28 : Il est interdit d'élever ou d'apposer aucun signe ou emblème religieux sur les monuments publics, à l'exception des édifices servant au culte, des monuments funéraires, ainsi que des musées ou expositions.

D'après la loi du 9 décembre 1905.

1. Institutions et communautés religieuses.

3 La laïcité : une nécessité pour les républicains

Le premier devoir d'une République est de faire des républicains, et l'on ne fait pas un républicain comme on fait un catholique. Pour faire un catholique, il suffit de lui imposer la vérité toute faite : la voilà, il n'a plus qu'à l'avaler.

Le maître a parlé, le fidèle répète. Je dis catholique, mais j'aurais dit tout aussi bien protestant ou un croyant quelconque.

Pour faire un républicain, il faut prendre l'être humain le plus inculte, le travailleur le plus fatigué par l'excès de travail, et lui donner l'idée qu'il faut penser par lui-même, qu'il ne doit ni foi, ni obéissance à personne, que c'est à lui de rechercher la vérité et non pas à la recevoir toute faite d'un maître, d'un directeur, d'un chef.

D'après F. Buisson, discours au congrès du parti radical, 1903.

Qui est-il ? ▸ Ferdinand Buisson (1841-1932)
Philosophe, éducateur et homme politique français partisan d'un enseignement laïque.

4 Protestation contre l'inventaire des biens de l'Église consécutif à la loi de 1905

Lecture de protestation contre l'inventaire des biens de son église, par le curé du village pyrénéen de Cominac, près d'Oust (Haute-Ariège), 1906.

Carte postale, 1906.

ACTIVITÉS en groupe

Coopérer et mutualiser

Étape 1 **Organisez-vous en groupes de 4 ou 5. Au sein de chaque groupe, partagez-vous en deux équipes :**

Équipe 1

Une République laïque

1. **Doc. 3** Pourquoi faut-il détacher la République de la religion, selon l'auteur ?
2. **Doc. 2** La loi de 1905 permet de séparer les Églises de l'État. Justifiez cette affirmation à l'aide de deux éléments.
3. **Doc. 1** Montrez que cette loi se veut l'héritière de la pensée des philosophes des Lumières.

Équipe 2

Des oppositions

1. **Doc. 1** et **3** Quelle Église est la plus concernée par la loi de 1905 ?
2. **Doc. 1** Qu'est-il reproché à l'Église catholique pour justifier la loi de 1905 ?
3. **Doc. 4** Quelles formes prend l'opposition à la loi ?

Étape 2 **Présentez à l'autre équipe votre travail afin de construire une réponse commune et organisée à la question suivante : Comment la laïcité a-t-elle été mise en place en France ?**

Histoire des ARTS

Marianne, visage symbolique de la République

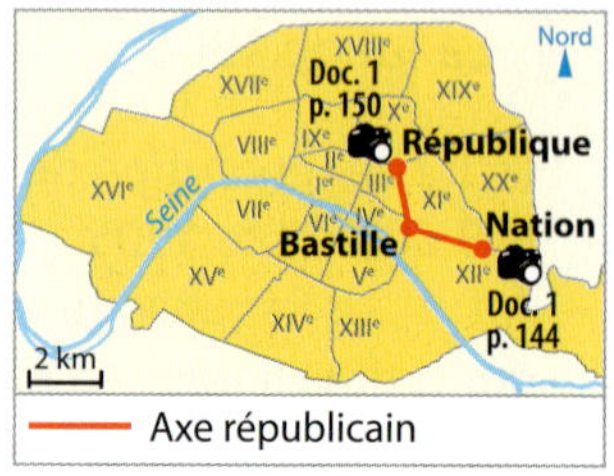

Comment la figure de Marianne traduit-elle l'affirmation de la République et de ses symboles ?

1 Statue de la République, place de la République (Paris)

Le lion devant une urne représente le suffage universel masculin.

Marianne coiffée du bonnet phrygien, symbole de la liberté. Elle porte la couronne de laurier, symbole de la victoire. Elle s'appuie sur les Droits de l'homme et brandit le rameau d'olivier, symbole de la paix.

L'**Égalité** avec son niveau de charpentier tient le drapeau avec le sigle RF (République française).

Sous les statues, des plaques de bronze rappellent les grandes dates de l'histoire de la République française depuis 1789 jusqu'au 14 juillet 1880, première fête nationale officielle[1].

1. Elle commémore à la fois les 14 juillet 1789 (prise de la Bastille) et 1790 (fête de la Fédération).

FICHE D'IDENTITÉ DE L'ŒUVRE

Date de création : 1881

Date d'inauguration : 1883

Catégorie de monument : **allégories** politiques

Type d'œuvre : statue

Matériau : bronze

Hauteur : 9,5 mètres

Localisation : place du Château d'Eau, devenue place de la République depuis 1879

Sculpteur : Léopold Morice (1846-1920)

Architecte : François-Charles Morice (1848-1905)

La **Fraternité,** troisième allégorie avec deux enfants.

La **Liberté** avec ses chaînes brisées lève le flambeau, symbole de la raison qui guide la République et les citoyens vers le progrès.

2 L'inauguration de la statue le 14 juillet 1883

En venant, au nom du conseil municipal de Paris, saluer l'image de la République, j'ai pour devoir de rendre un éclatant hommage à la mémoire des citoyens courageux qui n'ont cessé de lutter pour elle et qui sont morts pour sa défense. Héritiers du passé, pleins de confiance dans l'avenir, en élevant ce monument, nous avons voulu, une fois de plus, affirmer notre profond dévouement à la République et notre foi dans la liberté. Aujourd'hui, la République existe ; des partis hostiles peuvent l'attaquer, mais elle n'a rien à redouter parce qu'elle a pour bases le suffrage universel et la souveraineté du peuple.

Au nom du conseil municipal de Paris, j'adresse mes vives félicitations à MM. Morice qui, après quatre années d'un travail assidu et pénible, ont doté la ville de Paris de l'œuvre que vous admirez en ce moment. La grande cité républicaine devait prendre l'initiative de la première statue de la République. Son œuvre est terminée et, au nom de la population parisienne, nous la remettons à la France. Vive la République !

D'après le discours de H. Mathé, président du conseil municipal de Paris, le 14 juillet 1883.

Point ARTS

- **Allégorie :** œuvre permettant de représenter une idée en lui donnant une forme humaine et/ou animale. Depuis la Révolution, la République est ainsi représentée sous les traits d'une femme, Marianne, contraction de Marie et Anne, prénoms alors très populaires.

POINT MÉTHODE Identifier et analyser des œuvres d'art

Étape 1 Identifier une œuvre

1. **Doc. 1** et **Fiche d'identité** Présentez l'œuvre (date, nature, taille, créateur, localisation, commanditaire, etc.).

Étape 2 Décrire et comprendre

2. **Doc. 1** Après avoir précisé quelles valeurs républicaines sont représentées, expliquez ce qui permet de les reconnaître.
3. **Doc. 1** Identifiez les autres symboles de la République.
4. **Doc. 1** Précisez où et comment son histoire est représentée.
5. **Doc. 1** et **Doc. 2** Relevez deux éléments de l'œuvre qui permettent d'illustrer le passage souligné dans le texte.

Étape 3 Exprimer sa sensibilité

6. **Doc. 1** et **Doc. 1 p. 144**. Laquelle des deux statues préférez-vous ? Justifiez votre avis.

Leçon

La IIIe République de 1870 à 1914

Comment, malgré les contestations, la IIIe République s'impose-t-elle en France après 1870 ?

Podcast de la leçon
hachette-clic.fr/21hg4055

1 La difficile naissance de la IIIe République (1870-1879)

› **La République est proclamée le 4 septembre 1870** au moment de la chute du Second Empire de Napoléon III (1852-1870) et de la défaite face à la Prusse. **Les débuts de la IIIe République sont difficiles et incertains.**

› **Les royalistes sont majoritaires à l'issue des premières élections** et très critiques vis-à-vis du nouveau régime. D'autre part, les révolutionnaires de la Commune de Paris refusent l'autorité du gouvernement même si celui-ci est issu d'élections démocratiques.

› Pourtant, **la République réussit à s'imposer.** Les lois constitutionnelles de 1875 organisent un régime parlementaire que les républicains dominent définitivement à partir de 1879.

2 L'enracinement progressif de la République (1879-1899)

› Le **vote des grandes lois républicaines** permet d'établir les libertés d'expression, de presse (1881) et la liberté syndicale (1884). La vie démocratique est rythmée par **des élections régulières** qui, à toutes les échelles (communes, cantons, etc.), sont **remportées majoritairement par les républicains.**

› Une nouvelle culture politique s'impose progressivement grâce à la diffusion de **symboles** (Marianne, *La Marseillaise*, etc.), la construction de **lieux** (la mairie, la caserne, etc.) et l'organisation de **fêtes** (14 Juillet) qui **permettent de célébrer la République.**

› L'école devient l'outil principal de la diffusion des principes, des valeurs et des symboles de la République. Les lois scolaires de Jules Ferry (1881-1882) établissent **l'école primaire gratuite, laïque et obligatoire.**

› Pourtant, la République est confrontée à de nombreuses crises, comme **l'affaire Dreyfus.** Elles révèlent un antiparlementarisme et une violence utilisés par certains opposants au régime républicain (assassinat du président de la République Sadi Carnot par un anarchiste en 1894).

3 L'apogée de la République (1899-1914)

› Dans les années 1900, **la République est solidement enracinée.** Elle a su surmonter les crises et emporter le soutien de la grande majorité des Français, qui adhèrent aux valeurs républicaines.

› Avec la **loi de séparation des Églises et de l'État de 1905,** l'État garantit la liberté de conscience pour tous. Il s'agit du principe de laïcité. Cette loi divise les Français. Les catholiques s'y opposent, parfois violemment. Toutefois, l'adhésion républicaine reste majoritaire et le régime sort renforcé de la crise.

› À la veille de la Première Guerre mondiale, **la République,** ses valeurs et ses principes se sont largement diffusés et font presque **consensus au sein de la société française.**

VOCABULAIRE

- **Anarchisme :** idéologie hostile aux lois et à l'État.
- **Antiparlementarisme :** courant politique opposé au régime parlementaire.
- **Laïcité :** neutralité à l'égard de toute croyance.
- **Régime parlementaire :** régime politique dans lequel le Parlement contrôle le gouvernement et partage le pouvoir avec lui.
- **République :** organisation politique d'un État dans lequel le pouvoir est exercé par les représentants de la population (généralement élus).

Schéma de la leçon

La IIIe République de 1870 à 1914

1 La difficile naissance de la IIIe République (1870-1879)

La proclamation de la République

- Le 4 septembre 1870

Un contexte difficile

Élections législatives de 1871

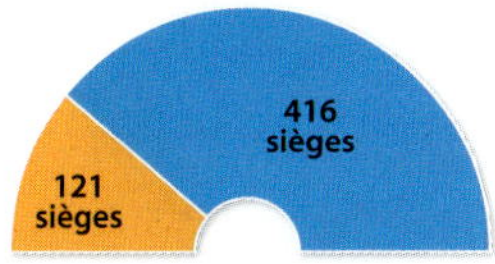

- Guerre contre la Prusse
- Royalistes majoritaires
- Commune de Paris

Une République qui finit par s'imposer

Élections législatives de 1876

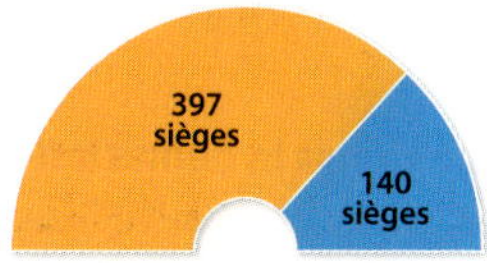

- Lois constitutionnelles (1875)
- Républicains majoritaires (à partir de 1876)

2 L'enracinement progressif de la République (1879-1899)

De grandes lois républicaines

- Pour garantir les libertés
- Pour garantir une instruction pour tous

Une nouvelle culture politique

- Des symboles
- Des lieux, des fêtes, des gestes

Un enracinement malgré des crises

- Affaire Dreyfus (1894-1906)

3 L'apogée de la République (1899-1914)

Des principes affirmés : la République devient laïque

- 1882 : école publique laïque
- 1905 : loi de séparation des Églises et de l'État

Une adhésion générale aux valeurs de la République

Malgré :
- Antisémitisme d'une partie de la population
- Opposition catholique face à la laïcité

Dates clés

4 septembre 1870 Proclamation de la République

1875 Lois constitutionnelles fixant l'organisation de la République

1881 Loi sur la liberté de la presse

1881-1882 Lois scolaires de Jules Ferry

1894-1906 Affaire Dreyfus

1905 Loi de séparation des Églises et de l'État

J'apprends & je construis mes compétences

Exercices interactifs
hachette-clic.fr/21hg4056

1 Je fais ma fiche de révision

Utilisez les rubriques suivantes pour réaliser votre fiche de révision sur le support de votre choix.

Le vocabulaire

Je connais la définition des mots suivants :

- République
- Régime parlementaire
- Antisémitisme
- Dreyfusard/Antidreyfusard
- Laïque/Laïcité
- Démocratie

Les repères historiques et géographiques

- **Je connais les dates suivantes :** Proclamation de la IIIe République • Lois Jules Ferry • Affaire Dreyfus • Loi de séparation des Églises et de l'État
- **Je nomme et localise** les départements devenus allemands en 1871.

Les acteurs et les symboles

Je précise le nom et ce que vous savez du personnage et du symbole suivants :

1

2

Fiche des symboles républicains à compléter
hachette-clic.fr/21hg4057

2 Je teste mes connaissances

Exercices à compléter
hachette-clic.fr/21hg4058

Exercice 1 **Associez les numéros sur la frise avec les faits. Pour chaque fait, vous préciserez la date (ou les dates) qui lui correspond(ent) :**

Lois Ferry • affaire Dreyfus • lois constitutionnelles • loi de séparation des Églises et de l'État • proclamation de la République.

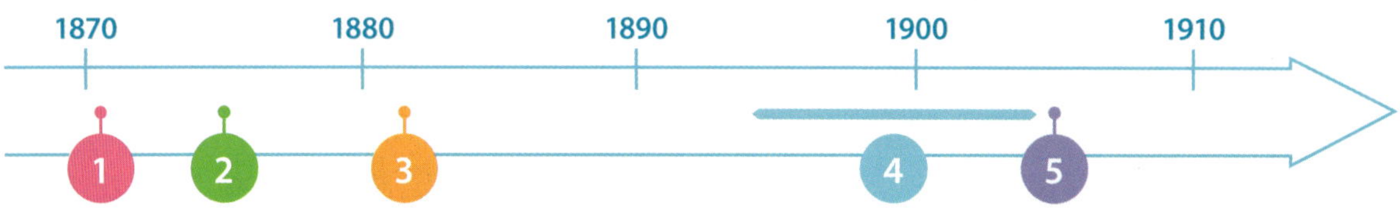

Exercice 2 **Nommez les deux lieux montrés par les photographies et précisez le rôle qu'ils jouent dans la République.**

1

2

Je m'auto-évalue

J'ai réussi l'exercice sans regarder ma fiche de révision ou le manuel.	J'ai réussi l'exercice en allant chercher quelques informations dans ma fiche de révision ou le manuel.	J'ai réussi l'exercice en allant chercher les informations dans ma fiche de révision ou le manuel.	J'ai fait l'exercice mais n'ai pas réussi à trouver les informations nécessaires.
Très bonne maîtrise	Maîtrise satisfaisante	Maîtrise fragile	Maîtrise insuffisante

3 Je pratique différents langages : écrire pour argumenter

Sujet : L'affaire Dreyfus

À l'aide de vos connaissances, rédigez un développement construit qui explique pourquoi l'affaire Dreyfus est un moment important de la IIIe République.

Étape 1 Je réfléchis au brouillon

1. Comprenez le sujet et mobilisez vos connaissances en répondant aux questions du schéma.

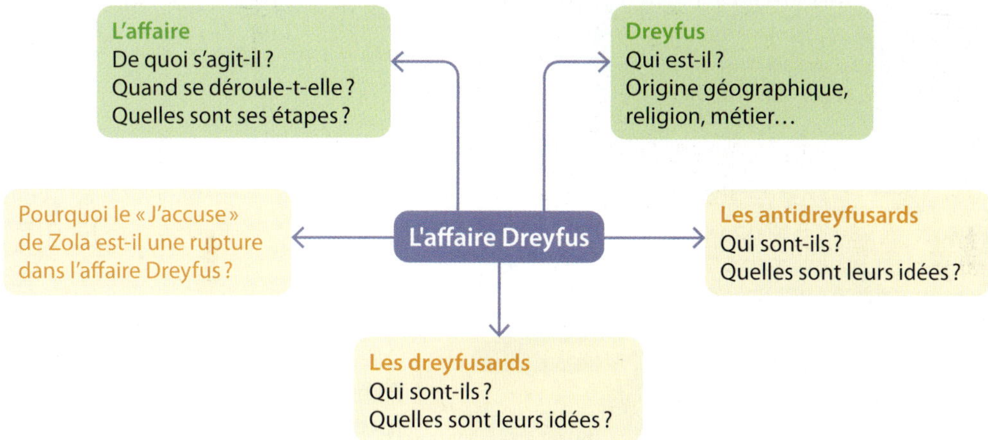

Étape 2 Je rédige le développement construit

2. Rédigez votre texte en vérifiant que :
- Vous organisez vos idées en paragraphes.
- Vous commencez par une introduction.

Un peu d'aide ?

Rédigez **deux paragraphes** en reprenant les réponses aux questions du schéma.

Un peu + d'aide ?

Reprenez les informations du schéma.

1er paragraphe : Le déroulement de l'Affaire (cases vertes)

2e paragraphe : Une affaire qui divise la société (cases orange)

Je m'auto-évalue

Pratiquer différents langages : écrire

Je vérifie les objectifs que j'ai atteints :

☐ Mon développement est construit en trois paragraphes qui commencent par un alinéa.
☐ Chaque paragraphe reprend et organise les informations du schéma.
☐ J'ai rédigé des phrases complètes.

4 J'analyse et je comprends une image

→ Étudiez l'image en répondant aux questions.

1 Affiche pour *La Lanterne*, journal anticlérical, 1902
L'édifice représenté est la basilique du Sacré-Cœur, construite à Paris à la fin du XIXe siècle. Il est le symbole de l'influence du catholicisme sur la France de l'époque.

QUESTIONS

A. Identifier l'image et son point de vue particulier

1. Présentez le document.
2. Que signifie « journal anticlérical » ?

B. Comprendre le sens de l'image

3. Comment reconnaît-on que le personnage est un prêtre ?
4. Quelle impression l'auteur veut-il donner de la religion ? Justifiez à partir des éléments de l'affiche.

C. Confronter l'image à ses connaissances

5. Au moment où cette affiche est dessinée, l'État et les Églises sont-ils séparés ?
6. Que nous apprend cette affiche sur les relations entre certains républicains et le catholicisme au début du XXe siècle ?

POINT MÉTHODE – Analyser et comprendre un document

Pour identifier un document

> Utiliser les informations de la source.
Aide *Elles sont surlignées en vert.*

Pour comprendre le sens général d'une image

> Observer attentivement dessins et inscriptions.
Aide *Repérez le prêtre, les éléments dessinés ou écrits qui lui sont associés.*

Pour confronter l'image à ses connaissances

> Utiliser ce qu'on connaît du sujet (voir leçon p. 158).
Aide *Utilisez vos observations pour qualifier les relations entre républicains et catholiques.*

Je m'entraîne
Sujet guidé

Exercice 1 Analyser et comprendre un document

1 Les limites de l'école publique, gratuite et obligatoire

Vers 1910, j'avais obtenu mon certificat d'études, et la question se posait : quel métier apprendre ? Je désirais passionnément devenir instituteur, tant j'aimais l'ambiance de la classe et éprouvais une grande admiration pour mes maîtres. J'aidais déjà ma sœur à faire ses devoirs et à apprendre ses leçons. À mes yeux, c'était le plus beau des métiers. J'en parlai à mon père. Sa première réaction fut brutale. Voyant mes larmes prêtes à jaillir devant mon rêve qui, d'un seul coup, s'écroulait, il regretta sa réponse et m'expliqua que les études coûtaient très cher et qu'il était trop pauvre pour les payer, que j'étais devenu grand et qu'il fallait commencer à gagner mon pain. J'entrai donc comme apprenti mouleur à la fonderie, celle-là même où mon père travaillait.

D'après F. Grenier, *Ce bonheur-là... De l'horizon d'un homme à l'horizon de tous*, Éditions sociales, 1974.

QUESTIONS

1. Présentez le texte.
2. Quelles sont les lois qui ont permis de rendre l'école publique, gratuite et obligatoire ?
3. Quelles raisons poussent le narrateur à vouloir devenir instituteur ?
4. Pour quels motifs le père refuse-t-il le choix de son fils ?
5. À l'aide de vos connaissances, expliquez quelle est l'importance de l'école dans l'enracinement de la IIIe République.

Un peu d'aide ?

- Pour la **question 1**
  Précisez la nature du document, le sujet évoqué, la période concernée et son auteur.
- Pour les **questions 1** et **5**
  Reportez-vous à l'atelier de l'historien page 152.
- Pour les **questions 2** et **3**
  Repérez les éléments de réponse dans le texte afin de les reformuler.

Exercice 2 Pratiquer différents langages

Sous la forme d'un développement construit d'une vingtaine de lignes, montrez comment la IIIe République s'est imposée et enracinée durablement malgré des difficultés.

Pense pas bête

1. Je repère et je définis les mots clés
IIIe République – enracinement

2. Je délimite le sujet
Où ? Quand ?

3. Je mobilise les connaissances nécessaires
Affaire Dreyfus • grandes lois républicaines • contexte de la naissance du régime • débat sur la laïcité • élections législatives...

4. J'organise mon développement
I. Un lent enracinement...
II. ... malgré des difficultés

CHAPITRE 8

La condition féminine dans une société en mutation

Quelle est la condition des femmes au XIXe siècle et comment certaines femmes la remettent-elles en cause ?

1 Une famille bourgeoise
E.-B. Debat-Ponsan, *Avant le bal*, vers 1886, huile sur toile, 87 x 65,5 cm, musée des Beaux-Arts, Tours.

Je me repère dans le temps

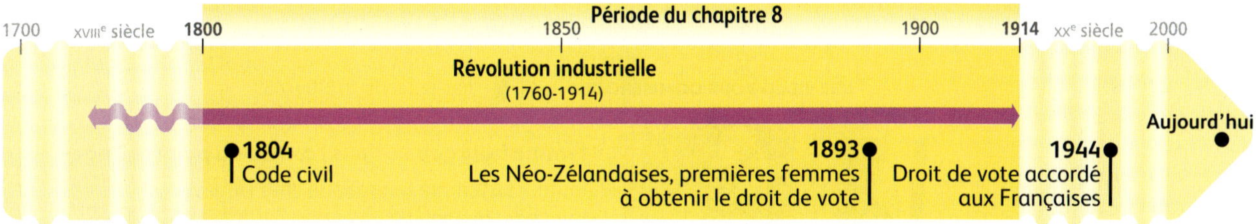

2 **Une manifestation de femmes**

Une manifestation **suffragiste**, en faveur du droit de vote des femmes, à Paris, le 5 juin 1914. La société Le Suffrage des femmes a été fondée en 1876 par Hubertine Auclert.

VOCABULAIRE

- **Suffragiste :** favorable au droit de vote des femmes et à leur éligibilité.

QUESTIONS

1. **Doc. 1** Quelle image le tableau donne-t-il des femmes ?
2. **Doc. 2** Que réclame cette manifestation ? Pourquoi ?
3. **Doc. 1** et **2** À votre avis, quel est le rôle attribué aux femmes par la société au XIXe siècle ?

Se repérer

Les femmes au XIXe siècle

UNE VIDÉO POUR COMMENCER hachette-clic.fr/21hg4059

La femme bourgeoise dans l'œuvre du peintre Degas

F. Siouffi, « La femme bourgeoise chez Degas », Histoire par l'image.
Quatre œuvres conservées au musée d'Orsay, à Paris, présentent la vision très codifiée que les peintres donnaient de la femme bourgeoise au XIXe siècle.

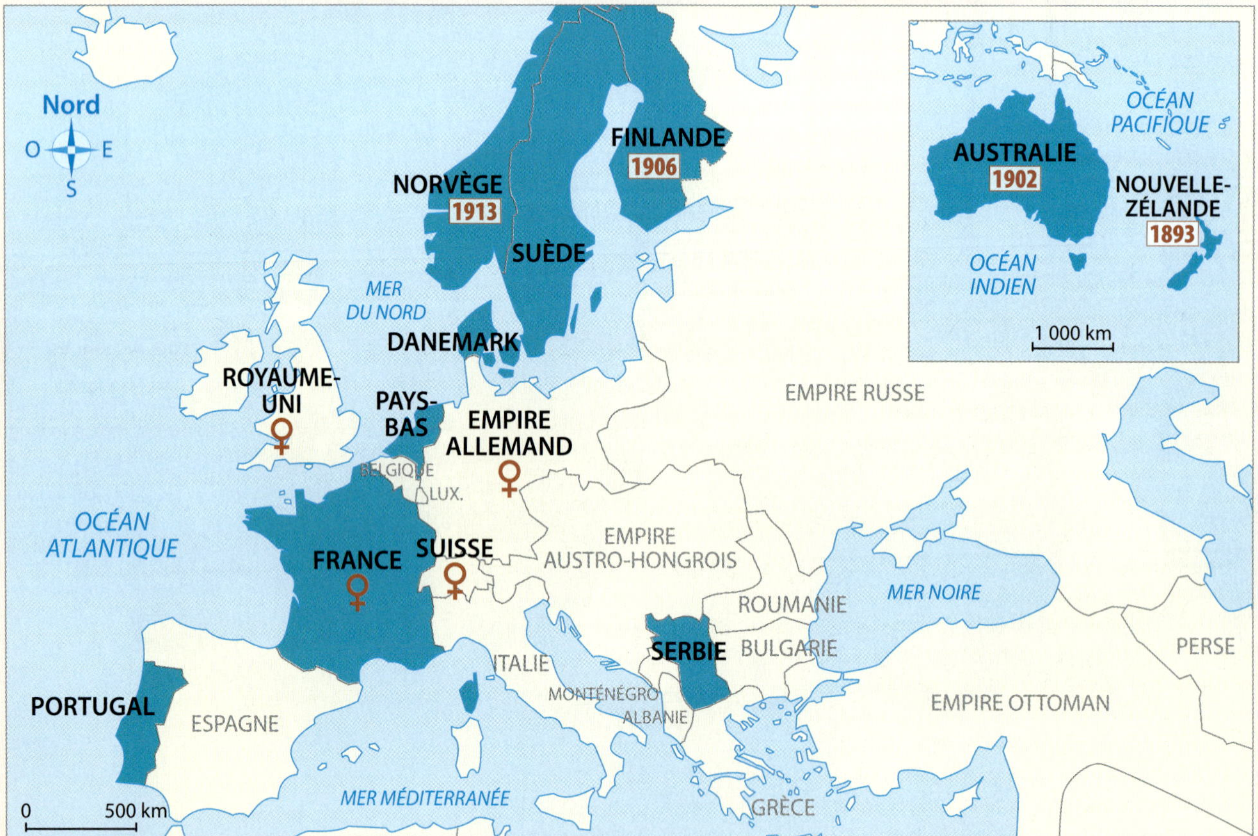

1893 Pays où les femmes ont obtenu le droit de vote
Pays ayant accordé le suffrage universel masculin
♀ Pays avec une forte activité féministe

1 Mouvements féministes et vote des femmes en 1914

Je me souviens

Se repérer dans le temps et dans l'espace
→ Voir les chapitres 2, 3 et 6

1. Citez le nom d'une femme des Lumières.
2. Citez une femme qui réclame l'égalité des hommes et des femmes dès la Révolution française.
3. Rappelez à quel moment les hommes obtiennent le suffrage universel en France.

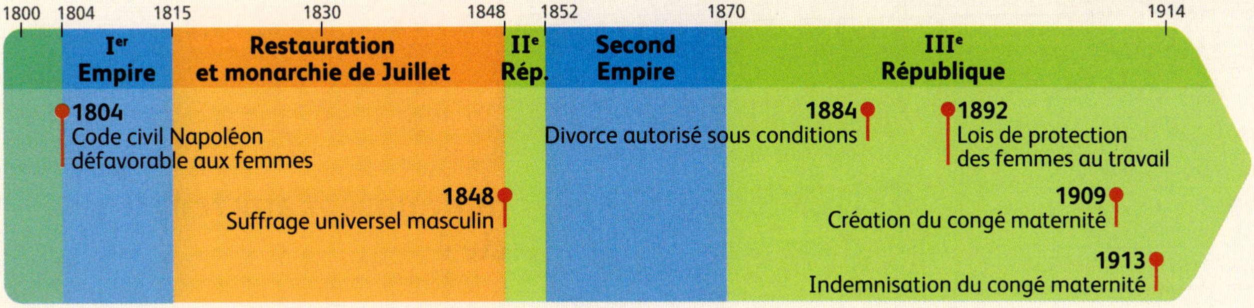

2 Un accès inégal à l'instruction

a. **Les résultats au certificat d'études**

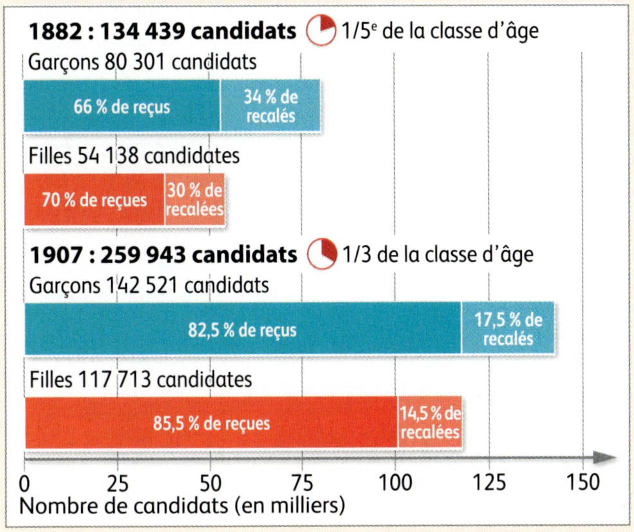

Diplôme passé à la fin de l'enseignement élémentaire en France, entre 11 et 13 ans.

b. **L'accès aux lycées**

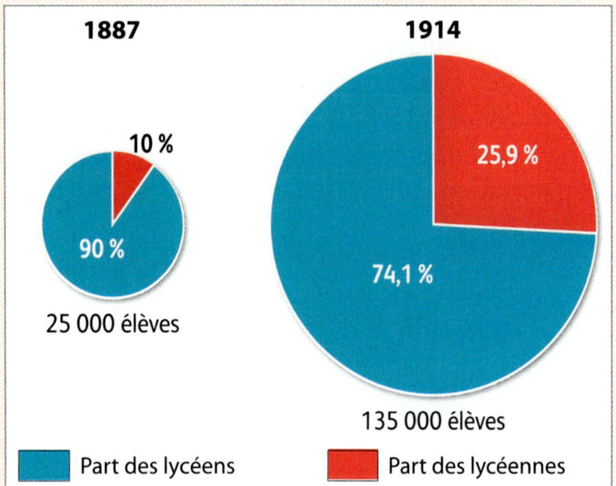

Source : D. Dinet, « L'éducation des filles de la fin du XVIIIe siècle à 1918 », *Revue des sciences religieuses*, 2011.

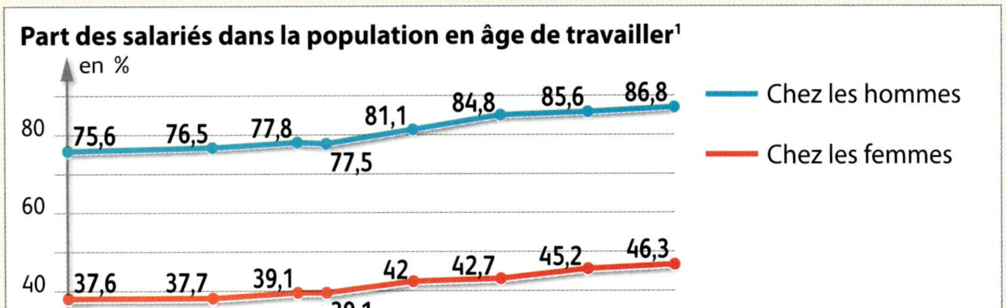

1. Pour comprendre le graphique : en 1806, pour 100 femmes en âge de travailler, 37,6 étaient salariées et pour 100 hommes en âge de travailler, 75,6 étaient salariés

Source : d'après O. Marchand et C. Thélot, *Deux siècles de travail en France*, étude Insee, 1991.

3 Les femmes et le travail salarié

Je découvre

4. Que pouvez-vous dire du droit de vote des femmes au XIXe siècle ?

5. Que pouvez-dire de la formation et de l'emploi des femmes au XIXe siècle ?

6. Selon vous, comment évolue la situation des femmes au XIXe siècle ?

Étude

DATES CLÉS

- **1804** Code civil
- **1816** Divorce interdit
- **1884** Divorce autorisé sous conditions
- **1907** Les femmes mariées peuvent disposer librement de leur salaire

Les femmes, un statut inférieur dans la loi

Quelles inégalités sont imposées aux femmes dans la loi au XIXe siècle ?

1 Le Code civil et les femmes

Art. 213 : Le mari doit protection à sa femme, la femme obéissance à son mari.

Art. 308 : La femme contre laquelle la séparation de corps sera prononcée pour cause d'adultère sera condamnée par le même jugement, et sur réquisition du ministère public, à la réclusion dans une maison de correction pendant un temps déterminé, qui ne pourra être moindre de trois mois ni excéder deux années.

Art. 1421 : Le mari administre seul les biens de la communauté. Il peut les vendre sans le concours de sa femme.

D'après le Code civil de 1804.

2 Une manifestation en faveur du divorce

H. Daumier, *Les Divorceuses*, série de six lithographies publiées dans *Le Charivari*, 4 août 1848.

a. Relevez l'auteur, le titre et la date de la caricature.

b. Décrivez la femme qui parle à la tribune.

c. Décrivez l'attitude des autres femmes.

d. Relevez dans la légende les mots qui font référence au vocabulaire de la Révolution française.

e. Montrez comment l'auteur procède pour décrédibiliser le combat des femmes pour le rétablissement du droit au divorce ?

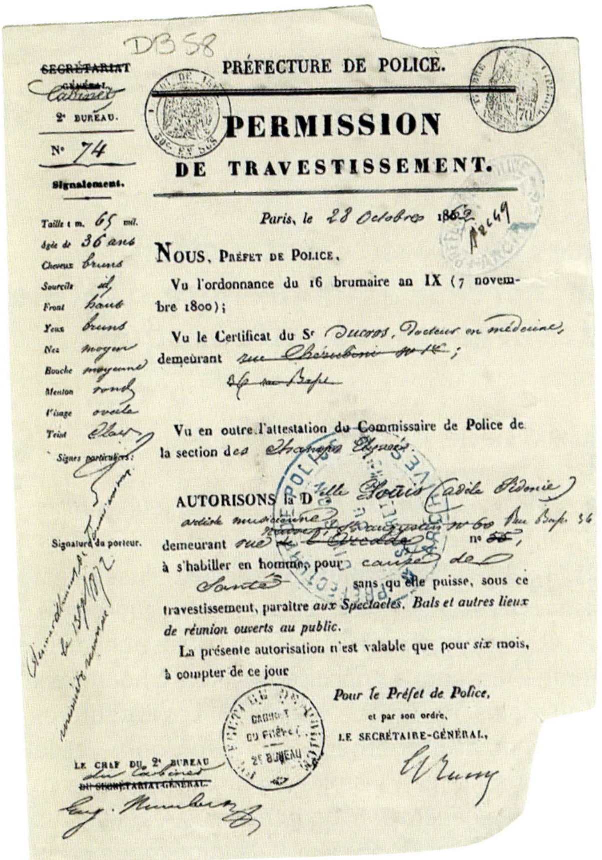
SECRÉTARIAT GÉNÉRAL — 2e BUREAU. N° 74

PRÉFECTURE DE POLICE.

PERMISSION DE TRAVESTISSEMENT.

Signalement. Taille 1 m. 65 mil. Âgée de 36 ans. Cheveux bruns. Sourcils id. Front haut. Yeux bruns. Nez moyen. Bouche moyenne. Menton rond. Visage ovale. Teint clair. Signes particuliers :

Paris, le 28 Octobre 1862

NOUS, PRÉFET DE POLICE,

Vu l'ordonnance du 16 brumaire an IX (7 novembre 1800) ;

Vu le Certificat du Sr Ducros, Docteur en médecine, demeurant ;

Vu en outre l'attestation du Commissaire de Police de la section des Champs Élysées,

AUTORISONS la Dlle Louis (Adèle Sidonie) artiste musicienne demeurant n°

à s'habiller en homme pour cause de santé sans qu'elle puisse, sous ce travestissement, paraître aux *Spectacles, Bals et autres lieux de réunion ouverts au public.*

La présente autorisation n'est valable que pour *six* mois, à compter de ce jour.

Pour le Préfet de Police, et par son ordre, LE SECRÉTAIRE-GÉNÉRAL,

LE CHEF DU 2e BUREAU du Cabinet

Signature du porteur.

3 L'interdiction du pantalon

La loi interdit le port du pantalon pour les femmes, mais elles peuvent demander une autorisation spéciale.

Permission de travestissement à Mlle Adèle Sidonie Louis, accordée par le préfet de police pour raison de santé, le 28 octobre 1862, archives de la préfecture de police de Paris.

4 Les suffragettes françaises réclament le droit de vote pour les femmes en 1910

5 Le vote des femmes en débat

À l'heure actuelle, au sujet du vote des femmes, tous les partis politiques semblent aussi indécis. La gauche redoute que les femmes ne soient trop conservatrices ; la droite qu'elles ne deviennent trop révolutionnaires ; le centre qu'elles ne remplacent l'ordre, l'équilibre, le bon sens, par la passion et le sentiment…

Louis Marin, *La Revue*, 1er juillet 1910.

VOCABULAIRE

- **Code civil :** ensemble des lois qui réglementent les relations entre les citoyens, et notamment au niveau de la famille.
- **Suffragette :** femme revendiquant le droit de vote de manière active et publique.

ACTIVITÉS

Parcours 1

Extraire des informations pertinentes

1. **Doc. 1**, **3** et **4** Montrez que les femmes n'avaient pas les mêmes droits que les hommes.
2. **Doc. 1** et **2** Selon vous, pourquoi les femmes veulent-elles le rétablissement du divorce ?
3. **Doc. 4** Comment les femmes luttent-elles pour l'égalité des droits avec les hommes ?
4. **Doc. 5** Quels sont les différents arguments présentés contre le vote des femmes ? Qu'en pensez-vous ?

OU

Parcours 2

S'exprimer à l'oral

Préparez une intervention orale pour montrer :

- Les inégalités femmes-hommes dans la loi au cours du XIXe siècle (**Doc. 1**, **3** et **4**).
- Les arguments contre le vote des femmes (**Doc. 5**).
- Comment certaines femmes ont réclamé l'égalité des droits (**Doc. 2**, **4** et **5**).

Pour conclure **Quelles inégalités sont imposées aux femmes dans la loi au XIXe siècle ?**

L'atelier de l'historien

L'école, un facteur d'inégalités ?

Vous disposez de plusieurs sources évoquant l'instruction pour les filles au XIXe siècle. Vous cherchez à comprendre si l'école était facteur d'inégalité entre filles et garçons à cette époque.

Source 1 Les lois concernant l'école pour les filles au XIXe siècle

Loi relative à l'enseignement, loi Falloux, 15 mars 1850

Art. 23 : L'enseignement primaire comprend : l'instruction morale et religieuse ; la lecture ; l'écriture ; les éléments de la langue française ; le calcul et le système légal des poids et mesures [...].

Art. 24 : L'enseignement primaire est donné gratuitement à tous les enfants dont les familles sont hors d'état de le payer.

Art. 48 : L'enseignement primaire dans les écoles de filles comprend, outre les matières de l'enseignement primaire énoncées dans l'article 23, les travaux à l'aiguille.

Art. 51 : Toute commune de huit cents âmes de population et au-dessus est tenue d'avoir au moins une école de filles.

Loi sur l'enseignement secondaire des jeunes filles, loi Camille Sée, du 21 décembre 1880

Art. 1 : Il sera fondé par l'État des établissements destinés à l'enseignement secondaire des jeunes filles.

Art. 4 : L'enseignement comprend : 1° L'enseignement moral ; 2° La langue française, la lecture à haute voix et au moins une langue vivante ; 3° Les littératures anciennes et modernes ; 4° La géographie et la cosmographie ; 5° L'histoire nationale et un aperçu de l'histoire générale ; 6° L'arithmétique, les éléments de la géométrie, de la chimie, de la physique et de l'histoire naturelle ; 7° L'hygiène ; 8° L'économie domestique ; 9° Les travaux à l'aiguille ; 10° Des notions de droit usuel ; 11° Le dessin ; 12° La musique ; 13° La gymnastique.

Source 2 Les travaux d'aiguille dans une classe de filles

Classe de filles à Hellemmes, fin XIXe siècle, Archives départementales du Nord.

Source 3 L'école de Pavilly en Normandie

Carte postale, vers 1900.

Source 4 Un manuel à l'usage des filles

Quels sont les travaux d'intérieur et les soins qui sont à la charge d'une mère de famille ? Ils se rapportent :
1° Aux enfants.
2° À la tenue de la maison.
3° À la préparation des aliments.
4° À l'entretien du linge et des vêtements.
S'y ajoute à la campagne la direction de la basse-cour et de la culture d'une partie d'un jardin.
La mère est souvent levée la première quoique souvent encore le repos de ses nuits soit troublé par l'appel des bébés souffrants. Son rôle en un mot est de s'oublier, de se sacrifier à tous.

D'après Marie Robert Halt, *Suzette, livre de lecture courante à l'usage des jeunes filles*, Paris, 1888-1889.

Source 5 Extrait d'un article du *Petit Parisien* de 1879

Savez-vous de quelle époque précise date la première bachelière ? De l'année 1862. Et encore, les choses n'allèrent pas toutes seules, il fallut des sollicitations, des démarches, une intervention directe auprès d'un ministre pour obtenir cette chose simple, la délivrance d'un diplôme. Mademoiselle Julie Daubié était acquise à la cause de l'émancipation des femmes. Elle posait en principe l'égalité intellectuelle de l'homme et de la femme. Elle acheta quelques livres, s'enferma chez elle tous les soirs, consacra deux années à étudier le latin, le grec[1] et tout ce qui s'en suit. Vint l'époque des examens du baccalauréat. Il fut répondu à mademoiselle Daubié que ce qu'elle demandait était impossible. Elle courut chez le recteur qui dut s'incliner : la loi n'interdisait pas formellement aux femmes de passer le baccalauréat. Au grand étonnement des professeurs, elle fut reçue avec éloges. Mademoiselle Daubié se rendit chez le recteur pour obtenir son diplôme. Le recteur demanda au ministre, qui refusa carrément. Il lui fallut insister encore pour obtenir son diplôme.

D'après Jean Frollo, « La question des femmes », *Le Petit Parisien*, le 5 mai 1879, BNF.

1. Disciplines obligatoires au programme du baccalauréat et non enseignées aux filles.

Qui est-elle ? ▸ Julie-Victoire Daubié (1824-1874)
Journaliste, militante des droits de la femme, première femme à avoir obtenu le baccalauréat et une licence ès lettres.

hachette-clic.fr/21hg4060 pour lire tout l'article

POINT MÉTHODE La démarche de l'historien

Étape 1 Identifier les sources

1. Quelle source vous renseigne sur la loi concernant l'école pour les filles ?

Étape 2 Comprendre et confronter les sources

2. **Sources 1, 2** et **3** L'enseignement est-il le même pour les filles et les garçons ? Pourquoi, selon vous ?

3. **Sources 2** et **4** À quel rôle dans la société les filles sont-elles préparées ?

4. **Sources 1** et **5** Montrez les difficultés qu'a dû surmonter la première bachelière pour obtenir son diplôme.

Étape 3 Interpréter

5. Pourquoi l'école était-elle un facteur d'inégalité entre les filles et les garçons au XIXe siècle ?

Étude

DATES CLÉS

1892 Journée de travail pour les femmes limitée à 11 heures

1909 Congé maternité

1913 Congé maternité obligatoire et indemnisé

Les femmes au travail

Tâche complexe

Au XIXe siècle, la révolution industrielle transforme le travail des hommes et des femmes. Cependant, métiers et salaires entre hommes et femmes sont très différents.

Votre mission **Dans le cadre de la journée internationale des droits de la femme, le 8 mars, vous êtes chargé(e) de faire une affiche sur le travail des femmes au XIXe siècle.**

1 Une domestique

F. Bonvin, *La Tailleuse de soupe*, 1886, huile sur toile, musée des Beaux-Arts, Mulhouse.

2 Les conditions de vie dans une fabrique lyonnaise en 1857

C'était un atelier de 6 mètres occupé par des jeunes filles qui tissaient le satin. Ces jeunes ouvrières travaillaient en été depuis 3 heures et demie du matin jusqu'à la nuit et en hiver depuis 5 heures du matin jusqu'à 11 heures du soir. Je demandais à mon patron, avec lequel je m'étais lié, pourquoi ces filles avaient le teint si jaune et l'air si fatigué. Il m'avoua que presque toutes celles qui sortaient de cette maison prenaient le chemin du cimetière. Ce sont presque toujours des filles de 15 ans que l'on embauche. En travaillant 17 heures par jour dans des ateliers souvent malsains, la plupart des filles attrapent la tuberculose. Pour donner du brillant à la soie, la chimie emploie toute sorte d'ingrédients, du mercure, de l'arsenic... Ces jeunes respirent nuit et jour des émanations malsaines. Quand elles ne peuvent plus travailler, on envoie celles qui ont des parents à la campagne se rétablir dans leur famille, mais il est souvent trop tard.

D'après N. Truquin, *Mémoires et aventures d'un prolétaire à travers la révolution*, Maspéro, Paris, 1977 (cité dans A. Dewerpe, *Le Monde du travail en France – 1800-1950*, Armand Colin, 2020).

3 Les secteurs d'activité et les salaires des femmes au XIXe siècle

a. Les secteurs d'activité et les salaires des femmes à la fin du XIXe siècle

	Part du travail des femmes (en %)
Culture, élevage	38
Mine	1
Textile	91
Banque, assurance	0
Domestique	79
Travail de l'acier, des métaux divers	2

Source : *Résultats et statistiques du recensement des industries et professions*, Imprimerie nationale, 1900.

b. Les salaires dans les filatures du Nord de la France

Salaires quotidiens (en francs)	
Hommes	Femmes
De 4,5 à 6,50	De 3 à 3,50

Source : *Bulletin de la société de géographie de Lille*, juin 1808.

4 **Femmes dans les campagnes**
J.-F. Millet, *Les Glaneuses*, 1857, huile sur toile, 83,5 x 110 cm, musée d'Orsay, Paris.

Qui est-il ?
▸ Jean-François Millet (1814-1875)
Peintre réaliste célèbre pour ses scènes paysannes.

5 **Le travail pénible dans les ateliers de couture**
Dans l'usine de pneumatiques de Dunlop, Argenteuil, 1908.

6 La protection de la femme au travail

Art. 3 : Les filles au-dessus de dix-huit ans et les femmes ne peuvent être employées à un travail effectif de plus de onze heures par jour.
Les heures de travail ci-dessus indiquées seront coupées par un ou plusieurs repos dont la durée totale ne pourra être inférieure à une heure et pendant lesquels le travail sera interdit.
Art. 4 : Les enfants âgés de moins de 18 ans, les filles mineures et les femmes ne peuvent être employés à aucun travail de nuit [dans les usines, manufactures, mines, minières et carrières, chantiers, ateliers].

Loi du 2 novembre 1892.

Un peu d'aide ? **Organisez votre affiche autour de trois grandes idées :**

- les secteurs d'activité des femmes ;
- leurs conditions de travail et de salaire ;
- le rôle de la loi.

Cherchez une ou deux images par thème pour illustrer votre affiche.

+ Un peu d'aide ? **Vous pouvez sélectionner les informations dans les documents suivants :**

- les secteurs dans lesquels les femmes travaillent (**Doc. 1**, **3a**, **4** et **5**) ;
- les conditions de travail et de salaire des femmes (**Doc. 2**, **3b**, **4** et **5**) ;
- les améliorations apparaissant à la fin du XIXe siècle (**Doc. 6**).

Enquêter en groupe

Interviews de femmes d'exception

Vous devez réaliser des interviews fictives de femmes d'exception qui ont marqué le XIXe siècle. Vous formez une équipe de 3 à 5 journalistes et menez l'enquête pour découvrir de quelle façon certaines femmes ont contribué à l'évolution de la condition féminine au XIXe siècle.

Le comité de rédaction a retenu ces six femmes :

Sarah Bernhardt

Hubertine Auclert

Louise Michel

George Sand

Séverine

Marie Curie

POINT MÉTHODE

Pour réaliser une interview

Étape 1 Préparer son interview

1. Par équipes, répartissez-vous les personnalités à interviewer (voir p. 175 à p.177).
2. Au sein de chaque équipe, listez les thèmes à aborder lors de l'interview et répartissez-vous les rôles :
   – **Fiche d'identité de la personnalité choisie** : ses dates de naissance et de mort, la famille et le milieu social dans lesquels elle a vécu, les études suivies, etc.
   – **Contexte historique dans lequel elle a vécu** : quelle période, quels grands événements ?
   – **Domaines dans lesquels elle s'est illustrée** : l'action menée, l'œuvre accomplie, ses motivations, l'influence qu'elle a pu avoir à son époque ou après…

Étape 2 Faire les recherches préalables

3. Cherchez et sélectionnez les informations nécessaires pour répondre aux consignes de l'étape 1.
4. Utilisez les sources (p. 175-177).
5. Notez les références des ouvrages ou des sites consultés lors de recherches éventuelles au CDI ou sur Internet.

Étape 3 Formuler les questions de l'interview et préparer les réponses

6. Préparez et rédigez des questions progressives et cohérentes avec les informations trouvées.
7. Rédigez les réponses à ces questions pour créer un dialogue.
8. Imaginez une phrase d'accroche pour présenter la femme que vous interviewez.
9. N'oubliez pas d'utiliser des formules de politesse.

Groupe 1

George Sand (1804-1876)

Pseudonyme d'Amantine Aurore Lucile Dupin, femme de lettres.

Source 1 La remise en cause du mariage

En 1832, George Sand écrit *Indiana*, un roman qui raconte un mariage arrangé et malheureux entre une très jeune femme et un mari beaucoup plus âgé.

Mais quoi ! La cause que je défendais est-elle donc si petite ? C'est celle de la moitié du genre humain, c'est celle du genre humain tout entier ; car le malheur de la femme entraîne celui de l'homme, comme celui de l'esclave entraîne celui du maître, et j'ai cherché à le montrer dans *Indiana*.
J'ai écrit *Indiana* avec le sentiment, non raisonné, mais vrai, mais profond, mais légitime, de l'injustice et de la barbarie des lois qui régissent encore l'existence de la femme dans le mariage, dans la famille et dans la société. Je devais faire la guerre à l'opinion, car c'est elle qui retarde ou prépare les améliorations sociales. La guerre sera encore rude. Je ne serai ni le premier, ni le seul, ni le dernier champion d'une si belle cause, et je la défendrai tant qu'il me restera un souffle de vie.

D'après George Sand, préface de l'édition d'*Indiana* de 1842.

Source 2 Une femme en pantalon

A.-J. Lorentz, *Miroir drolatique : George Sand*, estampe, musée Carnavalet, Paris.

Groupe 2

Louise Michel (1830-1905)

Institutrice, déportée en Nouvelle-Calédonie pour avoir participé à la Commune de Paris.

Source 1 Une institutrice féministe

UNE VIDÉO À REGARDER

hachette-clic.fr/21hg4061

Un extrait de l'émission *Histoire de France*, FR3, le 3 décembre 1978

Les propos de Louise Michel, extraits de ses *Mémoires* (1886) : « Gare au vieux monde le jour où les femmes diront : c'est assez comme cela. En elles s'est réfugiée de la force. Bien sûr, les plus avancés de tous les hommes applaudissent à l'idée de l'égalité des sexes mais je dois avouer que les hommes ont l'air de nous aider, mais ils n'en ont que l'air. Prenons donc notre place sans la mendier. Les droits politiques sont déjà morts, l'instruction égale, le travail rétribué à parts égales, voilà ce qui est réel. »

Source 2

Louise Michel au côté des ouvriers

Louise Michel brandissant le drapeau noir lors d'une manifestation ouvrière à Paris en 1883.

Couverture du *Monde illustré*, 1883.

Enquêter

Groupe 3

Hubertine Auclert (1848-1914)

Féministe et suffragette française.

Source 1 **Le Manifeste de ces dames, en 1877**

Au moment où s'ouvre la période électorale, laissez-nous vous confier une mission solennelle : celle de voter pour nous. Parmi tous ces Français qui songent, qui se préparent à dire comment ils entendent se gouverner, il y a 9 millions d'êtres de raison, 9 millions de femmes majeures, comme une nation d'esclaves dans une nation d'hommes libres. Elles vont être gouvernées, mais elles le seront par le bon plaisir de l'homme. Sans pouvoir élever la voix. Ces 9 millions de femmes sont assujetties aux mêmes lois répressives que les hommes, aux mêmes contributions [...].
Nous voulons une République républicaine, nous voulons enfin nos immortels principes de 1789, nous voulons l'égalité.

D'après Hubertine Auclert, « Le Manifeste de ces dames », paru à la une du journal *Le Gaulois* le 30 septembre 1877, signé par des femmes et des hommes.

Source 2 **Les suffragettes envahissent un bureau de vote**

Lors des élections municipales, Hubertine Auclert renverse une urne électorale pour protester contre l'exclusion des femmes.

Chromotypographie, *Le Petit Journal*, 17 mai 1908.

Groupe 4

Sarah Bernhardt (1844-1923)

Comédienne française.

Source 1 **Un combat en faveur de l'égalité salariale**

En 1892, Sarah Bernhardt démissionne de la Comédie-Française pour la seconde fois. Elle veut renégocier son salaire, qu'elle juge trop faible par rapport à celui de certains hommes.

Le hasard fait cette semaine que je me suis rencontré avec Sarah Bernhardt à une table amie. Je savais qu'il y avait à ce moment-là des pourparlers engagés entre elle et la Comédie-Française. La Comédie-Française était en excellente posture pour traiter avec madame Sarah Bernhardt, elle fait beaucoup d'argent. Elle n'en a jamais tant fait, depuis l'heure où elle est née, que durant ces quatre derniers mois de l'année courante. Il y a néanmoins toujours danger pour un théâtre à donner trop d'importance à une étoile, surtout quand cette étoile est femme. Je ne saurais donc en vouloir à la Comédie-Française de ne pas s'être accordée avec madame Sarah Bernhardt.

D'après F. Sarcey, « Chronique théâtrale », *Le Temps*, 16 mai 1892.

Source 2

Une grande actrice de théâtre

Le Gaulois du dimanche, 17-18 mars 1900.

Groupe 5

Séverine (1855-1929)

De son vrai nom Caroline Rémy, journaliste, féministe et première directrice de quotidien française.

Source 1 **Séverine ❶ lors d'une manifestation de suffragettes, 5 juillet 1914**

UNE VIDÉO À REGARDER hachette-clic.fr/21hg4062

***Pionnières ! Séverine*, BNF, 2019**

En 1897, elle fonde un quotidien entièrement féminin : *La Fronde*. Elle y défend le progrès social, l'éducation mixte, l'égal accès à tous les emplois et au droit de vote.

Source 2 **Séverine journaliste**

Dans le cadre d'une enquête, Séverine vit quelques jours parmi des ouvrières grévistes.

La tâche consiste à ranger le sucre coupé en morceaux dans des boîtes. Elles travaillent de 7 heures du matin à 6 heures du soir sans jamais s'asseoir, sauf 10 minutes pour la collation et une heure pour le déjeuner. Quand la boîte est remplie, il faut la porter sur 25 mètres. La moyenne quotidienne des voyages est de 40. Des femmes enceintes, des fillettes portent plus de 1 000 kilos. Beaucoup sont blessées. Les plus robustes font des malaises.

Ce qu'elles gagnent ? 60 centimes pour 100 kilos, c'est-à-dire 3 francs 25 à 4 francs par jour. On est venu leur dire : vous n'aurez plus que 50 centimes pour 100 kilos. Elles ont décidé de faire grève.

D'après Séverine, « Les casseuses de sucre », *Le Journal*, 28 septembre 1897.

Groupe 6

Marie Curie (1867-1934)

Chimiste polonaise naturalisée française, elle reçoit le prix Nobel pour ses recherches sur la radioactivité.

Source 1 **Candidate à l'Académie des sciences**

Marie Curie présente sa candidature, contre Édouard Branly, l'inventeur du télégraphe sans fil.

L'Excelsior, le 9 janvier 1911, Palais de la Porte Dorée.

Source 2 **Une brillante étudiante étrangère**

Je rencontrai Pierre Curie pour la première fois au printemps de l'année 1894, alors que je vivais à Paris, où je poursuivais des études à la Sorbonne.

Nous nous rencontrâmes à la Société de physique et au laboratoire. J'habitais alors un logement pauvre, car mes ressources étaient extrêmement restreintes. Je m'y trouvais pourtant très heureuse, ayant réalisé l'ardent désir que j'avais eu depuis longtemps de faire des études de sciences approfondies. Pierre Curie vint me voir avec une sympathie simple et sincère. Bientôt il prit l'habitude de me parler de son rêve de vie consacrée entièrement à la recherche scientifique, et il me demanda de partager cette existence. Toutefois, il ne m'était pas facile de prendre une telle décision, car elle comportait la séparation de mon pays, la Pologne, et de ma famille.

D'après Marie Curie, *Pierre Curie*, Payot, Paris, 1924.

Leçon

La condition féminine dans une société en mutation

Quelle est la condition des femmes au XIXe siècle et comment certaines femmes la remettent-elles en cause ?

Podcast de la leçon
hachette-clic.fr/21hg4063

1 L'éducation des filles

› Au XIXe siècle, l'éducation des filles, quelle que soit leur classe sociale, consiste à les préparer à **leur futur rôle d'épouse et de mère. Leur scolarisation est en retard au début du siècle sur celle des garçons**, mais elle s'améliore grâce à la législation du Second Empire, puis de la République.

› L'éducation religieuse joue un rôle important. Au début du siècle, les congrégations religieuses assurent la plus grande part de l'instruction des filles.

› **Le Code civil impose aux épouses l'obéissance à leur mari**, interdit le divorce jusqu'en 1884, et les relations hors mariage des épouses sont punies de peines de prison.

2 Les inégalités dans le travail

› Même si de plus en plus de femmes travaillent dans les usines, le modèle de la femme au foyer est dominant. Beaucoup optent pour le travail à la maison, surtout pour des travaux de couture. Perçu comme un complément au salaire masculin par le patronat comme par les syndicats ouvriers, **le travail féminin est beaucoup moins bien payé**.

› **La séparation des tâches et des métiers entre les sexes est forte**. Les femmes sont cantonnées dans certains domaines : les travaux agricoles, l'industrie textile ou du papier, les travaux domestiques pour des particuliers, et l'enseignement pour les plus diplômées. Certaines revendiquent le droit de faire des carrières jusque-là réservées aux hommes.

› À la fin du siècle, une législation se met en place pour protéger les femmes : limitation du temps de travail, congé maternité.

3 Une inégalité dans la loi et une exclusion de la sphère politique

› Le Code civil inscrit l'infériorité des femmes dans la loi en leur demandant obéissance à leur mari. Elles n'ont de droits ni en ce qui concerne l'éducation des enfants, ni en ce qui concerne les biens du ménage ou leurs propres biens.

› **Les femmes sont exclues du suffrage tout au long du XIXe siècle**. La question du vote féminin se pose avec insistance dès 1848, quand est mis en place le suffrage universel masculin. Au départ, le suffragisme est marginal dans la société.

› L'instauration de la IIIe République en 1870 relance les débats en faveur du vote des femmes. **Le suffragisme et le féminisme se répandent dans l'opinion publique et les revendications se font plus radicales avec les suffragettes, dont Hubertine Auclert est la figure principale.**

› Cependant, malgré une opinion publique de plus en plus favorable, elles restent exclues du suffrage.

VOCABULAIRE

- **Féminisme :** ensemble d'idées qui visent à obtenir l'égalité entre les hommes et les femmes dans la société.
- **Suffragette :** femme revendiquant le droit de vote de manière active et publique.
- **Suffragisme :** fait d'être favorable au droit de vote des femmes et à leur éligibilité.

Schéma de la leçon

La condition féminine dans une société en mutation

1 L'éducation des filles

Une scolarisation faible au début du siècle

- Un enseignement qui prépare à la vie domestique

Une plus grande égalité à la fin du XIXe siècle

- Obligation de scolarisation pour les filles en 1882

2 Les inégalités dans le travail

Le modèle de la femme au foyer

- Pour les bourgeoises et les femmes de la classe moyenne

Des tâches différentes de celles des hommes

- Industrie textile, domestiques, travaux des champs
- Moins payées que les hommes

Quelques femmes pionnières

- Marie Curie, Hubertine Auclert

3 Une inégalité dans la loi et une exclusion de la sphère politique

Le Code civil

CODE CIVIL
DES
FRANÇAIS.
ÉDITION ORIGINALE ET SEULE OFFICIELLE.
À PARIS,
DE L'IMPRIMERIE DE LA RÉPUBLIQUE.
AN XII. — 1804.

- Devoir d'obéissance au mari

L'exclusion de la vie politique

- Suffrage universel masculin

La montée du suffragisme

- Action des suffragettes

J'apprends & je construis mes compétences

Exercices interactifs
hachette-clic.fr/21hg4064

1 Je fais ma fiche de révision

Utilisez les rubriques suivantes pour réaliser votre fiche de révision sur le support de votre choix.

Le vocabulaire

Je connais la définition des mots suivants :
- Suffragisme
- Code civil
- Suffragette
- Féministe

Les repères historiques

Je connais les dates suivantes :
- Le Code civil
- La loi autorisant le divorce
- Lois de protection des femmes au travail
- Création du congé maternité

Les actrices

Je connais le nom de chacune de ces personnalités et le rôle qu'elle a joué dans l'évolution de la condition féminine au XIXe siècle :

1

2

3

4

5

6

2 Je teste mes connaissances

Exercices à compléter
hachette-clic.fr/21hg4065

Exercice 1 **Choisissez les bonnes réponses à ce QCM. Plusieurs réponses sont possibles.**

Les femmes au XIXe siècle :
1. ont l'interdiction de porter le pantalon.
2. gèrent les biens du mariage.
3. n'ont pas le droit d'aller au lycée avant 1880.
4. ont le droit de vote.
5. sont payées comme les hommes.
6. ont des métiers peu valorisés.
7. ont suivi le même programme scolaire que les garçons.

Exercice 2 **Identifiez les deux scènes suivantes. Expliquez ensuite à l'écrit ou à l'oral ce qu'elles nous apprennent sur les femmes au XIXe siècle.**

1

2

Je m'auto-évalue

J'ai réussi l'exercice sans regarder ma fiche de révision ou le manuel.	J'ai réussi l'exercice en allant chercher quelques informations dans ma fiche de révision ou le manuel.	J'ai réussi l'exercice en allant chercher les informations dans ma fiche de révision ou le manuel.	J'ai fait l'exercice mais n'ai pas réussi à trouver les informations nécessaires.
Très bonne maîtrise	Maîtrise satisfaisante	Maîtrise fragile	Maîtrise insuffisante

3 J'analyse et je comprends un document : un tableau

→ Étudiez le tableau en répondant aux questions.

R. Halls, *La Classe manuelle. École de petites filles dans le Finistère*, musée des Beaux-Arts, Rennes, 1889.

QUESTIONS

A. Identifier le document

1. Présentez le document et précisez s'il s' agit-il d'une scène de vie quotidienne, d'un portrait ou d'une scène historique.

B. Comprendre le sens du document

2. Quels sont les différents lieux représentés dans le tableau ?
3. Décrivez cette classe. Combien y a-t-il d'élèves ?
4. Qu'apprennent les élèves ?

C. Interpréter et confronter le document à ses connaissances

5. Comment ce tableau nous renseigne-t-il sur l'instruction des filles ?
6. À quel rôle l'école prépare-t-elle les femmes ? Comment l'expliquez-vous ?

POINT MÉTHODE Analyser et comprendre une image

Pour identifier un document

> Utiliser les informations de la source.
Aide *Nature, auteur, date, lieu, sujet représenté.*

Pour comprendre le sens général d'un document

> Prélever des informations précises dans le tableau.
Aide *Personnages et leurs actions, description des différents lieux.*

Pour confronter le document à ses connaissances

> Rappeler ce que vous savez de l'enseignement des filles au XIXe siècle.
Aide *Voir « L'école, un facteur d'inégalités ? », p. 170-171.*

4 Je pratique différents langages : écrire pour argumenter

Sujet : Quelles inégalités les femmes subissent-elles dans la société française du XIXe siècle ?

À l'aide de vos connaissances, rédigez un développement construit qui explique les inégalités que subissent les femmes au XIXe siècle.

Étape 1 Je réfléchis au brouillon

1. Comprenez le sujet :

Définition ? Exemples ? — Qui ?

Quelles inégalités | les femmes | subissent-elles
dans la société | française au XIXe siècle ?

Définition ? — Où ? Quand ?

2. Pour répondre à la question posée, recopiez ce tableau et classez vos idées en trois colonnes :

Inégalités devant la loi	Inégalités dans l'éducation	Inégalités dans le travail
...	...	...

Étape 2 Je rédige le développement construit

Rédigez votre texte en vérifiant que :
– vous organisez vos idées en paragraphes ;
– vous commencez par une phrase d'introduction qui présente le sujet ;
– vous concluez par une phrase présentant les conséquences de ces inégalités.

Un peu d'aide ?

Rédigez **trois paragraphes** en reprenant pour chaque paragraphe les éléments du tableau réalisé au brouillon.

+ Un peu d'aide ?

Reprenez les informations classées dans le tableau :
1er **paragraphe :** les inégalités devant la loi (1re colonne)
2e **paragraphe :** une instruction différente (2e colonne)
3e **paragraphe :** les inégalités dans le travail (3e colonne)

Je m'auto-évalue

Pratiquer différents langages : écrire

Je vérifie les objectifs que j'ai atteints :
☐ Mon développement est construit en trois paragraphes qui commencent par un alinéa.
☐ Chaque paragraphe reprend et organise les informations du tableau.
☐ J'ai rédigé des phrases complètes.
☐ J'ai relu pour vérifier la cohérence du texte.

Je m'entraîne
Sujet guidé

Exercice 1 Analyser et comprendre un document

1 Victor Hugo soutient la cause des femmes

Depuis quarante ans, je plaide la grande cause sociale à laquelle vous vous dévouez noblement.
Il est douloureux de le dire : dans la civilisation actuelle, il y a une esclave. La loi a des euphémismes : ce que j'appelle une esclave, elle l'appelle une mineure ; cette mineure selon la loi, cette esclave selon la réalité, c'est la femme. L'homme a chargé inégalement les deux plateaux du Code[1], dont l'équilibre importe à la conscience humaine ; l'homme a fait verser tous les droits de son côté et tous les devoirs du côté de la femme. De là un trouble profond. De là, la servitude de la femme. Dans notre législation telle qu'elle est, la femme ne possède pas, elle n'intente pas de procès, elle ne vote pas, elle ne compte pas, elle n'est pas. Il y a des citoyens, il n'y a pas de citoyennes. C'est là un État violent : il faut qu'il cesse. [...] Dans la question de l'éducation, dans la question de l'enseignement obligatoire, gratuit et laïque, dans la question de la femme, dans la question de l'enfant, il est temps que les gouvernants avisent.

D'après Victor Hugo, lettre à M. Léon Richer, rédacteur en chef de *L'Avenir des femmes*, Paris, 8 juin 1872.

1. Il s'agit ici du Code civil.

QUESTIONS

1. Présentez le document 1.
2. Relevez les mots employés par l'auteur pour désigner les femmes et leur statut inférieur.
3. Citez trois inégalités concernant les femmes.
4. À l'aide de vos connaissances et des documents, expliquez les inégalités dont sont victimes les femmes au XIXe siècle et au début du XXe siècle.

Un peu d'aide ?

- **Pour la question 1**
  Identifiez la nature, la date et l'auteur, le destinataire et le lieu s'ils sont connus.
- **Pour les questions 2 et 3**
  Prélevez des informations précises dans le texte en les citant entre guillemets.
- **Pour la question 4**
  Rappelez-vous ce que vous savez de la condition de la femme au XIXe siècle.

Exercice 2 Pratiquer différents langages

Sous la forme d'un développement construit d'une vingtaine de lignes, expliquez quelles sont les revendications féministes en France au XIXe siècle.

Pense pas bête

1. Je définis le sujet
Qu'est-ce que le féminisme ?
Quelle période ? Où ?

2. Je repère les domaines dans lesquels les inégalités hommes-femmes sont fortes (loi, travail, politique…).

3. Je mobilise le vocabulaire spécifique
féminisme • suffragettes • suffragisme

4. J'identifie des actions (manifestations de suffragettes) et **des personnes** importantes : Hubertine Auclert, Séverine…

5. Je rédige deux paragraphes
I. Les inégalités dont sont victimes les femmes au XIXe siècle
II. Les revendications féministes et leurs manifestations

Vue aérienne de Shark Rock Pier, à Port Elizabeth, en Afrique du Sud.

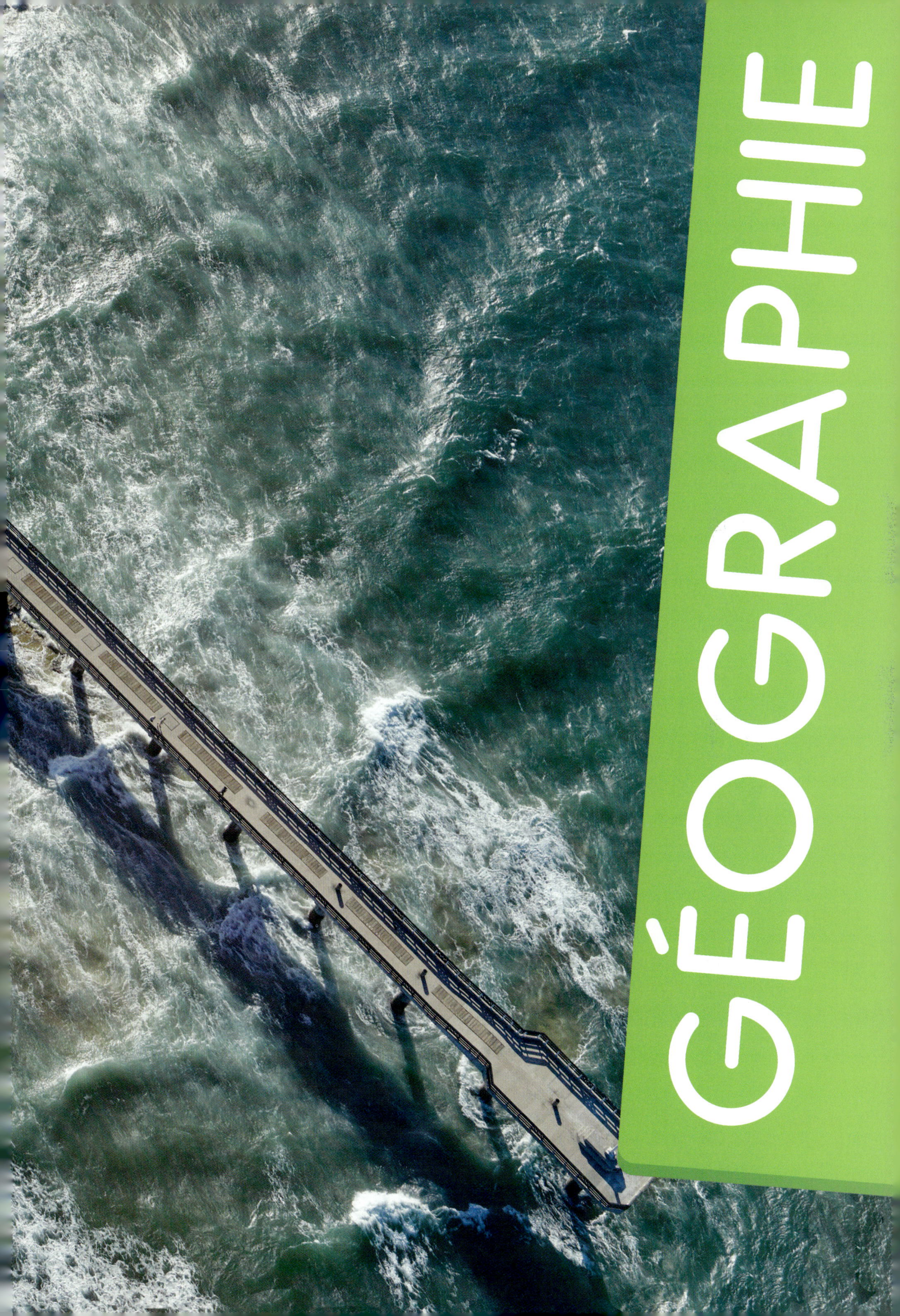

GÉOGRAPHIE

CHAPITRE 9

Espaces et paysages de l'urbanisation

Quels sont les espaces et paysages créés par l'urbanisation ?

1 Le **centre** de Sydney : le quartier d'affaires et l'opéra (Australie)

VOCABULAIRE

- **Centre :** quartier, espace qui domine, qui concentre les activités, les populations.
- **Urbanisation :** processus de croissance de la population des villes et d'extension de l'espace urbain.

Je me repère dans l'espace

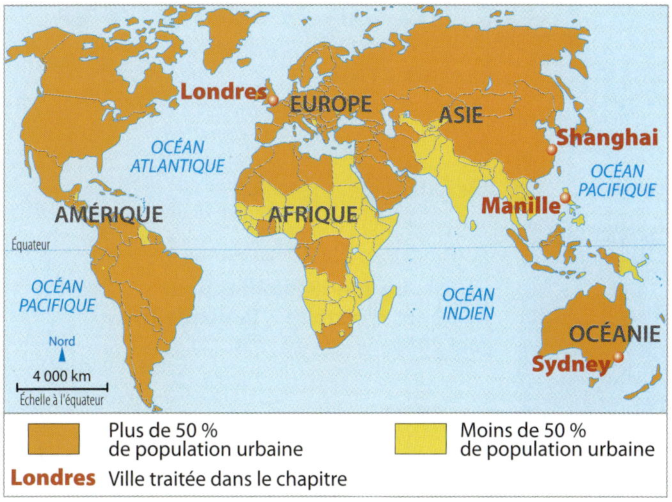

2 Les contrastes de l'urbanisation à Manille (Philippines)

QUESTIONS

1. **Doc. 1** et **2** Relevez les points communs et différences qui existent entre les paysages urbains présentés.
2. **Doc. 1** et **2** Selon vous, comment expliquer les différences observées entre ces deux paysages urbains ?

Se repérer

L'urbanisation progressive du monde

UNE VIDÉO POUR COMMENCER hachette-clic.fr/21hg4066

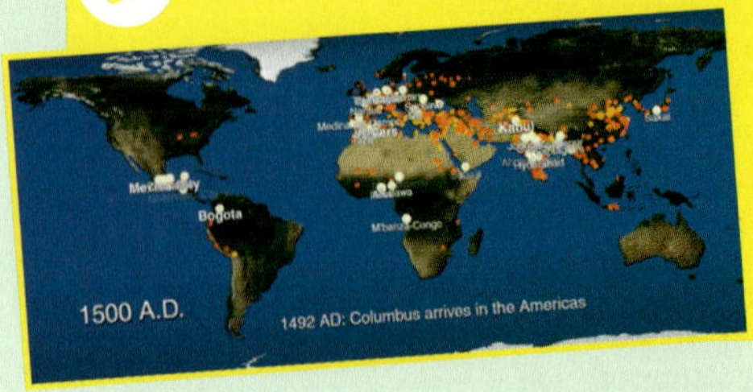

« Urbanisation : 3 minutes pour 6 000 ans d'histoire », lemonde.fr, juin 2016.

D'après C. Grataloup, « XIXe siècle, Le monde est à nous ! », *L'Histoire* n° 425-426, juillet-août 2016.

1 Principales agglomérations en 1914

VOCABULAIRE

- **Agglomération :** une ville-centre et sa banlieue.
- **Taux d'urbanisation :** pourcentage de personnes habitant en ville.

Je me souviens

Se repérer dans le temps et dans l'espace

1. Rappelez les définitions de : rural / urbain.
2. Quel est le pourcentage de la population urbaine dans le monde aujourd'hui ?

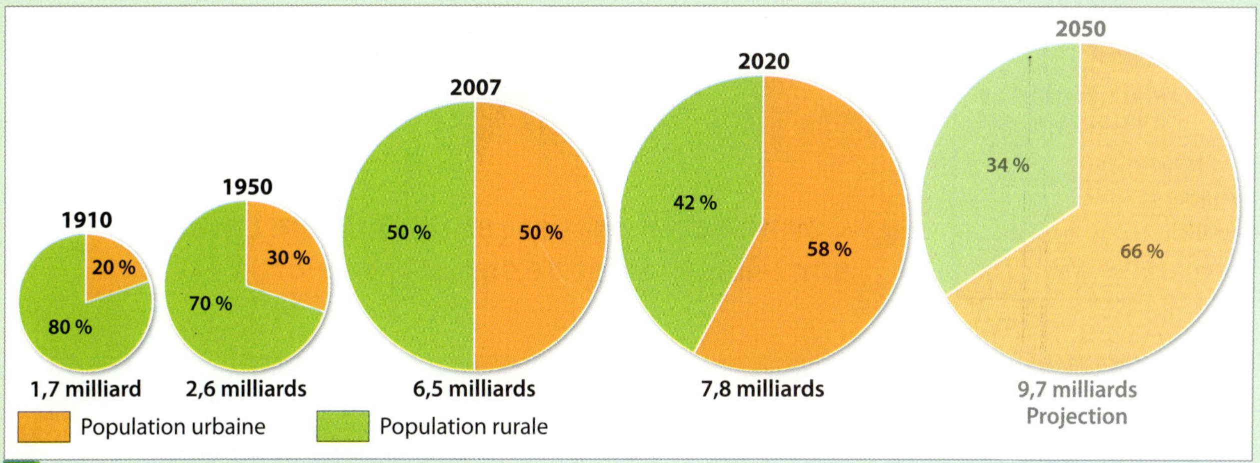

2 **Évolution de la population mondiale**

3 **Principales agglomérations et urbanisation en 2020**

Je découvre

3. Sur quels continents se concentraient les grandes métropoles en 1914 ?

4. Quelles régions du monde concentrent aujourd'hui le plus grand nombre d'agglomérations ?

5. Vidéo : Quelles permanences constatez-vous en 6 000 ans d'urbanisation ?

Étude

FICHE D'IDENTITÉ DE LA VILLE DE LONDRES

État : Royaume-Uni

Superficie : 1 572 km^2

Population : 14,4 millions d'hab.

Densité : 5 350 hab./km^2

Londres, paysages d'une agglomération attractive

Comment les paysages urbains de Londres sont-ils le reflet de son attractivité ?

1 Le centre de l'agglomération londonienne

Le centre des affaires de la City 1, le Shard 2 inauguré en 2012 et les immeubles de Canary Wharf 3

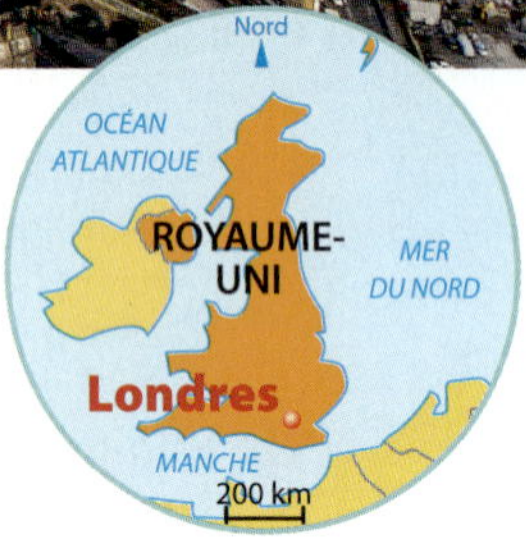

2 Une Française dans l'agglomération londonienne

Un témoin raconte Même si Londres est une ville un peu oppressante, il y a une multitude de parcs et d'espaces verts ! On entend souvent parler de Hyde Park, Green Park, Greenwich Park, etc. qui sont les plus connus. Mais chaque quartier de Londres à des parcs locaux que les habitants des environs adorent fréquenter. Il n'y a pas besoin de prendre le métro et d'aller au centre de Londres pour trouver un coin de verdure reposant. « Le monde entier dans une ville » comme le disait si bien l'ancien maire de Londres (Ken Livingston). En effet, Londres est une – si ce n'est LA – ville la plus multiculturelle du monde. Au travail, vos collègues sont Australiens, Suédois, Indiens, Bulgares, Français, Italiens. Lorsque vous allez au restaurant ou dans les *food markets*, vous pouvez vous évader le temps d'un repas super facilement et vous délecter avec des plats du monde entier. Vous trouverez de tout !

Il est super simple de voyager depuis Londres. En effet, la ville possède 6 aéroports, soit le double de Paris. Il est donc super facile de trouver un vol direct pour n'importe quelle destination à un prix raisonnable.

D'après le site elisedaily.fr « La vie à Londres », avril 2020.

VOCABULAIRE

- **Agglomération :** une ville-centre et sa banlieue.
- **Attractivité :** action d'attirer la population, les activités.
- **Centre :** quartier, espace qui domine et concentre les activités et les populations.
- **Périphérie urbaine :** zone urbaine située autour d'une ville-centre, plus ou moins bien reliée à celle-ci.
- ***Skyline* (anglais) :** silhouette de la ville marquée par la présence de gratte-ciel.

3 Quartiers résidentiels de l'agglomération londonienne

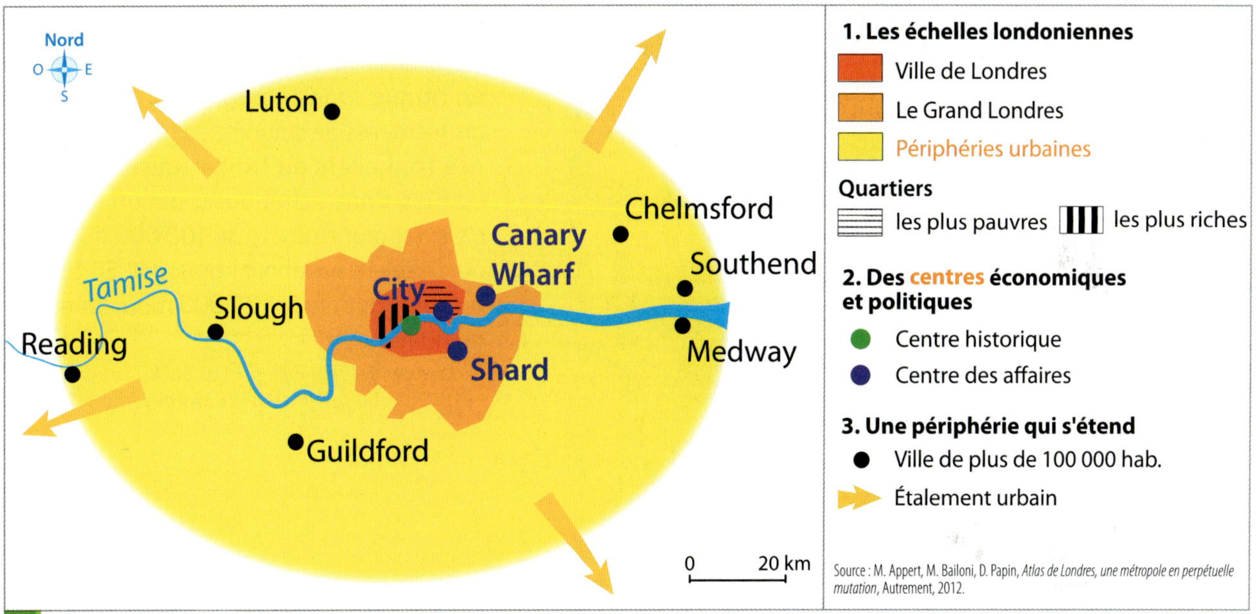

Source : M. Appert, M. Bailoni, D. Papin, *Atlas de Londres, une métropole en perpétuelle mutation*, Autrement, 2012.

4 Une agglomération qui s'étend encore

5 La *skyline* de Londres

UNE VIDÉO À REGARDER

hachette-clic.fr/21hg4067

« 500 nouveaux gratte-ciel à Londres », *New London Architecture*, janvier 2019.

Cette vidéo montre que 510 immeubles de plus de 20 étages devraient être bâtis d'ici les prochaines années à Londres, alors qu'en 2016 ils étaient encore au nombre de 455.

ACTIVITÉS

Parcours 1

Extraire des informations pertinentes

1. **Doc. 1** Localisez et situez Londres.
2. **Doc. 1** et **3** Pour chacun des trois types de paysages proposés : présentez-le et précisez s'il se trouve au centre ou à la périphérie de l'agglomération londonienne.
   Un conseil ? *Observez et précisez les fonctions de l'espace montré (ce que l'on y fait et les activités que l'on y trouve).*
3. **Doc. 1** et **2** Relevez les éléments qui illustrent le dynamisme urbain du quartier de la City.
4. **Doc. 4** Comment l'évolution spatiale de l'aire métropolitaine évolue-t-elle ?

OU

Parcours 2

Confronter un document à ce que l'on peut connaître du sujet

Doc. 5 Comment le paysage de Londres devrait-il évoluer ? Quelles raisons peuvent expliquer cette évolution ?

Pour conclure › **Comment les espaces et paysages urbains de Londres sont-ils le reflet de son attractivité ?**

Géo Histoire

Les docks de Londres : le renouvellement d'un quartier

Comment les paysages du quartier des docks se sont-ils transformés ? Quelles sont les permanences et les mutations de ce quartier ?

1 Un quai sur la Tamise vers 1750
S. Scott, huile sur toile, 137 x 160 cm, 1757, Victoria and Albert Museum, Londres.

2 Les docks de Londres dans les années 1880

Ce n'était que quais en enfilade, cernés de murs, de cheminées d'usines et de bâtisses en brique rouge sombre. Au milieu des grincements de chaînes, du martellement des tonneliers au travail, des bruits de coques s'entrechoquant, aucun son ne s'élevait d'une armée de 100 000 dockers qui faisaient un labeur harassant. En 1888, on comptait encore 79 000 mouvements de navires.

D'après J.-P. Navailles, « Les docks de Londres : de Victoria à Thatcher », *L'Histoire*, mars 1990.

VOCABULAIRE

- **Dock :** bassin entouré de quais et d'entrepôts, pour le chargement et le déchargement des navires.
- **Rénovation urbaine :** fait de raser et reconstruire un quartier ou un bâtiment en modifiant les plans et l'architecture.

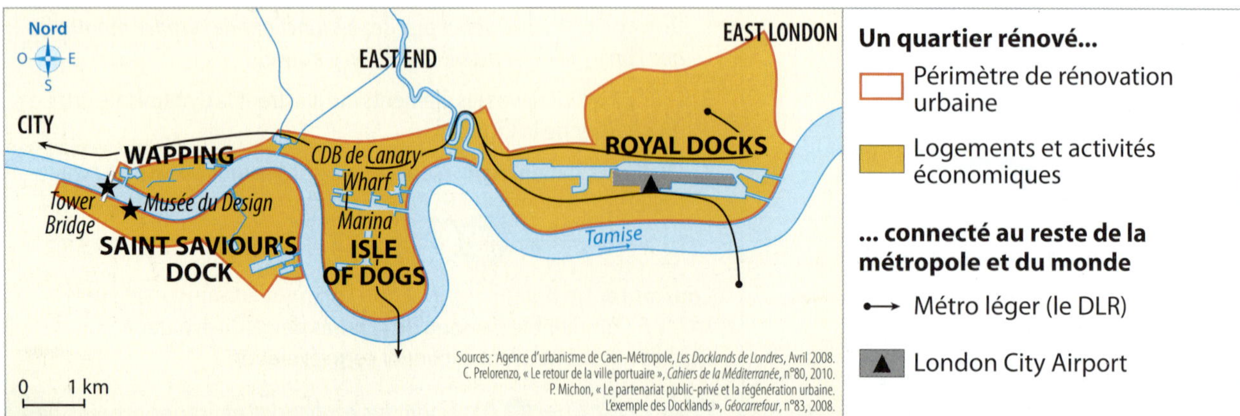

3 La rénovation des docks

4 **Les docks aujourd'hui : un quartier d'affaires, Canary Wharf** ❶
À l'arrière-plan, on aperçoit la *skyline* de la City ❷ et le Shard ❸.

Lecture d'image
hachette-clic.fr/21hg4068

5 Le nouveau quartier face au défi du Brexit

En 2016, au moment du vote sur le Brexit, Londres est campée sur les quatre piliers de sa prospérité : la finance, les entreprises innovantes, l'immobilier et le tourisme. Hébergeant 13 % des habitants du Royaume-Uni, elle produit 25 % de ses richesses. Peu de Londoniens souhaitent changer le statu quo en quittant l'Europe. Mais le Brexit est finalement voté, et il affecte vite la capitale. Les entreprises gèlent les nouveaux projets, le marché immobilier dévisse – diminution des transactions, prix en baisse de 20 % dans les bons quartiers, arrêt de la construction de certains gratte-ciel, comme Spire London « flèche », à Canary Wharf –, la croissance s'essouffle.
À la City, on entame le décompte des jobs déplacés sur le continent : 4 000 départs annoncés par HSBC, J. P. Morgan et Bank of America, les services financiers de certaines grandes entreprises… sans compter le déménagement, à Paris, de l'Autorité bancaire européenne et celui, à Amsterdam, de l'Agence européenne des médicaments.

D'après P. Piquard, « Londres, un pouvoir d'attraction à toute épreuve », thegoodlife.thegoodhub.com, juillet 2020.

POINT MÉTHODE

La démarche en GéoHistoire

Étape 1 **Repérer les permanences**

❶ **DOC. 1** et **5** Montrez que le quartier des docks est un quartier toujours connecté aux grands réseaux de la mondialisation.

Étape 2 **Souligner les évolutions**

❷ **DOC. 1** et **2** Quelle était l'activité principale de ce quartier à la fin du XVIIIe et au XIXe siècle ?

❸ **DOC. 3** Que s'est-il passé dans ce quartier ?

❹ **DOC. 4** Quelles sont les évolutions actuelles ? Quelles peuvent en être les raisons ?

Étape 3 **Envisager le futur**

❺ **DOC. 5** Quelles évolutions pouvez-vous imaginer pour ce quartier ?

Étude

FICHE D'IDENTITÉ DE SHANGHAI

État : République populaire de Chine
Superficie : 6 340 km^2
Population : 26 300 hab.
Densité : 4 268 hab./km^2

Shanghai, une agglomération en expansion

Quels bouleversements les paysages urbains de Shanghai connaissent-ils ?

1 Le quartier de Pudong en 2020, le centre de Shanghai
Le CBD avec les tours de Jinmao ①, du Shanghai World Financial Center ②, et la tour dite de Shanghai ③ (632 m).

2 Le quartier de Pudong en 1987

3 Shanghai se « verticalise »

La tour de Shanghai, deuxième plus haute du monde, domine la capitale financière chinoise de ses 632 mètres de hauteur et est l'un des symboles des ambitions de la métropole chinoise. L'ouvrage s'élève dans le district de Pudong, le cœur financier de Shanghai. Il a été créé de toutes pièces il y a 25 ans au bord de la rivière Huangpu, face au « Bund », le quartier historique de l'entre-deux-guerres. La tour de Shanghai est la troisième tour d'un projet lancé en 1993, après la tour Jinmao (1998) et le Shanghai World Financial Center (2008). Elle abrite des bureaux et quatre étages de boutiques.

D'après *Le Figaro Immobilier*, juin 2015.

4 Une urbanisation de la périphérie : la ville nouvelle de Song Jiang

De grands immeubles collectifs s'étalent au détriment des villages et des terres agricoles.

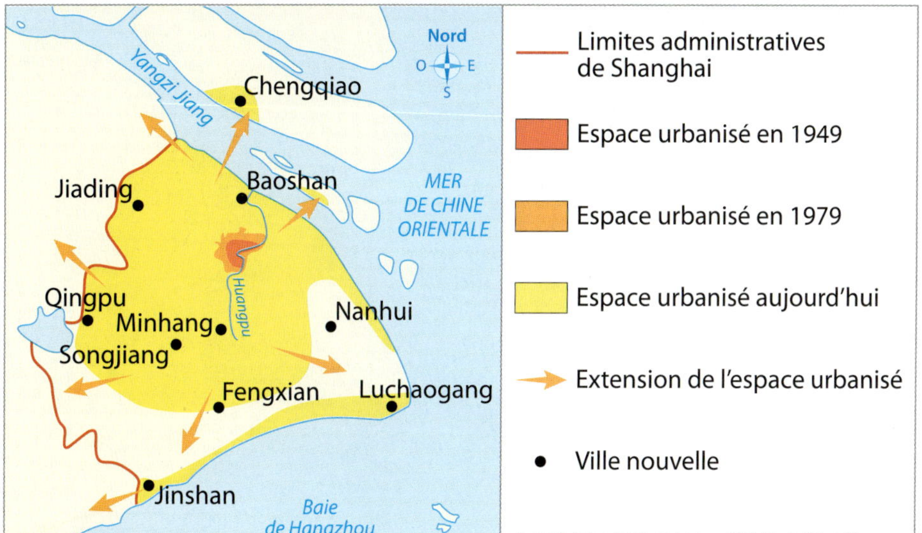

Sources : Th. Sanjuan, *Atlas Shanghai*, Autrement, 2009. Sébastien Colin, *La Chine, puissance mondiale*, Documentation photographique n°8108, 2015.

5 Shanghai, une métropole qui ne cesse de s'étendre

VOCABULAIRE

- **CBD (*Central Business District*) :** quartier central des affaires qui regroupe des sièges sociaux d'entreprises et des établissements financiers. On le reconnaît à ses gratte-ciel.
- **Centre :** quartier, espace qui domine et concentre les activités et les populations.
- **Périphérie :** zone urbaine située autour d'une ville-centre, plus ou moins bien reliée à celle-ci.
- **Ville nouvelle :** ville fondée par une décision politique, qui se construit sur un espace auparavant peu ou pas habité.

ACTIVITÉS

Parcours 1 — Extraire des informations pertinentes

1. Situez et localisez Shanghai
2. **DOC. 1** Décrivez le paysage par plans successifs en utilisant les mots clés suivants : *CBD – Bund, quartier historique – rivière Huangpu, voie navigable – gratte-ciel emblématiques de la ville.*
3. **DOC. 1**, **2** et **3** Quels nouveaux éléments sont apparus dans le paysage de Shanghai ?
4. **DOC. 4** et **5** Montrez comment la métropole se développe en périphérie.

OU

Parcours 2 — S'initier aux techniques d'argumentation

Prélevez dans les documents des informations pour justifier les trois affirmations :

- À Shanghai, l'urbanisation du centre est moderne (**DOC. 1** et **3**).
- À Shanghai, l'urbanisation est récente et rapide (**DOC. 1**, **2** et **5**).
- À Shanghai, l'urbanisation s'étale (**DOC. 4** et **5**).

Pour conclure

Reproduisez le croquis schématique suivant représentant Shanghai et complétez sa légende.
Un conseil ? *Identifiez le figuré utilisé pour chaque espace représenté.*

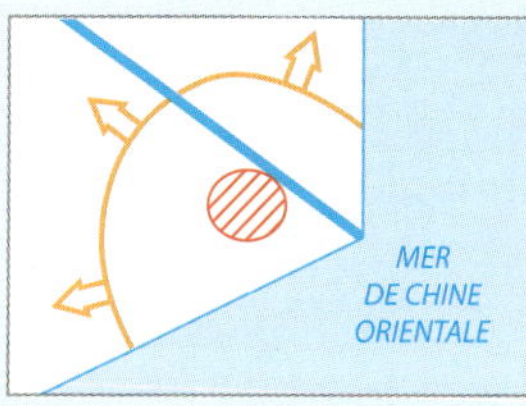

TITRE : ....

.... Un centre qui se verticalise

.... Des périphéries qui s'étalent

L'atelier du géographe

L'agglomération, entre centres et périphéries

Vous complétez un schéma modèle.

1 Melbourne (Australie), une ville qui s'étale à perte de vue

Lecture d'image hachette-clic.fr/21hg4069

2 La diversité des espaces urbains au Caire

Plus grande métropole africaine avec 24,8 millions d'habitants, le Grand Caire est le théâtre d'une forte croissance urbaine : la population a doublé en quarante ans et doublera de nouveau d'ici quarante ans.
Au-delà, cette croissance révèle des formes urbaines complexes, entre hyperdensité du centre et villes-satellites dans le désert, à l'origine de fortes disparités socio-spatiales.
Pour résumer, la structure urbaine est constituée des quartiers historiques centraux devenus populaires puis des avenues inspirées du Paris d'Haussmann menant aux quartiers coloniaux aisés puis à des enclaves dans le désert, constituant des îlots urbains.

D'après R. Jannin, « Le Caire : une crise de la mobilité nourrie par la fragmentation sociospatiale », ausarchitect.fr, novembre 2020.

3 Le quartier des affaires de Lagos (Nigeria)

4 Le Havre (France), une agglomération portuaire majeure

5 Bidonvilles en périphérie de Johannesburg (Afrique du Sud)

POINT MÉTHODE La démarche du géographe pour réaliser un schéma modèle

Étape 1 **Extraire les informations…**

1. **Doc. 1**, **2** et **4** Montrez la diversité des formes que prend l'étalement urbain.
2. **Doc. 2** Expliquez pourquoi elles s'étalent.
3. **Doc. 3** Décrivez les paysages du centre.
4. **Doc. 1** et **5** Décrivez les périphéries présentées. Comment expliquez-vous les différences observées ?

Étape 2 **… pour compléter la légende du schéma modèle.**

5. Complétez la légende. (voir questions 1, 2 et 3)

TITRE : Un territoire organisé qui s'étend

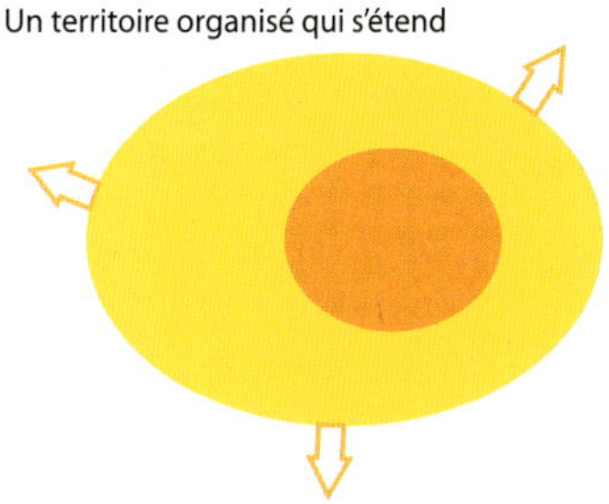

Légende

- (orange) ……………………
- (jaune) ……………………
- (flèche) ……………………

À l'échelle du monde

Des agglomérations dans

Des phénomènes et territoires étudiés

Bilan des études

Étude p. 190-191

Londres, paysages d'une agglomération attractive

Étude p. 194-195

Shanghai, une agglomération en expansion

Les caractéristiques urbaines

Londres :
- Une concentration de la population et des activités
- Une agglomération qui s'étale au détriment des espaces ruraux
- Une agglomération en perpétuel renouvellement

Shanghai :
- Une agglomération qui se verticalise
- Une agglomération qui s'étale au détriment des espaces ruraux
- Une agglomération où l'urbanisation est rapide

à l'échelle mondiale

Observez le planisphère et répondez aux questions :

1. Quelles parties du monde sont les plus urbanisées ?
2. Où se concentrent les agglomérations qui connaissent une forte croissance de leur population ?

VOCABULAIRE

- **Agglomération :** une ville-centre et sa banlieue.
- **Taux d'urbanisation :** pourcentage de personnes habitant en ville.

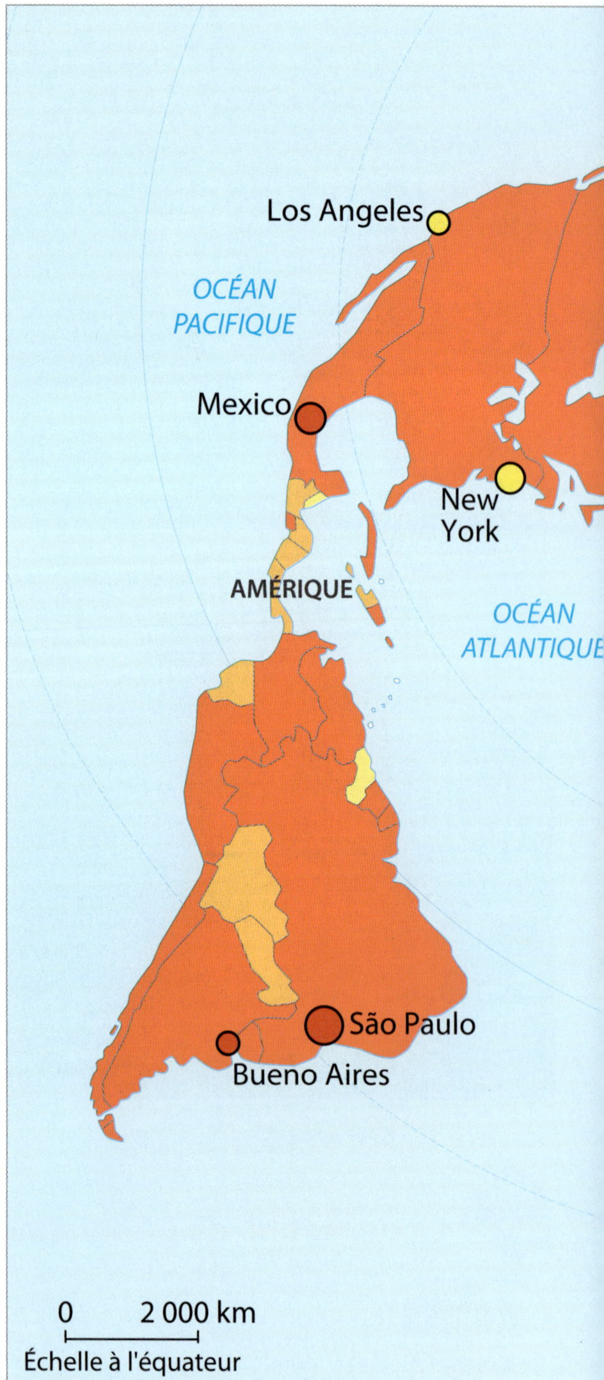

1. Une urbanisation générale du monde

Taux d'urbanisation :
- supérieur à 70 %
- entre 50 et 70 %
- inférieur à 50 %

1 Urbanisation et agglomérations

un monde de plus en plus urbanisé

Source : World Urbanisation prospects, 2018.

2. Une population concentrée dans les agglomérations

- ○ Plus de 30 millions d'habitants
- ○ De 20 à 30 millions d'habitants
- ○ De 12 à 20 millions d'habitants
- ● Forte croissance de la population
- ● Faible croissance de la population

Carte interactive
hachette-clic.fr/21hg4070

Leçon

Espaces et paysages de l'urbanisation

Quels sont les espaces et les paysages créés par l'urbanisation ?

Podcast de la leçon
hachette-clic.fr/21hg4071

1 L'urbanisation, un phénomène mondial

› **Les villes concentrent de plus en plus d'habitants.** En 1910, la population urbaine représentait 20 % de la population mondiale. En 2020, 58 % de la population mondiale vit en ville, soit 4,5 milliards d'habitants. Selon l'ONU, le taux d'urbanisation sera de 66 % en 2050.

› Depuis les années 1950, le monde connaît une très forte urbanisation. Les villes croissent rapidement en nombre d'habitants et en superficie. Ce phénomène touche surtout les pays émergents et les pays pauvres. Dans les pays développés, le taux d'urbanisation déjà élevé augmente très lentement.

› **Le nombre des très grandes villes s'est également multiplié.** Il n'y avait que deux agglomérations de plus de 10 millions d'habitants (New York et Londres) en 1950. Aujourd'hui, il en existe plus d'une trentaine. Ce sont d'ailleurs ces dernières, comme Shanghai, São Paulo ou Johannesburg, qui attirent le plus les populations.

2 Une organisation en centres et périphéries

› **Les espaces où se concentrent les lieux de commandement** (mairie, sièges sociaux d'entreprises, ministères) **et les lieux culturels** (théâtres et musées) **sont les centres.** Il peut y avoir au sein d'une même ville plusieurs centres, comme à Londres. À côté de la City se développent de nouveaux centres, tel Canary Wharf.

› Les espaces consacrés principalement aux lieux de résidence sont appelés des périphéries. C'est là que s'installent aussi toutes les activités qui ont besoin d'espace comme les zones industrielles ou commerciales. Les périphéries peuvent être très bien reliées aux centres grâce à des axes et moyens de transport performants (autoroutes urbaines, transports en commun). Elles sont parfois très mal reliées aux centres. C'est le cas des bidonvilles des pays émergents ou en développement.

3 Des paysages diversifiés

› **L'urbanisation crée de nouveaux paysages.** Aux quartiers d'affaires et CBD qui s'étendent en hauteur (gratte-ciel) s'ajoutent les quartiers résidentiels plus ou moins riches qui s'étendent en superficie, comme les banlieues pavillonnaires de Londres ou les bidonvilles de Johannesburg. Ces espaces se juxtaposent aux quartiers industriels et commerciaux.

› **L'étalement urbain, caractéristique de la croissance urbaine, se fait, partout dans le monde, au détriment des espaces agricoles.** C'est le cas pour Shanghai qui connaît une croissance encore très importante, avec des constructions qui se développent à perte de vue et une extension de ses zones industrielles, commerciales et portuaires.

VOCABULAIRE

- **CBD (*Central Business District*) :** quartier central des affaires qui regroupe des sièges sociaux d'entreprises et des établissements financiers. On le reconnaît à ses gratte-ciel.
- **Centre :** quartier, espace qui domine et concentre les activités et les populations.
- **Étalement urbain :** fait qu'une agglomération s'étende sur toujours plus d'espace.
- **Périphérie urbaine :** zone urbaine située autour d'une ville-centre, plus ou moins bien reliée à celle-ci.
- **Taux d'urbanisation :** pourcentage de personnes habitant en ville.
- **Urbanisation :** processus de croissance de la population des villes et d'extension de l'espace urbain.

Schéma de la leçon

Espaces et paysages de l'urbanisation

1 L'urbanisation, un phénomène mondial

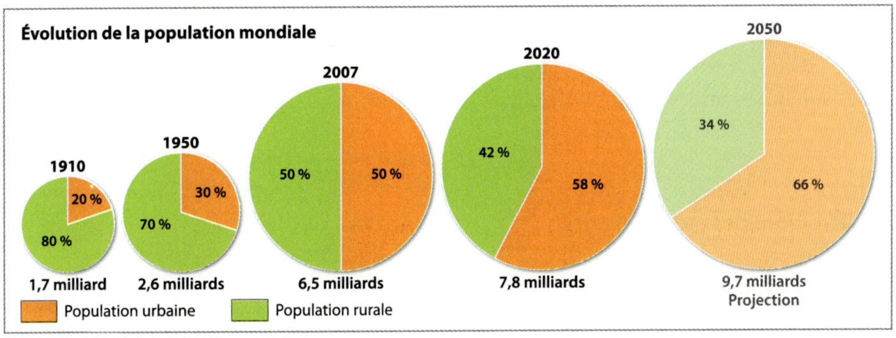

2 Une organisation en centres et périphéries

Des centres

- Lieux de commandement
- Lieux culturels

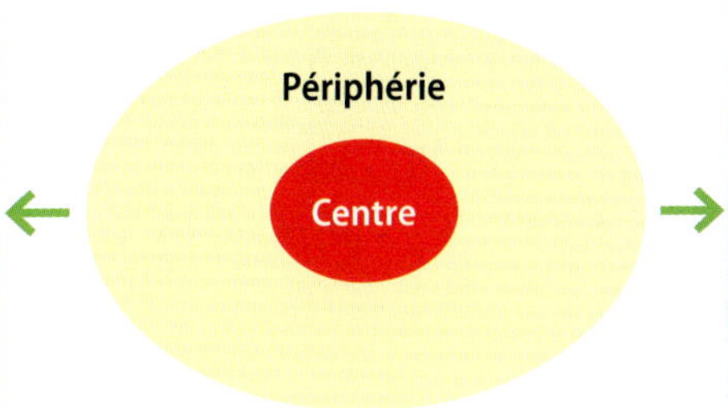

Des périphéries

- Fonction résidentielle
- Activités industrielles et commerciales

3 Des paysages diversifiés

Des quartiers d'affaires

- Verticalisation, gratte-ciel

Des quartiers résidentiels

- Bidonvilles
- Banlieues pavillonnaires (aisées ou populaires)

Des zones d'activités

- Quartiers industriels et commerciaux

Quelques chiffres

- **58 %** de la population mondiale est urbaine en 2020
- **Plus d'une trentaine** agglomérations dans le monde dépassent les **10 millions** d'habitants
- La plus grande ville du monde est Tokyo, avec **37 millions** d'habitants

J'apprends & je construis mes compétences

Exercices interactifs
hachette-clic.fr/21hg4072

1 Je fais ma fiche de révision

Utilisez les rubriques suivantes pour réaliser votre fiche de révision sur le support de votre choix.

Le vocabulaire

Je connais les définitions des mots suivants :
- CBD
- Étalement urbain
- Centre
- Agglomération
- Périphérie
- Urbanisation

Les chiffres

Je connais :
- La part de la population urbaine dans le monde.
- Le nombre d'agglomérations de plus de 10 millions d'habitants.

Les repères géographiques

Je connais et localise :
- Les 10 agglomérations du planisphère.
- Les océans repérés par une lettre (de A à E).

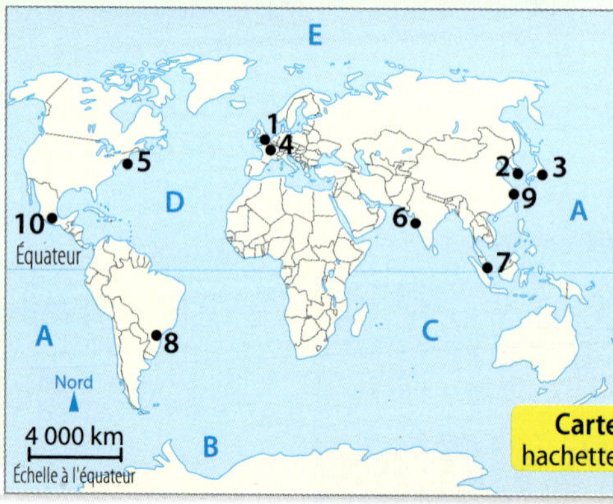

Carte à compléter
hachette-clic.fr/21hg4073

2 Je teste mes connaissances

Exercices à compléter
hachette-clic.fr/21hg4074

Exercice 1 **Sur votre cahier ou à l'oral, reliez le mot complémentaire à l'affirmation qui convient :**

Centre •	• processus de croissance de la population des villes et d'extension de l'espace urbain.
CBD •	• fait qu'une agglomération s'étende sur toujours plus d'espace.
Étalement urbain •	• zone urbaine située autour d'un centre et plus ou moins bien reliée à celui-ci.
Agglomération •	• quartier, espace qui domine et concentre les activités et les populations.
Périphérie •	• quartier central des affaires qui regroupe des sièges sociaux d'entreprises et des établissements financiers. On le reconnaît à ses gratte-ciel.
Urbanisation •	• une ville-centre et sa banlieue.

Exercice 2

1. **Situez puis présentez les deux agglomérations.**
2. **Comment chacun des paysages montre-t-il l'organisation entre centres et périphéries de l'urbanisation ?**

Agglomération 1

Agglomération 2

Je m'auto-évalue

J'ai réussi l'exercice sans regarder ma fiche de révision ou le manuel.	J'ai réussi l'exercice en allant chercher quelques informations dans ma fiche de révision ou le manuel.	J'ai réussi l'exercice en allant chercher les informations dans ma fiche de révision ou le manuel.	J'ai fait l'exercice mais n'ai pas réussi à trouver les informations nécessaires.
Très bonne maîtrise	Maîtrise satisfaisante	Maîtrise fragile	Maîtrise insuffisante

3 Je pratique différents langages : réaliser une production graphique

→ Réalisez un croquis de paysage de l'agglomération de Mumbai (Inde).

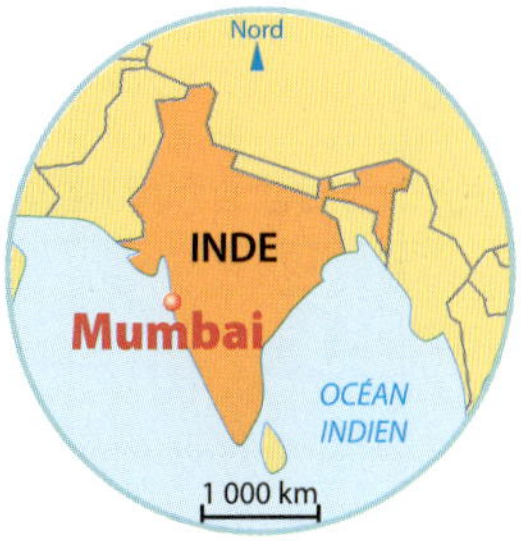

1 Mumbai (Inde), une agglomération qui se métamorphose
Le quartier de Dharavi 1 en 2020, en concurrence avec l'extension du quartier aisé de Bandra Kurla 2.

Étape 1 J'identifie le paysage

1. Localisez et situez le paysage présenté.
2. Précisez la prise de vue.

Étape 2 Je dégage les unités paysagères et je réalise le croquis

3. Identifiez les éléments du paysage en utilisant les mots clés suivants : *bidonville, quartier résidentiel aisé, extension.*

Un peu d'aide ?
Le croquis distingue deux plans qui sont coloriés de trois couleurs. Les couleurs choisies sont celles des espaces construits (rouge, orangé, brun, violet, rose).

Un peu + d'aide ?
Trois plans pour trois unités paysagères :
- 1er plan : le bidonville (en brun).
- 2nd plan : le quartier résidentiel (en rouge).

Étape 3 Je réalise le croquis

4. Après avoir tracé un cadre pour votre croquis, délimitez les éléments du paysage identifiés. Vous pouvez utiliser un calque.
5. Choisissez des couleurs adaptées pour chaque élément du paysage.
6. Reportez-les sur votre croquis.
7. Construisez votre légende.
8. N'oubliez pas de donner un titre à votre croquis.

Je réalise une production cartographique page 395

Je m'auto-évalue

Pratiquer différents langages : réaliser une production graphique

Je vérifie les objectifs que j'ai atteints :
- ☐ Le croquis paysager comporte un titre et une légende.
- ☐ Le croquis est soigneusement réalisé.
- ☐ Toutes les unités paysagères sont coloriées et reportées dans la légende avec un intitulé.

4 J'analyse et je comprends des documents : un graphique et un paysage

→ Étudiez l'urbanisation à São Paulo à l'aide des deux documents.

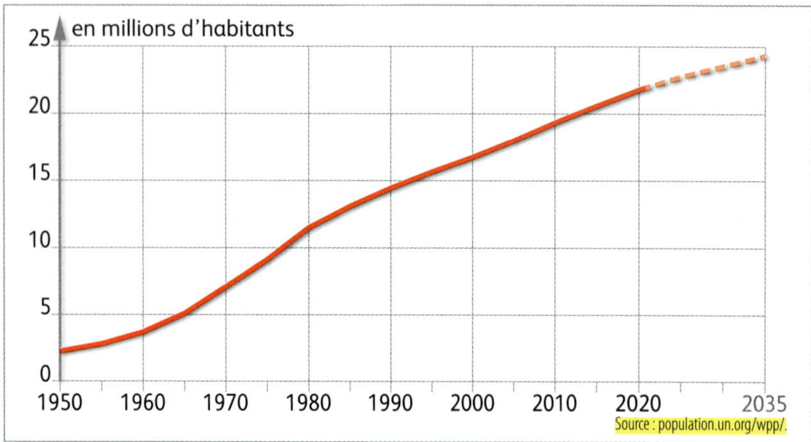

1 **L'évolution de la population de la région métropolitaine de São Paulo**

2 **Un programme de logements MCMV** (*Minha Casa Minha Vida / Ma Maison Ma Vie*) construit en périphérie de São Paulo.

QUESTIONS

A. Identifier le document

1. Présentez le document 1.
2. Localisez et situez la métropole étudiée.

B. Extraire des informations

3. **DOC. 1** Décrivez l'évolution de la population dans la région métropolitaine de São Paulo.
4. **DOC. 1** et **2** Comment le paysage traduit-il l'évolution de la population observée ?

C. Confronter le document à ses connaissances

5. Comment cette urbanisation se traduit-elle dans l'espace urbain ?

POINT MÉTHODE Analyser et comprendre un document

Pour identifier un document

> Utiliser les informations de la source et celle dans le document.
Aide *Elles sont surlignées en jaune.*

> Localiser, c'est indiquer où se trouve un lieu.

> Situer, c'est indiquer où se trouve un lieu par rapport à des repères (près du littoral, au nord, au sud…).
Aide *Utilisez le carton de localisation.*

Extraire des informations

> Décrire une évolution, c'est préciser s'il s'agit d'une augmentation, d'une baisse ou d'une stabilisation.
Aide *Relevez et comparez les données pour 1950, 2020 et 2035.*

Pour confronter le document à ses connaissances

> Utiliser ce qu'on connaît du sujet (voir leçon p. 200-201)
Aide *Utilisez les mots périphérie, centre, étalement urbain, verticalisation…*

Je m'entraîne
Sujet guidé

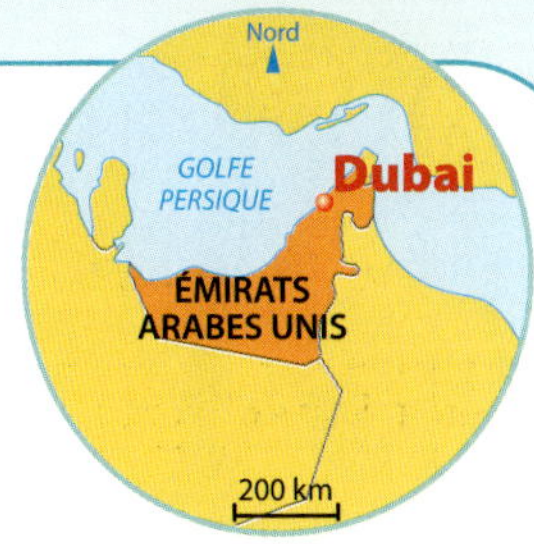

Exercice 1 Analyser et comprendre des documents

1 Dubai, une ville qui ne cesse de se transformer

2 Dubai, une ville du futur ?

La prochaine Exposition universelle[1] se tiendra à partir d'octobre 2021 à Dubai. Des millions de visiteurs y constateront les efforts incessants de ses dirigeants pour en faire la ville du futur. Ce futur aura même son musée, bâtiment en forme de tore[2] signé Killa Design.
Depuis son émergence fracassante sur la scène mondiale, à la fin du XXe siècle, Dubai suscite un mélange de fascination et de rejet, assez analogue à celui que New York ou Los Angeles ont pu produire il y a quelques décennies.

D'après S. Texier, « Patrimoine, Dubai, ou l'histoire immédiate des villes », archistorm.com, juin 2020.

1. Repoussée d'un an en raison de la pandémie de la Covid-19.
2. Forme représentant un tube courbé refermé sur lui-même.

QUESTIONS

1. **DOC. 1** et **2** Présentez les documents.
2. **DOC. 1** Localisez et situez le paysage présenté.
3. **DOC. 1** Identifiez les éléments du paysage.
4. **DOC. 1** et **2** En vous aidant du texte et de vos connaissances, montrez que Dubai est une ville qui ne cesse de se construire.

Un peu d'aide ?

- **Pour la question 1 :** Identifiez la nature, la date, l'auteur et le sujet traité dans ce document.
- **Pour la question 2 :** Localiser, c'est indiquer où se trouve un lieu. Situer, c'est indiquer où se trouve un lieu par rapport à des repères (près du littoral, près d'un fleuve, au nord, au sud…)
- **Pour la question 3 :** Relevez les éléments construits pour expliquer le paysage présenté.
- **Pour la question 4 :** Utilisez les informations des pages 190 à 195.

Exercice 2 Pratiquer différents langages

Sous la forme d'un développement construit d'une vingtaine de lignes, décrivez la diversité des espaces et des paysages d'une agglomération. Vous ferez appel aux exemples vus en classe pour illustrer vos propos. Vous pouvez organiser vos idées autour de la carte mentale. N'oubliez de rappeler la définition d'agglomération.

Les espaces et paysages d'une agglomération
- Des centres, par exemple : … → Des paysages diversifiés, par exemple : …
- Des périphéries, par exemple : … → Des paysages diversifiés, par exemple : …

CHAPITRE 10

Des villes inégalement connectées aux réseaux de la mondialisation

Comment les paysages traduisent-ils l'inégale intégration des métropoles à la mondialisation ?

1 **Vue du centre des affaires de Moscou (Russie)**

VOCABULAIRE

- **Métropole :** agglomération qui exerce son influence sur un territoire à des échelles différentes (régionale, nationale, mondiale).
- **Mondialisation :** mise en relation des espaces et des peuples dans le monde. Elle se traduit par des échanges de marchandises, de capitaux et de populations.

Je me repère dans l'espace

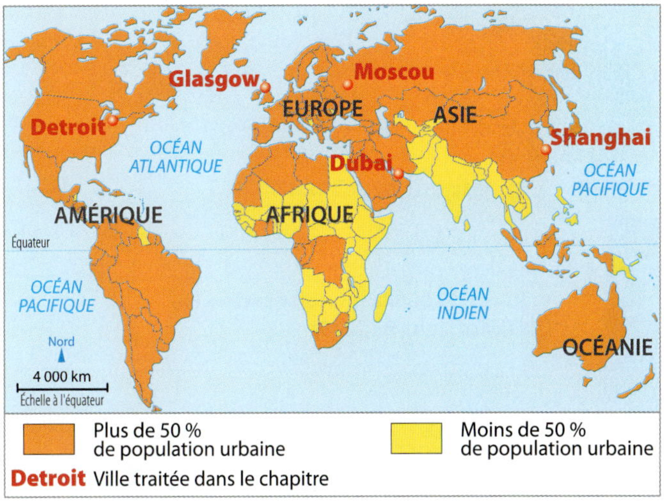

2 **Quai abandonné le long de la Clyde à Glasgow (Royaume-Uni)**

QUESTIONS

1. **DOC. 1** et **2** Décrivez les paysages urbains présentés.
2. **DOC. 1** et **2** Selon vous, quels éléments montrent l'inégale insertion dans la mondialisation ?

Se repérer

Les villes dans la mondialisation

UNE VIDÉO POUR COMMENCER

hachette-clic.fr/21hg4075

« Qu'est-ce que la mondialisation ? », *Les Échos*, janvier 2019.

● Ville de plus d'un million d'habitants ■ Port — Route maritime

1. Beijing actuellement
2. Mumbai actuellement

1 Un monde connecté en 1914 : flux maritimes

Je me souviens

Se repérer dans le temps et dans l'espace

→ Voir le chapitre 9

1. Rappelez ce qu'est une agglomération.
2. Rappelez comment le taux d'urbanisation évolue depuis le début du XXᵉ siècle.
3. Rappelez quels sont les continents sur lesquels se trouvent les plus grandes agglomérations.

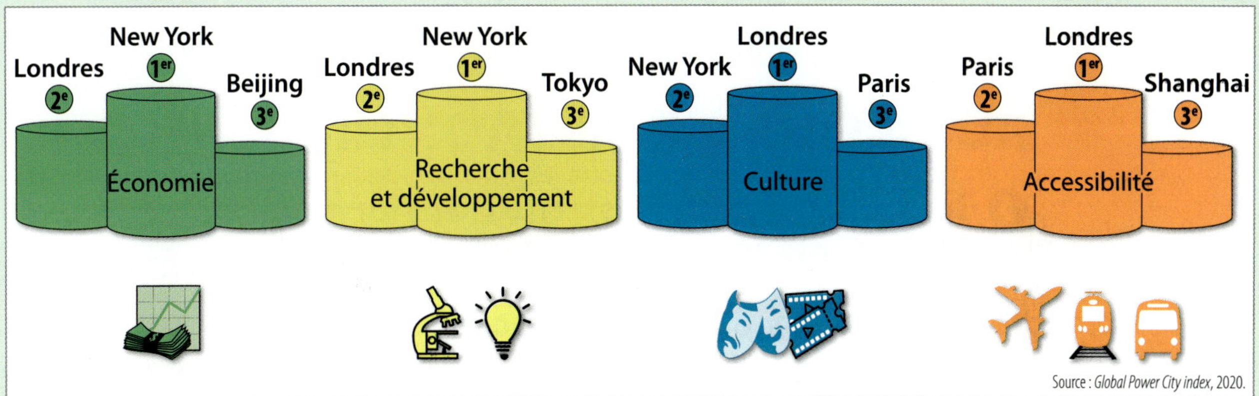

Source : *Global Power City index*, 2020.

2 Des fonctions qui définissent les villes mondiales

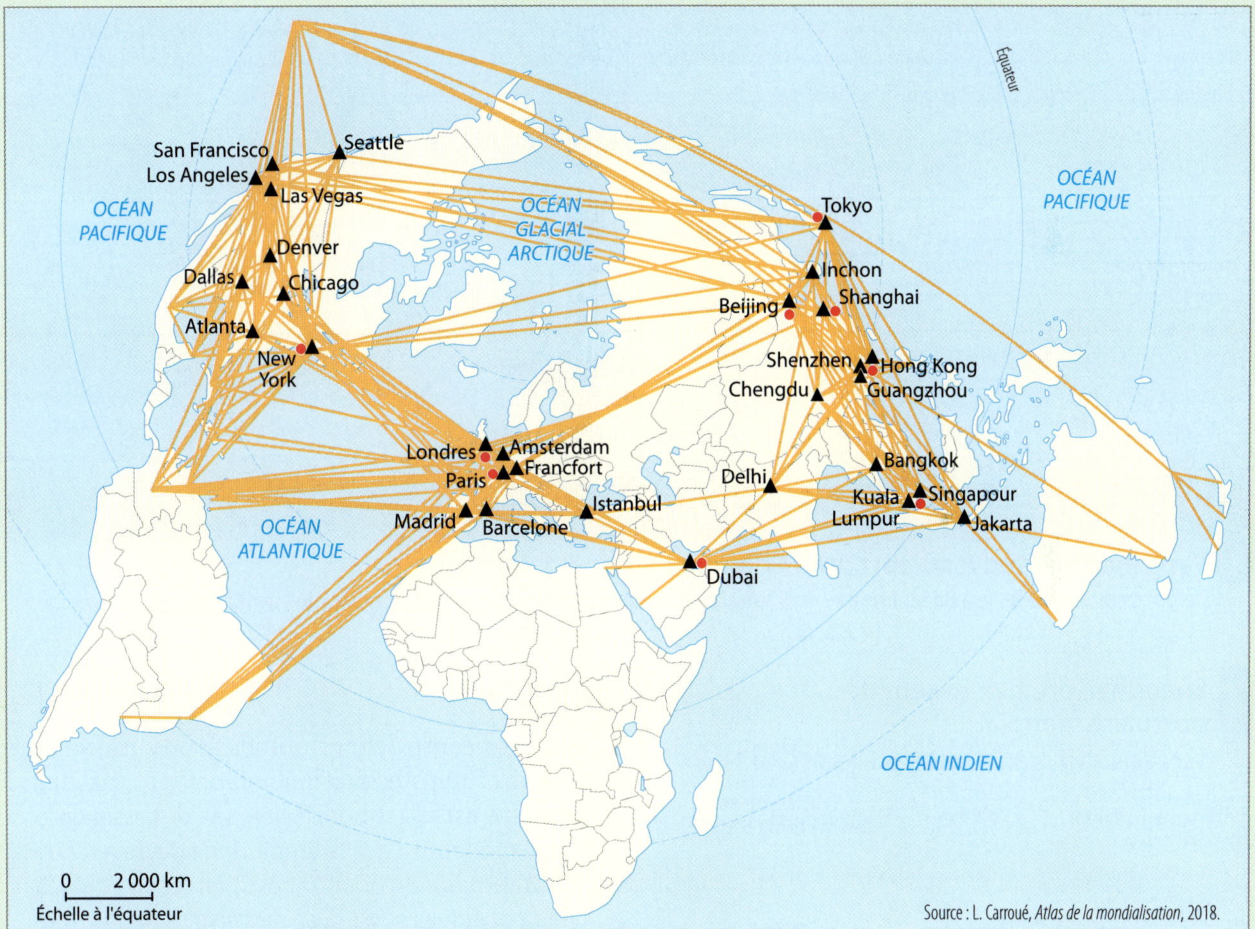

Source : L. Carroué, *Atlas de la mondialisation*, 2018.

● Principale métropole mondiale ▲ Principal aéroport — Principale liaison

3 Un monde connecté en 2020 : aéroports et flux aériens

Je découvre

4. Relevez les principales fonctions d'une métropole mondiale.

5. Identifiez les principales métropoles mondiales.

6. Montrez comment ces métropoles mondiales sont reliées entre elles.

7. Vidéo : Relevez les différents types de flux générés par la mondialisation.

Étude

Shanghai, une métropole au cœur de la mondialisation

Comment Shanghai est-elle transformée par son intégration à la mondialisation ?

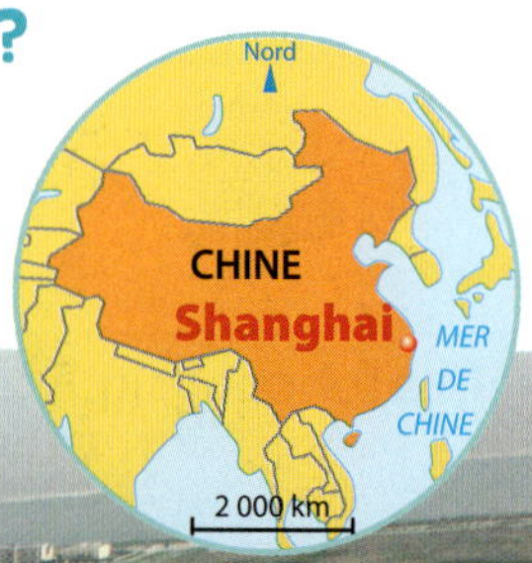

A Comprendre que Shanghai est une métropole au cœur de la mondialisation

1 Yangshan, un nouveau port pour Shanghai
Ce port, situé sur une île à 85 kilomètres de Shanghai, est relié au continent par un pont de plus de 30 kilomètres.

2 Shanghai, premier ensemble portuaire mondial

Trafic annuel des 5 premiers ports mondiaux en 2019			
Rang	**Villes**	**Pays**	**Trafic annuel (en millions d'EVP[1])**
1	Shanghai	Chine	36 537
2	Singapour	Singapour	30 922
3	Shenzhen	Chine	24 205
4	Ningbo-Zhoushan	Chine	20 627
5	Hong Kong	Chine	20 073

Source : portsetcorridors.com, 2019.

1. Équivalent vingt pieds, unité de mesure qui correspond à un conteneur.

3 Shanghai, ville mondiale

Entre ses constructions datant du XIVe siècle et ses rives futuristes aux innombrables gratte-ciel, Shanghai est l'illustration frappante de l'essor de la Chine moderne. La ville ambitionne de devenir un pôle international pour l'innovation technologique depuis quelques années, de plus en plus de start-up[1] s'y implantent pour profiter de son environnement cosmopolite[2].
Centre financier incontournable de la Chine, Shanghai a placé l'innovation au cœur de sa stratégie de développement en se présentant comme une destination privilégiée pour les innovateurs, les entrepreneurs et les start-up.

D'après N. Kritikou, « Shanghai : pour les affaires et le plaisir », fr.euronews.com, septembre 2018.

1. Jeune entreprise novatrice dans le secteur des nouvelles technologies.
2. Qui comprend des personnes de tous les pays.

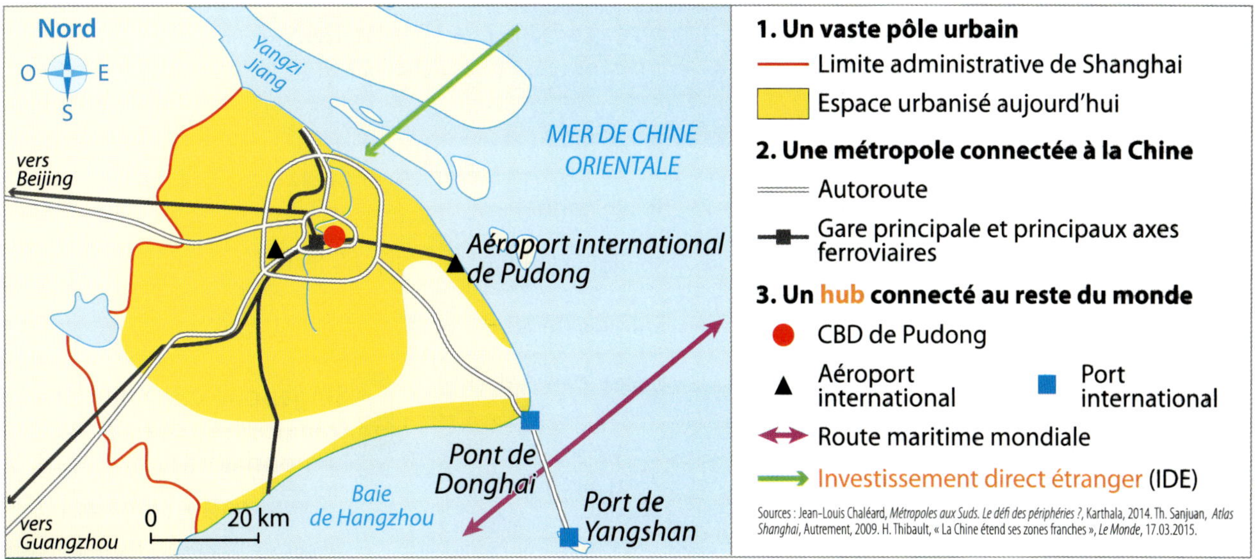

4 **Shanghai, une métropole connectée**

VOCABULAIRE

- **Hub :** lieu qui concentre et redistribue des marchandises, des informations ou des voyageurs.
- **Investissement direct étranger (IDE) :** argent investi par une entreprise dans un pays étranger.
- **Ville mondiale (ou ville monde) :** métropole qui exerce des fonctions de domination économique, financière, culturelle, politique à l'échelle mondiale.

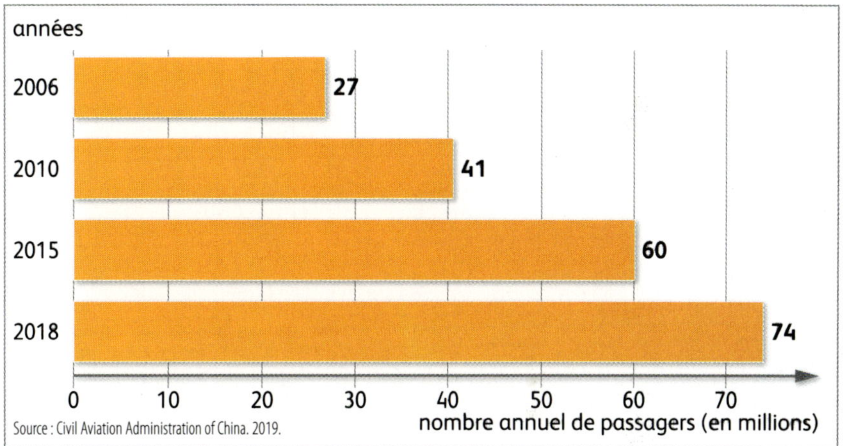

5 **L'aéroport international de Shanghai**

ACTIVITÉS en groupe

Coopérer et mutualiser

Étape 1 **Formez des groupes de 4 ou 5. Au sein de chaque groupe, partagez-vous en deux équipes.**
Chaque équipe répond aux questions qui lui correspondent :

Équipe 1

Une ville connectée au reste du monde.

1. **DOC. 1, 2** et **5** Par quels éléments la ville de Shanghai est-elle connectée au reste du monde ?
2. **DOC. 3** Citez un extrait du texte montrant cette connexion mondiale.

Équipe 2

Une ville mondiale.

1. **DOC. 1, 2** et **5** Quelle place la ville de Shanghai occupe-t-elle dans les échanges de marchandises et de personnes ?
2. **DOC. 4** Quels éléments montrent l'importance de Shanghai à l'échelle du monde ?

Étape 2 **Présentez votre travail à l'autre équipe et construisez ensemble une réponse à la question : Comment la ville de Shanghai s'intègre-t-elle à la mondialisation ?**

Vous pouvez organiser votre réponse autour de deux idées :
1. Shanghai est une métropole connectée au reste du monde.
2. Shanghai est une ville mondiale.

B Mettre en perspective le cas de Shanghai à l'échelle de l'Asie du Sud et de l'Est

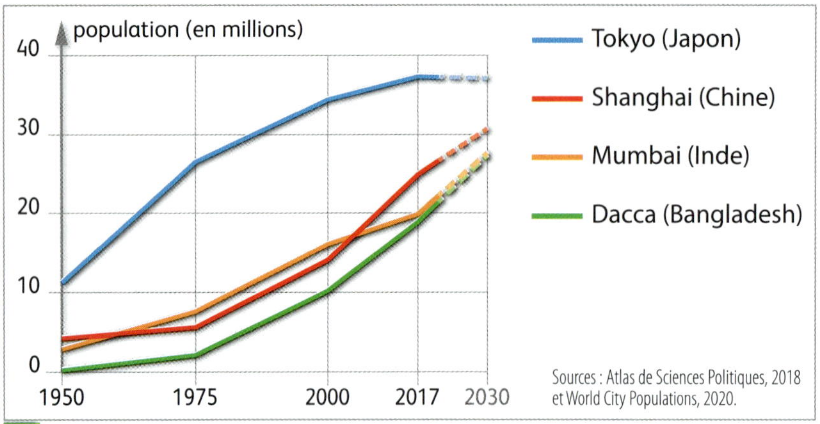

6 Une croissance urbaine qui se concentre en Asie

7 Singapour, une ville transformée par la mondialisation

UN REPORTAGE À REGARDER

hachette-clic.fr/21hg4076

Journal de 20 heures, France 2, 21 juillet 2015.

« Gratte-ciel construits sur l'eau, architecture démesurée, la ville de Singapour, composée de 64 îles, est considérée comme l'une des plus propres du monde. Il s'agit d'une cité-État coincée entre la Malaisie et l'Indonésie. En 50 ans, elle a su devenir l'un des États les plus développés. Un immeuble représente à lui seul l'évolution du pays avec trois tours de verre de 55 étages et une plate-forme sur le dessus, sur laquelle la tour Eiffel pourrait se coucher entièrement. »

8 Des bidonvilles à l'écart de la mondialisation à Manille (Philippines)

ACTIVITÉS

Parcours 1

Extraire des informations pertinentes

1. **DOC. 6** Quelles métropoles connaissent une forte croissance ?
2. **DOC. 8** Montrez les inégalités creusées par la mondialisation.
3. **DOC. 7** Décrivez ce paysage. Identifiez les éléments qui montrent l'intégration de Singapour à la mondialisation.

OU

Parcours 2

Confronter un document à ce que l'on peut connaître par ailleurs du sujet étudié

DOC. 7 Relevez les éléments expliquant l'évolution actuelle des grandes métropoles asiatiques dans la mondialisation, telles Singapour ou Dacca.

Pour conclure **Expliquez comment la mondialisation transforme les villes de l'Asie du Sud et de l'Est.**

Bilan

Bilan à compléter
hachette-clic.fr/21hg4077

Shanghai, une métropole au cœur de la mondialisation

Comment Shanghai, métropole au cœur de la mondialisation, symbolise-t-elle l'urbanisation actuelle du monde ?

1 Sélectionner des informations essentielles à retenir

À l'aide des activités des pages 211 et 212, recopiez la ou les propositions qui conviennent :

Proposition 1 : Pudong est

a) Un port international
b) Un CBD
c) Un centre de loisirs de Shanghai

Proposition 2 : La métropole de Shanghai est connectée au monde par

a) le premier ensemble portuaire mondial
b) un port en eau profonde construit au large
c) un aéroport international
d) des flux financiers importants

Proposition 3 : Shanghai est une ville mondiale, car

a) Elle est caractérisée par une population cosmopolite.
b) Elle s'étend de plus en plus en périphérie.
c) Elle exerce des fonctions de domination économique, financière, culturelle et politique à l'échelle du monde.

Proposition 4 : Les métropoles qui connaissent la plus forte croissance se concentrent en

a) Afrique
b) Europe
c) Asie

2 Mobiliser ces informations pour réaliser une carte mentale

Reproduisez et complétez la carte mentale en utilisant les informations sélectionnées.

Je réalise une carte mentale page 394

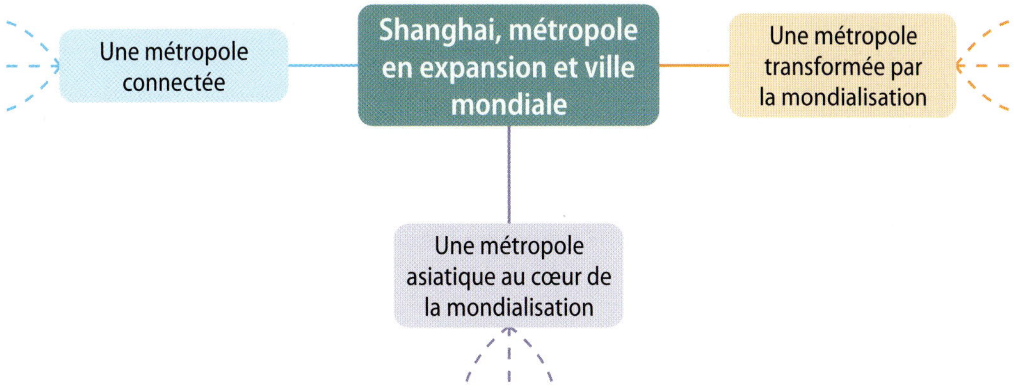

Étude

FICHE D'IDENTITÉ DE DETROIT

État : États-Unis d'Amérique
Superficie : 370 km²
Population : 673 000 hab.
Densité : 1 820 hab./km²

Detroit, une métropole qui « rétrécit »

Tâche complexe

Detroit est une ville du Nord-Est des États-Unis qui s'est développée grâce à l'industrie automobile. Cette ville connaît un déclin à partir des années 1960. Elle perd presque les deux tiers de sa population entre 1960 et aujourd'hui.

Votre mission **Expliquez le « rétrécissement » de Detroit et montrez comment il se traduit dans les paysages.**

1 Detroit, une métropole au cœur dévasté
1 Le CBD ; 2 le centre-ville où vit une population pauvre ; 3 les usines abandonnées ; 4 les **friches** urbaines.

Lecture d'image
hachette-clic.fr/21hg4078

VOCABULAIRE

- **Aire urbaine :** une agglomération centrale et les périphéries qui lui sont liées.
- **Friche :** espace laissé à l'abandon à la suite de l'arrêt de l'activité qui s'y trouvait.
- **Périphérie :** zone urbaine située autour d'une ville-centre plus ou moins bien reliée à celle-ci.
- **Ville-centre :** commune centrale d'une agglomération.

2 L'opposition entre le centre et les périphéries de Detroit

	Ville-centre de Detroit (nombre d'habitants)	Aire urbaine de Detroit (nombre d'habitants)
1960	1 800 000	3 900 000
2000	951 000	4 400 000
2010	713 000	4 300 000
2013	691 000	4 290 000
2018	673 000	5 682 000

Source : Bureau du recensement des États-Unis.

3 Detroit, une ville déclarée en faillite, en 2013

La ville de Detroit (Michigan), berceau de l'industrie automobile américaine, est devenue la plus grande ville américaine à se déclarer en faillite[1].

« Je prends cette décision difficile pour que Detroit reparte sur de solides bases financières qui lui permettront de croître à l'avenir », a expliqué Rick Snyder, le gouverneur de l'État du Michigan.

Étendard de l'automobile triomphante au début du XXe siècle, Detroit est devenue, au fil d'une longue agonie, une ville criblée de dettes, désertée et minée par la criminalité.

D'après FranceTV.info.fr avec AFP, « La faillite de Detroit en cinq chiffres », février 2014.

1. Situation d'une entreprise, d'une ville, incapable de gérer son fonctionnement, en cessation de paiement.

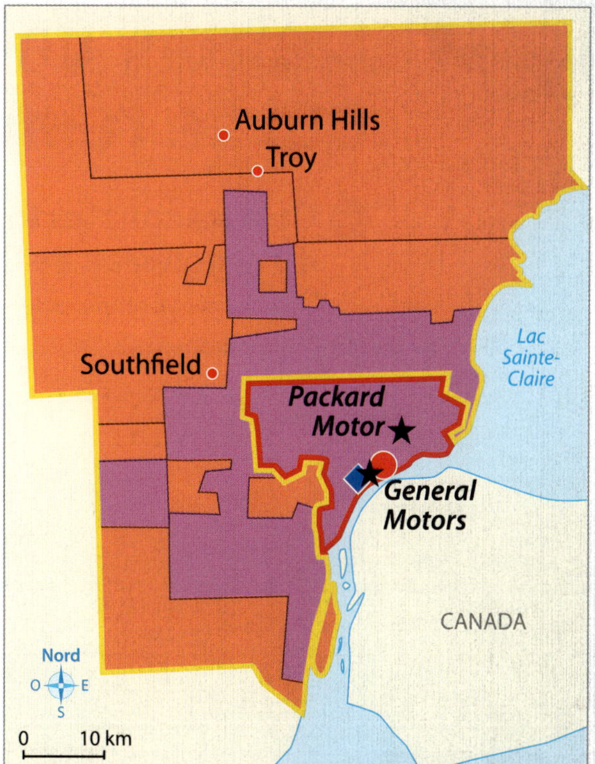

Sources : J.A. Staes, « Comparing Detroit To Other Cities? Look At The Map! », 2012 ; P. Rekacewicz, « Aire métropolitaine de Detroit », Monde-diplomatique.fr, 01/2010 et A. Popelard, « Detroit, catastrophe du rêve », Hérodote, 1/2009.

1. Detroit, aire urbaine
- La ville-centre
- Ses périphéries
- Autre centre

2. Une évolution différenciée de la population
- Baisse
- Augmentation

3. Une ville en faillite
- CBD isolé
- Site industriel en crise
- Gare abandonnée (Michigan Central Station)

4 Une métropole en crise

Carte animée
hachette-clic.fr/21hg4079
Animation de la population de Detroit entre 1970 et 2010.
huffingtonpost.com, 3 juillet 2014.

Un peu d'aide ?

Vous pouvez organiser votre travail autour de deux idées :
- La situation de la ville de Detroit aujourd'hui. (**DOC. 2**, **3**, **4**)
- La traduction de cette situation dans les paysages urbains. (**DOC. 1** et **3**)

+ Un peu d'aide ?

1. **DOC. 1** Décrivez le paysage.
2. **DOC. 1** et **3** Comment le déclin de Detroit se lit-il dans le paysage urbain ?
3. **DOC. 2** et **3** Comment le déclin de Detroit s'explique-t-il ?
4. **DOC. 1**, **2** et **4** Montrez que le paysage urbain traduit plusieurs types de difficultés pour la ville de Detroit.

Étude

Detroit, une métropole qui se réinvente

Quelles sont les formes et les acteurs du renouveau de Detroit ?

5 Une ferme urbaine à Detroit

6 Une ville qui renaît

Un acteur économique témoigne

C'est une histoire comme l'Amérique les aime. Une résurrection. L'activité et l'emploi reviennent, les dollars aussi. « Detroit renaît de ses cendres, s'émerveille Xavier Ovize, PDG d'un équipementier[1] français du Michigan. Pour se rendre dans les salles de spectacle, il fallait se faufiler au milieu de cordons de policiers. Aujourd'hui, on peut se promener en centre-ville sans craindre pour sa vie. » Aujourd'hui, Detroit palpite à nouveau, et cela se voit. La ville, capitale économique d'un État longtemps rangé dans la catégorie des « flyover states » – ces territoires que les avions survolent davantage qu'ils n'y atterrissent – attire de plus en plus les touristes. Qu'ils soient Américains ou étrangers. Detroit a des arguments : les Detroit Pistons – ça ne s'invente pas ! – la franchise de basket-ball de la NBA ; la Motown, mythique compagnie de disques américaine dont le nom est la contraction de Motor Town ; ou encore les collections du Detroit Institute of Arts[2].

D'après M. Pelloli, « Après la crise, Detroit se soigne au véhicule électrique et autonome », leparisien.fr, août 2019.

1. Fabricant d'équipements électriques, électroniques pour l'industrie.
2. Un des plus grands musées des États-Unis.

7 « Detroit, dix ans après la crise des subprimes »

UN REPORTAGE À ÉCOUTER hachette-clic.fr/21hg4080

France Info, 15 septembre 2018.

Aujourd'hui, « on a un centre-ville qui est complètement revenu d'un point de vue strictement financier », décrit Henri Briche. Toutefois, le chercheur en politique de la ville à la Wayne State University explique que « 80 % de la ville reste encore très très pauvre ».

ACTIVITÉS

Parcours 1 — Extraire des informations pertinentes

1. **DOC. 5** Décrivez la photographie. En quoi est-ce étonnant avec ce que vous avez appris de Detroit.
2. **DOC. 5, 6** et **7** Pourquoi peut-on dire que Detroit connaît un certain renouveau urbain ?
3. Quelles activités et politiques mises en place participent au renouveau de Detroit ?

OU

Parcours 2 — Confronter un document à ce que l'on peut connaître par ailleurs du sujet étudié

1. **DOC. 7** Relevez les éléments montrant le renouveau urbain de Detroit.
2. **DOC. 7** Ce renouveau concerne-t-il toute la population de Detroit ? Expliquez.

Bilan

Bilan à compléter
hachette-clic.fr/21hg4081

Detroit, une métropole qui « rétrécit » et se réinvente

Comment Detroit, métropole en crise, connaît-elle un certain renouveau ?

1 Sélectionner des informations essentielles à retenir

Recopiez et poursuivez les listes à l'aide des pages 214 à 216 et de la boîte à outils.

- Les éléments qui reflètent le déclin de Detroit : des maisons détruites, rasées…
- Les éléments qui montrent que Detroit est à l'écart des grands réseaux de la mondialisation : la gare abandonnée…
- Les éléments qui montrent un certain renouveau de Detroit : un projet de jardin…

Boîte à outils

- ville de Detroit
- périphérie de Detroit
- baisse de la population
- augmentation de la population
- site industriel en crise
- fermes urbaines
- IDE

2 Mobiliser ces informations pour réaliser un croquis géographique

À l'aide des informations sélectionnées, complétez la première partie de la légende. Puis trouvez les figurés manquants et reportez-les sur le croquis.

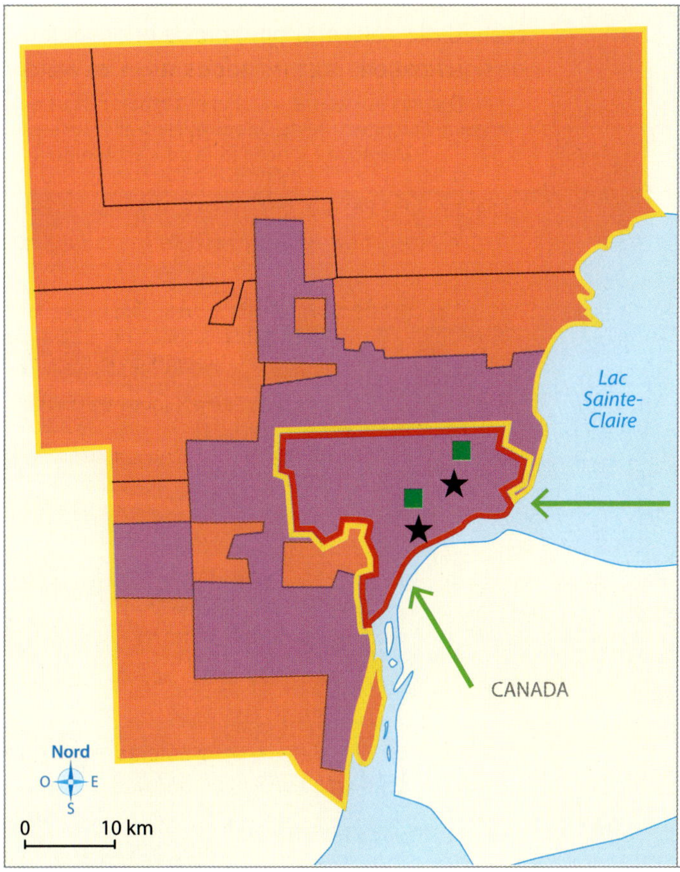

1. Une ville aux paysages reflétant son déclin

- (contour rouge) ……
- (contour jaune) ……
- (violet) ……
- (orange) ……
- ★ ……

2. Une ville à l'écart des grands réseaux de la mondialisation

……… Fuite des capitaux et des hommes

……… CBD isolé

3. Une ville qui se réinvente

……… Arrivée d'IDE

……… Fermes urbaines

Croquis à télécharger
hachette-clic.fr/21hg4082

Histoire des ARTS

L'architecture des gratte-ciel, vitrine des métropoles mondiales

Comment la *skyline* témoigne-t-elle de la puissance des grandes métropoles ?

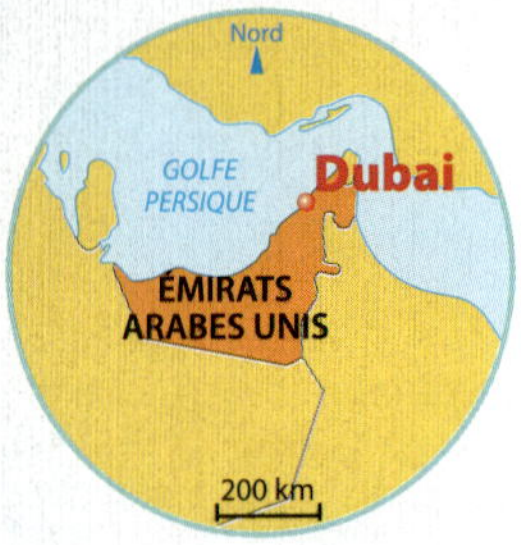

1 La tour Burj Khalifa (Dubai)
Imaginée par l'Américain Adrian Smith, ce gratte-ciel inauguré en janvier 2010 est la plus haute structure humaine (828 m).

2 Un pouvoir visible à l'échelle mondiale

La tour Burj Khalifa symbolise à elle seule la modernité de Dubai. Surtout, elle incarne la puissance et le pouvoir dont fait preuve aujourd'hui la ville. Elle incarne le rayonnement de la ville à la fois sur la région des Émirats arabes unis mais aussi à l'échelle mondiale.
La tour est visible à plus de 95 kilomètres à la ronde marquant ainsi la présence de Dubai entre le désert et la mer. Elle constitue une invitation à rejoindre la cité. La tour se situe presque parfaitement au milieu de Dubai, comme une cathédrale s'élevant, symbole de prière et lourde de significations pour les habitants et les visiteurs.

D'après A. Rivierre, « Dubai et l'utopie : Dans quelle mesure l'architecture de Dubai révèle-t-elle son essence utopique ? », academia.edu, septembre 2014.

VOCABULAIRE

- ***Skyline* (anglais) :** silhouette d'une ville marquée par la présence de gratte-ciel.

3 Des forêts sur des immeubles : les tours Bosco Verticale (Milan)

Nées de l'imagination de l'architecte italien Stefano Boeri, les deux tours Bosco Verticale (« forêts verticales » en italien) comprennent plus de 20 000 plantes et arbres, soit l'équivalent de deux hectares de forêt.

hachette-clic.fr/21hg4083
France Info, 6 juin 2013.
« Un hectar de forêt… dans un immeuble à Milan »
Écouter son architecte du projet, Stefano Boeri.

4 Penser la ville autrement

Ce projet est « né de mon obsession pour les arbres » et d'une réflexion sur « la manière dont ils pouvaient devenir une composante essentielle de l'architecture », explique Stefano Boeri.
Sa démarche se veut aussi écologique : « J'étais à Dubai en 2007 et je regardais cette ville qui croissait au milieu de désert, avec plus de 200 tours de verre qui multiplient l'effet de la chaleur », se rappelle-t-il. Naît ainsi l'idée d'un édifice qui puisse, « outre accueillir la vie, contribuer à réduire la pollution de la ville, parce que les arbres absorbent les microparticules et le CO_2 ». « Les villes produisent aujourd'hui environ 75 % du CO_2 présent dans l'atmosphère » et « amener plus d'arbres dans la ville veut dire combattre l'ennemi sur place », note l'architecte.
En Chine, deux tours sont en construction à Nanjing, un hôtel est en projet à Shanghai tandis qu'une « cité forestière » de quelque 200 bâtiments doit surgir à Liuzhou.

D'après « Les "forêts verticales" de Milan : un énorme succès international », *Le Figaro Immobilier*, octobre 2017.

POINT MÉTHODE Identifier et analyser des œuvres d'arts

Étape 1 Identifier une œuvre

1. **DOC. 1** et **3** Présentez chacun des bâtiments : date, architecte, localisation…

Étape 2 Décrire et comprendre

2. **DOC. 1** et **3** Décrivez chacun des bâtiments : forme, dimensions, matériaux…
3. **DOC. 2** et **4** Quel était l'objectif des architectes pour chacun des deux projets ?

Étape 3 Exprimer sa sensibilité et conclure

4. **DOC. 1** et **3** Quelle est l'impression qui se dégage de ces monuments ?
5. **DOC. 1** et **3** Quel projet préférez-vous ? Pour quelles raisons ?

L'atelier du géographe

Une métropole, un territoire organisé et connecté

Vous réalisez un schéma modèle.

1 Vue de la baie de Hong Kong et du quartier des affaires
Situé sur l'île de Hong Kong, le Central ❶ est le quartier d'affaires, surnommé « la City », avec son architecture moderne, ses boutiques de luxe et son quartier branché « Lan Kwai Fong ».

2 L'aéroport international de Francfort (Allemagne), un hub mondial

3 Des lieux privilégiés par la mondialisation

La métropolisation se distingue de l'urbanisation par le double mouvement de concentration d'activités spécialisées et la diversification des fonctions. Ces fonctions s'incarnent dans des lieux qui sont concentrés dans les métropoles, comme les bourses et sièges de firmes multinationales en matière économique, les sièges de grandes institutions internationales (comme l'ONU, le FMI) en matière politique, et les grandes institutions culturelles (musées, studios de cinéma, écoles d'art) en matière culturelle. Les métropoles se distinguent par leur capacité à contrôler et à impulser l'innovation et la créativité à l'échelle mondiale.

P. Nédelec, *Géographie urbaine*, 2018.

a. La Sorbonne, une université au centre.

b. Polytechnique, une école en périphérie.

4 **Des pôles universitaires et de recherche, l'exemple parisien**

POINT MÉTHODE La démarche du géographe pour réaliser un schéma modèle

Étape 1 Extraire les informations…

1. **DOC. 3** Relevez les fonctions que concentrent les métropoles.
2. **DOC. 1, 2** et **4** Comment ces fonctions se lisent-elles dans les paysages ?
3. **DOC. 1** et **2** Comment les métropoles sont-elles reliées les unes aux autres ?

Étape 2 … pour compléter le schéma modèle et sa légende

4. À l'aide des connaissances construites dans le chapitre 9, complétez la première partie de la légende (voir Atelier du géographe pages 196 et 197).
5. Placez sur le schéma les fonctions qui se concentrent dans les métropoles. (voir questions 1 et 2).
6. Complétez la partie 3 de la légende. (voir question 3).
7. Donnez un titre à votre schéma modèle.

Schéma à compléter
hachette-clic.fr/21hg4084

TITRE : ....

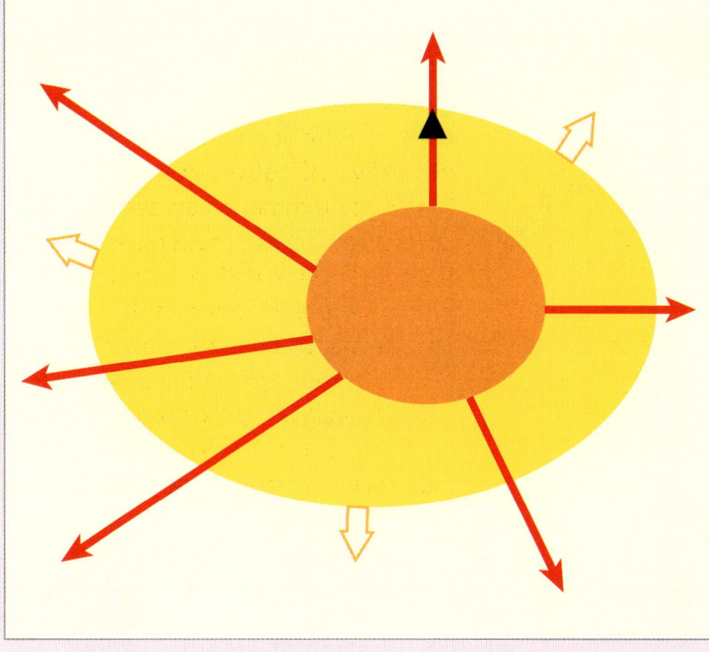

Légende

1. Un territoire organisé qui s'étend

- (orange) ....
- (jaune) ....
- (flèche) ....

2. Des fonctions multiples

- (carré bleu) Politiques (institutions internationales, sièges de gouvernement…)
- (losange violet) Économiques et financières (sièges sociaux d'entreprises, banques…)
- (étoile verte) Scientifiques et culturelles (universités, laboratoires de recherche, musées…)

3. Une intégration à la mondialisation

- (triangle noir) ....
- (flèche rouge) .... de communication (transport, Internet…)

À l'échelle du monde

Des métropoles dans un

Des phénomènes et territoires étudiés

Bilan des études

Étude p. 210-213	Étude p. 214-217
Shanghai, une métropole au cœur de la mondialisation	**Detroit, une métropole qui « rétrécit » et se réinvente**

L'intégration à la mondialisation	
• Une métropole connectée qui rayonne à travers le monde • Des transformations liées à la mondialisation • Une concentration d'activités et de population : une mégalopole	• Une métropole en marge • Une métropole qui tente de se reconnecter aux réseaux de la mondialisation • Une métropole qui se réinvente

à l'échelle mondiale

Observez le planisphère et répondez aux questions :

1. Quelles parties du monde sont les plus connectées aux grands réseaux de la mondialisation ?
2. Quelles parties du monde semblent à l'écart de la mondialisation ?

1. La puissance des métropoles

● Principales métropoles mondiales

● Autres métropoles mondiales

1 Urbanisation et mondialisation

VOCABULAIRE

- **Métropole :** agglomération qui exerce son influence sur un territoire à des échelles différentes (régionale, nationale, mondiale).
- **Réseaux :** ensemble des relations qui existent entre des lieux et qui se font au moyen d'axes de communication et de transport. Y circulent des flux de marchandises, d'informations, de capitaux et d'hommes.

monde de plus en plus connecté

Source : GaWC - The World According to GaWC 2020 (lboro.ac.uk)

2. Des métropoles connectées entre elles

Les trois grands centres de la mondialisation qui concentrent les pouvoirs

Les réseaux de la mondialisation, échanges de marchandises, d'hommes, de capitaux et d'informations

Carte interactive
hachette-clic.fr/21hg4085

Leçon

Des villes inégalement connectées aux réseaux de la mondialisation

Comment les paysages traduisent-ils l'inégale intégration des métropoles à la mondialisation ?

Podcast de la leçon
hachette-clic.fr/21hg4086

1 Des villes connectées aux grands réseaux de la mondialisation

› **Les grandes métropoles sont connectées aux réseaux de la mondialisation, car elles sont des lieux de production de richesses et d'échanges**. Ces échanges se font grâce aux transports aériens, ferroviaires, maritimes ou routiers, mais aussi, et de plus en plus, par Internet.

› **Les flux se concentrent entre quelques grandes métropoles**, telles New York, Londres, Shanghai, São Paulo ou Dubai. Elles concentrent les pouvoirs économique, financier, culturel et politique.

› **Les pouvoirs des métropoles se regroupent dans les CBD**, comme à Pudong (Shanghai) ou dans la City de Londres. Les CBD, et la hauteur de leurs tours, deviennent alors la marque de la puissance et du rayonnement de ces métropoles.

2 Des grandes métropoles qui appartiennent à un archipel

› **Les grandes métropoles comme New York, Tokyo, Londres ou Paris entretiennent des liens étroits**. Des relations économiques, politiques, culturelles, financières et humaines très importantes s'établissent entre elles. Elles ont parfois davantage de relations avec les autres grandes métropoles qu'avec les territoires qui les entourent. Ce sont des îlots formant un réseau que l'on nomme l'archipel mégalopolitain mondial (AMM).

› Ces métropoles font également le lien entre le monde et le territoire qui les entoure. Ainsi la mondialisation fait-elle sentir ses effets dans les alentours des métropoles où s'installent des universités ou de grandes entreprises. Elles font également le relais avec les autres métropoles du pays.

3 Des métropoles inégalement intégrées à la mondialisation

› **Si certaines métropoles sont des pôles importants de la mondialisation qui rayonnent sur le monde, d'autres sont en revanche en marge des grands réseaux de la mondialisation**. Lorsqu'elles perdent de la population, on parle de villes en décroissance (Detroit). Ainsi certains lieux autrefois centraux deviennent des espaces mis à l'écart de la mondialisation. D'autres villes, parfois démographiquement importantes, sont moins bien intégrées du fait de la pauvreté du pays.

› **Ces villes essaient néanmoins de développer des activités nouvelles** tournées vers les hautes technologies et la culture afin de se reconnecter au monde.

VOCABULAIRE

- **Archipel mégalopolitain mondial (AMM) :** ensemble de métropoles étroitement connectées en réseaux (de transport et numérique).
- **Décroissance :** par opposition à croissance urbaine. Elle est la conséquence de pertes de population, d'emplois et de richesse, elle se traduit par des paysages de friches.
- **Métropole :** agglomération qui exerce son influence sur un territoire à des échelles différentes (régionale, nationale, mondiale).
- **Mondialisation :** mise en relation des espaces et des peuples dans le monde. Elle se traduit par des échanges de marchandises, de capitaux et de populations.
- **Réseaux :** ensemble des relations qui existent entre des lieux et qui se font au moyen d'axes de communication et de transport. Y circulent des flux de marchandises, d'informations, de capitaux et d'hommes.

Schéma de la leçon

Des villes inégalement connectées aux réseaux de la mondialisation

1 Des villes connectées aux grands réseaux de la mondialisation

- Des espaces au cœur de la mondialisation
- Des lieux de productions de richesses et d'échanges
- Des lieux qui concentrent les pouvoirs politique, économique, financier et culturel
- Des CBD avec des gratte-ciel, symboles de cette puissance

2 Des grandes métropoles qui appartiennent à un archipel

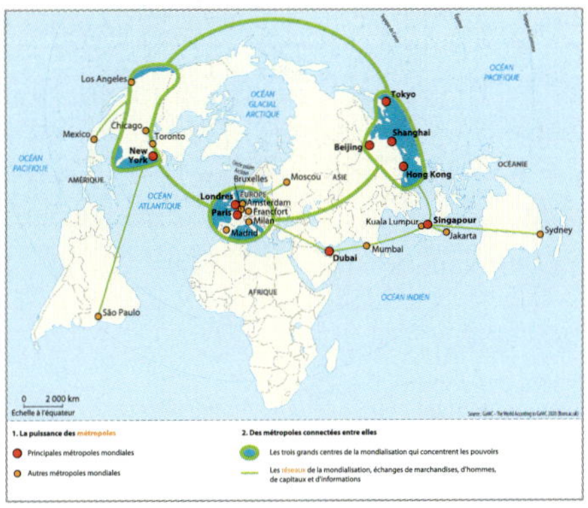

- Des pôles qui entretiennent des relations étroites entre eux (AMM)

3 Des métropoles inégalement intégrées à la mondialisation

- Des métropoles en marge des réseaux de la mondialisation
- Décroissance, déclin
- Désindustrialisation = rétrécissement
- Renouveau ? Des métropoles qui doivent se réinventer

Quelques chiffres

› Les **5 villes mondiales les plus influentes** sont Londres, New York, Paris, Hong Kong et Tokyo

› Les gratte-ciel symbolisent la puissance. Aujourd'hui la plus haute tour du Monde est Burj Khalifa à Dubai (**828 mètres**)

J'apprends & je construis mes compétences

Exercices interactifs
hachette-clic.fr/21hg4087

1 Je fais ma fiche de révision

Utilisez les rubriques suivantes pour réaliser votre fiche de révision sur le support de votre choix.

Le vocabulaire

Je connais les définitions des mots suivants :

- Métropole
- Réseaux
- Ville mondiale
- Hub
- Mondialisation
- Décroissance

Les chiffres

Je connais :

- La part de la population urbaine dans le monde.
- Le nombre de métropoles de plus de 10 millions d'habitants.

Les repères géographiques

Je connais et nomme :

- Les océans et continents repérés par une lettre (de A à F).
- Les métropoles numérotées 1 à 14.

J'identifie parmi elles les principales métropoles mondiales.

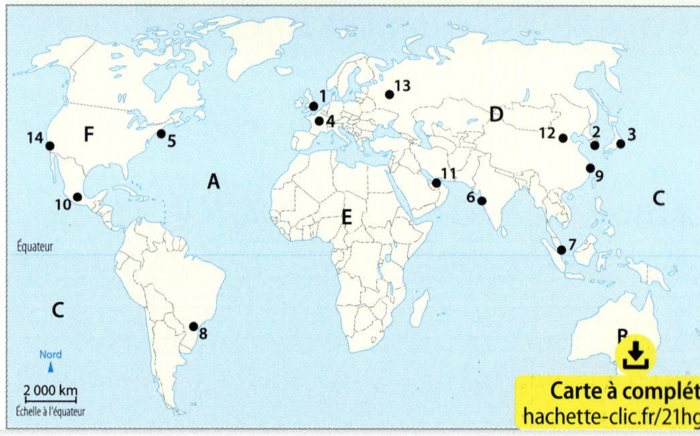

Carte à compléter
hachette-clic.fr/21hg4088

2 Je teste mes connaissances

Exercices à compléter
hachette-clic.fr/21hg4089

Exercice 1 **Sur votre cahier ou à l'oral, reliez le mot complémentaire à l'affirmation qui convient :**

- Métropole
- CBD
- Mondialisation

- mise en relation de régions et de peuples. Elle se traduit par des échanges de marchandises, de capitaux et de populations.
- quartier des affaires. Il regroupe des sièges sociaux d'entreprises et des établissements financiers.
- ville qui exerce son influence sur un territoire à des échelles différentes (régionale, nationale, mondiale).

Exercice 2

Situez puis présentez les deux métropoles. Comment chacun des paysages montre-t-il l'inégale connexion des métropoles aux réseaux de la mondialisation ?

Métropole 1

Métropole 2

Je m'auto-évalue

J'ai réussi l'exercice sans regarder ma fiche de révision ou le manuel.	J'ai réussi l'exercice en allant chercher quelques informations dans ma fiche de révision ou le manuel.	J'ai réussi l'exercice en allant chercher les informations dans ma fiche de révision ou le manuel.	J'ai fait l'exercice mais n'ai pas réussi à trouver les informations nécessaires.
Très bonne maîtrise	Maîtrise satisfaisante	Maîtrise fragile	Maîtrise insuffisante

3 J'analyse et je comprends deux documents : une image publicitaire et un texte

→ Étudiez les deux documents en répondant aux questions.

1 Vue de Sydney, Australie
Campagne publicitaire de la compagnie aérienne australienne Qantas.

2 Sydney, une métropole attractive et de plus en plus durable

Le tourisme continue de croître dans la ville la plus peuplée d'Australie. En 2016, Sydney a enregistré plus de 8 millions de nuitées et représente à elle seule près d'un quart du PIB touristique du pays. Selon un rapport du World Trade & Tourism Council sur l'impact touristique à Sydney, elle concentre 22 % des emplois liés au tourisme en Australie.

Dans le cadre du Plan de Développement Durable 2030 de la ville, Sydney s'est fixé pour objectif de réduire de 70 % les émissions de gaz à effet de serre par rapport à 2006 et vise la neutralité carbone en 2050. Par exemple, plus de 6 500 ampoules LED ont été installées afin d'éclairer les rues depuis mars 2012. Cela a entraîné une baisse de 48 % des émissions de carbone et a permis à la ville de faire des économies substantielles de consommation électrique chaque année. Sydney est aussi devenue le premier siège d'une province du pays neutre en émissions carbone.

D'après « Zoom sur une ville qui s'engage : Sydney », voyage.tv5monde.com, octobre 2018.

QUESTIONS

A. Identifier les documents

1. **DOC. 1** et **2** Présentez les documents.
2. **DOC. 1** et **2** Localisez et situez la métropole présentée.

B. Utiliser ses connaissances pour expliciter

3. **DOC. 1** Nommez l'espace urbain désigné par le numéro 1
4. **DOC. 1** Comment nomme-t-on les bâtiments qui le composent ?

C. Confronter les documents à ses connaissances

5. **DOC. 1** et **2** Comment ces documents montrent-ils que Sydney est une ville connectée aux grands réseaux de la mondialisation ?

POINT MÉTHODE Réaliser une description

Pour identifier un document

> Utiliser, les informations de la source et celle du document.
Aide *Elles sont surlignées en jaune.*

> Localiser, c'est indiquer où se trouve un lieu.

> Situer, c'est indiquer où se trouve un lieu par rapport à des repères (près du littoral, au nord, au sud…).
Aide *Utilisez le carton de localisation.*

Pour utiliser ses connaissances pour expliciter

> Nommer, c'est utiliser le vocabulaire spécifique appris.
Aide *Étudiez la photographie et rappelez-vous quelles activités peuvent se concentrer dans ces gratte-ciel.*

Pour confronter le document à ses connaissances

> Utiliser ce qu'on connaît du sujet (voir leçon p. 224-225)
Aide *Repérez les moyens de transport, les éléments architecturaux, les activités développées.*

4 Je pratique différents langages : réaliser une description

Sujet : Décrire un paysage d'une métropole, Tokyo.

À l'aide de vos connaissances, rédigez un développement construit qui décrive les paysages urbains de Tokyo.

1 Tokyo, la capitale du Japon
À l'arrière plan, le mont Fuji, point culminant du Japon avec 3 776 m.

Étape 1 Je réfléchis au brouillon

1. Observez le paysage et notez toutes les observations que vous faites dans la carte mentale.

Décrire, c'est dire ce que l'on voit.

Quel mot clé associer à Tokyo ? Où se situe cette ville ?

Tokyo
- Au premier plan : Quel lieu ? — Quel type de bâtiments ? — Quelles activités et fonctions ?
- Au deuxième plan : Quel lieu ? — Quel type de bâtiments ? — Quelles activités et fonctions ?

2. Remobilisez et associez à votre carte mentale le vocabulaire spécifique appris dans les études de Shanghai.

Étape 2 Je rédige la description

→ **Rédigez votre description en l'organisant en paragraphes.**

Un peu d'aide ?

Commencez par **présenter**, **localiser** et **situer** Tokyo. Rédigez **deux paragraphes** en reprenant les informations de la carte mentale – Une couleur par paragraphe

Un peu d'aide ?

Pour l'introduction, vous pouvez utiliser les mots suivants : *capitale, Asie, littoral, mont Fuji, Japon, ville mondiale…*
Reprenez les informations classées dans la carte mentale.

1er paragraphe : il décrit le premier plan (branche rose).
Il peut commencer par : Au premier plan, j'observe…

2e paragraphe : il décrit le second plan (branche bleue).
Il peut commencer par : Au second plan, je remarque…

Je m'auto-évalue

Pratiquer différents langages : réaliser une description

Je vérifie les objectifs que j'ai atteints :
- ☐ Ma description est construite en deux paragraphes qui commencent par un alinéa.
- ☐ Chaque paragraphe reprend et organise les informations d'une branche de la carte mentale.
- ☐ J'utilise un vocabulaire précis.
- ☐ Je rédige des phrases complètes.

Je m'entraîne
Sujet guidé

Exercice 1

Analyser et comprendre des documents

1 Detroit, une ville en décroissance

Avec une dette estimée à 18,5 milliards de dollars, Detroit devenait, en 2013, la plus grande ville américaine à se déclarer en faillite. Pendant les décennies qui ont suivi le succès mondial de la Ford T, fabriquée de 1908 à 1927 à Detroit, *Motor city* a fait vivre des dizaines de milliers d'ouvriers grâce à une industrie automobile florissante.
Mais le profond déclin que connaît Detroit depuis les années 1950 a poussé ses habitants à quitter la capitale du Michigan. Sa population est ainsi passée de 1,8 million d'habitants en 1950 à 673 000 personnes lors du dernier recensement, en 2017. Un « exil économique » qui laisse encore des traces aujourd'hui, entre ruines industrielles et maisons devenues invendables et laissées à l'abandon.
Néanmoins, Detroit trouve un nouveau souffle depuis quelques années, à l'image d'un centre-ville qui bouillonne d'activité. Ses habitants souvent très attachés à leur ville, débordent de créativité pour la promouvoir.

D'après V. Biret, « Sept photos qui montrent ce qu'est devenue la ville de Detroit, désertée après la crise », ouest-france.fr, 6 février 2020.

2 Le centre-ville de Detroit en 2020
Malgré la faillite de 2013, Detroit retrouve un certain dynamisme, en particulier dans le centre-ville.

QUESTIONS

1. **Doc. 1** et **2** Présentez les documents.
2. **Doc. 1** et **2** Localisez et situez le territoire présenté.
3. **Doc. 1** Quels éléments du texte permettent de dire que Detroit est une ville marquée par la décroissance ?
4. **Doc. 1** et **2** Quels éléments montrent un certain renouveau de la ville de Detroit ?
5. **Doc. 1** et **2** En vous aidant des documents et de vos connaissances, expliquez la décroissance de Detroit et montrez comment la métropole réussit à se réinventer.

Un peu d'aide ?

- **Pour la question 1 :** Identifiez la nature, la date, l'auteur et le sujet traité dans ce document.
- **Pour la question 2 :** Localiser, c'est indiquer où se trouve un lieu. Situer, c'est indiquer où se trouve un lieu par rapport à des repères (près du littoral, près d'un fleuve, au nord, au sud…)
- **Pour les questions 3 et 4 :** Sélectionnez les éléments visibles dans le texte (**Doc. 1**) et sur le paysage (**Doc. 2**) montrant ces évolutions.
- **Pour la question 5 :** Utilisez les informations des pages 214 à 217.

Exercice 2 Pratiquer différents langages

Sous la forme d'un développement construit d'une vingtaine de lignes, montrer que les paysages des grandes villes reflètent l'inégale intégration à la mondialisation. Vous ferez appel aux exemples vus en classe pour illustrer vos propos.

Boîte à outils

- Métropoles, Shanghai, Detroit, Dubai.
- Ville mondiale, centre, périphérie.
- Intégration, réseaux de la mondialisation, hub.

CHAPITRE 11

Un monde de migrants

Qui sont les migrants ? Quels sont les effets des migrations sur les territoires ?

1 Une caravane de migrants venus du Honduras (Guatemala)
Plus de 9 000 migrants partis du Honduras, pour fuir la misère et la violence, tentent de rejoindre à pied les États-Unis en passant par le Guatemala puis le Mexique en janvier 2021.

VOCABULAIRE

- **Migrant :** personne qui quitte son pays pour s'installer dans un autre.
- **Migration transnationale :** déplacement d'une population d'un pays à un autre. Elle suppose que le migrant s'installe dans un nouveau pays tout en continuant d'entretenir des liens étroits avec celui qu'il a quitté.

Je me repère dans l'espace

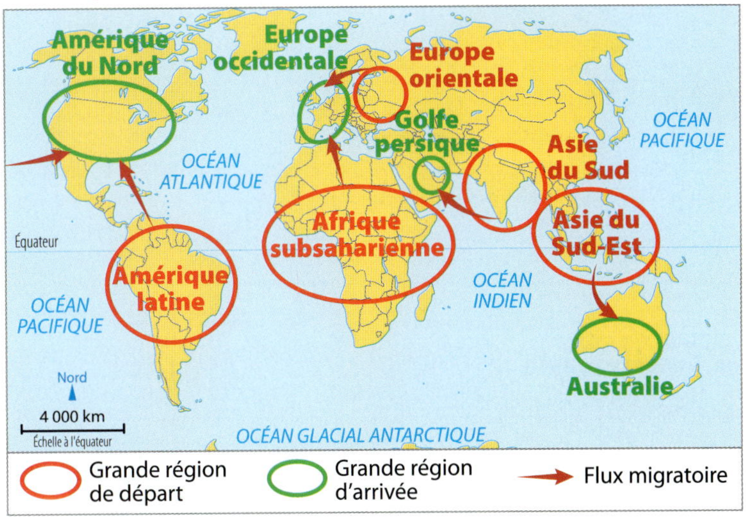

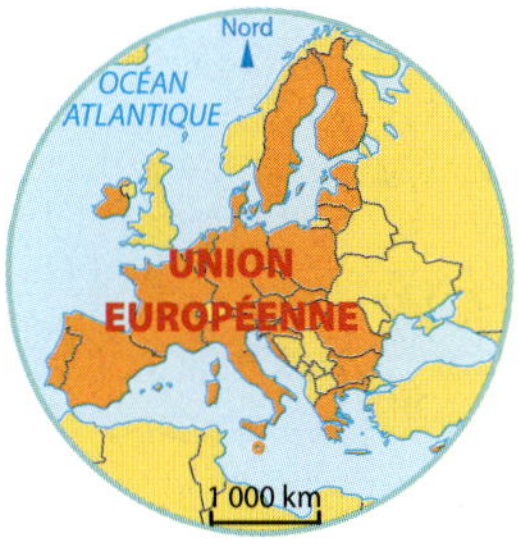

2 Affiche promotionnelle pour vanter une migration transnationale choisie : le programme européen Erasmus +

Ce programme d'échanges s'adressait depuis 2014 aux étudiants européens. Depuis, il s'est ouvert aux collégiens, lycéens, apprentis et enseignants.

QUESTIONS

1. **Doc. 1** Par quels pays ces migrants doivent-ils traverser pour se rendre aux États-Unis ?
2. **Doc. 2** En quoi consiste ce programme d'échanges internationaux ?
3. **Doc. 1** et **2** Selon vous, quelles raisons peuvent pousser ces migrants à aller dans un autre pays ?

Se repérer

De plus en plus de migrations

UNE VIDÉO POUR COMMENCER hachette-clic.fr/21hg4090

« C'est quoi un migrant ? », 1 jour, 1 question, france.tv.fr, 2015

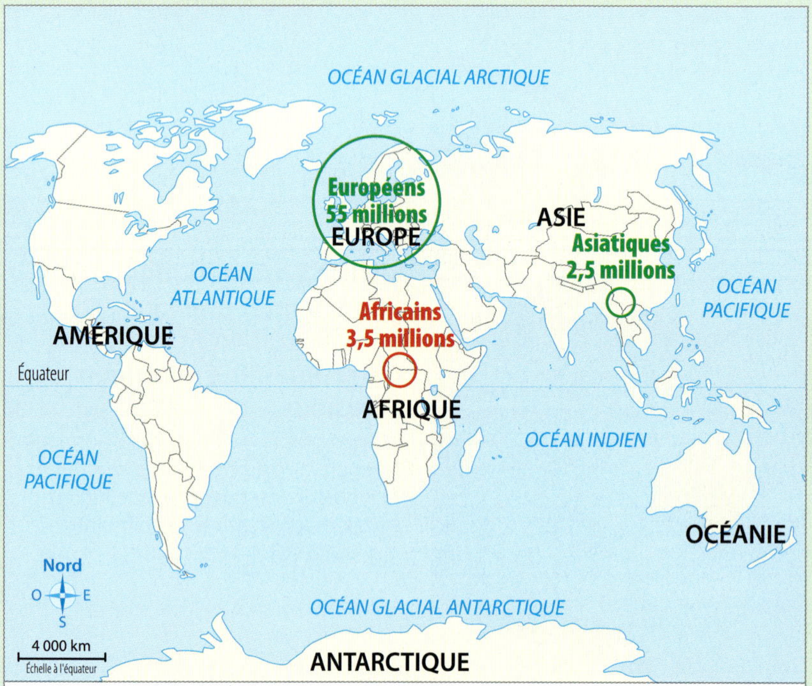

Migrations volontaires au XIXe siècle

Déportations d'esclaves (traite négrière) au XIXe siècle

Sources : O. Pétré-Grenouilleau, *L'Histoire*, 1997 et C. Grataloup, *Atlas historique mondial*, Les Arènes, 2019.

1 Les grandes zones de départ au XIXe siècle

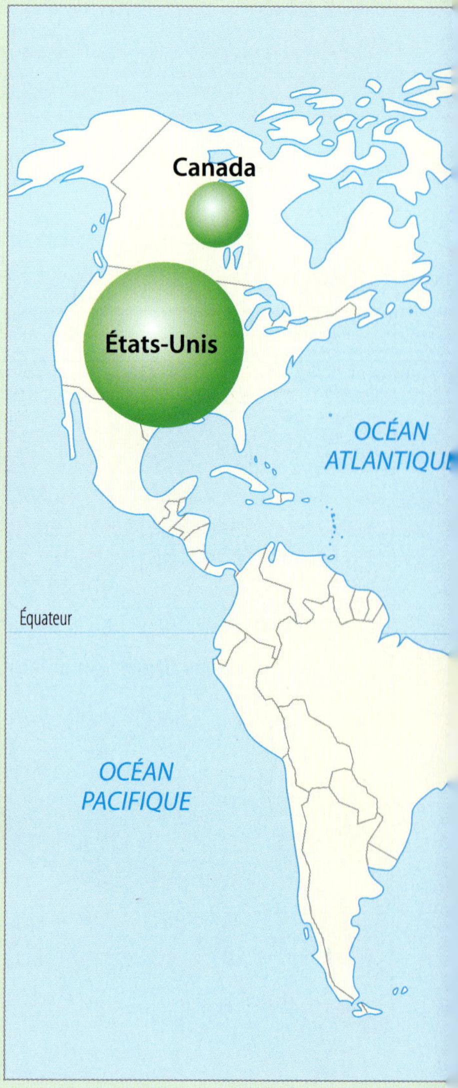

Je me souviens

Se repérer dans le temps et dans l'espace

→ Voir les chapitres 1, 4 et 5

1. Rappelez quelle est la grande région de départ des migrants au XIXe siècle.
2. Rappelez ce qu'est la traite négrière et quel est le siècle de son apogée.

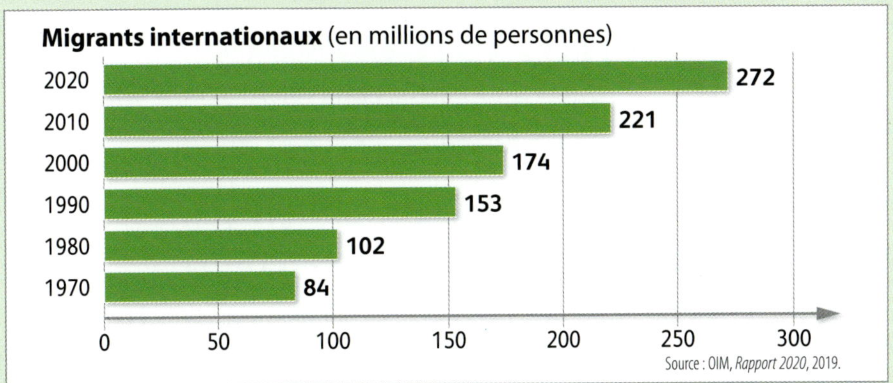

2 **L'évolution du nombre de migrants transnationaux dans le monde**

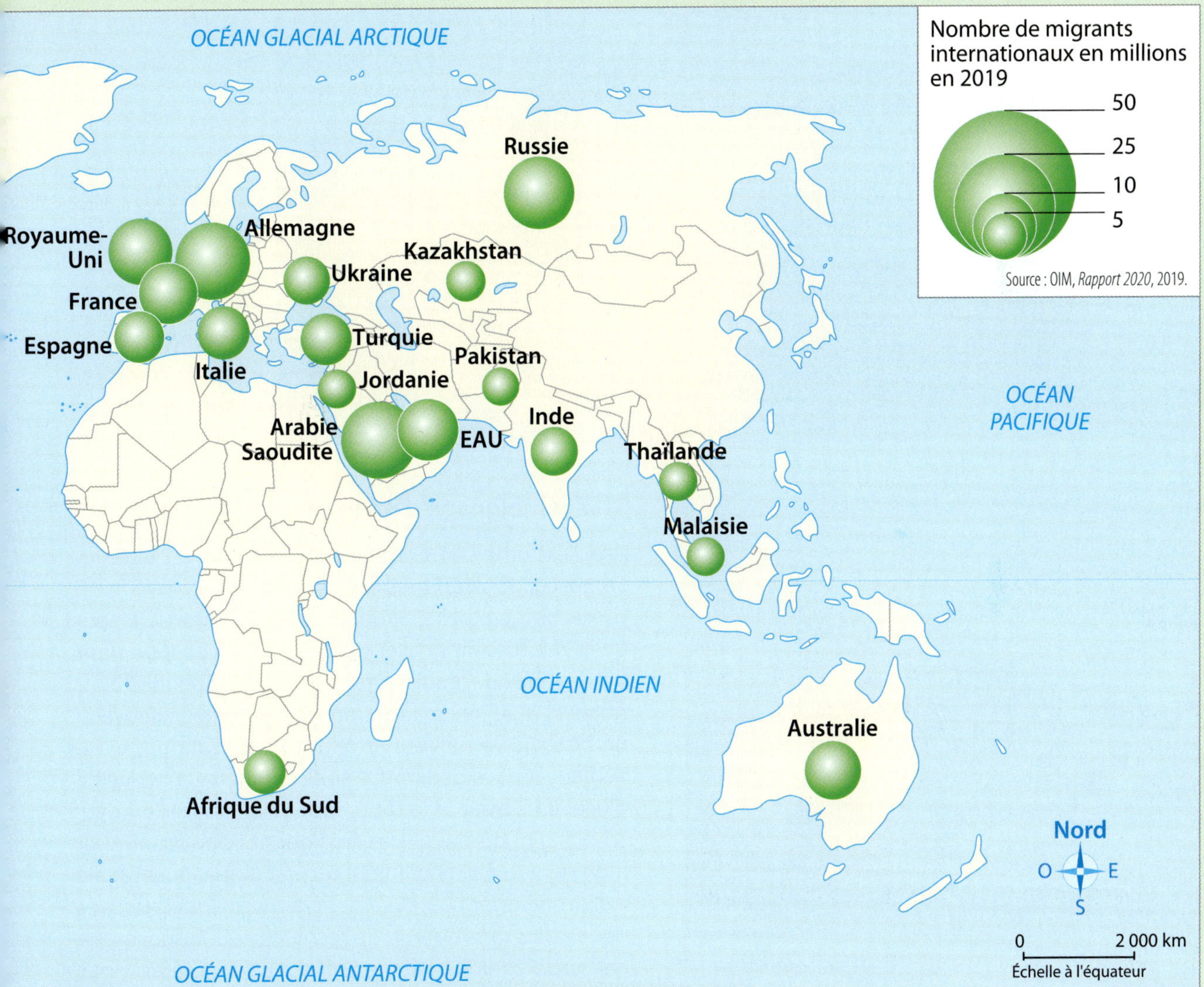

3 **Les 20 destinations privilégiées des migrants aujourd'hui**

Je découvre

3. Relevez les trois premières destinations privilégiées par les migrants aujourd'hui.

4. Quel est le nombre de migrants internationaux en 1970 ? Aujourd'hui ?

5. Vidéo : Pour quelles raisons de nombreux migrants quittent-ils leur pays aujourd'hui ?

Étude

Des migrations diverses autour de la Méditerranée

Quelles sont les caractéristiques des migrations entre l'Europe et la rive sud de la Méditerranée ?

A Comprendre qui sont les migrants qui traversent la Méditerranée

1 Des migrants aidés par des sauveteurs en Méditerranée

3 Un camp de réfugiés en Grèce, 2020

VOCABULAIRE

- **Clandestin :** migrant en situation illégale (aussi appelé « sans-papiers »).
- **Immigration :** installation dans un pays d'une population venue d'un autre pays.
- **Pays de transit :** pays traversé par les migrants.
- **Réfugié :** personne qui quitte son pays pour des raisons de sécurité.

2 Le témoignage d'un migrant clandestin

Asad est un jeune homme de 20 ans qui a quitté la Somalie car il était menacé de mort.

« J'ai contacté des personnes que je connaissais pour qu'ils me fassent passer au Yémen à l'aide d'un petit bateau. Ensuite je suis passé par l'Arabie Saoudite pour finalement rejoindre le Soudan, en prenant de nouveau un bateau. Je ne voulais rester ni au Soudan, ni au Yémen, car ces deux pays sont en guerre. J'ai décidé d'aller en Libye par la route afin de rejoindre l'Europe. Là-bas, j'ai dû payer des trafiquants pour continuer mon voyage. J'ai finalement pu embarquer pour l'Italie sur un zodiac et heureusement, nous avons été sauvés par un plus gros bateau de recherche et de sauvetage car notre zodiac coulait. Après plusieurs jours, nous sommes arrivés à Palerme. J'ai voulu demander l'asile mais on m'a dit « Tu n'as rien à faire ici ». Je suis resté au total environ un mois en Italie avant d'arriver en Allemagne. Là, ils m'ont dit de retourner en Italie pour pouvoir faire une demande d'asile. Mais comme en Italie, ils ne voulaient pas de moi, j'ai décidé de tenter ma chance en France. Après plusieurs tentatives, j'ai fini par réussir à passer la frontière et je suis arrivé à Paris. »

D'après msf.fr, 6 février 2019.

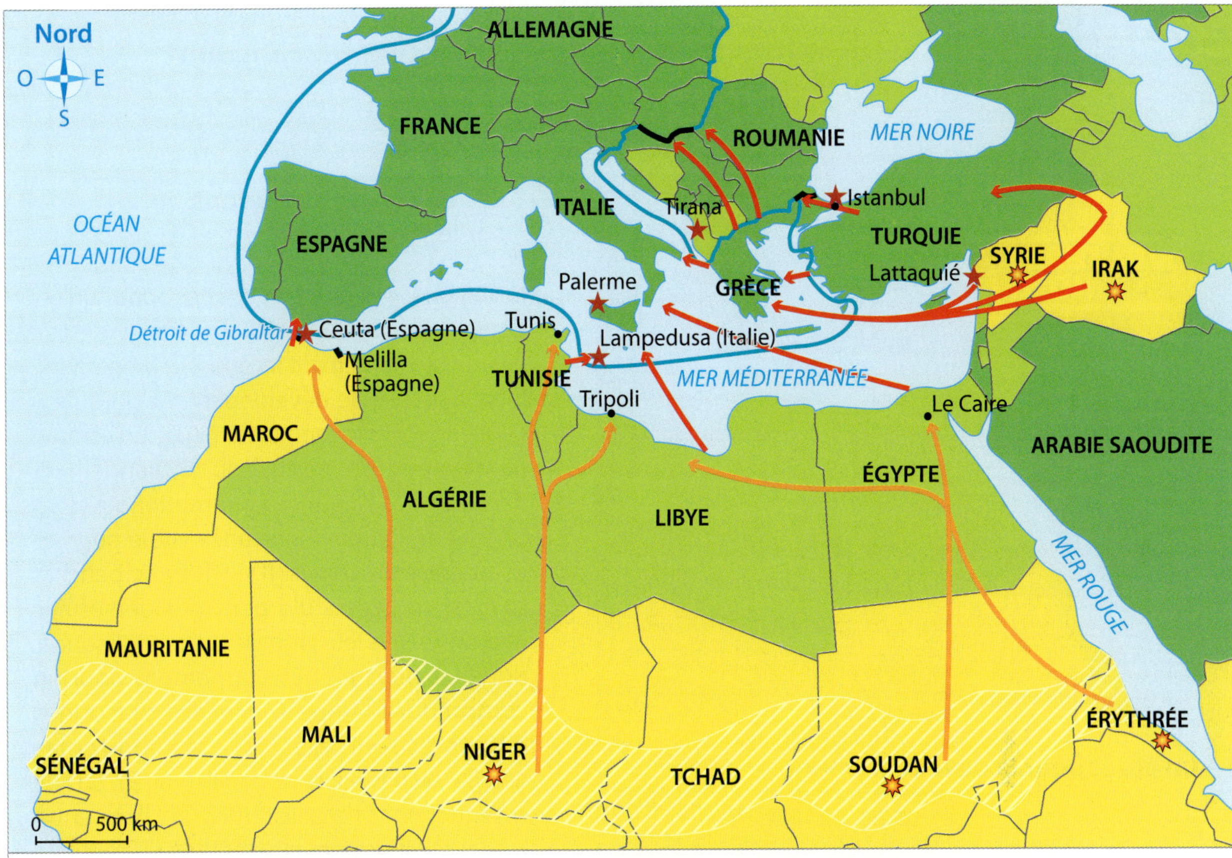

1. Les mouvements de population

- Principale route maritime et terrestre
- Migration subsaharienne
- Mur érigé contre l'immigration
- Principal point de passage
- Frontière extérieure de l'Union européenne

2. Les causes des migrations

Indice de développement humain (IDH)

- très élevé (supérieur à 0,8)
- élevé (de 0,7 à 0,8)
- moyen ou faible (inférieur à 0,7)
- Nombreux réfugiés (guerre ou forte insécurité)
- Zone marquée par la sécheresse et la pénurie d'eau

4 La Méditerranée au cœur des flux des migrants

ACTIVITÉS

Parcours 1

Extraire des informations pertinentes

1. **Doc. 2** Relevez dans le texte : le pays de départ, les **pays de transit** et le pays d'arrivée.
2. **Doc. 1** et **2** Identifiez les moyens de transport utilisés par les migrants.
3. **Doc. 2** Relevez les éléments qui montrent qu'Asad est un clandestin.
4. **Doc. 4** D'où les migrants viennent-ils ?
5. **Doc. 4** Comment le flux migratoire vers l'Europe occidentale peut-il s'expliquer ?
6. **Doc. 2**, **3** et **4** Quelles mesures les États prennent-ils pour faire face à l'afflux de migrants ?

OU

Parcours 2

Réaliser une production graphique

Relevez les informations pour construire une carte mentale sur les migrations autour de la Méditerranée. Vous identifierez :

Les migrations autour de la Méditerranée

- Les pays de départ
- Les pays d'arrivée
- Les causes des migrations
- Les aménagements de lutte contre les migrations

Pour conclure Selon vous, pourquoi l'Europe attire-t-elle des migrants ?

Étude

B Comprendre comment les migrations participent au développement

5 Les **transferts d'argent** des émigrés, un atout pour le développement

7 Des travailleurs immigrés dans le secteur du bâtiment

6 Les effets des migrations sur le **développement**

Le fait que la migration offre des opportunités de développement dans les pays d'origine est de plus en plus largement reconnu. Le programme des Objectifs de développement durable à l'horizon 2030 reconnaît la migration comme étant une « force positive du développement durable ». La migration internationale revêt par exemple une importance vitale pour les économies africaines. Il suffit de se pencher sur les transferts d'argent des personnes migrantes vers leurs familles et connaissances dans les pays en développement pour en comprendre l'importance. Les personnes migrantes sont, elles aussi, d'importantes actrices du développement. Elles jouent un rôle essentiel dans l'établissement de liens entre les pays et les communautés dans un contexte qui devient de plus en plus transnational. Elles favorisent le commerce, les investissements et les liens culturels avec les pays d'origine. Les personnes migrantes qui retournent ensuite vers le pays d'origine y emmènent en outre du capital humain et de nouvelles compétences.

D'après « Migration et coopération au développement : une bonne alliance ? », CNCD (regroupement d'associations d'aide au développement), juin 2020.

VOCABULAIRE

- **Développement :** amélioration des conditions de vie d'une population.
- **Transfert d'argent :** envoi d'argent par les migrants à leurs proches restés dans le pays de départ.

ACTIVITÉS

Parcours 1

Extraire des informations pertinentes

1. **Doc. 5** et **6** Comment les migrants participent-ils au développement de leur pays d'origine ?
2. **Doc. 7** Comment les migrants participent-ils au développement de leur pays d'accueil ?

OU

Parcours 2

S'informer

À partir de l'étude des **Doc. 5** à **7** et des recherches que vous mènerez (CDI, « e-sidoc », Internet, etc.), construisez une réponse à la problématique : « Quels sont les effets des migrations sur le développement des pays d'origine et des pays d'accueil ? »

Bilan

Bilan à compléter
hachette-clic.fr/21hg4091

Des migrations diverses autour de la Méditerranée

Quelles sont les caractéristiques des migrations entre l'Europe et la rive sud de la Méditerranée ?

1 Sélectionner des informations essentielles à retenir

À partir des documents précédents, répondez aux questions :

1. Quelles sont les grandes régions de départ et d'arrivée des migrants autour de la Méditerranée ?
2. Parmi ces régions, lesquelles possèdent un IDH fort ? un IDH faible ?
3. Quels sont les deux grands types de flux concernés par ces migrations transméditerranéennes ? S'agit-il du flux Nord-Sud ou Sud-Nord ?

2 Mobiliser ces informations pour réaliser un schéma bilan

Sujet : Les migrations autour de la mer Méditerranée

A. Repérez-vous sur le schéma

1. Reproduisez le schéma.
2. Localisez les espaces suivants : mer Méditerranée – Europe – Afrique et Moyen-Orient.

B. Réalisez le schéma et sa légende

3. Complétez la légende avec les propositions : pays de départ – pays d'arrivée – flux migratoires – transferts d'argent.
4. Complétez le schéma à l'aide de la légende : localisez l'espace à IDH fort et celui à IDH moyen à faible (voir **Doc. 4**, p. 235).
5. N'oubliez pas de donner un titre à votre schéma.

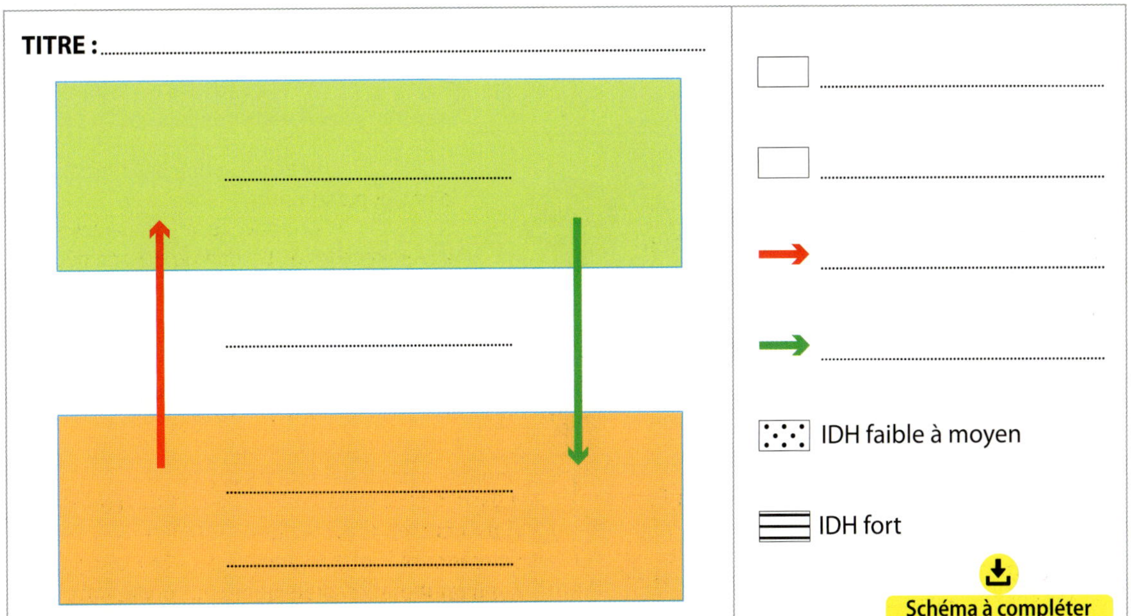

Schéma à compléter
hachette-clic.fr/21hg4092

Enquêter

Des migrations aux motivations diverses !

Profil n°1 (Doha, Qatar)

Profil n°2 (Paris, France)

Votre énigme :

Les migrations de travailleurs non qualifiés et de réfugiés vers les pays développés sont majoritaires. Or, d'autres profils de migrants existent. À vous de les découvrir !

Profil n°3 (Chine)

Profil n°4 (France)

POINT MÉTHODE

Pour résoudre l'énigme

Étape 1 Formuler des hypothèses
À votre avis, qui sont ces différents migrants ? Quels sont leurs motivations et leur parcours (pays de départ et pays d'arrivée) ?

Étape 2 Vérifier les hypothèses
Menez l'enquête à partir des indices p. 239.

Étape 3 Conclure
Quel est le résultat de votre enquête ?
Préparez une présentation orale pour confronter votre avis à celui des autres : quels sont les différents profils de migrants ?

Indice n° 1 La fuite des cerveaux

En période d'épidémie[1], les conséquences d'un autre phénomène migratoire sont en question : la fuite des cerveaux (ou *brain drain*), migration des travailleurs qualifiés recherchant de meilleures rémunérations ou conditions de travail à l'étranger. Dans le cas de l'Europe de l'Est, celle-ci touche particulièrement les professions médicales. En plus du manque d'équipements, certains pays doivent ainsi faire face à la contrainte du manque de médecins : on estime que, depuis 2015, la Roumanie a perdu la moitié de ses médecins (soit 17,5 % du personnel du secteur public hospitalier nécessaire à son bon fonctionnement). Les remerciements remarqués de Boris Johnson au personnel médical, et tout particulièrement à l'infirmière néo-zélandaise et à l'infirmier portugais qui l'ont pris en charge, ont fait office de rappel symbolique de la présence de ces travailleurs immigrés dans les hôpitaux de la NHS britannique.

D'après legrandcontinent.eu, 11 mai 2020.

1. Le contexte est celui de la Covid-19.

Indice n° 2

Les retraités belges résidant à l'étranger

Un Belge sur dix part vivre sa retraite à l'étranger.

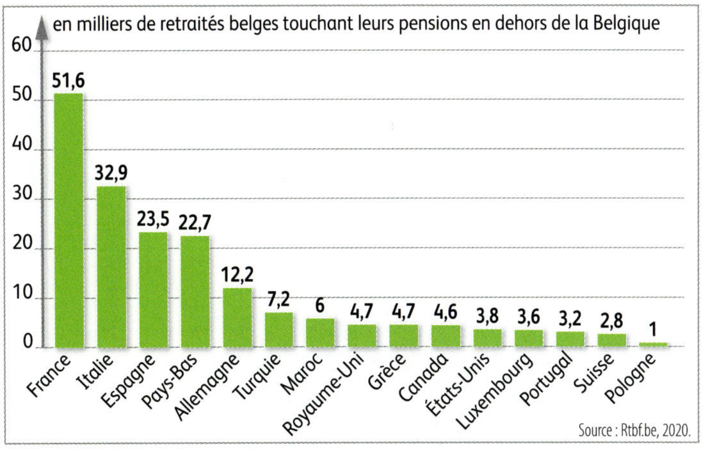

Source : Rtbf.be, 2020.

Indice n° 3 Les migrants dans les États du Golfe

Les États du Golfe pratiquent une immigration très sélective en fonction de l'origine et des diplômes. Pour les métiers manuels, les employeurs préfèrent les Indiens, les Pakistanais ou les Népalais aux Arabes, jugés plus dociles et moins exigeants en termes de salaires. Les cadres moyens (professeurs, médecins) proviennent des pays arabes pour leurs compétences linguistiques. Les cadres supérieurs sont davantage recrutés dans les pays occidentaux, au Japon et en Corée du Sud. Les discriminations sont fortes : pour un poste équivalent, un Européen est mieux payé qu'un Arabe et davantage encore qu'un Indien.

D'après Fabrice Balanche, « Géopolitique du Moyen-Orient », *La Documentation photographique* n° 8102, 2014.

Indice n° 4

La retraite au Portugal pour les Européens

UN REPORTAGE À REGARDER

hachette-clic.fr/21hg4093

France 24, février 2020 (de 0'31 à 1'39).

Le journaliste : Il y a dix ans, le gouvernement portugais a pris des mesures pour attirer les capitaux étrangers dont une exonération totale de l'impôt sur le revenu pour les retraités étrangers sur une période de dix ans.
30 000 étrangers dont 10 000 Français ont été convaincus, attirés aussi par le coût de la vie de 25 à 30 % moins cher qu'en France, par le soleil et la qualité de vie.

Indice n° 5

Les étudiants dans le monde par zone géographique

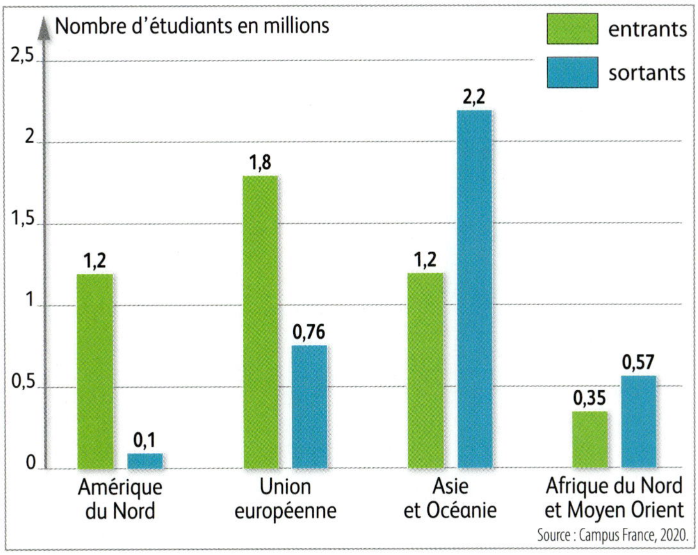

Source : Campus France, 2020.

Histoire des ARTS

Le migrant dans l'art contemporain

Quel regard le street art porte-t-il sur les migrants ?

1 Œuvre sans titre, Banksy, Calais, 2015

Les œuvres de Banksy sont généralement réalisées sur des murs avec des pochoirs qui permettent de reproduire plusieurs fois des motifs. L'artiste peut ainsi travailler plus rapidement sur les lieux afin d'éviter de se faire prendre en flagrant délit.

Biographie

Qui est Banksy ?

Banksy est le pseudonyme d'une des personnalités majeures du street art international. Selon toute vraisemblance, il serait né à Bristol au Royaume-Uni en 1974. Son identité demeure incertaine car il souhaite conserver l'anonymat.

Pour aller plus loin
Découvrez les œuvres et les méthodes de travail de Banksy, un des street artistes les plus connus.
hachette-clic.fr/21hg4094

2 ***Le Radeau de la Méduse*, Théodore Géricault**

Huile sur bois, 491 x 716 cm, 1818-1819, musée du Louvre, Paris.

Point ARTS

▶ Le **street art**, « art de rue », est un mouvement artistique contemporain qui apparaît dans les années 1960. L'expression désigne l'art urbain sous toutes ses formes (peintures, graffitis, projections lumineuses…), réalisé en pleine rue ou dans des endroits publics.
Des grottes préhistoriques jusqu'au street art d'aujourd'hui, en passant par l'Antiquité et le Moyen Âge, les murs forment un endroit propice à l'expression d'une parole d'hommage ou de dénonciation. Cependant, les street artistes travaillent souvent de façon clandestine. En effet, les graffitis réalisés sur des supports non autorisés sont illégaux et leurs auteurs peuvent être poursuivis en justice.

3 Œuvre sans titre, Combo
Acrylique et collage, 2015. Élément d'une fresque de 37 m réalisée pour une exposition au Musée national de l'histoire de l'immigration à Paris en 2015.
Mare nostrum est une expression latine signifiant « notre mer ».
Elle était utilisée par les Romains pour désigner la mer Méditerranée.

Biographie

Qui est Combo ?
Combo pour « combinaison ».
Il s'agit du pseudonyme d'un artiste né à Amiens en 1987, dans le Nord de la France, d'un père libanais et d'une mère marocaine. Il se met au street art dès l'âge de 16 ans.

4 L'art au service de la cause des migrants

Le 23 janvier 2016 est apparu devant l'ambassade de France à Londres un nouveau pochoir, détournant l'affiche du spectacle musical *Les Misérables*, avec Cosette en pleurs face à une bombe lacrymogène sur fond de drapeau français élimé. Apposé sur le même mur, un QR code permettait d'accéder sur smartphone à une vidéo montrant des interventions policières survenues dans la jungle de Calais plus tôt dans le mois. Ces gestes de solidarité, politiques autant qu'artistiques, en prise directe avec le réel et servant de caisse de résonance, ont le mérite de parer à l'indifférence. Tant que les solutions politiques ne seront pas trouvées, les interventions de l'artiste devraient se poursuivre pour continuer à capter l'attention internationale.

D'après « De Lesbos à Calais, Ai Weiwei et Banksy œuvrent pour les migrants », *Le Monde*, 03 février 2016.

POINT MÉTHODE — Identifier et analyser des œuvres d'art

Étape 1 Identifier et localiser

1. **Doc. 1** et **3** Présentez chacune des deux œuvres : nature, auteur, date.
2. Dans quels lieux ces œuvres ont-elles été réalisées ?

Étape 2 Décrire et comprendre

3. **Doc. 1** et **3** Décrivez chacune des œuvres : personnages, lieu, objets.
4. **Doc. 1** et **2** De quelle œuvre Banksy s'inspire-t-il ? Comment la transforme t-il ?
5. **Doc. 3** Quelle inscription figure sur l'œuvre ? Pourquoi est-elle écrite en rouge ?
6. **Doc. 1**, **3** et **4** Quelles sont les intentions des artistes ?

Étape 3 Exprimer sa sensibilité et conclure

7. **Doc. 1** et **3** Que pensez-vous de ces œuvres ? Et du street art en général ?
8. Pourquoi le combat de ces artistes est-il important ?

À l'échelle du monde

Espaces et flux migratoires

Des phénomènes et territoires étudiés ...

Bilan des études

Étude p. 234-237	Enquêter p. 238-239
Des migrations diverses autour de la Méditerranée	**Des migrations aux motivations diverses !**

Des causes diverses de départ	
• Des départs causés par la pauvreté, la guerre ou des raisons climatiques	• Des départs souvent choisis. • Des conditions avantageuses dans les pays d'accueil
Des profils de migrants de plus en plus diversifiés	
• Des réfugiés politiques • Des migrants économiques ou des réfugiés climatiques	• Des étudiants • Des retraités • De la main-d'œuvre qualifiée
Les effets des migrations sur les territoires	
• Transfert d'argent vers les pays de départ • Frontières des pays d'accueil de plus en plus fermées • Main-d'œuvre supplémentaire dans les pays d'accueil	• Moins de main-d'œuvre qualifiée dans les pays de départ • Main-d'œuvre supplémentaire dans les pays d'accueil

... à l'échelle mondiale

Observez le planisphère et répondez aux questions :

1. Donnez trois exemples pour justifier l'affirmation : « La majorité des migrations internationales concerne des populations pauvres qui se déplacent vers des pays plus riches. »
2. À l'aide de deux exemples, montrez que les migrations économiques peuvent avoir lieu sur le même continent.
3. Quelles régions sont concernées par le départ de **réfugiés** ?

VOCABULAIRE

- **Émigration :** action de quitter son pays pour s'installer dans un autre momentanément ou définitivement.
- **Réfugié :** personne qui quitte son pays pour des raisons de sécurité.

1. Les espaces de migrations

- Principal pays d'accueil des migrants
- Principale zone de départ (émigration économique)
- France : Les 10 principaux pays d'immigration au monde

1 Les migrations transnationales

Carte interactive
hachette-clic.fr/21hg4095

2. Des migrations diverses

- Principal conflit
- XXXX Renforcement des frontières
- Principaux flux de migration économique
- Migrants qualifiés
- Principaux flux de réfugiés
- Migrations économiques internes (75 % des migrants dans le monde)

Sources : d'après l'Atlas des migrations, Catherine Withol de Wenden, Ed. Autrement, 2014 et OIM, *Rapport 2020*, 2019.

Leçon Un monde de migrants

Qui sont les migrants ? Quels sont les effets des migrations sur les territoires ?

Podcast de la leçon
hachette-clic.fr/21hg4096

1 Des migrants toujours plus nombreux

› **Les migrations transnationales sont en augmentation. En 2019, 272 millions de personnes sont des migrants** (soit 3,5 % de la population mondiale). En 1990, ils étaient 150 millions.

› **Les flux migratoires concernent en majorité des populations en difficulté. Près des trois quarts partent des pays pauvres.** Ils se rendent dans des pays dont le niveau de développement est plus élevé, soit des pays riches, soit d'autres pays en développement plus riches, comme les pays du Golfe ou l'Afrique du Sud.

› **Les migrations internationales sont donc majoritairement des migrations économiques (ou migrations du travail).** Les migrants recherchent alors une vie meilleure, pour eux ou pour leurs enfants. L'Inde fournit le plus grand nombre de ces migrants.

2 Des profils de plus en plus diversifiés

› **Les femmes représentent presque la moitié des migrants et cette part augmente.** Elles migrent le plus souvent pour rejoindre leur mari dans le cadre d'une migration familiale, par exemple en Europe ou aux États-Unis. Mais les départs de femmes seules sont en hausse.

› Les migrations forcées sont également en plein essor. Elles s'expliquent par les guerres, comme en Syrie mais aussi par les bouleversements climatiques (aridité des terres, inondations). **En 2019, les réfugiés sont plus de 20 millions** à travers le monde et près de 9 sur 10 sont hébergés par des pays en développement.

› **Les migrations se développent également entre pays développés** : travailleurs qualifiés, étudiants ou encore retraités (tels que les Européens qui vont vivre au Portugal).

3 Les effets des migrations sur les territoires

› **Les itinéraires des migrants deviennent plus longs et dangereux.** Dans certains territoires, des aménagements sont mis en place pour les accueillir. C'est le cas des camps de transit en Grèce. Certains États empêchent la migration en fermant leurs frontières par des murs.

› **Les migrants maintiennent des relations étroites avec leur pays d'origine.** Les moyens de transport leur facilitent les **mobilités** : aller-retour temporaire ou retour définitif au pays. Par ailleurs, les migrants participent au développement local notamment grâce à l'envoi d'argent à leurs familles.

› **Les migrants participent aussi au développement du pays d'accueil.** Ils fournissent une main-d'œuvre souvent indispensable pour des travaux manuels comme dans la construction et l'agriculture. Les pays cherchent également à attirer des migrants qualifiés (ingénieurs, médecins).

VOCABULAIRE

- **Migrants :** personne qui quitte son pays pour s'installer dans un autre.
- **Migration transnationale :** déplacement d'une population d'un pays à un autre qui suppose que le migrant s'installe dans un nouveau pays tout en continuant d'entretenir des liens étroits avec celui qu'il a quitté.
- **Mobilités :** ensemble des déplacements humains qu'ils soient quotidiens ou exceptionnels, pour des raisons politiques, économiques ou de loisirs.
- **Réfugié :** personne qui quitte son pays pour des raisons de sécurité.

Schéma de la leçon

Un monde de migrants

1 Des migrants toujours plus nombreux

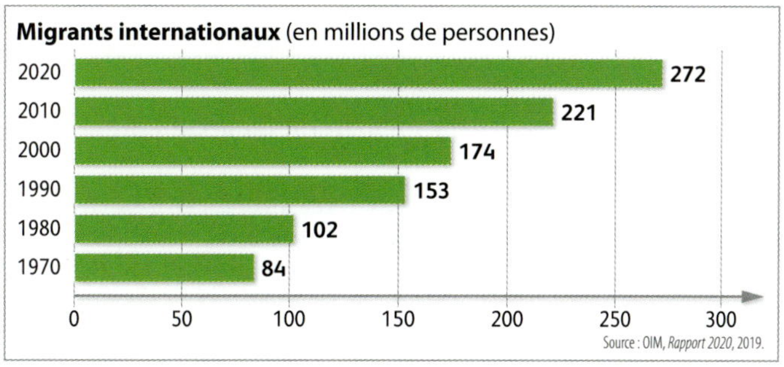

- Une croissance des migrations transnationales

2 Des profils de plus en plus diversifiés

Une grande majorité de migrants économiques

- Vers des pays plus riches (pays du Nord ou émergents)

D'autres profils de migrants

- Des étudiants et des retraités
- Des réfugiés politiques ou climatiques

3 Les effets des migrations sur les territoires

Des aménagements pour freiner les migrations

- Fermeture des frontières par des murs
- Camps de transit

Dans leur pays d'origine

- Les transferts d'argent favorisant le développement
- Des mobilités entre pays d'origine et pays d'acceuil

Dans les pays d'accueil

- Main-d'œuvre supplémentaire
- Pour travaux manuels ou très qualifiés

Quelques chiffres

- **272 millions** de personnes ne vivent pas dans leur pays de naissance, soit plus de 3 personnes sur 100
- **9 réfugiés sur 10** sont hébergés par des pays en développement
- Les transferts d'argent dans le monde sont estimés à plus de **714 milliards** de dollars en 2019

J'apprends & je construis mes compétences

Exercices interactifs
hachette-clic.fr/21hg4097

1 Je fais ma fiche de révision

Utilisez les rubriques suivantes pour réaliser votre fiche de révision sur le support de votre choix.

Le vocabulaire

Je connais la définition des mots suivants :
- Migration transnationale
- Immigration
- Clandestin
- Réfugié
- Migrant

Les données chiffrées

Je connais :
- Le nombre de migrants internationaux dans le monde
- La part représentée par les migrants dans la population mondiale (en %)

Les repères géographiques

Je connais et localise :
- Les grandes régions d'émigration numérotées de 1 à 5
- Les pôles majeurs d'immigration identifiés par les lettres A à C

Carte à compléter
hachette-clic.fr/21hg4098

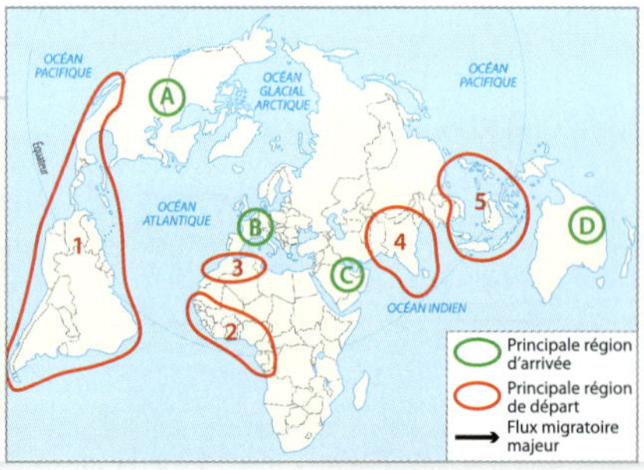

2 Je teste mes connaissances

Exercices à compléter
hachette-clic.fr/21hg4099

Exercice 1 **À l'écrit ou à l'oral, choisissez la proposition qui convient :**

1. **La part des migrants qui quittent les pays pauvres réprésente :**
- A ¼ des migrants.
- B La moitié des migrants.
- C Les ¾ des migrants.

2. **Un réfugié est une personne :**
- A ayant quitté son pays pour des raisons de sécurité.
- B ayant quitté son pays pour trouver un meilleur emploi.
- C ayant quitté son pays après ses études.

3. **Les États-Unis sont :**
- A La destination privilégiée des migrants aujourd'hui.
- B Le principal pays de départ.
- C Le pays qui accueille le plus de réfugiés.

4. **Les parcours des migrants économiques dans le monde aujourd'hui sont :**
- A de plus en plus faciles.
- B de plus en plus dangereux.
- C ne changent pas.

Exercice 2

Identifiez puis présentez les deux types de migrations.

Pourquoi ces photographies montrent-elles que les profils de migrants sont de plus en plus variés aujourd'hui ?

1

2

Je m'auto-évalue

J'ai réussi l'exercice sans regarder ma fiche de révision ou le manuel.	J'ai réussi l'exercice en allant chercher quelques informations dans ma fiche de révision ou le manuel.	J'ai réussi l'exercice en allant chercher les informations dans ma fiche de révision ou le manuel.	J'ai fait l'exercice mais n'ai pas réussi à trouver les informations nécessaires.
Très bonne maîtrise	Maîtrise satisfaisante	Maîtrise fragile	Maîtrise insuffisante

3 Je pratique différents langages : réaliser une production graphique

Étape 1 Je lis le texte pour en extraire les informations pertinentes

1 Les migrations autour de la mer Méditerranée

Si l'on se penche sur les causes profondes de ces mouvements migratoires, on observe d'importantes distinctions. La route orientale est une véritable « route de la guerre » dominée par les réfugiés et les migrants fuyant les zones en guerre de Syrie, d'Irak et d'Afghanistan. La migration le long de la route de la Méditerranée occidentale est composée majoritairement de migrants provenant d'un grand nombre de pays de l'Afrique subsaharienne et du Sahel. Le sous-développement économique et la démographie sont les premiers facteurs qui ont contribué à cet afflux migratoire. Le désir d'échapper à l'extrême pauvreté est indéniablement le principal facteur de la migration en provenance de ces pays. Mais le changement environnemental, notamment les effets du changement climatique, est un des autres facteurs importants. De vastes étendues de l'Afrique subsaharienne et du Sahel rencontrent des difficultés pour pouvoir maintenir leur agriculture, leur élevage et leur pêche de subsistance. Des villages entiers et des milliers de kilomètres carrés sont devenus totalement inhabitables par l'homme.

Source : IEMED, 2017.

a. Quel est le thème du texte ?

b. Route n° 1 :
- localisation ?
- pays de départ ?
- raison de la migration ?

c. Route n° 2 :
- localisation ?
- espaces de départ ?
- principale raison de la migration ?

d. Route n° 2 (suite) :
- autre raison de la migration ?

Étape 2 Je transforme le texte en schéma

Utilisez les informations extraites du texte pour construire un schéma sur les raisons multiples des migrations autour de la Méditerranée.

Un peu d'aide ?

Au centre de mon schéma, je place le thème général puis je construis deux branches correspondant aux deux parties du texte.

+ Un peu d'aide ?

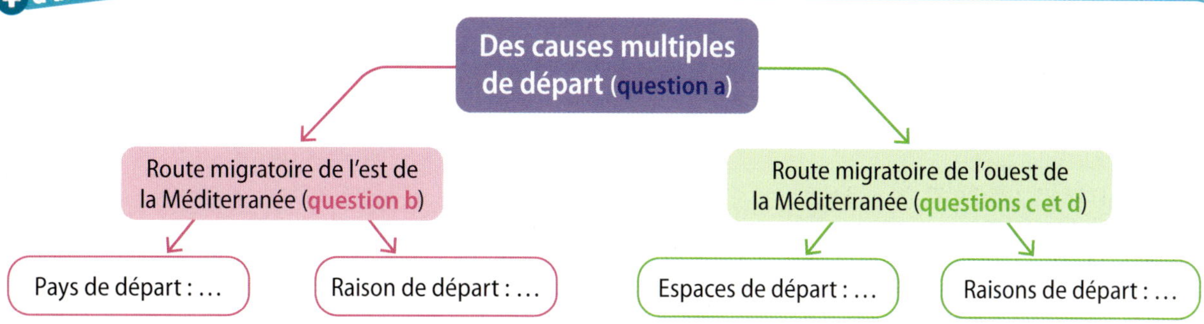

Je m'auto-évalue

Pratiquer différents langages

Je vérifie les objectifs que j'ai atteints :

☐ Mon schéma reprend les idées principales du texte.
☐ Les idées sont indiquées par des mots clés
☐ Elles sont localisées et illustrées par des exemples.

4 J'analyse et je comprends un document : un dessin de presse

→ Étudiez le dessin de presse en répondant aux questions.

A DAY WITHOUT (ILLEGAL) IMMIGRANTS

« UNE JOURNÉE SANS IMMIGRÉS (ILLÉGAUX) »

Dessin de presse de R. J. Matson, paru en 2006 dans le *St. Louis Post-Dispatch*.

Qui est-il ? ▸ R. J. Matson
En 2006, il est le caricaturiste éditorial du *St. Louis Post-Dispatch*, journal du Missouri (États-Unis) fondé par Joseph Pullitzer en 1878.

QUESTIONS

A. Identifier le document

1. Présentez le document (sa nature, sa date, son auteur, le sujet traité).

B. Utiliser ses connaissances pour expliciter

2. Quel est le personnage principal ? De quel pays est-il le symbole ?
3. Quel type de travaux réalise-t-il ? Comment sa journée se termine-t-elle ?
4. D'où viennent une grande partie des migrants de ce pays ?

C. Savoir que le document exprime un point de vue

5. Expliquez le titre.
6. Quel message l'auteur a-t-il voulu transmettre ?

POINT MÉTHODE Analyser et comprendre un document

Pour identifier un document

> Utiliser les informations de la source.
Aide *Elles sont surlignées en jaune.*

Pour utiliser ses connaissances pour expliciter

> Observer attentivement les détails du dessin (actions, attitudes et habillement des personnages).
Aide *Le personnage correspond à un monument symbolique d'un pays.*
Aide *Identifiez les tâches et le secteur d'activités qu'elles représentent.*

Pour savoir que le document exprime un point de vue

> Cerner l'intention de l'auteur.
Aide *Demandez-vous si l'auteur porte un regard positif ou négatif sur les migrations.*

Je m'entraîne
Sujet guidé

Exercice 1 Analyser et comprendre des documents

1 Les migrations en Asie du Sud-Est

L'Asie du Sud-Est compte plus de 18 millions de travailleurs migrants ayant quitté leur pays d'origine. Les principaux pays d'origine sont les Philippines (5,4 millions), l'Indonésie (2,9 millions), le Myanmar (2,6 millions) et le Vietnam (2,6 millions). Les pays de départ ont reçu, en 2019, plus de 77 milliards de dollars. Ces fonds sont une source vitale de revenus dans de nombreux pays. Cependant les migrants sont souvent victimes de violences et de pratiques discriminatoires. Ils risquent d'être arrêtés et placés en détention. Par ailleurs, la Covid-19 a également augmenté les risques de refoulement des réfugiés et des demandeurs d'asile. Depuis le début de l'année 2020, 164 réfugiés rohingya[1] et autres migrants qui fuyaient des situations difficiles ont ainsi trouvé la mort en mer.

D'après « L'impact de la Covid-19 sur l'Asie du Sud-Est », Nations unies, juillet 2020.

1. Rohingya : minorité musulmane en Birmanie qui subit de graves violations des droits de l'homme (esclavage, viols, torture, destruction de villages).

2 Une vague de réfugiés en Asie du Sud-Est, dessin de Heng, Singapour

Dessin de presse de Heng, « Migrations et Frontières », cartooningforpeace.org
Traduction : « Crise des réfugiés – Rentrez chez vous ! – Stop – Asie du Sud-Est »

QUESTIONS

1. Présentez les documents.
2. Quels sont les deux types de migration auxquels font référence ces documents ?
3. À quelles difficultés les migrants sont-ils exposés ?
4. Comment les migrants participent-ils à la transformation des territoires ?

Un peu d'aide ?

- **Pour la question 1** : Précisez la nature, l'auteur et le sujet évoqué ainsi que la date lorsqu'elle est indiquée.
- **Pour la question 2** : Reportez- vous à la leçon p. 244.
- **Pour la question 3** : Reformulez les éléments de réponse repérés dans le texte et sur le dessin.
- **Pour la question 4** : Rappelez comment les migrants participent au développement de leur pays d'origine, mais aussi ce qu'ils apportent au territoire qui les accueille.

Exercice 2 Pratiquer différents langages

Sous la forme d'un développement construit d'une quinzaine de lignes, vous décrirez les migrations économiques dans le monde et leurs conséquences.

Pense pas bête

1. Je repère et je définis les mots clés :
Migrations économiques – conséquences

2. Je délimite le sujet :
Où ? Quand ?

3. Je mobilise le vocabulaire spécifique :
développement • flux • pays d'accueil et de départ • main-d'œuvre • transferts d'argent

4. J'organise mon développement en trois parties :
I. Les flux de migrants économiques dans le monde
II. Les conséquences dans les pays d'accueil
III. Les conséquences dans les pays de départ

CHAPITRE 12

Le tourisme et ses espaces

Comment le tourisme international transforme-t-il les territoires et les sociétés ?

1 Des touristes devant le Grand Canal à Venise (Italie)
Depuis 1990, le nombre de touristes a plus que doublé à Venise. Cette ville est de plus en plus aménagée pour répondre à leurs besoins plus qu'à ceux des habitants dont le nombre ne cesse de baisser.

VOCABULAIRE

- **Tourisme :** déplacement volontaire et temporaire d'au moins 24 h en dehors de son domicile pour le travail ou les loisirs.

Je me repère dans l'espace

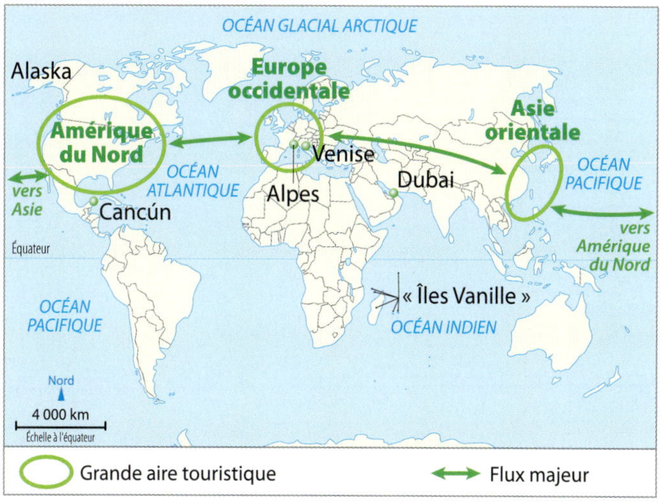

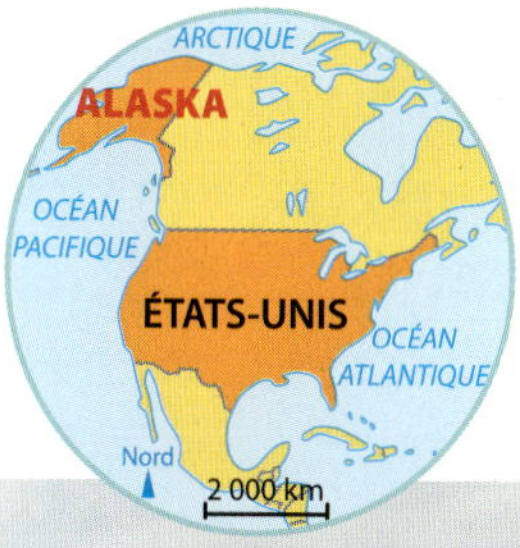

2 L'essor du tourisme de croisières en Alaska (États-Unis)
Des touristes admirent des glaciers du Parc national de Glacier Bay.

QUESTIONS

1. **DOC. 1** et **2** Localisez et décrivez les photographies.
2. **DOC. 1** et **2** D'après vous, comment le développement du tourisme international s'explique-t-il dans ces territoires ?

Se repérer

Le tourisme : une pratique ancienne qui se généralise

UNE VIDÉO POUR COMMENCER hachette-clic.fr/21hg4100

« Les villes face au tourisme de masse aujourd'hui » (début à 2'30) ***Le Figaro*, août 2018.**

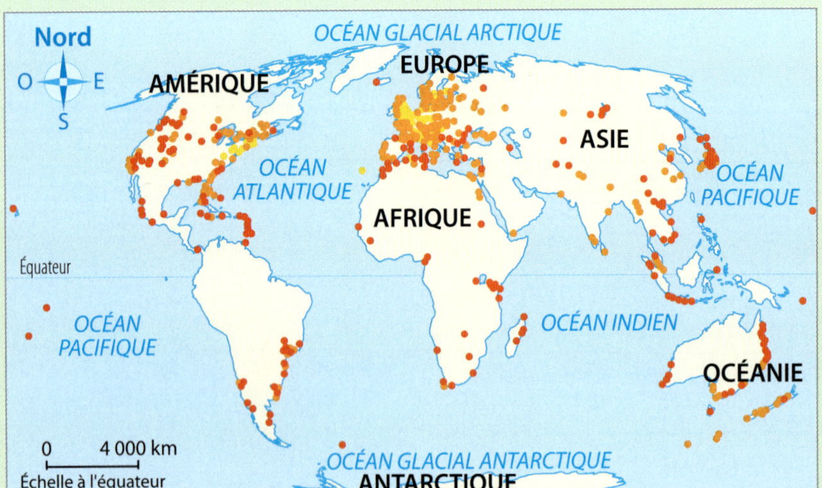

Principaux lieux touristiques
- Avant 1800
- De 1800 à 1900
- De 1900 à 1950

Source : « Les nouvelles dynamiques du tourisme dans le monde », Géoconfluences.fr, 2011.

1 Les lieux touristiques avant 1950

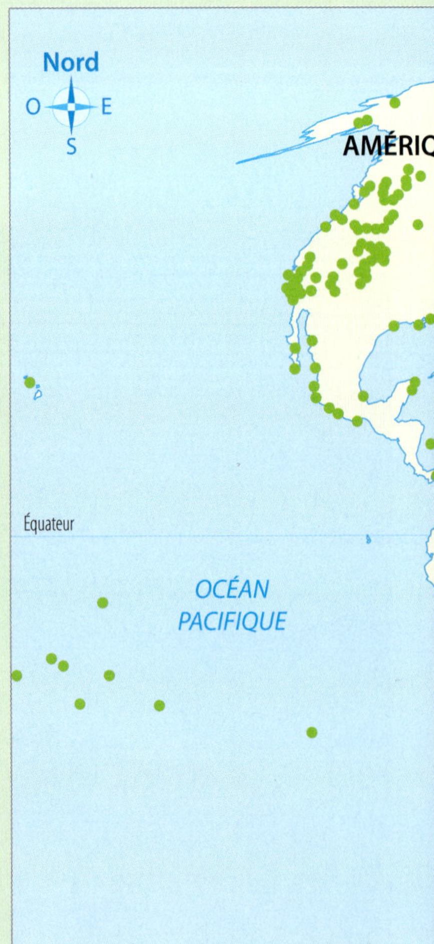

- Principal lieu touristique actuel

Je me souviens

Se repérer dans le temps et dans l'espace

→ Voir le chapitre 11

1. Rappelez quels sont les différents types de flux générés par la mondialisation.

2. Rappelez le nom donné à la mobilité qui voit des personnes quitter un territoire pour s'installer durablement dans un autre.

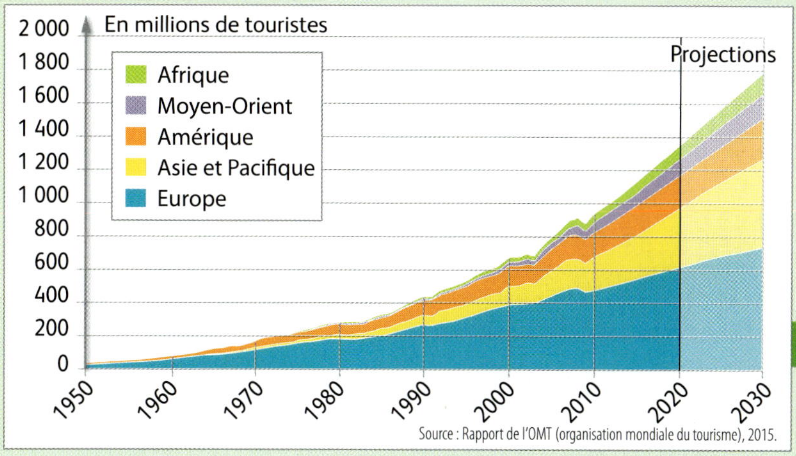

2 Le tourisme international

Projections réalisées avant la pandémie de Covid-19 qui a freiné le tourisme international à partir de 2020.

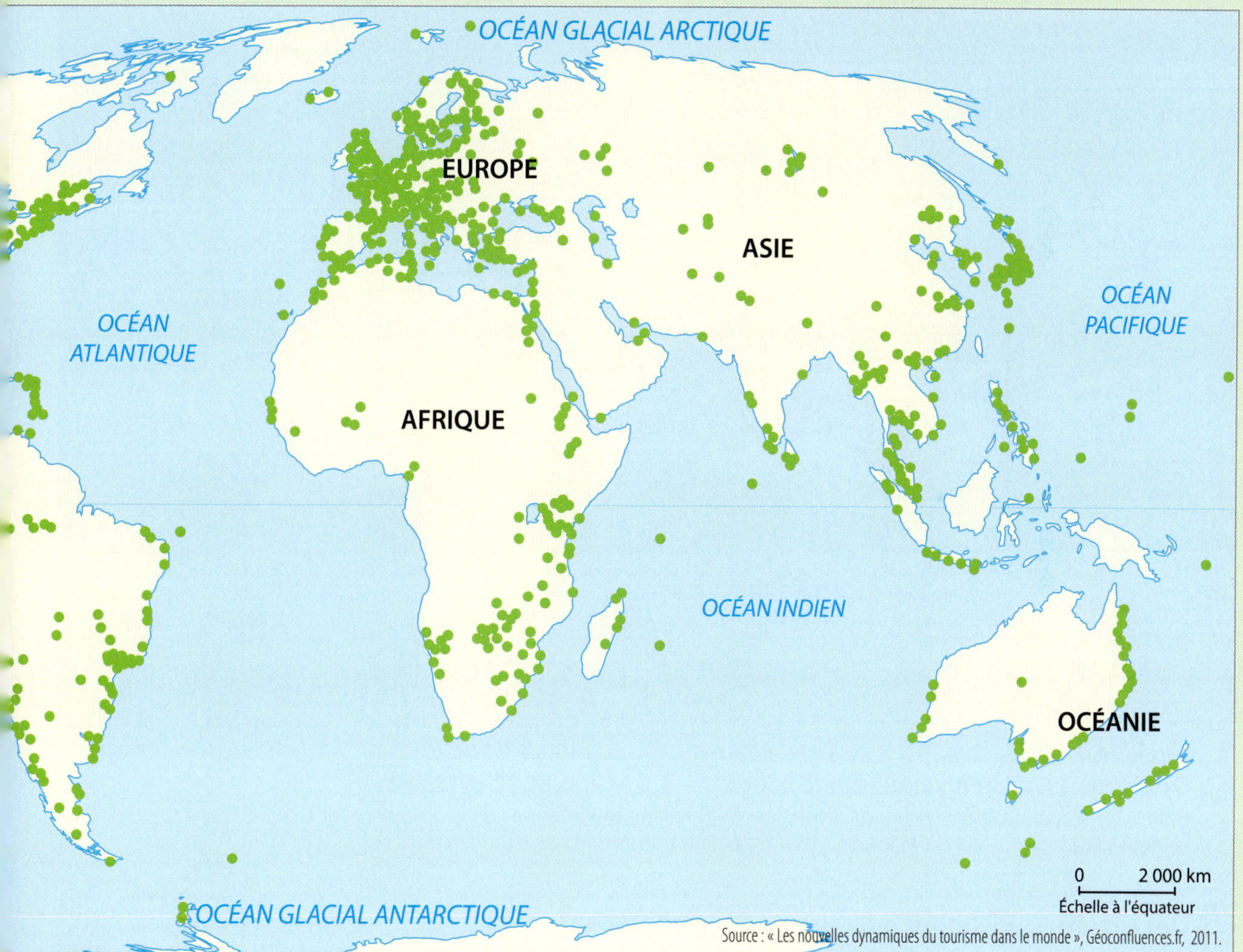

3 La diffusion du tourisme aujourd'hui

Je découvre

3. Relevez le nombre de touristes internationaux dans le monde en 1950, en 2020 et celui prévu en 2030.

4. Localisez les continents sur lesquels sont situés les lieux touristiques avant 1950.

5. Localisez les continents sur lesquels les lieux touristiques se sont développés après 1950.

6. Vidéo : Citez deux exemples de problèmes rencontrés par les villes les plus fréquentées par les touristes.

Étude

Les espaces du tourisme dans le Sud-Ouest de l'océan Indien

A Comprendre comment le tourisme transforme les « îles Vanille »

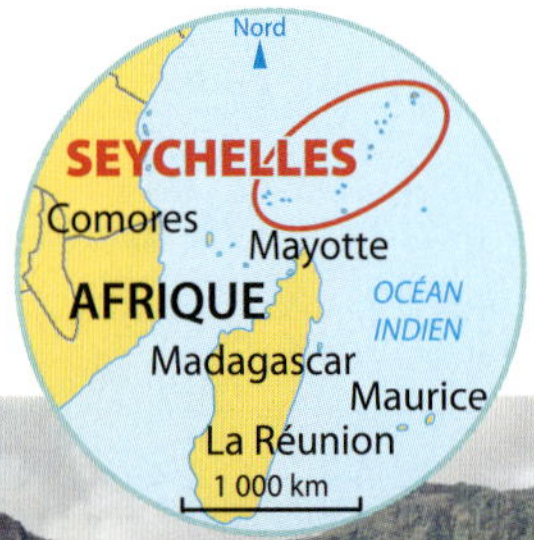

1 Des littoraux mis en valeur par le tourisme balnéaire aux Seychelles

Hôtels, maisons individuelles et ports de plaisance accueillent toute l'année les touristes sur cet archipel tropical, comme ici à Mahé. Ce tourisme de luxe a profondément transformé l'environnement.

2 Des circuits touristiques inter-îles en développement

La Réunion, Maurice, les Seychelles, Mayotte, les Comores et Madagascar ont fait un pari fort : s'unir pour mettre en valeur leur potentiel touristique commun. Plutôt que de se concurrencer, ces îles du Sud-Ouest de l'océan Indien ont opté pour une démarche commune. C'est ainsi qu'est né en 2011 le concept des « îles Vanille ». L'idée, originale, est simple : permettre aux touristes de visiter au moins deux de ces îles lors d'un même séjour. Réunion-Maurice, Madagascar-Seychelles, Mayotte-Comores… Avec ce concept, c'est toute une offre touristique régionale qui voit le jour, avec des circuits inter-îles, des formalités d'entrée facilitées et des connexions aériennes plus régulières. À travers ce projet, les professionnels du tourisme entendent renforcer l'attractivité multiple de la zone géographique à l'échelle nationale et internationale.

D'après Agence française de développement « Océan Indien : des circuits inter-îles pour booster le tourisme », avril 2018.

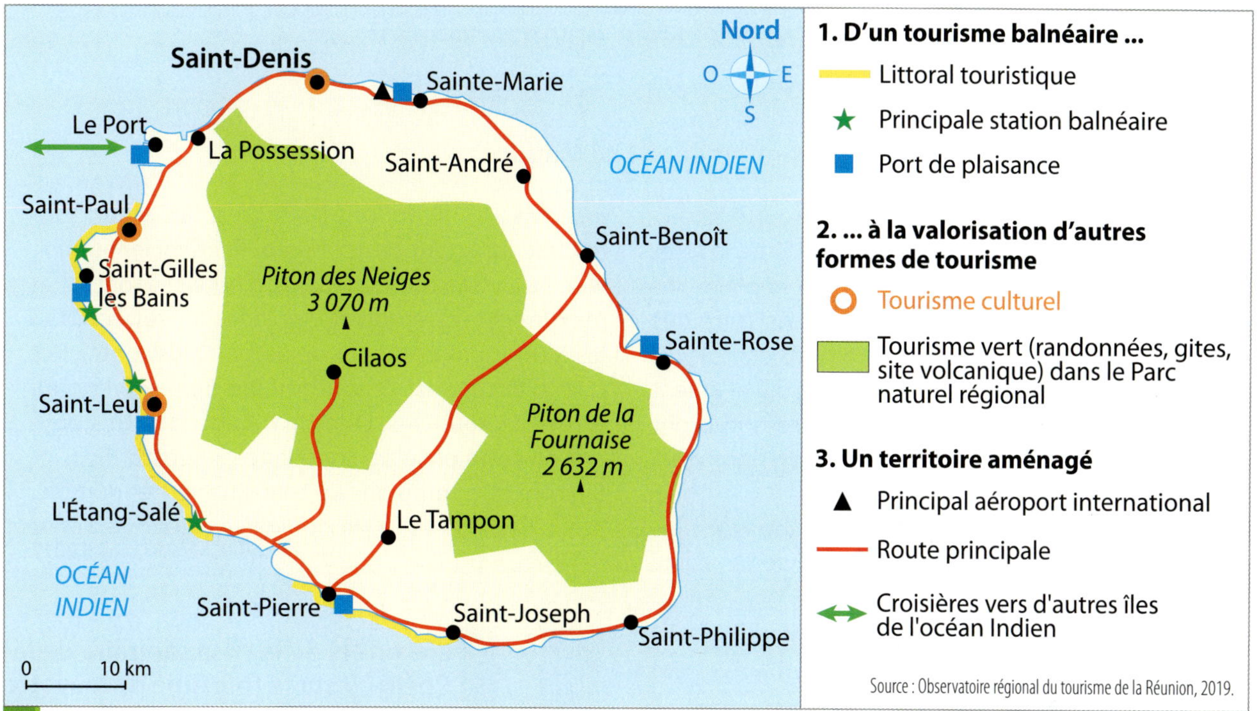

3 La mise en tourisme de l'île de La Réunion

4 Le poids économique du tourisme dans l'océan Indien

	La Réunion (France)	Île Maurice	Madagascar
Nombre de touristes en 2019	533 600	1 400 000	348 600
Part du tourisme dans les emplois	4,6 %	7,5 %	13 %
Part du tourisme dans le PIB	3,2 %	24 %	16 %
Principale origine des touristes en 2019	France : 83 %	France : 21,8 % Royaume-Uni : 10,2 %	Italie : 42 % France : 35 %

Sources : Insee et Banque mondiale, 2020.

VOCABULAIRE

- **Tourisme balnéaire :** tourisme qui se développe sur le littoral afin de profiter de la plage et de la mer.
- **Tourisme culturel :** tourisme qui a pour but la découverte du patrimoine culturel d'un espace.

ACTIVITÉS

Parcours 1 — Extraire des informations

1. **DOC. 2** Identifiez et localisez les « îles Vanille ».
2. **DOC. 3** et **4** D'où viennent majoritairement les touristes qui se rendent dans ces îles ? Comment s'y rendent-ils ?
3. **DOC. 1** et **3** Quels aménagements touristiques ont été mis en place pour le tourisme balnéaire ?
4. **DOC. 2** et **3** Quelles autres formes de tourisme sont valorisées ? Par quels aménagements ?
5. **DOC. 4** Quels sont les effets positifs du tourisme sur l'économie et la société ?

OU

Parcours 2 — Réaliser une production graphique

Réalisez un croquis de paysage sur Mahé, un espace devenu touristique aux Seychelles.

1. Tracez un cadre aux dimensions de la photographie (**DOC. 1**) et délimitez les différents éléments du paysage : plages – hôtels et villas individuelles – espace montagnard – espace résidentiel – ports de plaisance – routes – ponts.
2. Classez ces élements en deux thèmes pour constituer la légende :

Aménagements humains	Éléments physiques
…	…

3. À l'aide des informations classées dans le tableau et des figurés choisis, complétez votre croquis et construisez sa légende.

Pour conclure Comment le tourisme transforme-t-il les espaces du Sud-Ouest de l'océan Indien ?

Étude

B Comprendre les défis environnementaux et sociaux des espaces touristiques

5 Les effets du tourisme sur l'environnement à l'Île Maurice

À l'Île Maurice, comme dans de nombreux endroits touristiques, la nature a été abîmée. 98 % de la forêt a disparu, 98 % coupée pour mettre à la place des champs de canne à sucre et pour construire des hôtels pendant des années, des grands complexes paradisiaques pour touristes européens qui n'aiment pas les moustiques, donc les zones des hôtels ont été aspergées de pesticides, comme de nombreux endroits dans le monde.
Le tourisme a abîmé la nature, en chassant les insectes et en coupant les arbres. Les Mauriciens ont fait disparaître leurs oiseaux. Pendant longtemps, les constructions d'immeubles, d'hôtels se sont faites avec le sable du lagon et les plages ont rétréci. Mais les Mauriciens prennent de plus en plus conscience que la nature est un patrimoine à préserver pour attirer les touristes. Dans le monde, d'autres pays ont eu cette prise de conscience, le Costa Rica, les Seychelles, champions du tourisme vert et durable.

D'après « À L'Île Maurice, la nature en danger à cause du tourisme », RTL, mai 2017.

6 Le développement de l'écotourisme à La Réunion

Le cirque de Mafate n'est accessible qu'à pied ou en hélicoptère. Les activités touristiques doivent respecter l'environnement (sentiers balisés, forêts protégées) et fournir des emplois aux habitants.

VOCABULAIRE

- **Écotourisme :** activités touristiques pratiquées dans un cadre naturel, prenant soin de l'environnement et participant à l'économie locale.

7 Les effets de la crise sanitaire de la Covid-19 sur le tourisme de Mayotte

UN REPORTAGE À REGARDER

hachette-clic.fr/21hg4101

« Covid-19 : le tourisme en berne », *Le journal de Mayotte* la 1re, 2020.

Mayotte « subit de plein fouet des grosses séquelles de la terrible maladie. Les clients se font de plus en plus rares ». Un gérant d'hôtel témoigne : « je travaille beaucoup avec des clients de l'extérieur qui viennent des îles à côté (La Réunion, les Comores) ou de France. Ces touristes ne sont pas là et c'est difficile ».

ACTIVITÉS

Parcours 1

Extraire des informations pertinentes

1. **DOC. 5** Quels sont les problèmes environnementaux causés par certains aménagements touristiques sur l'Île Maurice ?
2. **DOC. 5** et **6** Quels pays de l'océan Indien ont pris conscience de ces dégradations environnementales ? Quelles solutions sont proposées ?
3. **DOC. 7** Montrez que le tourisme est une activité économique qui reste fragile.

OU

Parcours 2

Extraire des informations pour les classer

Reproduisez et complétez le tableau pour montrer les défis à relever dans les espaces touristiques du Sud-Ouest de l'océan Indien.

	Environnement	Économie et société
Problèmes (**DOC. 5** et **7**)		
Solutions (**DOC. 6** et **7**)		

Bilan

Bilan à compléter
hachette-clic.fr/21hg4102

Les espaces du tourisme dans le Sud-Ouest de l'océan Indien

1 Sélectionner des informations essentielles à retenir

À l'aide des activités des pages 254 à 256, recopiez la ou les propositions qui conviennent :

Proposition 1 : Le tourisme dans les îles du Sud-Ouest de l'océan Indien est

- A un tourisme balnéaire
- B un tourisme culturel
- C un tourisme de croisières

Proposition 2 : Les touristes sont essentiellement

- A des habitants des autres îles du Sud-Ouest de l'océan Indien
- B des Européens
- C des habitants de pays développés

Proposition 3 : Les infrastructures de transport indispensables au tourisme dans ces îles sont

- A les aéroports, les routes et les ports
- B les gares et les ports
- C les ports de croisières

Proposition 4 : Les paysages sont profondément transformés par le tourisme à cause

- A de la déforestation
- B de l'aménagement des plages et des complexes hôteliers
- C de la multiplication des infrastructures de transport

2 Mobiliser ces informations pour réaliser un schéma fléché

Complétez ce schéma fléché pour montrer comment les espaces sont transformés par le tourisme.

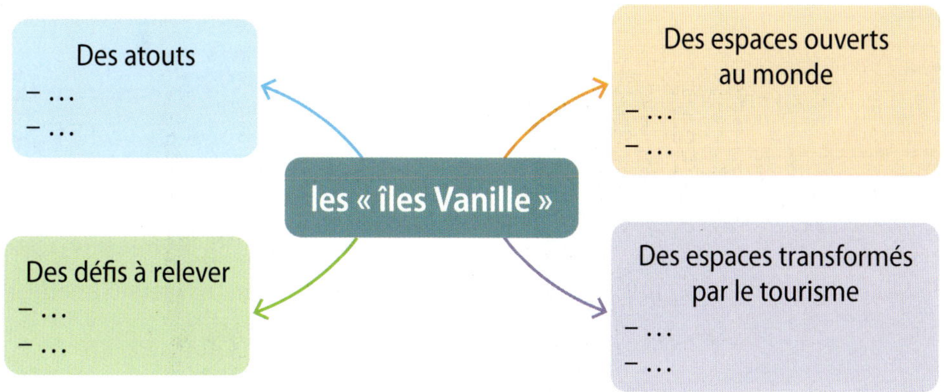

Enquêter

Dubai, un développement touristique durable ?

Le parc aquatique Wild Wadi Water Park au pied de la tour Burj al Arab.

Votre énigme :

Voici des photographies des aménagements réalisés à Dubai pour en faire une destination touristique. À vous de voir s'ils permettent le développement d'un tourisme durable !

Les fontaines dansantes du lac artificiel Burj Lake, au pied de la tour Burj Khalifa.

Une station de ski à l'intérieur du Dubai **Mall**.

L'hôtel Atlantis sur la presqu'île artificielle de Palm Jumeirah.

VOCABULAIRE

Mall : vaste centre commercial.

POINT MÉTHODE

Pour résoudre l'énigme

Étape 1 Formuler des hypothèses

Quels sont les aménagements touristiques réalisés à Dubai ? Permettent-ils un développement touristique durable ?

Étape 2 Vérifier les hypothèses

Menez l'enquête à l'aide des indices page 259.

Étape 3 Conclure

Quel est le résultat de votre enquête ?
Réfléchissez à une réponse : Comment rendre le développement touristique à Dubai plus durable ?
Présentez-la à l'oral afin de la confronter à celles des autres.

Indice n° 1 Le tourisme durable

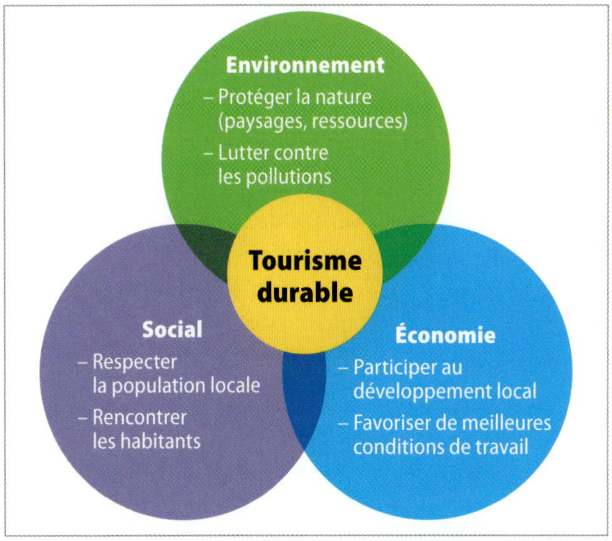

D'après l'OMT (Organisation mondiale du tourisme), 2021.

Indice n° 2
Une main-d'œuvre immigrée pour construire les aménagements touristiques

Indice n° 3
Le tourisme durable encouragé et récompensé

L'agence Platinium Heritage a remporté le Green tourism Award[1] 2019. Elle veille en effet à ce qu'aucun de ses safaris n'inclut de passage dans les dunes et sensibilise ses clients aux dommages qu'une telle pratique leur cause. Elle privilégie les énergies renouvelables pour tous ses équipements et privilégie la reconstruction de vieux véhicules plutôt que de les remplacer tous les cinq ans, comme elle le faisait auparavant. Enfin, elle cherche à faire connaître les traditions et les coutumes locales du patrimoine culturel émirati.

D'après G. Clastres, « Peut-on faire du tourisme durable à Dubai ? », www.voyageons-autrement.com, 24/10/2020.

1. Prix dédié au tourisme vert.

Indice n° 4 La consommation d'eau à Dubai

Cette ville possédant la plus faible quantité d'eau disponible au monde est sur le point de vivre une pénurie d'eau généralisée. Les territoires les plus touchés sont les plus désertiques. Cette rareté s'explique par le climat très aride du pays, mais aussi par sa position géographique qui l'obligent à puiser son eau dans la seule source qui lui est accessible, soit la mer d'Oman. À cela s'ajoute le fait que cette ressource ne coûte rien à la population, en raison du gouvernement qui la subventionne. Les réserves d'eau s'épuisent à vue d'œil et l'eau dessalée est de plus en plus utilisée. Malgré ces difficultés, la consommation par habitant de Dubai reste de 550 litres, alors que la moyenne mondiale se situe à 250 litres.

D'après « Les Émirats arabes unis à la veille d'une pénurie d'eau », Université de Sherbrooke (Canada), octobre 2018.

Indice n° 5 Des aménagements et de grands projets touristiques

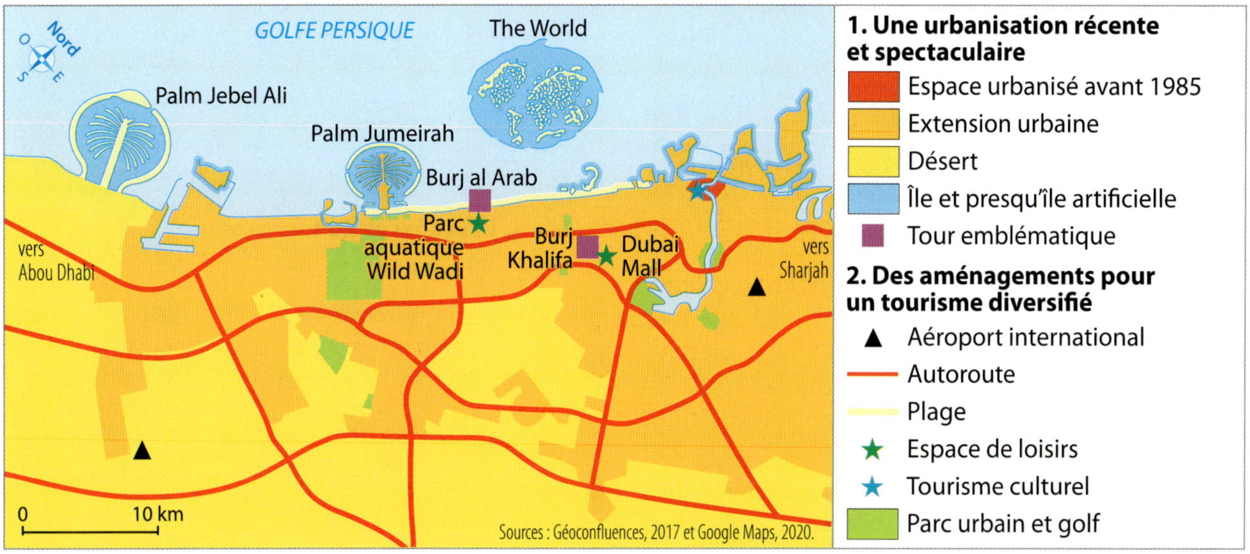

À l'échelle du monde

Espaces et flux

Des territoires étudiés

Bilan des études

Étude p. 254-257	Enquêter p. 258-259
Les espaces du tourisme dans le Sud-Ouest de l'océan Indien	**Dubai, un développement touristique durable ?**

La diffusion mondiale du tourisme	
• Une grande majorité de touristes européens arrivés par avion • Des pratiques touristiques diversifiées	• Un tourisme international • Des pratiques touristiques liées aux loisirs
Les effets du tourisme sur les territoires	
• De grands aménagements touristiques sur le littoral • Une activité au service du développement	• Des espaces littoraux transformés par les aménagements • De nouveaux espaces culturels et de loisirs
Des défis sociaux et environnementaux	
• Un environnement transformé • Des emplois touristiques fragiles • Un écotourisme qui se développe	• De forts impacts sur l'environnement • Une population immigrée peu intégrée • Un tourisme plus durable qui se développe

à l'échelle mondiale

Observez le planisphère et répondez aux questions :

1. Quelles sont les grandes aires touristiques ?
2. Nommez deux exemples de lieux pour chaque type de pratiques touristiques.
3. Quel continent reste le plus à l'écart des grand flux touristiques ? Pourquoi, selon vous ?

VOCABULAIRE

Aire touristique : grande région du monde à la fois émettrice et réceptrice de touristes internationaux.

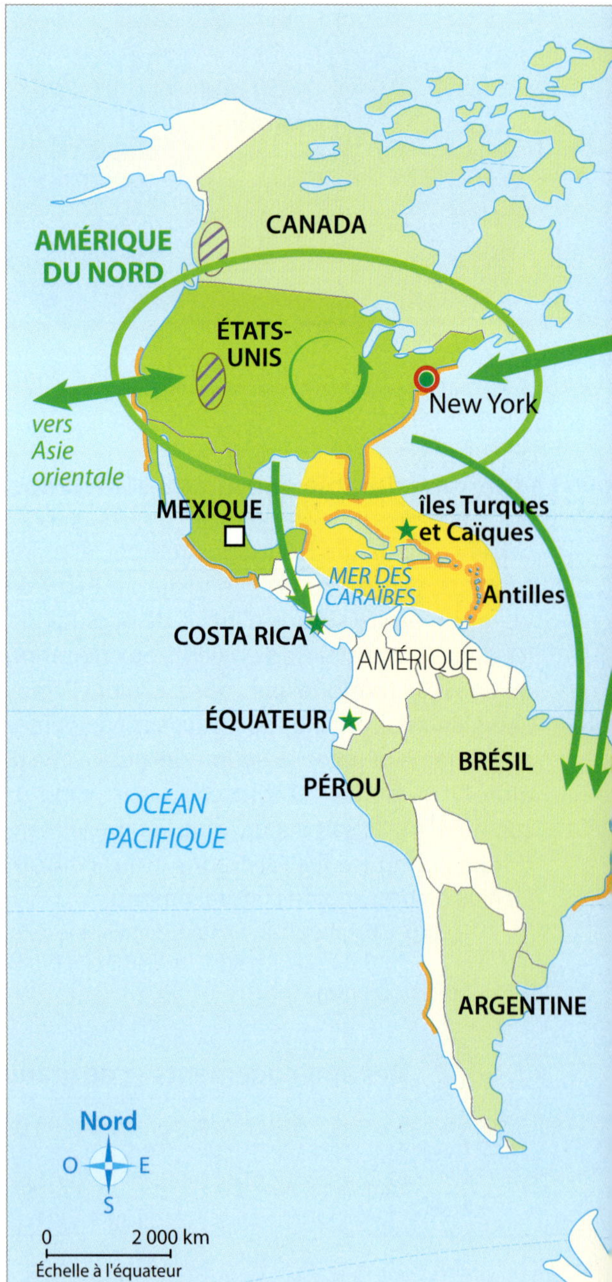

1. Les espaces du tourisme

- Grande aire touristique
- CHINE : 1er pays émetteur de touristes au monde
- Les 10 pays les plus visités au monde
- Les autres destinations importantes
- Les 10 métropoles les plus visitées au monde
- Littoral aménagé

touristiques

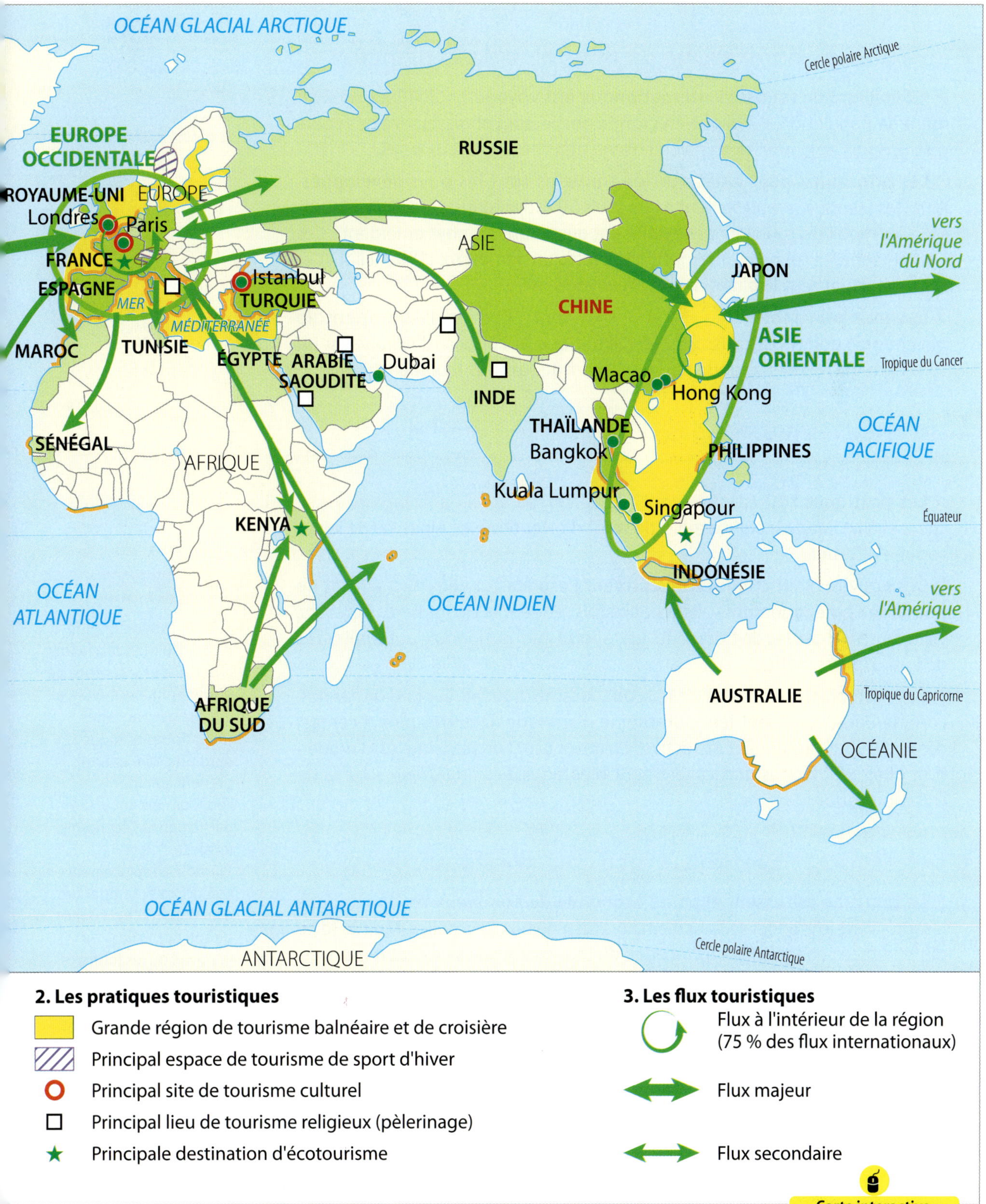

1 Espaces et pratiques du tourisme dans le monde

Leçon

Le tourisme et ses espaces

Comment le tourisme international transforme-t-il les territoires et les sociétés ?

Podcast de la leçon
hachette-clic.fr/21hg4104

1 La diffusion du tourisme à l'ensemble de la planète

› **1,5 milliard de touristes internationaux ont voyagé en 2019**. Ce mouvement de population s'explique en grande partie par l'abaissement des coûts du transport et la hausse du niveau de vie dans de nombreux pays.

› **Les principaux pays émetteurs de touristes sont les pays développés.** Ainsi, les Européens représentent à eux seuls 50 % des touristes internationaux. Mais les mobilités touristiques se diffusent aussi dans les pays émergents. Les Chinois sont les touristes internationaux les plus nombreux (150 millions) et ceux qui dépensent le plus d'argent en voyage.

› **Les trois principales aires touristiques sont l'Europe, l'Asie orientale qui connaît une forte croissance et l'Amérique.** À l'opposé, l'Afrique est un continent qui reste en grande partie à l'écart des grands flux touristiques.

2 Les transformations des territoires sous l'effet du tourisme

› **Les pratiques touristiques sont très diverses** : tourisme balnéaire et culturel à La Réunion par exemple, de sport d'hiver dans les Alpes, ou de loisirs comme à Dubai.

› **Ces activités touristiques transforment l'espace car elles nécessitent de nombreux aménagements.** Ils sont à la fois résidentiels (complexes hôteliers, villages de vacances), de transports (aéroports internationaux, autoroutes) et de loisirs (parcs, golfs).

› Les métropoles sont des hauts lieux du tourisme mondial. Les plus anciennes, comme Paris, valorisent leur patrimoine historique. D'autres plus récentes, comme Dubai, deviennent attractives en misant sur l'architecture et la modernité. Elles sont toutes particulièrement bien équipées en infrastructures de communication.

3 Des espaces touristiques face à de nombreux défis

› **Le tourisme est essentiel pour l'économie** de nombreux territoires, dans lesquels il est le premier secteur d'emplois comme aux Seychelles. Mais la forte dépendance économique aux recettes du tourisme fragilise certains espaces, comme l'a montré la pandémie de Covid-19.

› **Le tourisme est également source de nombreux problèmes en termes de développement durable.** De nombreux aménagements ne sont pas respectueux de l'environnement et très consommateurs d'énergie et d'eau, comme à Dubai. Les conditions de travail sont souvent mauvaises ou précaires.

› **Les touristes recherchent de nouvelles destinations et de nouvelles pratiques**, comme à La Réunion, où l'écotourisme valorise un tourisme durable respectueux de la nature et des territoires.

VOCABULAIRE

- **Aire touristique :** grande région du monde à la fois émettrice et réceptrice de touristes internationaux.
- **Écotourisme :** activités touristiques pratiquées dans un cadre naturel, prenant soin de l'environnement et participant à l'économie locale.
- **Tourisme :** déplacement volontaire et temporaire d'au moins 24h en dehors de son domicile pour le travail ou les loisirs.
- **Tourisme balnéaire :** tourisme qui se développe sur le littoral afin de profiter de la plage et de la mer.
- **Tourisme culturel :** tourisme qui a pour but la découverte du patrimoine culturel d'un espace.

Schéma de la leçon

Le tourisme et ses espaces

1 La diffusion du tourisme à l'ensemble de la planète

Des touristes de plus en plus nombreux

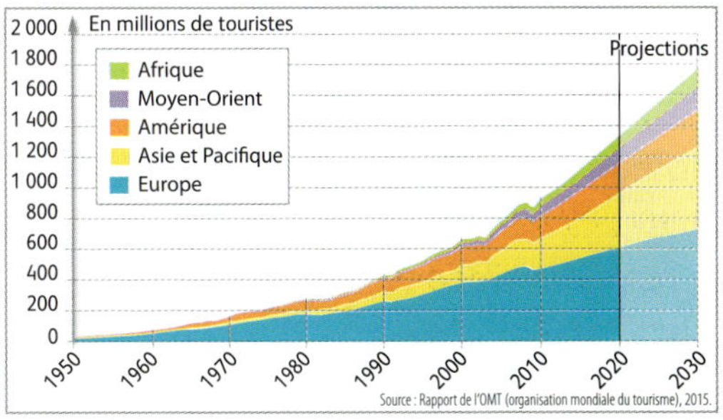

- Baisse des coûts de transport
- Hausse du niveau

Des aires touristiques majeures

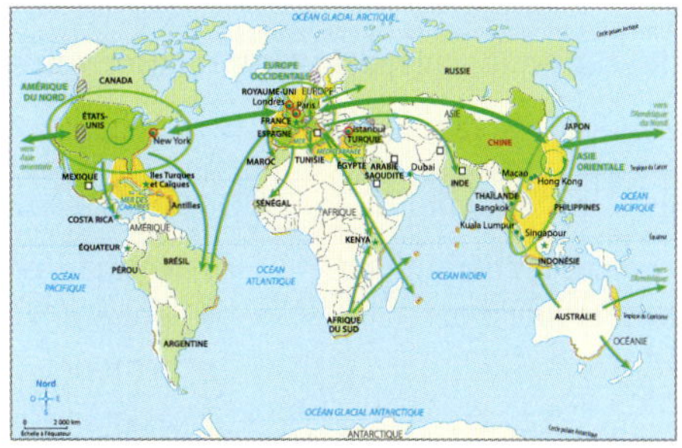

- Trois aires principales : Europe, Asie orientale, Amérique

2 Les transformations des territoires sous l'effet du tourisme

Des littoraux fortement aménagés

- Des aménagements résidentiels, de loisirs et de tranport

Des métropoles qui concentrent le tourisme culturel

- Valorisation du patrimoine historique et de l'architecture

3 Des espaces touristiques face à de nombreux défis

Le tourisme, un levier de développement

- Un secteur économique majeur
- Des créations d'emplois (parfois précaires)

Des impacts environnementaux

- Sur les ressources en eau et en énergie
- Sur les espaces naturels

De nouvelles formes de tourisme

- Activités physiques de nature
- Écotourisme

Quelques chiffres

- Le tourisme représente presque **10 %** du PIB et des emplois dans le monde
- L'Europe est la première destination touristique mondiale en 2019 avec **745 millions** de touristes
- D'après les prévisions, les touristes internationaux devraient être **1,8 milliard** en 2030

J'apprends & je construis mes compétences

Exercices interactifs
hachette-clic.fr/21hg4105

1 Je fais ma fiche de révision

Utilisez les rubriques suivantes pour réaliser votre fiche de révision sur le support de votre choix.

Le vocabulaire

Je connais les définitions des mots suivants :
- Tourisme
- Tourisme balnéaire
- Tourisme culturel
- Écotourisme
- Aire touristique

Les repères géographiques

Je connais et localise :
- Les grandes aires touristiques du monde
- Les grands repères physiques (mers, océans, continents).

Les données chiffrées

Je connais :
- Le nombre de touristes internationaux en 2019
- La part du tourisme dans le PIB et les emplois dans le monde

2 Je teste mes connaissances

Exercice

1. Nommez les trois grandes aires touristiques du monde identifiées par les lettres A, B et C.
2. Nommez les métropoles touristiques identifiées par un chiffre de 1 à 5.
3. Identifiez les zones coloriées en jaune et complétez la légende.
4. Tracez sur le planisphère trois grands flux touristiques en respectant la légende.

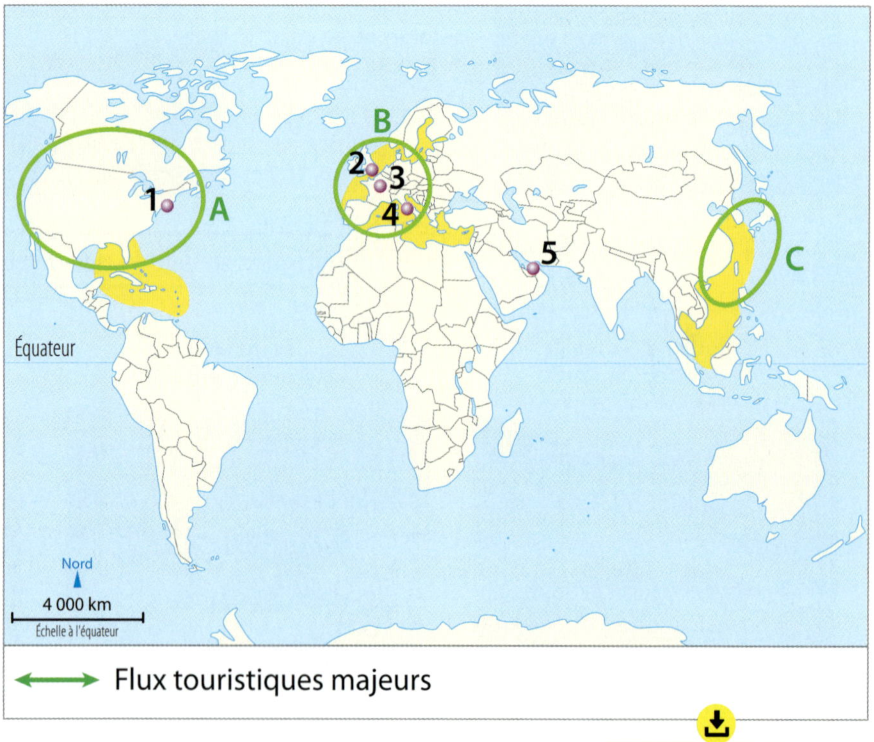

Carte à compléter
hachette-clic.fr/21hg4106

Je m'auto-évalue

J'ai réussi l'exercice sans regarder ma fiche de révision ou le manuel.	J'ai réussi l'exercice en allant chercher quelques informations dans ma fiche de révision ou le manuel.	J'ai réussi l'exercice en allant chercher les informations dans ma fiche de révision ou le manuel.	J'ai fait l'exercice mais n'ai pas réussi à trouver les informations nécessaires.
Très bonne maîtrise	Maîtrise satisfaisante	Maîtrise fragile	Maîtrise insuffisante

3 J'analyse et je comprends des documents : un paysage et un texte

→ Le développement touristique du littoral de Cancún.

1 La station balnéaire de Cancún, entre lagune[1] et mer des Caraïbes (presqu'île du Yucatán, Mexique)

1. Lagune : vaste étendue d'eau isolée de la mer par un cordon littoral de terre ou de sable.

2 Tourisme et développement durable

En 40 ans, Cancún, un ancien village de pêcheurs, est devenu le temple du tourisme de masse, mais derrière cet extraordinaire développement économique se cache une réalité moins reluisante. Côté pile, Cancún, ville balnéaire de la côte caribéenne, ses complexes hôteliers géants, ses milliards de dollars générés chaque année par le tourisme de masse. Côté face, une nature ravagée, la disparition des mangroves[1] qui protégeaient des ouragans, la pollution avec 750 tonnes de déchets par jour et des travailleurs exploités. Raquel, 27 ans, vivote de son emploi de femme de chambre dans un grand hôtel. Elle vit dans un quartier populaire à une heure de route de Cancún[2] et gagne 100 euros par mois en travaillant six jours sur sept, enchaînant les contrats temporaires.

D'après le synopsis du reportage « Cancún, l'autre visage », série documentaire *Les dessous de la mondialisation*, 2016.

1. Forêt d'arbres poussant dans ou au bord de l'eau dans la zone tropicale.
2. Une ville de 700 000 habitants s'est développée à proximité de la zone hôtelière, où logent les milliers de Mexicains qui ont migré ici pour espérer trouver du travail.

QUESTIONS

A. Présenter les documents

1. **DOC. 1** Présentez la photographie en localisant et en situant le paysage.
2. **DOC. 2** Quelle est la nature du document ?

B. Décrire et analyser le paysage à l'aide du texte

3. **DOC. 1** Décrivez le paysage en distinguant les trois grandes unités paysagères.
4. **DOC. 1** et **2** Quels sont les atouts du site et de la situation de Cancún pour en faire un espace touristique ?

C. Confronter les documents à ses connaissances

5. **DOC. 1** et **2** D'après vos connaissances, d'où la majorité des touristes est-elle originaire ?
6. **DOC. 1** et **2** Quelles sont les limites de ce développement touristique en termes de développement durable ?

POINT MÉTHODE Analyser et comprendre un document

Pour présenter deux documents

> Identifier la nature de chacun des documents.
Aide *Utilisez les informations surlignées pour le DOC. 2*

Pour décrire et analyser un paysage à l'aide d'un texte

> Identifier les ensembles paysagers et détailler ce que l'on observe.
Aide *Utilisez les informations du texte pour nommer les lieux et les aménagements. Soyez attentifs aux infrastructures visibles.*

Pour confronter les documents à ses connaissances

> Utiliser ce que l'on connaît du sujet (voir leçon p. 262).
Aide *Mobilisez le vocabulaire appris et pensez aux principales activités touristiques sur les littoraux.*

4 Je pratique différents langages : réaliser un schéma modèle

→ Réalisez le schéma modèle d'une station intégrée : Val Thorens.

1 Val Thorens, la station intégrée la plus haute d'Europe (Massif des Alpes, Savoie)
Une station intégrée de montagne est un lieu touristique créé dans des espaces vierges, sur des sites propices au ski (enneigement, pente, orientation), à des altitudes élevées.

1. Localisez et situez le paysage.
2. Décrivez le paysage en distinguant trois grands espaces.
3. À l'aide de la boîte à outils, complétez la légende du schéma modèle d'une station de sports d'hiver comme Val Thorens.

Boîte à outils

• domaine skiable • remontée mécanique
• sommet à plus de 3000 m • station d'altitude
• immeubles en front de neige • terrasses • pistes

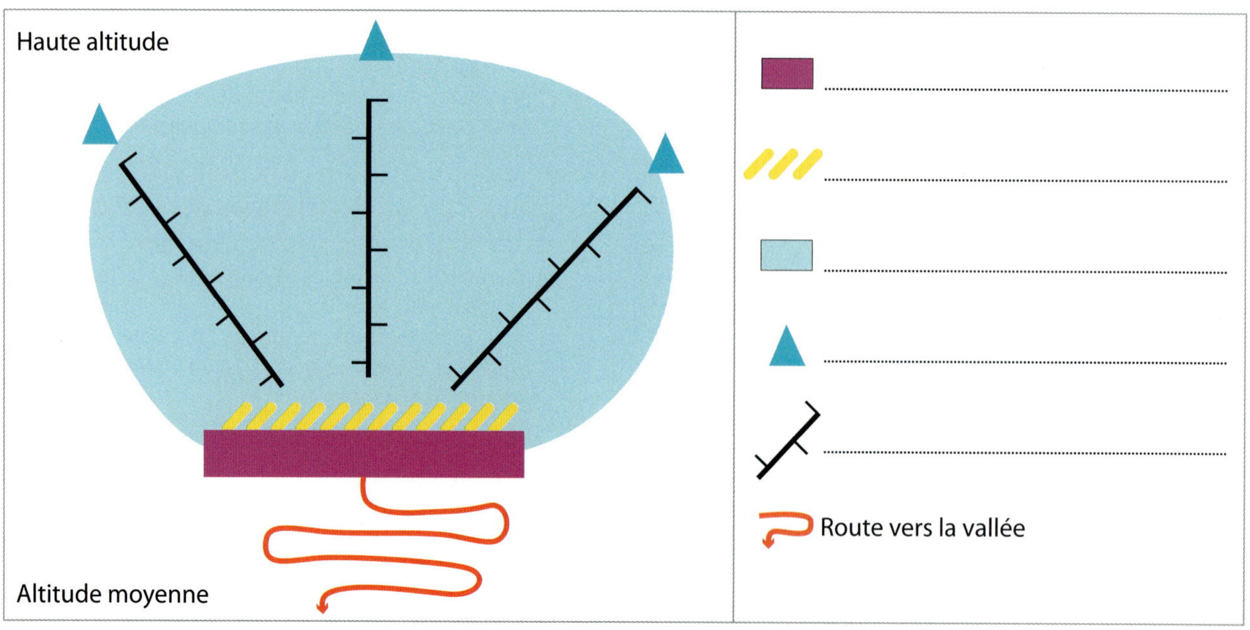

Je m'entraîne
Sujet guidé

Exercice 1 Analyser et comprendre un document

1 Les nouvelles pratiques du tourisme responsable

Il s'oppose au tourisme de masse qui ne cesse d'augmenter. Cette croissance a des effets non négligeables sur l'environnement et les populations.
En raison de la surconsommation des ressources naturelles et de la création toujours plus importante de déchets, cette forme de tourisme a un impact négatif sur l'environnement. De plus, le tourisme intensif contribue à la production de polluants (gaz à effet de serre, pollution de l'eau...). Mais il a aussi un impact important d'un point de vue social. La construction d'infrastructures touristiques, telles que des routes et des complexes hôteliers, oblige les populations locales à quitter leurs territoires et à céder l'exclusivité des sites naturels aux acteurs du tourisme (plages, réserves naturelles, etc.).
Les piliers du tourisme responsable sont :

- Participer au développement économique local : participer au développement des populations locales et donc assurer une rémunération juste aux prestataires (guides, hôtes, etc.) et promouvoir de meilleures conditions de travail.
- Préserver la nature : réduire au maximum l'impact du tourisme sur l'environnement, préserver les ressources naturelles locales, notamment en privilégiant des destinations respectueuses de la nature et de leur écosystème.
- Rencontre avec les populations locales : contrairement au tourisme de masse, où le vacancier est généralement à l'écart, le tourisme responsable promeut la rencontre avec les populations locales afin de découvrir la culture du pays visité.

D'après geo.fr, décembre 2018.

QUESTIONS

1. Présentez le document.
2. De quels aménagements le tourisme de masse a-t-il besoin ?
3. Relevez les conséquences du tourisme de masse sur l'environnement.
4. Comment les populations locales sont-elles intégrées dans le tourisme responsable ?
5. Pourquoi le tourisme responsable est-il une pratique d'avenir ?

Un peu d'aide ?

- **Pour la question 1**
  Précisez la nature du document, sa date.
- **Pour les questions 2 à 4**
  Repérez dans le texte les éléments de réponse et reformulez-les. Vous pouvez ensuite citer le texte entre guillemets.
- **Pour la question 5.**
  Utilisez les connaissances de la leçon p. 262

Exercice 2 Pratiquer différents langages

À l'aide de vos connaissances et en vous appuyant sur les exemples vus en classe, rédigez un développement construit d'une quinzaine de lignes qui présente les conséquences du tourisme sur les territoires et les sociétés dans le monde.
Vous pouvez utiliser la boîte à outils, sélectionner et classer les mots clés dans le schéma :

Boîte à outils

- développement économique
- aménagements et infrastructures
- développement touristique durable
- développement social
- mise en valeur des territoires
- poids économique du tourisme

Conséquences du tourisme sur les territoires et les sociétés

Transformation des territoires
…

Transformations des sociétés
…

CHAPITRE 13

Mers et océans : un monde maritimisé

Comment la mondialisation transforme-t-elle les espaces maritimes du globe ?

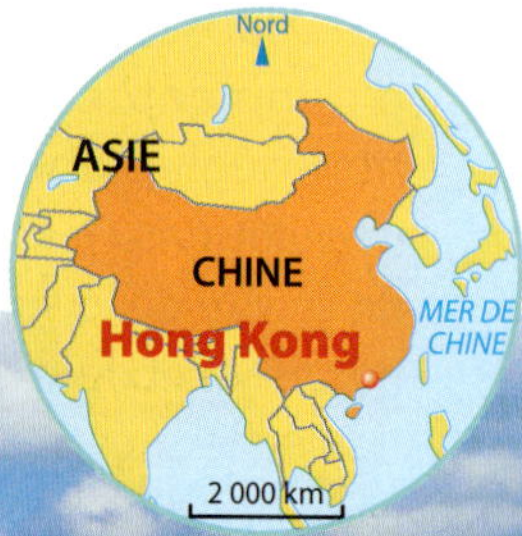

1 La **zone industrialo-portuaire** (ZIP) de Hong Kong

VOCABULAIRE

- **Canal :** bras de mer étroit ou voie d'eau artificielle.
- **Détroit :** bras de mer étroit.
- **Zone industrialo-portuaire (ZIP) :** espace littoral qui associe des fonctions industrielles et portuaires.

Je me repère dans l'espace

Détroits et **canaux** maritimes internationaux

2 Le canal de Panama

QUESTIONS

1. **DOC. 1** Identifiez les différents espaces qui composent ce paysage.
2. **DOC. 2** Pourquoi le canal de Panama est-il un lieu stratégique dans le commerce maritime mondial ? Comment s'organise le passage de bateaux sur le canal de Panama ?
3. **DOC. 1** et **2** D'après vous, quel rôle les mers et les océans jouent-ils dans la mondialisation des échanges ?

Se repérer La maritimisation du monde

UNE VIDÉO POUR COMMENCER hachette-clic.fr/21hg4107

« L'agrandissement du canal de Panama »
Journal de 20 heures, France 2, 12 mars 2013.

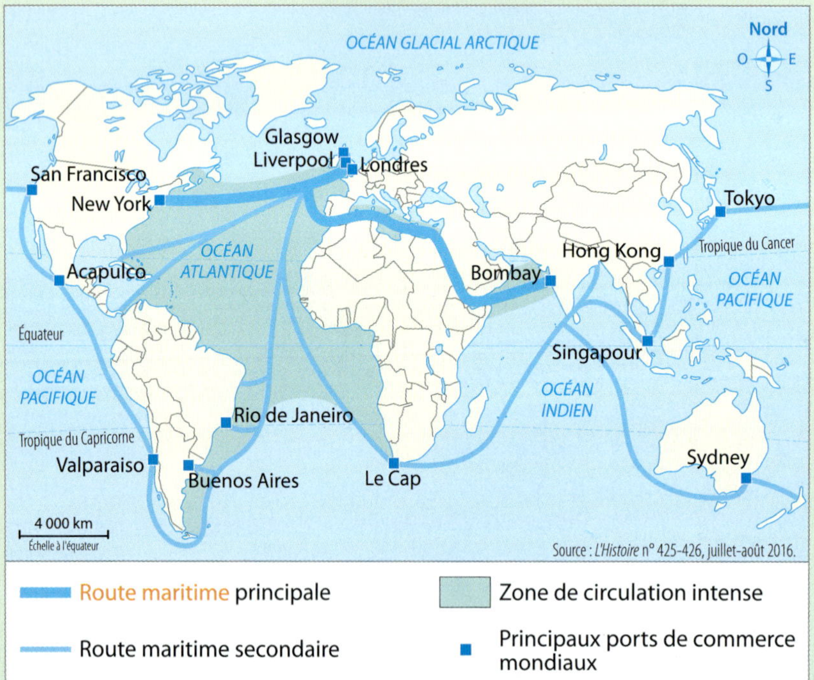

1 **Mers et océans, des espaces clés de la mondialisation en 1914**

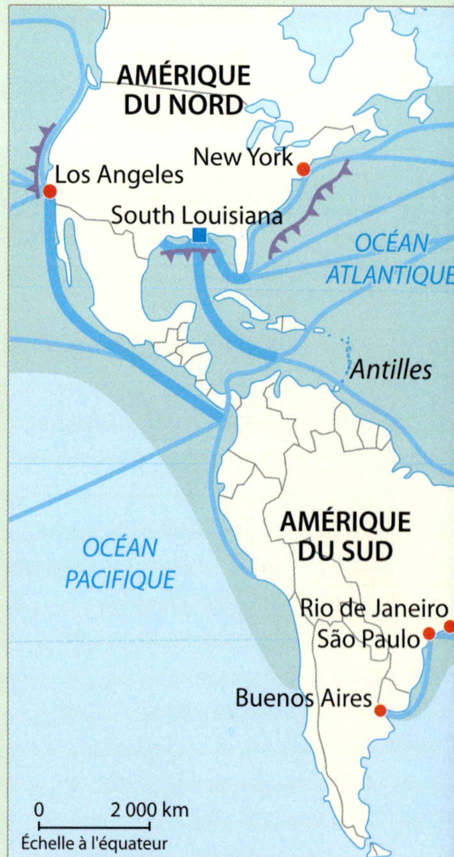

1. Des espaces parcourus de flux intenses

Route maritime principale

VOCABULAIRE

- **Façade maritime :** espace littoral composé de plusieurs ZIP qui entretient des échanges importants entre le littoral et l'arrière-pays.
- **Flux :** ensemble de biens, de marchandises ou de personnes qui se déplacent d'un lieu à un un autre.
- **Littoral :** zone de contact entre la mer et la terre.
- **Route maritime :** espace dans lequel se concentrent des flux importants de navires commerciaux.

Je me souviens

Se repérer dans le temps et dans l'espace
→ Classe de 6e et chapitres 1, 4 et 5 de 4e

1. Quels sont les espaces mis en relation par le grand négoce au XVIIIe siècle ?
2. Quels sont les mers et océans les plus fréquentés en 1914 ?
   Faites appel à vos connaissances sur la révolution industrielle pour en donner la raison.
3. Où se situent la plupart des grandes agglomérations ?

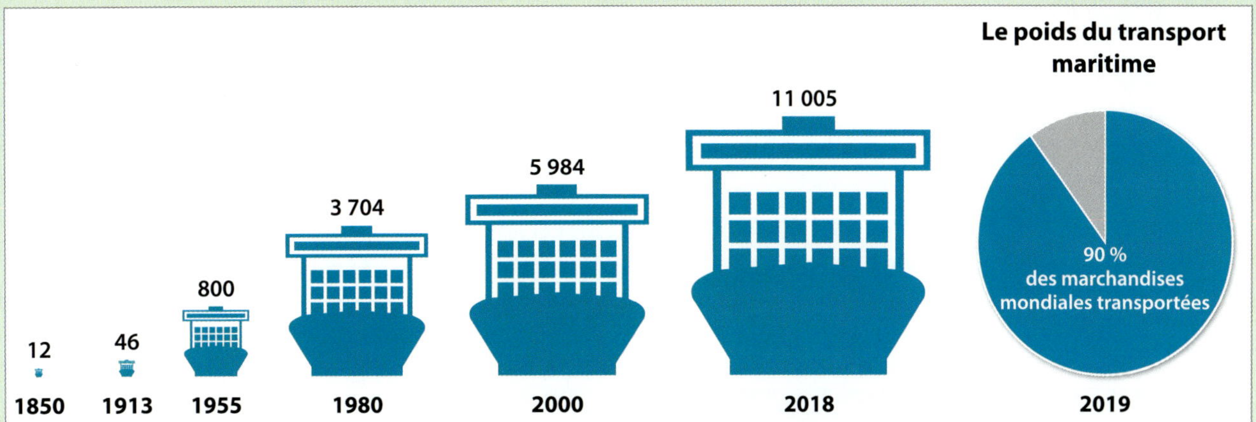

Sources : Review on Maritime Transport, 1960 et 2019 et C.Grataloup, *L'Histoire* n° 425-426, juil-août 2016.

2 L'évolution du transport maritime (en millions de tonnes)

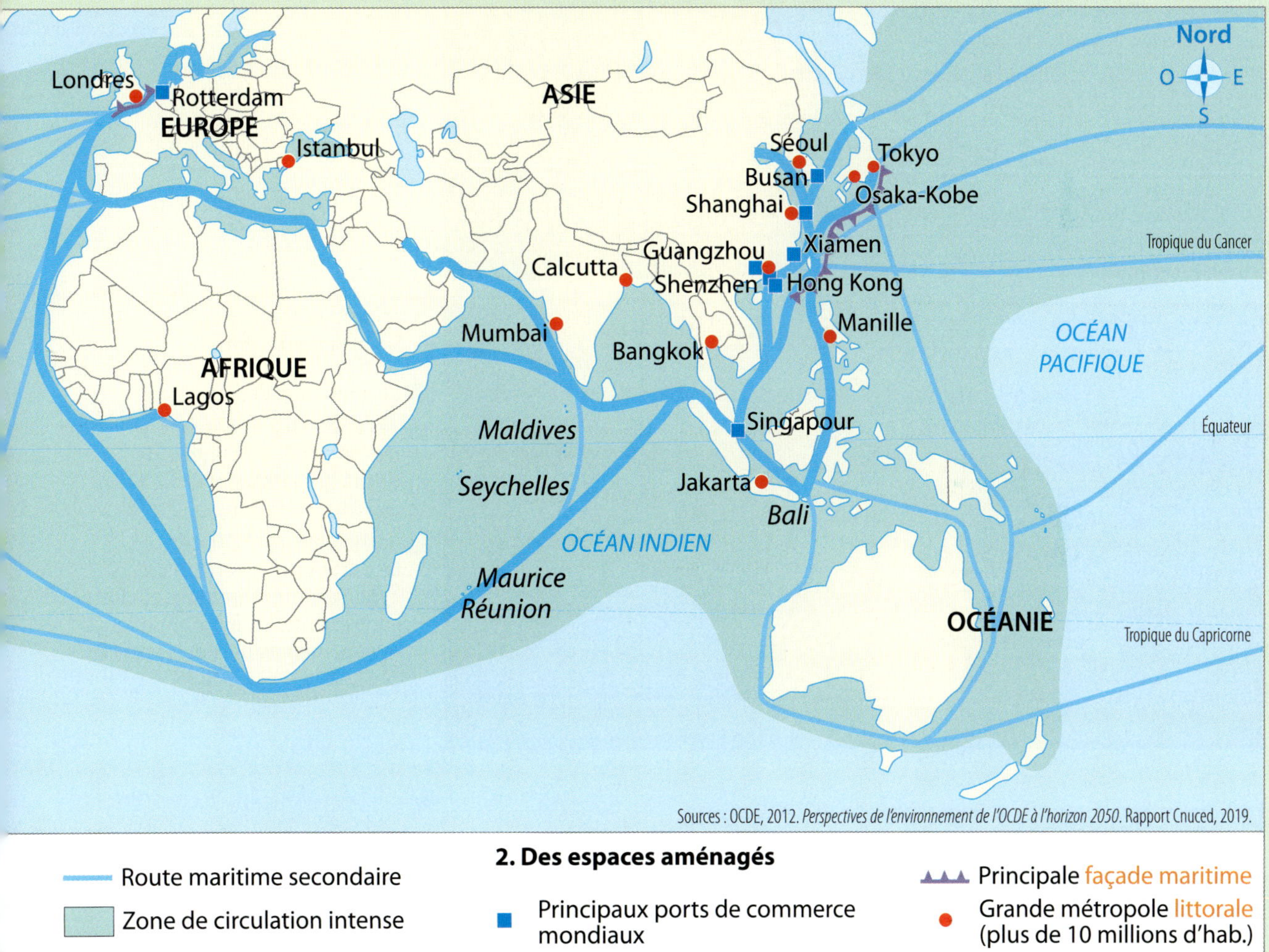

Sources : OCDE, 2012. *Perspectives de l'environnement de l'OCDE à l'horizon 2050*. Rapport Cnuced, 2019.

3 Mers et océans, au cœur de la mondialisation en 2019

Je découvre

4. Quelle est l'évolution du commerce maritime international ?

5. Quelle est la part du commerce maritime dans le transport mondial de marchandises ?

6. Où se concentrent la plupart des grands ports mondiaux en 2019 ?

Étude

La façade maritime de l'Asie orientale

Comment la mondialisation transforme-t-elle les littoraux asiatiques ?

1 La poldérisation de la zone industrialo-portuaire de Singapour

a. Le port de Tonjang Pajar en 1960 : 1,6 million d'habitants.

1 Ville de Singapour
2 Terminal de Tonjang Pajar
3 Bassin d'eau

b. Le port de Tonjang Pajar en 2019 : 5,6 millions d'habitants.

1 Le quartier d'affaires
2 Les terminaux à conteneurs de Tonjang Pajar et quais de déchargement (8 jetées, 2 300 m de long, 27 grues)
3 Bassin en eau profonde.
Le port s'est doté en 2019 d'une cybersécurité maritime pour lutter contre les attaques informatiques qui touchent le port et les navires.

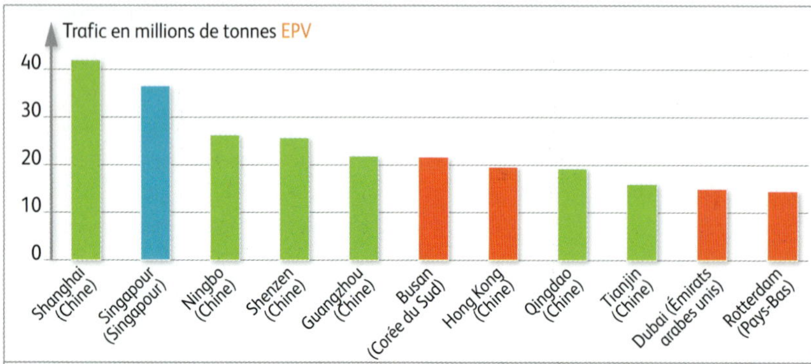

Source : Global Port Development, 2018, Shanghai International Shipping Institute, 2019.

Depuis 2000 : Port en croissance | Port en récession | Port en stagnation

En 2000, Los Angeles, Long Beach et Hambourg figuraient aussi dans le classement (7e, 8e et 9e position).

2 Le poids des zones industrialo-portuaires asiatiques

VOCABULAIRE

- **EVP (équivalent vingt pieds) :** unité de mesure du conteneur (20 pieds représentant un peu plus de 6 mètres).
- **Piraterie :** acte de violence commis contre un autre navire.
- **Poldérisation :** conquête de terres sur la mer.
- **Zone industrialo-portuaire (ZIP) :** espace littoral qui associe des fonctions industrielles et portuaires.

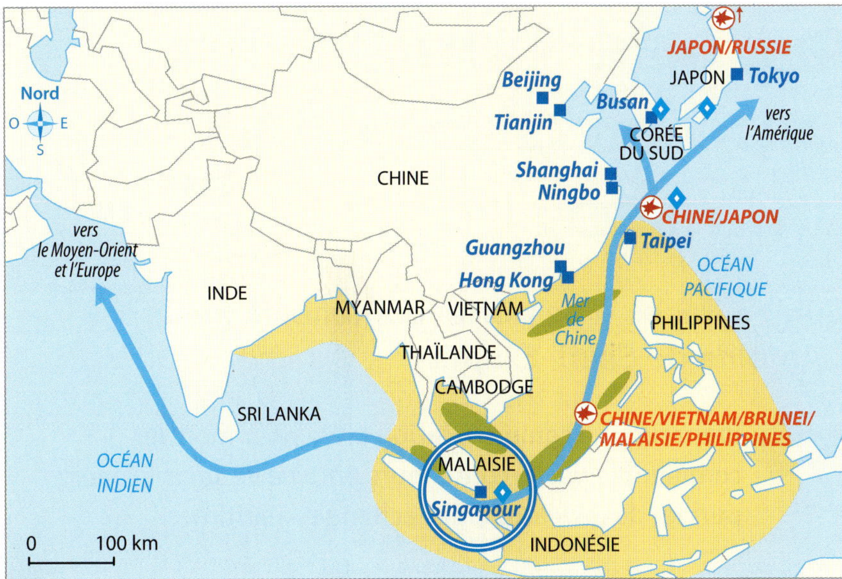

Source : D'après N. Fau, « Le détroit de Malacca : une mer intérieure », GIS Etudes Asiatiques, 2013.

3 Une façade maritime stratégique et convoitée

4 Une façade maritime vulnérable

Hier très active dans la corne de l'Afrique et le golfe d'Aden, la piraterie a en effet explosé cette année dans les détroits de Malacca et de Singapour, une route maritime névralgique où se croisent les pétroliers du Moyen-Orient, les vraquiers[1] d'Afrique et les cargos des États-Unis chargés de produits finis. « Les incidents répertoriés dans ce couloir d'étranglement du transport maritime sont passés de 8, l'an dernier, à 30, cette année », note ReCAAP ISC[2]. Il s'agit du chiffre le plus élevé depuis 2015, année où l'on avait relevé 104 incidents.

La situation de ces deux détroits, situés entre l'océan Indien et l'océan Pacifique, a fait d'eux les plus grands centres de stockage et de vente de carburant d'Asie, ce qui attire les pirates, notamment quand le prix de l'or noir augmente. Deux navires ont été attaqués le 23 décembre : un pétrolier et un vraquier. « L'an dernier, plus de 140 000 navires de plus de 75 tonnes brutes sont arrivés dans les ports de Singapour, une progression de 7 % par rapport à il y a dix ans », pointe la Maritime & Port Authority de Singapour. La ReCAAP ISC n'a pas fini de s'inquiéter. »

D'après J.-M. Gradt, *Les Échos*, décembre 2019.

1. Navire qui transporte des marchandises en vrac (céréales, minerais…).
2. Coopération régionale contre la piraterie en Asie, composée de 20 États membres.

Une vidéo à regarder
***Le dessous des cartes*, « Mer de Chine », Arte, 2020.**
hachette-clic.fr/21hg4108

ACTIVITÉS

Parcours 1

Écrire pour construire son savoir

Rédigez les deux paragraphes d'un développement construit sur la façade maritime asiatique dans la mondialisation en répondant aux questions.

Paragraphe 1. La façade maritime asiatique est un espace majeur d'échanges

1. **DOC. 2** Quel rang les zones industrialo-portuaires de la façade maritime asiatique occupent-elles dans le classement mondial ?
2. **DOC. 2** Comment évoluent-elles dans le classement mondial ?
3. **DOC. 3** et **4** Comment cette évolution peut-elle s'expliquer ?

Paragraphe 2. La façade maritime asiatique s'adapte et devient un espace stratégique

4. **DOC. 1** Comment le port de Singapour s'est-il transformé pour répondre à la mondialisation ?
5. **DOC. 3** et **4** Quels sont les problèmes nés de la mondialisation que rencontre la façade maritime asiatique ?

OU

Parcours 2

Réaliser une production graphique

Construisez une carte mentale sur la façade maritime asiatique dans la mondialisation. Vous pourrez construire trois branches qui montrent :

- qu'elle est devenue un espace majeur d'échanges (**DOC. 2**, **3** et **4**)
- qu'elle s'adapte par des aménagements à l'exemple de Singapour (**DOC. 1**)
- qu'elle devient un espace hautement stratégique (**DOC. 3** et **4**)

Je réalise une carte mentale
page 394

Étude

FICHE D'IDENTITÉ

1er porte-conteneur français
7e mondial
400 mètres de long, soit l'équivalent de 4 terrains de football
20 600 EVP, soit une chaîne de conteneurs de 123 km
26 membres d'équipage
À flot depuis septembre 2018

Les porte-conteneurs, symboles d'un monde maritimisé

Tâche complexe

A Sur les traces d'un porte-conteneurs géant : l'*Antoine de Saint-Exupéry*

Votre mission **Préparez une communication orale pour montrer comment le porte-conteneurs *Antoine de Saint-Exupéry* permet de développer les échanges maritimes.**

1 Un géant des mers de l'armateur CMA CGM

CMA CGM Qui est-il ? ▸ Armateur de porte-conteneurs français, la CMA CGM est un leader mondial, avec plus de 500 navires présents sur 160 pays.

2 Le trajet du porte-conteneurs *Antoine de Saint-Exupéry* (82 jours aller-retour)

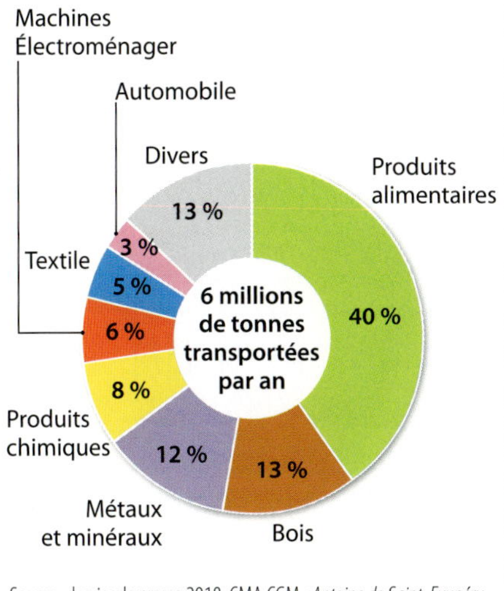

Source : dossier de presse 2018, CMA CGM : *Antoine de Saint-Exupéry*, navire amiral du groupe CMA CGM.

3 Des marchandises variées à bord du porte-conteneurs *Antoine de Saint-Exupéry*

4 L'armateur CMA CGM face aux enjeux de la mondialisation

« J'en ai vu des bateaux dans ma vie mais je n'avais jamais connu une telle impression de gigantisme. » Sur son bout de quai, Jacques, la soixantaine, est subjugué par les dimensions du *Saint-Exupéry*, le plus gros porte-conteneurs français et le troisième au niveau mondial. Pour faire des économies, l'une des solutions les plus évidentes, c'est naturellement de transporter le plus de marchandises possible par bateau pour réduire les coûts au maximum tout en étant plus fiable. Autrement dit : il faut construire des bateaux de plus en plus gigantesques !

« Sur des distances très longues, notamment entre l'Europe et l'Asie, il y a évidemment tout intérêt à charger un maximum de conteneurs. C'est d'autant plus vrai que le prix du fioul a encore flambé ces derniers temps. Un navire d'un tel volume, même s'il reste très consommateur de carburant, permet non seulement de limiter le nombre d'embarcations sur l'eau mais bénéficie aussi des nouvelles technologies qui limitent les consommations de combustible.

D'après B. Fizel, « Le plus gros porte-conteneurs français inauguré au Havre », *Le Parisien*, septembre 2018.

VOCABULAIRE

- **Armateur :** entreprise qui exploite un navire de commerce en fournissant le matériel et l'équipage.
- **Eaux profondes :** se dit d'un port qui accueille les plus gros navires.
- **Terminal :** infrastructure spécialisée dans le chargement et le déchargement de conteneurs.

5 Extension du terminal à conteneurs en eaux profondes dans le port de Dunkerque

❶ Zone de stockage ❷ Terminal à conteneurs
❸ Le porte-conteneur *Antoine de Saint-Exupéry*

Un peu d'aide ? **Organisez votre communication orale autour de trois idées :**

Idée n° 1 : La place des mers et des océans dans le commerce mondial (**DOC. 1**, **3** et **4**)
Idée n° 2 : L'organisation du commerce maritime par les armateurs (**DOC. 1**, **2**, et **4**)
Idée n° 3 : Les adaptations des armateurs et des territoires (**DOC. 4** et **5**)

+ Un peu d'aide ? **Recherchez et organisez les informations :**

Idée n° 1 : La place des mers et des océans dans le commerce mondial	**a.** Comment le *Saint-Exupéry* facilite-t-il le transport de marchandises ? (**DOC. 1** et **4**) **b.** Quelles sont les marchandises transportées ? (**DOC. 3**)
Idée n° 2 : L'organisation du commerce maritime par les armateurs	**a.** Quelle route maritime emprunte le porte-conteneurs ? (**DOC. 2** et **4**) **b.** Quels sont les points de passage stratégiques ? (**DOC. 2**)
Idée n° 3 : Les adaptations des armateurs et des territoires	**a.** Pourquoi la CMA CGM a-t-elle investi dans ce nouveau porte-conteneurs ? (**DOC. 4**) **b.** Comment les ports s'adaptent-ils pour accueillir le *Saint-Exupéry* ? (**DOC. 5**)

B Comprendre pourquoi le conteneur est-il devenu indispensable au transport maritime ?

Source : A. Fremont, *Les réseaux maritimes conteneurisés : épine dorsale de la mondialisation*, FIG, 2005.

6 La **standardisation**

Les dimensions uniques des **conteneurs** : des « boîtes » de 20 ou 40 pieds de long (une unité de mesure : EVP).

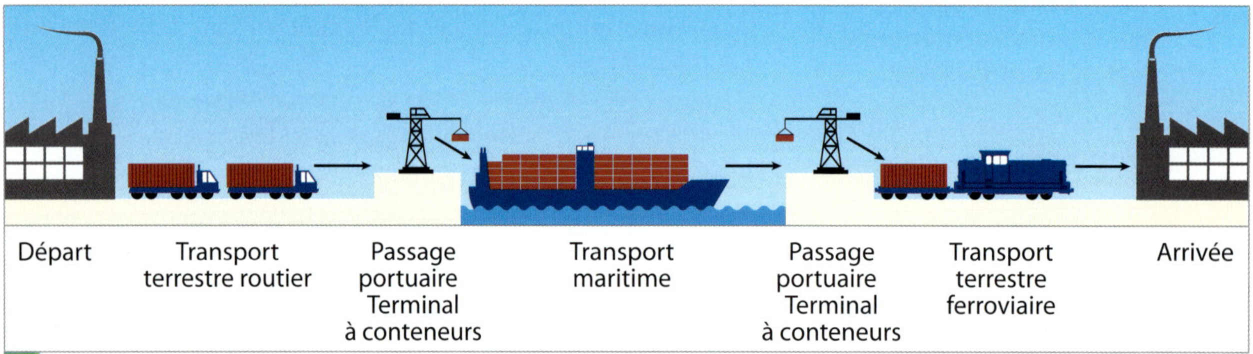

7 L'**intermodalité**

Le transport de la marchandise de porte-à-porte à l'intérieur d'un même conteneur.

8 Un mode de transport qui a su s'imposer

Leur usage s'est étendu à tous les modes de transport et il en existe aujourd'hui différents types, en fonction de leur utilisation : conteneur standard, conteneur réfrigéré, conteneur citerne. Leurs normes techniques répondent à des conventions douanières internationales. Les grands ports, les **plates-formes multimodales** ont dû s'adapter aux normes imposées par la conteneurisation : systèmes de manutention, aires de stockage suffisantes.

D'après « Conteneur, conteneurisation », Glossaire geoconfluences.ens-lyon.fr, juin 2018.

VOCABULAIRE

- **Conteneur :** grande caisse métallique utilisée pour le transport de marchandises ; il existe deux tailles standards et universelles pour les conteneurs maritimes.
- **Intermodalité :** possibilité de passer d'un mode de transport à un autre sans déchargement de la marchandise.
- **Plate-forme multimodale :** lieu permettant de connecter différents modes de transport.
- **Standardisation :** action d'amener un produit à un modèle unique aux caractéristiques définies.

ACTIVITÉS

Parcours 1

Extraire des informations pertinentes

1. **DOC. 6** Quels sont les avantages du transport par conteneur ?
2. **DOC. 6**, **7** et **8** Pourquoi le conteneur rend-il les échanges plus faciles dans la mondialisation ?
3. **DOC. 7** et **8** Quels aménagements l'utilisation généralisée du conteneur impose-t-elle ?

OU

Parcours 2

Réaliser une production graphique

Réalisez un schéma modèle d'une plate-forme multimodale en utilisant la légende :

- routes maritimes
- routes
- voies ferrées
- espace de déchargement et de stockage

Bilan

Bilan à compléter
hachette-clic.fr/21hg4110

Les porte-conteneurs, symboles d'un monde maritimisé

Pourquoi les porte-conteneurs participent-ils à la multiplication des échanges et comment transforment-ils les espaces maritimes ?

1 Sélectionner des informations essentielles à retenir

À l'aide des documents et de vos réponses aux questions des partie A et B, complétez les trois fiches :

L'*Antoine de Saint-Exupéry*, un porte-conteneurs géant

Quelles routes maritimes ?
(Doc. 2 p. 274)

Quels ports reliés ?
(Doc. 2 p. 274 et Doc. 5 p. 275)

Quels points de passage ?
(Doc. 2 p. 274 et Doc. 7 p. 276)

Les avantages des porte-conteneurs

Caractéristiques :
(Doc. 6 et 7 p. 276)

Types de marchandises :
(Doc. 3 p. 275)

Les évolutions liées au transport conteneurisé

Pour les conteneurs :
(Doc. 8 p. 276)

Pour les navires :
(Doc. 1 p. 274 et Doc. 4 p. 275)

Pour les ports :
(Doc. 5 p. 275)

2 Mobiliser ces informations pour réaliser un schéma de synthèse répondant à la question :

Pourquoi les porte-conteneurs sont-ils des acteurs majeurs de la mondialisation et comment transforment-ils les espaces maritimes ?

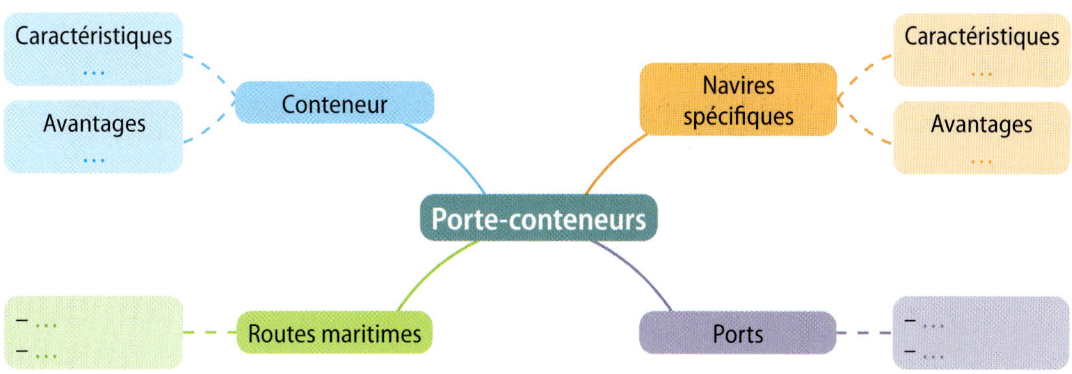

Étude

Mers et océans, des ressources convoitées

Comment exploiter les mers et les océans tout en les préservant ?

1 Exploitation *offshore* des hydrocarbures

Une plate-forme pétrolière au large des côtes brésiliennes (Total).
Aujourd'hui, la production *offshore* représente près de 30 % de la production totale en hydrocarbures : les grandes multinationales pétrolières (exploration et exploitation) creusent au-delà de 2 000 mètres de fond et de plus en plus loin des côtes.

2 Bientôt des mines au fond des océans ?

Après des années d'essais, plusieurs États [britannique, japonais, coréen…] et entreprises commencent à prospecter les grands fonds marins à la recherche de nickel, de cuivre, de cobalt et d'autres métaux de valeur. Il existe plusieurs types de gisement, mais les plus intéressants à exploiter sont à plusieurs milliers de mètres de profondeur.
Pour les récolter, les industriels veulent construire des machines capables de travailler à ces profondeurs.
Quel impact une activité d'extraction ainsi menée aura-t-elle sur les organismes vivant sur les fonds marins et dans l'eau ?
Les mines terrestres commencent à s'épuiser. Dans le même temps, l'augmentation de la population mondiale, l'urbanisation, la croissance de la consommation mondiale et le développement rapide de technologies dépendant de certains métaux [nécessitent toujours plus de ressources].

D'après T. Peacock et M. Alford, *Pour la science*, 2018.

3 La surpêche

Dessin de presse de Chappatte, publié dans *Le Temps*, 15 octobre 2018.

VOCABULAIRE

- **Changement climatique :** modification durable du climat.
- ***Offshore* :** terme anglais signifiant « au large des côtes ». Se dit d'une activité se déroulant en mer, en dehors de la pêche et du transport maritime (plate-forme pétrolière, parc éolien…).
- **Surpêche :** lorsque l'activité de pêche est trop importante et menace le renouvellement des ressources marines.

4 **Une marée noire menace les écosystèmes de l'île Maurice**
Des hydrocarbures s'échappant du *Wakashio*. Un navire échoué au large de l'île Maurice, 9 août 2020.

5 Protéger la biodiversité océanique[1] : un rempart contre le changement climatique

De nos côtes jusqu'aux profondeurs abyssales, l'océan est incontestablement le plus grand espace de vie de la planète, avec un peu moins de 280 000 espèces recensées.
En plus d'être un formidable réservoir de biodiversité, l'océan fournit des services essentiels au maintien de la vie sur Terre, notamment en matière de régulation du climat : il absorbe chaque année 30 % du CO_2 émis par l'homme dans l'atmosphère et plus de 90 % de la chaleur additionnelle due aux gaz à effet de serre. Protéger, conserver, restaurer la biodiversité[1] : autant de solutions d'avenir pour lutter efficacement contre le changement climatique. Un océan en bonne santé, un climat protégé.

D'après « Océan et Climat », Blog *Le Monde*, juin 2020.

1. Diversité des espèces vivantes présentes dans l'océan.

Qui sont-ils ? ▸ Océan et Climat
Alliance d'instituts de recherche et ONG, elle œuvre pour une prise en compte de l'océan dans les négociations climatiques.

ACTIVITÉS en groupe

Coopérer et mutualiser

Étape 1 **Formez des groupes de 4 ou 5. Au sein de chaque groupe, partagez-vous en deux équipes. Chaque équipe répond aux questions qui lui correspondent pour construire une partie du schéma.**

Équipe 1

1. **DOC. 1, 2** et **3** Quelles sont les différentes ressources convoitées ?
2. **DOC. 1** et **2** Par qui ces ressources sont-elles convoitées ?
3. **DOC. 1** et **3** De quels moyens faut-il disposer pour exploiter les ressources des mers et des océans ? Justifiez la réponse.
4. **DOC. 1, 2** et **4** Que peut provoquer l'exploitation des différentes ressources sur un même espace maritime ?

Équipe 2

1. **DOC. 1, 2** et **3** Quelles sont les menaces liées à l'exploitation des ressources ?
2. **DOC. 4** Pourquoi le transport maritime est-il source de risques pour les océans ?
3. **DOC. 5** Pourquoi est-il nécessaire de préserver les milieux marins ?

Étape 2 **Présentez votre travail à l'autre équipe et complétez ensemble votre schéma. Il vous servira de support pour une réponse orale à la question : Comment exploiter et préserver les océans ?**

Je m'exprime à l'oral page 389

Étude prospective

Les océans, un atout pour la transition énergétique ?

La conquête éolienne des océans est-elle une solution pour la transition énergétique ?

1 Plaquette de promotion de l'éolien flottant

1. Identifiez le document (rappel : préciser la nature du document, l'auteur, les destinataires…).
2. Les éoliennes peuvent-elles être installées n'importe où ?
3. Quels sont les arguments techniques mis en avant ?
4. Quelle image de cette technologie veut donner cette partie du document ?

VOCABULAIRE

- **Éolien :** dû à l'action du vent.
- **Transition énergétique :** choix d'abandonner les énergies fossiles au profit d'une plus grande efficacité énergétique et des énergies renouvelables.

2 Parc éolien en mer du Nord (Belgique)

3 L'intérêt de l'éolien *offshore*

Un expert en parle Le dernier rapport de l'Agence internationale de l'énergie (AIE) souligne le potentiel « quasi illimité » du secteur de l'éolien en mer.

L'éolien en mer est à même de fournir une électricité à bas coût, produite en masse, et à proximité des centres de consommation (les zones les plus peuplées étant souvent près des côtes), potentiellement accessible en Asie, en Amérique latine et même en Afrique.

L'Europe, pionnière du secteur – notamment grâce au Danemark, au Royaume-Uni et à l'Allemagne –, dispose déjà du premier parc éolien du monde avec 105 parcs éoliens *offshore* (4 543 éoliennes) répartis entre 11 pays d'une puissance cumulée de 18,5 GW[1] en opération. Une capacité qui devrait rapidement augmenter, au point de faire de l'éolien *offshore* la première source d'électricité du continent à l'horizon 2040. Un développement qui a suscité l'intérêt de nombreuses régions dans le monde.

D'après S. His, « L'éolien en mer peut produire en masse une électricité à bas coût, à proximité des centres de consommation », *Le Monde*, novembre 2019.

1. Cela correspond à 2 % de toute l'électricité en Europe.

4 Des zones interdites aux éoliennes *offshore* en Europe

En mer, les éoliennes doivent en effet partager l'espace avec la pêche, la navigation, sans compter les aires marines protégées. Dans les trois mers et océan les plus propices au déploiement de ces énergies renouvelables – l'Atlantique au large de la France, du Royaume-Uni et de l'Irlande, la mer du Nord et la mer Baltique –, plus de la moitié de l'espace n'est pour l'instant pas disponible pour la construction de parcs éoliens.

D'après H. Goulard, « Les éoliennes en mer pourraient fournir 30 % de l'électricité européenne en 2050 », lesechos.fr, décembre 2019.

ACTIVITÉS

Parcours 1

Extraire des informations pertinentes

1. **DOC. 1** et **3** Pourquoi l'espace marin est-il favorable à l'installation d'éoliennes ?
2. **DOC. 1** et **3** Quels éléments expliquent le développement rapide des parcs éoliens *offshore* ?
3. **DOC. 2** Quel peut être l'impact de l'installation d'éoliennes sur l'environnement marin ?
4. **DOC. 1** et **4** Les activités des littoraux sont-elles toutes compatibles avec la présence d'un parc éolien ? Justifiez votre réponse.

OU

Parcours 2

Confronter des documents, émettre des hypothèses

À l'aide des documents, reproduisez et complétez le tableau suivant :

Arguments en faveur de l'installation d'éoliennes en mer	Arguments contre l'installation d'éoliennes en mer
–	–
–	–
…	…

À l'échelle du monde

Mers et océans, au cœur

Des phénomènes et territoires étudiés ■■■

Bilan des études

Des espaces — Étude p. 272-273

La façade maritime de l'Asie orientale

- Les principales zones industrialo-portuaires au monde
- Des conflits entre États
- Des zones de piraterie

Des acteurs — Étude p. 274-277

Les porte-conteneurs, symboles d'un monde maritimisé

- Le conteneur, indispensable au transport maritime et à l'accélération des échanges
- Standardisation/intermodalité

Des ressources

Étude p. 278-279

Mers et océans, des ressources convoitées

- Des ressources nombreuses
- Une exploitation accrue
- Des milieux fragilisés

Étude p. 280-281

Les océans, un atout pour la transition énergétique ?

- Une source d'électricité
- Des conflits d'usage : pêche, bases militaires, aires protégées

■■■ à l'échelle mondiale

Observez le planisphère et le schéma de la ZEE, puis répondez aux questions :

1. Où se situent les grandes routes maritimes ?
2. Quels sont les points de passage stratégiques et où se situent-ils ?
3. Où se situent les façades maritimes les plus actives ?
4. Pourquoi les ZEE peuvent-elles être des espaces de conflits ?

1 Des espaces maritimes au cœur de la mondialisation

1. Des espaces de commerce

- ■ Grand port mondial
- ▪▪▪▪ Principale façade maritime
- Principale route maritime
- ◎ Point de passage stratégique (détroit, canal)

VOCABULAIRE

- **Septième continent :** vaste étendue de déchets plastiques flottants à la surface de l'océan
- **ZEE (zone économique exclusive) :** espace maritime sur lequel un État exerce des droits pour l'exploration et la gestion des ressources, cela jusqu'à 370 kilomètres des côtes.

de la mondialisation

Carte interactive
hachette-clic.fr/21hg4111

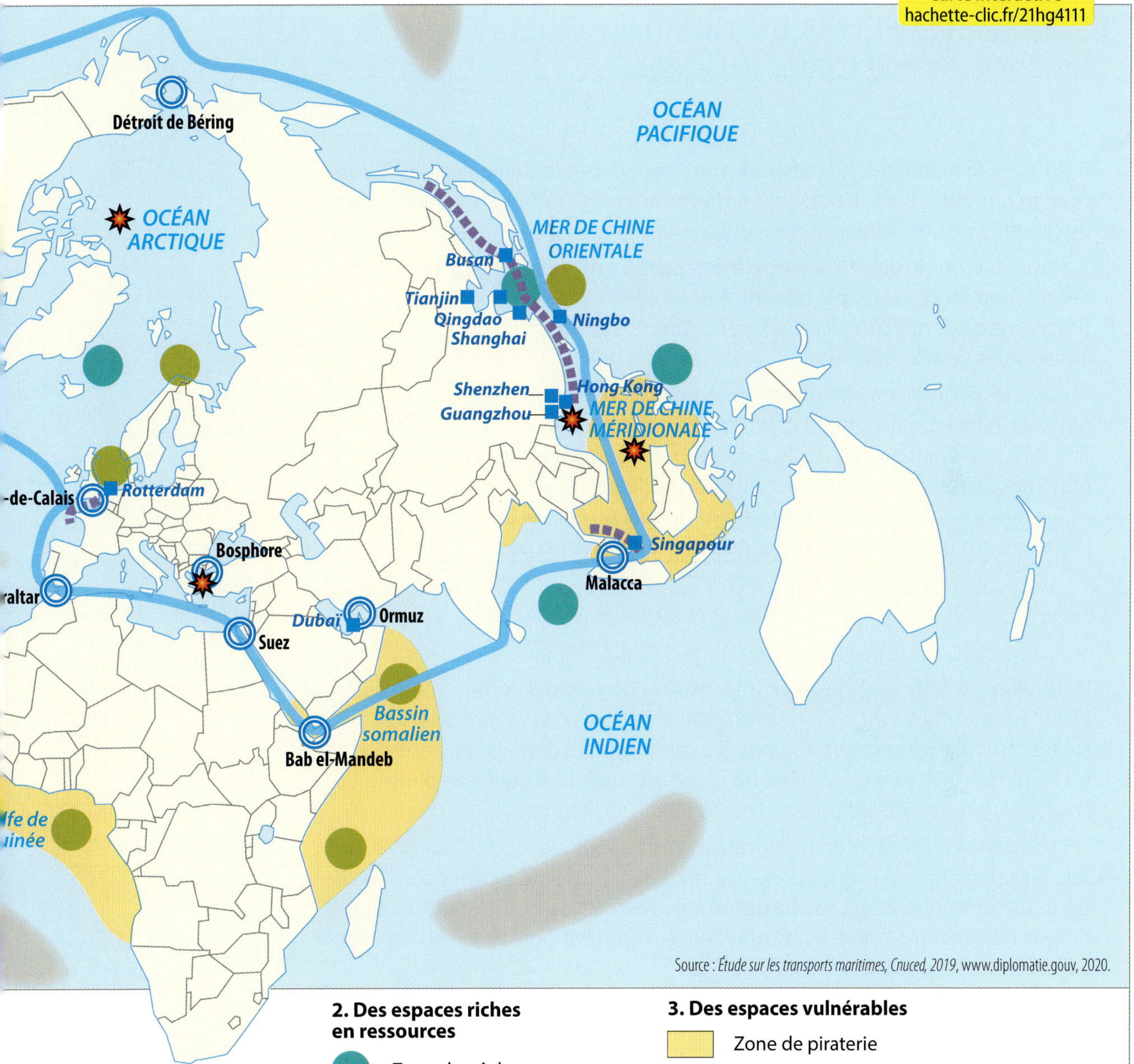

Source : *Étude sur les transports maritimes*, Cnuced, 2019, www.diplomatie.gouv, 2020.

2. Des espaces riches en ressources

- Zone de pêche
- Gisement d'hydrocarbures

3. Des espaces vulnérables

- Zone de piraterie
- Conflit lié aux ZEE
- « Septième continent »

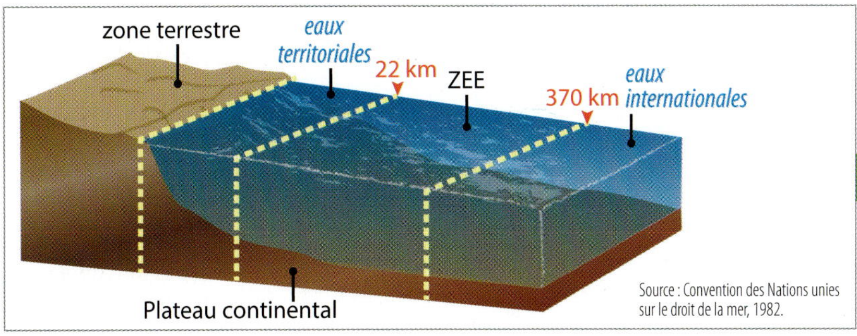

Source : Convention des Nations unies sur le droit de la mer, 1982.

2 S'approprier une partie des ressources maritimes : les ZEE

Leçon

Mers et océans, un monde maritimisé

Comment la mondialisation transforme-t-elle les espaces maritimes du globe ?

Podcast de la leçon
hachette-clic.fr/21hg4112

1 Des espaces au cœur de la mondialisation

› **À l'échelle mondiale, le transport maritime assure actuellement 90 % des flux de marchandises.** Il a doublé son volume ces 20 dernières années grâce au gigantisme des navires et à la conteneurisation.

› **Pour accueillir des flux maritimes croissant, les ports s'étendent, diversifient leurs activités, ce sont des zones industrialo-portuaires (ZIP).** Ils reçoivent des marchandises, souvent dans des conteneurs qui sont ensuite redistribués vers l'arrière-pays.

› **Les ZIP sur certains littoraux sont parfois très nombreuses. On parle alors de façades maritimes.** La plus active se situe en Asie-Pacifique. Elle met en relation les plus grands ports mondiaux. En Europe, la façade maritime la plus importante s'étend du Havre aux ports allemands en passant par Anvers et Rotterdam. On la nomme la *Northern Range*. Aux États-Unis, c'est toute la côte nord-est qui constitue une façade maritime très active.

2 Des espaces stratégiques et convoités

› **Ces façades maritimes sont reliées entre elles par les routes maritimes, lesquelles concentrent des flux importants de navires commerciaux.** Les espaces maritimes sont ainsi très fortement intégrés à la mondialisation. Les routes maritimes passent parfois par des canaux et des détroits qui nécessitent un contrôle important pour éviter les accidents ou les attaques de pirates. Le contrôle de ces points de passage est un enjeu stratégique.

› **Les océans disposent de nombreuses ressources.** Ils recèlent un tiers des réserves d'hydrocarbures et 85 % des minerais. La pêche permet de nourrir un quart de l'humanité. **L'exploitation des ressources maritimes fait donc l'objet de tensions entre les États**, qui se disputent parfois les limites des zones économiques exclusives (ZEE).

3 Des espaces fragiles et vitaux pour l'humanité

› **Les océans sont également des espaces vulnérables.** Les risques majeurs sont la pollution et la surexploitation des ressources. Ainsi, un amas de déchets plastiques s'est formé dans l'océan Pacifique. On parle d'un « septième continent ». D'autre part, certaines espèces de poissons sont en voie de disparition à cause de la surpêche. Des réglementations tentent de maîtriser ces menaces environnementales et de réguler les conflits qui peuvent exister entre les utilisateurs de cet espace (conflits d'usage).

› **L'Organisation maritime internationale (OMI) et des conférences internationales réunies sous l'autorité des Nations unies, comme la COP 25, rappellent régulièrement le rôle déterminant des océans pour le climat mondial.** En effet, mers et océans stockent et redistribuent d'énormes quantités de chaleur par l'intermédiaire des courants marins. Or ce rôle essentiel de régulateur climatique est mis à mal par le réchauffement planétaire.

VOCABULAIRE

- **Conflit d'usage :** conflit entre plusieurs utilisateurs d'un même espace, qui peuvent y avoir des intérêts contraires.
- **Conteneur :** grande caisse métallique utilisée pour le transport de marchandises ; il existe deux tailles standards et universelles pour les conteneurs maritimes.
- **COP 25 (ou COP bleue) :** nom donné à la 25e conférence sur les changements climatiques. Elle s'est tenue à Madrid, fin 2019.
- **Façade maritime :** espace littoral composé de plusieurs ZIP qui entretient des échanges importants entre le littoral et l'arrière-pays.
- **Route maritime :** espace dans lequel se concentrent des flux importants de navires commerciaux.
- **ZEE (zone économique exclusive) :** espace maritime sur lequel un État exerce des droits pour l'exploration et la gestion des ressources, cela jusqu'à 370 kilomètres des côtes.
- **Zone industrialo-portuaire (ZIP) :** espace littoral qui associe des fonctions industrielles et portuaires.

Schéma de la leçon

Mers et océans, un monde maritimisé

1 Des espaces au cœur de la mondialisation

Des flux de marchandises majoritairement maritimes et en croissance

- Spécialisation
- Gigantisme des navires
- Conteneurisation

Le rôle incontournable des ZIP

- Redistribution
- Stockage
- Transformation

Des façades maritimes actives

- *Northern Range*
- Côte nord-américaine
- Littoraux de l'Asie-Pacifique

2 Des espaces stratégiques et convoités

Des pôles de puissance reliés par les routes maritimes

- Asie orientale
- Europe occidentale
- Amérique du Nord

Des points de passage stratégiques à contrôler

- Canaux
- Détroits

Des ressources convoitées

- Pêche
- Hydrocarbures
- Minerais

3 Des espaces fragiles et vitaux pour l'humanité

Des pressions sur les ressources

- Pollution
- Surexploitation
- Conflits d'usage

Des sommets mondiaux

- Pour préserver les océans
- Pour réguler les conflits

Quelques chiffres

- Les mers et océans couvrent **71 %** de la surface de la planète
- **90 %** du volume des échanges de marchandises se fait par mer
- Les **trois plus grandes ZIP** du monde sont Shanghai (Chine), Singapour (Singapour) et Ningbo-Zhoushan (Chine)

J'apprends & je construis mes compétences

Exercices interactifs
hachette-clic.fr/21hg4113

1 Je fais ma fiche de révision

Utilisez les rubriques suivantes pour réaliser votre fiche de révision sur le support de votre choix.

Le vocabulaire

Je connais la définition des mots suivants :
- Conteneur
- ZEE (zone économique exclusive)
- Route maritime
- Façade maritime
- ZIP (zone industrialo-portuaire)

Les acteurs

Je connais :
- Le nom d'un des plus grands armateurs mondiaux
- Le nom d'une organisation internationale spécialisée dans les questions maritimes

Les repères géographiques

Je connais et localise :
- Les océans repérés par une lettre (de A à E)
- Les trois principales façades maritimes mondiales
- Les principaux canaux et détroits
- Les trois premiers ports

Carte à compléter
hachette-clic.fr/21hg4114

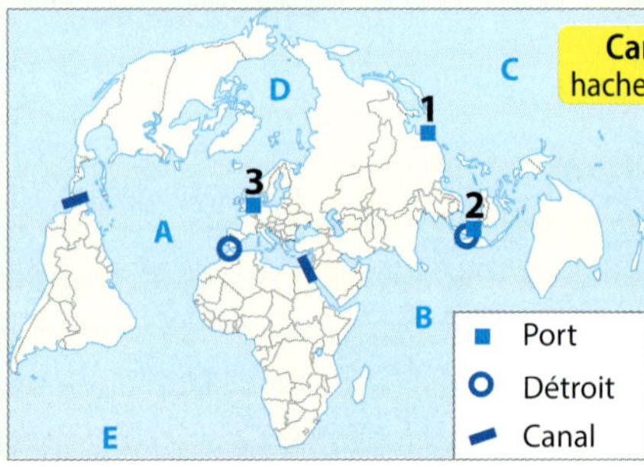

2 Je teste mes connaissances

Exercices à compléter
hachette-clic.fr/21hg4115

Exercice 1 Sur votre cahier ou à l'oral, reliez les noms propres au mot de vocabulaire correspondant :

Malacca •	• ZIP
Singapour •	• Porte-conteneurs
Panama •	• Détroit
La Manche •	• Façade maritime
La *Northern Range* •	• Canal
L'*Antoine de Saint-Exupéry* •	• Route maritime

Exercice 2

1. Complétez la légende du schéma en utilisant les mots suivants :
routes et voies ferrées – littoral – route maritime – ZIP – façade maritime.

2. Citez une des principales façades maritimes du monde.

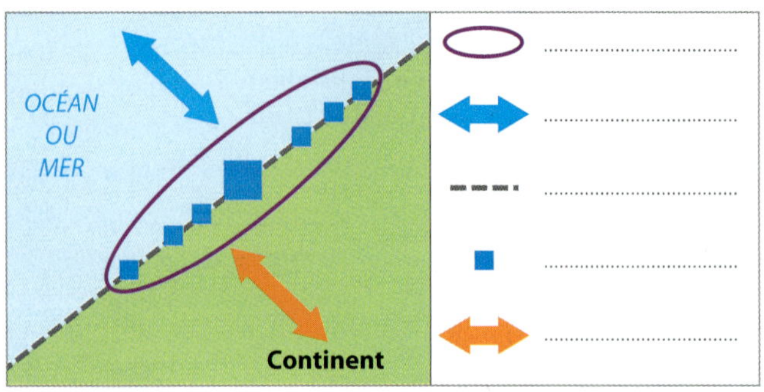

Schéma d'une façade maritime

Je m'auto-évalue

J'ai réussi l'exercice sans regarder ma fiche de révision ou le manuel.	J'ai réussi l'exercice en allant chercher quelques informations dans ma fiche de révision ou le manuel.	J'ai réussi l'exercice en allant chercher les informations dans ma fiche de révision ou le manuel.	J'ai fait l'exercice mais n'ai pas réussi à trouver les informations nécessaires.
Très bonne maîtrise	Maîtrise satisfaisante	Maîtrise fragile	Maîtrise insuffisante

3 Je pratique différents langages : réaliser un croquis de paysage

→ Réalisez un croquis de paysage de la ZIP de Los Angeles.

1 La zone industrialo-portuaire de Long Beach au sud de Los Angeles (Californie, États-Unis)

Étape 1 J'identifie le paysage

1. Localisez et situez le paysage présenté.
2. Précisez la prise de vue.

Je réalise une production cartographique page 395

Étape 2 Je dégage les grands ensembles et réalise le croquis de paysage

3. Identifiez les espaces A et B en repérant la ZIP et l'espace touristique.
4. Complétez la première partie de la légende et placez ces deux espaces sur le croquis.
5. Identifiez les grandes voies de communication afin de les nommer dans la légende et de les placer sur le croquis.
6. Donnez un titre à votre croquis.

Je m'auto-évalue

Maîtrise satisfaisante : j'ai atteint les objectifs attendus.

7. Identifiez dans chaque espace les infrastructures :
   - terminaux à conteneurs ;
   - port de plaisance ;
   - zone de stockage des conteneurs ;
   - complexes hôteliers.
8. Choisissez un figuré et localisez ces infrastructures sur le croquis.
9. Construisez la légende correspondante.

Très bonne maîtrise : j'ai dépassé les objectifs attendus.

TITRE : ....

1. Les espaces portuaires

....

....

2. Un port relié au monde

Océan et route maritime

Voie de communication terrestre

3. Des infrastructures

....

....

....

....

Croquis à compléter
hachette-clic.fr/21hg4116

4 J'analyse et je comprends un document : une affiche

→ **Étudiez cette affiche en répondant aux questions.**

1 Affiche pour la gestion des déchets
Métropole Nice Côte d'Azur, août 2020.

QUESTIONS

A. Présenter le document

1. Quelle est la nature et la date du document ?
2. Quel est le commanditaire du document ?
3. Quel est le public visé et pourquoi ?

B. Décrire le document

4. Comment l'image est-elle composée ?

C. Confronter le document à ses connaissances

5. Expliquez le slogan.
6. Montrez que l'objectif du document est de préserver une ressource fragile, l'océan.

POINT MÉTHODE Analyser et comprendre un document

Pour présenter un document

> Utiliser les informations de la source.
Aide 1 *Elles sont surlignées en vert.*
Aide 2 *Le commanditaire est celui qui a passé commande pour réaliser le document.*

Pour décrire un document

> Observer attentivement l'image et les inscriptions.
Aide *Soyez attentifs à la lumière, aux couleurs, au slogan…*

Pour confronter le document à ses connaissances

> Utiliser ce qu'on connaît du sujet (voir leçon p. 284).
Aide *Mobilisez le vocabulaire appris et pensez aux différentes pollutions marines.*

Je m'entraîne
Sujet guidé

Exercice 1 Analyser et comprendre un document

Les super yachts le long du littoral des Alpes-Maritimes, à quelques brasses des plages, c'est terminé. Le préfet maritime de la Méditerranée a signé un nouvel arrêté interdisant le mouillage des bateaux dépassant les 20 mètres dans de vastes zones de bord de mer avec un objectif majeur mis en avant : la préservation des herbiers de posidonies. Ces plantes sous-marines sont le poumon de la Méditerranée. Elles produisent de l'oxygène indispensable à la vie aquatique, mais aussi protègent dans leurs feuilles les poissons juvéniles, cassent la houle et stabilisent les fonds avec leurs racines. Cette espèce, protégée depuis 1976, est particulièrement fragile : une seule ancre peut en arracher des dizaines de mètres en quelques secondes. Le second objectif avancé par le préfet : « décongestionner trafic maritime et zones de mouillages dans des zones de forte présence (risques de conflits d'usage et accidents) ». D'après lui, ce texte est le fruit d'un « consensus large avec les associations de protection de l'environnement, les pêcheurs, et représentants du yachting et de la plaisance, même s'il ne fait pas plaisir à tout le monde ». [...] Pour le président du Comité européen des professionnels du yachting, cet arrêté ne vise pas les bons usagers de la mer : « Les capitaines des grands yachts sont des professionnels, officiers de marine marchande la plupart du temps. Ils savent localiser et respectent les herbiers de posidonies, ce qui n'est pas toujours le cas des petits plaisanciers. »

Source : M. Bernouin, « Côte d'Azur : Les yachts ne pourront plus jeter l'ancre aussi près de la côte », *20 Minutes*, 15 octobre 2020.

QUESTIONS

1. Présentez le document.
2. Que décide le préfet maritime de la Méditerranée ?
3. Quelles sont les raisons présentées pour justifier sa décision ?
4. Qui s'oppose à sa décision et pourquoi ?
5. Pourquoi peut-on parler de conflit d'usage sur le littoral des Alpes-Maritimes ?

Un peu d'aide ?

- **Pour les questions 2, 3 et 4**
Repérez dans le texte les éléments de réponse et reformulez-les. Vous citez ensuite le texte entre guillemets.
- **Pour la question 5**
Il faut utiliser la définition **Conflit d'usage** : conflit entre des acteurs qui sont en concurrence pour utiliser un même espace.

Exercice 2 Pratiquer différents langages

Sous la forme d'un développement construit d'une quinzaine de lignes, présentez les enjeux liés à la préservation des ressources océaniques.

Vous pouvez recopier et compléter le schéma à l'aide des mots :
conflits d'usage, hydrocarbure, pollution, minerais, sommets mondiaux, pêche, surexploitation...

Des océans riches en ressources :
– ...
– ...
– ...

→ Des ressources menacées par :
– ...
– ...

→ Des tensions entre les pays :
...

→ La mise en place de ... pour protéger les ressources

CHAPITRE 14

L'adaptation des États-Unis à la mondialisation

Comment la mondialisation transforme-t-elle le territoire américain ?

1 Le CBD de Chicago (Illinois) et ses abords

VOCABULAIRE

- **CBD (Central Business District) :** quartier central des affaires qui regroupe des sièges sociaux d'entreprises et des établissements financiers. On le reconnaît à ses gratte-ciel.
- **Mondialisation :** mise en relation de régions et de peuples. Elle se traduit par des échanges de marchandises, de capitaux et de populations.

Je me repère dans l'espace

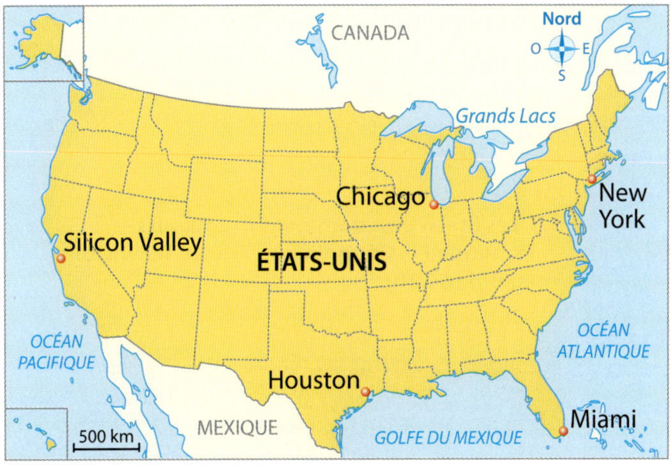

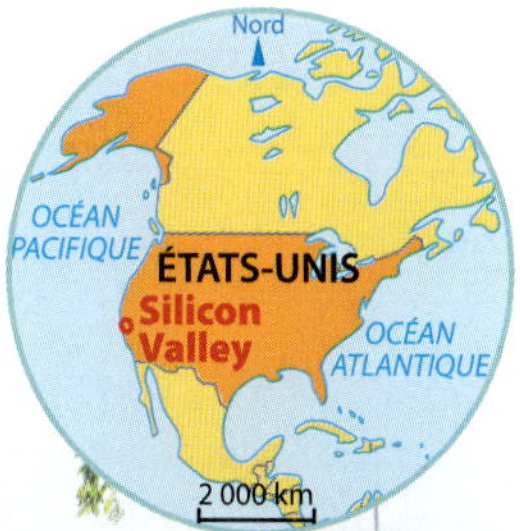

2 **Siège de Google à Mountain View, Silicon Valley (Californie)**

QUESTIONS

1. **DOC. 1** et **2** Localisez et décrivez les deux paysages.
2. **DOC. 1** et **2** Selon vous, quels sont les éléments des paysages qui permettent d'affirmer que le territoire des États-Unis est intégré à la mondialisation ?

Se repérer

Le territoire des États-Unis

UNE VIDÉO POUR COMMENCER hachette-clic.fr/21hg4117

« Les États-Unis dominent-ils toujours le monde ? », Géopoliticus, France Télévisions, Lumni.fr, 2019.

1. Un territoire progressivement construit
- en 1776
- en 1783
- de 1803 à 1819
- de 1842 à 1853
- de 1867 à 1900
- de 1917 à 1947

2. Un territoire anciennement connecté au monde
- Principaux ports en 1914
- Principales migrations (1850-1910)

Source C. Grataloup, *Atlas historique mondial*, Les Arènes, Paris 2019.

1 **La construction du territoire des États-Unis**

Je me souviens

Se repérer dans le temps et dans l'espace

→ Voir les chapitres 1, 2, 4, 11 et 12

1. Rappelez quand et comment les États-Unis d'Amérique sont nés.
2. Rappelez les liens qu'ils entretenaient avec l'Europe au XIXe siècle.
3. Rappelez quelles mobilités touchent aujourd'hui les États-Unis.

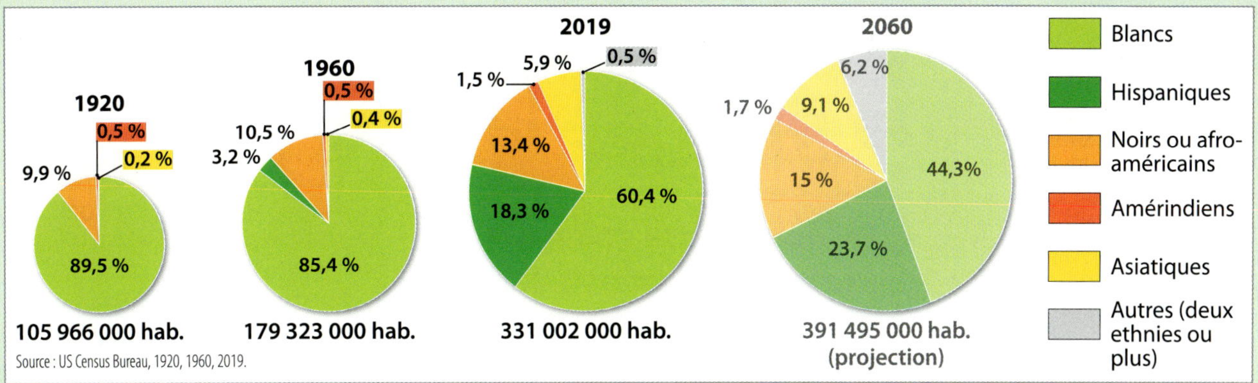

2 La population des États-Unis

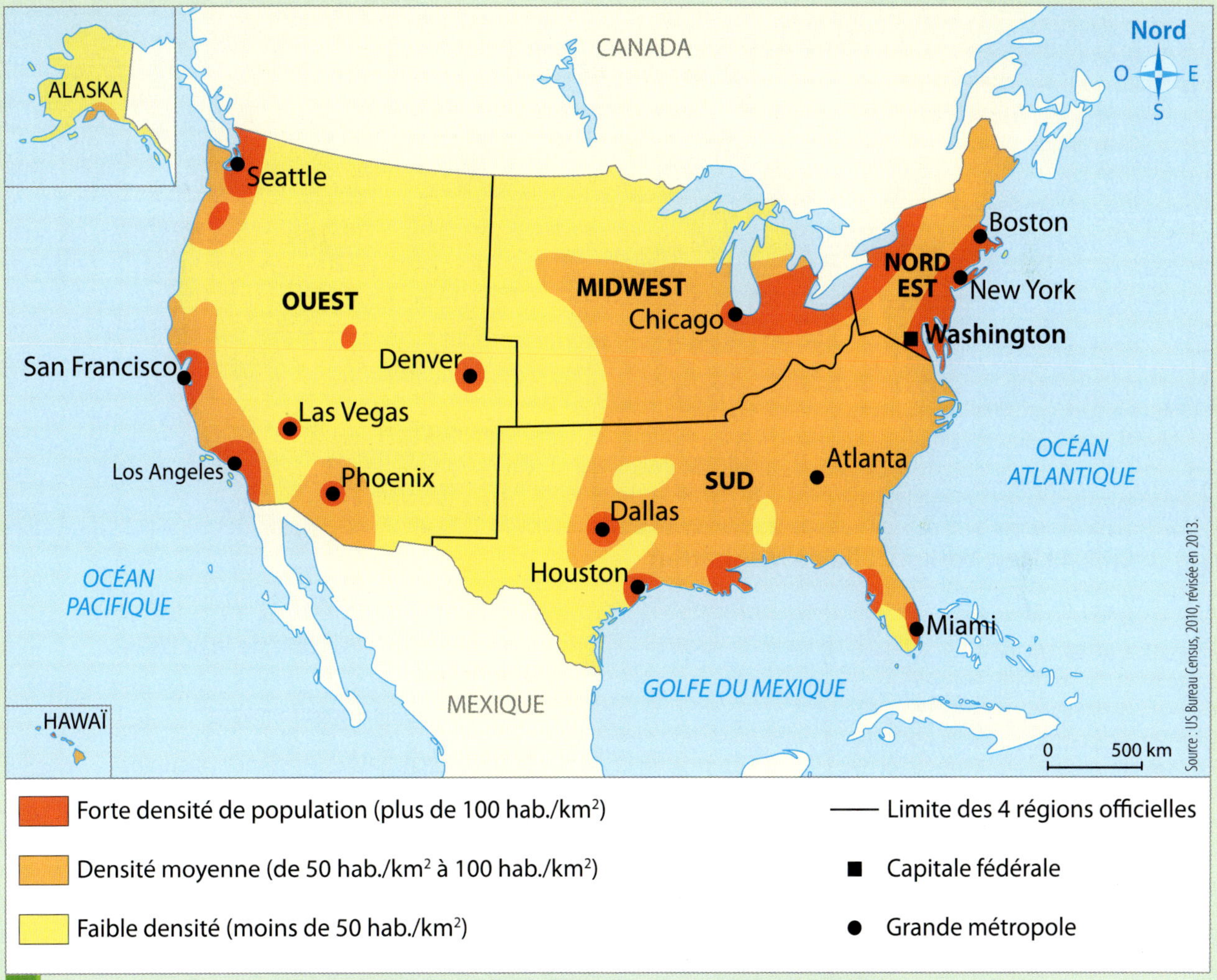

3 La répartition de la population aux États-Unis, reflet de son histoire

Je découvre

4. Montrez la diversité de la population américaine.

5. Décrivez la répartition de la population sur le territoire des États-Unis.

6. Montrez que les zones les plus anciennement peuplées sont actuellement parmi les plus densément peuplées.

7. Vidéo : Quels sont les aspects de la puissance américaine et comment la mondialisation les remet-elle en cause ?

Étude

FICHE D'IDENTITÉ : NEW YORK

New York : 8,3 millions d'habitants

Superficie : 1 215 km²

Densité : 7 000 hab./km²

Agglomération : 20 millions d'habitants (dont 3 nés à l'étranger, un record mondial)

Les États-Unis, le pays de la ville

A Comprendre comment la mondialisation transforme la métropole de New York

1 Le CBD de New York sur l'île de Manhattan

1. La Mégalopolis, cœur de la puissance américaine

- Principale agglomération
- Zone urbaine densément peuplée
- Washington, siège du pouvoir politique
- ONU Institution internationale
- Lieu de pouvoir économique et financier
- Grande université

2. Un territoire et une façade maritime ouverts sur le monde

- Principal aéroport international
- Principal port industriel (ZIP)
- Axe de communication
- Flux d'hommes, de marchandises et de capitaux

2 New York, au cœur de la Mégalopolis

3 New York, une ville mondiale

Lorsqu'on arrive à New York en taxi depuis l'aéroport JFK, s'offre au regard la skyline de Manhattan, qui, depuis 2007, se transforme sans cesse. Parmi les dix gratte-ciel qui dépassent 1 000 pieds (soit 305 m), huit ont été construits au cours des douze dernières années. Ils témoignent de la bonne santé de l'économie. Depuis une décennie, New York surfe sur le plus long cycle d'expansion jamais enregistré. Aujourd'hui, la ville trône au sommet des très grandes villes les plus riches de la planète. Cette richesse découle en premier lieu du fait que New York est le centre névralgique de la finance mondiale. Le secteur génère 20 % du PIB[1] de la ville, et ses salaires restent hors normes : 328 000 $ par tête en moyenne en 2017. Chaque emploi dans la finance en génère deux autres dans la restauration, l'industrie du spectacle, l'immobilier et les services à la personne : nurses, cuisiniers, chauffeurs, femmes de ménage, profs de yoga… La puissance de New York est aussi due aux 65 entreprises classées par Fortune 500 qui y ont leur siège social, comme Philip Morris, Colgate-Palmolive, ou encore 21st Century Fox. Pourtant, c'est dans l'aire urbaine de New York que les inégalités sont les plus fortes. Les Afro-Américains et les trois millions de citoyens nés à l'étranger, souvent abonnés aux « petits boulots », forment la majorité de ceux qui peinent à joindre les deux bouts.

D'après P. Piquard, « New York, splendeur et misère d'une mégapole », *The good Life*, le 6 décembre 2019.

1. PIB (produit intérieur brut) : ensemble des richesses produites en un an sur un territoire donné.

4 Times Square, centre culturel de la métropole

VOCABULAIRE

- **Mégalopolis :** couloir urbain du Nord-Est des États-Unis. Il s'étend de Boston à Washington sur 700 km et regroupe plus de 50 millions d'habitants.
- **Ville mondiale :** métropole qui exerce des fonctions de domination économique, financière, culturelle et politique à l'échelle mondiale.

ACTIVITÉS

Parcours 1

Extraire des informations pertinentes

1. Localisez et situez New York.
2. **DOC. 1** et **3** Décrivez le paysage de Manhattan. Relevez l'indice montrant qu'il se transforme toujours.
3. **DOC. 3** et **4** Montrez que New York est une métropole qui attire.
4. **DOC. 2** et **3** Montrez qu'elle est un territoire qui concentre de nombreux pouvoirs.
5. **DOC. 2** Montrez qu'elle est un territoire connecté au monde.

OU

Parcours 2

Réaliser une production graphique

À l'aide de la légende et des documents, construisez le schéma de New York, ville mondiale.

Un conseil ? *Reprenez la définition de métropole ; puis associez les mots de la définition et les figurés de la légende.*

○	Une grande ville	●	Des fonctions culturelles
■	Des fonctions politiques	★	Des fonctions intellectuelles
▲	Des fonctions économiques	↔	Une connexion au monde

Pour conclure › **Comment la mondialisation transforme-t-elle la métropole de New York ?**

Étude

B Mettre en perspective et comprendre que la mondialisation renforce le poids des grandes métropoles américaines

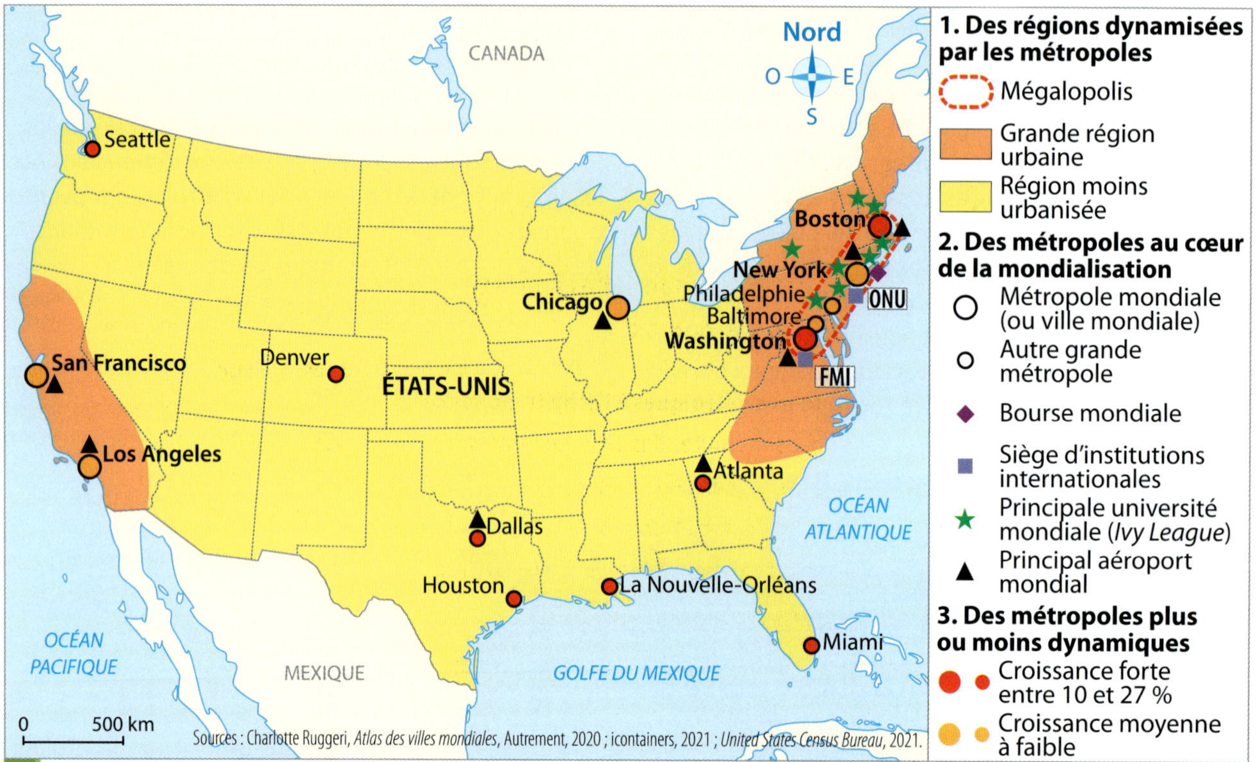

Sources : Charlotte Ruggeri, *Atlas des villes mondiales*, Autrement, 2020 ; icontainers, 2021 ; *United States Census Bureau*, 2021.

5 **Un territoire organisé par les villes**

6 La métropolisation aux États-Unis modifie les territoires

Une métropole est une ville très peuplée, qui exerce un rôle de commandement économique, en réseau avec d'autres métropoles, nationales ou internationales. Aux États-Unis, les principales métropoles contrôlent une grande part de l'économie du pays et sont au cœur de la mondialisation. Le métropolisation, déjà présente en 1950, a présidé à des réorganisations spatiales à toutes les échelles, entre et à l'intérieur des villes toujours marquées par la ségrégation entre quartier aisé et en difficultés (**ghettos**) mais aussi par la **gentrification** dans certains quartiers rénovés.

D'après C. Montès et P. Nédélec, *Atlas des États-Unis*, Autrement, Paris, 2016.

VOCABULAIRE

- **Métropolisation :** processus de concentration des hommes, des activités et des richesses dans les métropoles.
- **Gentrification :** phénomène urbain marqué par l'arrivée de populations aisées dans des quartiers rénovés.
- **Ghetto :** quartier pauvre majoritairement peuplé d'Afro-Américains.

ACTIVITÉS

Parcours 1

Extraire des informations pertinentes

1. **DOC. 5** Identifiez, localisez et situez les métropoles mondiales américaines.
2. **DOC. 5** Relevez les fonctions qui font d'elles des villes mondiales.
   Aide *Reprenez la définition de ville mondiale* *p. 295*.
3. **DOC. 5** et **6** Montrez que la métropolisation crée des différences entre les villes et à l'intérieur de chaque ville.

OU

Parcours 2

S'initier aux techniques de l'argumentation

DOC. 5 et **6** Prélevez les arguments permettant d'expliquer pourquoi on dit des États-Unis qu'ils sont le pays de la ville.

Bilan

Bilan à compléter
hachette-clic.fr/21hg4118

Les États-Unis, le pays de la ville

Comment la mondialisation renforce-t-elle les grandes métropoles américaines ?

1 Sélectionner des informations essentielles à retenir

Répondez aux propositions par Vrai ou Faux.

Proposition 1 : Des métropoles stratégiques à l'échelle mondiale	Vrai	Faux
a. Les métropoles américaines sont toutes des villes mondiales.	☐	☐
b. Chicago est une ville mondiale américaine du sud.	☐	☐
c. New York et Washington sont deux métropoles de la Mégalopolis.	☐	☐
d. Los Angeles et San Francisco sont deux villes mondiales de l'est.	☐	☐
Proposition 2 : Des métropoles connectées au monde		
a. La Mégalopolis comprend quatre zones industrialo-portuaires.	☐	☐
b. New York possède le record d'habitants nés à l'étranger.	☐	☐
c. La Mégalopolis participe aux échanges internationaux.	☐	☐
d. Toutes les métropoles possèdent des aéroports internationaux.	☐	☐

2 Mobiliser ces informations pour réaliser un croquis schématique

Reproduisez le croquis et complétez-le à l'aide des figurés de la légende.

TITRE : ....

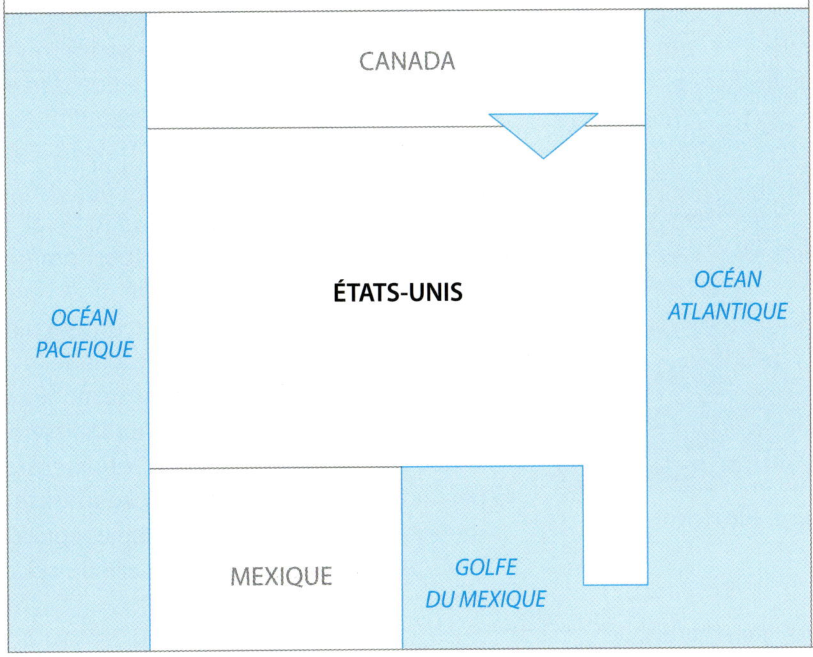

1. Des métropoles stratégiques à l'échelle mondiale

● Métropole mondiale

Mégalopolis

2. Des métropoles connectées au monde

▲ Aéroport mondial

Croquis à télécharger
hachette-clic.fr/21hg4119

Étude

Des littoraux insérés dans la mondialisation

Comment la mondialisation transforme-t-elle les littoraux américains ?

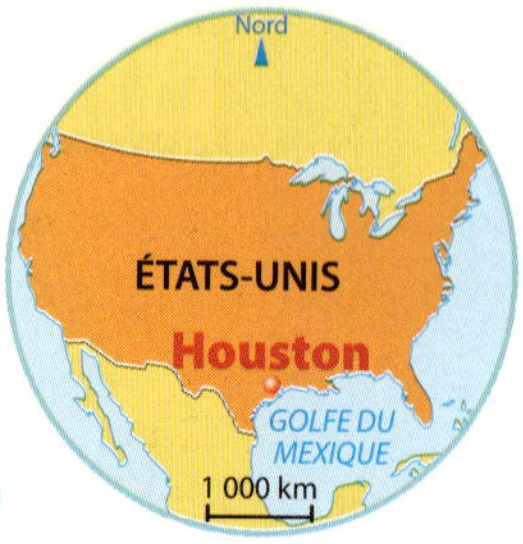

1 La ZIP de Houston, au Texas
Le port de Houston le long du Houston Ship Channel.

3 Le port de croisière de Miami, Floride

VOCABULAIRE

- **Zone industrialo-portuaire (ZIP) :** espace littoral qui associe des fonctions industrielles et portuaires.

2 Une adaptation à la croissance du trafic des conteneurs

L'Administration portuaire de Houston poursuit la modernisation partielle de son terminal à conteneurs de Barbours Cut – l'un des deux importants terminaux qu'elle exploite – pour soutenir la croissance à deux chiffres prévue. Elle supervise un peu plus de 40 km de terminaux portuaires le long du chenal maritime de près de 85 km. Il s'agit du premier port américain en importance pour le tonnage provenant de l'étranger, du deuxième port américain en importance pour ce qui est du tonnage total et du seizième port en importance au monde pour l'ensemble de ses activités. L'agrandissement, la relocalisation et la modernisation entrepris permettront au terminal d'augmenter sa capacité à 2,5 millions de conteneurs équivalent vingt pieds, soit le double de celle du système actuel.

D'après *News And Media*, www.hatch.com, novembre 2018.

4 Port Miami, capitale mondiale de la croisière

Avec plus de 5 millions de passagers par an, Port Miami s'est imposé comme le leader incontesté du marché de la croisière de masse.
Huit heures du matin, un lundi, sur le port de Miami. Devant les terminaux de croisière répartis sur 2,5 kilomètres de quais, c'est la cohue. Les mastodontes qui se sont amarrés à l'aube, après un circuit de quelques jours vers les îles des Caraïbes, vomissent des milliers de touristes. Ces derniers rejoignent les dizaines d'autocars en partance pour les aéroports de Miami et de Fort Lauderdale.
À partir de 12h30, l'agitation reprend. Les premiers passagers des croisières suivantes arrivent des aéroports en bus, et pénètrent dans les terminaux d'embarquement où ils sont dispatchés en longues files jusqu'aux 240 guichets d'enregistrement. Vers 16 heures, les premiers bateaux prennent la mer et, en fin d'après-midi, le port s'est vidé.

D'après P. Piquard, « Port Miami, la capitale mondiale de la croisière », *The Good Life*, le 30 janvier 2019.

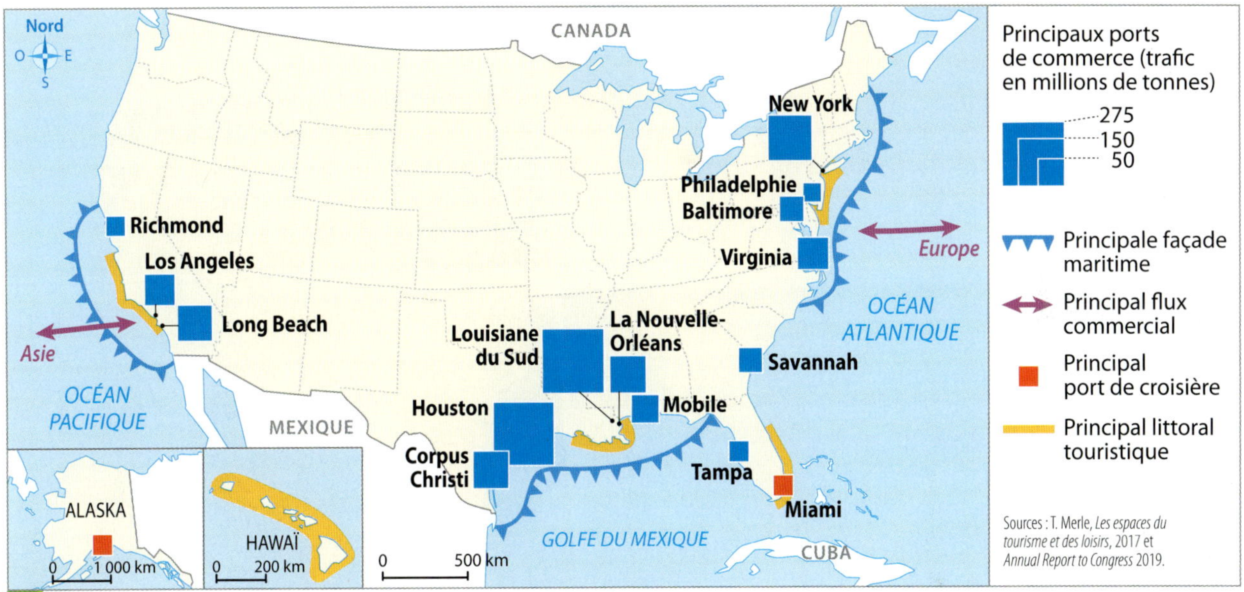

5 Des espaces littoraux ancrés dans la mondialisation

ACTIVITÉS en groupe

Coopérer et mutualiser

Étape 1 **Formez des groupes de 4 ou 5. Au sein de chaque groupe, partagez-vous en deux équipes. Chaque équipe répond aux questions qui lui correspondent :**

Équipe 1

Les activités portuaires

1. **DOC. 1** et **5** Localisez et situez Houston.
2. **DOC. 1** et **2** Relevez les activités portuaires et décrivez les aménagements réalisés.
3. **DOC. 1** et **2** Montrez comment le port s'adapte à la croissance des échanges.
4. **DOC. 5** Identifiez et classez les trois premiers ports.
5. **DOC. 5** Montrez comment les ports sont reliés avec le reste du pays et du monde.

Équipe 2

Les activités touristiques

1. **DOC. 3** et **5** Localisez et situez Miami.
2. **DOC. 3** et **4** Relevez les activités touristiques et décrivez les aménagements réalisés.
3. **DOC. 4** Montrez comment le port de Miami s'adapte à la croissance des croisières.
4. **DOC. 5** Localisez et situez les principaux littoraux touristiques.
5. **DOC. 3** et **5** Identifiez et situez les deux principaux ports de croisière.

Étape 2 **Présentez votre travail à l'autre équipe et construisez ensemble une carte mentale montrant comment la mondialisation participe au dynamisme des littoraux américains.**

Enquêter

Des espaces en marge de la mondialisation ?

Photographie n° 1
Les Grandes Plaines

Votre énigme :

Voici des photographies de paysages américains. Vous devez détecter les traces éventuelles d'une insertion dans la mondialisation de ces espaces !

Photographie n° 2
Le Grand Canyon du Colorado, Arizona

Photographie n° 3
Les *Wrangell Mountains*, Alaska

Photographie n° 4
Le *Yosemite Park*, Californie

POINT MÉTHODE

Pour résoudre l'énigme

Étape 1 Formuler des hypothèses

À votre avis, ces espaces sont-ils ancrés dans la mondialisation ou en marge ?

Étape 2 Vérifier les hypothèses.

Menez l'enquête à l'aide des indices p. 301.

Étape 3 Conclure

Quel est le résultat de votre enquête ? Réfléchissez à une réponse : ces espaces sont-ils ancrés dans la mondialisation ou en marge ? Présentez-la à l'oral afin de la confronter à celles des autres.

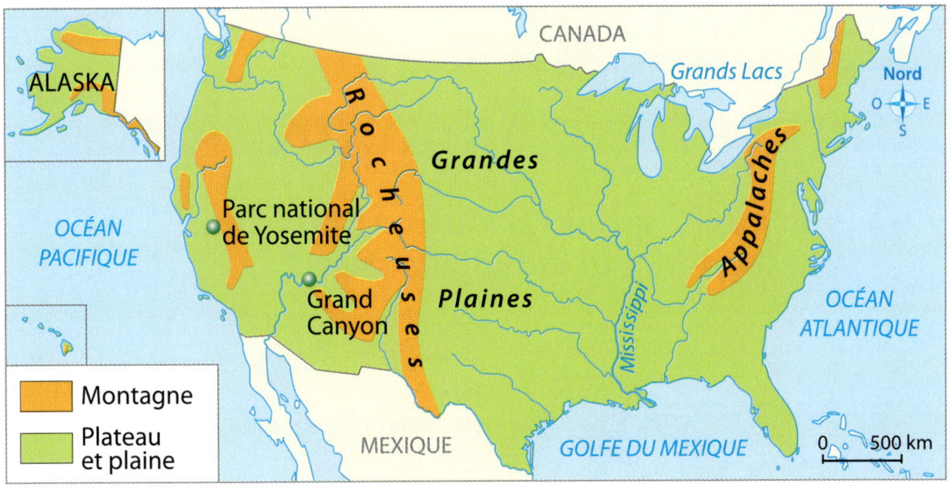

Indice n° 1

Un territoire immense aux paysages variés

Indice n° 2 Le tourisme en Alaska

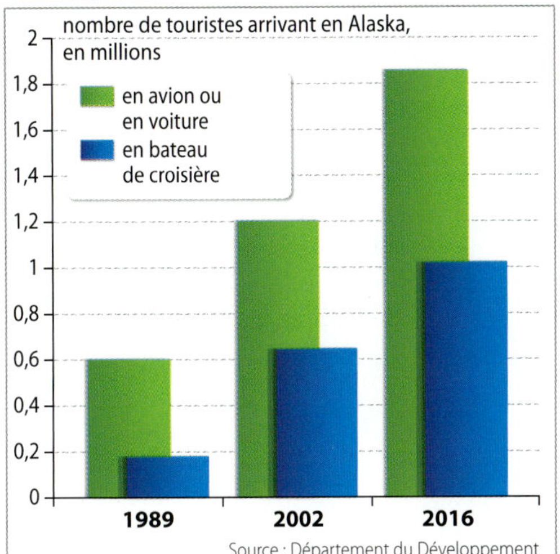

Source : Département du Développement économique de l'Alaska, 2019.

Indice n° 3 Le parc national du Yosemite en Californie

Le Yosemite, classé parc national en 1890, se situe dans les montagnes de la Sierra Nevada, dans l'est de la Californie et il est l'un des sites naturels les plus visités du pays (plus de 3,5 millions de touristes venant du monde entier chaque année). Le Yosemite est un parc de haute montagne isolé dont la diversité naturelle et paysagère a été reconnue patrimoine de l'humanité par l'UNESCO en 1984. Mais l'intense fréquentation touristique, au printemps et en été, pose désormais des problèmes environnementaux.

D'après National Park Service, www.nps.gov/yose, 2016.

Indice n° 4
Une puissance agricole

Top 5 des exportations agricoles américaines

Soja
1er

Maïs
2e

Fruits à coque
3e

Bœuf
4e

Coton
5e

Indice n° 5 Une plate-forme de forage en Alaska, 2020

Forer ou ne pas forer ? La question s'est posée pendant plus de trente ans cette zone naturelle protégée située dans le nord-est de l'Alaska. Un bras de fer vigoureux a opposé les républicains[1] – avançant l'argument de la création d'emplois et de la sécurité énergétique américaine – aux démocrates[1] – sensibles à l'impact environnemental de ces nouveaux forages pétroliers.
La majorité des habitants de la région semble satisfaite par ce nouveau projet. L'Alaska puise en effet 90 % de son budget dans la production de pétrole, et considère cette initiative comme un levier de développement.

D'après T. Serova, « Alaska : incertitudes et réticences autour de nouveaux forages pétroliers », *Libération*, le 20 août 2020.

1. Les deux principaux partis politiques aux États-Unis.

Géo Histoire

DATES CLÉS

- **1620** Arrivée du *Mayflower* et des premiers colons anglais
- **1882** Loi interdisant l'immigration chinoise
- **1920** Mise en place des **quotas**
- **1965** Fin des quotas

Les États-Unis, une terre d'immigration

Pourquoi l'immigration aux États-Unis illustre-t-elle la mondialisation ?

1 L'immigration irlandaise du XIXe siècle

« L'or américain : 1 Aux États-Unis, on travaille pour lui. 2 En Irlande, on l'attend. »

Caricature parue dans *Puck*, le 24 mai 1882.

VOCABULAIRE

- **Expatrié :** personne résidant dans un autre pays que le sien.
- **Hispanique :** personne originaire d'Amérique latine.
- **Minorité ethnique :** groupe de personnes partageant une identité et une culture communes, minoritaire dans le pays.
- **Quota :** limitation du nombre de migrants.

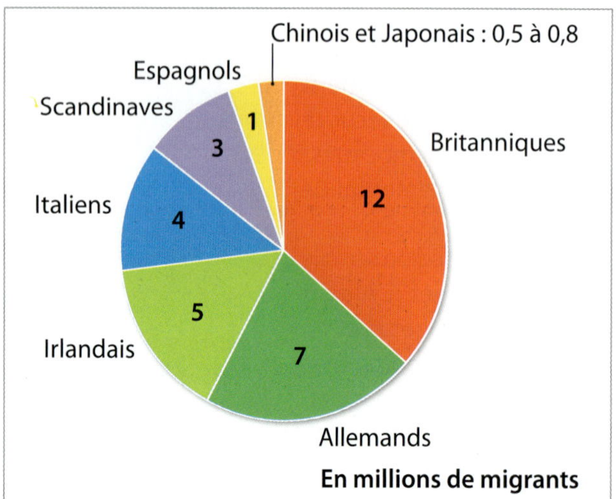

2 Près de 33 millions de migrants au XIXe siècle

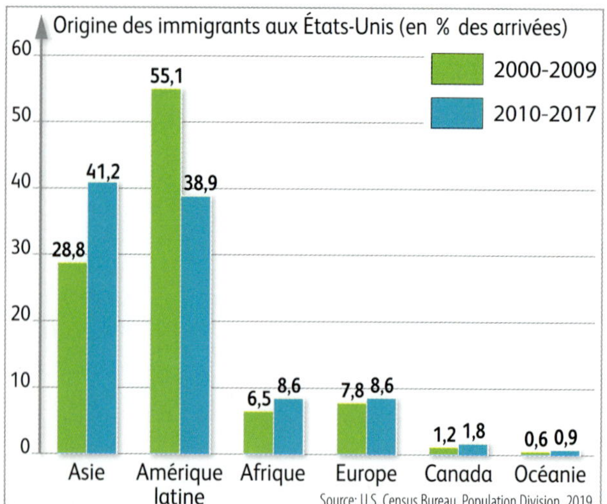

3 L'origine des migrants, début du XXIe siècle

4 Récits de migrants d'aujourd'hui

Témoignages

a. Un migrant **hispanique** témoigne : « Au Mexique, je ne pouvais plus gagner assez pour ma famille. Ma femme et ma fille n'avaient rien à manger. J'étais obligé de choisir entre rester et voir ma famille souffrir ou partir pour la Californie et gagner de l'argent pour la nourrir. La décision était claire. Une fois arrivé, j'ai commencé à travailler. Je fais le jardinage pour un couple en échange d'une chambre dans leur garage. Comme ça je réussis à gagner de l'argent que j'envoie à ma famille. »

D'après le témoignage de José recueilli par Veronica Huerta, Université de l'État de Californie, 2016.

b. Un **expatrié** français témoigne : « Je suis arrivé aux États-Unis en 1999. Je travaillais depuis deux ans pour Yahoo France à Paris et j'ai eu une opportunité pour travailler pour eux en Californie dans la Silicon Valley. La société m'a sponsorisé pour un visa H1B[1]. Je suis resté jusqu'en 2001, puis j'ai étudié la gestion de projet. Après un an, j'ai obtenu un certificat pour la fin de mes études et j'ai réussi à trouver un poste d'informaticien chez Apple où je suis toujours depuis juillet 2004. »

D'après le témoignage d'Arnaud sur le site *europusa.com*, 2016.

1. Permis de travail délivré à des personnes titulaires d'un diplôme universitaire.

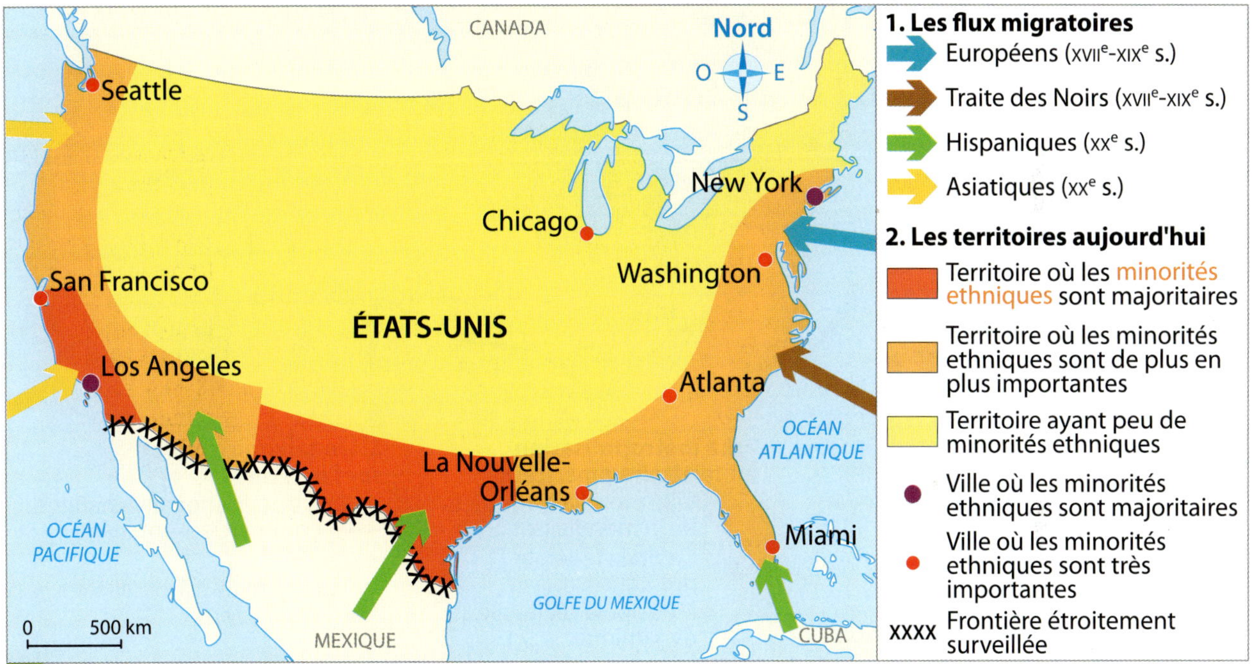

5 Espaces et flux migratoires aux États-Unis

POINT MÉTHODE

La démarche en géohistoire

Étape 1 Repérer les permanences

1. **DOC. 1** et **2** D'où venaient majoritairement les migrants au XIXe siècle ?
2. **DOC. 1** Pour quelles raisons migraient-ils ?
3. **DOC. 4** Cette raison perdure-t-elle aujourd'hui ?

Étape 2 Souligner les évolutions

4. **DOC. 3** D'où viennent majoritairement les migrants désormais ?
5. **DOC. 4** Quel nouveau type de migrants les États-Unis attirent-ils aujourd'hui ? Pour quelles raisons ?

Étape 3 Conclure

6. **DOC. 5** Comment l'immigration transforme-t-elle les territoires ?
7. **DOC. 2** et **3** Comment l'immigration américaine reflète-t-elle la mondialisation ?

Un conseil ? *Vous pouvez :*
- *Rappeler quel était le premier pôle économique au XIXe siècle.*
- *Identifier celui qui l'est devenu au début du XXIe siècle.*

L'atelier du géographe

L'organisation du territoire américain mondialisé

Vous réalisez un croquis schématique de l'organisation du territoire américain.

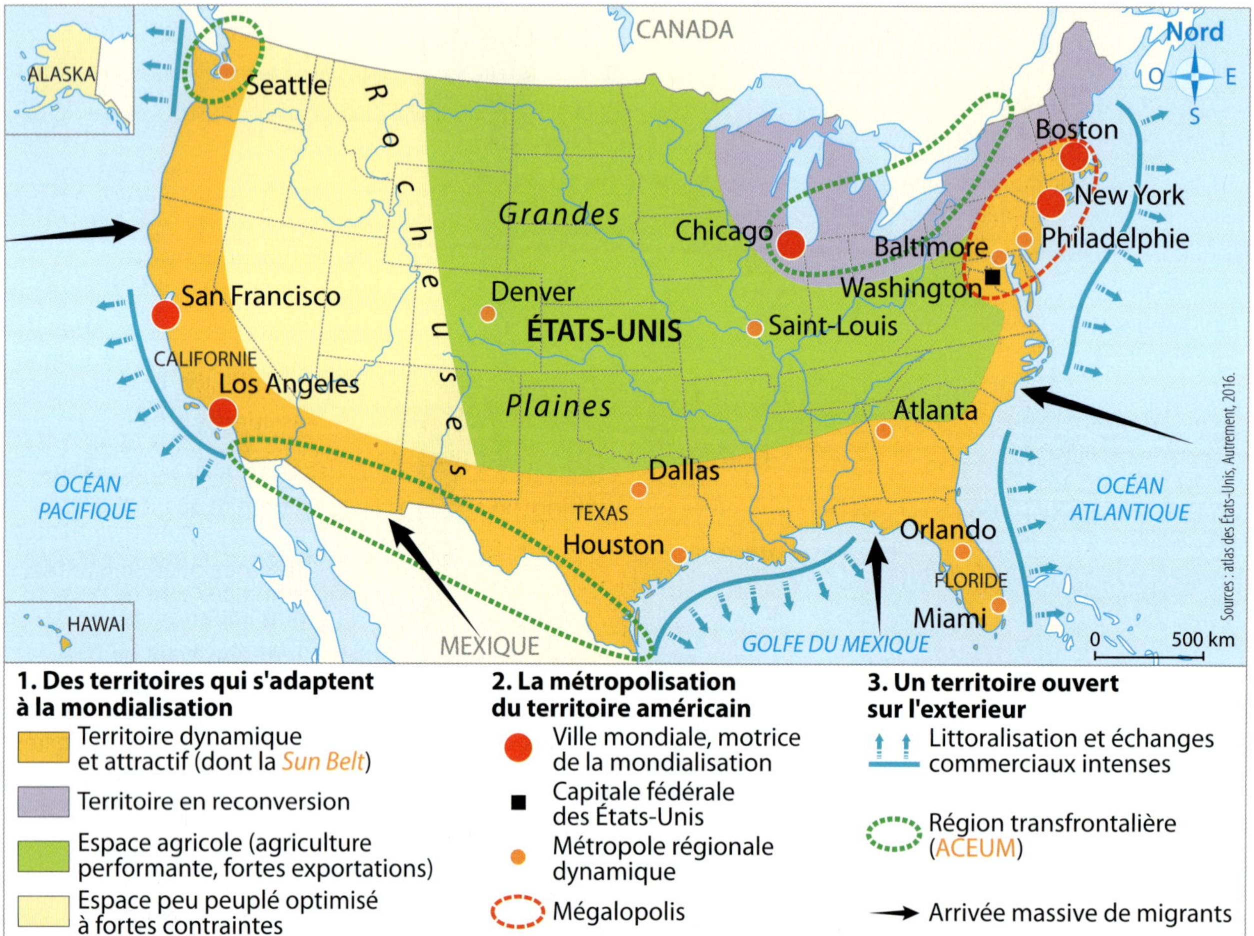

1 L'adaptation du territoire américain à la mondialisation

2 Le territoire américain est pluriel

Le quart Nord-Est comprend deux régions qui concentrent encore une grosse part de la population, de la richesse et des centres de décision du pays. Si la crise industrielle a eu des effets négatifs sur les territoires des Grands Lacs, la Mégalopolis autour de New York demeure l'espace dominant du pays.
Une région dynamique s'étend de Seattle à la Floride en passant par la Californie et le Texas. Elle concentre des activités complètement insérées dans la mondialisation et attire de nombreuses populations.
Le cœur du pays regroupe de vastes territoires agricoles performants et l'Ouest d'immenses territoires naturels.

D'après C. Montès et P. Nédélec, *Atlas des États-Unis, un colosse aux pieds d'argile*, Autrement, 2020.

VOCABULAIRE

- **ACEUM (ex ALENA) :** accord de libre-échange signé entre le Canada, les États-Unis et le Mexique.
- ***Sun Belt* (ceinture du soleil) :** États du Sud des États-Unis, de la Floride à la Californie, présentant un dynamisme économique et un cadre de vie agréable.

La démarche du géographe pour réaliser un croquis schématique

POINT MÉTHODE

Réaliser un croquis schématique de synthèse

Étape 1 Extraire les informations…

1 **DOC. 1** et **2** Reproduisez le tableau et relevez les informations demandées :

Document 2		Document 1
	Nom donné au territoire ?	Figuré(s) pour le représenter ?
« Concentre une grosse part de la population, de la richesse et des centres de décision du pays »	…	…
« Concentre des activités complètement insérées dans la mondialisation et attire de nombreuses populations »	…	…
« Regroupe de vastes territoires agricoles performants »	…	…
« Regroupe d'immenses territoires naturels »	…	…

2 **DOC. 1** Relevez les éléments qui montrent que les États-Unis sont un territoire ouvert et inséré dans la mondialisation.

Étape 2 … pour compléter le croquis schématique de synthèse et sa légende

A. Se repérer sur le croquis schématique

3 Mettez en couleur le fond de carte fourni par votre professeur comme sur le modèle.

4 Localisez dans les cadres les deux pays limitrophes (voisins) des États-Unis.

5 Localisez les trois domaines maritimes (mers et océans) qui bordent les États-Unis.

B. Complétez le croquis schématique et sa légende

6 Complétez la partie 1 de la légende.

7 Nommez les sept métropoles présentées.

8 Localisez les littoraux où se fait l'essentiel des échanges commerciaux (façades maritimes).

9 Localisez les régions transfrontalières dynamiques.

10 Complétez la partie 2 de la légende et donnez un titre à votre croquis.

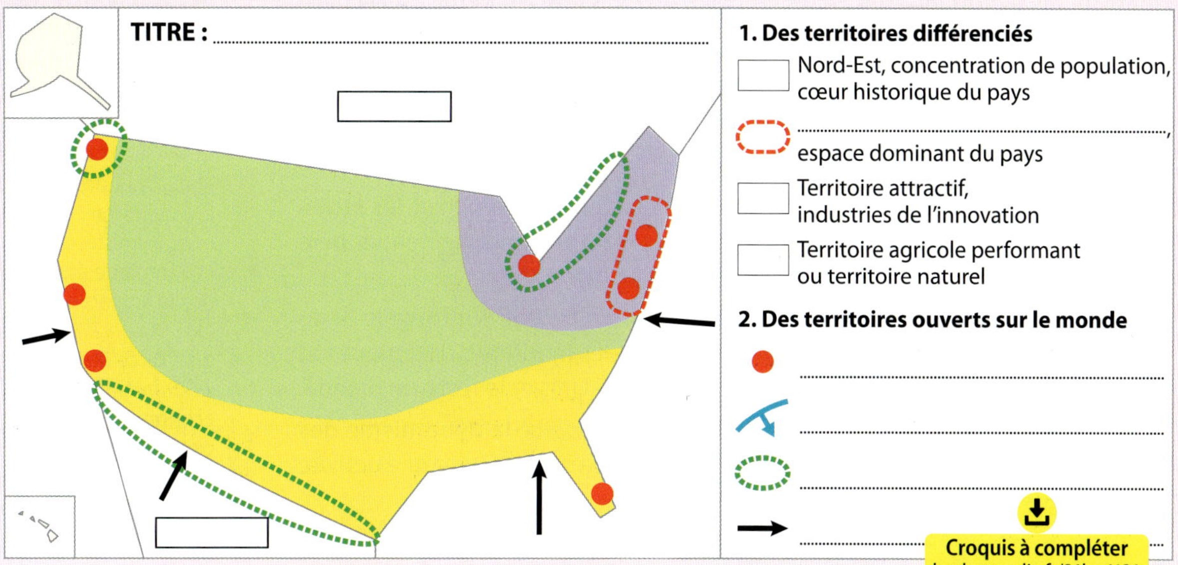

Croquis à compléter
hachette-clic.fr/21hg4121

Leçon

L'adaptation des États-Unis à la mondialisation

Quels sont les effets de la mondialisation sur le territoire américain ?

Podcast de la leçon
hachette-clic.fr/21hg4122

1 Des territoires qui s'adaptent à la mondialisation

› **La puissance des États-Unis se concentre dans quelques régions, comme la Mégalopolis au Nord-Est ou encore la *Sun Belt*, en Californie**. Ces régions s'organisent autour de villes mondiales : New York, Chicago et Los Angeles.

› Le déplacement des activités économiques, dû à la mondialisation, force **certains territoires à se reconvertir**. C'est le cas de la région des Grands Lacs, délaissée par l'industrie automobile au profit du Mexique. **Le cœur du pays regroupe de vastes territoires agricoles performants**.

› Enfin, la mondialisation permet la création de nouveaux lieux, aussi bien dans les métropoles (rénovation urbaine) que dans les espaces ruraux (parcs naturels). Ainsi, **même les espaces en marge s'insèrent dans la mondialisation par le tourisme ou l'exploitation des ressource**s.

2 Un territoire organisé par les métropoles

› **L'organisation du territoire américain se caractérise par sa métropolisation** : la majorité des 330 millions d'Américains vit dans des métropoles. Ces villes contrôlent une grande part de l'économie du pays.

› Parmi elles, les métropoles mondiales possèdent des fonctions de commandement dans tous les domaines (bourse, grandes universités, organisations internationales…) et sont le siège de grandes firmes transnationales (FTN). Ces lieux du pouvoir économique sont implantés dans les centres où se concentrent les gratte-ciel (CBD).

› Sur le territoire, **la métropolisation accentue les inégalités entre les métropoles dynamiques et celles en perte de croissance** (Detroit). À l'échelle urbaine, les quartiers aisés ou gentrifiés s'opposent aux ghettos repoussés dans les endroits moins accessibles ou plus dégradés.

3 Un territoire ouvert sur le monde

› En tant que premier importateur et troisième exportateur mondial, **les États-Unis constituent un carrefour des échanges internationaux**. Premier pôle d'immigration au monde, c'est aussi un territoire attractif.

› **L'ouverture du territoire américain à la mondialisation renforce la littoralisation des hommes et des activités**. Les façades maritimes atlantiques et pacifiques jouent le rôle d'interface entre les États-Unis et le reste du monde.

› Enfin, l'entrée en vigueur de l'ACEUM en 2020 renforce **le dynamisme des espaces frontaliers**. Des deux côtés des frontières se développent une activité économique intense.

VOCABULAIRE

- **ACEUM (ex ALENA) :** accord de libre-échange signé entre le Canada, les États-Unis et le Mexique.
- **Firme transnationale (FTN) :** entreprise dont les activités sont implantées dans de nombreux pays.
- **Ghetto :** quartier pauvre majoritairement peuplé d'Afro-Américains.
- **Interface :** zone de contact entre deux espaces.
- **Littoralisation :** concentration des hommes et des activités sur les littoraux.
- **Mégalopolis :** couloir urbain du Nord-Est des États-Unis. Il s'étend de Boston à Washington sur 700 km et regroupe plus de 50 millions d'habitants.
- **Métropolisation :** processus de concentration des hommes, des activités et des richesses dans les métropoles.
- ***Sun Belt* (ceinture du soleil) :** États du Sud des États-Unis, de la Floride à la Californie, présentant un dynamisme économique et un cadre de vie agréable.
- **Ville mondiale :** métropole qui exerce des fonctions de domination économique, financière, culturelle et politique à l'échelle mondiale.

Schéma de la leçon

L'adaptation des États-Unis à la mondialisation

1 Des territoires qui s'adaptent à la mondialisation

Des régions qui concentrent les richesses

- Mégalopolis
- *Sun Belt*

La nécessaire reconversion de certains territoires

- Région des Grands Lacs
- Régions agricoles modernes

Des espaces en marge mais insérés

- Tourisme (parcs naturels)
- Exploitation de ressources (Alaska)

2 Un territoire organisé par les métropoles

Une métropolisation importante

- Organisation du territoire autour de villes mondiales

Des inégalités à plusieurs échelles

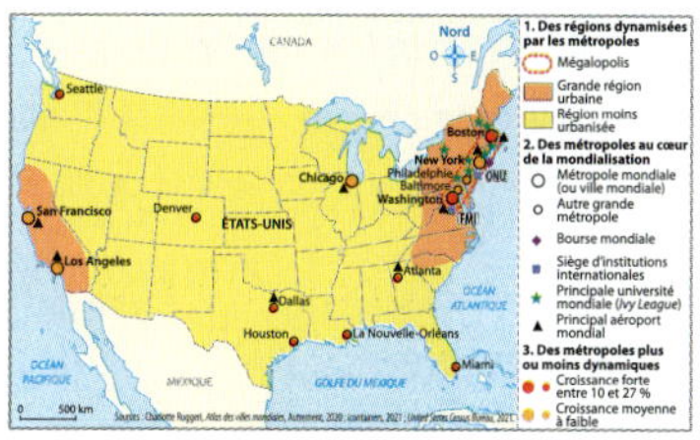

- Entre métropoles
- Entre quartiers

3 Un territoire ouvert sur le monde

Un acteur majeur de la mondialisation

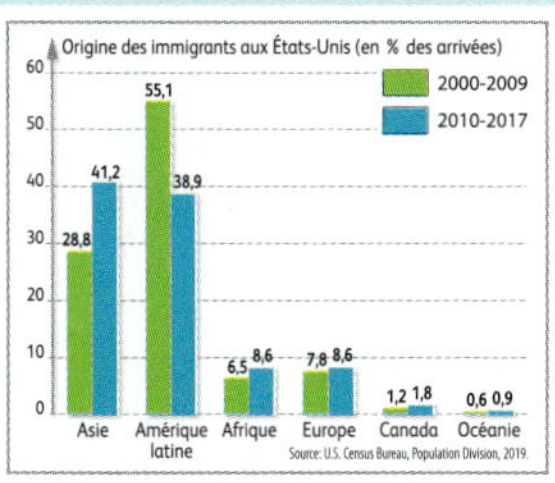

- Carrefour des échanges mondiaux
- Premier pôle d'immigration

Une littoralisation accrue

- Rôle d'interface des façades maritimes

Des espaces frontaliers dynamisés

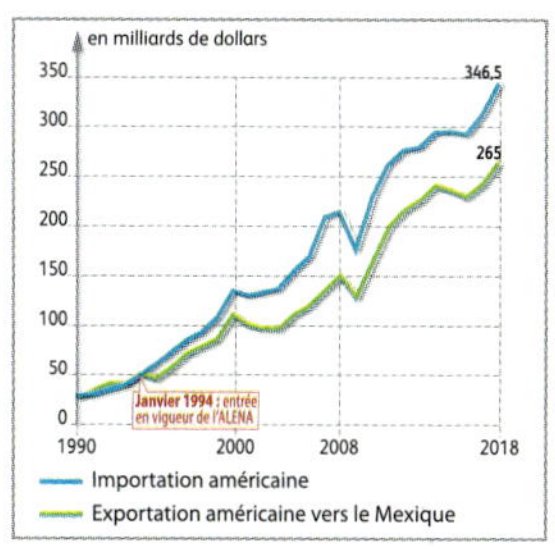

- ACEUM (ex ALENA)

Quelques chiffres

- **330 millions** d'Américains
- **9,8 millions de km²** (15 fois plus grand que la France)
- **82,5 %** d'urbains
- **48 millions** d'immigrés (15 % de la population)
- **34** des **50** plus grandes FTN du monde sont américaines

J'apprends & je construis mes compétences

Exercices interactifs
hachette-clic.fr/21hg4123

1 Je fais ma fiche de révision

Utilisez les rubriques suivantes pour réaliser votre fiche de révision sur le support de votre choix.

Le vocabulaire

Je connais la définition des mots :
- Mondialisation
- CBD
- Mégalopolis
- Métropolisation
- Ville mondiale
- Littoralisation

Les données chiffrées

Je connais :
- le nombre d'habitants aux États-Unis
- la part des immigrés dans la population (en %)

Les repères géographiques

Je connais et localise :
- les trois domaines maritimes numérotés 1 à 3.
- les deux pays limitrophes.
- les 5 villes mondiales A, B, C, D, E.
- la capitale fédérale F.
- la Mégalopolis, la Californie, la Floride, le Texas.
- La *Sun belt*, le nord-Est et le centre.

Carte à compléter
hachette-clic.fr/21hg4124

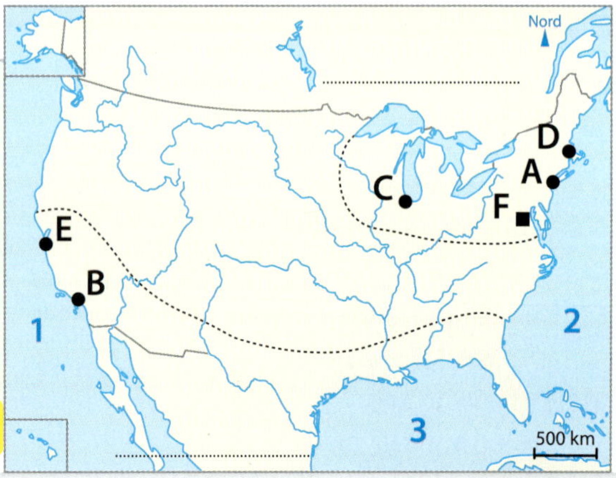

2 Je teste mes connaissances

Exercices à compléter
hachette-clic.fr/21hg4125

Exercice

Indiquez pour chaque paysage la description qui lui correspond en utilisant les mots clés de la boîte à outils.

Boîte à outils

• espace de réserve de nature • espace agricole performant • Mégalopolis • Nord-Est • *Sun belt* • faible densité de population • forte densité • ville mondiale • ZIP • Parc naturel

1

2

3

4

Je m'auto-évalue

J'ai réussi l'exercice sans regarder ma fiche de révision ou le manuel.	J'ai réussi l'exercice en allant chercher quelques informations dans ma fiche de révision ou le manuel.	J'ai réussi l'exercice en allant chercher les informations dans ma fiche de révision ou le manuel.	J'ai fait l'exercice mais n'ai pas réussi à trouver les informations nécessaires.
Très bonne maîtrise	Maîtrise satisfaisante	Maîtrise fragile	Maîtrise insuffisante

3 J'analyse et je comprends des documents : une carte et un graphique

→ Étudiez ces documents sur la frontière États-Unis – Mexique en répondant aux questions.

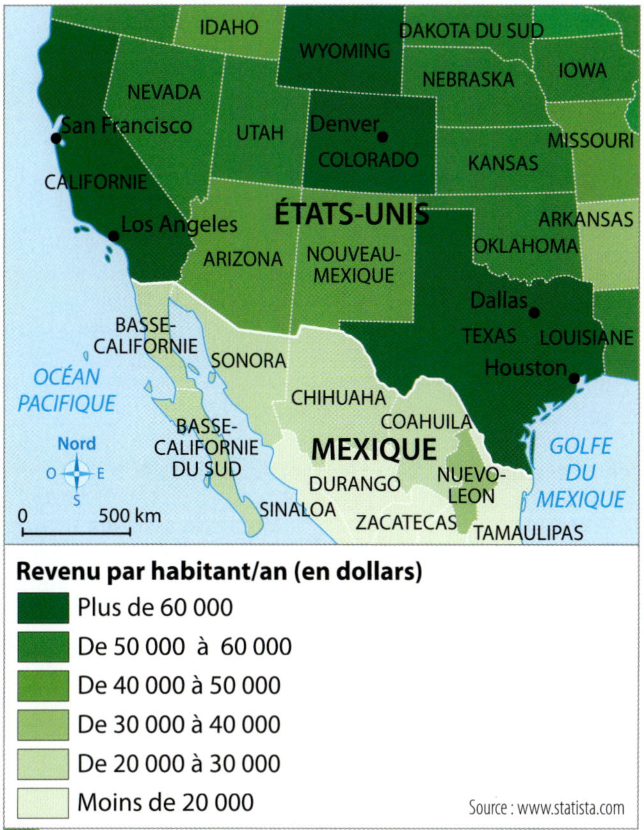

1 PIB par habitant dans la région frontalière États-Unis – Mexique

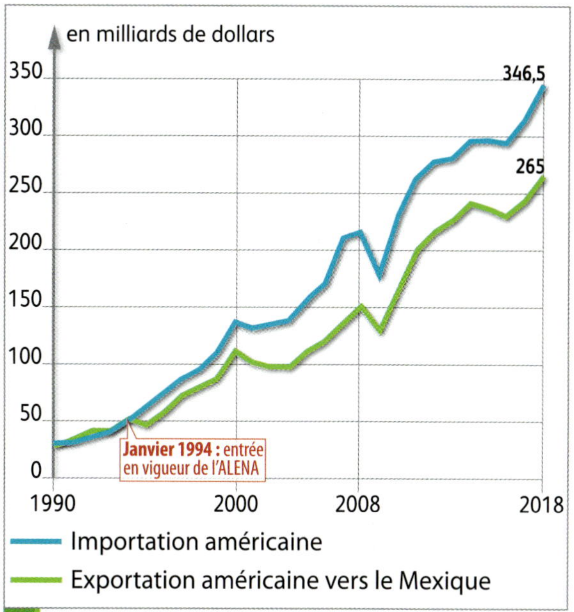

2 Les échanges commerciaux entre les États-Unis et le Mexique depuis 1990

QUESTIONS

A. Identifier les documents

1. **DOC. 1** et **2** Présentez les deux documents.

B. Comprendre les documents

2. **DOC. 1** Comment constate-t-on la différence de niveau de vie entre les deux pays ?
3. **DOC. 2** Comment les échanges commerciaux entre les États-Unis et le Mexique ont-ils évolué depuis 1994 ?

C. Confronter les documents

4. **DOC. 1** et **2** D'après vous, pourquoi la différence de niveau de vie favorise-t-elle les échanges commerciaux ?
5. **DOC. 1** et **2** D'après vos connaissances, quel(s) autre(s) type(s) de flux entre les États-Unis et le Mexique ces différences de niveau de vie peuvent-elles entraîner ?

POINT MÉTHODE — Analyser et comprendre un document

Pour identifier les documents

› Repérer la nature et le sujet de chaque document.
Aide *Utilisez les données surlignées et différenciez bien les diagrammes (circulaire / en bâtons / courbes d'évolution / histogramme…).*

Pour comprendre les documents

› Lire avec attention la légende pour interpréter les données.
Aide *Justifiez vos réponses avec des données chiffrées précises.*

Pour confronter les documents

› Mettre en relation les données des documents et utiliser ce que l'on connaît du sujet.
Aide *Le DOC. 1 apporte une explication à l'évolution constatée dans le DOC. 2.*

4 Je pratique différents langages : écrire pour argumenter

Sujet : Comment le territoire américain s'adapte-t-il à la mondialisation ?

Rédigez un développement construit pour décrire l'adaptation du territoire américain à la mondialisation.

Étape 1 Je réfléchis au brouillon

1. Comprenez bien le sujet.

Comment le territoire américain s'adapte-t-il à la mondialisation ?

- Comment → On attend d'abord une description des adaptations du territoire américain.
- territoire américain → Penser à présenter des exemples précis à l'échelle des États-Unis.
- mondialisation → Définir la mondialisation et y faire référence dans les exemples.

2. Reproduisez et complétez le tableau pour mobiliser les exemples étudiés et les mots-clés associés :

Grandes idées	Exemples	Mots-clés associés
Les métropoles américaines sont des pôles majeurs de la mondialisation.	New York …	Ville mondiale, CBD …
Les littoraux concentrent de nombreuses activités et sont dynamiques.	…	…
Certains territoires sont plus marginaux mais s'insèrent quand même dans la mondialisation.	…	…

Étape 2 Je rédige les paragraphes du développement construit

Rédigez le texte attendu en trois paragraphes en vérifiant que :
Vous commencez chaque paragraphe par un alinéa.

Un peu d'aide ?

Les **paragraphes attendus** correspondent aux lignes du tableau réalisé au brouillon.

+ Un peu d'aide ?

Reprenez les informations du tableau.

1er paragraphe sur les métropoles américaines (1re ligne du tableau)

2e paragraphe sur les littoraux (2e ligne du tableau)

3e paragraphe sur les territoires plus marginaux insérés dans la mondialisation (3e ligne du tableau)

Je m'auto-évalue

Pratiquer différents langages : écrire pour argumenter

Je vérifie les objectifs que j'ai atteints :

- ☐ Mon développement est construit en trois paragraphes qui commencent par un alinéa.
- ☐ Chaque paragraphe reprend et organise les informations du tableau.
- ☐ J'ai rédigé des phrases complètes.

Je m'entraîne
Sujet guidé

Exercice 1 Analyser et comprendre un document

1 New York sur l'île de Manhattan
1 Downtown, 1er CBD de New York 2 Midtown, 2e CBD

QUESTIONS

1. Présentez le document.
2. Localisez et situez ce lieu.
3. Expliquez l'expression « New York est une métropole verticalisée ».
4. Relevez les éléments qui montrent la connexion de New York au monde et à son arrière-pays.
5. Expliquez pourquoi New York est une ville mondiale dominante dans la mondialisation.

Un peu d'aide ?

- **Pour les questions 1 et 2**
Localiser, c'est indiquer où se trouve un lieu.
Situer, c'est localiser par rapport à des repères.
- **Pour les questions 3 à 5**
Observez attentivement le paysage et faites appel à ce que vous connaissez du sujet (voir étude de cas p. 294-297).

Exercice 2 Pratiquer différents langages

Sous la forme d'un développement construit d'une vingtaine de lignes et en vous appuyant sur un ou des exemples étudiés en classe, décrivez les grandes régions qui organisent le territoire américain et montrez comment elles s'insèrent dans la mondialisation.

Boîte à outils

• Mégalopolis • Nord-Est • *Sun belt* • centres • périphéries • métropolisation • littoralisation • régions transfrontalières • échanges commerciaux • tourisme • migrants • innovation.

CHAPITRE 15

Les grands ensembles africains dans la mondialisation

Comment la mondialisation transforme-t-elle les territoires africains ?

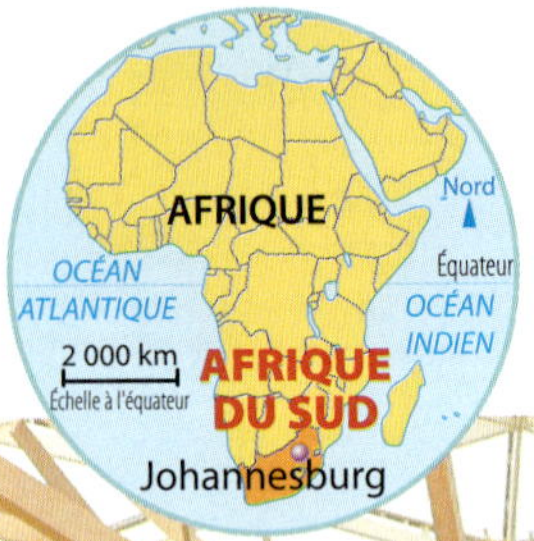

1 Le « Mall of Africa », un des plus grands centres commerciaux d'Afrique du Sud, 2019

FICHE D'IDENTITÉ : AFRIQUE

Population : 1,4 milliard d'habitants

PIB : 2 340 milliards de dollars

Espérance de vie : 63,8 ans

Taux de mortalité infantile : 43,1

Nombre d'enfants par femme : 4,24

Je me repère dans l'espace

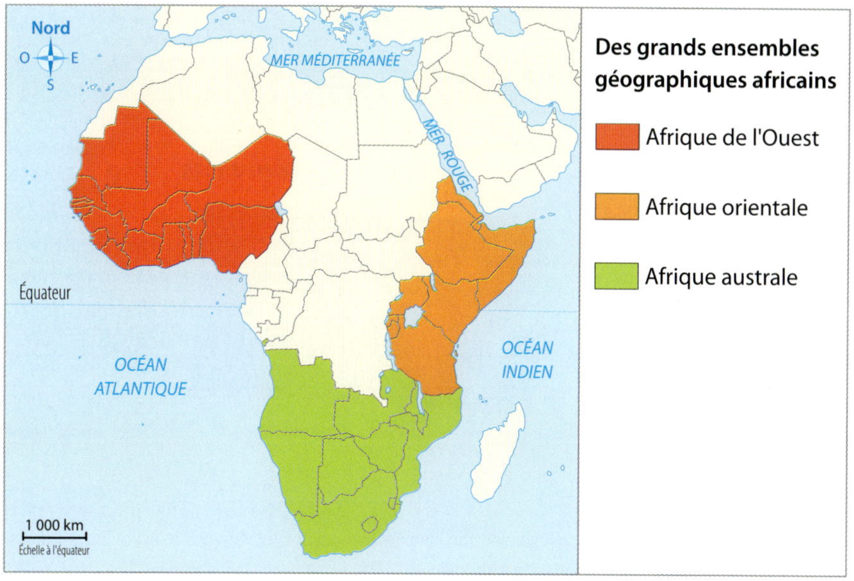

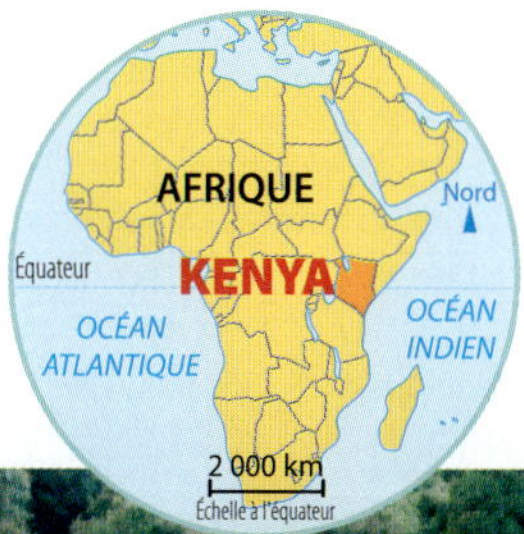

2 Un hôtel avec vue sur la savane au Kenya

QUESTIONS

1. **DOC. 1** et **2** Quels éléments montrent que les territoires africains s'intègrent dans la mondialisation ?
2. **DOC. 1** et **2** Selon vous, quels sont les effets de la mondialisation sur les territoires africains ?

Se repérer

Une intégration ancienne dans la mondialisation

UNE VIDÉO POUR COMMENCER

hachette-clic.fr/21hg4126

« Une mondialisation méconnue : le tabac », par l'historien E. M'Bokolo.

« L'histoire générale de l'Afrique », RFI-Unesco, août 2017.

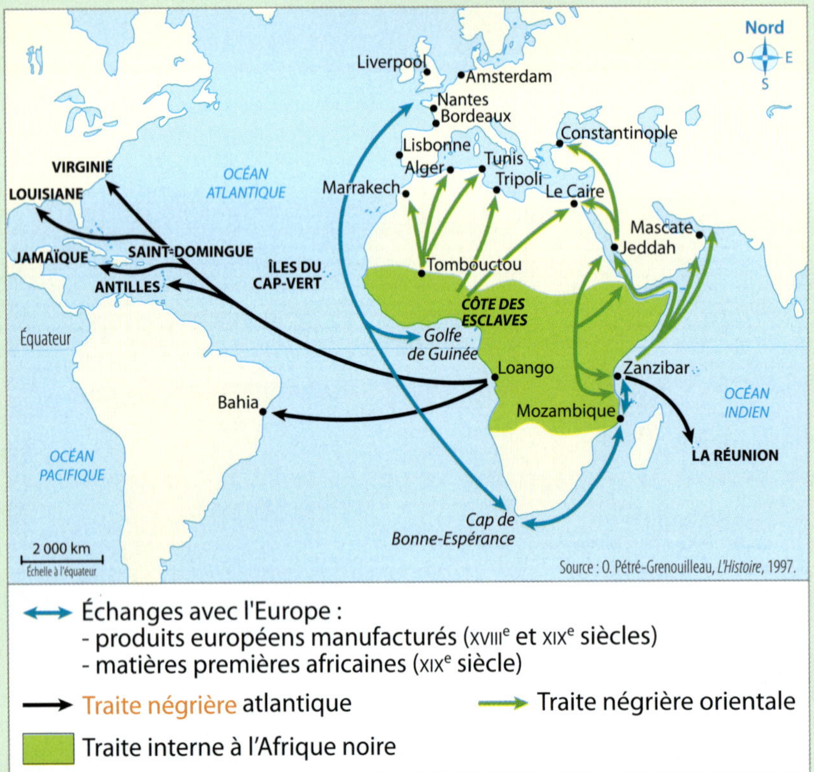

1 L'Afrique insérée dans le commerce mondial (XVIe-XIXe siècles)

VOCABULAIRE

Traite négrière : commerce de populations noires africaines pour en faire des esclaves.

Je me souviens

Se repérer dans le temps et dans l'espace

→ Voir les chapitres 1, 5 et 13

1. Qui était le principal partenaire commercial de l'Afrique depuis le XVIIIe siècle ?
2. Quelles étaient les marchandises échangées au XVIIIe siècle ? Au XIXe siècle ?
3. Vidéo : comment le tabac illustre-t-il l'insertion ancienne de l'Afrique à la mondialisation ?

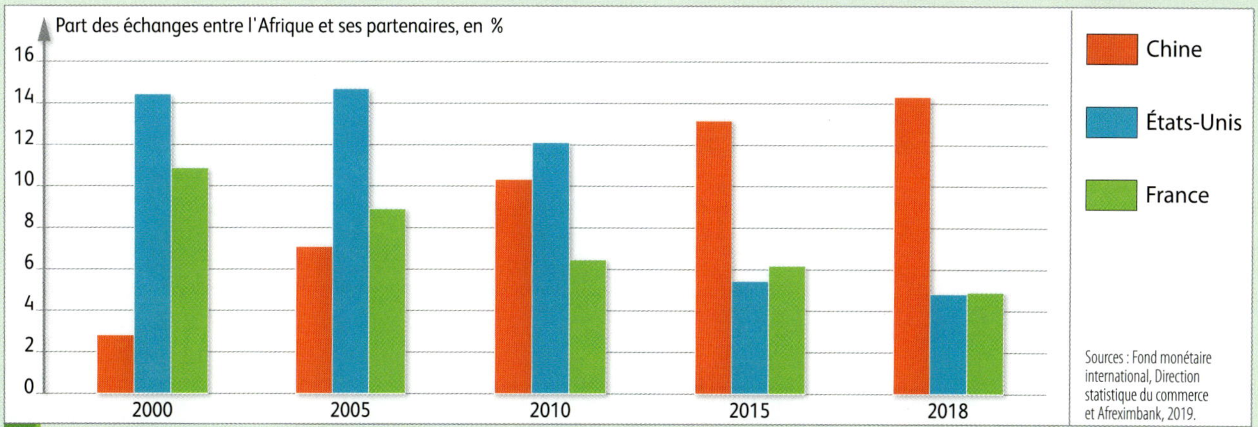

2 **Principaux partenaires commerciaux de l'Afrique au XXIe siècle**

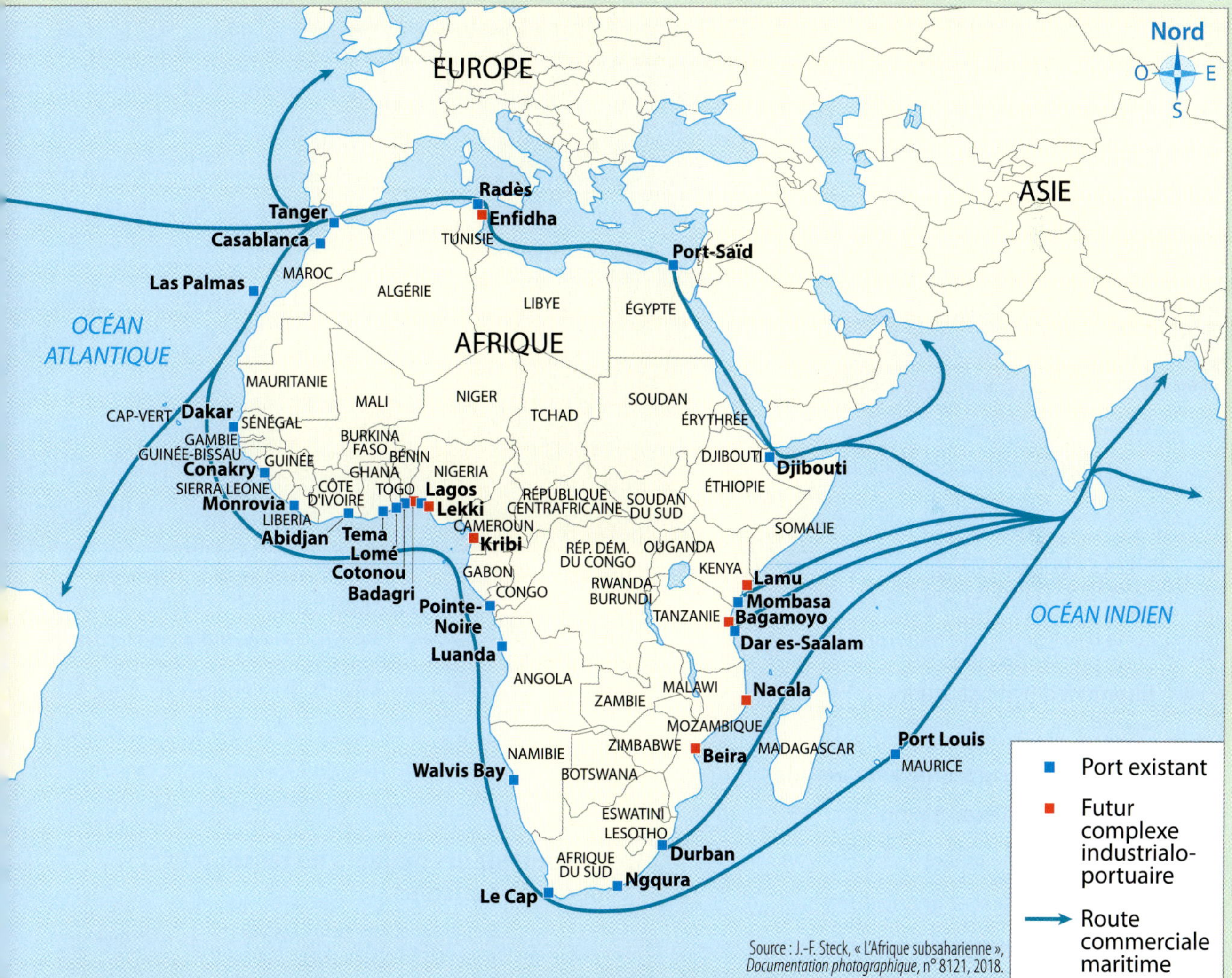

3 **L'insertion de l'Afrique dans le commerce mondial aujourd'hui**

Je découvre

4. Montrez la permanence et les évolutions des routes commerciales entre l'Afrique et le reste du monde.

5. Quel pays est devenu le principal partenaire commercial de l'Afrique au XXIe siècle ?

6. Comment l'insertion dans la mondialisation transforme-t-elle le territoire africain ?

Étude

FICHE D'IDENTITÉ

Population : 401 861 millions d'habitants

Espérance de vie : 58,2 ans

Croissance du PIB : 3,6 %

IDE : 11 milliards de dollars

L'Afrique de l'Ouest, une région intégrée dans la mondialisation

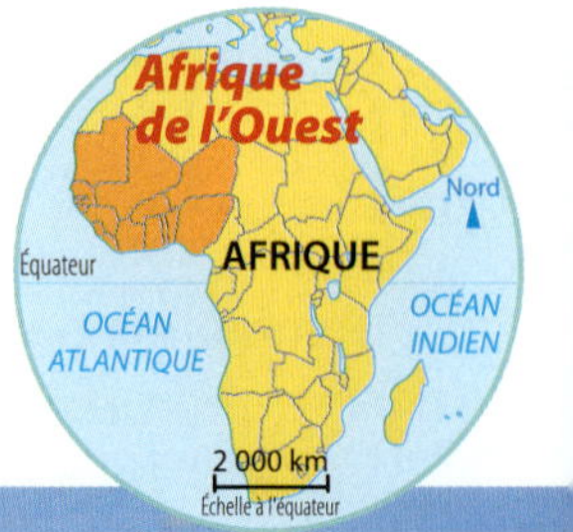

A Comprendre comment l'Afrique de l'Ouest s'intègre dans la mondialisation

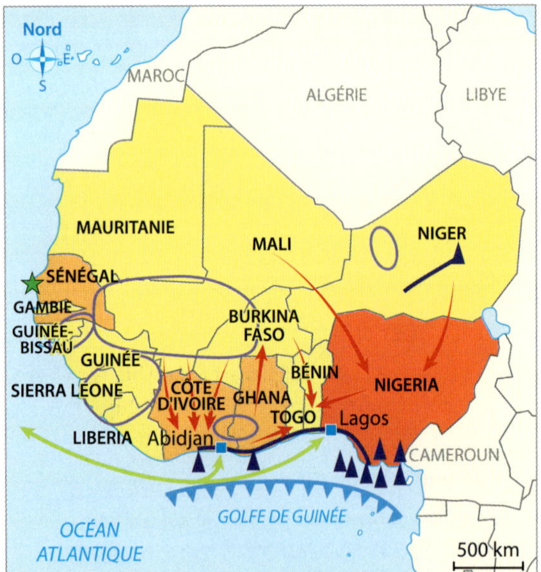

1. Un espace aménagé et riche en ressources naturelles

- Zone d'extraction de minerais et de pierres précieuses
- Gisement d'hydrocarbures
- Oléoduc et gazoduc

2. Un espace connecté au reste du monde

- Principal port d'exportation
- Façade maritime active
- Flux commerciaux et financiers
- Tourisme international

3. Une inégale richesse des territoires

PIB en 2019, en milliards de dollars

- Plus de 400
- Entre 25 et 60
- Moins de 20
- Flux migratoires

1 Une inégale intégration à la mondialisation

2 Une littoralisation des activités économiques

Les **infrastructures** de la ZIP d'Abidjan :
1 Port de pêche ; 2 deuxième terminal à conteneurs et terminal roulier en construction ; 3 terminal à conteneurs (géré par le groupe français Bolloré) ; 4 raffinerie.

3 Des exportateurs majeurs de ressources minières et agricoles

Des productions de la Cedeao[1] principalement destinées à l'exportation			
Or	**Pétrole**	**Coton**	**Cacao**
Ghana, 1er producteur d'Afrique Mali, Burkina, Guinée, parmi les principaux producteurs africains	Nigeria, 1er producteur d'Afrique	Mali, Burkina Faso, plus importants producteurs d'Afrique	Côte d'Ivoire, 1er producteur au monde 2e Ghana 3e Nigeria

1. Communauté économique des États de l'Afrique de l'Ouest : organisation intergouvernementale destinée à coordonner les actions des pays membres.

D'après C. Manciaux, « Cedeao, des pays leaders dans l'agro-industrie, l'or et le pétrole », *Jeune Afrique*, octobre 2019.

4 **Le centre-ville de Lagos, métropole économique du Nigeria**
Le quartier de Lagos Island et son CBD attirent les investisseurs étrangers (banques, sièges sociaux…).

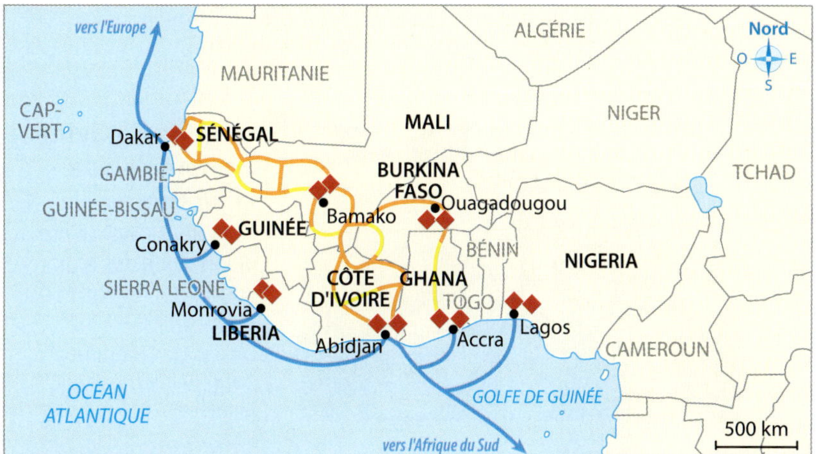

1. Un réseau à l'échelle de l'Afrique de l'Ouest
◆ Pop *(Point Of Presence/Data Center)*
— Fibre optique — Câble terrestre

2. Un réseau connecté au monde
— Câble sous-marin

Source : www.orange.com, *2020*.

5 **Une connectivité Internet qui se développe**

VOCABULAIRE

- **Flux :** déplacement de biens, de personnes, de capitaux ou d'informations.
- **Infrastructures :** équipements (routiers, ferroviaires, maritimes…) qui servent à connecter les espaces.
- **Littoralisation :** concentration des hommes et des activités sur les littoraux.
- **Ressources naturelles :** richesses du sol ou du sous-sol exploitées par l'homme.

ACTIVITÉS

Parcours 1

Extraire des informations pertinentes

1. **DOC. 1** et **3** Quelles sont les ressources principales de l'Afrique de l'Ouest ?
2. **DOC. 1** et **2** Quels sont les aménagements réalisés pour exporter ces ressources ?
3. **DOC. 1**, **4** et **5** Où sont localisées les principales métropoles ?
4. **DOC. 1** et **5** Quels sont les flux et/ou les aménagements qui permettent d'intégrer l'Afrique de l'Ouest à l'espace mondial ?

OU

Parcours 2

Réaliser une production graphique

Construisez une carte mentale sur l'Afrique de l'Ouest dans la mondialisation.
Vous pouvez l'organiser autour de deux idées :

1. Une aire aujourd'hui largement inscrite dans la mondialisation : relevez les atouts qui permettent à l'Afrique de l'Ouest de s'intégrer à la mondialisation. (**DOC. 1**, **2**, **3** et **5**)
2. Les marques de cette intégration sur les territoires : relevez les lieux marqués par la mondialisation et les aménagements liés à celle-ci. (**DOC. 1**, **2**, **4** et **5**)

Pour conclure **Comment l'Afrique de l'Ouest s'insère-t-elle dans la mondialisation ?**

Étude

B Comprendre comment la mondialisation entretient les fragilités de l'Afrique de l'Ouest

6 Faiblesses et défis du développement de l'Afrique de l'Ouest

Faiblesses

– Inadéquation et mauvaise qualité des infrastructures régionales, territoires enclavés (difficiles d'accès).

– Une production essentiellement à faible valeur.

– Hausse du chômage, qui se traduit par une augmentation du chômage chez les jeunes.

– Fortes disparités territoriales (zones côtières/régions périphériques, villes/campagnes).

Menaces

– Forte variation des prix de vente des matières premières qui sont fixés dans les grandes bourses mondiales.

– IDH insuffisant, pauvreté, inégalités.

– Croissance démographique.

– Fragilité et insécurité alimentées par les attaques de Boko Haram et d'autres groupes terroristes (au Mali, au Niger…), couplées à la piraterie maritime.

– Facteurs climatiques (comme la sécheresse) et vulnérabilité face au changement climatique, qui représente une menace pour la qualité, la durabilité de la croissance.

D'après la Banque africaine de développement, « Document de stratégie d'intégration régionale pour l'Afrique de l'Ouest 2020-2025 », juin 2020.

7 Quartier d'affaires et bidonville à Lagos (Nigeria)

Le bidonville de Makoko : chaque année, près de 300 000 ruraux y arrivent à la recherche d'emplois mieux rémunérés.

8 Le golfe de Guinée, un haut lieu de la piraterie

Le golfe de Guinée est devenu une des régions les plus dangereuses du monde pour les marins.

Dessin de Tiounine, *Courrier International*, janvier 2020.

VOCABULAIRE

- **Bidonville :** quartier dont les habitations ont été construites sans autorisation, avec des matériaux de récupération.
- **Développement :** amélioration des conditions de vie d'une population.
- **IDH (indice de développement humain) :** mesure qui tient compte du niveau de richesse, de santé et d'éducation de la population. Depuis 2021, on y ajoute les efforts pour limiter le changement climatique.
- **Terrorisme :** actions violentes destinées à terroriser une population pour atteindre un but politique.

ACTIVITÉS

Parcours 1

Extraire des informations pertinentes et émettre des hypothèses

1. **DOC. 6** et **7** Quelles sont les principales faiblesses du développement en Afrique de l'Ouest ? En quoi sont-elles liées à la mondialisation ?
2. **DOC. 6** et **7** Pourquoi peut-on dire que la mondialisation ne profite pas à tous en Afrique de l'Ouest ?
3. **DOC. 6** et **8** Où les risques terroristes sont-ils les plus marqués ? Où la piraterie est-elle la plus importante ? Quels problèmes cela représente-t-il pour le commerce ou l'intégration à la mondialisation d'après vous ?

OU

Parcours 2

Extraire des informations pertinentes

Reproduisez et complétez le tableau afin de présenter les fragilités de l'Afrique de l'Ouest.

	Fragilités de l'Afrique de l'Ouest	Fragilités accentuées par la mondialisation
DOC. 6		
DOC. 7		
DOC. 8		

Bilan

Bilan à compléter
hachette-clic.fr/21hg4127

L'Afrique de l'Ouest, une région intégrée dans la mondialisation

Comment l'Afrique de l'Ouest est-elle intégrée dans la mondialisation ?

1 Sélectionner des informations essentielles à retenir

Sélectionnez les principales informations tirées de l'étude des documents 1 à 8.
Classez ces informations pour les regrouper par grands thèmes :

- les ressources naturelles (minières, agricoles) ;
- les lieux d'exportation de ces ressources (principaux ports…) ;
- les États qui restent en retrait dans l'intégration à la mondialisation ;
- l'insécurité, un frein à l'intégration à la mondialisation.

2 Mobiliser ces informations pour réaliser un croquis bilan

Sujet : **L'Afrique de l'Ouest, un ensemble inégalement intégré dans la mondialisation**

a. Complétez la légende du croquis

1. Choisissez les figurés manquants.
2. Indiquez l'explication manquante pour le figuré placé dans la légende.

Je réalise une production cartographique page 395

b. À partir de la légende, complétez le croquis

1. Donnez un titre au croquis.
2. Reportez les figurés de la légende, en respectant les couleurs, sur le croquis.
3. Réalisez la nomenclature (nommez les États d'Afrique de l'Ouest, les principales villes, le golfe de Guinée, l'océan Atlantique).

Titre : ....

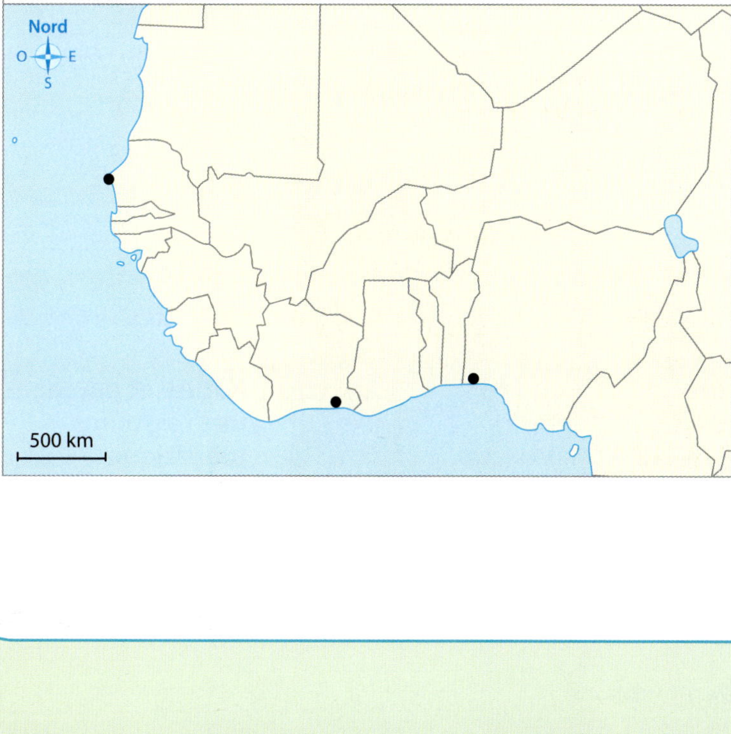

1. Une intégration marquée à la mondialisation

● ....

.... Exportations des ressources minières et agricoles

.... Principal port

.... État producteur de pétrole

.... Investissements étrangers

2. Des difficultés liées à la mondialisation

.... État pauvre en marge de la mondialisation

.... Insécurité (piraterie en mer, terrorisme)

Croquis à télécharger
hachette-clic.fr/21hg4128

Étude

FICHE D'IDENTITÉ

Population : 445 406 millions d'habitants

Espérance de vie : 65,1 ans

Croissance du PIB : 5 %

IDE : 9,1 milliards de dollars

L'Afrique orientale, une intégration croissante dans la mondialisation

A Comprendre comment la mise en valeur des ressources en Afrique orientale permet son intégration à l'espace mondial

1 L'exportation de fleurs coupées par le Kenya

Le Kenya est considéré comme l'un des premiers exportateurs de fleurs au monde et le premier producteur de roses à l'international.

Les fermes horticoles kényanes (dont certaines gérées par des groupes européens) bénéficient d'un climat très propice à l'horticulture, de bonnes liaisons aériennes avec l'Europe (proches de Nairobi) et d'une main-d'œuvre peu chère. Le marché de l'horticulture s'y développe d'année en année, jusqu'à devenir désormais incontournable sur la scène internationale : Nairobi produit actuellement un tiers des bouquets coupés vendus dans le monde et couvre à lui seul 25 % du marché des fleurs européen…

D'après le Bureau kényan des statistiques, le secteur horticole a généré 900 millions de dollars (800 millions d'euros) début 2018, soit une hausse de 33 % par rapport à 2017. L'horticulture kényane est ainsi le sous-secteur agricole qui a connu la croissance la plus rapide. En employant plus de 600 000 personnes en 2018, la culture des fleurs permet de réduire la pauvreté dans les zones rurales du pays.

D'après « Sur le marché des fleurs, le Kenya file un mauvais coton », *www.francetvinfo.fr*, le 14 juillet 2019.

2 Les principaux exportateurs de café

	Pays exportateurs
1	Brésil
2	Vietnam
3	Colombie
4	Indonésie
5	Honduras
6	Ouganda
7	Inde
8	Éthiopie
9	Pérou
10	Mexique

Source : International Coffee Organization, 2020.

3 Nature et paysages, une ressource touristique

Écolodge près du lac Natron en Tanzanie, un des pays d'Afrique où le tourisme lié aux safaris dans les parcs nationaux est le plus important.

4 Le développement potentiel des hydrocarbures en Afrique de l'Est

L'Afrique de l'Est a le potentiel de connaître un boom gazier et d'exportation de gaz naturel liquéfié (GNL) ces prochaines années grâce à plusieurs projets (Tanzanie).
Les découvertes pétrolières en Afrique de l'Est (Ouganda, Kenya) sont significatives à l'échelle régionale (jusqu'à 300 000 barils par jour potentiels, soit 0,3 % du total mondial actuel) mais leur développement, retardé, est lié aux paramètres propres à chaque pays.
De plus, toute l'infrastructure est à construire par des sociétés pétrolières étrangères qui opèrent dans des régions pétrolières très éloignées des capitales.

D'après B. Augé, « Le développement des hydrocarbures en Afrique de l'Est. Défis politiques et sécuritaires », Ifri, octobre 2019.

5 La culture du thé au Kenya

UNE VIDÉO À REGARDER hachette-clic.fr/21hg4129

« Le Kenya, 4e producteur de thé dans le monde et premier en Afrique », France 24, 22 mars 2019.

La reporter : Il y a quelques mois, la production était presque à l'arrêt, menacée par un prix au kilo de moins de 2 euros. Une baisse de plus de 50 centimes en un an. Les entrepôts pleins n'arrivaient plus à écouler leurs stocks sur les marchés internationaux.
Un cueilleur de thé : Cela m'inquiète en tant qu'employé, car s'il n'y a plus de vente de thé, je perds mon boulot. Le thé est la principale culture commerciale de la région.

VOCABULAIRE

Écolodge : hébergement touristique qui répond aux critères de respect de l'environnement.

ACTIVITÉS

Parcours 1

Extraire des informations pertinentes et construire des repères géographiques

1. Reproduisez et complétez le tableau suivant :

	Nommez et localisez l'espace géographique	Nommez l'activité économique	Nommez les acteurs concernés par cette activité (producteurs kényans et/ou sociétés étrangères)
DOC. 1			
DOC. 2			
DOC. 3			
DOC. 4			
DOC. 5			

2. Montrez que les ressources agricoles ou naturelles permettent à l'Afrique orientale une intégration à la mondialisation.

OU Parcours 2

Construire des hypothèses

En groupe, à l'aide des documents, formulez des hypothèses pour expliquer l'intégration de l'Afrique orientale à la mondialisation.

Aide *Montrez comment ses principales ressources permettent l'intégration de l'Afrique orientale à la mondialisation. Pour cela, vous pouvez vous aider des questions :*
– Quelles sont les ressources de l'Afrique orientale ?
– Comment leur exploitation est-elle liée à la mondialisation ?

Pour conclure **Comment ses ressources permettent-elles l'intégration de l'Afrique orientale à l'espace mondial ?**

Étude

B Comprendre les impacts de la mondialisation sur les territoires d'Afrique orientale

1. Infrastructures portuaires en partenariat avec la Chine
- Port existant
- Port en projet
- « Route maritime de la soie » : programme chinois de dévelop--pement de routes maritimes

2. Réseau de transports
- Ligne de chemin de fer existante
- Ligne de chemin fer en construction ou en projet

6 La littoralisation des infrastructures

8 Des paysages transformés par l'urbanisation
Au Kenya, le parc national de Nairobi est menacé par la croissance urbaine de la capitale.

7 L'impact des exportations agricoles sur l'environnement en Afrique de l'Est

La fréquence des sécheresses dans la région a doublé, passant d'une fois tous les 6 ans à une fois tous les 3 ans depuis 2005.

Au-delà de l'influence de la variabilité climatique, l'action humaine sur l'environnement a également joué un important rôle dans la modification des phénomènes de sécheresse. Parmi les principaux facteurs, le changement d'utilisation des terres, la dégradation des terres, la déforestation, le brûlage et l'exploitation minière. La forte croissance démographique augmente la pression sur les ressources terrestres limitées et fragiles et conduit à une exploitation non durable des ressources, entraînant des dommages environnementaux.

En outre, l'urbanisation des terres agricoles, la surexploitation des ressources en eau, ainsi que les investissements dans des projets de développement à grande envergure, ont un impact considérable sur les sécheresses.

D'après « En Afrique de l'est, l'agriculture au défi des sécheresses récurrentes », theconversation.com, juin 2020.

VOCABULAIRE

Infrastructures : équipements (routiers, ferroviaires, maritimes…) qui servent à connecter des espaces.

ACTIVITÉS

Parcours 1

Extraire des informations pertinentes

1. **DOC. 7** Relevez les impacts négatifs de la mise en valeur des ressources agricoles. Quels sont les liens avec la mondialisation ?
2. **DOC. 6** Que permettent les grands projets d'infrastructures sur le territoire de l'Afrique orientale ?
3. **DOC. 8** Comment la mondialisation transforme-t-elle les paysages ? Quelles en sont les conséquences ?

OU

Parcours 2

Extraire des informations pertinentes

Reproduisez et complétez le tableau afin de présenter les impacts de la mondialisation en Afrique de l'Est.

	Impacts positifs	Impacts négatifs
DOC. 6		
DOC. 8		

Bilan

Bilan à compléter
hachette-clic.fr/21hg4130

L'Afrique orientale, une intégration croissante dans la mondialisation

Comment la valorisation des ressources permet-elle l'intégration croissante de l'Afrique orientale à l'espace mondial ?

1 Sélectionner des informations essentielles à retenir

Sélectionnez les principales informations tirées de l'étude des documents 1 à 8.
Classez ces informations pour les regrouper par grands thèmes :
- Quelles sont les ressources en Afrique orientale ?
- Qui exploite ces ressources ?
- Quels sont les aménagements liés à l'exploitation de ces ressources ?
- Quelles transformations des territoires entraînent-ils ?

2 Mobiliser ces informations pour réaliser un schéma bilan

Sujet : L'Afrique orientale transformée par la mondialisation

Reproduisez et complétez ce schéma en utilisant les informations sélectionnées.

L'Afrique orientale transformée par la mondialisation

Où ?
Les lieux :
– de production : …
– d'exportation : …

Qui ?
Les acteurs :
– …
– …

Quoi ?
Les ressources mises en valeur :
– …
– …

Comment ?
Les aménagements réalisés :
– …
– …

Quelles conséquences ?
Les impacts sur les territoires :
– économiques : …
– sociaux : …
– environnementaux : …

Étude

FICHE D'IDENTITÉ

Population : 67 504 millions d'habitants

Espérance de vie : 64,1 ans

Croissance du PIB : 0,7 %

IDE : 3,8 milliards de dollars

L'Afrique australe, une inégale intégration dans la mondialisation

A Comprendre que l'Afrique du Sud est le pôle dominant de l'Afrique australe dans la mondialisation

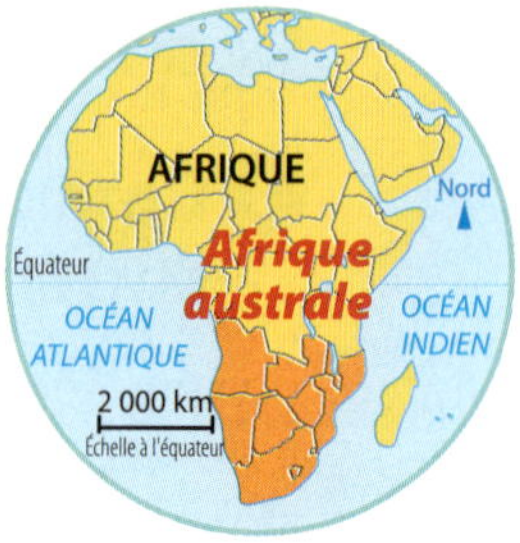

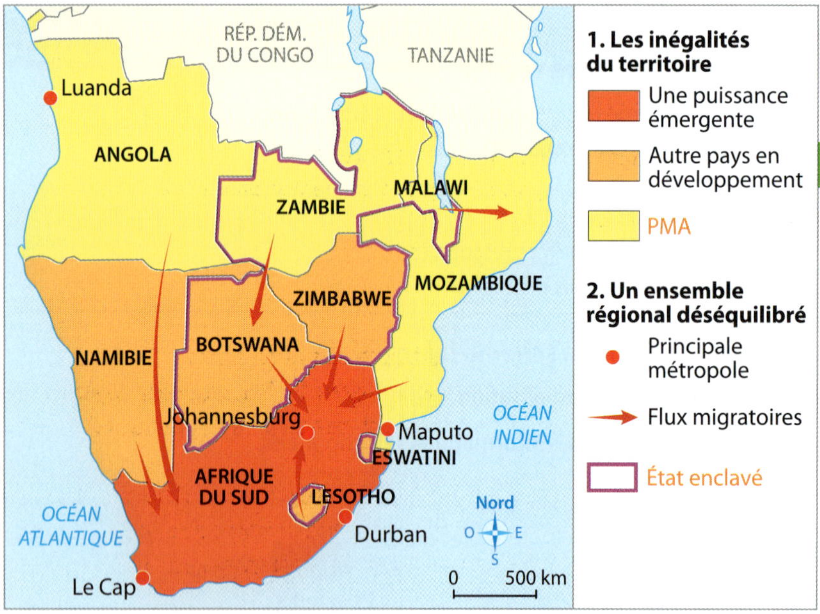

1 Un ensemble régional composite

VOCABULAIRE

- **BRICS :** groupe des cinq puissances émergentes (Brésil, Russie, Inde, Chine, Afrique du Sud).
- **État enclavé :** pays sans accès direct à la mer.
- **IDE (investissements directs étrangers) :** argent investi par une entreprise dans un pays étranger.
- **PMA (pays les moins avancés) :** États les plus pauvres du monde, cumulant des retards de développement.
- **Puissance émergente :** pays dont la croissance économique est forte et rapide et où les conditions de vie s'améliorent pour une partie de la population.

2 Johannesburg, capitale économique de l'Afrique du Sud

Johannesburg, métropole mondiale, abrite dans le Central Business District (CBD) de Sandton le plus grand quartier d'affaires et la plus importante Bourse d'Afrique.

3 Mogalakwena, la plus grande mine de platine[1] à ciel ouvert au monde

L'Afrique du Sud est le premier producteur mondial de platine et exporte presque totalement sa production.

1. Le platine est un métal essentiel aux technologies de la communication.

4 L'Afrique du Sud : une puissance émergente et stratégique

L'Afrique du Sud, unique pays africain membre des **BRICS** et du G20[1], est la 2e économie du continent et 1re économie d'Afrique australe (représentant près des 2/3 du PIB de cet ensemble).

Le pays dispose de nombreux atouts qui en font un pays émergent : des ressources naturelles abondantes, une agriculture commerciale performante et une industrie puissante et compétitive, une bonne insertion dans le commerce mondial avec une large ouverture aux exportations, qualité des infrastructures… C'est l'économie la plus moderne et diversifiée d'Afrique (malgré une forte dépendance au secteur minier).

L'Afrique du Sud tisse des liens économiques étroits avec ses partenaires, dont la Chine, qui est devenue le premier partenaire commercial étatique de l'Afrique du Sud.

Mais l'Afrique du Sud reste un pays où les problèmes sociaux sont très marqués : pauvreté, inégalités et criminalité. Le niveau d'inégalités est un des plus élevés au monde…

D'après diplomatie.gouv.fr et tresor.economie.gouv.fr, juin-juillet 2019.

1. Groupe composé de 19 pays et de l'Union européenne qui représente 85 % du commerce mondial.

ACTIVITÉS

Parcours 1

Extraire des informations pertinentes

1. **DOC. 1** Localisez l'Afrique du Sud en Afrique australe.
2. **DOC. 1** Quels sont les avantages de sa situation géographique par rapport à d'autres pays de l'espace géographique étudié ?
3. **DOC. 1, 3** et **4** Relevez les atouts du territoire sud-africain pour une intégration dans la mondialisation.
4. **DOC. 2** Décrivez la photographie. Quels éléments illustrent la puissance économique ?
5. **DOC. 4** Pourquoi peut-on dire que l'Afrique du Sud entraîne l'intégration à la mondialisation de l'Afrique australe ?

OU

Parcours 2

Extraire des informations pertinentes pour les classer

Reproduisez et complétez le tableau suivant à l'aide des documents :

L'Afrique du Sud, un acteur de la mondialisation	L'Afrique du Sud, une puissance mondiale incomplète ?
– ………	– ………
– ………	– ………
………	………

Pour conclure › **Pourquoi l'Afrique du Sud est-elle le pôle dominant de l'Afrique australe dans la mondialisation ?**

Étude B Comprendre que l'Afrique australe demeure un espace fragile

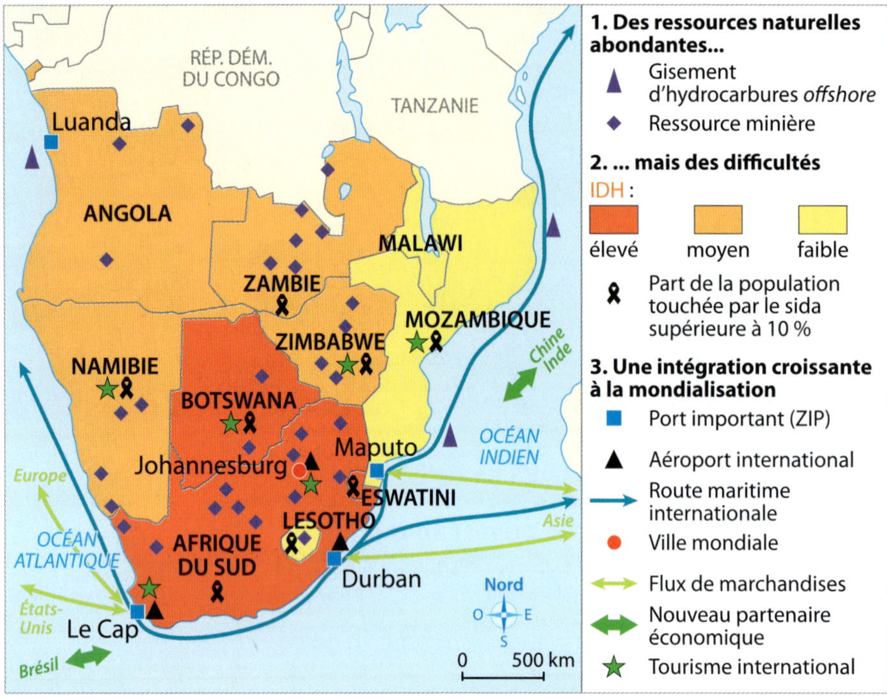

5 L'Afrique australe dans la mondialisation

VOCABULAIRE

- **Économie de rente :** économie faiblement diversifiée reposant sur l'exploitation des ressources naturelles.
- **IDH (indice de développement humain) :** mesure qui tient compte du niveau de richesse, de santé et d'éducation de la population. Depuis 2021, on y ajoute les efforts pour limiter le changement climatique.

6 L'Angola, une économie dépendante du pétrole

Il s'agit d'un pays riche, riche d'un pétrole qui ne profite qu'à une faible part de la population. L'Angola est un pays dépendant de son pétrole (95 % de ses exportations), et donc vulnérable aux variations de prix du pétrole brut. Luanda compte aussi d'importantes ressources en gaz naturel. Mais cette **économie de rente** ne profite guère à la population puisque cet État richement pétrolier ne peut fournir de l'électricité qu'à 35 % des Angolais. Autre paradoxe, ce pays pétrolier souffre d'un manque de produits pétroliers raffinés. Bilan, le pays importe du diesel… pour alimenter ses centrales thermiques.

D'après P. Magnan, « Angola : une rente pétrolière mal exploitée », France Télévisions Rédaction Afrique, juillet 2019.

7 Extraction de cuivre en Zambie
Beaucoup d'habitants de la région dépendent des mines de cuivre et de cobalt.

ACTIVITÉS

Parcours 1

Extraire des informations pertinentes

1. **DOC. 5, 6** et **7** Quelles ressources permettent à l'Afrique australe de s'intégrer à la mondialisation ?
2. **DOC. 7** L'exploitation des richesses de l'Afrique australe profite-t-elle à l'ensemble de la population ?
3. **DOC. 6** et **7** Expliquez les fragilités économiques et sociales de ces pays.

OU

Parcours 2

Réaliser une production graphique

Complétez le schéma suivant à l'aide des documents :

L'Afrique australe dans la mondialisation →
- Quels sont les atouts qui permettent cette intégration ?
- Quelles sont les fragilités qui freinent cette intégration ?
- Quels sont les aménagements des territoires qui permettent cette intégration ?

Pour conclure Quelles sont les difficultés entraînées par l'intégration de l'Afrique australe à la mondialisation ?

Bilan

Bilan à compléter
hachette-clic.fr/21hg4131

L'Afrique australe, une inégale intégration dans la mondialisation

Pourquoi et comment l'Afrique australe occupe-t-elle une position stratégique dans la mondialisation ?

1 Sélectionner des informations essentielles à retenir

Sélectionnez les principales informations tirées de l'étude des documents 1 à 7.
Classez ces informations pour les regrouper par grands thèmes :

– la place de l'Afrique du Sud ;
– les principales ressources permettant à l'Afrique australe une intégration à la mondialisation ;
– les fragilités.

2 Mobiliser ces informations pour réaliser une carte mentale

Construisez une carte mentale pour répondre au sujet :
Pourquoi et comment l'Afrique australe occupe-t-elle une position stratégique dans la mondialisation ?

Au centre de la carte mentale, placez et écrivez le titre : Pourquoi et comment l'Afrique australe occupe-t-elle une position stratégique dans la mondialisation ?

Puis tracez différentes branches avec pour titres :

– Des ressources stratégiques convoitées ;
– Un ensemble de plus en plus connecté à l'espace mondial ;
– Un ensemble entraîné par une puissance émergente ;
– Des fragilités qui demeurent.

Ajoutez ensuite des éléments pour caractériser chacune de ces branches, en hiérarchisant les informations.

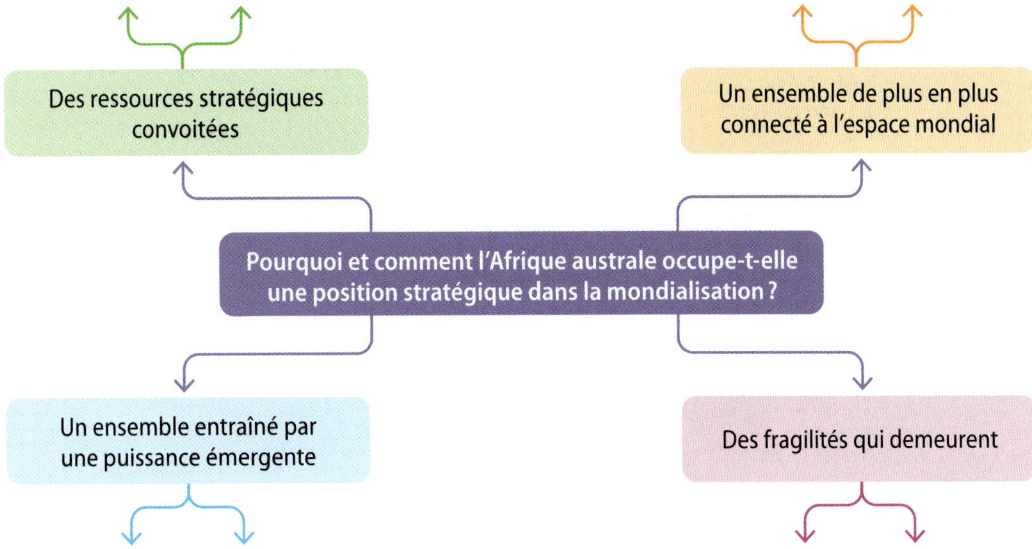

L'atelier du géographe

Paysages de l'intégration à la mondialisation

Vous réalisez un croquis de paysage d'une métropole africaine.

1 Abidjan, une métropole connectée

2 Dar es-Salaam, une métropole attractive transformée par la mondialisation

3 Durban, une métropole portuaire et économique importante

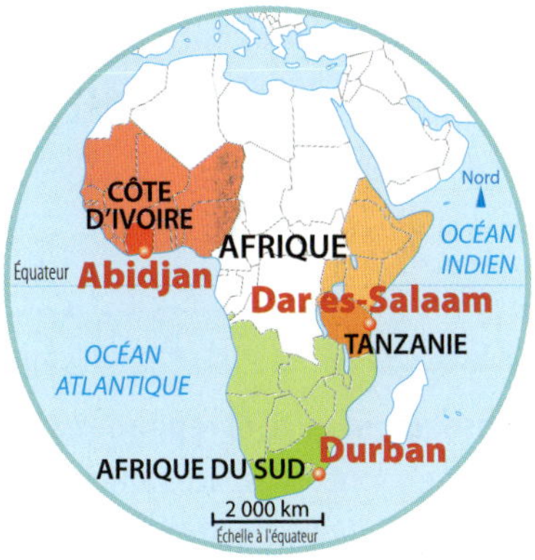

POINT MÉTHODE Réaliser un croquis de paysage

Réalisez un croquis d'un des trois paysages au choix (DOC. 1, DOC. 2 ou DOC. 3).

Étape 1 Caractériser le territoire

1. Localisez le paysage photographié (ville, pays, continent).
2. Quels éléments du paysage montrent l'intégration de cette métropole dans la mondialisation ?

Étape 2 Identifier les différents espaces et éléments de paysage

3. Décrivez le paysage par plans successifs et identifiez les éléments du paysage en utilisant les mots clés suivants : CBD, ZIP, infrastructures de transport.
4. Que révèle la présence d'un CBD et d'une ZIP sur la place de cette métropole dans la mondialisation ?

Étape 3 Réaliser le croquis

5. Après avoir tracé un cadre pour votre croquis, délimitez les éléments du paysage. Vous pouvez utiliser un calque.
6. À l'aide de la boîte à outils, choisissez les figurés et les couleurs adaptés pour chaque élément du paysage identifié à la question 3.
7. Reportez-les sur votre croquis.
8. Construisez votre légende.
9. N'oubliez pas de donner un titre à votre croquis.

Boîte à outils

Des exemples de figurés :

- —— Route
- ----- Voie ferrée
- CBD
- ZIP
- Domaine maritime
- Plage
- Espace urbanisé

À l'échelle de l'Afrique

La mondialisation

Des phénomènes et territoires étudiés ...

Bilan des études

Étude p. 316-319

L'Afrique de l'Ouest, une région intégrée dans la mondialisation

- Des métropoles portuaires (Lagos, Abidjan)
- Des exportations d'hydrocarbures
- Des inégalités et des fragilités économiques et sociales

Étude p. 320-323

L'Afrique orientale, une intégration croissante dans la mondialisation

- Des ressources abondantes
- Des infrastructures de transport en développement
- Des fragilités économiques, sociales et environnementales

Étude p. 324-327

L'Afrique australe, une inégale intégration dans la mondialisation

- Une puissance émergente
- Des ressources minières
- Des États pauvres et dépendants

... à l'échelle africaine

Observez la carte et répondez aux questions :

1. Quels sont les espaces africains les mieux intégrés à la mondialisation ?
2. Quels sont les espaces africains en marge de la mondialisation ?
3. Quelles sont les conséquences de cette inégale intégration de l'Afrique dans la mondialisation ?

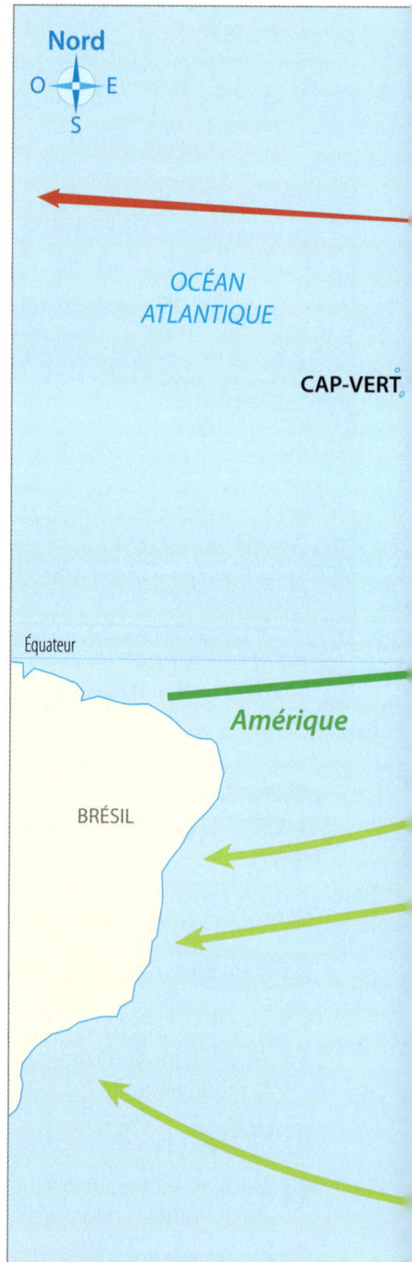

1. Un continent connecté à l'espace mondial

- Métropole connectée
- Façade maritime active
- Principale destination touristique
- Capitaux (IDE)
- Exportations

VOCABULAIRE

IDE (investissements directs étrangers) : argent investi par une entreprise dans un pays étranger.

transforme les territoires africains

2. Un continent inégalement intégré dans la mondialisation

- Puissance régionale plus ou moins intégrée
- Pays peu intégré
- Pays appartenant aux 10 pays au plus fort taux de croissance du PIB en 2018

3. Les conséquences de l'inégale intégration dans la mondialisation

- Zone d'insécurité majeure
- Zone de piraterie
- Flux migratoires

1 **Un continent inégalement intégré à la mondialisation**

Carte interactive
hachette-clic.fr/21hg4132

Leçon

Les grands ensembles africains dans la mondialisation

Comment la mondialisation transforme-t-elle les territoires africains ?

Podcast de la leçon
hachette-clic.fr/21hg4133

1 Des espaces riches en ressources

› **Les** ressources naturelles **du sol et du sous-sol africains, qu'elles soient agricoles ou minières, offrent à ce continent une réserve de développement** inestimable. Terres agricoles en Afrique orientale, hydrocarbures en Afrique de l'Ouest ou encore métaux précieux en Afrique australe donnent à ces territoires une position stratégique convoitée dans l'espace mondial.

› **La jeunesse de la population africaine est également une richesse.** Des initiatives locales et régionales se développent pour créer une économie africaine moins dépendante des puissances étrangères et des seules matières premières. Ainsi, le tourisme se développe en Afrique orientale et australe.

2 Des espaces inégalement transformés par la mondialisation

› **L'exportation des ressources dans le monde entier** fait des grandes métropoles littorales les lieux privilégiés de l'intégration à la mondialisation.

› **Partout, la** métropolisation **et la** littoralisation **des activités sont visibles sur les paysages urbains**, de Lagos au Nigeria à Durban en Afrique du Sud. Le développement de quartiers d'affaires (CBD), de zones industrialo-portuaires (ZIP) ou encore le développement d'infrastructures de transport répondent à cette volonté de s'intégrer dans la mondialisation.

› **La forte croissance économique des territoires africains, connectés** à l'espace mondial, **est toutefois inégale.** Certains pays deviennent des pôles économiques majeurs, mais beaucoup de pays restent encore en marge de la mondialisation (les PMA).

3 Des espaces qui restent fragiles face à la mondialisation

› **La « malédiction des ressources »** pèse encore sur les économies de certains États africains qui se retrouvent très dépendants des cours mondiaux ou des puissances étrangères. Cette expression désigne le paradoxe des pays riches en ressources naturelles qui ne parviennent pas à les valoriser pour leur développement.

› **La mondialisation renforce les inégalités économiques et sociales entre les territoires** : à des espaces dynamiques s'opposent des espaces en marge de la mondialisation. Les villes sont davantage intégrées que les campagnes. Mais à l'intérieur des métropoles, les quartiers les plus riches s'opposent aussi à des quartiers pauvres. **Les activités illicites et le commerce illégal se développent**, comme la piraterie. **Les zones d'insécurité liées au terrorisme ou à des conflits violents se propagent sur tout le continent**.

VOCABULAIRE

- **Littoralisation :** concentration des hommes et des activités sur les littoraux.
- **Métropolisation :** concentration des hommes, des activités et des fonctions de commandement dans des métropoles.
- **PMA (pays les moins avancés) :** États les plus pauvres du monde, cumulant des retards de développement.
- **Ressources naturelles :** richesses du sol ou du sous-sol exploitées par l'homme.
- **Zone industrialo-portuaire (ZIP) :** espace littoral qui associe des fonctions industrielles et portuaires.

Schéma de la leçon

Les grands ensembles africains dans la mondialisation

1 Des espaces riches en ressources

Des ressources minières et énergétiques

- Métaux (or, platine)
- Hydrocarbures

Des ressources agricoles

- Culture du thé (Kenya)

2 Des espaces inégalement transformés par la mondialisation

Des CBD

- Très intégrés dans la mondialisation
- Dans les métropoles littorales

Des zones d'activités qui émergent

- Très intégrées dans la mondialisation
- ZIP, espaces touristiques

3 Des espaces qui restent fragiles face à la mondialisation

Des inégalités sociales et économiques

- Entre les quartiers riches et les bidonvilles
- Entre les pays intégrés à la mondialisation et les PMA

Des zones d'insécurité liées au terrorisme et à des régimes politiques fragiles

- Piraterie dans le golfe de Guinée

Quelques chiffres

- Un marché de **1,4 milliard** d'individus
- **640 millions** de personnes vivent sans électricité
- Plus de **416 millions** d'Africains vivent encore dans l'extrême pauvreté

J'apprends & je construis mes compétences

Exercices interactifs
hachette-clic.fr/21hg4134

1 Je fais ma fiche de révision

Utilisez les rubriques suivantes pour réaliser votre fiche de révision sur le support de votre choix.

Le vocabulaire

Je connais la définition des mots suivants :
- Économie de rente
- Infrastructures
- Métropolisation
- PMA
- Puissance émergente
- Ressources naturelles

Les repères géographiques

Je connais et localise :
- L'Afrique, les océans qui bordent ce continent
- L'ensemble géographique étudié en classe
- Un État de cet ensemble géographique et quelques métropoles

2 Je teste mes connaissances

Exercices à compléter
hachette-clic.fr/21hg4135

Exercice 1

1. Nommez l'ensemble géographique indiqué par un cercle que vous avez étudié en classe.
2. Nommez et localisez l'État de cet ensemble géographique indiqué par le chiffre.
3. Nommez une ressource exportée par ce pays.
4. Nommez et localisez la métropole régionale de cet ensemble géographique.

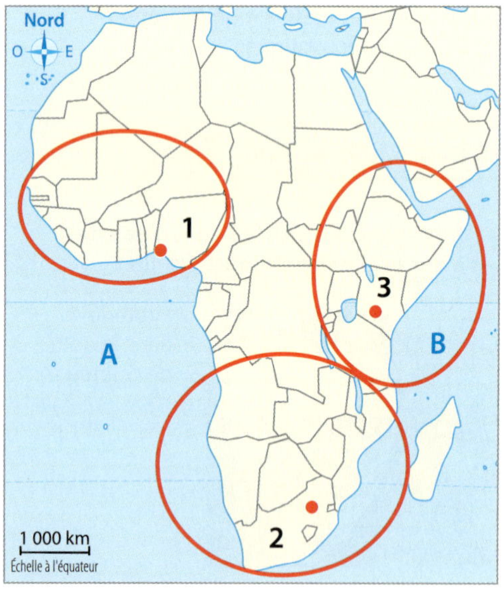

Exercice 2

1. Localisez la métropole que vous avez étudiée.
2. Décrivez en deux phrases le paysage montré et expliquez comment ce territoire est transformé par la mondialisation.

Lagos

Photographie n° 1

Johannesburg

Photographie n° 2

Nairobi

Photographie n° 3

Je m'auto-évalue

J'ai réussi l'exercice sans regarder ma fiche de révision ou le manuel.	J'ai réussi l'exercice en allant chercher quelques informations dans ma fiche de révision ou le manuel.	J'ai réussi l'exercice en allant chercher les informations dans ma fiche de révision ou le manuel.	J'ai fait l'exercice mais n'ai pas réussi à trouver les informations nécessaires.
Très bonne maîtrise	Maîtrise satisfaisante	Maîtrise fragile	Maîtrise insuffisante

3 Je pratique différents langages : écrire pour argumenter

Sujet : Ressources naturelles, territoires africains et mondialisation.

Rédigez un développement construit pour montrer comment l'exploitation des ressources naturelles transforme les territoires africains et permet leur intégration dans la mondialisation.

Étape 1 Je réfléchis au brouillon

1. Comprenez le sujet (repérez les mots clés).

Ressources naturelles, territoires africains et mondialisation

- Ressources naturelles → Définition ?
- territoires africains → Quels territoires ?
- et → Quelle relation entre :
  - mondialisation et ressources naturelles ;
  - mondialisation et territoires ?
- mondialisation → Définition ?

2. Mobilisez vos connaissances pour répondre au sujet.

Pour cela, listez les mots clés, territoires et acteurs en suivant les consignes du tableau :

1	2	3
Localisez l'espace géographique concerné. …	Montrez comment l'exploitation de ces ressources naturelles transforme les territoires africains évoqués. …	Montrez que l'exploitation des ressources naturelles met l'Afrique en relation avec d'autres territoires. …
Citez des richesses du sol et/ou du sous-sol exploitées par l'homme. …	…	…

Étape 2 Je rédige les paragraphes du développement construit

Rédigez votre texte en vérifiant que :

- vous organisez vos idées en paragraphes ;
- vous commencez par une introduction.

Un peu d'aide ?

Rédigez deux paragraphes en suivant les informations numérotées dans le tableau.

Un peu + d'aide ?

Reprenez les informations des colonnes du tableau :

Introduction : colonne 1

1er paragraphe : colonne 2

2e paragraphe : colonne 3

Je m'auto-évalue

Pratiquer différents langages : écrire

Je vérifie les objectifs que j'ai atteints :

- ☐ Mon développement est construit en trois paragraphes qui commencent par un alinéa.
- ☐ Chaque paragraphe reprend et organise les informations du tableau.
- ☐ J'ai rédigé des phrases complètes.
- ☐ J'ai relu pour vérifier la cohérence du texte.

4 J'analyse et je comprends un document : une affiche

→ Étudiez l'affiche en répondant aux questions.

1 Une campagne contre le braconnage
Source : www.africanconservation.org

Pense pas bête

Le continent africain est un très riche réservoir de biodiversité. Mais les braconniers contournent les législations nationales et internationales pour abattre des animaux protégés et prélever certaines parties « nobles » vendues sur des marchés illégaux internationaux. C'est le cas des cornes de rhinocéros ou des défenses d'éléphant.

Traduction :
« Disparu en un instant.
Il reste moins de 5 000 rhinocéros noirs.
Résister au braconnage avant qu'il ne soit trop tard. »

Il s'agit d'une fondation africaine de protection de la nature qui diffuse des affiches pour alerter sur le braconnage. Elle insiste sur l'imminence de la disparition totale de certaines espèces.

QUESTIONS

A. Présenter le document

1. Quelle est la nature du document ?
2. Quel est le commanditaire du document ?
3. À quel public est-il destiné ?

B. Décrire le document

4. Comment l'image est-elle composée ?
5. Quel message l'auteur veut-il faire passer ?

C. Confronter le document à ses connaissances

6. Expliquez le rapport entre le slogan et l'image.
7. Quel message l'auteur veut-il faire passer ?
8. Comment ce document reflète-t-il un impact de la mondialisation sur les territoires africains ?

POINT MÉTHODE Analyser et comprendre un document

Pour présenter un document

> Utiliser les informations de la source.
Aide 1 *Elles sont surlignées en vert.*
Aide 2 *Le commanditaire est celui qui a passé commande pour réaliser le document.*

Pour décrire un document

> Observer attentivement l'image et les inscriptions.
Aide *Soyez attentif à la lumière, aux couleurs, au slogan…*

Pour confronter le document à ses connaissances

> Utiliser ce que l'on connaît du sujet (voir p. 320-323 et p. 324-327).
Aide *Mobilisez le vocabulaire appris et pensez aux différents flux économiques (ici, illégaux) et à la pression sur des ressources.*

Je m'entraîne
Sujet guidé

Exercice 1 Analyser et comprendre un document

1 SoleRebels, un acteur du commerce équitable éthiopien

Respectueuse de l'environnement, l'Éthiopienne Bethlehem Tilahun Alemu, 38 ans, a lancé SoleRebels en 2005, une entreprise de fabrication de chaussures. De 6 employés au départ, elle emploie aujourd'hui plus de 300 personnes en Éthiopie et plusieurs centaines dans ses magasins dans le monde. Des chaussures écologiques qui sont vendues dans plus de 30 pays par le biais de ventes en ligne et par de grands détaillants, tels que Whole Foods et Amazon, ainsi que dans un nombre croissant de magasins autonomes de la société. D'après sa promotrice Alemu, la société verse trois à quatre fois le salaire minimum à ses employés en Éthiopie et fournit une assurance maladie ainsi qu'un transport aller-retour pour le travail.

SoleRebels fabrique des chaussures en utilisant des pneus recyclés pour la semelle et des fibres naturelles locales, notamment le coton filé à la main, le jute et le koba, une plante indigène cultivée en Éthiopie depuis des milliers d'années.

Alemu a déclaré que le succès de SoleRebels est la « preuve vivante » que son pays, l'un des plus pauvres d'Afrique, est prêt à passer de l'aide étrangère à la prise en charge de son avenir économique avec des compétences et des ressources locales.

D'après agoraafricaine.info, juillet 2019.

QUESTIONS

1. Présentez le document.
2. Quelles sont les caractéristiques de l'entreprise ?
3. Quelles sont les ressources naturelles utilisées ?
4. Quelles sont les conséquences de la réussite de cette entreprise pour ses salariés ?
5. Pourquoi peut-on dire que cette entreprise est intégrée dans la mondialisation ?

Un peu d'aide ?

- **Pour les questions 2, 3 et 4**
  Repérez dans le texte les éléments de réponse et reformulez-les. Vous pouvez citer ensuite le texte entre guillemets.
- **Pour la question 5**
  Il faut utiliser la définition de « mondialisation ».

Exercice 2 Pratiquer différents langages

Sous la forme d'un développement construit d'une quinzaine de lignes et en vous appuyant sur un ou des exemples étudiés en classe, décrivez et expliquez les dynamiques et les fragilités des territoires africains dans la mondialisation.

Un peu d'aide ?

- Recopiez et complétez ce schéma à l'aide des mots suivants : ressources naturelles, inégalités, insécurité, exportations, ports, métropoles, tourisme, investissements étrangers, infrastructures.

Les dynamiques des territoires africains dans la mondialisation

Les dynamiques d'un grand ensemble africain dans la mondialisation :	Les fragilités d'un grand ensemble africain dans la mondialisation :
– … – … …	– … – … …

CARTE
ÉLECTORALE
Saint-Servais
Saint-Agathon

ENSEIGNEMENT MORAL ET CIVIQUE

CHAPITRE 1

La justice pour garantir le respect des droits

Quels sont les principes et l'organisation de la justice en France ?

1 La **cité judiciaire** de Paris

VOCABULAIRE

- **Cité judiciaire :** lieu qui regroupe un ensemble de tribunaux.
- **Justice civile :** justice qui traite des conflits entre particuliers.
- **Justice pénale :** justice pour les auteurs présumés d'infractions (crimes, délits, contraventions).

Le savez-vous ?

Les chiffres de la justice en France en 2019

Justice civile

2 250 317 décisions

Justice pénale

4 189 488 affaires traitées

932 890 condamnations prononcées

2 279 pour des crimes

606 397 pour des délits

320 746 contraventions

Source : D'après « Les chiffres clés de la justice 2020 », justice.gouv.fr.

2 Le tribunal aux assises
Dessin de presse, lemonde.fr, 4 décembre 2012.

QUESTIONS

1. **Doc. 1** et **2** Identifiez les différents acteurs de la justice.
2. **Doc. 1** Relevez l'article inscrit sur les murs de la cité judiciaire de Paris.
3. **Doc. 1** et **2** Selon vous, quels sont les grands principes de la justice en France ?

Étude

Le rôle de la loi

Quel est le rôle de la loi dans une société démocratique ?

Je découvre une situation actuelle

1 Un accident avec une trottinette

Nous sommes lundi et cette famille sort pour une petite balade dans le XVIIe arrondissement de Paris. En traversant, à l'angle des rues Galvani et Vernier, Arnaud prend quelques mètres d'avance sur son épouse – qui a leur petite fille dans un porte-bébé sur le ventre – lorsqu'il entend un choc. Il se retourne et voit un jeune homme sur le capot d'une voiture. Quelques secondes plus tard, il entend son bébé pleurer. En fait, le pilote d'une trottinette électrique Lime-S vient de percuter sa femme et donc son bébé avant de finir sa course contre une voiture. Pompiers et policiers interviennent. « Cette trottinette remontait une rue en sens interdit alors qu'il n'y a même pas de double sens. C'est hallucinant. Aujourd'hui je demande que Paris interdise ces engins de mort. Les gens qui montent dessus sont souvent des irresponsables. Ils roulent à 25 km/h au milieu des voitures et surtout sur les trottoirs. Ce sont des dangers. »

D'après N. Maviel, « Paris : une femme et son bébé de 7 semaines percutés par une trottinette », leparisien.fr, 22 mai 2019.

2 Une difficile cohabitation ?

VOCABULAIRE

- **Contravention :** infraction punie d'une amende.
- **Loi :** règle juridique.

3 Les trottinettes en débat

Les trottinettes dites en flotte libre ou en libre-service ont envahi depuis quelques mois les trottoirs d'un certain nombre de grandes villes et en particulier de Paris. Leurs utilisateurs déboulent parfois comme des bolides percutant les piétons sur les trottoirs et ils les garent de façon anarchique sur la voie publique. Tout ça n'a rien de surprenant ni rien de nouveau selon l'historien Arnaud Passalacqua. « Toute nouvelle technologie crée ses accidents. Le chemin de fer avec un très grand accident à Meudon en 1842. Les automobiles, qu'on appelait les écraseurs de la route en 1900. Donc on est vraiment sur une dynamique d'adaptation entre l'objet qui doit lui-même trouver son fonctionnement et la société qui doit lui trouver une place. »
Les députés à l'Assemblée ont décidé d'empoigner la question et discuteront d'une nouvelle réglementation dans le cadre de l'examen de la loi sur les mobilités à compter du 3 juin prochain.

D'après L. Stroeymeyt, E. Chaverou, S. Robert, « Espace public : les trottinettes électrisent le débat », franceculture.fr, 30 mai 2019.

Je construis mon jugement

4 Une loi dans le cadre du projet mobilités

5 Qu'est-ce que la loi ?

Art. 6 : La loi est l'expression de la volonté générale. Tous les citoyens ont droit de concourir personnellement, ou par leurs représentants, à sa formation. Elle doit être la même pour tous, soit qu'elle protège, soit qu'elle punisse. Tous les citoyens étant égaux à ses yeux sont également admissibles à toutes dignités, places et emplois publics, selon leur capacité, et sans autre distinction que celle de leurs vertus et de leurs talents.

Déclaration des droits de l'homme et du citoyen, 1789.

ACTIVITÉS

Définir et comprendre le rôle d'une loi

1. Doc. 1, 2 et **3** Quels problèmes la trotinette électrique pose-t-elle en ville ? Pourquoi, selon l'auteur du document 3 ?

2. Doc. 4 Quelles sont les différentes étapes du parcours de la loi mobilités ?

3. Doc. 4 et **5** Qui élabore les lois en France ?

4. Doc. 4 et **5** Montrez que la loi veut en même temps protéger l'usager de la trottinette et les autres usagers de la route.

Parcours 1

Jugement, penser par soi-même et avec les autres

En vous appuyant sur vos réponses et sur vos connaissances, montrez comment la loi répond à un problème de société.

OU

Parcours 2

Engagement, agir individuellement et collectivement

Pour préparer le passage de l'Attestation scolaire de sécurité routière (ASSR) en 3e, vous êtes chargé(e) d'expliquer à l'oral à vos camarades les règles de sécurité en trottinette électrique, et pourquoi il est important de les respecter. Pour cela, appuyez-vous sur vos réponses précédentes.

Présentez votre oral selon le plan suivant : les dangers pour les utilisateurs de trottinettes et les autres usagers, puis les différentes mesures prises par la loi.

Étude

Le fonctionnement de la justice

Comment la justice est-elle organisée en France ?

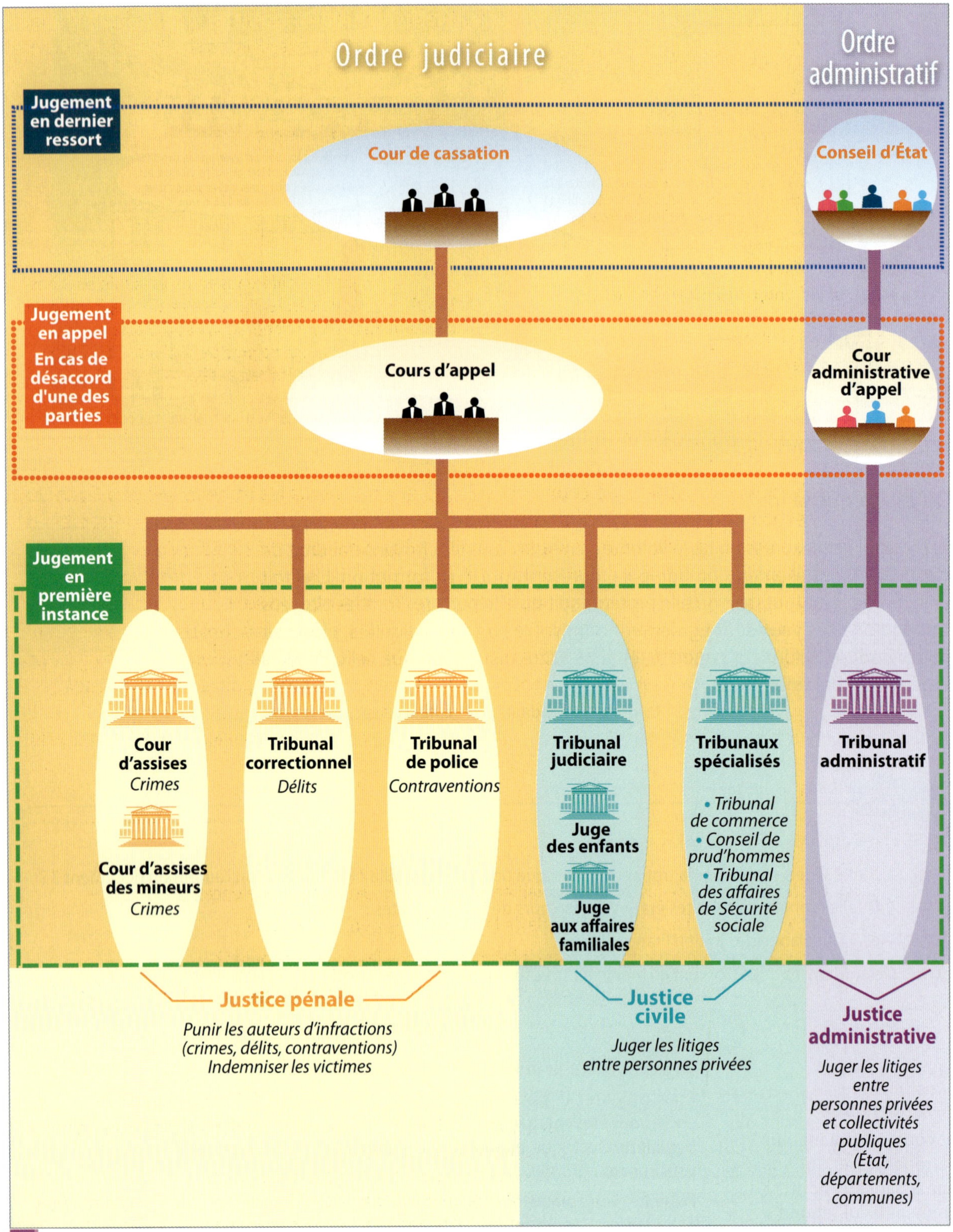

1 L'organisation de la justice en France

2 Une allégorie[1] de la justice

Un bas-relief sur le fronton de l'hôtel national des Invalides. Thémis, la déesse de la justice, portant le glaive et la balance.

1. Personnage représentant une idée, une valeur.

3 Les principes de la justice

Art. 10 : Toute personne a droit, en pleine égalité, à ce que sa cause soit entendue équitablement[1] et publiquement par un tribunal indépendant et impartial.
Art. 11 : Toute personne accusée d'un acte délictueux est présumée innocente jusqu'à ce que sa culpabilité ait été légalement établie au cours d'un procès public où toutes les garanties nécessaires à sa défense lui auront été assurées.

Déclaration universelle des droits de l'homme, 1948.

1. Qui ne défavorise personne.

VOCABULAIRE

- **Conseil d'État :** il juge les différends entre les administrations et les administrés en dernier recours. Par ailleurs, il conseille le gouvernement pour l'élaboration des projets de loi.
- **Cour de cassation :** cour qui ne juge pas l'affaire, mais vérifie que la procédure a été bien respectée.

4 La protection des mineurs

Il est peu de problèmes aussi graves que ceux qui concernent la protection de l'enfance, et parmi eux, ceux qui ont trait au sort de l'enfance traduite en justice. La France n'est pas assez riche d'enfants pour qu'elle ait le droit de négliger tout ce qui peut en faire des êtres sains. [...] Le projet d'ordonnance ci-joint atteste que le Gouvernement provisoire de la République française entend protéger efficacement les mineurs, et plus particulièrement les mineurs délinquants. [...] Désormais, tous les mineurs jusqu'à l'âge de dix-huit ans auxquels est imputée une infraction à la loi pénale ne seront déférés qu'aux juridictions pour enfants. Ils ne pourront faire l'objet que de mesures de protection, d'éducation ou de réforme. La présente ordonnance crée au sein de chaque tribunal de première instance un juge des enfants, magistrat spécialisé, et un tribunal pour enfants, présidé par le juge des enfants.

D'après l'ordonnance du 2 février 1945.

ACTIVITÉS

Comprendre les principes de la République française

1. **Doc. 1** Quels sont les trois types de justice qui existent en France ? Expliquez leurs compétences.
2. **Doc. 2** Quels sont les symboles attribués à l'allégorie de la justice ? Pourquoi, selon vous ?
3. **Doc. 2** et **3** Quels doivent être les grands principes de la justice d'après ces deux documents ?
4. **Doc. 1** et **4** Relevez les tribunaux qui sont spécialisés dans la justice des mineurs. Pourquoi les mineurs sont-ils jugés par des tribunaux différents ?

Parcours 1

Jugement, penser par soi-même et avec les autres

En vous appuyant sur vos réponses et sur vos connaissances, montrez que la justice protège et punit à la fois, dans un souci d'équité et de respect des droits de chacun.

OU

Parcours 2

Engagement, agir individuellement et collectivement

Par groupe, réalisez une **carte mentale** pour expliquer les grands principes de la justice en France.
- Relevez tous les principes de la justice énoncés dans vos réponses précédentes.
- Notez les mots clés, cherchez des images ou des symboles pour illustrer ces grands principes.

Je réalise une carte mentale page 394

Étude

Pour juger les infractions, la justice pénale

De quelle façon la justice s'exerce-t-elle pour les auteurs présumés d'infractions ?

A Le tribunal correctionnel pour juger les délits

1 Un procès en correctionnelle

Le 9 avril 2018, un huissier venu expulser un locataire, allée des Saules à Roubaix, découvre trente-sept kilos de résine de cannabis. La drogue saisie est estimée à 110 000 euros. Parmi les empreintes relevées sur place, il y a celles de S., notamment sur les stupéfiants. Mais au tribunal, le jeune homme dit qu'il n'est au courant de rien : « Je suis passé là comme beaucoup de monde. C'était un squat. Tout le monde venait fumer et jouer ». Le président Jacques Huard s'étonne : « Et une telle quantité de drogue serait laissée là, dans un local ouvert, à la vue de n'importe qui ? »

S. a été arrêté en décembre 2018. Chez lui, les policiers ont trouvé 200 grammes de cannabis et 260 grammes d'héroïne. Il veut bien admettre un rôle de nourrice[1] « pendant trois semaines », mais pas la détention de drogue sur plusieurs mois, ni le transport, ni l'association de malfaiteurs pour lesquels il est jugé. Son avocate Me Mathilde François plaidera la relaxe[2] considérant que l'enquête manque de précision. Elle obtiendra une relaxe pour certains chefs d'accusation.

S. a été condamné à trois ans dont un an ferme.

D'après C. David, « Deux hommes condamnés après la saisie de 50 kg de cannabis à l'Épeule », lavoixdunord.fr, 25 février 2020.

1. Personne chargée de cacher la drogue.
2. Fait de déclarer l'accusé non coupable.

VOCABULAIRE

- **Cour d'assises :** justice pour les auteurs présumés de crimes (homicides, viols, attaques à main armée).
- **Parties civiles :** personnes, entreprises, associations qui s'estiment victimes et qui demandent réparation du préjudice subi.
- **Tribunal correctionnel :** tribunal qui juge les délits (vols, insultes, harcèlements, coups et blessures…).

2 Une salle d'audience en correctionnelle

D'après J. Ragueneau « Le procès des huit prévenus devant le tribunal correctionnel de Caen », *France 3 Basse-Normandie*, 7 novembre 2013.

Un prévenu est jugé au tribunal.

1. Le tribunal (un président et deux assesseurs)
2. Le procureur
3. Le prévenu
4. Les avocats
5. La greffière
6. Les parties civiles et leurs avocats
7. La presse

B La cour d'assises pour juger les crimes

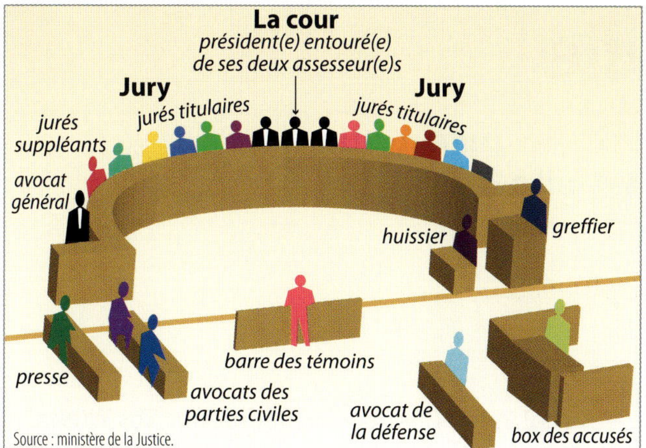

3 La cour d'assises

4 Les jurés d'assises

Chaque année, toutes les municipalités de France doivent procéder au tirage au sort d'habitants, âgés d'au moins 23 ans et inscrits sur les listes électorales, afin de composer les listes des personnes qui pourront siéger durant les procès de cours d'assises. Sébastien a assisté à trois jours de procès pour juger un crime. « Notre voix compte autant que celles des juges professionnels, c'est assez impressionnant de se dire qu'on va influencer la vie d'une personne. »

D'après A. Beaudouin, midilibre.fr, 16 juin 2015.

5 Un procès aux assises

Ce mercredi, la Cour et les jurés ont rendu leur verdict après quatre heures trente de délibéré. Jonathan A., 34 ans, a reconnu le meurtre de Jean-François D., 55 ans, le 28 octobre 2016. En détaillant les déclarations et les messages téléphoniques de plusieurs mois jusqu'au drame, l'avocate générale s'était appuyée sur « de nombreux petits indices » pour retenir la préméditation. La magistrate a conclu à un assassinat : « Jonathan A. avait une arme dans sa voiture et quand il voit Jean-François D. dans le Vieux-Lille, il le conduit dans un endroit isolé, seul à seul. Il a pu se sentir en danger mais il n'y a aucune certitude d'agression. » Elle relèvera aussi « son calme impressionnant pour la suite, pour reprendre une vie normale pendant quinze jours jusqu'à son arrestation ». L'avocate générale requiert vingt-huit ans de réclusion criminelle. En défense, Me Anne B. considère que le meurtre n'a pas été préparé : « Il n'y a pas eu de rendez-vous. Les deux hommes se retrouvent par une simple coïncidence malheureuse. Sans contact préalable. L'avocate précise : C'est Jean-François D. qui poursuit mon client. Jonathan en avait peur. Alors il prend le chemin de halage. Volontairement certes. Mais pas pour le tuer, uniquement pour lui échapper. » La Cour a entendu la défense et n'a pas retenu la préméditation. Jonathan A. est condamné à vingt ans de réclusion criminelle. Il a l'interdiction de détenir une arme pendant quinze ans.

D'après C. David, « Aux Assises du Nord : vingt ans de réclusion criminelle pour le meurtre de Jean-François D. en 2016 », lavoixdunord.fr, 9 décembre 2020.

ACTIVITÉS

Comprendre comment se rend la justice

Formez des groupes de 4 ou 5 divisés en deux équipes. Une équipe étudie les **Doc. 1** et **2**, et une autre équipe les **Doc. 3**, **4** et **5**. Pour découvrir l'affaire et identifier les différents acteurs, reproduisez et complétez le tableau suivant :

Victime	Prévenu / Accusé	Chef d'accusation (de quoi sont accusés certains)	Nom du tribunal	Nom et rôle des acteurs de la justice cités	Arguments des différentes parties	Verdict (décision du tribunal)
…	…	…	…	…	…	…

Parcours 1

Jugement, penser par soi-même et avec les autres

En vous appuyant sur vos réponses et sur votre avis personnel, commentez le verdict du procès sur lequel vous avez travaillé en apportant au moins deux arguments.

OU

Parcours 2

Engagement, agir individuellement et collectivement

Avec votre équipe, présentez à l'oral à l'autre équipe le procès sur lequel vous avez travaillé. Pour réaliser votre présentation, vous pouvez vous appuyer sur les informations prélevées dans le tableau.

Étude

Pour arbitrer et protéger, la justice civile

Quels litiges la justice civile juge-t-elle et quels outils utilise-t-elle ?

Je découvre une situation actuelle

1 Une affaire de voisinage

« Si mon coq pouvait parler, il dirait “Laissez-moi chanter !”. Point barre. » Corinne F., la propriétaire de Maurice, le confirme : le coq aime pousser la chansonnette chaque matin vers 6 heures 30. Trop fort et trop tôt pour deux de ses voisins. À tel point que leurs accusations lui ont valu un procès qui s'est tenu jeudi 4 juillet, où elle est défendue par son avocat, Julien Papineau.

Les cocoricos de Maurice troublent la quiétude des B., qui envoient des courriers en recommandé. Ils demandent à Corinne F. la cessation des nuisances sonores. Pour le faire taire, Corinne dispose des boîtes d'œufs sur les murs du poulailler et tente de cacher le lever du jour. Elle double les parois. « L'ensemble de la cabane est opacifié avec du carton épais », assure Julien Papineau. Maurice rentre dans sa cabane vers 18 heures 30 et n'en ressort qu'à 8 heures 30. « Il chante à l'intérieur », remarque la propriétaire du coq. « Le calfeutrer n'a pas été concluant », note l'avocat des B., Vincent Huberdeau. Ses clients sont toujours gênés, ils ont du mal à se rendormir et appréhendent de se coucher. « C'est un trouble anormal du voisinage. Une nuisance sonore, comme on pourrait l'avoir avec une tondeuse, un chien, du bricolage », riposte Vincent Huberdeau.

« On protège les bruits de la campagne, insiste Corinne F. Que doit-on interdire ? Le chant des tourterelles, le cri des mouettes ? Nous sommes sur une île. Les oiseaux tous les matins qui gazouillent ? Les cloches qui sonnent ? » écrit-elle dans une pétition lancée le 12 juillet 2017, « pour sauver Maurice ». Deux ans plus tard, le texte recueille plus de 117 300 signatures.

Le tribunal d'instance[1] de Rochefort rendra son jugement le 5 septembre.

D'après V. Jaussent, « Du poulailler au tribunal : comment le coq Maurice se retrouve jugé pour avoir chanté trop fort et trop tôt », francetvinfo.fr, 4 juillet 2019.

1. Devenu le tribunal judiciaire le 1er janvier 2021.

VOCABULAIRE

Justice civile : justice qui traite des conflits entre particuliers.

2 Problèmes de voisinage
Dessin de presse paru sur nicematin.com, 29 mai 2015.

Je construis mon jugement

3 Un procès au tribunal judiciaire
1 Les juges
2 Le procureur
3 Les avocats
4 La partie civile
5 L'huissier

4 Les compétences du tribunal judiciaire

Il est compétent pour tous les litiges qui n'ont pas été confiés à un autre tribunal (exemples : tribunal de commerce, conseil de prud'hommes) quelle que soit la valeur du litige. Dans ce tribunal, certains litiges sont confiés à des juges spécialisés, comme le juge aux affaires familiales. Le juge peut imposer aux parties un recours préalable à la médiation.

D'après service-public.fr, janvier 2021.

5 L'alternative de conciliation

Jean M. a fait appel au conciliateur de justice, en 2018, car il s'estimait victime de nuisances de la part d'une entreprise. « Pendant la période des récoltes, les allées et venues des camions provoquaient d'énormes nuages de poussière. J'ai dû refaire deux fois le toit de ma maison. On a même envisagé de déménager. »
Le retraité a d'abord tenté d'interpeller l'ancien directeur de la coopérative agricole, mais ne voyant rien venir, pour éviter de saisir le tribunal, Jean M. a sollicité le conciliateur de justice de son secteur. Patrick Tessier l'a reçu une première fois dans un bureau de la mairie d'Illiers-Combray.
« Après ce premier entretien, je suis allé sur place pour me rendre compte de la situation », expose le conciliateur. Le bénévole a ensuite invité le directeur de la coopérative agricole à venir rencontrer Jean M. pour une conciliation.
« Avant cette rencontre, je me disais que ce riverain exagérait. Nos échanges m'ont fait prendre conscience que j'avais sous-estimé les nuisances », confie le chef d'entreprise qui s'est engagé par écrit à réaliser des travaux d'aménagement. Un constat d'accord amiable a été adressé au tribunal judiciaire de Chartres. Le chantier a été réalisé au cours de l'été 2018.

D'après H. Bonnet, lechorepublicain.fr, 4 mars 2020.

ACTIVITÉS

Comprendre comment se rend la justice

1. **Doc. 1** et **2** Quelles sont les nuisances évoquées par les documents ?
2. **Doc. 1**, **3** et **4** Quel tribunal est compétent pour régler ce type d'affaires ?
3. **Doc. 3** et **4** Comment s'appellent les gens qui comparaissent devant le tribunal ? Pourquoi ne parle-t-on pas d'accusé ? Pour vous aider, vous pouvez lire la définition de la justice civile.
4. **Doc. 5** En quoi consiste le travail de conciliateur ? Quels avantages cette solution apporte-t-elle ?

Parcours 1

Jugement, penser par soi-même et avec les autres

En vous appuyant sur vos réponses et sur vos connaissances, montrez que la justice civile sert à régler des conflits de manière pacifique, c'est-à-dire sans violence.

OU

Parcours 2

Engagement, agir individuellement et collectivement

Réfléchissez à un cas où la médiation est utilisée au collège. Expliquez pourquoi elle est efficace et quelles sont ses limites. Que proposeriez-vous pour la rendre plus efficace ?

Je m'engage

Jeu de rôle : un procès au tribunal judiciaire

Une affaire de téléchargement illégal

1 Une affaire de streaming illégal

La procureure de la République a requis huit mois de prison avec sursis contre un jeune homme de 23 ans. Ce dernier était poursuivi pour avoir créé et géré pendant plusieurs années une plateforme de streaming illégale, appelée seriefr.eu. Les juges ont longuement interrogé le principal prévenu, un jeune étudiant de 23 ans. Il dit avoir mis le pied dans un véritable engrenage : « j'ai créé un truc qui m'a complètement dépassé ». À l'origine, il décide de créer un site d'hébergement de vidéos, comme la plateforme YouTube. Puis, en 2016, il passe à la vitesse supérieure et crée une plateforme de streaming illégal, avec 2 millions de fichiers vidéo disponibles. Le succès est réel : 700 000 internautes regardent chaque mois des films et des séries. « Vous saviez que c'était illégal quand même ? », demande la présidente du tribunal.

La plateforme a généré 200 000 euros : de l'argent que le jeune étudiant en informatique assure ne pas avoir dépensé. Il l'a utilisé pour payer les serveurs, rétribuer les contributeurs qui postaient des vidéos sur son site. Quant à l'illégalité, le pirate reconnaît avoir violé de nombreux droits d'auteurs. Les avocats de la Société des auteurs compositeurs et éditeurs de musique (SACEM) et le Syndicat de l'édition vidéo numérique évaluent les dommages et intérêts à plusieurs centaines de milliers d'euros. Le prévenu explique que quelques mois après avoir monté son site et la dizaine de sites miroirs[1], il crée un logiciel pour supprimer automatiquement les vidéos illégales dès qu'elles lui sont signalées. La procureure de la République est sceptique : « Sur les deux millions de fichiers vidéo, ça a dû être minime. » Son avocat plaide l'erreur de la jeunesse. « C'est un excellent informaticien mais un très mauvais juriste. »

D'après M. Naquet, « Besançon : huit mois de prison avec sursis requis contre le créateur d'un site de streaming illégal », francebleu.fr, 14 novembre 2019.

1. Copie exacte d'un site web permettant de diffuser une même information à plusieurs endroits et répartir le trafic des sites sur plusieurs serveurs.

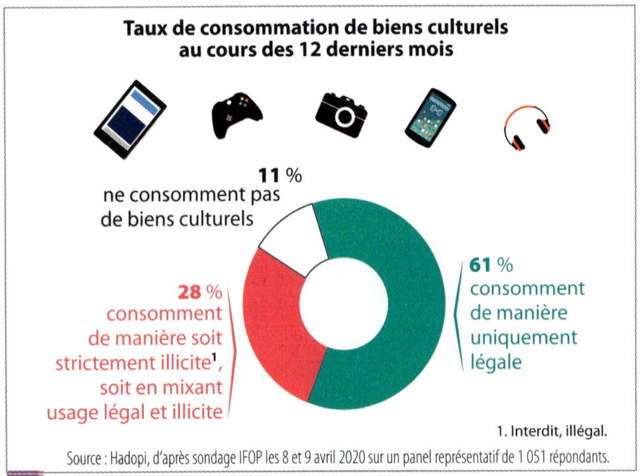

Source : Hadopi, d'après sondage IFOP les 8 et 9 avril 2020 sur un panel représentatif de 1 051 répondants.

2 Un sondage sur la consommation de biens culturels

3 Ce que dit la loi

Art. L335-2 : Toute édition d'écrits, de composition musicale, de dessin, de peinture ou de toute autre production imprimée ou gravée en entier ou en partie, au mépris des lois et règlements relatifs à la propriété des auteurs, est une contrefaçon[1] et toute contrefaçon est un délit.

La contrefaçon en France d'ouvrages publiés en France ou à l'étranger est punie de 3 ans d'emprisonnement et 300 000 euros d'amende.

Code de la propriété intellectuelle modifié par la loi du 3 juin 2016.

1. Imitation ou reproduction frauduleuse d'une œuvre.

VOCABULAIRE

- **Hadopi (Haute Autorité pour la diffusion des œuvres et la protection des droits sur Internet) :** autorité publique indépendante qui lutte contre le piratage en France.

4 Le téléchargement de matchs de football

« Pendant longtemps, un simple abonnement à Canal+ permettait à un fan de suivre entièrement son club favori. Aujourd'hui, avec la multiplication des licences, il faut s'abonner à deux, voire trois chaînes différentes pour avoir accès à tout. Ce qui multiplie les tarifs », explique Christophe Lepetit, analyste. Des tarifs excessifs qui entraînent un piratage massif de visionnages de matchs en streaming, phénomène attesté par un rapport d'**Hadopi**. « Ce n'est pas la question de s'abonner à une chaîne qui est remise en question ici, mais à plusieurs », précise notre expert, qui pointe en parallèle le succès des plateformes de films et séries à la demande telles que Netflix. « Le modèle des chaînes cryptées est de plus en plus obsolète, surtout chez les jeunes, qui désirent moins regarder un match en entier, mais accéder à des bouts, des fins de matchs, et surtout quand ils le désirent », insiste l'analyste. « Pour séduire la jeunesse, le monde du football va devoir entreprendre une profonde remise en question des canaux d'accès. Mais elle ne semble pas être pour demain. »

D'après J. Blaquière, « Retour au foot populaire ? », *Sud Ouest*, 1er février 2021.

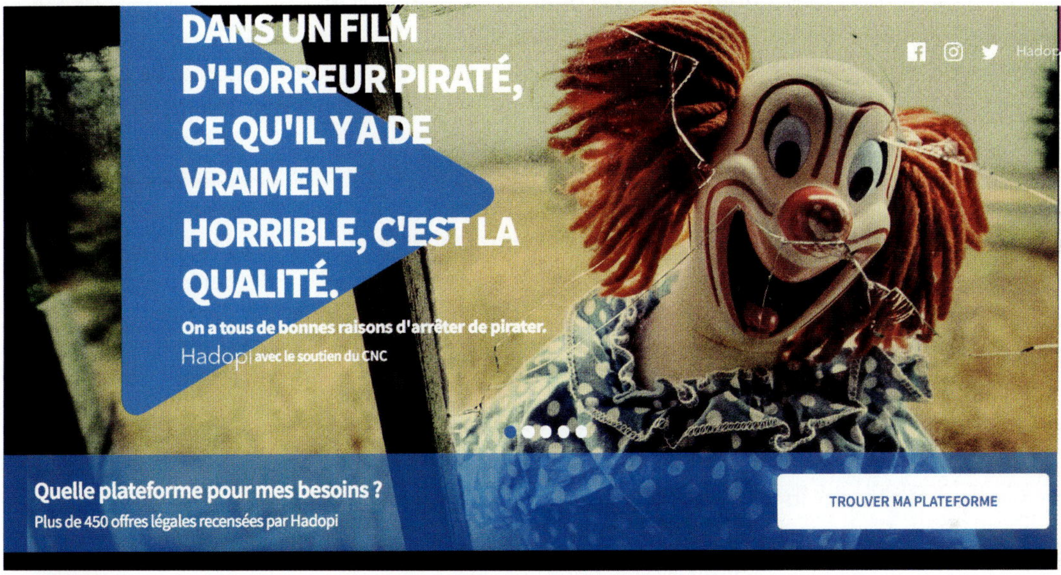

5 Une campagne contre le piratage
Campagne Hadopi, 2020.

POINT MÉTHODE Jouer un procès au tribunal judiciaire

Étape 1 Découvrir les faits

1. **Doc. 1** Identifiez l'accusé (qui est-il ? de quoi est-il accusé ? que risque-t-il ?) et les victimes (qui sont-elles ? par qui sont-elles représentées dans le procès ?).
2. **Doc. 1, 2** et **3** Expliquez pourquoi le piratage est interdit par la loi.
3. **Doc. 1, 3, 4** et **5** Relevez dans les documents les arguments en faveur ou en défaveur du piratage.

Étape 2 Préparer le jeu de rôle

4. Par groupe de 5, vous allez jouer l'affaire présentée dans le document 1. Chacun s'attribue un rôle : l'accusé, l'avocat de l'accusé, l'avocat de la partie civile, le juge et le procureur.
5. Chacun prépare son rôle en s'appuyant sur le déroulement du procès suivant :
   1. Le juge demande confirmation de l'identité du prévenu et lui lit le chef d'accusation.
   2. L'accusé est auditionné, il explique pourquoi il n'a pas respecté la loi.
   3. La partie civile demande des dommages et intérêts en apportant des arguments.
   4. Le procureur fait sa réquisition, explique pourquoi il lance une accusation et demande une peine.
   5. L'avocat de l'accusé fait sa plaidoirie.
   6. Le juge rend son jugement.

Étape 3 Jouer le procès

6. Organisez un espace pour représenter la salle d'audience et jouez le procès devant le reste de la classe.
7. À la fin du procès, chacun peut expliquer ce qu'il a ressenti en jouant son personnage.

Leçon La justice pour garantir le respect des droits

Podcast de la leçon
hachette-clic.fr/21hg4137

1 Les grands principes de la justice française

› **La justice française est organisée selon des principes démocratiques.** Elle s'appuie sur la loi, qui permet de régler les litiges provoqués par la vie en société de manière non violente. **La loi est votée par les députés et les sénateurs** qui sont les représentants du peuple français.

› La justice a pour fonction d'assurer la paix entre les citoyens. Elle doit être équitable (c'est-à-dire juste pour tous) et publique. **Chaque accusé est présumé innocent, jusqu'au moment où le tribunal l'aura reconnu coupable.** Il a le droit à une défense et peut faire appel de la décision du tribunal.

2 L'organisation de la justice

› **L'ordre judiciaire comporte une partie** justice pénale pour les auteurs d'infractions, jugés par des tribunaux différents : cour d'assises pour les crimes, tribunal correctionnel pour les délits et tribunal de police pour les contraventions. C'est alors l'État qui met en cause l'accusé.

› **L'ordre judiciaire comporte aussi une partie** justice civile, qui règle les litiges entre personnes privées. La plupart des affaires sont traitées par le tribunal judiciaire, mais il existe des tribunaux spécialisés comme le tribunal de commerce. Enfin, le tribunal administratif règle les litiges entre les administrés et l'administration.

› **Les mineurs sont protégés par la justice.** Ils bénéficient d'une excuse de minorité et sont jugés par des tribunaux spéciaux, qui mettent avant tout en place des mesures éducatives lorsque c'est possible.

VOCABULAIRE

- **Justice civile :** justice qui traite des conflits entre particuliers.
- **Justice pénale :** justice pour les auteurs présumés d'infractions (crimes, délits, contraventions).
- **Litige :** conflit, protestation.
- **Loi :** règle juridique.

Schéma

Les grands principes de la justice française

- s'appuie sur les lois votées par les représentants du peuple

- équitable
- publique

- innocence présumée des accusé(e)s
- droit à une défense
- peut faire appel

L'organisation de la justice en France

Justice civile
pour les litiges entre particuliers

Justice pénale
pour les auteurs d'infractions

Justice des mineurs
- protégés par l'excuse de minorité
- jugés par des tribunaux spéciaux qui condamnent à des mesures éducatives priorisées

Justice administrative
pour les litiges entre les administrés et l'administration

Je m'entraîne

Sujet guidé

La lutte contre le harcèlement de rue

1 Affiche publicitaire dans le centre de Toulouse en 2019

2 Loi du 3 août 2018

Art. 621-1 :

I. – Constitue un outrage sexiste le fait d'imposer à une personne tout propos ou comportement à connotation sexuelle ou sexiste qui soit porte atteinte à sa dignité en raison de son caractère dégradant ou humiliant, soit crée à son encontre une situation intimidante, hostile ou offensante.

II. – L'outrage sexiste est puni d'une amende.

IV. – Les personnes coupables encourent également les peines complémentaires suivantes :

1° L'obligation d'accomplir, le cas échéant à leurs frais, un stage de lutte contre le sexisme et de sensibilisation à l'égalité entre les femmes et les hommes ;

2° L'obligation d'accomplir, le cas échéant à leurs frais, un stage de citoyenneté ;

5° Un travail d'intérêt général pour une durée de vingt à cent vingt heures.

D'après la loi du 3 août 2018 renforçant la lutte contre les violences sexuelles et sexistes.

QUESTIONS

1. Doc. 1 Quels types de comportements sont dénoncés par cette affiche ?

2. Doc. 2 Que risquent les auteurs de ce type d'infraction ?

3. Vous surprenez une personne à avoir un comportement qui pourrait s'apparenter à du harcèlement de rue. Expliquez-lui pourquoi ce type de comportement est gênant et ce qu'elle risque si elle recommence.

Un peu d'aide ?

- **Pour la question 1**
  Regardez bien l'attitude de la jeune fille, puis lisez les messages sur l'affiche.
- **Pour la question 2**
  Listez les différentes punitions encourues par les auteurs de ce type d'infraction.
- **Pour la question 3**
  Définissez bien ce qu'est un outrage sexiste pour la loi, puis expliquez pourquoi ce type de comportement n'est pas acceptable en société. Enfin, dites ce que risquent ceux qui commettent un outrage sexiste.

CHAPITRE 2

La liberté, une valeur fondamentale

Pourquoi la liberté est-elle une valeur qui incarne notre République ?

1 La liberté, une valeur héritée de la Révolution française
Jeanne-Louise Vallain, dite Nanine, *La Liberté*, vers 1793-1794, huile sur toile, 128 x 97 cm, musée de la Révolution française, Vizille.

Le savez-vous ?

La France est classée 34e sur 180 pays pour la liberté de la presse en 2020, d'après Reporters sans frontières. La Norvège est classée 1re et la Turquie 154e.

Classement mondial de la liberté de la presse, rsf.org, 2020.

2 Dénoncer les entraves à la liberté d'expression

Œuvre du street artiste Banksy, Manhattan, New York, mars 2018. En soutien à Zehra Doğan, peintre et journaliste condamnée en Turquie à 2 ans et 9 mois de prison pour avoir peint une ville kurde détruite par l'armée gouvernementale turque.

VOCABULAIRE

- **Valeur :** qualité que toute une société considère comme essentielle pour vivre ensemble.

QUESTIONS

1. **Doc. 1** Quand la liberté est-elle devenue un principe fondamental de notre société ? Quels en sont les symboles visibles sur cette œuvre ?
2. **Doc. 2** Comment l'artiste dénonce-t-il les atteintes à la liberté d'expression ?
3. **Doc. 1** et **2** Selon vous, pourquoi la défense des libertés est-elle une lutte permanente ?

Étude

La liberté, une conquête inachevée ?

Pourquoi lutter contre l'esclavage et pour la défense des libertés reste-t-il un combat d'actualité ?

Je fais le lien avec l'Histoire

Chapitre 5 Conquêtes et sociétés coloniales, p. 106

1 Abolition de l'esclavage par le gouvernement provisoire de la IIe République en 1848
François Biard, *L'Abolition de l'esclavage (27 avril 1848)*, 1849, huile sur toile, 261 x 391 cm, musée national du Château de Versailles.

Je découvre une situation actuelle

2 L'esclavage moderne

Dix-huit mois de prison avec sursis et 60 000 € de dommages et intérêts pour la jeune victime et un euro symbolique pour le Comité contre l'esclavage moderne. Voici la décision rendue par le tribunal correctionnel, à l'encontre de la femme qui a maintenu en situation d'esclavage domestique pendant cinq ans la jeune Astan. « Elle me réveillait à 6 heures, je passais le balai sans faire de bruit. Après je faisais les petits-déjeuners, j'emmenais le petit à l'école, j'allais faire les courses. Elle me surveillait tout le temps. Je faisais la cuisine, je travaillais jusqu'au soir. » Astan, à 13 ans, est devenue bonne à tout faire, sans salaire, sans papiers, sans chambre pour se reposer.

D'après le Comité contre l'esclavage moderne et *Le Parisien*, 22 janvier 2018.

3 Une manifestation à Paris en 2017 pour dénoncer l'esclavage moderne
Marche organisée par le CCEL (Coordination contre l'esclavage en Libye) dans le cadre de la Journée internationale contre l'esclavage.

Je construis mon jugement

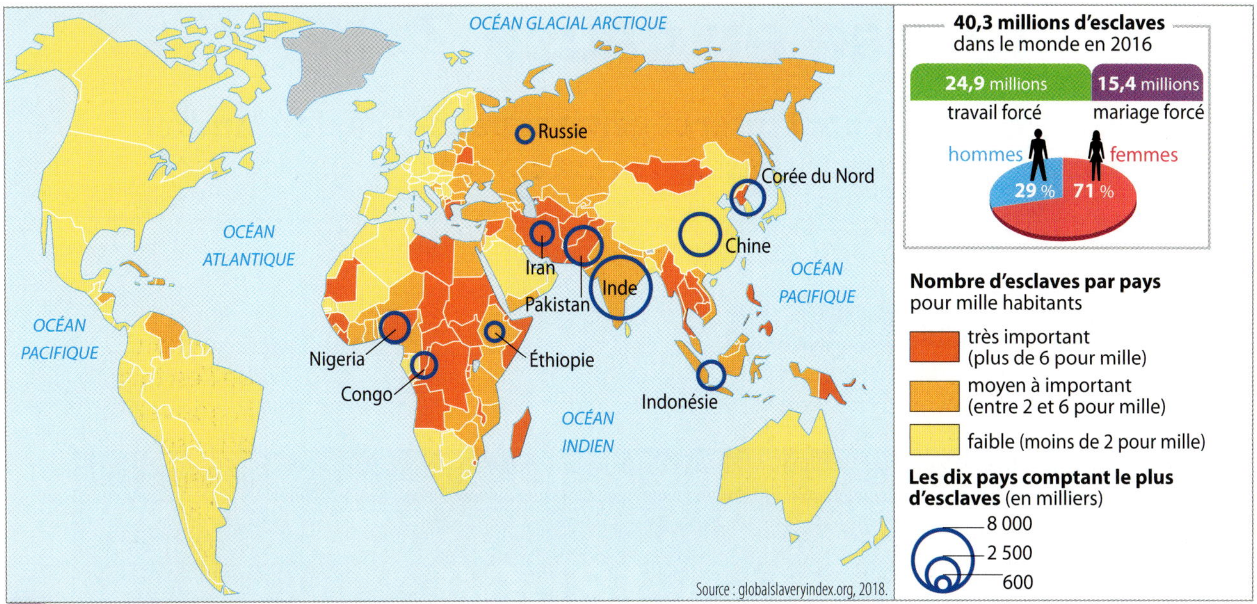

4 L'esclavage contemporain dans le monde

5 Ce que dit la loi

Art. 4 : Nul ne sera tenu en esclavage ni en servitude ; l'esclavage et la traite des esclaves sont interdits sous toutes leurs formes.

Déclaration universelle des droits de l'homme, 1948.

Art. 225-4-1 – I : La traite des êtres humains est le fait de recruter une personne, de la transporter, de la transférer, de l'héberger ou de l'accueillir à des fins d'exploitation […]. La traite des êtres humains est punie de sept ans d'emprisonnement et de 150 000 € d'amende.

Art. 225-14-1 : Le travail forcé est le fait, par la violence ou la menace, de contraindre une personne à effectuer un travail sans rétribution ou en échange d'une rétribution manifestement sans rapport avec l'importance du travail accompli. Il est puni de sept ans d'emprisonnement et de 200 000 € d'amende.

Art. 225-14-2 : La réduction en servitude est le fait de faire subir, de manière habituelle, l'infraction prévue à l'article 225-14-1 à une personne dont la vulnérabilité ou l'état de dépendance sont apparents ou connus de l'auteur. Elle est punie de dix ans d'emprisonnement et de 300 000 € d'amende.

Extraits du Code pénal instauré par la loi n° 2013-711 du 5 août 2013.

ACTIVITÉS

Comprendre le rapport entre les règles et les valeurs

1. **Doc. 1** Depuis quand l'esclavage est-il interdit en France ? Au nom de quelle valeur républicaine ?
2. **Doc. 2** et **4** Quelles sont les formes prises par l'esclavage dans le monde aujourd'hui ? Quels continents sont les plus touchés ?
3. **Doc. 2** Quelle forme d'esclavage la jeune Astan a-t-elle subie pendant cinq ans ?
4. **Doc. 2** et **3** Comment les citoyens et l'État peuvent-ils agir en France pour défendre la liberté et lutter contre l'esclavage ?
5. **Doc. 5** Qu'est-il interdit en matière d'esclavage en France et dans le monde ?

Parcours 1 OU **Parcours 2**

Jugement, penser par soi-même et avec les autres

En vous appuyant sur vos réponses et sur vos connaissances, montrez que la liberté est une valeur qu'il faut continuer à défendre et à faire appliquer.

Engagement, agir individuellement et collectivement

Réalisez un diaporama de 3 ou 4 diapositives présentant une grande figure du combat pour la liberté, en France ou à l'étranger. Vous pouvez le présenter à la classe.

Étude

La liberté de circuler remise en cause ?

Comment l'intérêt général peut-il parfois limiter les libertés individuelles ?

Je découvre une situation actuelle

1 Le couvre-feu face à la Covid-19
Source : gouvernement.fr, janvier 2021.

2 Limiter la liberté de circuler en temps de crise

La zone Schengen[1] est plébiscitée par les millions de citoyens européens qui en profitent. Mais elle est fragile et constamment menacée. L'immigration clandestine, le terrorisme et, plus récemment, l'épisode de Covid-19 ont exercé une pression maximale sur cet espace de liberté mettant en lumière le manque de sécurité aux frontières extérieures et, par voie de conséquence, la défiance entre les États à l'intérieur. Symptôme le plus flagrant de la mauvaise santé de la zone Schengen, le rétablissement des frontières intérieures : des pays ont réintroduit des contrôles, soit depuis quelques mois en raison de la crise sanitaire (Hongrie, Danemark, Finlande et Norvège), soit depuis des années pour des motifs de sécurité (France, Autriche, Allemagne, Suède et Danemark).

C. Chatignoux, « La zone Schengen fait son autocritique », *Les Échos*, 28 novembre 2020.

1. Espace dans lequel les citoyens des 26 États signataires de l'accord de Schengen sont libres de circuler et voyager.

VOCABULAIRE

- **Liberté individuelle :** droit reconnu à l'individu en tant que tel (expression, conscience, circulation).

Je construis mon jugement

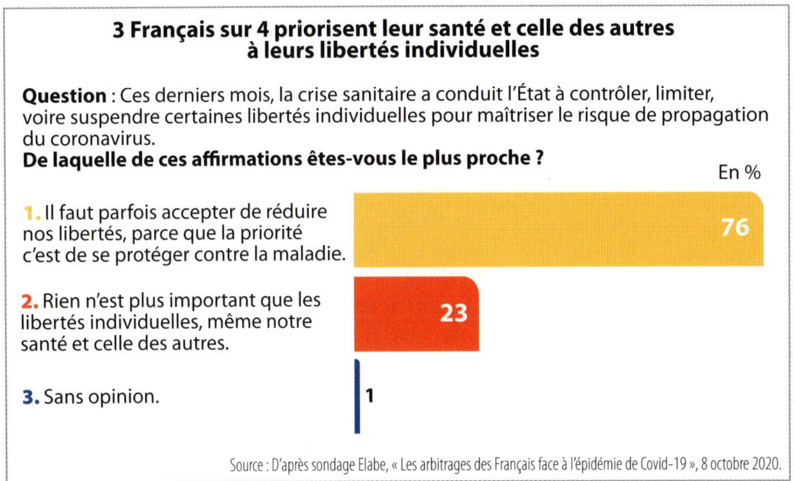

3 L'opinion des Français sur libertés et santé

5 Des déplacements surveillés

Un contrôle à la frontière franco-belge le 19 avril 2020.

4 Une tension entre liberté et sécurité

Bien consciente que la crise sanitaire que nous traversons suppose que puissent être prises des mesures exceptionnelles, il me paraît indispensable de rappeler qu'en toutes circonstances le respect des libertés doit demeurer la règle et les restrictions l'exception.

Les mesures sanitaires prévues par les différents textes adoptés depuis mars 2020 viennent considérablement limiter l'exercice des droits et libertés, tels que la liberté d'aller et venir, la liberté de réunion, le droit au respect de la vie privée et familiale, le droit de chacun au respect de sa liberté personnelle. Les mesures d'urgence sanitaire mises en place au mois de mars 2020 qui autorisent le recours à des mesures restrictives des droits et des libertés pour lutter contre l'épidémie de Covid-19 doivent demeurer exceptionnelles.

D'après C. Hédon, Défenseure des droits, lettre à l'Assemblée nationale du 23 septembre 2020.

Qui est-il ? ▸ Le ou la Défenseur(e) des droits

Nommé(e) par le président de la République, il ou elle est chargé(e) de veiller au respect des droits et des libertés des citoyens face aux administrations.

ACTIVITÉS

Différencier son intérêt particulier de l'intérêt général

1. **Doc. 1** Quelles sont les raisons de l'instauration du couvre-feu à 18 heures en janvier 2021 ?
2. **Doc. 2** et **5** Pourquoi des États membres de la zone Schengen rétablissent-ils des contrôles aux frontières ?
3. **Doc. 3** Les Français sont-ils favorables à cette restriction de leur liberté de circuler ? Expliquez pourquoi.
4. **Doc. 4** Pourquoi ces restrictions aux libertés doivent-elles être exceptionnelles ?

Parcours 1

Jugement, penser par soi-même et avec les autres

En vous appuyant sur vos réponses et sur vos connaissances, précisez pourquoi et comment nos libertés peuvent être limitées.

OU

Parcours 2

Engagement, agir individuellement et collectivement

En groupe, réalisez un affichage classant des arguments en faveur ou contre une restriction de la liberté de circuler face aux menaces.

Étude

DATES CLÉS

- **1864** Droit de grève
- **1881** Liberté de la presse
Liberté de réunion
- **1884** Liberté d'adhérer à un syndicat
- **1901** Liberté d'association
- **1935** Liberté de manifester

Les libertés collectives face aux libertés individuelles

Comment les libertés collectives s'exercent-elles ?

VOCABULAIRE

- **Liberté collective :** liberté que l'on peut exercer dans la vie collective en société.

Je découvre une situation actuelle

1 Des libertés pour défendre ses droits
Manifestation contre la réforme des retraites, Paris, le 4 janvier 2020.

Je construis mon jugement

2 Ce que dit la loi

Art. 10 : Nul ne doit être inquiété pour ses opinions, même religieuses, pourvu que leur manifestation ne trouble pas l'ordre public établi par la Loi.

Déclaration des droits de l'homme et du citoyen, 1789.

Art. 7 : Le droit de grève s'exerce dans le cadre des lois qui le réglementent.

Préambule de la Constitution de 1946.

3 La grève, un droit encadré

Les grévistes doivent respecter le travail des non-grévistes. Le blocage de l'accès à un site ou bien l'occupation des locaux afin d'empêcher le travail des non-grévistes sont des actes abusifs. Il en va de même de la dégradation des locaux ou des matériels. De telles actions sont illégales et peuvent donc être sanctionnées pénalement, tout comme les actes de violence à l'encontre de la direction ou du personnel de l'entreprise. Les syndicats et les grévistes sont responsables des abus commis pendant une grève. L'employeur et les non-grévistes peuvent demander réparation en justice, notamment devant le conseil de prud'hommes et/ou le juge pénal compétent.

associations.gouv.fr, janvier 2021.

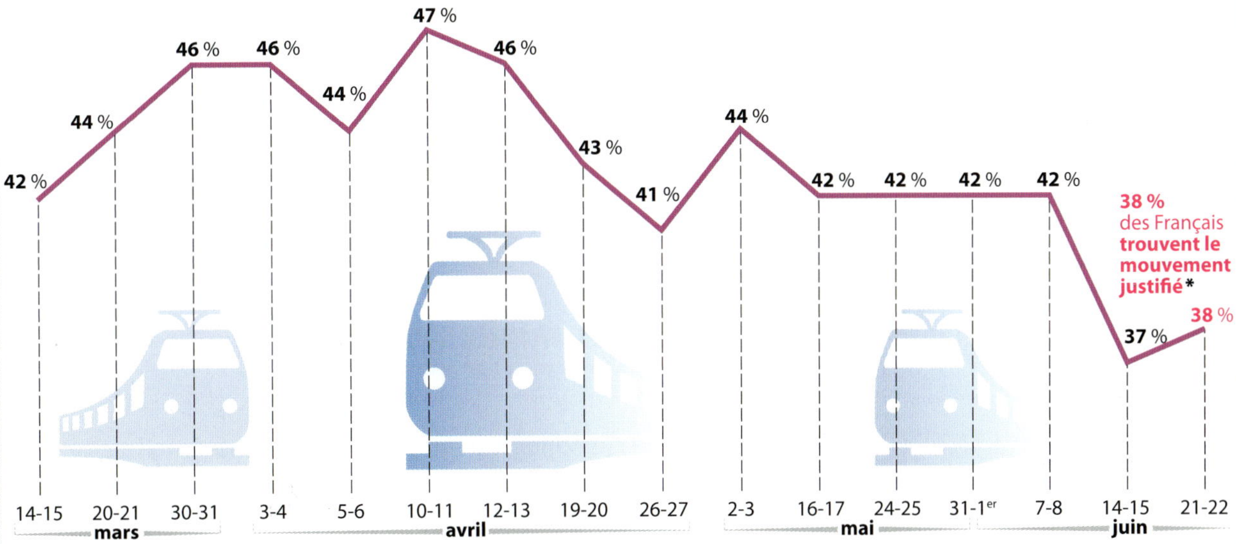

Les employés de la SNCF se sont mis en grève en mars 2018 pour s'opposer à un projet de réforme de l'entreprise.
Des sondages réguliers ont permis de mesurer l'évolution du soutien de l'opinion publique.

*Sondage Ifop pour le JDD réalisé les 21 et 22 juin 2018 auprès d'un échantillon représentatif de 1 012 personnes âgées de 18 ans et plus (méthode des quotas).

Source : D'après « Réforme de la SNCF : 80 % des Français pensent que la grève se poursuivra en juillet », lejdd.fr, 23 juin 2018.

4 L'opinion des Français sur le droit de grève

5 Évaluation de la loi sur le service minimum dans les transports

L'objectif est double : d'une part, prévenir le plus efficacement possible les conflits sociaux dans les transports terrestres et ferroviaires, par le dialogue social ; d'autre part, garantir, en cas de grève, un service réduit mais connu des usagers à l'avance et répondant à leurs besoins prioritaires. Il s'agit de trouver un équilibre entre plusieurs principes, dont ceux de la liberté d'aller et venir, de l'accès aux services publics et du respect du droit de grève. Ce texte a vocation à permettre que l'exercice du droit élémentaire de contester les conditions de travail ne porte pas atteinte au droit de nos concitoyens de pouvoir circuler librement, sans entrave majeure. Pour cela, il vise à assurer la continuité du service public, essentielle pour les déplacements quotidiens.

senat.fr, janvier 2021.

ACTIVITÉS

Comprendre que des valeurs de la République peuvent entrer en tension

1. **Doc. 1** Identifiez les différentes libertés collectives utilisées par ces personnes.
2. **Doc. 2** et **3** Quelles sont les limites au droit de grève en France ? Pourquoi la loi l'encadre-t-elle ?
3. **Doc. 4** Comment expliquez-vous l'évolution de l'opinion des Français sur ce mouvement de grève dans les transports en commun ?
4. **Doc. 5** D'après les sénateurs, quels sont les arguments pour la mise en place de la loi sur le service minimum dans les transports ?

Parcours 1

Jugement, penser par soi-même et avec les autres

En vous appuyant sur vos réponses et sur vos connaissances, expliquez pourquoi l'exercice des libertés collectives doit être encadré.

OU

Parcours 2

Engagement, agir individuellement et collectivement

Faites une recherche sur Internet pour relever les arguments mis en avant au moment de la discussion de la loi sur le service minimum dans les transports. Identifiez ceux qui étaient en faveur et ceux opposés à la loi.

Étude

DATES CLÉS

1882 Loi Ferry

1905 Loi de séparation des Églises et de l'État

1958 Constitution de la Ve République qui affirme la laïcité

La laïcité pour garantir la liberté de conscience

Comment la laïcité permet-elle de renforcer nos libertés ?

Histoire
Étude
1905, la République devient laïque
→ p. 154

VOCABULAIRE

- **Laïcité :** neutralité de l'État à l'égard de toute croyance.
- **Liberté de conscience :** droit garanti par l'État à une personne d'avoir les croyances et opinions qu'elle souhaite.

Je découvre une situation actuelle

1 Un témoignage de collégien sur l'enseignement de la laïcité

Un collégien de 14 ans, élève en 3e dans un collège de Toulouse qui a fait de la laïcité un axe central de son projet d'établissement, explique :

Au début de la 6e, la laïcité est un mot abstrait mais, avec les années, en apprenant à débattre, nous comprenons de mieux en mieux ce que ce mot a comme sens. Savoir vivre ensemble, cela veut vraiment dire quelque chose dans notre collège : il y règne une ambiance calme, une grande tolérance, un respect mutuel.

D'après I. Guardiola, « Faire vivre la laïcité et la mixité sociale à l'école », *Valeurs mutualistes*, n° 322, octobre 2020.

2 Une caricature sur le port de signes religieux à l'école

© CAL (Centre d'action laïque), février 2017.

3 Le règlement intérieur d'un collège

Art. 23 : Conformément aux dispositions de l'article L. 141-5-1 du Code de l'éducation, le port de signes ou de tenues par lesquels les élèves manifestent ostensiblement[1] une appartenance religieuse est interdit. Lorsqu'un élève méconnaît l'interdiction, le chef d'établissement organise un dialogue avec cet élève avant d'engager toute procédure disciplinaire.

Extrait du règlement intérieur du collège Le Haut-Gesvres, Treillières (44), 2017.

1. Volontairement et de manière très visible.

Je construis mon jugement

4 La liberté de conscience garantie par des textes juridiques

Art. 1 : La France est une République indivisible, laïque, démocratique et sociale. Elle assure l'égalité devant la loi de tous les citoyens sans distinction d'origine, de race ou de religion. Elle respecte toutes les croyances.

Constitution de la Ve République, 1958.

Art. 31 : Sont punis d'une peine d'amende [...] ceux qui auront forcé un individu à pratiquer ou à ne pas pratiquer un culte, soit par des violences ou menaces, soit en lui faisant craindre de perdre son emploi ou d'exposer sa personne, sa famille ou sa fortune à un dommage.

D'après Loi du 9 décembre 1905.

Art. 9 : Toute personne a droit à la liberté de pensée, de conscience et de religion ; ce droit implique la liberté de changer de religion ou de conviction, ainsi que la liberté de manifester sa religion ou sa conviction individuellement ou collectivement tant en public qu'en privé [...].

D'après Convention européenne de sauvegarde des droits de l'homme et des libertés fondamentales, 1950.

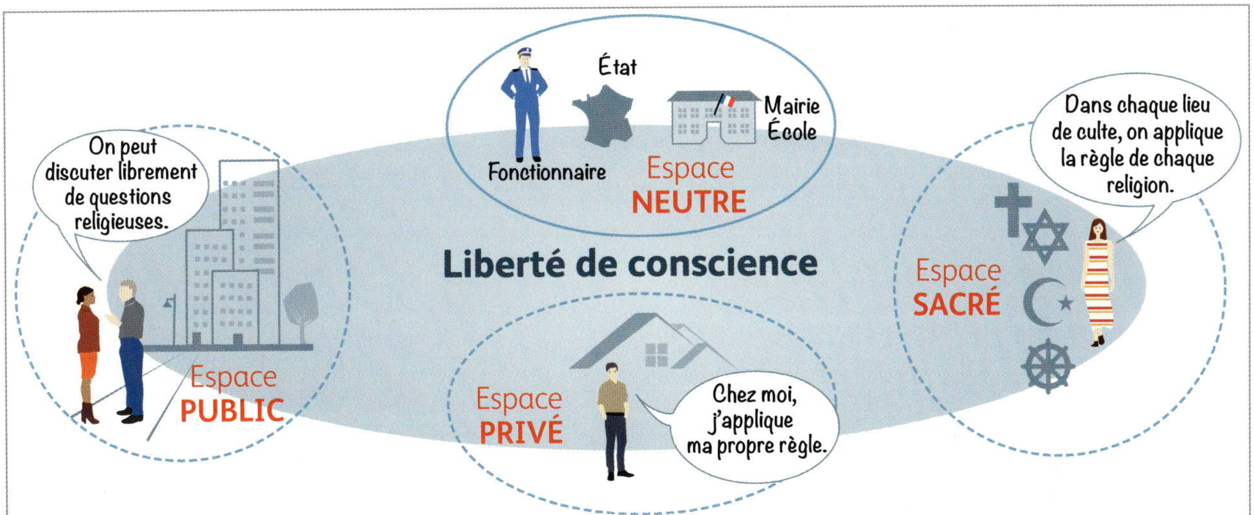

D'après *Questions de laïcité*, Bibliothèques sans frontières, Paris, 2018.

5 Les espaces et les pratiques religieuses dans un État laïque

ACTIVITÉS

Comprendre les principes et les valeurs de la République française

1. **Doc. 1** Que permet, d'après cet élève, l'apprentissage et le respect de la laïcité au collège ?
2. **Doc. 2** et **3** Montrez que le professeur est soumis aux mêmes règles de laïcité que les élèves.
3. **Doc. 4** Comment la liberté de conscience est-elle garantie en France par des textes de loi ?
4. **Doc. 4** et **5** Dans quels espaces en France peut-on manifester ses croyances et dans quel espace cela est-il interdit ?

Parcours 1

Jugement, penser par soi-même et avec les autres

À l'aide de vos réponses et de votre expérience, expliquez pourquoi la laïcité permet à chacun d'exercer sa liberté de conscience, valeur essentielle de notre République.

OU

Parcours 2

Engagement, agir individuellement et collectivement

En 2010, un premier **arbre de la laïcité** a été planté en Nouvelle-Aquitaine. Il s'inspire des arbres de la liberté, plantés pendant la Révolution française.

Réalisez votre **arbre de la laïcité**, en dessin, peinture, collage, montage photo ou installation. Vous accrocherez sur votre arbre des dessins, des textes (citations, poésies, acrostiches...), des symboles ou des objets, des photos, etc., en rapport avec l'idée que vous vous faites de la liberté de conscience.

Je débats La liberté d'expression à l'heure des réseaux sociaux

1 Douze ans et victime de cyberharcèlement

Je pouvais grâce à ces jeux en ligne me faire des amis jusqu'au jour où j'ai rencontré un garçon, j'ai appris à le connaître et je suis tombée amoureuse de lui. On l'appellera L. Une des personnes qui était proche de L. à l'époque a commencé à parler de moi au sein de l'établissement. Malheureusement, les gens ne se sont pas réjouis de mon bonheur. Un groupe de filles m'a cherchée sur Internet et m'a retrouvée facilement. Durant les deux premiers mois, ce n'était que ce groupe de filles qui s'acharnait sur moi ! Au début c'était des insultes ! C'était tout au long de la journée sans aucune pause sur chaque réseau social. Au début, j'ai essayé de répondre, je leur demandais pourquoi moi ? qu'est-ce que j'avais fait ? mais les seules réponses que j'avais étaient des insultes. Je lisais chacun des messages qui m'étaient adressés, je l'ai fait jusqu'à la fin les deux premiers mois. Je répondais à chacun d'entre eux, je signalais chacun des faux comptes qui étaient créés pour m'insulter mais au bout de deux mois, j'ai abandonné car ça ne faisait qu'empirer les choses ! 1 compte supprimé 2 de recréés !

D'après « Ils témoignent, le cyberharcèlement raconté par une victime », netecoute.fr, 2018.

Qui sont-ils ? ▸ Net Écoute
Plate-forme nationale créée pour lutter contre le cyberharcèlement, elle apporte écoute et conseils aux jeunes victimes face aux différents dangers d'Internet.

Réseaux sociaux utilisés pour l'intimidation en ligne

Les réseaux sociaux les plus utilisés dans les cas de cyberharcèlement sont :

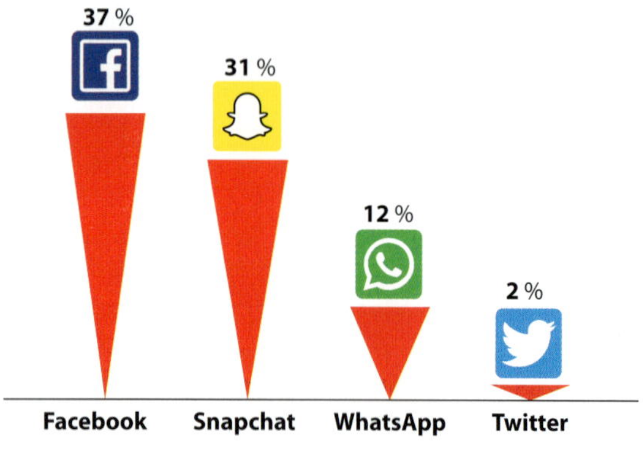

Les motivations des attaques contre les victimes sont :

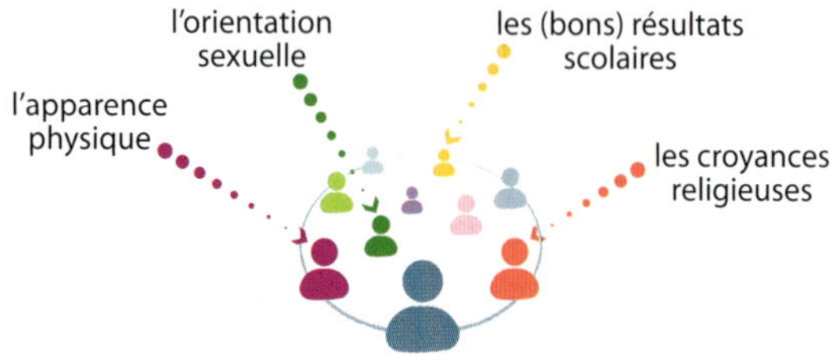

Source : D'après C. Coquis, « Les chiffres clés du cyberharcèlement », geekjunior.fr, 20 décembre 2019.

2 Le cyberharcèlement, un abus de la liberté d'expression

3 La liberté d'expression, une liberté absolue ?

Art. 11 : La libre communication des pensées et des opinions est un des droits les plus précieux de l'homme : tout citoyen peut donc parler, écrire, imprimer librement, sauf à répondre de l'abus de cette liberté dans les cas déterminés par la loi.

Déclaration des droits de l'homme et du citoyen, 1789.

Art. 10 : L'exercice de ces libertés peut être soumis à certaines restrictions ou sanctions prévues par la loi, qui constituent des mesures nécessaires, dans une société démocratique, à la sécurité nationale, à la défense de l'ordre et à la prévention du crime, à la protection de la santé, à la protection de la réputation ou des droits d'autrui, pour empêcher la divulgation d'informations confidentielles.

Convention européenne des droits de l'homme et des libertés fondamentales, 1950.

4 La loi française contre le cyberharcèlement

Art. 222-33-2-2 : Le fait de harceler une personne par des propos ou comportements répétés [...] est puni d'un an d'emprisonnement et de 15 000 € d'amende [...].
Lorsqu'ils ont été commis par l'utilisation d'un service de communication au public en ligne ou par le biais d'un support numérique ou électronique [...] les faits [...] sont punis de trois ans d'emprisonnement et de 45 000 € d'amende.

Article 222-33-2-2 du Code pénal, créé par la loi du 4 août 2014.

VOCABULAIRE

- **Cyberharcèlement :** acte agressif, intentionnel commis par un individu ou un groupe d'individus au moyen de formes de communication électroniques et de façon répétée.

5 La liberté d'expression permet-elle de tout dire ?

La liberté d'expression régulièrement mise en avant sur les réseaux sociaux est régie par la loi : il n'est pas possible d'écrire tout ce que l'on veut sur Facebook, Twitter ou Instagram. Pourtant le Conseil constitutionnel a rappelé l'importance du principe de liberté d'expression, en censurant la loi Avia sur la haine en ligne qui souhaitait imposer aux réseaux sociaux une suppression, sous 24 heures, de contenu prétendument haineux.

D'après V. Davodeau, « Ce que l'on a le droit d'écrire ou pas sur les réseaux sociaux : que dit la loi ? », *Ouest-France*, 20 octobre 2020.

6 La plate-forme Pharos

Cette plate-forme centralise les signalements de contenus haineux sur Internet en France.

POINT MÉTHODE Réaliser un débat en classe : Doit-on limiter la liberté d'expression sur les réseaux sociaux ?

Étape 1
Découvrir l'enjeu du débat

1. **Doc. 1** et **2** Quels sont les différents dangers sur les réseaux sociaux ?
2. **Doc. 3** et **4** Peut-on tout dire sur les réseaux sociaux ? Justifiez.

Étape 2
Construire son point de vue

3. **Doc. 5** et **6** Quels sont les outils mis en place pour lutter contre les contenus haineux en ligne ?
4. **Doc. 5** Que prévoyait la loi Avia ? Au nom de quel principe a-t-elle été censurée ?

Étape 3 **Organiser le débat et en faire le bilan**

5. Préparez le débat en partageant la classe en deux groupes : les pour et les contre la limitation de la liberté d'expression sur Internet.
Chaque groupe se répartit le travail en 4 ou 5 équipes qui doivent préparer des arguments pour défendre leur point de vue.
6. Participez au débat en présentant des arguments à l'oral.
7. Notez les arguments avancés par les deux groupes dans le tableau suivant :

Oui, il faut limiter la liberté d'expression sur les réseaux sociaux.	Non, il ne faut pas limiter la liberté d'expression sur les réseaux sociaux.
...	...

8. Faites le bilan du débat en répondant à la question : Pourquoi des limites à la liberté d'expression permettent-elles le respect de chacun ?

Je m'engage

La semaine de la presse au collège !

Défendre la liberté de la presse

1 La liberté de la presse en Amérique latine

L'environnement dans lequel évoluent les journalistes d'Amérique latine est de plus en plus complexe et hostile. En plus des pressions, violences et intimidations renforcées que subissent de nombreux journalistes qui couvrent des dossiers sensibles, de vastes campagnes de décrédibilisation ont été lancées contre la profession dans la plupart des pays de la région.
Au Brésil [...] le président Jair Bolsonaro, encouragé par ses proches et plusieurs membres du gouvernement, insulte et humilie régulièrement certains des plus importants journalistes et médias du pays, entretenant un climat de haine et de méfiance envers les acteurs de l'information. Dans ce contexte tendu, les journalistes brésiliens, et plus particulièrement les femmes, sont de plus en plus vunérables et sont régulièrement attaqués par des groupes haineux et des partisans de Bolsonaro, notamment sur les réseaux sociaux.

D'après Reporters sans frontières, « L'horizon s'obscurcit pour la liberté de la presse en Amérique latine », rsf.org, 2020.

Qui sont-ils ? ▸ Reporters sans frontières
Organisation non gouvernementale fondée en 1985, elle dénonce les atteintes à la liberté de la presse, défend la liberté d'informer et d'être informé dans le monde et elle apporte une protection aux journalistes sur le terrain et en justice.

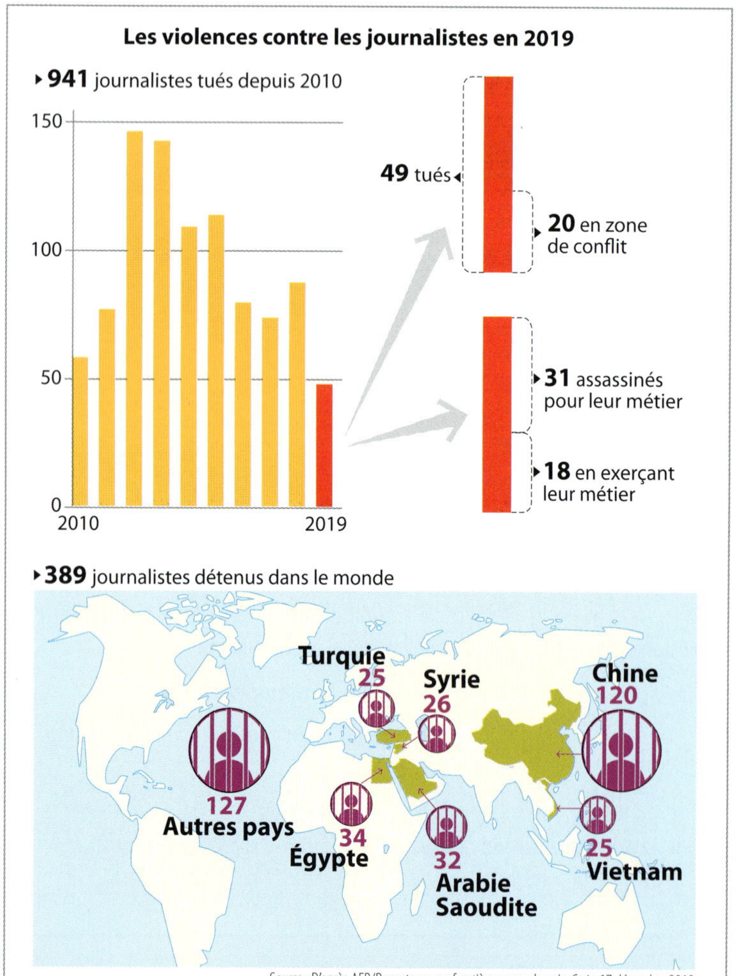

Source : D'après AFP/Reporters sans frontières, paru dans *La Croix*, 17 décembre 2019.

2 La liberté de la presse dans le monde

3 Violence à l'égard des journalistes en France en 2019

L'année 2019 a été marquée par une hausse très inquiétante d'attaques et de pressions contre les journalistes. Nombre d'entre eux ont été blessés par les tirs de LBD (lanceurs de balles de défense) ou de gaz lacrymogène des forces de l'ordre, et agressés par des manifestants en colère pendant le mouvement des Gilets jaunes puis lors des manifestations contre la réforme des retraites. Ils ont souvent été entravés dans leur couverture, empêchés de filmer ou ont vu leur matériel confisqué.
En plus du climat extrêmement violent entretenu à l'égard des journalistes par des responsables politiques qui tiennent des propos extrêmement durs, les journalistes sont aussi victimes de harcèlement en ligne et deviennent une cible privilégiée des trolls[1] en tout genre dissimulés derrière leurs écrans et leurs pseudos.

Classement mondial de la liberté de la presse 2020, rsf.org.

1. Personne cherchant à générer des polémiques sur tout type de sujet.

4 Le droit garantit la liberté d'information

Art. 11 : La libre communication des pensées et des opinions est un des droits les plus précieux de l'homme : tout citoyen peut donc parler, écrire, imprimer librement, sauf à répondre de l'abus de cette liberté dans les cas déterminés par la loi.

Déclaration des droits de l'homme et du citoyen, 1789.

Art. 19 : Tout individu a droit à la liberté d'opinion et d'expression, ce qui implique le droit de ne pas être inquiété pour ses opinions et celui de chercher, de recevoir et de répandre, sans considérations de frontières, les informations et les idées par quelque moyen d'expression que ce soit.

Déclaration universelle des droits de l'homme, 1948.

5 Une plate-forme Internet pour poursuivre le travail des journalistes menacés

Nous sommes un réseau de journalistes dont la mission est de poursuivre et de publier le travail d'autres journalistes qui sont menacés, emprisonnés ou ont été assassinés. Notre but est de **faire vivre leur travail et de s'assurer qu'un maximum de personnes ait accès à une information non censurée** sur des sujets aussi importants que l'environnement, la santé, les droits de l'homme ou la corruption.
En protégeant et en continuant le travail de journalistes qui ne peuvent plus enquêter, nous souhaitons envoyer un **message puissant aux ennemis de la liberté de la presse** : même si vous parvenez à réduire le messager au silence, vous n'arrêterez pas son message. À quoi cela sert-il de tuer un journaliste si dix, vingt ou trente autres poursuivent ensuite son travail ? La coopération est la meilleure protection.

D'après forbiddenstories.org, février 2021.

POINT MÉTHODE Apporter son soutien à un journaliste menacé dans son pays

Étape 1 Comprendre les dangers qui menacent les journalistes dans le monde

1. **Doc. 1** et **2** Quels sont les différents dangers encourus par des journalistes dans le monde ?
2. **Doc. 1** et **3** Quels sont les différents moyens de pression utilisés pour empêcher les journalistes d'exercer leur métier ?
3. **Doc. 1** à **5** Pourquoi et comment défendre le travail des journalistes au niveau international ?

Étape 2 Rechercher des renseignements sur un journaliste réfugié en France

4. Connectez-vous au site de la Maison des journalistes à Paris, qui accueille et accompagne des journalistes en exil : hachette-clic.fr/21hg4138
5. Choisissez par groupe de 2 ou 3 le portrait d'un journaliste parmi ceux proposés.
6. Collectez des renseignements sur ce journaliste (pays, formation, média, sujets abordés, difficultés à exercer, dangers encourus dans son pays…).

Étape 3 Écrire une lettre de soutien à un journaliste en exil

7. Écrivez au journaliste que vous avez choisi. Vous lui expliquerez pourquoi, vous collégiens français, vous trouvez important de défendre la liberté de la presse dans le monde et vous lui témoignerez ainsi votre soutien.
8. Adressez votre lettre au journaliste choisi, puis envoyez-la à l'adresse qui figure sur le site.

Leçon La liberté, une valeur fondamentale

Podcast de la leçon
hachette-clic.fr/21hg4139

1 Qu'est-ce qu'une liberté ?

› La liberté est un droit fondamental reconnu à la fois par la Déclaration des droits de l'homme (1789) et la Déclaration universelle des droits de l'homme (1948). **La liberté, c'est la conquête progressive de libertés** acquises depuis la Révolution française.

› Les individus possèdent des libertés individuelles (expression, religieuse) et des libertés collectives (association, réunion, etc.). **Les libertés s'exercent dans le cadre de la loi** afin que chacun puisse jouir de ses libertés sans nuire à autrui. La laïcité garantit ainsi à chaque individu la liberté de conscience.

› La liberté est également limitée par d'autres principes et valeurs comme la dignité, la santé ou la sécurité des personnes. **Il existe donc des règles et des limites à l'exercice de nos libertés,** au point que les libertés entrent parfois en tension entre elles et avec certains principes démocratiques.

2 La liberté, une valeur républicaine à défendre au quotidien

› La liberté est une valeur républicaine qui garantit à chacun la possibilité de faire ses choix et de pouvoir défendre ses intérêts et l'intérêt général. **Les libertés font également vivre la démocratie,** aussi elle doit être défendue par les citoyens.

› **La liberté connaît en effet de nombreuses atteintes** comme les actions contre la liberté d'expression et la liberté de la presse, mais aussi des restrictions à certaines de nos libertés comme celle de circuler en temps de crise.

› **Il est donc de la responsabilité de chacun de s'engager pour la défense des libertés.** Des associations dénoncent les atteintes ou les restrictions de certaines libertés, comme la liberté de la presse, ou de nouvelles formes d'asservissement, comme l'esclavage moderne.

VOCABULAIRE

- **Droit fondamental :** ensemble des droits et des libertés essentiels à la vie d'un individu.
- **Laïcité :** neutralité de l'État à l'égard de toute croyance.
- **Liberté collective :** liberté que l'on peut exercer dans la vie collective en société.
- **Liberté individuelle :** droit reconnu à l'individu en tant que tel (expression, conscience, circulation).

Schéma

La liberté, c'est un droit fondamental

- **La conquête de libertés individuelles**
  opinion • expression • religieuse • circulation
  et de libertés collectives
  association • réunion • grève • manifestation • se syndiquer
- • Exercer ses libertés dans le respect des règles et des autres
  • La loi garantit, encadre et défend les libertés de chacun

Des libertés à défendre

- **Des tensions avec d'autres principes et valeurs**
  Dignité, sécurité, santé
- **Contre les atteintes aux libertés**
  Liberté de la presse, disparition de l'esclavage moderne
- **Par l'engagement des citoyens**
  • Individuellement
  • Collectivement : rôle des associations

Je m'entraîne

Sujet guidé

Liberté d'expression et liberté d'information

1 Expression et information

La première notion est clairement définie dans la Déclaration des droits de l'homme et du citoyen de 1789 (« La libre communication des pensées et des opinions est un des droits les plus précieux de l'homme ; tout citoyen peut donc parler, écrire, imprimer librement, sauf à répondre de l'abus de cette liberté dans les cas déterminés par la loi ») et dans l'article 19 de la Déclaration universelle des droits de l'homme de 1948 (« Tout individu a droit à la liberté d'opinion et d'expression, ce qui implique le droit de ne pas être inquiété pour ses opinions et celui de chercher, de recevoir et de répandre, sans considérations de frontières, les informations et les idées par quelque moyen d'expression que ce soit ») comme le droit de l'individu à exprimer une opinion. Mais être journaliste, ce n'est pas simplement user de cette liberté d'expression. C'est prendre la parole dans un espace social, en respectant des valeurs qui sont la recherche de la vérité, l'exactitude, l'indépendance, l'impartialité, le respect du public et la responsabilité. Cela exclut du champ journalistique rumeur, spéculation, désinformation, qui en revanche font les belles heures des libres expressions. « Les faits sont sacrés, les commentaires sont libres », nous rappelle la maxime de Beaumarchais.

« Liberté d'expression, liberté d'information », clemi.fr, 2015.

2 Les limites à la liberté d'expression

Affiche de Reporters sans frontières, 2015.

QUESTIONS

1. **Doc. 1** et **2** En quoi consiste la liberté d'informer ? Pourquoi est-elle liée à la liberté d'expression ?
2. **Doc. 2** Expliquez le message de l'affiche.
3. **Doc. 2** À l'aide de vos connaissances, indiquez quelles peuvent être les atteintes à la liberté d'expression et à la liberté d'informer.
4. Expliquez pourquoi la liberté d'informer doit être défendue tout en étant encadrée par la loi.

Un peu d'aide ?

- **Pour les questions 1 et 2**
Identifiez les différentes libertés que recouvre la liberté d'informer.
- **Pour la question 3**
Aidez-vous des pages 366-367.
- **Pour la question 4**
Recherchez quelles sont les règles qui encadrent la liberté d'informer et expliquez pourquoi elles sont importantes.

CHAPITRE 3

Voter, un droit démocratique fondamental

Quel est le rôle des citoyens dans la démocratie française ?

1 S'inscrire sur les listes électorales

VOCABULAIRE

- **Démocratie :** système politique où le peuple détient le pouvoir (il est souverain).

Le savez-vous ?

En 2020, 47,7 millions d'électeurs étaient inscrits sur les listes électorales en France, dont 320 000 citoyens d'un État membre de l'Union européenne. Si ces étrangers peuvent voter aux élections municipales et européennes, ce n'est plus le cas des 46 000 Britanniques installés en France.

viepublique.fr, 27 février 2020.

2 **Un citoyen dépose son bulletin dans l'urne aux élections municipales en 2020**

3 **Un vote à main levée à l'Assemblée nationale**

QUESTIONS

1. **Doc. 2** et **3** Décrivez les deux façons de voter qui sont présentées.
2. **Doc. 1** et **2** Montrez que voter demande un engagement citoyen.
3. **Doc. 1**, **2** et **3** Pourquoi voter est-il un geste indispensable à la démocratie ?

Étude

La France, une démocratie représentative

Qu'est-ce qu'une démocratie représentative ?

Je fais le lien avec l'Histoire

Chapitre 7 La IIIe République de 1870 à 1914, p. 144

1 Pratiques démocratiques sous la IIIe République

Séance à la Chambre des députés en 1907, René Rousseau-Decelle (1881-1964), huile sur toile, 180 x 145 cm, palais Bourbon, Paris.

Bureau de vote à la mairie des Lilas (Paris) en 1891, Alfred-Henri Bramtot (1852-1894), huile sur toile, 575 x 430 cm, Les Lilas.

Je découvre une situation actuelle

2 Respecter le résultat des élections, un impératif démocratique

À l'heure de la conclusion de ses 12 ans de mandat[1] municipal, et de toute une carrière d'élu (départemental, député) ancrée à Poitiers, Alain Claeys a brièvement évoqué la campagne électorale, puis l'ancien maire s'est adressé à la candidate victorieuse : « Léonore Moncond'huy deviendra maire de cette ville, je lui adresse toute mon amitié. Je lui souhaite la réussite, que la ville et les Poitevins puissent y être bien. Ce soir je n'ai aucune rancune. [Maire], c'est sûrement le plus beau des mandats, et je dis à l'opposition : soyez constructifs ! » Alain Claeys a achevé son discours par notre devise républicaine « Liberté, Égalité, Fraternité ». Après une accolade avec le maire sortant, Léonore Moncond'huy s'installe sur scène à sa place. La première femme élue à ce poste à Poitiers n'oublie pas le contexte de son élection : « Cette abstention appelle à l'humilité et la combativité, nous devons travailler à réduire la distance entre politique et citoyen. Je salue Alain Claeys, on s'inscrit dans la relève, pas dans la rupture. D'anciens élus nous ont proposé leur aide. Nous avons hâte de nous mettre au travail. »

D'après M.-A. Cristofari, France 3 Nouvelle Aquitaine, francetvinfo.fr, 3 juillet 2020.

1. Mission confiée à un élu, pendant une durée limitée.

Je construis mon jugement

3 Ce que dit la loi

Art. 2 : La devise de la République est « Liberté, Égalité, Fraternité ». Son principe est : gouvernement du peuple, par le peuple et pour le peuple.
Art. 3 : La **souveraineté nationale** appartient au peuple qui l'exerce par ses représentants et par la voie du **référendum**. [...] Sont électeurs, dans les conditions déterminées par la loi, tous les nationaux français majeurs [...].
Art. 4 : Les partis et groupements politiques concourent à l'expression du **suffrage**. Ils se forment et exercent leur activité librement. Ils doivent respecter les principes de la souveraineté nationale et de la démocratie. [...] La loi garantit les expressions pluralistes des opinions et la participation équitable des partis et groupements politiques à la vie démocratique de la Nation.

Constitution française de la Ve République, 1958.

4 Un référendum d'initiative partagée (RIP) depuis 2015

VOCABULAIRE

- **Constitution :** texte de loi qui fixe l'organisation de l'État et le partage du pouvoir.
- **Référendum :** vote par lequel les citoyens répondent par oui ou non à une question.
- **Souveraineté nationale :** fait que le peuple détient le pouvoir.
- **Suffrage :** acte par lequel un citoyen déclare son opinion, donne son avis.

5 L'avis d'un chercheur sur les limites de la démocratie participative

Les institutions de la démocratie représentative sont confrontées à des mécanismes globaux qui les dépassent, tels que la montée en puissance vertigineuse des géants du numérique et de l'Internet. Dans le même temps, l'élévation du niveau d'éducation de la population et la diversification des sources d'information ont accru les capacités de critique. Les institutions et les gouvernements des démocraties représentatives sont donc doublement remis en cause, par le haut, avec l'affirmation d'acteurs économiques, et par le bas, avec des citoyens qui n'acceptent plus de déléguer leur pouvoir et leur parole sans avoir la possibilité de s'exprimer.

Entretien avec Loïc Blondiaux, ses.ens-lyon.fr, 15 janvier 2018.

ACTIVITÉS

S'informer de manière rigoureuse

1. **Doc. 1** Relevez les éléments qui montrent que la IIIe République était un régime démocratique.
2. **Doc. 2** et **3** Relevez ceux qui montrent que la Ve République est aussi un régime démocratique.
3. **Doc. 1** à **4** Relevez les éléments permettant de définir ce qu'est une démocratie représentative.
4. **Doc. 5** Quels problèmes et quelles limites rencontre aujourd'hui cette forme de démocratie ?

Parcours 1

Jugement, penser par soi-même et avec les autres

En vous appuyant sur vos réponses et sur vos connaissances, montrez que la République française est une démocratie représentative qui connaît des évolutions et des limites.

OU

Parcours 2

Engagement, agir individuellement et collectivement

Par groupe, enquêtez sur la mise en œuvre de la démocratie représentative au collège.
- Listez toutes les élections auxquelles participent les élèves.
- Montrez comment les délégués élèves participent aux décisions du collège.
- Réfléchissez à des idées permettant de faire participer davantage les élèves.
- Rédigez un rapport d'enquête à présenter au conseil de vie collégienne.

Étude

Voter en France

Qui vote en France aujourd'hui ?

Je fais le lien avec l'Histoire

Chapitre 6 Une difficile conquête : voter de 1815 à 1870, p. 126

1 **L'élection présidentielle à Paris le 10 décembre 1848**
Anonyme, gravure sur bois, parue dans *Illustrirte Zeitung*, vol. 11, n° 287, Leipzig, 30 décembre 1848.

2 **Les réticences pour donner le droit de vote aux femmes en France**

L'installation de la République [en 1848 et 1870] est une déception pour les femmes : la question de leur droit de vote n'est pas même discutée. Pire, les conflits entre l'Église et la République donnent un argument de plus à ceux qui refusent d'ouvrir les urnes à la moitié de l'humanité. Parce qu'elles sont plus pratiquantes que les hommes, les femmes sont suspectes d'être influencées par les curés et leur vote servirait le parti clérical.

L'après Première Guerre mondiale est une nouvelle déception, au regard des pays voisins qui tour à tour connaissent le droit de vote des femmes (Norvège, Russie, Suède, etc.) et en dépit des efforts qui ont été demandés aux femmes durant le conflit. Mais la guerre a augmenté le déséquilibre démographique entre les sexes, et donner le droit de vote aux femmes reviendrait à le donner à une majorité...

M. Larrère, « Voter, de 1789 à nos jours », in *La Documentation photographique n° 8122*, mars/avril 2018.

VOCABULAIRE

- **Suffrage universel :** droit de vote accordé à tous les citoyens.

Je découvre une situation actuelle

3 **Voter dès 16 ans ?**

a. Une proposition de loi

Et si on abaissait le droit de vote à l'âge de 16 ans ? C'est la proposition que font Paula Forteza et Matthieu Orphelin, députés et co-présidents du groupe Écologie démocratie solidarité (EDS). Les défenseurs du droit de vote à 16 ans s'appuient en premier lieu sur l'argument démocratique. Pour Matthieu Orphelin, c'est même le cœur du débat : « Comment réconcilier la jeunesse avec la démocratie ? interroge-t-il. Elle s'exprime dans les marches, dans les rassemblements, pourquoi le vote serait le seul endroit où elle ne peut pas s'exprimer ? »
Faire participer les jeunes au débat, c'est aussi prendre en compte leurs inquiétudes, considèrent les représentants d'associations de jeunesse, à commencer par la transition écologique. Le droit de vote à 16 ans existe déjà dans d'autres pays, comme l'Argentine, l'Autriche, l'Écosse ou quelques régions de Suisse et d'Allemagne. En France, cela représenterait 1,4 million d'inscrits supplémentaires. La proposition de loi sera déposée le 30 septembre par le groupe EDS, et devrait être débattue le 8 octobre à l'Assemblée nationale.

D'après T. Cojean, « Le droit de vote à 16 ans sera débattu à l'Assemblée nationale », letudiant.fr, 16 septembre 2020.

b. Une pétition

Je construis mon jugement

4 Les conditions pour voter en France

Article 3 de la Constitution :
Sont électeurs, dans les conditions déterminées par la loi, tous les nationaux français majeurs des deux sexes, jouissant de leurs droits civils et politiques.

hachette-clic.fr/21hg4140
Quelles sont les conditions pour voter ?
vie-publique.fr, mai 2019.

1791
Pour être citoyen actif, il faut [...] être âgé de vingt-cinq ans [et] payer une contribution directe au moins égale à la valeur de trois journées de travail.
Constitution du 3 septembre 1791, article 2.

1848
Le **suffrage** est direct et **universel**.
Le scrutin est secret.
Sont électeurs [...] tous les Français âgés de vingt et un ans.
Constitution de la IIe République, articles 24 et 25.

1944
Les femmes sont électrices et éligibles dans les mêmes conditions que les hommes.
Ordonnance du 21 avril 1944, article 17.

1974
La majorité est fixée à dix-huit ans.
Loi du 5 juillet 1974, modifiant l'article 488 du Code civil.

1993
Toute personne qui est citoyen de l'Union [européenne] a le droit de vote et d'éligibilité dans l'État membre de résidence lors des élections au Parlement européen.
Directive européenne du 6 décembre 1993.

1994
Les citoyens de l'Union [européenne] qui résident dans un État membre sans en avoir la nationalité peuvent y exercer le droit de vote et d'éligibilité aux élections municipales.
Directive européenne du 19 décembre 1994.

5 Un suffrage qui s'élargit

ACTIVITÉS

Développer une conscience civique

1. **Doc. 1** Décrivez la gravure et identifiez la place des femmes dans l'élection présidentielle de 1848.
2. **Doc. 1** et **2** Pour quelles raisons le droit de vote a-t-il longtemps été refusé aux femmes ?
3. **Doc. 3** Quels sont les arguments avancés pour justifier un abaissement de l'âge du vote de 18 à 16 ans en France ?
4. **Doc. 4** et **5** Qui a le droit de vote en France aujourd'hui ?

Parcours 1

Jugement, penser par soi-même et avec les autres

Construisez une **carte mentale** sur le droit de vote dès 16 ans en France. Vous présenterez des arguments pour et des arguments contre.

Je réalise une carte mentale page 394

OU

Parcours 2

Engagement, agir individuellement et collectivement

Réalisez une campagne d'affichage dans le collège.
Par groupe de 2 élèves, réalisez des affiches « Le savez-vous ? » apportant des informations à vos camarades sur le thème du vote et des élections : le vote des femmes, le suffrage universel masculin, l'inscription sur les listes électorales, les propositions de vote à 16 ans…

Étude

Les élections, un temps fort de la vie démocratique

Comment les citoyens choisissent-ils leurs représentants en France ?

Je découvre une situation actuelle

1 Élu conseiller municipal à 18 ans à Asnières dans les Hauts-de-Seine

Hugo Huet se souviendra toute sa vie de sa première élection municipale. Le 15 mars dernier, ce jeune homme de 18 ans a été élu sur la liste de Manuel Aeschlimann, maire sortant d'Asnières. Sa 22e position sur la liste qui a totalisé 56,6 % des suffrages, soit 44 sièges pour la majorité sur 53, fait de lui le plus jeune élu des Hauts-de-Seine.
En 2017, il rentre au conseil régional des jeunes (CRJ). « J'ai découvert que l'échelle locale était la plus efficace en travaillant sur un projet très concret comme la réalisation d'un skatepark au parc Robinson, souligne le jeune homme.
J'ai hâte de pouvoir siéger, poursuit-il. Être élu, c'est à la fois une très grande fierté mais aussi une immense responsabilité. Il est hors de question d'arrêter mes études et encore moins d'en faire un métier. »
L'étudiant en sciences politiques se verrait bien avocat. « Le droit m'intéresse beaucoup et je trouve que les deux activités sont compatibles », estime-t-il.

A.-S. Damecour, « Asnières-sur-Seine, le plus jeune élu du département impatient de siéger », *Le Parisien*, 19 mai 2020.

2 Le rôle des réseaux sociaux dans la campagne des municipales de 2020

Ça donne une visibilité importante auprès des habitants. Ça permet aussi une maîtrise plus grande de notre discours et un espace plus large pour argumenter.

B. Monville, BVAM/écologiste, Melun.

C'est peut-être lié à mon âge et ma génération, mais on m'a beaucoup sollicité sur les réseaux sociaux. C'est un lien direct qui permet d'échanger.

J. Wofsy, mouvement Durablement Chevriards, Chevry-Cossigny.

En 2014, il y a eu 51 % d'abstention à Provins. Les réseaux sont donc utiles pour aller chercher les jeunes.

J.-P. Delvaux, collectif Citoyen Provins Ensemble, Provins.

C'est indispensable. Ça permet d'exister virtuellement de manière importante, et d'être identifié plus facilement sur le terrain.

A. Durox, Rassemblement national, Nangis.

D'après M. Berthelot, « Municipales 2020. Les réseaux sociaux désormais incontournables pour les candidats », actu.fr, 14 février 2020.

Je construis mon jugement

3 Le bureau de vote

Image interactive
hachette-clic.fr/21hg4141
Tout comprendre d'un bureau de vote : matériel, intervenants, étapes.
centre-presse.fr, 10 avril 2017.

Image interactive
hachette-clic.fr/21hg4142
Tout comprendre du dépouillement : matériel, intervenants, étapes.
centre-presse.fr, 10 avril 2017.

4 Le dépouillement

Des électeurs volontaires décomptent les suffrages en public pour éviter toute erreur ou fraude, Nantes, 15 mars 2020.

VOCABULAIRE

- **Conseiller municipal :** membre élu de l'assemblée qui gère la commune, elle-même présidée par le(la) maire.

5 Ce que dit la loi

Art. 3 : Le suffrage peut être direct ou indirect dans les conditions prévues par la Constitution. Il est toujours universel, égal et secret. Sont électeurs, dans les conditions déterminées par la loi, tous les nationaux français majeurs des deux sexes, jouissant de leurs droits civils et politiques.

Constitution de la Ve République.

Art. R42 : Chaque bureau de vote est composé d'un président, d'au moins deux assesseurs[1] et d'un secrétaire choisi par eux parmi les électeurs de la commune. Deux membres du bureau au moins doivent être présents pendant tout le cours des opérations électorales.

Code électoral.

Art. L65 : Dès la clôture du scrutin, il est procédé au dénombrement des émargements[2]. Ensuite, le dépouillement se déroule de la manière suivante : l'urne est ouverte et le nombre des enveloppes est vérifié. Le bureau désigne parmi les électeurs présents un certain nombre de scrutateurs[3] sachant lire et écrire [...]. À chaque table, l'un des scrutateurs extrait le bulletin de chaque enveloppe et le passe déplié à un autre scrutateur ; celui-ci le lit à haute voix ; les noms portés sur les bulletins sont relevés par deux scrutateurs au moins sur des listes préparées à cet effet.

Code électoral.

1. Personnes qui assistent le président du bureau de vote. 2. Liste de signatures permettant de vérifier que les électeurs ont voté.
3. Personnes qui participent au dépouillement des bulletins.

ACTIVITÉS

S'informer de manière rigoureuse

1. **Doc. 1** Comment Hugo Huet est-il devenu conseiller municipal de la commune d'Asnières ?
2. **Doc. 2** D'après vous, que permettent les réseaux sociaux aux candidats en campagne électorale aujourd'hui ?
3. **Doc. 3, 4** et **5** Reproduisez le tableau suivant et indiquez quels éléments, dans l'organisation du vote, permettent de garantir :

L'égalité de tous les citoyens	Le respect du vote secret	Le juste calcul des votes
...	...	...

Parcours 1

Jugement, penser par soi-même

Vous proposez votre candidature aux élections municipales de votre commune ! Rédigez un discours : expliquez pourquoi il est important de participer à la vie démocratique de votre pays.

OU

Parcours 2

Engagement, agir individuellement et collectivement

Faites une recherche sur le site du ministère de l'Intérieur pour présenter les différents modes de scrutin en France et complétez le tableau :

Élections	Mode de scrutin	Nombre de tours	Durée du mandat
...	...	...	...

hachette-clic.fr/21hg4143

Je débats

Doit-on rendre le vote obligatoire en France ?

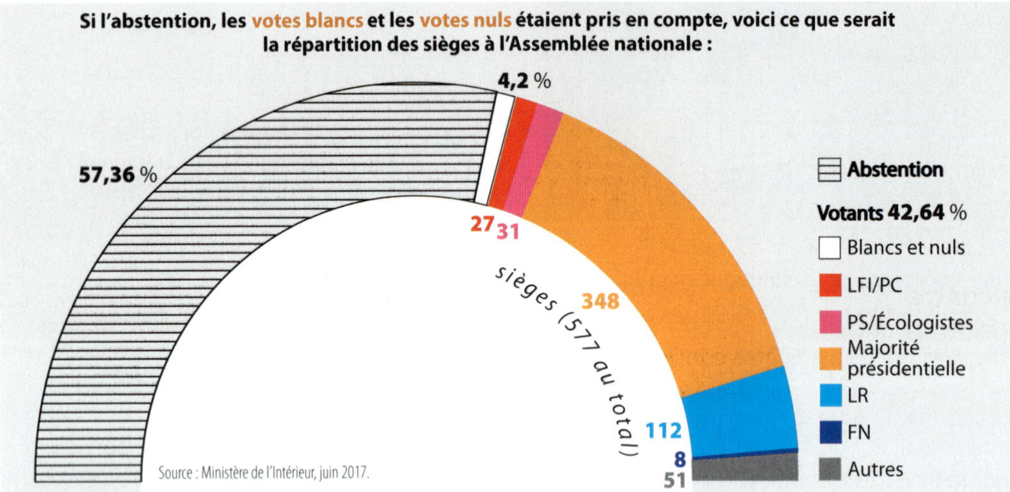

1 Élections législatives de 2017, une forte abstention

2 Rendre le vote obligatoire ?

UNE VIDÉO À REGARDER hachette-clic.fr/21hg4144

Le vote obligatoire ? Tant de fois abordé, jamais adopté, INA, 25 janvier 2019

Ce qui pose problème c'est que le vote obligatoire est souvent assorti d'une contrepartie : la prise en compte réelle du vote blanc. Pour les défenseurs de cette double mesure, trois arguments : un peuple représenté au mieux, une abstention réduite et le vote blanc comme alternative aux candidats en lice.

3 Une proposition de loi

Portée par Stéphane Saint-André, député du Pas-de-Calais, elle est rejetée en 2017 par un vote à l'Assemblée nationale.

L'abstention est en constante augmentation dans notre pays et menace notre démocratie. La désaffection électorale est le signe d'une faiblesse démocratique. Les récentes lois sur la transparence de la vie publique marquent la volonté de l'État de réconcilier les Français et leurs représentants. La reconnaissance du vote blanc va également dans le même sens, même s'il est souhaitable de l'intégrer aux suffrages exprimés. Mais il faut aller plus loin. Les pays qui ont mis en place le vote obligatoire ont constaté une baisse très nette de l'abstention.

Nos ancêtres se sont battus et sont morts pour permettre l'exercice de ce droit le plus élémentaire. Partout dans le monde des peuples luttent pour obtenir ces mêmes droits. Le vote est un droit mais il est aussi un devoir.

Tel est l'objet de la présente proposition de loi qu'il vous est demandé de bien vouloir adopter.

Art. 1er : L'exercice du droit de vote est une obligation.

Art. 2 : Sauf à prouver son impossibilité de voter par procuration[1] ou en cas de force majeure, tout électeur qui s'est abstenu d'exercer son droit de vote est passible d'une amende de 50 euros.

D'après assemblee-nationale.fr, 18 janvier 2017.

1. Autorisation écrite donnée à une autre personne pour exercer un droit à sa place.

VOCABULAIRE

- **Abstention :** fait de ne pas voter, alors qu'on en a le droit.
- **Vote blanc :** fait de ne voter pour aucun des candidats lors d'une élection.
- **Vote nul :** fait de mettre dans l'enveloppe un bulletin qui n'est pas valable (déchiré, raturé…).

4 L'obligation d'aller voter en Europe

D'après *Le Parisien*, 2017.

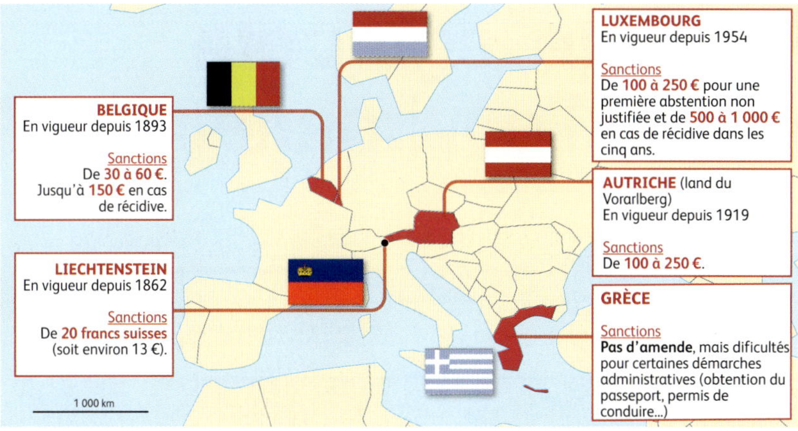

5 Un point de vue contre

La possibilité d'abstention ne doit pas être considérée comme un risque, mais comme une nouvelle opportunité d'expression et un nouvel indicateur démocratique pouvant remettre en question le débat politique. Le droit de vote est universel et la liberté de voter l'est aussi. Ayons confiance en l'individu, le citoyen est à même de faire ses propres choix, sans contrainte, en toute liberté.

Dans cette optique, les responsables publics ont le devoir de mettre en place les meilleures conditions de l'exercice de la citoyenneté : par l'école, mais aussi par la formation des citoyens, par leur information, par des débats contradictoires. En Belgique, le vote obligatoire s'est parfois mué en vote par habitude de certains citoyens. Dont une part se dit ensuite déçue. La liberté de voter, c'est un des moyens de vivifier la démocratie.

D'après C. Barzin, conseillère municipale de la ville de Bruxelles, sur le site *Le Drenche*, 21 mars 2019.

6 Un point de vue pour

Le devoir du vote permettrait d'enclencher une dynamique vertueuse. Obliger les citoyens à voter, c'est aussi obliger les élus à s'intéresser à tous les citoyens – et donc à tous les quartiers, y compris ceux dans lesquels le taux de participation était si faible qu'il ne représentait nullement un enjeu électoral, permettant ainsi de réintégrer dans le jeu les milieux populaires et les jeunes générations. C'est, de la même façon, inciter les citoyens à s'intéresser à la chose publique.

Il convient d'engager dans le même temps les réformes nécessaires (reconnaissance du vote blanc, former et informer les citoyens) pour engendrer, au-delà de la présence formelle aux urnes, une participation réelle.

D'après G. Finchelstein, directeur général de la Fondation Jean-Jaurès, sur le site *Le Drenche*, 21 mars 2019.

POINT MÉTHODE Réaliser un débat en classe : Pour ou contre le vote obligatoire en France ?

Étape 1 Découvrir l'enjeu du débat

1. **Doc. 1** Que permet de constater ce document concernant l'abstention ?
2. **Doc. 4** Quel pays est le plus sévère en cas de non-respect du devoir de voter ?
3. **Doc. 2** Pourquoi les tentatives de rendre le vote obligatoire n'ont-elles jamais abouti en France ?

Étape 2 Construire son point de vue

4. **Doc. 5** Quels sont les arguments en faveur d'une liberté d'aller voter ?
5. **Doc. 3** et **6** Quels sont les arguments en faveur de l'obligation d'aller voter ?

Étape 3 Organiser le débat et en faire le bilan

6. Préparez le débat en partageant la classe en deux groupes : les pour et les contre l'obligation de vote. Chaque groupe se répartit le travail en 4 ou 5 équipes qui doivent préparer des arguments pour défendre leur point de vue et essayer de convaincre les autres.
7. Participez au débat en présentant au moins un argument à l'oral.
8. Notez les arguments avancés par les deux groupes dans le tableau suivant :

Oui, il faut rendre le vote obligatoire en France car…	Non, il ne faut pas rendre le vote obligatoire en France car…
…	…
Je fais le bilan : Après avoir participé à ce débat, je pense que…	
…	…

Je m'engage — Au collège, agir pour protéger l'environnement !

1 **Organiser le tri des déchets ! Une proposition du conseil de vie collégienne (CVC)**
Collège Jean Mermoz à Savigny-sur-Orge, décembre 2020.

2 Une mini-forêt plantée dans un collège de Loire-Atlantique

Après les moutons pour l'éco-pâturage, les ruches, le tri des déchets et les repas en partie bio ou issus des circuits courts, il y a maintenant une mini-forêt au collège du Haut-Gesvres (Treillières).
Samedi, après six mois de réflexion et de préparation pour le projet de mini-forêt, l'opération de plantation d'arbres, arbustes et plantes s'est concrétisée au collège du Haut-Gesvres. 250 élèves, parents et grands-parents sont venus participer à cette action lancée et préparée par Marc Plouet, professeur de sciences physiques, mais aussi référent E3D (établissement engagé en démarche développement durable).
Loin de constituer une solution pour compenser l'empreinte carbone, il s'agit là d'une contribution qui illustre l'engagement de l'établissement. « Ces plantations créent un puits de carbone pour fixer, à notre échelle, du dioxyde de carbone et créer, aussi et surtout, une dynamique, des envies, autour des questions sur les enjeux du réchauffement climatique », estime Marc Plouet. Le collège s'affirme un peu plus comme un laboratoire de possibilités à mettre en œuvre.

D'après Ouest-France.fr, 29 novembre 2019.

3 **Opération « Nettoyons la nature » sur les berges de la Têt à Perpignan le 22 septembre 2017**

Être éco-délégué de classe, c'est :

- Être un élève respectueux de l'environnement et montrer l'exemple.
- Sensibiliser ses camarades aux gestes quotidiens (éteindre les lumières, vérifier qu'en hiver les fenêtres sont fermées et que les radiateurs sont bien réglés, installation de poubelles de tri des déchets de la classe, etc.).
- Être force de proposition (proposition d'initiatives et d'actions, comme les « marches vertes », etc.).

Être éco-délégué d'établissement, c'est :

- Porter des projets pour améliorer la biodiversité, diminuer l'impact énergétique de l'établissement, promouvoir des gestes éco-responsables de l'ensemble de la communauté éducative, sensibiliser à la lutte contre le gaspillage alimentaire, promouvoir des actions.
- Être ambassadeur auprès des services, des responsables et des instances de l'établissement, ainsi que des partenaires extérieurs.
- Restituer les actions menées, contribuer à leur évaluation et à leur valorisation.
- Transmettre des informations et des connaissances à leurs camarades.

Guide de l'éco-délégué, education.gouv.fr, septembre 2020.

hachette-clic.fr/21hg4145
Des élèves éco-délégués pour agir en faveur du développement durable.
education.gouv.fr, décembre 2020.

4 Des éco-délégués élus dans chaque établissement scolaire depuis 2020

VOCABULAIRE

- **CVC (conseil de vie collégienne) :** représentants des élèves chargés d'organiser des actions citoyennes dans l'établissement.

POINT MÉTHODE Organiser des actions pour le climat

Étape 1 Découvrir des actions menées par des collégiens

1. **Doc. 1** à **4** Quelles actions peuvent être menées en faveur de l'environnement dans les collèges ?
2. **Doc. 4** Parmi les missions des éco-délégués, choisissez la ou les thématiques à étudier.

Étape 2 Organiser les sessions de travail par thématique

3. Répartissez-vous par petits groupes de travail autour des thématiques choisies à la question 2.
4. Dans chaque groupe, débattez des solutions à apporter aux problèmes identifiés.
5. Un secrétaire note les propositions de chaque groupe et un rapporteur les présente à la classe.

Étape 3 Présenter et proposer des actions aux instances du collège

6. Dans le cadre du conseil de vie collégienne (CVC), présentez vos propositions d'action.
7. Un vote peut avoir lieu pour déterminer quelles actions proposer au conseil d'administration du collège.

Leçon Voter, un droit démocratique fondamental

Podcast de la leçon
hachette-clic.fr/21hg4146

1 La Ve République française, une démocratie représentative

› Dans la République française, **les citoyens détiennent la** souveraineté nationale. **Ils exercent leur pouvoir en le déléguant à des représentants élus.** On parle alors de démocratie représentative.

› Régulièrement, tous les cinq ou six ans, **des élections ont lieu pour renouveler les mandats** : à l'échelle nationale (président, Parlement), à l'échelle des collectivités territoriales (communes, départements, régions) et à l'échelle européenne (Parlement européen).

› **Les problèmes de représentativité (**abstention, vote blanc **non comptabilisé…)** sont autant de limites à la démocratie. Une trop forte abstention peut provoquer un manque de légitimité des élus. Aussi certains proposent-ils de rendre le vote obligatoire en France, comme c'est déjà le cas dans d'autres pays.

2 Le citoyen, un acteur indispensable de la vie démocratique

› **Tous les Français et les Françaises majeur(e)s ont le droit de vote** aujourd'hui. Il leur suffit de s'inscrire sur **les listes électorales** pour pouvoir exercer ce droit, qui est aussi un **devoir civique**.

› Par le vote, tout citoyen exerce sa liberté d'opinion et d'expression **indispensables à la vie démocratique.** Il peut également y participer quand il s'engage **dans une association, un parti politique, un syndicat,** quand il s'implique dans **des débats publics ou dépose une pétition**. On parle alors de démocratie participative.

› Sans attendre d'avoir 18 ans, certains jeunes s'investissent déjà dans la vie de leur établissement en tant que **délégués élus ou représentants des élèves** dans les instances de leur établissement scolaire.

VOCABULAIRE

- **Abstention :** fait de ne pas voter, alors qu'on en a le droit.
- **Démocratie :** système politique où le peuple détient le pouvoir (il est souverain).
- **Démocratie participative :** implication directe des citoyens dans la prise de décision politique.
- **Démocratie représentative :** régime politique dans lequel les citoyens délèguent leurs pouvoirs à des représentants élus.
- **Souveraineté nationale :** fait que le peuple détient le pouvoir.
- **Vote blanc :** fait de ne voter pour aucun des candidats lors d'une élection.

Schéma

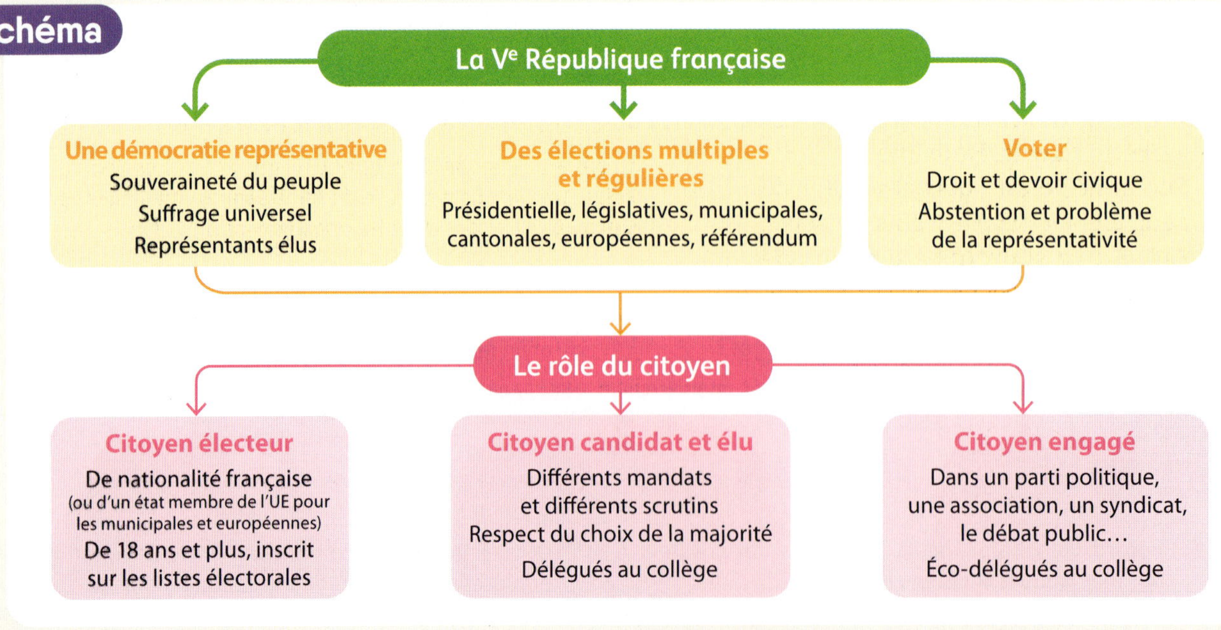

Je m'entraîne

Sujet guidé

La démocratie représentative

1 Qu'est-ce qu'une démocratie représentative ?

Le peuple (le *demos* en grec), c'est-à-dire les citoyens, remet son pouvoir souverain dans les mains de représentants qui l'exercent en son nom, l'articulation entre les deux se faisant par l'élection.

La démocratie représentative repose sur deux piliers : la participation et la représentation des citoyens.

Quatre principes organisent le fonctionnement de la démocratie représentative :

– l'élection des gouvernants à intervalles réguliers ;

– l'indépendance relative des gouvernants par rapport à leurs électeurs ;

– la liberté d'opinion des citoyens ;

– la discussion dans la prise de décision.

D'après europe-limousin-eu, 1er février 2019.

La participation des citoyens

La représentation des citoyens

2 La Constitution de 1958

Préambule : Le peuple français proclame solennellement son attachement aux Droits de l'homme et aux principes de la souveraineté nationale.

Art. 2 : La devise de la République est « Liberté, Égalité, Fraternité ».
Son principe est : gouvernement du peuple, par le peuple et pour le peuple.

Art. 3 : La souveraineté nationale appartient au peuple qui l'exerce par ses représentants.

Art. 4 : La loi garantit les expressions pluralistes des opinions et la participation équitable des partis et groupements politiques à la vie démocratique de la Nation.

Constitution française de la Ve République, 1958.

QUESTIONS

1. **Doc. 1** Comment les citoyens sont-ils représentés en France ?
2. **Doc. 1** Montrez comment en France chaque principe évoqué dans ce document est respecté.
3. **Doc. 2** Qui possède la souveraineté dans la République française ?
4. Vous êtes un(e) jeune élu(e) et, pour votre prise de fonction, vous rédigez un bref discours d'une dizaine de lignes dans lequel vous expliquez les raisons de votre engagement politique.

Un peu d'aide ?

- **Pour la question 1**
Identifiez chacune des deux photographies.
- **Pour la question 3**
Reformulez afin de ne pas paraphraser le texte.
- **Pour la question 4**
Commencez par expliquer les circonstances de votre élection avant d'exposer les raisons de votre engagement.

Déclaration des droits de l'homme et du citoyen de 1789

Les Représentants du Peuple Français, constitués en Assemblée Nationale, considérant que l'ignorance, l'oubli ou le mépris des droits de l'Homme sont les seules causes des malheurs publics et de la corruption des Gouvernements, ont résolu d'exposer, dans une Déclaration solennelle, les droits naturels, inaliénables et sacrés de l'Homme, afin que cette Déclaration, constamment présente à tous les Membres du corps social, leur rappelle sans cesse leurs droits et leurs devoirs ; afin que les actes du pouvoir législatif, et ceux du pouvoir exécutif, pouvant être à chaque instant comparés avec le but de toute institution politique, en soient plus respectés ; afin que les réclamations des citoyens, fondées désormais sur des principes simples et incontestables, tournent toujours au maintien de la Constitution et au bonheur de tous.
En conséquence, l'Assemblée Nationale reconnaît et déclare, en présence et sous les auspices de l'Etre suprême, les droits suivants de l'Homme et du Citoyen.

Article 1er
Les hommes naissent et demeurent libres et égaux en droits. Les distinctions sociales ne peuvent être fondées que sur l'utilité commune.

Article 2
Le but de toute association politique est la conservation des droits naturels et imprescriptibles de l'Homme. Ces droits sont la liberté, la propriété, la sûreté, et la résistance à l'oppression.

Article 3
Le principe de toute Souveraineté réside essentiellement dans la Nation. Nul corps, nul individu ne peut exercer d'autorité qui n'en émane expressément.

Article 4
La liberté consiste à pouvoir faire tout ce qui ne nuit pas à autrui : ainsi, l'exercice des droits naturels de chaque homme n'a de bornes que celles qui assurent aux autres Membres de la Société la jouissance de ces mêmes droits. Ces bornes ne peuvent être déterminées que par la Loi.

Article 5
La Loi n'a le droit de défendre que les actions nuisibles à la Société. Tout ce qui n'est pas défendu par la Loi ne peut être empêché, et nul ne peut être contraint à faire ce qu'elle n'ordonne pas.

Article 6
La Loi est l'expression de la volonté générale. Tous les Citoyens ont droit de concourir personnellement, ou par leurs Représentants, à sa formation. Elle doit être la même pour tous, soit qu'elle protège, soit qu'elle punisse. Tous les Citoyens étant égaux à ses yeux sont également admissibles à toutes dignités, places et emplois publics, selon leur capacité, et sans autre distinction que celle de leurs vertus et de leurs talents.

Article 7
Nul homme ne peut être accusé, arrêté ni détenu que dans les cas déterminés par la Loi, et selon les formes qu'elle a prescrites. Ceux qui sollicitent, expédient, exécutent ou font exécuter des ordres arbitraires, doivent être punis ; mais tout citoyen appelé ou saisi en vertu de la Loi doit obéir à l'instant : il se rend coupable par la résistance.

Article 8
La Loi ne doit établir que des peines strictement et évidemment nécessaires, et nul ne peut être puni qu'en vertu d'une Loi établie et promulguée antérieurement au délit, et légalement appliquée.

Article 9
Tout homme étant présumé innocent jusqu'à ce qu'il ait été déclaré coupable, s'il est jugé indispensable de l'arrêter, toute rigueur qui ne serait pas nécessaire pour s'assurer de sa personne doit être sévèrement réprimée par la loi.

Article 10
Nul ne doit être inquiété pour ses opinions, même religieuses, pourvu que leur manifestation ne trouble pas l'ordre public établi par la Loi.

Article 11
La libre communication des pensées et des opinions est un des droits les plus précieux de l'Homme : tout Citoyen peut donc parler, écrire, imprimer librement, sauf à répondre de l'abus de cette liberté dans les cas déterminés par la Loi.

Article 12
La garantie des droits de l'Homme et du Citoyen nécessite une force publique : cette force est donc instituée pour l'avantage de tous, et non pour l'utilité particulière de ceux auxquels elle est confiée.

Article 13
Pour l'entretien de la force publique, et pour les dépenses d'administration, une contribution commune est indispensable : elle doit être également répartie entre tous les citoyens, en raison de leurs facultés.

Article 14
Tous les Citoyens ont le droit de constater, par eux-mêmes ou par leurs représentants, la nécessité de la contribution publique, de la consentir librement, d'en suivre l'emploi, et d'en déterminer la quotité, l'assiette, le recouvrement et la durée.

Article 15
La Société a le droit de demander compte à tout Agent public de son administration.

Article 16
Toute Société dans laquelle la garantie des Droits n'est pas assurée, ni la séparation des Pouvoirs déterminée, n'a point de Constitution.

Article 17
La propriété étant un droit inviolable et sacré, nul ne peut en être privé, si ce n'est lorsque la nécessité publique, légalement constatée, l'exige évidemment, et sous la condition d'une juste et préalable indemnité.

Déclaration universelle des droits de l'homme (1948)

Article 1er
Tous les êtres humains naissent libres et égaux en dignité et en droits. Ils sont doués de raison et de conscience et doivent agir les uns envers les autres dans un esprit de fraternité.

Article 2
1. Chacun peut se prévaloir de tous les droits et de toutes les libertés proclamés dans la présente Déclaration, sans distinction aucune, notamment de race, de couleur, de sexe, de langue, de religion, d'opinion politique ou de toute autre opinion, d'origine nationale ou sociale, de fortune, de naissance ou de toute autre situation.
2. De plus, il ne sera fait aucune distinction fondée sur le statut politique, juridique ou international du pays ou du territoire dont une personne est ressortissante, que ce pays ou territoire soit indépendant, sous tutelle, non autonome ou soumis à une limitation quelconque de souveraineté.

Article 3
Tout individu a droit à la vie, à la liberté et à la sûreté de sa personne.

Article 4
Nul ne sera tenu en esclavage ni en servitude ; l'esclavage et la traite des esclaves sont interdits sous toutes leurs formes.

Article 5
Nul ne sera soumis à la torture, ni à des peines ou traitements cruels, inhumains ou dégradants.

Article 6
Chacun a le droit à la reconnaissance en tous lieux de sa personnalité juridique.

Article 7
Tous sont égaux devant la loi et ont droit sans distinction à une égale protection de la loi. Tous ont droit à une protection égale contre toute discrimination qui violerait la présente Déclaration et contre toute provocation à une telle discrimination.

Article 18
Toute personne a droit à la liberté de pensée, de conscience et de religion [...].

Article 19
Tout individu a droit à la liberté d'opinion et d'expression, ce qui implique le droit de ne pas être inquiété pour ses opinions et celui de chercher, de recevoir et de répandre, sans considérations de frontières, les informations et les idées par quelque moyen d'expression que ce soit.

Article 20
1. Toute personne a droit à la liberté de réunion et d'association pacifiques.

Article 22
Toute personne, en tant que membre de la société, a droit à la sécurité sociale ; elle est fondée à obtenir la satisfaction des droits économiques, sociaux et culturels indispensables à sa dignité et au libre développement de sa personnalité, grâce à l'effort national et à la coopération internationale, compte tenu de l'organisation et des ressources de chaque pays.

Article 26
1. Toute personne a droit à l'éducation. [...]

Préambule de la Constitution de 1946

Au lendemain de la victoire remportée par les peuples libres sur les régimes qui ont tenté d'asservir et de dégrader la personne humaine, le peuple français proclame à nouveau que tout être humain, sans distinction de race, de religion ni de croyance, possède des droits inaliénables et sacrés. Il réaffirme solennellement les droits et libertés de l'homme et du citoyen consacrés par la Déclaration des droits de 1789 et les principes fondamentaux reconnus par les lois de la République.

Il proclame, en outre, comme particulièrement nécessaires à notre temps, les principes politiques, économiques et sociaux ci-après :

La loi garantit à la femme, dans tous les domaines, des droits égaux à ceux de l'homme.

Tout homme persécuté en raison de son action en faveur de la liberté a droit d'asile sur les territoires de la République.

Chacun a le devoir de travailler et le droit d'obtenir un emploi. Nul ne peut être lésé, dans son travail ou son emploi, en raison de ses origines, de ses opinions ou de ses croyances.

Tout homme peut défendre ses droits et ses intérêts par l'action syndicale et adhérer au syndicat de son choix.

Le droit de grève s'exerce dans le cadre des lois qui le réglementent.

Tout travailleur participe, par l'intermédiaire de ses délégués, à la détermination collective des conditions de travail ainsi qu'à la gestion des entreprises.

Tout bien, toute entreprise, dont l'exploitation a ou acquiert les caractères d'un service public national ou d'un monopole de fait, doit devenir la propriété de la collectivité.

La Nation assure à l'individu et à la famille les conditions nécessaires à leur développement. Elle garantit à tous, notamment à l'enfant, à la mère et aux vieux travailleurs, la protection de la santé, la sécurité matérielle, le repos et les loisirs. Tout être humain qui, en raison de son âge, de son état physique ou mental, de la situation économique, se trouve dans l'incapacité de travailler a le droit d'obtenir de la collectivité des moyens convenables d'existence.

La Nation proclame la solidarité et l'égalité de tous les Français devant les charges qui résultent des calamités nationales.

La Nation garantit l'égal accès de l'enfant et de l'adulte à l'instruction, à la formation professionnelle et à la culture. L'organisation de l'enseignement public gratuit et laïque à tous les degrés est un devoir de l'État.

La République française, fidèle à ses traditions, se conforme aux règles du droit public international. Elle n'entreprendra aucune guerre dans des vues de conquête et n'emploiera jamais ses forces contre la liberté d'aucun peuple.

Sous réserve de réciprocité, la France consent aux limitations de souveraineté nécessaires à l'organisation et à la défense de la paix.

La France forme avec les peuples d'outre-mer une Union fondée sur l'égalité des droits et des devoirs, sans distinction de race ni de religion. L'Union française est composée de nations et de peuples qui mettent en commun ou coordonnent leurs ressources et leurs efforts pour développer leurs civilisations respectives, accroître leur bien-être et assurer leur sécurité.

Fidèle à sa mission traditionnelle, la France entend conduire les peuples dont elle a pris la charge à la liberté de s'administrer eux-mêmes et de gérer démocratiquement leurs propres affaires ; écartant tout système de colonisation fondé sur l'arbitraire, elle garantit à tous l'égal accès aux fonctions publiques et l'exercice individuel ou collectif des droits et libertés proclamés ou confirmés ci-dessus.

Constitution de 1958 (Ve République)

Préambule

Le peuple français proclame solennellement son attachement aux Droits de l'homme et aux principes de la souveraineté nationale tels qu'ils ont été définis par la Déclaration de 1789, confirmée et complétée par le préambule de la Constitution de 1946, ainsi qu'aux droits et devoirs définis dans la Charte de l'environnement de 2004.

En vertu de ces principes et de celui de la libre détermination des peuples, la République offre aux territoires d'outre-mer qui manifestent la volonté d'y adhérer des institutions nouvelles fondées sur l'idéal commun de liberté, d'égalité et de fraternité et conçues en vue de leur évolution démocratique.

Article 1er

La France est une République indivisible, laïque, démocratique et sociale. Elle assure l'égalité devant la loi de tous les citoyens sans distinction d'origine, de race ou de religion. Elle respecte toutes les croyances. Son organisation est décentralisée.

La loi favorise l'égal accès des femmes et des hommes aux mandats électoraux et fonctions électives, ainsi qu'aux responsabilités professionnelles et sociales.

La convention internationale des droits de l'enfance (1989)

Article 1er
Au sens de la présente Convention, un enfant s'entend de tout être humain âgé de moins de dix-huit ans, sauf si la majorité est atteinte plus tôt en vertu de la législation qui lui est applicable.

Article 2
2. Les États parties prennent toutes les mesures appropriées pour que l'enfant soit effectivement protégé contre toutes formes de discrimination ou de sanction motivées par la situation juridique, les activités, les opinions déclarées ou les convictions de ses parents, de ses représentants légaux ou des membres de sa famille.

Article 3
2. Les États parties s'engagent à assurer à l'enfant la protection et les soins nécessaires à son bien-être, compte tenu des droits et des devoirs de ses parents, de ses tuteurs ou des autres personnes légalement responsables de lui, et ils prennent à cette fin toutes les mesures législatives et administratives appropriées.

Article 4
Les États parties s'engagent à prendre toutes les mesures législatives, administratives et autres qui sont nécessaires pour mettre en œuvre les droits reconnus dans la présente Convention. Dans le cas des droits économiques, sociaux et culturels, ils prennent ces mesures dans toutes les limites des ressources dont ils disposent et, s'il y a lieu, dans le cadre de la coopération internationale.

Article 5
Les États parties respectent la responsabilité, le droit et le devoir qu'ont les parents ou, le cas échéant, les membres de la famille élargie ou de la communauté, comme prévu par la coutume locale, les tuteurs ou autres personnes légalement responsables de l'enfant, de donner à celui-ci, d'une manière qui corresponde au développement de ses capacités, l'orientation et les conseils appropriés à l'exercice des droits que lui reconnaît la présente Convention.

Article 6
Les États parties reconnaissent que tout enfant a un droit inhérent à la vie. Les États parties assurent dans toute la mesure possible la survie et le développement de l'enfant.

Article 7
1. L'enfant est enregistré aussitôt sa naissance et a dès celle-ci le droit à un nom, le droit d'acquérir une nationalité et, dans la mesure du possible, le droit de connaître ses parents et d'être élevé par eux. Les États parties veillent à mettre ces droits en œuvre conformément à leur législation nationale et aux obligations que leur imposent les instruments internationaux applicables en la matière, en particulier dans les cas où faute de cela l'enfant se trouverait apatride.

Article 8
1. Les États parties s'engagent à respecter le droit de l'enfant de préserver son identité, y compris sa nationalité, son nom et ses relations familiales, tels qu'ils sont reconnus par la loi, sans ingérence illégale.
2. Si un enfant est illégalement privé des éléments constitutifs de son identité ou de certains d'entre eux, les États parties doivent lui accorder une assistance et une protection appropriées, pour que son identité soit rétablie aussi rapidement que possible.

Article 9
1. Les États parties veillent à ce que l'enfant ne soit pas séparé de ses parents contre leur gré, à moins que les autorités compétentes ne décident, sous réserve de révision judiciaire et conformément aux lois et procédures applicables, que cette séparation est nécessaire dans l'intérêt supérieur de l'enfant. Une décision en ce sens peut être nécessaire dans certains cas particuliers, par exemple lorsque les parents maltraitent ou négligent l'enfant, ou lorsqu'ils vivent séparément et qu'une décision doit être prise au sujet du lieu de résidence de l'enfant.
Ministère des Affaires étrangères -Mission de l'Adoption Internationale 2003

Article 10
2. Un enfant dont les parents résident dans des États différents a le droit d'entretenir, sauf circonstances exceptionnelles, des relations personnelles et des contacts directs réguliers avec ses deux parents. A cette fin, et conformément à l'obligation incombant aux États parties en vertu du paragraphe 1 de l'article 9, les États parties respectent le droit qu'ont l'enfant et ses parents de quitter tout pays, y compris le leur, et de revenir dans leur propre pays. Le droit de quitter tout pays ne peut faire l'objet que des restrictions prescrites par la loi qui sont nécessaires pour protéger la sécurité nationale, l'ordre public, la santé ou la moralité publiques, ou les droits et libertés d'autrui, et qui sont compatibles avec les autres droits reconnus dans la présente Convention.

1 | La France est **une République indivisible, laïque, démocratique et sociale.** Elle assure l'égalité devant la loi, sur l'ensemble de son territoire, de tous les citoyens. Elle respecte toutes les croyances.

2 | La République laïque organise **la séparation des religions et de l'État.** L'État est neutre à l'égard des convictions religieuses ou spirituelles. Il n'y a pas de religion d'État.

LA RÉPUBLIQUE EST LAÏQUE

3 | La laïcité garantit **la liberté de conscience** à tous. **Chacun est libre de croire ou de ne pas croire.** Elle permet la libre expression de ses convictions, dans le respect de celles d'autrui et dans les limites de l'ordre public.

4 | La laïcité permet l'exercice de la citoyenneté, en conciliant **la liberté de chacun** avec **l'égalité et la fraternité de tous** dans le souci de l'intérêt général.

5 | La République assure dans les établissements scolaires le respect de chacun de ces principes.

CHARTE DE LA LAÏCITÉ À L'ÉCOLE

La Nation confie à l'École la mission de faire partager aux élèves les valeurs de la République.

6 | La laïcité de l'École offre aux élèves les conditions pour forger leur personnalité, exercer leur libre arbitre et faire l'apprentissage de la citoyenneté. **Elle les protège de tout prosélytisme et de toute pression** qui les empêcheraient de faire leurs propres choix.

7 | La laïcité assure aux élèves l'accès à **une culture commune et partagée.**

8 | La laïcité permet l'exercice de **la liberté d'expression** des élèves dans la limite du bon fonctionnement de l'École comme du respect des valeurs républicaines et du pluralisme des convictions.

9 | La laïcité implique **le rejet de toutes les violences et de toutes les discriminations,** garantit **l'égalité entre les filles et les garçons** et repose sur une culture du **respect** et de la compréhension de l'autre.

10 | **Il appartient à tous les personnels de transmettre aux élèves le sens et la valeur de la laïcité,** ainsi que des autres principes fondamentaux de la République. Ils veillent à leur application dans le cadre scolaire. Il leur revient de porter la présente charte à la connaissance des parents d'élèves.

11 | **Les personnels ont un devoir de stricte neutralité** : ils ne doivent pas manifester leurs convictions politiques ou religieuses dans l'exercice de leurs fonctions.

L'ÉCOLE EST LAÏQUE

12 | **Les enseignements sont laïques.** Afin de garantir aux élèves l'ouverture la plus objective possible à la diversité des visions du monde ainsi qu'à l'étendue et à la précision des savoirs, **aucun sujet n'est a priori exclu du questionnement scientifique et pédagogique.** Aucun élève ne peut invoquer une conviction religieuse ou politique pour contester à un enseignant le droit de traiter une question au programme.

13 | Nul ne peut se prévaloir de son appartenance religieuse pour refuser de se conformer aux règles applicables dans l'École de la République.

14 | Dans les établissements scolaires publics, les règles de vie des différents espaces, précisées dans le règlement intérieur, sont respectueuses de la laïcité. **Le port de signes ou tenues par lesquels les élèves manifestent ostensiblement une appartenance religieuse est interdit.**

15 | Par leurs réflexions et leurs activités, **les élèves contribuent à faire vivre la laïcité** au sein de leur établissement.

Liberté • Égalité • Fraternité
RÉPUBLIQUE FRANÇAISE

ministère éducation nationale

Je m'exprime à l'oral

La démarche

Je m'exprime à l'oral

- **La langue** : Une syntaxe correcte / Un vocabulaire précis / Des formulations variées
- **La posture** : La voix ferme / Le ton dynamique / Le regard vers l'auditoire
- **Pour débattre**
  - Je construis mon point de vue
  - Je demande et prends la parole
  - J'exprime mon point de vue
  - Je prends en compte celui des autres
- **Pour communiquer, exposer**
  - Je présente une recherche, des connaissances
  - J'organise et articule mon propos
  - J'utilise des documents supports (affiche, diaporama…)
- **Pour interagir**
  - J'écoute et réponds aux questions
  - Je rebondis sur ce que dit mon interlocuteur
  - J'interroge et clarifie les propos échangés

Un exemple de travail d'élève

Noumia et Hugo ont présenté un « 180 secondes » sur la construction de la tour Eiffel lors de l'Exposition universelle de 1889.

À partir de leurs recherches, ils ont construit leur présentation autour de trois idées. Ils ont choisi d'accompagner cet oral d'un diaporama. Une diapositive pour chaque partie avec le titre, une image et quelques mots clés !

Ils se sont ensuite entraînés à l'oral pour :

- respecter le temps imparti (180 secondes) ;
- parler de manière fluide et gérer le stress ;
- se détacher de leurs notes et regarder l'auditoire.

1 La tour d'acier de Gustave Eiffel

Le fleuron de l'Exposition universelle de Paris en 1889

2 Gustave Eiffel

Un ingénieur

3 La construction

Un défi technique

4 Une nouvelle silhouette pour Paris

Je présente un document

La démarche

Je présente un document

- **Quoi ?** Je préciser sa **nature** (photographie, dessin, tableau, affiche, texte…).
- **Qui ?** Je précise le nom de son **auteur**.
- **D'où ?** Je précise sa **source**, éventuellement où il est conservé (journal, revue, ouvrage, musée…).
- **Quand ?** Je précise sa **date** et, éventuellement, son **contexte**.
- **De quoi ?** Je précise le **thème** évoqué.
- **Que nous apprend-il ?** Je précise son **intérêt**.

Un exemple de travail d'élève

Lehna doit présenter ce texte en EMC.

1 Elle commence par le lire et surligne les éléments lui permettant de présenter le texte :

Le milieu de terrain français Blaise Matuidi cible d'injures racistes de la part de supporters en Italie. Deux joueurs nigérians accueillis par des cris de singe à leur entrée sur un terrain en Allemagne… En ce début d'année 2018, tous les footballeurs professionnels n'ont pas encore repris le chemin des terrains que le racisme y a déjà pris ses aises. En dépit des campagnes menées pour l'en chasser, de l'implication des plus grandes stars, des efforts des instances officielles, il se manifeste encore dans tous les championnats et à tous les niveaux, dans les gradins, sur la pelouse et sur les réseaux sociaux. « En matière de lutte contre le racisme, le football stagne car les sanctions ne sont tout simplement pas assez sévères. Pour moi, il faut qu'elles deviennent beaucoup plus lourdes, voire extrêmes, et les fédérations doivent s'engager davantage », martèle l'international suisse originaire du Cap-Vert Gelson Fernandes.

D'après Lionel Pittet, « Ce racisme ordinaire qui gangrène le football », *Le Temps*, 30 janvier 2018.

Auteur — Titre de l'article — Nom du journal — Date

2 Elle s'interroge ensuite sur l'intérêt du document : pour elle, il s'agit de dénoncer le racisme que subissent certains joueurs de football.

3 Elle relève et note tous ces éléments ainsi :

Je présente le document

- **Quoi ?** Article de journal.
- **Qui ?** Le journaliste Lionel Pittet.
- **D'où ?** Le quotidien *Le Temps*.
- **Quand ?** 30/01/2018 (date de publication).
- **De quoi ?** Le racisme dans le football.
- **Que nous apprend-il ? Quel est son intérêt ?** Dénoncer les actes racistes que subissent certains joueurs.

4 Enfin, elle reprend ces éléments en deux phrases pour présenter le document. Et voilà le résultat !

Le document est un article du journal *Le Temps* du 30 janvier 2018. Écrit par Lionel Pittet, il dénonce les actes racistes que subissent certains joueurs de football.

Comme Lehna, repère bien tous les éléments présentés dans **La démarche**. Tu peux les surligner ou les entourer sur les documents qu'on te demande de présenter.

Je comprends et j'analyse un document

3

Méthode

La démarche

1. J'observe et je lis attentivement le document pour en comprendre le sens global.

Un texte
- **2.1** Je repère son **organisation** : les idées principales de chaque paragraphe, les **mots clés**.
- **2.2** Je reformule les informations du texte.

Une image
- **2.1** J'identifie les **éléments** qui composent l'image.
- **2.2** Je décris précisément ce que je vois.

Des données statistiques
- **2.1** Je repère les **unités** (hab., euros, km, %...).
- **2.2** Je qualifie une **évolution** :
  - augmentation, hausse, croissance ;
  - diminution, baisse, décroissance ;
  - stagnation, stabilisation.

3. J'utilise mes connaissances pour expliquer, interpréter, porter un regard critique.

Un exemple de travail d'élève

Yanis a étudié cette affiche en EMC à partir de cette consigne :

Après avoir présenté cette affiche, vous la décrirez et en expliquerez le message.

1 Il l'a alors observée, et a repéré des éléments en les entourant et en faisant des flèches.

Message de l'affiche

- Une chambre et un café qui se mélangent

= Nuisances sonores

= Libertés en tension

Rappel de la loi

2 Yanis a ensuite repris et rédigé ces éléments. Voici sa réponse :

Présentation du document Le document est une affiche commandée par la mairie de Paris et la préfecture de police. Elle dénonce les nuisances sonores causées par les terrasses des cafés ou les restaurants parisiens.

Description La photographie se compose de deux images superposées et mêlées. L'une est très nette. Au centre, un homme est dans son lit. Il est accoudé et soupire. Il n'arrive pas à dormir. La seconde image est plus floue. Elle présente des personnes à la terrasse d'un café qui sont comme des intrus dans la chambre du premier. Une femme est assise sur son lit, elle trinque avec un ami. D'autres l'entourent, assis ou debout. Le flou montre l'animation et le mouvement.

Interprétation L'affiche dénonce le bruit que peuvent causer les conversations à la terrasse des cafés, surtout le soir alors qu'elles empêchent les riverains de dormir. Elle rappelle que la liberté de chacun est liée à la responsabilité, comme le stipule la loi qui punit d'amende ces nuisances.

Je rédige un développement construit

Étape 1 J'analyse et je comprends un sujet

La démarche

J'analyse et je comprends un sujet

1. Je lis le sujet et **repère les mots clés** : notions, verbes de consigne, mots de liaison…
2. Je **définis les notions** associées.
3. Je délimite le sujet. (**Où ? Quand**)
4. Je reformule et **transforme le sujet en une question.**
5. Je **rassemble et classe les connaissances** pour répondre à la question.

Un exemple de travail d'élève

Imane a eu ce sujet sur la « Révolution française et l'Empire » :

1792, la fin de la monarchie en France ?

Elle a repris La démarche pour bien comprendre son sujet.

J'analyse et je comprends un sujet

1. Mots clés au sujet : monarchie – fin
2. **Définition des notions.** Monarchie / Monarchie absolue / Monarchie constitutionnelle / République
3. **Où et Quand ?** France / Période révolutionnaire (1789-1815) / 1792 : fin de la monarchie Constitutionnelle puis République
3. Pourquoi la monarchie constitutionnelle n'a-t-elle pas duré ? Pourquoi est-elle un échec ?
5. Les idées pour traiter le sujet

La rupture de confiance entre le peuple et le roi Fuite à Varennes, le 21 juin 1791 Le roi « cochon » Constitution signée en Septembre 1791 Déclaration de guerre, avril 1792 Manifeste de Brunswick	La prise des Tuileries, le 10 août 1792 Sans-culottes – Le roi se réfugie à l'assemblée – Déchéance du roi – Abolition de la monarchie – Septembre 1792 – République Roi condamné pour trahison et exécuté en janvier 1793
Mais en 1815 : RESTAURATION ! donc pas fin définitive de la monarchie	

Étape 2 Je rédige le développement construit

La démarche

Je rédige le développement construit

1. Je rédige les **paragraphes** :
- Je fais un paragraphe pour chaque grande idée.
- Je fais des alinéas et j'utilise des mots de liaison.
- Je développe les idées et je donne des exemples.

2. Je rédige l'**introduction** :
- Elle présente le sujet.
- Elle définit les mots importants.
- Elle reformule le sujet sous la forme d'une question.

3. Je rédige la **conclusion** :
- Elle résume les idées présentées.
- Elle apporte une réponse à la question posée.

4. Je **relis** pour vérifier la syntaxe et l'orthographe.

Boîte à outils • Les mots de liaison

- Tout d'abord, ensuite, puis, par ailleurs … pour marquer des étapes
- En effet, alors, par conséquent … pour marquer la conséquence
- Cependant, pourtant, bien que, quoique … pour marquer l'opposition

Un exemple de travail d'élève

Imane a utilisé les arguments classés dans son tableau (p. 392) pour rédiger un développement construit, c'est-à-dire organisé en paragraphes, avec introduction et conclusion :

Introduction

En septembre 1791, Louis XVI accepte la constitution rédigée par l'assemblée. Or un an plus tard, la République est proclamée et Louis XVI condamné à mort. Pourquoi la monarchie constitutionnelle ne dure-t-elle pas plus d'une année ?

1er paragraphe — La rupture de confiance entre le peuple et le roi

Alors que le roi Louis XVI avait prêté serment de fidélité à « la nation et à la loi », la population s'est peu à peu détachée du roi. En effet, l'image de ce dernier se détériore. Le 21 juin 1791, après sa tentative de fuite et son arrestation à Varennes, le roi est ramené à Paris devant une foule silencieuse et méprisante. Puis le bruit court, après les premières défaites de l'armée française au début de l'été 1792, que le roi complote avec les ennemis de la France.

2e paragraphe — La prise des Tuileries et l'abolition de la monarchie

C'est dans ce contexte qu'une insurrection éclate à Paris le 10 août 1792. Les sans-culottes s'emparent du palais des Tuileries tandis que le roi se réfugie à l'Assemblée nationale avec sa famille. Il est alors déchu et emprisonné à la prison du Temple. C'est la fin de la monarchie constitutionnelle qui aura duré un an puisqu'en septembre 1792, la République est proclamée.

Conclusion

1792 marque donc la fin de la monarchie, mais une fin provisoire car la monarchie est restaurée en 1815. Après la seconde abdication de Napoléon Ier, c'est Louis XVIII, frère de Louis XVI, qui devient roi de France.

Je réalise une carte mentale

La démarche

Une carte mentale est un schéma qui permet de regrouper et d'organiser des informations et mots clés le long de branches de couleurs différentes.

Je réalise une carte mentale

1. Au centre d'une feuille au format paysage, je note le thème (ou le titre du chapitre).
2. Je dessine des branches de couleurs différentes qui correspondent aux grandes idées (ou parties du chapitre).
3. Je liste les mots clés, exemples, dates… puis je les organise sur les branches de la carte mentale.
4. Je peux dessiner, coller des images pour illustrer des mots clés, exemples…

Un exemple de travail d'élève

Adil a commencé cette carte mentale pour réviser le chapitre de géographie sur les espaces touristiques :

Je réalise une production cartographique

La démarche

Réaliser une production cartographique, c'est utiliser un langage spécifique pour représenter des informations dans un espace. On parle d'un **croquis** (quand on utilise un fond de carte) et d'un **schéma** (quand on représente l'espace sous une forme simplifiée).

Je réalise une production cartographique

- **1. Je me repère** : Je localise les mers et océans, les pays, continents…
- **2. Je sélectionne les informations** et choisis des figurés pour les cartographier.
- **3. Je place les figurés** avec soin sur le croquis ou le schéma :
  - crayons de couleur pour les surfaces
  - crayons feutre fin pour les autres.
- **4. Je construis la légende** : Le figuré à gauche et l'information à droite.
- **5. Je donne un titre** à ma réalisation.

Boîte à outils • Les figurés

	Pour donner une information	Pour hiérarchiser une information
Figurés de surface	Zone urbanisée Champs	Densité forte Densité moyenne Densité faible
Figurés linéaires	Axe routier Fleuve	Flux migratoire important Flux migratoire moyen Flux migratoire faible
Figurés ponctuels	Ville Port Pouvoir	Agglomération de plus de 20 millions d'habitants Agglomération entre 5 et 10 millions d'habitants

Un exemple de travail d'élève

Yana et Anaïs ont coopéré pour réaliser un schéma de géographie, à partir d'un ensemble documentaire.

Sujet : **Les mobilités sur la frontière États-Unis – Mexique**

Ils ont repris **La démarche** pour cartographier les informations sélectionnées. Voici le résultat de leur travail :

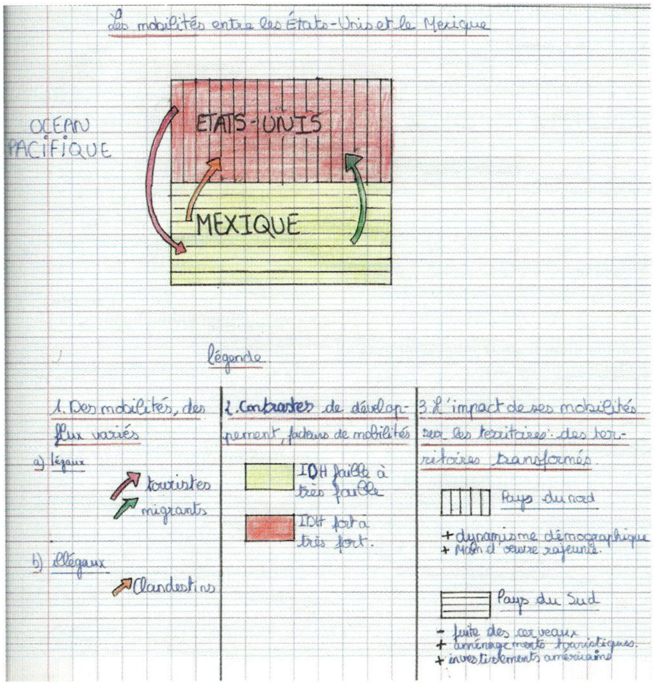

Lexique

A

- **Abolitionniste :** qui est favorable à l'interdiction de la traite négrière et de l'esclavage. (**Chapitre 1**)
- **Abstention :** fait de ne pas voter, alors qu'on en a le droit. (**Chapitre 3 EMC**)
- **Académies :** sociétés savantes exclusivement masculines. (**Chapitre 2**)
- **ACEUM (ex ALENA) :** accord de libre-échange signé entre le Canada, les États-Unis et le Mexique. (**Chapitre 14**)
- **Agglomération :** une ville-centre et sa banlieue. (**Chapitre 9**)
- **Aire touristique :** grande région du monde à la fois émettrice et réceptrice de touristes internationaux. (**Chapitre 12**)
- **Aire urbaine :** une agglomération centrale et les périphéries qui lui sont liées. (**Chapitre 10**)
- **Allégorie :** représentation abstraite, sous la forme humaine et/ou animale, d'une valeur ou d'un principe. (**Chapitre 7**)
- **Anarchisme :** idéologie hostile aux lois et à l'État. (**Chapitre 7**)
- **Ancien Régime :** désigne, à partir de 1789, la société d'ordres qui existait avant la Révolution. (**Chapitre 3**)
- **Antidreyfusard :** personne convaincue de la culpabilité de Dreyfus. (**Chapitre 7**)
- **Antiparlementarisme :** courant politique opposé au régime parlementaire. (**Chapitre 7**)
- **Antisémitisme :** haine envers les Juifs. (**Chapitre 7**)
- **Arbitraire :** qui dépend de la seule volonté d'une personne. (**Chapitre 3**)
- **Archipel (mégalopolitain mondial (AMM) :** ensemble de métropoles étroitement connectées en réseaux (de transport et numérique). (**Chapitre 10**)
- **Armateur :** entreprise qui exploite un navire de commerce en fournissant le matériel et l'équipage. (**Chapitre 13**). Propriétaire ou exploitant d'un navire. (**Chapitre 1**)
- **Arts :** ensemble des connaissances et savoir-faire dans un domaine. (**Chapitre 2**)
- **Ateliers nationaux :** chantiers organisés par l'État pour employer les ouvriers au chômage. (**Chapitre 4**)
- **Attractivité :** action d'attirer la population, les activités. (**Chapitre 9**)

B

- **Bidonville :** quartier dont les habitations ont été construites sans autorisation, avec des matériaux de récupération. (**Chapitre 15**)
- **Bourgeoisie :** terme qui désigne au XVIIIe siècle les marchands, armateurs, entrepreneurs, financiers et hommes de loi. (**Chapitre 1**)
- **BRICS :** groupe des cinq puissances émergentes (Brésil, Russie, Inde, Chine, Afrique du Sud). (**Chapitre 15**)

C

- **Cahiers de doléances :** cahiers dans lesquels les membres de chaque ordre exposent leurs plaintes et leurs revendications. (**Chapitre 3**)
- **Canal :** bras de mer étroit ou voie d'eau artificielle. (**Chapitre 13**)
- **CBD (Central Business District) :** quartier central des affaires qui regroupe des sièges sociaux d'entreprises et des établissements financiers. On le reconnaît à ses gratte-ciels. (**Chapitre 9 et Chapitre 14**)
- **Cens :** impôt dont un électeur doit s'acquitter pour pouvoir voter. (**Chapitre 6**)
- **Censure :** interdiction d'une publication. (**Chapitre 2**)
- **Centre :** quartier, espace qui domine et concentre les activités et les populations. (**Chapitre 9**)
- **Changement climatique :** modification durable du climat. (**Chapitre 13**)
- **Cité judiciaire :** lieu qui regroupe un ensemble de tribunaux. (**Chapitre 1 EMC**)
- **Clandestin :** migrant en situation illégale (aussi appelé « sans-papiers »). (**Chapitre 11 Un monde de migrants**)
- **Club :** association dont les adhérents débattent de sujets politiques. (**Chapitre 3** et **Chapitre 6**)
- **Code civil :** recueil des textes de loi et des règlements qui organisent la vie en société et qui s'imposent à tous. (**Chapitre 3**)
- **Code de l'indigénat :** ensemble des règles et sanctions réservées aux colonisés. (**Chapitre 5**)
- **Colon :** personne venue s'installer dans une colonie. (**Chapitre 5**)
- **Colonie :** territoire conquis et administré par une puissance étrangère (la métropole). (**Chapitre 5**)
- **Colonie d'exploitation :** colonie où un État exploite essentiellement les ressources. (**Chapitre 5**)
- **Colonie de peuplement :** colonie vers laquelle un État envoie des colons pour la peupler. (**Chapitre 5**)

- **Comité de salut public :** gouvernement d'exception mis en place par la Convention. **(Chapitre 3)**
- **Commandeur :** esclave chargé de surveiller et d'encadrer le travail des autres esclaves. **(Chapitre 1)**
- **Commerce en droiture :** commerce effectué directement entre l'Europe et l'Amérique. **(Chapitre 1)**
- **Commerce triangulaire :** commerce qui part d'Europe à destination de l'Afrique pour acheter des Africains revendus comme esclaves dans les colonies d'Amérique. **(Chapitre 1)**
- **Commune de Paris :** gouvernement révolutionnaire parisien qui s'oppose au gouvernement légal. **(Chapitre 7)**
- **Comptoir :** établissement commercial en territoire étranger. **(Chapitre 1)**
- **Conflit d'usage :** conflit entre plusieurs utilisateurs d'un même espace, qui peuvent y avoir des intérêts contraires. **(Chapitre 13)**
- **Conseil d'État :** il juge les différends entre les administrations et les administrés en dernier recours. Par ailleurs, il conseille le gouvernement pour l'élaboration des projets de loi. **(Chapitre 1 EMC)**
- **Conseiller municipal :** membre élu de l'assemblée qui gère la commune, elle-même présidée par le(la) maire. **(Chapitre 3 EMC)**
- **Constitution :** texte de loi qui fixe l'organisation de l'État et le partage du pouvoir. **(Chapitre 3 et Chapitre 3 EMC)**
- **Conte philosophique :** court récit de fiction qui critique la société et le pouvoir pour promouvoir les valeurs des Lumières. **(Chapitre 2)**
- **Conteneur :** grande caisse métallique utilisée pour le transport de marchandises ; il existe deux tailles standards et universelles pour les conteneurs maritimes. **(Chapitre 13)**
- **Contravention :** infraction punie d'une amende. **(Chapitre 1 EMC)**
- **Convention :** assemblée élue au suffrage universel masculin qui gouverne de septembre 1792 à 1795. **(Chapitre 3)**
- **COP 25 (ou COP bleue) :** nom donné à la 25e conférence sur les changements climatiques. Elle s'est tenue à Madrid, fin 2019. **(Chapitre 13)**
- **Corvée :** journée de travail gratuit et obligatoire. **(Chapitre 5)**
- **Cour d'assises :** justice pour les auteurs présumés de crimes (homicides, viols, attaques à main armée). **(Chapitre 1 EMC)**
- **Cour de cassation :** cour qui ne juge pas l'affaire, mais vérifie que la procédure a été bien respectée. **(Chapitre 1 EMC)**
- **Créole :** esclave de seconde ou troisième génération, né dans l'île. **(Chapitre 1)**
- **CVC (Conseil de vie collégienne) :** représentants des élèves chargés d'organiser des actions citoyennes dans l'établissement. **(Chapitre 3 EMC)**
- **Cyberharcèlement :** acte agressif, intentionnel commis par un individu ou un groupe d'individus au moyen de formes de communication électroniques et de façon répétée.

D

- **Décroissance :** par opposition à croissance urbaine. Elle est la conséquence de pertes de population, d'emplois et de richesse, elle se traduit par des paysages de friches. **(Chapitre 10)**
- **Démocratie :** système politique où le peuple détient le pouvoir (il est souverain). **(Chapitre 7 et Chapitre 3 EMC)**
- **Démocratie participative :** implication directe des citoyens dans la prise de décision politique. **(Chapitre 3 EMC)**
- **Démocratie représentative :** régime politique dans lequel les citoyens délèguent leurs pouvoirs à des représentants élus. **(Chapitre 3 EMC)**
- **Despote éclairé :** souverain qui prétend s'inspirer des idées des Lumières pour transformer son pays et la société. **(Chapitre 2)**
- **Détroit :** bras de mer étroit. **(Chapitre 13)**
- **Développement :** amélioration des conditions de vie d'une population. **(Chapitre 11 et Chapitre 15)**
- **Dock :** bassin entouré de quais et d'entrepôts, pour le chargement et le déchargement des navires. **(Chapitre 9)**
- **Dreyfusard :** partisan de Dreyfus, convaincu de son innocence. **(Chapitre 7)**
- **Droit fondamental :** ensemble des droits et des libertés essentiels à la vie d'un individu. **(Chapitre 2 EMC)**

E

- **Écolodge :** hébergement touristique qui répond aux critères de respect de l'environnement. **(Chapitre 15)**
- **Économie de rente :** économie faiblement diversifiée reposant sur l'exploitation des ressources naturelles. **(Chapitre 15)**
- **Écotourisme :** activités touristiques pratiquées dans un cadre naturel, prenant soin de l'environnement et participant à l'économie locale. **(Chapitre 12)**
- **Élections législatives :** élection des députés. **(Chapitre 7)**
- **Élite :** ceux qui dominent une société. **(Chapitre 2)**
- **Émigration :** action de quitter son pays pour s'installer dans un autre momentanément ou définitivement. **(Chapitre 11 et Chapitre 4)**
- **Éolien :** dû à l'action du vent. **(Chapitre 13)**
- **Étalement urbain :** fait qu'une agglomération s'étende sur toujours plus d'espace. **(Chapitre 9)**
- **État enclavé :** pays sans accès direct à la mer. **(Chapitre 15)**

- **États généraux :** assemblée extraordinaire convoquée par le roi constituée des représentants des trois ordres. (**Chapitre 3**)
- **EVP (équivalent vingt pieds) :** unité de mesure du conteneur (20 pieds représentant un peu plus de 6 mètres). (**Chapitre 13**)
- **Exode rural :** départ de la campagne pour aller habiter et travailler en ville. (**Chapitre 4**)
- **Expatrié :** personne résidant dans un autre pays que le sien. (**Chapitre 14**)

F

- **Façade maritime :** espace littoral composé de plusieurs ZIP qui entretient des échanges importants entre le littoral et l'arrière-pays. (**Chapitre 13**)
- **Fanatisme :** croyance religieuse aveugle qui mène à l'intolérance. (**Chapitre 2**)
- **Féminisme :** ensemble d'idées qui visent à obtenir l'égalité entre les hommes et les femmes dans la société. (**Chapitre 8**)
- **Firme transnationale (FTN) :** entreprise dont les activités sont implantées dans de nombreux pays. (**Chapitre 14**)
- **Flux :** déplacement de biens, de personnes, de capitaux ou d'informations. (**Chapitre 15**)
- **Friche :** espace laissé à l'abandon à la suite de l'arrêt de l'activité qui s'y trouvait. (**Chapitre 10**)

G

- **Gentrification :** phénomène urbain marqué par l'arrivée de populations aisées dans des quartiers rénovés. (**Chapitre 14**)
- **Ghetto :** quartier pauvre majoritairement peuplé d'Afro-Américains. (**Chapitre 14**)

H

- **Hadopi (Haute Autorité pour la diffusion des œuvres et la protection des droits sur Internet) :** autorité publique indépendante qui lutte contre le piratage en France. (**Chapitre 1 EMC**)
- **Hispanique :** personne originaire d'Amérique latine. (**Chapitre 14**)
- **Hub :** lieu qui concentre et redistribue des marchandises, des informations ou des voyageurs. (**Chapitre 10**)
- **Hygiéniste :** scientifique qui veut préserver la santé publique en influençant l'État pour que soient prises des mesures politiques, sociales et urbanistiques. (**Chapitre 4**)

I

- **IDH (indice de développement humain) :** mesure qui tient compte du niveau de richesse, de santé et d'éducation de la population. Depuis 2021, on y ajoute les efforts pour limiter le changement climatique. (**Chapitre 15**)
- **Immigration :** installation dans un pays d'une population venue d'un autre pays. (**Chapitre 11 et Chapitre 4**)
- **Indigène :** dans le langage colonial, personne originaire d'un territoire colonisé. (**Chapitre 5**)
- **Industrie :** activité économique qui transforme des matières premières en produits afin de les vendre. (**Chapitre 4**)
- **Infrastructures :** équipements (routiers, ferroviaires, maritimes…) qui servent à connecter des espaces. (**Chapitre 15**)
- **Interface :** zone de contact entre deux espaces. (**Chapitre 14**)
- **Intermodalité :** possibilité de passer d'un mode de transport à un autre sans déchargement de la marchandise. (**Chapitre 13**)
- **Investissement direct étranger (IDE) :** argent investi par une entreprise dans un pays étranger. (**Chapitre 10 et Chapitre 15**)

J

- **Justice civile :** justice qui traite des conflits entre particuliers. (**Chapitre 1 EMC**)
- **Justice pénale :** justice pour les auteurs présumés d'infractions (crimes, délits, contraventions). (**Chapitre 1 EMC**)

L

- **Laïcité :** neutralité de l'État à l'égard de toute croyance. (**Chapitre 2 EMC**)
- **Levée en masse :** appel de tous les hommes en âge de partir à la guerre. (**Chapitre 3**)
- **Liberté collective :** liberté que l'on peut exercer dans la vie collective en société. (**Chapitre 2 EMC**)
- **Liberté de conscience :** droit garanti par l'État à une personne d'avoir les croyances et opinions qu'elle souhaite. (**Chapitre 2 EMC**)
- **Liberté individuelle :** droit reconnu à l'individu en tant que tel (expression, conscience, circulation). (**Chapitre 2 EMC**)
- **Lithographie :** dessin à l'encre grasse reproduit à l'aide d'une presse. (**Chapitre 6**)
- **Litige :** conflit, protestation. (**Chapitre 1 EMC**)
- **Littoral :** zone de contact entre la mer et la terre. (**Chapitre 13**)
- **Littoralisation :** concentration des hommes et des activités sur les littoraux. (**Chapitre 14 et Chapitre 15**)
- **Loi :** règle juridique. (**Chapitre 1 EMC**)
- **Lumières :** mouvement intellectuel du XVIIIe siècle qui considère que la raison, l'accès aux connaissances et la liberté sont indispensables au bonheur des hommes. (**Chapitre 2**)

M

- ***Mall* :** vaste centre commercial. **(Chapitre 12)**
- **Manufacturier :** relatif aux ateliers réunissant une main-d'œuvre nombreuse. **(Chapitre 4)**
- **Mégalopolis :** couloir urbain du Nord-Est des États-Unis. Il s'étend de Boston à Washington sur 700 km et regroupe plus de 50 millions d'habitants. **(Chapitre 14)**
- **Métallurgie :** industrie qui permet de produire et de travailler les métaux. **(Chapitre 4)**
- **Métropole :** agglomération qui exerce son influence sur un territoire à des échelles différentes (régionale, nationale, mondiale). **(Chapitre 10)**
- **Métropolisation :** processus de concentration des hommes, des activités et des richesses dans les métropoles. **(Chapitre 14)**
- **Migrant :** personne qui quitte son pays pour s'installer dans un autre. **(Chapitre 11)**
- **Migration :** déplacement de populations qui s'installent durablement sur un nouveau territoire. **(Chapitre 4)**
- **Migration transnationale :** déplacement d'une population d'un pays à un autre. Elle suppose que le migrant s'installe dans un nouveau pays tout en continuant d'entretenir des liens étroits avec celui qu'il a quitté. **(Chapitre 11)**
- **Minorité ethnique :** groupe de personnes partageant une identité et une culture communes, minoritaire dans le pays. **(Chapitre 14)**
- **Mission civilisatrice :** discours et politiques (éducatifs, sanitaires, linguistiques) ayant pour but de diffuser dans les colonies les valeurs européennes, considérées comme universelles. **(Chapitre 5)**
- **Mobilités :** ensemble des déplacements humains qu'ils soient quotidiens ou exceptionnels, pour des raisons politiques, économiques ou de loisirs. **(Chapitre 11)**
- **Monarchie absolue :** régime politique où, en théorie, le roi a tous les pouvoirs et n'est contrôlé par aucune institution. **(Chapitre 2)**
- **Monarchie constitutionnelle :** régime politique dans lequel le pouvoir d'un monarque est encadré par une constitution. **(Chapitre 3)**
- **Monarchie parlementaire :** monarchie dans laquelle le gouvernement rend des comptes à des assemblées dont l'une au moins est élue. **(Chapitre 2)**
- **Mondialisation :** mise en relation des espaces et des peuples dans le monde. Elle se traduit par des échanges de marchandises, de capitaux et de populations. **(Chapitre 4 et Chapitre 10)**
- **Mulâtre :** personne née d'un père colon blanc et d'une mère esclave noire. **(Chapitre 1)**

N

- **Navire négrier :** navire spécialisé dans le transport d'esclaves. **(Chapitre 1)**
- **Négociant :** celui qui fait du négoce (grand commerce). **(Chapitre 1)**
- **Négrier :** qui concerne le transport des esclaves noirs originaires d'Afrique. **(Chapitre 1)**

O

- ***Offshore* :** terme anglais signifiant « au large des côtes ». Se dit d'une activité se déroulant en mer, en dehors de la pêche et du transport maritime (plate-forme pétrolière, parc éolien…). **(Chapitre 13)**
- **Opinion publique :** ensemble des convictions, valeurs et préjugés partagés par une population. **(Chapitre 2)**
- **Ordre :** partie de la société (clergé, noblesse, tiers état). **(Chapitre 3)**

P

- **Pacotille :** marchandises fabriquées en Europe pour la clientèle africaine. **(Chapitre 1)**
- **Parties civiles :** personnes, entreprises, associations qui s'estiment victimes et qui demandent réparation du préjudice subi. **(Chapitre 1 EMC)**
- **Paternalisme :** attitude du chef d'entreprise qui octroie à son personnel des avantages sociaux dans le but d'affermir son autorité. **(Chapitre 4)**
- **Patriotisme :** Attachement profond et dévouement à sa patrie, à son pays. **(Chapitre 7)**
- **Pays de transit :** pays traversé par les migrants. **(Chapitre 11)**
- **Périphérie :** zone urbaine située autour d'une ville-centre plus ou moins bien reliée à celle-ci. **(Chapitre 10)**
- **Périphérie urbaine :** zone urbaine située autour d'une ville-centre, plus ou moins bien reliée à celui-ci. **(Chapitre 9)**
- **Philosophes :** au XVIIIe siècle, écrivains exerçant une pensée critique dans tous les domaines, y compris religieux. **(Chapitre 2)**
- **Piraterie :** acte de violence commis contre un autre navire. **(Chapitre 13)**
- **Plantation (ou habitation) :** exploitation agricole spécialisée dans une production (canne à sucre, café, tabac…) et où la main-d'œuvre est composée d'esclaves. **(Chapitre 1)**
- **Plate-forme multimodale :** lieu permettant de connecter différents modes de transport. **(Chapitre 13)**
- **Plébiscite :** vote lors duquel les électeurs répondent à une question par oui ou non afin de rendre légitime une décision. **(Chapitre 6)**

- **PMA (pays les moins avancés) :** États les plus pauvres du monde, cumulant des retards de développement. (**Chapitre 15**)
- **Poldérisation :** conquête de terres sur la mer. (**Chapitre 13**)
- **Port en eau profonde :** port qui permet d'accueillir les plus gros navires. (**Chapitre 13**)
- **Président du Conseil :** chef du gouvernement sous la IIIe République. (**Chapitre 7**)
- **Privilèges :** avantages dont bénéficient uniquement la noblesse et le clergé (justice particulière, exemption d'une partie des impôts, emplois réservés). (**Chapitre 3**)
- **Prolétariat :** classe sociale composée d'ouvriers qui n'ont que leur force de travail pour vivre. (**Chapitre 4**)
- **Puissance émergente :** pays dont la croissance économique est forte et rapide et où les conditions de vie s'améliorent pour une partie de la population. (**Chapitre 15**)

Q

- **Quota :** limitation du nombre de migrants. (**Chapitre 14**)

R

- **Raison :** pour les Lumières, faculté qu'ont les hommes à penser par eux-mêmes sans préjugés. (**Chapitre 2**)
- **Référendum :** vote par lequel les citoyens répondent par oui ou non à une question. (**Chapitre 3 EMC**)
- **Réfugié :** personne qui quitte son pays pour des raisons de sécurité. (**Chapitre 11**)
- **Regalia :** objets symboles du pouvoir d'un roi ou d'un empereur. (**Chapitre 3**)
- **Régime parlementaire :** régime politique dans lequel le Parlement contrôle le gouvernement et partage le pouvoir avec lui. (**Chapitre 7**)
- **Régime personnel et autoritaire :** régime politique où une seule personne concentre les pouvoirs et n'admet aucune opposition ou critique. (**Chapitre 3**)
- **Régime politique :** forme que prend le gouvernement d'un pays (monarchie, république…). (**Chapitre 3**)
- **Rénovation urbaine :** fait de raser et reconstruire un quartier ou un bâtiment en modifiant les plans et l'architecture. (**Chapitre 9**)
- **Républicain :** homme politique en faveur de la république, pour l'élargissement du suffrage. (**Chapitre 6**)
- **République :** organisation politique d'un État dans lequel le pouvoir est exercé par les représentants de la population (généralement élus). (**Chapitre 2, Chapitre 6, Chapitre 7 La IIIe République et Chapitre 3**)
- **Réseaux :** ensemble des relations qui existent entre des lieux et qui se font au moyen d'axes de communication et de transport. Y circulent des flux de marchandises, d'informations, de capitaux et d'hommes. (**Chapitre 10**)
- **Ressources naturelles :** richesses du sol ou du sous-sol exploitées par l'homme. (**Chapitre 15**)
- **Révolution :** changement brusque de régime politique à la suite de la révolte d'une partie de la population. (**Chapitre 3**)
- **Révolution industrielle :** période historique de transformation économique avec le passage d'une économie agricole et rurale à une économie industrielle et urbaine. (**Chapitre 4**)
- **Route maritime :** espace dans lequel se concentrent des flux importants de navires commerciaux. (**Chapitre 13**)

S

- **Salon :** réunions régulières de la « bonne société » (nobles, bourgeois) où se développent des divertissements centrés sur les lettres, les arts et les sciences. (**Chapitre 2**)
- **Sans-culottes :** artisans, petits commerçants des villes. Principal acteur de la prise des Tuileries le 10 août 1792 à Paris. (**Chapitre 3**)
- **Sentiment national :** sentiment d'appartenir à une même nation, c'est-à-dire à un groupe de personnes qui se distinguent des autres par leur histoire, leur culture et leur désir de vivre ensemble. (**Chapitre 3**)
- **Septième continent :** vaste étendue de déchets plastiques flottants à la surface de l'océan (**Chapitre 13**)
- **Sidérurgie :** industrie qui permet de fabriquer et de mettre en forme l'acier à partir du minerai de fer. (**Chapitre 4**)
- ***Skyline* :** silhouette d'une ville marquée par la présence de gratte-ciel. (**Chapitre 10**)
- **Sociétés de lecture :** établissements où le public peut lire journaux et livres. (**Chapitre 2**)
- **Souveraineté :** fait de détenir le pouvoir. (**Chapitre 6**)
- **Souveraineté nationale :** fait que le peuple détienne le pouvoir. (**Chapitre 6 et Chapitre 3 EMC**)
- **Standardisation :** action d'amener un produit à un modèle unique aux caractéristiques définies. (**Chapitre 13**)
- **Suffrage :** acte par lequel un citoyen déclare son opinion, donne son avis. (**Chapitre 6 et Chapitre 3 EMC**)
- **Suffrage censitaire masculin :** droit de vote accordé aux hommes majeurs en capacité de payer un impôt, le cens. (**Chapitre 6**)
- **Suffrage universel masculin :** droit de vote accordé à tous les hommes majeurs, sans condition de revenu. (**Chapitre 6**)

- **Suffrage universel :** droit de vote accordé à tous les citoyens. **(Chapitre 3 EMC)**
- **Suffragette :** femme revendiquant le droit de vote de manière active et publique. **(Chapitre 8)**
- **Suffragisme :** fait d'être favorable au droit de vote des femmes et à leur éligibilité. **(Chapitre 8)**
- **Suffragiste :** favorable au droit de vote des femmes. **(Chapitre 8)**
- ***Sun Belt* (ceinture du soleil) :** États du Sud des États-Unis, de la Floride à la Californie, présentant un dynamisme économique et un cadre de vie agréable. **(Chapitre 14)**
- **Surpêche :** lorsque l'activité de pêche est trop importante et menace le renouvellement des ressources marines. **(Chapitre 13)**
- **Syndicat :** organisation qui défend les intérêts d'un groupe professionnel (ouvriers, patronat...). **(Chapitre 4)**

T

- **Taux d'urbanisation :** pourcentage de personnes habitant en ville. **(Chapitre 9)**
- **Terminal :** infrastructure spécialisée dans le chargement et le déchargement de conteneurs. **(Chapitre 13)**
- **Terrorisme :** actions violentes destinées à terroriser une population. **(Chapitre 15)**
- **Tiers état :** groupe qui réunit toutes les personnes non nobles et n'appartenant pas au clergé. **(Chapitre 3)**
- **Tolérance civile :** autorisation de pratiquer sur le territoire d'un État une religion autre que la religion officielle. **(Chapitre 2)**
- **Tourisme :** déplacement volontaire et temporaire d'au moins 24 heures en dehors de son domicile pour le travail ou les loisirs. **(Chapitre 12)**
- **Tourisme balnéaire :** tourisme qui se développe sur le littoral afin de profiter de la plage et de la mer. **(Chapitre 12)**
- **Tourisme culturel :** tourisme qui a pour but la découverte du patrimoine culturel d'un espace. **(Chapitre 12)**
- **Traite :** action de vendre et d'acheter, commerce. **(Chapitre 1)**
- **Traite négrière :** commerce d'esclaves noirs d'Afrique. **(Chapitre 1 et Chapitre 15)**
- **Transfert d'argent :** envoi d'argent par les migrants à leurs proches restés dans le pays de départ. **(Chapitre 11)**
- **Transition énergétique :** choix d'abandonner les énergies fossiles au profit d'une plus grande efficacité énergétique et des énergies renouvelables. **(Chapitre 13)**
- **Travailleurs forcés :** main-d'œuvre réquisitionnée de force. **(Chapitre 5)**
- **Tribunal correctionnel :** tribunal qui juge les délits (vols, insultes, harcèlements, coups et blessures...). **(Chapitre 1 EMC)**

U

- **Urbanisation :** processus de croissance de la population des villes et d'extension de l'espace urbain. **(Chapitre 4 et Chapitre 9)**
- **Usine :** lieu de production industrielle. **(Chapitre 4)**

V

- **Valeur :** qualité que toute une société considère comme essentielle pour vivre ensemble. **(Chapitre 2 EMC)**
- **Ville mondiale (ou ville monde) :** métropole qui exerce des fonctions de domination économique, financière, culturelle, politique à l'échelle mondiale. **(Chapitre 10 et Chapitre 14)**
- **Ville nouvelle :** ville fondée par une décision politique, qui se construit sur un espace auparavant peu ou pas habité. **(Chapitre 9)**
- **Ville-centre :** commune centrale d'une agglomération. **(Chapitre 10)**
- **Vote blanc :** fait de ne voter pour aucun des candidats lors d'une élection. **(Chapitre 3 EMC)**
- **Vote nul :** fait de mettre dans l'enveloppe un bulletin qui n'est pas valable (déchiré, raturé...). **(Chapitre 3 EMC)**

Z

- **ZEE (Zone économique exclusive) :** espace maritime sur lequel un État exerce des droits pour l'exploration et la gestion des ressources, cela jusqu'à 370 kilomètres des côtes. **(Chapitre 13)**
- **Zone industrialo-portuaire (ZIP) :** espace littoral qui associe des fonctions industrielles et portuaires. **(Chapitre 13, Chapitre 14 et Chapitre 15)**

Crédits

Couverture haut : Photo Josse / Bridegeman Images
Couverture bas : Allan Baxter/ GettyImages

10-11 : Photo Josse / Bridegeman Images – **12** : RMN-Grand Palais/ image RMN-GP – **13** : © Max Roy Numérique/Musées d'Art et d'Histoire de La Rochelle – **16** : © André Bocquel / Château des ducs de Bretagne – Musée d'histoire de Nantes – **17** : coll. personnelle ; Nantes, Archives municipales – **18** : Alain Guillard / Château des ducs de Bretagne – Musée d'histoire de Nantes – **19** : Alain Guillard / Château des ducs de Bretagne – Musée d'histoire de Nantes ; Château des ducs de Bretagne – Musée d'histoire de Nantes – **20** : © André Bocquel / Château des ducs de Bretagne – Musée d'histoire de Nantes – **21** : RMN-Grand Palais (musée du Louvre)/Martine Beck-Coppola ; RMN-Grand Palais (musée du Louvre)/Jean-Gilles Berizzi – **22** : MEPL/Bridgeman Images – **23** : RMN-Grand Palais (musée du quai Branly) / Jean-Gilles Berizzi – **24** : Bridgeman Images ; Bridgeman Images / Newberry Library, Chicago – **25** : Mairie de Bordeaux-photo J.M. Arnaud – **27** : MEPL/ Bridgeman Images ; Alain Guillard / Château des ducs de Bretagne – Musée d'histoire de Nantes ; RMN-Grand Palais (musée du quai Branly) / Jean-Gilles Berizzi ; Bridgeman Images / Newberry Library, Chicago ; © André Bocquel / Château des ducs de Bretagne – Musée d'histoire de Nantes ; National Maritime Museum, Greenwich/Bridgeman Images – **28** : © André Bocquel / Château des ducs de Bretagne – Musée d'histoire de Nantes ; © Max Roy Numérique/Musées d'Art et d'Histoire de La Rochelle – **31** : Getty Images – **32** : Leemage/Photo Josse – **33** : Akg-Images/Photo Josse – **35** : Bridgeman Images ; Bridgeman Images ; Veneranda Biblioteca Ambrosiana/Paolo Manusardi/Mondadori Portfolio/ Bridgeman Images ; Leemage / Photo Josse ; Photo12/Heritage Images/Index ; Leemage / Photo Josse ; Leemage / Photo Josse – **36** : Leemage / Photo Josse ; salon voltaire – **37** : BnF – **38** : adoc-photos ; Akg-Images – **40** : RMN-Grand Palais (Château de Versailles)/Gérard Blot ; BNF – 41 : Leemage / Costa – **42** : Leemage / Photo Josse ; Stefano Bianchetti/Bridgeman Images – **43** : De Agostini / Leemage – **44** : AKG-Images / Erich Lessing – **45** : Fine Art Images/Bridgeman Images – **46** : akg-images ; Leemage / Photo Josse ; Leemage / Photo Josse ; The Art Archives / Dagli Orti – **47** : akg-images/Glasshouse Images/JT Vintage ; Photo12/ Alamy ; akg-images – **48** : De Agostini/Leemage – **49** : Voltaire Foundation, Oxford Leemage / Photo Josse ; BnF ; adoc-photos ; Leemage / Costa ; Fine Art Images/Bridgeman Images – **50** : Leemage / Photo Josse ; Akg-Images/Photo Josse ; Leemage / Photo Josse ; De Agostini / Leemage ; Leemage / Photo Josse ; AKG-Images / Nemeth – **51** : Leemage / Photo Josse – **52** : Leemage / Photo Josse – **54** : Musée Carnavalet/Roger-Viollet – **55** : akg-images/Erich Lessing – **58** : Photo12/Heritage Images/Fine Art Images ; Photo12/Heritage Images/Fine Art Images – **59** : RMN-Grand Palais (Château de Versailles)/Gérard Blot ; Photo Château de Versailles, Dist. RMN-Grand Palais/Christophe Fouin – **60** : Leemage / Photo Josse – 61 : Leemage / Photo Josse A et B – **62** : Musée Carnavalet/Roger-Viollet – **63** : akg-images – Photo Josse/Bridgeman Images – **64** : Leemage / Photo Josse ; Musée Carnavalet/Roger-Viollet ; Musée Carnavalet/Roger-Viollet – **66** : Musée Carnavalet/Roger-Viollet ; RMN-Grand Palais (Limoges, Cité de la céramique/Martine Beck-Coppola ; Bnf ; Photo12/Alamy/ Art Collection – **67** : Heritage Images/Fine Art Images/akg-Images ; Bnf – **68** : Leemage / WhiteImages ; Roger-Viollet / Musée Carnavalet – **69** : Leemage / Selva ; CCI/Bridgeman Images ; Photo Josse/Bridgeman Images – **70** : Leemage / Photo Josse – **71** : Florilegius/Bridgeman Images – **72** : akg-images ; Leemage / Photo Josse – **73** : Leemage / Aisa – **75** : Musée Carnavalet/Roger-Viollet ; Leemage / Photo Josse ; BnF ; Photo Josse/Bridgeman Images ; Leemage / Photo Josse ; Musée Carnavalet/Roger-Viollet ; Leemage / Photo Josse ; Leemage / Photo Josse – **76** : Leemage / Photo Josse ; Leemage / WhiteImages ; Photo12/Heritage Images/ Fine Art Images – **78** : Musée Carnavalet/Roger-Viollet – **79** : RMN-Grand Palais (Château de Fontainebleau/Gérard Blot – **80** : collection du musée du domaine départemental de Sceaux, Pascal Lemaitre – **81** : akg-images – **84** : BnF – **86** : Archives Charmet / Bridgeman Images – **87** : Le Creusot CUCM / Doc. Ecomusée / D. Busseuil – **88** : Ecomusée Creusot Montceau, reproduction D. Busseuil ; Collection Académie François Bourdon – Le Creusot – **89** : Leemage / De Agostini – Adler / ADAGP – **90** : akg-images ; Photo12/Alamy/PWB Images – **91** : *Germinal* de Claude Berri / Renn Productoins – **92** : AKG-Images – **93** : IM/ Kharbine-Tapabor – **94** : akg-images/De Agostini/Pinaider ; Michael Maslan/Corbis/VCG via Getty Images ; **96** : AKG-Images – **98** : Bridgeman Images ; Bridgeman Images ; akg-images/Erich Lessing ; akg-images – **99** : Archives Charmet/Bridgeman Images – **101** : Le Creusot CUCM / Doc. Ecomusée / D. Busseuil ; akg-images ; akg-images ; AKG-Images ; Leemage / De Agostini – Adler / ADAGP ; akg-images/De Agostini/Pinaider ; Ecomusée Creusot Montceau, reproduction D. Busseuil ; collection du musée du domaine départemental de Sceaux, Pascal Lemaitre ; Bridgeman Images – **102** : akg-images ; Leemage / De Agostini – Adler / ADAGP ; akg-images/De Agostini/Pinaider ; Bridgeman Images ; AKG-Images ; Michael Maslan/Corbis/VCG via Getty Images – **103** : Bridgeman Images/Leemage – **105** : Musée Carnavalet/ Roger-Viollet – **106** : BnF – **107** : Roger-Viollet – 110 RMN-Grand Palais (Château de Versailles) / Gérard Blot ;Leemage / Josse – **112** : CC/Wikipedia – **113** : Léon et Lévy/Roger-Viollet – **115** : Collection Kharbine-Tapabor – **116** : RMN ; RMN – **117** : Photo12/ Alamy/Alpha Stock – **118** : Collection musée d'Aquitaine – **119** : Albert Harlingue/Roger-Viollet – **121** : BnF ; Kharbine-Tapabor ; Collection Kharbine-Tapabor ; CC/Wikipedia ; Photo12/Alamy/ Alpha Stock ; RMN ; Albert Harlingue/Roger-Viollet – **122** : BIO ; BIO – **123** : Look and learn/Illustrated Papers Collection/Bridgeman Images – **124** : Archives Charmet / Bridgeman – **125** : Bianchetti/ Leemage – **126** : Leemage/Photo Josse – **127** : Photo Josse/ Bridgeman Images – **130** : collection Musée de l'Histoire vivante –Montreuil – **131** : Bridgeman Images – **132** : Roger Viollet ; BnF, Paris – **133** : BnF – **134** : BnF ; Archives Charmet/Bridgeman Images – **135** : Roger Viollet / Musée de la Vie romantique ; Mary Evans Picture Library/Photononstop – **136** : BnF, Paris ; Kharbine-Tapabor ; Musée Carnavalet/Roger-Viollet – **137** : Gusman/Leemage ; BnF, Paris – **139** : collection Musée de l'Histoire vivante –Montreuil ; Leemage/Photo Josse ; Photo Josse/Bridgeman Images ; BnF, Paris ; BnF ; BnF, Paris ; Gusman/Leemage – **140** : Archives Charmet/ Bridgeman Images ; Hachette ; Roger Viollet – **141** : Roger-Viollet / Maisons de Victor Hugo – **143** : Selva/Bridgeman Images – **144** : Photo Josse/Bridgeman Images – **145** : Photo12/Alamy/

1 La Terre vue de l'espace

2 **Le relief des États-Unis d'Amérique**

1. Des densités inégales

- Densités fortes (>50 hab./km²)
- Densités faibles (1 à 50 hab./km²)
- Densités très faibles (<1 hab./km²)

2. Métropoles principales

- Plus de 10 millions d'habitants
- Plus de 4 millions d'habitants
- Plus de 2 millions d'habitants

3 La population de l'Afrique

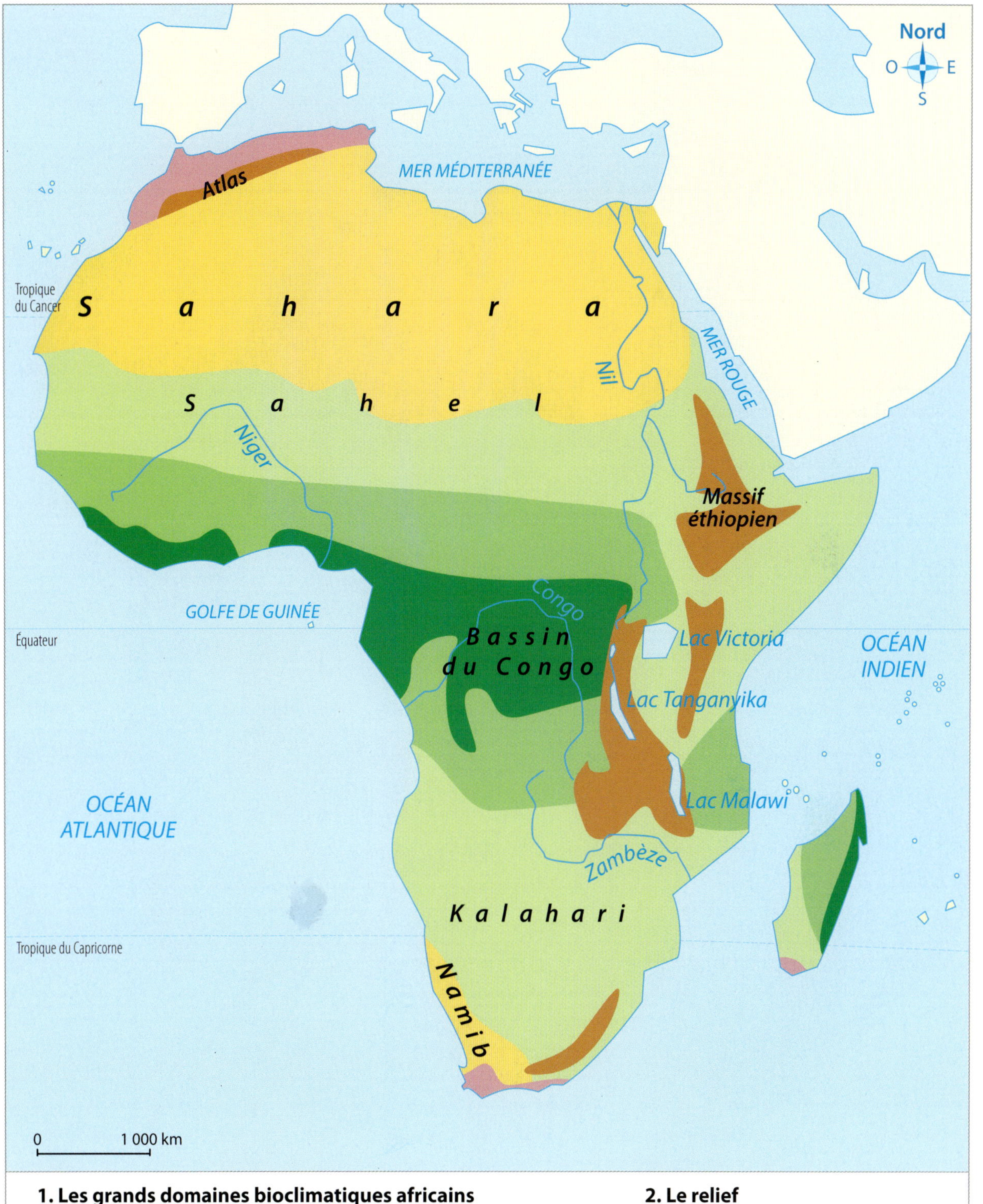

1. Les grands domaines bioclimatiques africains

- Climat aride (pas de végétation sauf oasis)
- Climat tropical sec (savane et steppe)
- Climat tropical humide (savane humide et forêt claire)
- Climat équatorial (forêt dense)
- Climat méditerranéen (maquis, garrigue et forêt de pin)

2. Le relief

- Montagnes et hauts plateaux

3. Hydrographie

- Grands fleuves
- Grands lacs

4 Les climats de l'Afrique

Relief terrestre

- 3 000 m
- 1 000 m
- 200 m
- 0 (niveau de la mer)
- ▲ Sommet (altitude en mètres)

Inlandsis (calotte glaciaire)

Relief sous-marin

- 0 (niveau de la mer)
- - 200 m
- - 4 000 m
- - 8 000 m
- ▼ Fosse sous-marine (profondeur en mètres)

5 Le relief terrestre et sous-marin

VOCABULAIRE

- **Continent :** vaste étendue de terres entourée par des océans ou des mers.
- **Équateur :** ligne imaginaire qui partage la Terre en deux hémisphères. Elle est située à égale distance des deux pôles.
- **Méridien :** ligne imaginaire qui joint les deux pôles.
- **Océan :** vaste étendue d'eau salée.
- **Parallèle :** ligne imaginaire parallèle à l'Équateur.

Le domaine froid

- Climat polaire (froid et sec toute l'année). Pas de végétation ou une végétation rase (toundra).
- Climat montagnard (températures qui diminuent avec l'altitude). Étagement de la végétation (forêts puis alpages).

Les domaines tempérés

- Climat océanique (doux et humide toute l'année). Forêt de feuillus (chênes, hêtres…).
- Climat continental (hiver froid et sec, été chaud et pluvieux). Forêt de conifères (taïga).
- Climat méditerranéen (été chaud et sec, hiver doux, fortes précipitations d'automne). Maquis ou garrigue (arbustes).

6 Les **domaines bioclimatiques** dans le monde

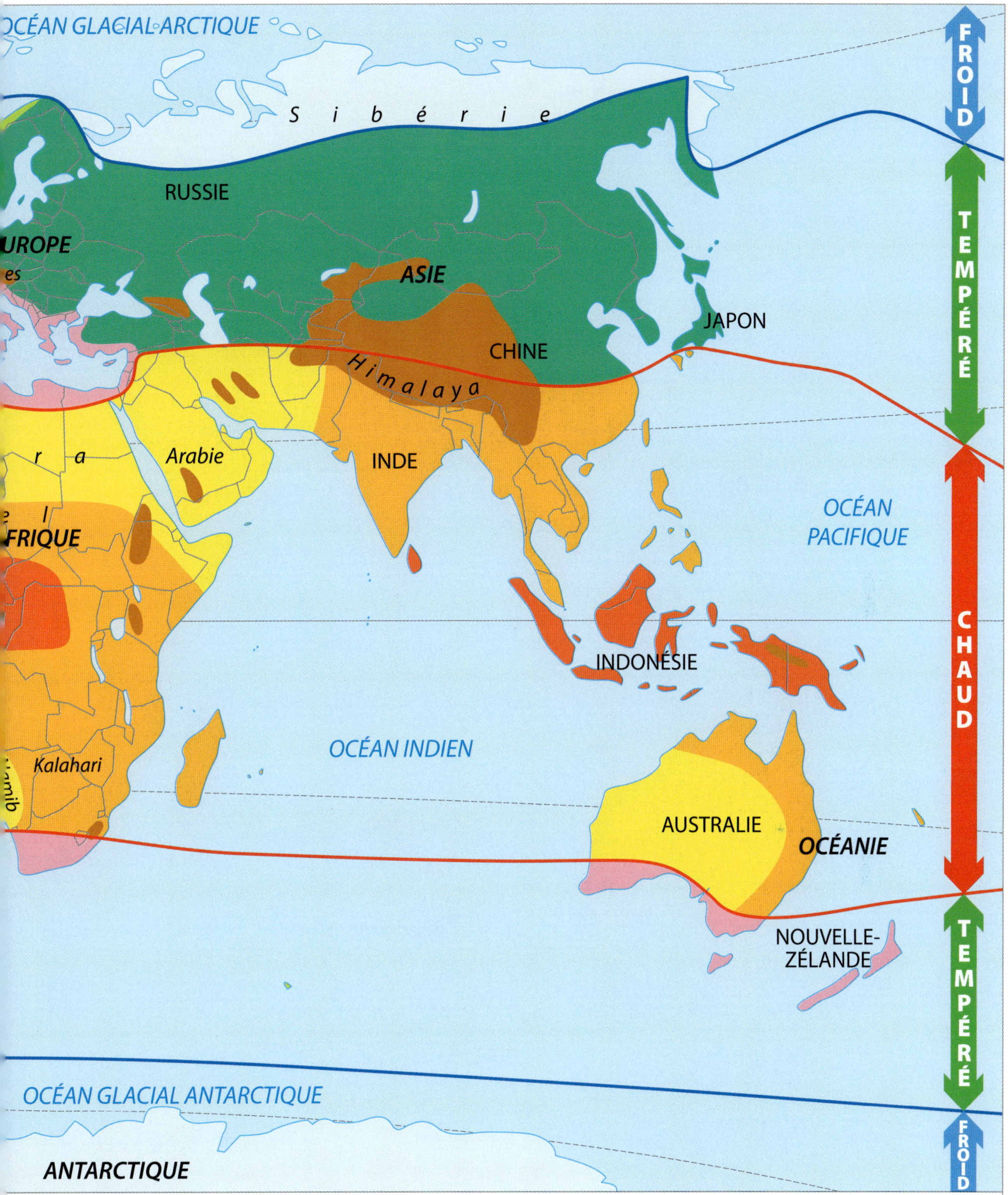

Les domaines chauds

- Climat aride (chaud et très sec toute l'année). Pas de végétation.
- Climat tropical (chaud avec une saison sèche et une saison des pluies). Steppe herbeuse, savane ou forêt.
- Climat équatorial (chaud et humide toute l'année). Forêt dense.

VOCABULAIRE

- **Climat :** ensemble des caractéristiques atmosphériques (températures, précipitations, ensoleillement, vents, etc.).
- **Domaine bioclimatique :** espace caractérisé par son climat et sa végétation naturelle.
- **Précipitations :** ensemble des chutes d'eau (pluie, neige, brouillard, etc.).

• Chaque point représente environ 500 000 habitants

Les plus grandes villes du monde en 2020

● Très grandes villes (plus de 12 millions d'habitants)

Tokyo Les plus grandes métropoles (population supérieure à 20 millions d'habitants)

QUELQUES DONNÉES MONDIALES

Population : 7,9 milliards d'habitants en 2021

Superficie : 19,8 millions de km^2

Densité : 50 habitants par km^2

7 La répartition de la population mondiale

Souvenez-vous !

La densité : c'est le nombre d'habitants vivant sur 1 km² (hab./km²)

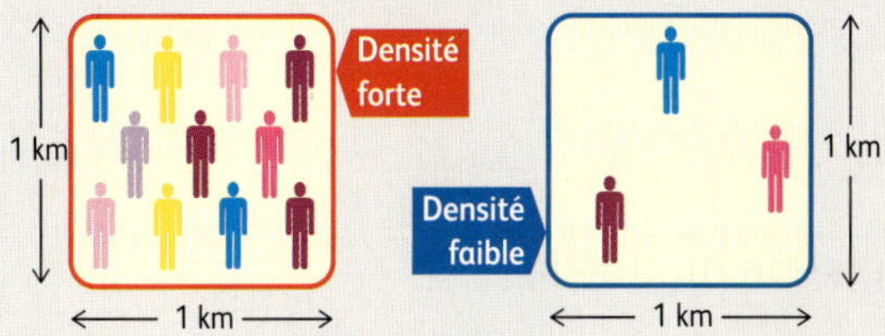

L'indice de développement humain en 2019

- très élevé (+ de 0,8)
- élevé (de 0,7 à 0,8)
- moyen (de 0,55 à 0,78)
- faible (- de 0,55)
- Absence de données

Évolution de l'IDH entre 1990 et 2019

⊕ Pays qui a connu une forte croissance de son IDH

7 La répartition de la population mondiale

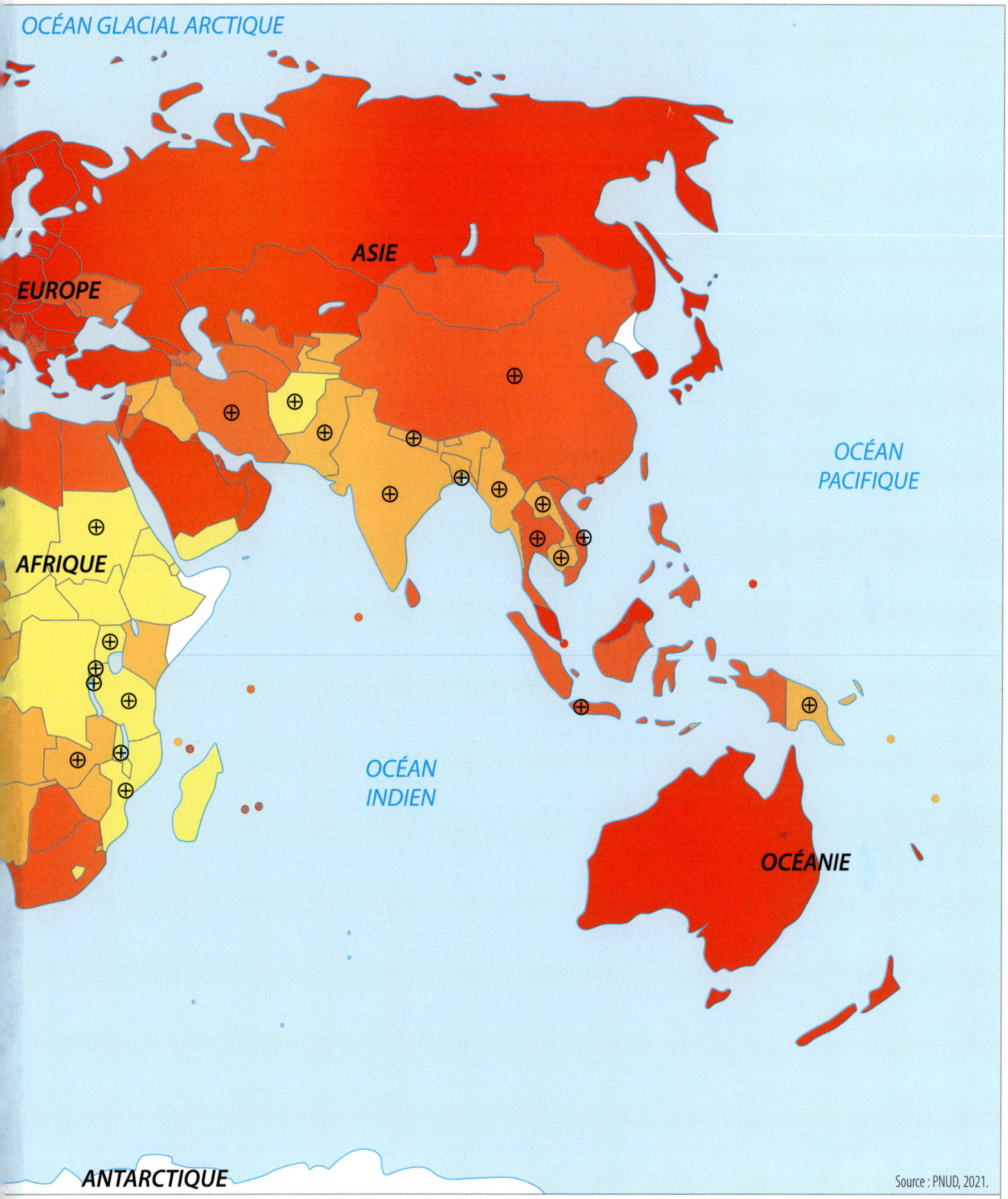

VOCABULAIRE

- **IDH (indice de développement humain) :** mesure qui tient compte du niveau de richesse, de santé et d'éducation de la population. Depuis 2021, on y ajoute les efforts pour limiter le changement climatique.

Achevé d'imprimer en Italie par Elcograf
Dépôt légal: Avril 2021 – Collection n° 23 – Édition 01
17/6506/5

LES ÉTATS DU MONDE AUJOURD'HUI

AMÉRIQUE

A.	Antigua-et-Barbuda
B.	Barbade
D.	Dominique
Jam.	Jamaïque
St-K.	Saint-Kitts-et-Nevis
St-V.	Saint-Vincent-et-les-Grenadines
Ste-L.	Sainte-Lucie

EUROPE

A.	Andorre
Alb.	Albanie
All.	Allemagne
Autr.	Autriche
B.	Bosnie-Herzégovine
Belg.	Belgique
Biél.	Biélorussie
Bulg.	Bulgarie
Cr.	Croatie
Dan.	Danemark
H.	Hongrie
K.	Kosovo
L.	Liechtenstein
Lux.	Luxembourg
M.	Monténégro
Mac.	Macédoine du Nord
Mold.	Moldavie
Mon.	Monaco
P.-B.	Pays-Bas
Pol.	Pologne
R. T.	République Tchèque
Roum.	Roumanie
S.	Serbie